WUJINGTING SHIWEN BIANSHI

吴敬亭诗文编释

孙中强　编释

青海民族大学中国语言文学学科建设文库

马伟　王志强　主编

民族出版社

序　言

一、吴栻与《吴敬亭诗文集》

吴栻（1740—1803），字敬亭，号对山、怡云道人、洗心道人，碾伯县[①]城东关人，是清朝西北著名的“三吴”[②]诗人之一。清乾隆二十年（1755）吴栻补博士弟子员，乾隆三十年（1765）选拔为贡生，乾隆四十二年（1777）赴长安考取举人，第二年（1778）赴京考进士不第。吴栻教过书，亦做过幕宾；乾隆五十七年（1792）回家，钟情于归稿；嘉庆八年（1803），病逝于家中，享年63岁。

《吴敬亭诗文集》[③]（以下简称《诗文集》）由吴栻的后人吴景周先生搜集整理而成。吴景周先生在出版说明中说道：“其书稿整理就绪，其书名尊重李逢春先生的意见为《吴敬亭诗文集》，依书名诗赋排印于前，文章排印于后。”该书收录了吴栻的绝大部分文学作品，包括《散存诗》一卷，以及《病吟录》一卷，《赘言存稿诗》一卷，《怡云庵排律诗草》四卷，《云庵赋草》一卷，《云庵杂文》一卷，《赘言存稿》一卷，《云庵四六文草》一卷，以及《洗心斋自勖录》分为全编一卷、内编二卷、中编一卷、外编一卷，共五卷。此外，编者还撰写了《吴栻传略》和《吴栻年谱》，这有助于读者了解吴栻的生平及其创作的背景。遗憾的是，有些吴栻的作品仍被遗漏于《诗文集》之外。其中收录于《西北文献丛书·西北文学文献》的《云庵琐语》未被《诗文集》收录，收录于徐世昌主编的《晚晴簃诗汇》的《宿三桥吊淮阴侯》《咸阳怀

① 碾伯县：指今青海省乐都县。

② 三吴：指清乾隆时期的甘肃（当时青海尚属甘肃辖境）三位著名的诗人，即狄道（今甘肃省临洮县）吴镇、秦安（今甘肃省秦安县）吴澄、碾伯吴栻。

③ 按：吴景周先生注释的《吴敬亭诗文集》，未校读之处尚多，许多篇章还有待于进一步梳理和注释。

古》《中秋夜独酌》《游郭处士庄》四首诗，亦未被《诗文集》所收录。

吴栻诗文的价值是得到当时和后世人肯定的。清代西北知名诗人吴镇对吴栻诗歌的评价是："固皆边塞之真诗，其骨力清刚，而感激豪宕也固宜"；清末河湟诗人张思宪在读过吴栻的文章后亦给予了很高的评价："子录贤可宝，庭训至今垂"；李逢春先生在给吴景周的信中对吴栻诗文的评价是："敬亭先生文稿洋洋大观，是珍贵的文化遗产。"

吴栻先生的作品是青海本地传世文献之一，其保存完整，且被其后人整理成《吴敬亭诗文集》，但该书的整理并不全面，故其学术研究价值也未能得到深入发掘。

二、《诗文集》的语文学价值

《诗文集》中的《云庵杂文》《赘言存稿》《云庵四六文草》《洗心斋自勖录》中保留了若干的考据资料，内容包括语词的考释、称谓的考察、对圣贤著述的介绍、对旧有注释的辨谬等，具有极高的语文学价值。

（一）《诗文集》的训诂学价值

吴栻继承了汉唐训诂之学和宋代理学的思想，把宋学义理和汉唐训诂的方法有机结合起来，以经书为依据，既重视训诂考据和辨伪，也注重义理的阐发以及对义理来源的考据，从训诂中发挥义理，探求新知。由此可见，吴栻《诗文集》中相关的训诂内容，值得我们好好研究和总结。本文分别从其对词义的考释、对经书注疏的解说、对人物的考订三个方面来进行简要解说。

考释词义是训诂学的核心内容。黄侃说："训诂之事，在解明字义和词义。"《诗文集》中的《鸟鼠同穴考》《儒林称子说》两篇考释性的文章分别对"鸟鼠同穴""子"[①]进行了详细的考释。《困卦续说》中有对"困"字的训诂解说："详观困字之义，以木而置于四围之中，木之生意微矣，此水漏泽枯之象也。"此是在读《周易·困卦》时，对"困"字之意的义理性解说。也有对

① 按：《诗文集》对此两个词义的考释情况，在《诗文集》的词典学价值中有详细的分析，在此不再详述。

词义注解的辨考，如《〈论语〉旧注疏纰缪辨》："闻十三经注疏，有魏何宴论语集解，宋邢昺论语疏。其注'知者乐水'，言知者乐运其才知以治世，如水之流而不已也。其注'知者乐'，言知者自役得其志，故乐也。世有知者而自役者乎？既自役矣，何乐之有？"

对经书注疏的解说。吴栻在所有的注疏集注中，对《四书集注》尤为推崇。从《四书注疏说》一文中，我们就可以窥见吴栻对经书注疏的态度和其所持的训诂理念："独《论语注疏》，有不能释然于心者。缘汉初诸儒，专治训诂，只言某字解某字，教人自寻义理而已。西汉末年，渐有见得稍亲切者，终是不见全体，所以义理舛谬，不可为训。吾始而疑焉，继而深思而得其故矣。盖能学圣贤之学者，方能解圣贤之言，所谓圣人能知圣人也……《四书集注》，兼总众美，深心实学，具见子丙。至今赖以取士，辅佐太平，厥功伟矣……假使四子之书，无朱子集注，将汉魏之注疏流传至今，其记录之泛滥，衍说之支离，有误学者之心思，非浅鲜也。然则四书为六经之阶梯，朱子《集注》又为四书之阶梯。学者幸生明辈之后，字求其训，句索其解，日从事于下学，以求上达。于以直追洙泗相传之心法无难矣。奚必考证于旧说，徒滋纷扰也哉。"从以上材料中我们不仅可以看出吴栻对《四书》注疏的解说，亦可以看出吴栻的义理解说与字词释义相融合的训诂理念。又如《〈论语〉旧注疏纰缪辨》："其注'子见南子'，言孔子欲见南子，欲因以说灵公，使行治道也。其注'予所否者'三句。言我见南子，所不为求行治道者，愿天厌弃之。孔氏安国曰：'此先儒归说也，行道既非妇人之事，而弟子不说，与之咒誓，义可疑焉。'愚按：子见南子，乃（非）圣人出格事。若非夫子之（不）磷不缁，则不敢见南子，非见南子，不足以见夫子。非子路之严气正性，则不敢不悦，非不悦，不足以见子路。此何等心事，何等力量，学者须于此处识得圣贤身份，则知圣人之道大，无所不可也。汉儒不知圣贤之分量无惑乎，以枉已辱身之事窥测圣人。其诬圣实甚。独怪孔氏为夫子十一世嫡孙，当时承诏作《论语》训解，自当辨归说之非，而改正之。乃仅曰：'义有可疑，吾甚惑焉。'……有乖子理，不近人情。其他类此者，不可胜数。嗟呼！夫子精义微言，昭示万古，乃竟为诸儒锢蔽，良可慨也。故辨之。"此对《论语》中"子见南子"的相关义理注疏进行了辨析，并认为"夫子精义微言，昭示万古，乃竟为诸儒锢蔽，良可慨也"。

考订人物，审慎存疑。如《左氏邱明辨》：“按孔氏安国曰：‘左邱明鲁太史，受春秋经于孔子者也’，则为夫子弟子明矣。其传春秋也，或先经以始事，或后经以终义，或依经以辨理，或错经以合异。随义以发其例，因事以详其文。而后春秋之大义昭彰，体例明备，非公谷可比……其章句迨宋儒，因韩子谓左氏浮夸，柳子又谓其说多淫，遂谓鲁论所载邱明非传春秋者。于是折一人而二之。至论其所谓‘浮淫’，乃‘石言’、‘子晋神降于莘’之类，以是为浮淫而并于夫子之所称过矣。此方山平心之论也。考宋真宗大中祥符二年夏五月，追封文宣王庙，又封左邱明等十九人为伯，岂非以左氏羽翼麟经，左功圣教，特隆从祀之典欤。然则子程子谓左氏为古之人闲人，必别有考据，或古有姓名相同而传闻互异者，俱未可知。若必因韩、柳讯左氏浮淫之言，隧据为定论，以抑左氏，而以夫子所引之人，非即作传之人，则拘矣。予蓄疑有年，因略述梗概，以俟博雅君子，为之研辨焉。”从以上吴栻对左丘明的考辨论述中，我们可以看出，吴栻治学态度严谨，对后世对左邱明的不公正评价往往存疑而不主观臆断。

（二）《诗文集》的词典学价值

《诗文集》的词典学价值具体表现在补充词典中的书证，订正词典中的一些不当之处，补充新的意义等方面。

补充书证。如“鸟鼠同穴”词条，在《汉语大词典》中只是用了《尚书·禹贡》和明焦竑《焦氏笔乘续集·鸟鼠同穴》的书证。[①]《鸟鼠同穴考》中对“鸟鼠同穴”的解释：“然则鸟鼠同穴之义，研辨弗详，传闻互异，姑勿深考，第就山言山，称鸟鼠者，省文也。所称鸟鼠同穴者，举全名也。称名不同，其山一也，如必岐而二之则凿矣。”对比《大字典》的考释，吴栻的考据比明代焦竑的考据要翔实。原因可能在于清代科举试题中多次考到对“鸟鼠同穴”等问题，[②]使得清代在搜集这方面的考释材料较容易。此外，《鸟鼠同穴考》中还有一些辅助性解释的例证材料，各辞书的书证均未涉及，故可

① 汉语大词典编辑委员会、汉语大词典编纂处编纂，罗竹风主编：《汉语大词典》（卷十二），1035页，北京，汉语大词典出版社，1993。

② 如道光十四年（1834）甲午科湖南乡试的第一道策问题考到了此问题：“……鸟鼠同穴，《尚书传》与《地理记》，孰为得实？……”参见姜亚沙、经莉、陈湛绮：《中国科举录续编》第7册《道光十四年甲午科江西乡试题名录》，237～239页，北京，全国图书馆文献缩微复制中心，2010。

以补充书证。如："《地志》云：'鸟鼠山者，同穴之枝干也。'《尔雅》：'鸟鼠同穴，其鸟为鵌，其鼠为鼵。'郭璞注云：'鸟常在外，鼠常在内，同穴而居。'张氏《地理志》云：'不为牝牡。'李氏巡曰：'鵌鼵，鸟鼠之名，共处一穴，天然，然也。'《秦陇见闻纪》云：'相传首阳山，昔有鸷鸟，善击飞走，山鼠被残者过半，有大鼠能搏狐兔，即以饲鸟。日久，鼠鸟相狎，随入穴共处，故山以是得名。'"《地志》《尔雅》《秦陇见闻纪》等文献语料，可使得词典释义更加翔实准确。此外，《诗文集》中《儒林称子说》一文的考证及其引文材料可补充《汉语大词典》"子"条中的书证。"子"词条在《汉语大词典》中除了引用《论语·学而》《公羊传·隐公十一年》的书证外，近代书证引用的是清人恽敬的《与朱干臣》中的语句，清人恽敬是乾隆四十八年（1783）举人，而吴敬亭是乾隆四十二年（1777）举人，且吴敬亭考释详致程度超过恽敬，吴敬亭不仅考释了先秦孔子、沈子等称子之说，而且也兼及宋代大儒称子之说，这些考释语料可极大地丰富和完备《汉语大词典》中"子"的"老师"义项和其他相关义项。

订正词典中一些不当之处。《儒林称子说》所言："凡书传直言'子曰'者，皆指孔子，以其师范来世，人皆知之，故不必言师也"。对比《汉语大词典》后，我们会发现《汉语大词典》中所引用的书证是不恰当的。《汉语大词典》所引用的例句是"《论语·学而》：'子曰："学而时习之，不亦说乎！"'邢昺疏：'子者，古人称师曰子'"，该例句中"子曰"中的"子"在《论语》中应指"孔子"，而非邢昺注疏中所言。吴敬亭在文中就已经谈道："凡书传直言'子曰'者，皆指孔子"，吴栻所言准确。又如《汉语大词典》中"泛称人"义所举的例句："《新儿女英雄传》第三回：'日本子终归要来的，咱们谁都得学会打仗，不学就吃不开。'"品读该例句，对比《儒林称子说》中对贬义色彩"子"的提及，该例句与其他书证还是有语感色彩上的区别的。因此从语义色彩的一致性来看，该例句在此不是很恰当。

补充新的意义。《儒林称子说》："经传凡敌者相谓，皆言吾子，或直言子"，此反映出的是在詈语中或贬义色彩中用"子"的语言现象。如古代"竖子"，《史记·项羽本纪》："亚父受玉斗，置之地，拔剑撞而破之，曰：'唉！竖子不足与谋！'"现代汉语中的"鬼子""小日本子"。如冯骥才《石头说话》："我老孔头对不住你，对不住你爹娘，对不住叫鬼子弄死的乡亲们，也对不住我自己的爹呵！”萧红《生死场》：“肚子大起来，金枝告诉她说：‘这样大的肚子你还敢出来？你没听说小日本子把大肚女人弄去破‘红枪会’吗？’”[①] 但语文辞书分列义项时，并没有注意到“子”在贬义色彩和詈语环境中使用的语言现象。就以上例证而言，“子”在贬义色彩或詈语环境中的用法应在语文辞书中单列一义项或作一些区别性的说明。此外，《儒林称子说》中认为：“是子者，男子之统通称也”。《汉语大词典》专门把“古代对男子的统称”列为一义项，而《汉语大字典》未列该义项。[②] 故《汉语大词典》在修订时应补充此义项或作一些补充性说明。

三、《诗文集》的史学价值

谱序反映了本族的历史、族望、历次修家谱情况和本谱的编纂原则，是了解本家族的重要材料。章学诚《文史通义新编》：“且有天下之史，有一国之史，有一家之史，有一人之史。传状志述，一人之史也；家乘谱牒，一家之史也……惟分者极其详，然后合者能择善而无憾也。”《诗文集》中收录的《家谱自序》《旱庄王氏家谱序》《傅氏家谱序》等文献材料，真实地反映了当时乾嘉年间河湟移民的情况和当时河湟地区的社会文化风貌，史学价值极高。

（一）移民史学价值

吴栻在《家谱自序》中提及自己祖先的迁移时，这样写道：“吾家原籍金陵（今南京），自明时播迁金城（今兰州）。遭家不造，吾曾祖讳坤者，年甫十四，负主担书，迁于碾邑。”从这些信息中，我们可以知道，河湟的汉族有的并非从南京直接来到河湟，而是辗转而来。吴栻祖上明代从金陵迁到金城，后“遭家不造”，才“负主担书，迁于碾邑”。从以上闪烁的言辞看，吴栻祖上是迫于无奈才迁到碾伯的，“负主”说明吴栻曾祖吴坤当时是个仆人，“担书”说明主人是仕宦或有一定地位的读书人。总的来看，“负主担书，迁于碾邑”给我们透漏出的消息是，吴坤的主人在兰州突遭变故，仓促出走，是逃

① 按：例证均来源于北京大学中国语言学研究中心的网上语料库，网址为 http://ccl.pku.edu.cn:8080/ccl_corpus/。

② 徐中舒：《汉语大字典》（第二卷），1007 页，成都，四川辞书出版社，1987。

难到碾伯的。

以上的移民信息，在吴栻《名族曾孙说》有着更为详细的解说："吾裔出延陵，归籍金陵，其先世文献不足，世系无征第等。诸郭公夏五之阙已耳。后于明季，播迁陕右之金城郡。不知其择地而蹈耶？抑或因故而徙耶？俱不可考。传闻明肃王驻节兰州，先世祖职司太医。因遭家不造，备详家谱，始祖讳坤者，行年十四寄居乐都，迄今九世矣。凡我同宗，鲜有知其颠末者。"这些信息更为详细地透漏出河湟地区有的家族是通过二次或多次移民辗转迁入河湟地区的。这是军事或国家政策性的移民迁移之外另外一种人口迁移方式，这种迁移方式与军事或国家政策性的强制性迁移不一样，这是一种自发的个人性质的迁移。葛剑雄认为中国历史上的移民有各种类型，有其不同的特点，但就性质而言，基本上只有两种——生存型和发展型。① 从吴敬亭《家谱自序》中可以看出的是吴栻祖先二次移民进入青海河湟地区的动机主要是为了生存。贾伟、马兴盛也认为："明中后期不仅军人的数量大增，还有大量的流民流入河湟，这一部分人口迁移的时间长，批量小，但规模大……其生存方式主要是以农耕为主。"② 另外我们亦可通过《明孝宗实录》卷一五一看到一些自发性移民的情况："西宁一卫田土肥饶人力颇盛，刍粟无转输之难，加以各处流民久住成业……"可见此时的河湟地区之所以有大量自发性移民进入是因为其"田土肥饶""刍粟无转输之难"，主要目的就是为了生存。

李健胜、赵荾贞、俄琼卓玛在论述河湟地区的移民时认为："从青海省贵德、贵南二县黄河沿岸汉族家谱记述来看，明代进入河湟地区的移民大多也是弛刑徒和应募之人……中原地区频繁发生的自然灾害，使得大量人口被迫迁移到河湟地区谋求生计，这也是清代移民迁入河湟地区的重要形式。"③ 田芳、陈一筠认为："尽管清朝官办农垦每每失败，但自发的迁徙一直没有间断，青海成为政治流亡及自发移民的渊薮。"④ 以上两者都只是提及清代自发性移民，而未提及明朝因生计而自愿迁入河湟地区的移民，主要原因在于这方面的文献材料很少，一些史料只是零星谈及明代的自发性移民的情况。如明戴才《议处极边地方兵将疏》中曾谈道"兰、河逃通之民附其中……巴暖三川

① 葛剑雄：《中国移民史》(第1卷)，福州，福建人民出版社，1997。

② 贾伟、马兴盛：《试论明代青海河湟地区人口迁移》，载《青海民族研究》，2002(2)。

③ 李健胜、赵荾贞、俄琼卓玛：《儒学在青藏地区的传播和影响》，北京，人民出版社，2012。

④ 田芳、陈一筠：《中国移民史略》，北京，知识出版社，1988。

地俱系富饶要害之处”；又如《明史·李英传》卷一五六：“纳逋逃，交通外域……英家西宁，招逋逃七百余户。”而《诗文集》中述及的有明时期因生计而移民青海河湟的具体事例是难得的史料，故其价值很大。

（二）社会文化史学价值

家谱序文展现了当时河湟地区修撰家谱已经成为一种社会文化现象。徐扬杰认为：“宋代以后，随着近代封建家族制度的形成，修家谱的风气十分盛行。到了明清两代，可以说既没有无谱之族，也没有无谱之人。”① 清代的河湟地区亦有着浓厚的修撰家谱的社会文化氛围。如《傅氏家谱序》：“乙酉岁余与傅友赓南，杯酒论文，偶语及家乘，赓南慨然有请曰：‘吾族徙居乐都，多历年所，迄今文献无征，阙略滋惧，谱而不作于吾也。后畴能作者，愿以此举，谋及吾子。’”又如《旱庄王氏家谱序》：“一日展其家乘，而问序于余。余曰：‘家之有谱，犹国之有史，所以信今而传后者也。’今受读君家之谱，见其序次详明，原原本本，固如山之有昆仑，河之有星宿也。自今伊始，藏之家庙，世世孙孙，检其篇帙，究其支脉。不第一本九族之爱，无（不）油然而生；即君今日仁孝诚敬之心，千百世下无不想见焉。然则君之家谱，即为与瓜瓞之章，斯干之什，同衍庆于无疆也可。”以上两则材料传递出的是当时在河湟地区，人们修谱做牒已经成为一种社会文化风俗。

此外，从《诗文集》的家谱序文中也可看到修撰家谱时有“攀授仕宦”“附会名流”的一些不良的社会风气。如《傅氏家谱序》中有记载：“然吾尝见今之为谱者矣，攀授仕宦，附会名流，曰吾宗即某乡之分脉，某相之箕裘也。而不知资彼德业，足以光我泉壤，则可谱；藉彼声华，足以光我门闾，则可谱。若犹未也，何谱乎尔？”从以上文中可以看出，修撰家谱时“攀授仕宦”“附会名流”的不良风气已经在河湟地区盛行开来。针对这种修撰家谱时“攀龙附凤”的不良现象，吴栻在《傅氏家谱序》一文中阐述了好友傅赓南对此的观点：“赓南曰：‘家之有谱，犹国之有史，所以从实录也。今碑碣于风雨，衣冠邈若山河，必欲向杳冥恍惚中，远引繁称，是自诬耳。何谱焉？此崇韬拜令公之墓，不如狄青却梁相之图也。且士苟克自树立，即可以褒扬先烈，庇荫后人，又奚必攀龙附凤，以贻我先人羞哉？’余闻而壮之曰：

① 徐扬杰：《中国家族制度史》，北京，人民出版社，1992。

‘若赓南者，其志洁，其行廉，其旨远，真吾之畏友也。余虽秃笔不花，然慨为谱之’，遂不辞为君序之尔。”吴栻对好友傅赓南的言论是持肯定性的态度的，故而可看出吴栻对当时修撰谱序不良风气也是持否定态度的。从文中我们亦可看出儒家知识分子刚直不阿的精神和“达则兼济天下，穷则独善其身”的儒家文化情怀，正是这种儒家知识分子所秉承的刚正不阿的书写家谱的精神，使得当时的修撰家谱的风气为之清明，为后世者研究河湟历史，提供了可靠而翔实的史料。

家谱序文也展现了当时河湟地区的科考入仕的社会文化风气。自隋唐以降，科举考试就成为人们变换社会地位的重要手段，这对于社会底层的民众来说是具有极大的诱惑力的。耕读传家，也成为河湟各个家族的传家宝，“读”成为河湟学子跻身上层社会最好的途径，为了光耀门楣，立志科考的入仕文化氛围是当时的河湟文化写照，这在各家谱及其序言中都有所体现。如吴敬亭《家谱自序》说道：“栻谨受命，时栻年十三。越明年癸酉，先公见背。栻即奉母命，出就外傅。乙亥，补博士弟子员，旋食禀饩……乙酉选拔，丙戌廷栻。癸巳季冬，先慈遐逝，风木之感，触忤予怀。丁酉倖叨科名，戊戌下第归家。”这些关于吴栻的人物传记材料说明了当时河湟的入仕文化氛围与全国的大氛围是一样的。入仕文化也成为当时河湟读书人的动力来源和精神支撑。又如《傅氏家谱序》：“后攻举子业，即树帜艺林，德行文章，蔚然并茂，承先启后，惟君之责，考古证今，惟君之事，君宜谱之尔。况余与君共笔砚，芸窗雪案，未尝一日相离。今士林中，无不知君者，然终不如余知君之最稔也。余故不得不为君谱之尔。虽然余将驱车北上，急应廷试，君姑待之。”攻举子业是读书人跻身上层社会的重要途径，金榜题名也成为每一位河湟举子的梦想，每位河湟读书人兼济天下的梦想，就是在立志科考积极入仕的时代文化氛围的感召下，走出河湟，驱车北上的。

此外，儒家的宗法文化也是清代河湟地区所拥有的文化氛围，其家谱序言中亦有记载。如《旱庄王氏家谱序》：“《周礼·大宗伯》：‘以饮食之礼，亲族兄弟。’《小宗伯》：‘掌三族之籍，以别亲疏。’当是时，家兴仁让，俗尚淳良，何风之古也！慨自宗法不明，人心思竞，而古人尊祖敬宗，收族之至意，邈不可追矣。然则宗法有关于世道人心也，顾不重哉！吾邑王君，奕叶书香，宗祖之盛，甲于一乡。而王君为人恺悌，孝友成性，因心每扶其报本崇先之夙志，以兴宗祖相往复。”文中引用《周礼》中《大宗伯》和《小宗伯》来说明遵守尊祖敬宗的宗法伦理文化的重要性，即人们不仅要对长辈孝敬，也要对同族兄弟亲近、对朋友友爱。从文中我们可以看出“友爱”“孝敬”应是当时河湟地区宗法文化的重要内容，这些在家谱序言中所提及的“敬长老、孝父母”等重要的宗法文化，不仅对凝聚河湟的各个家族有着重要的作用，而且对民族的凝聚和团结也起着一定的作用。所以，这种促进河湟地区民族团结的宗法文化，对现代河湟地区的民族文化建设也有着积极的启示作用。

四、关于青海文献整理的一点思考

在《诗文集》整理过程中，我们发现以《诗文集》为代表的青海文献中存有诸多的学术问题值得探究，以上的学术价值可为例证。青海文献系统整理对青海各方面的发展都有着极为重要的意义。故笔者在此不揣简陋，谈一下系统整理青海文献的一些思考和看法，恳切希望得到批评指正。笔者认为青海文献的整理工作的视角应有二：一是对青海地区传世的或者出土的文献材料进行系统的整理和研究；二是与青海相关的文献材料，如历代的史书、丛书、类书、个人笔记等文献进行系统的整理和研究。

青海文献的整理工作，已经有了一些很好的成果。如赵宗福先生选注的《历代咏青诗选》《历代咏藏诗选》等，李文实先生点校的《西宁府新志》《西宁府续志》，李逢春先生注释的《双鱼草堂诗钞》，米海萍先生的《二十六史青海志传校注》，青海民族学院民族研究所编《明实录青海民族史料摘抄》《清实录青海民族史料辑录》，王昱先生主编的《青海方志资料类编》等。此外，对青海史史料的研究亦有一些成果。如芈一之先生的《青海民族史入门》，周伟洲先生的《吐谷浑史入门》，谢佐、格桑本、彭复堂先生的《青海金石录》，姚继荣、丁宏先生的《青海史史料学》等都对古籍中涉及青海的相关文献进行了介绍、阐释和研究。青海文献的整理虽然取得了上述研究成果，但是还远远不够，因为还有大量涉及青海的文献没有触及。据笔者所知，除了史书材料外，还有一些古代语文学著作和古代个人学术笔记中都有对青海的记录和描述。如清段玉裁《说文解字注》中对“湟”的注解中就有对湟水河的描述：“湟，湟水，出金城临羌塞外东入河。金城郡临羌，二《志》同，旧西宁卫西二百八十里有故临羌城。《前志·临羌下》曰：‘西北至塞外有西王母石室、僊海、盐池。北则湟水所出，东至允吾入河。’《允吾下》曰：‘逆水，出参街谷。东至枝阳入湟。’《浩亹下》曰：‘浩亹水，出西塞外东至允吾入湟。’按《水经》《河水》，又东过金城允吾县，北注言湟水、浩亹水、逆水源流皆甚详。《水道提纲》曰：‘青海在今西宁府边西五百余里，古名西海即鲜水也。今为厄鲁特等二十三旗地。青海，东即湟水，古所谓湟中地；北即大通河，古所谓浩亹水，东南会湟水入黄河也。湟水即洛都水，源出今西宁府西北边外，至今兰州西境入黄河。’按允吾音铅牙，今甘肃兰州府。府西北三百里有故铅吾城是也。浩亹音合门，仙海即西海，古音西读如仙。”又如清钱大昕《十驾斋养新录》卷十一《青海》一文，就是对青海得名之由的考据：“青海之名，昉于后魏。《水经注》《河水》篇云：‘湟水又东南流，迳龙夷城，故西零之地。’《十三州志》曰：‘城在临羌新县西三百一十里。王莽纳西零之献，以为西海郡，治此城。湟水又东南，迳卑禾羌海北，有盐池。’阚骃曰：‘县西卑禾羌海者也。世谓之青海，东去西平二百五十里。’按古人读西如先，郦所云：‘西零’，即《汉书》之先零。元始四年，王莽诱塞外羌献鲜水海、允谷、盐池，置西海郡。先、鲜音相似，鲜水者，先零水。鲜水海，即今青海矣。晋隆安二年，后凉杨轨降于秃发五孤，寻为羌西梁饥所拜，西奔僁海，袭乙弗鲜卑，而据其地。僁即零之俗体，亦以先零得名也。西魏初，凉州刺史史宁与突厥分道袭吐谷浑，还会于青海。隋开皇初，遣无谐等袭吐谷浑，败之青海。《隋书》青海在吐谷浑中，周回千余里。自唐以来，青海之名著，遂无有称鲜水海者矣。”

由此可见，虽然青海文献整理和研究工作取得了一些成果，但是由于中国古代文献浩如烟海，系统地整理研究青海文献及与青海相关的文献是个艰巨的任务。青海的各方面的研究和建设都需要且应该参考一些古代的有关青海的文献材料，故系统整理青海文献的前途是光明的，意义是重大的。概而言之，其既有利于青海的学术研究，也可以不断地为青海文化软实力的提升注入新的血液。

目　录

病吟录

梦游西湖

湖烟淡淡水悠悠，两岸垂杨[1]拂画楼。
最是玉人[2]踪不定，春风吹上采莲舟。

题解：

言语平淡隽永，寥寥数笔，勾勒了梦中西湖美景。

注释：

［1］垂杨：即垂柳。古诗文中杨柳常通用。南朝齐谢朓《隋王鼓吹曲·入朝曲》："飞甍夹驰道，垂杨荫御沟。"

［2］玉人：容貌美丽的人。南朝宋刘义庆《世说新语·容止》："（裴楷）粗服乱头皆好，时人以为玉人。"后多用以称美丽的女子。唐元稹《莺莺传》："隔墙花影动，疑是玉人来。"

游　山

几叠[1]林泉几叠湾，几重[2]云水几重山。
早知历尽崎岖苦，坐老烟霞也是闲。

题解：

此诗几笔，山水胜景尽收。似是彻悟人生，却又不似真心幡悔。山水虽好，需要经历崎岖山路才可以到达，故步自封是见不到真正美景的。孰取孰舍，个人自有选择。踏遍荆棘，只为欣赏一现的昙花，足矣。

注释：

［1］叠：量词，层。用于重叠、累积的东西。

［2］重：量词，层，道。《庄子·天下》："天子棺椁七重，诸侯五重，大夫三重，士再重。"

梦中赠亡友周琢如明经[1]并序

嘉庆三年五月[2]既望，予住李世禄书馆[3]，夜梦忘友[4]周君琢如语予曰："君今年寿终，可早料理家事。我与君夙世交情，故预通此信，君其勿怖。"予应之曰："人之所以悦生者，以有生人之趣也。我阅世数十年，世味澹尽，冀得早脱尘网[5]，何快如之。要住且住，要行便行，有何顾恋，有何畏怖。君笃于友谊，不以存殁相间，直言来告，吾甚感也。晤别匆匆，何以赠之？吟诗一首，以抒离绪。"遂相笑而别。既寤，取笔砚向灯下，记其梗概云。

隔世[6]茫茫数十年，何期相见话因缘。
消磨晚景宁嫌[7]速，泄露春光[8]总在先。
蟾影[9]散来终如海，骊珠[10]拾得欲擎天。
分明别有通元路[11]，记取逢人莫浪传[12]。

题解：

或许各人自有天命，人之将死，可以感受到警兆。面对死神的召唤，多数人会惶惶不可终日，心比形更先死一步。能接受的固然不多，可淡然处之的更是少之又少。其中，部分是心愿已足了无牵挂，部分是一事无成万念俱灰，乐天知命随遇而安者鲜矣。"慷慨就义易，从容赴死难。"从作者尚能赠友诗文来看，其心态应该更接近最后一种。

注释：

[1] 明经：明清对贡生的尊称。《儒林外史》第十八回："此位是石门隋岑庵先生，是老明经。"

[2] 嘉庆三年五月：指 1798 年农历五月十六。

[3] 书馆：古代教授初学之所。汉王充《论衡·自纪》："八岁出于书馆。书馆小僮百人以上，皆以过失袒谪，或以书丑得鞭。充书日进，又无过失。手书既成，辞师受《论语》《尚书》，日讽千字。"

[4] 忘友：此处不通，当为"亡友"，即死去的朋友周琢如。

[5] 尘网：旧谓人在世间受到种种束缚，如鱼在网，故称人世为尘网。晋陶潜《归园

田居》诗之一："误落尘网中，一去三十年。"

［6］隔世：不处在同一个时代，这里指阴阳之隔。

［7］晚景：晚年的景遇。

宁：岂，难道。《史记·陈涉世家》："王侯将相宁有种乎？"

嫌：不满意。

［8］春光：春天的风光景致，这里指消息。

［9］蟾影：月影，月光。唐徐晦《海上生明月赋》："水族将蟾影交驰，浪花与桂枝相送。"

［10］骊珠：宝珠，传说出自骊龙颔下，故名。《庄子·列御寇》："夫千金之珠，必在九重之渊，而骊龙颔下。"唐温庭筠《莲浦谣》："荷心有露似骊珠，不是真圆亦摇荡。"

［11］通元路：通向根源的道路，指通向阴间的黄泉之路。

［12］浪传：随便传布，任意流传。唐杜甫《泛舟送魏十八仓曹还京》诗："见酒须相忆，将诗莫浪传。"

梦中诗并序

季夏之月，予住李氏书馆。夜梦老妻亲为我酌酒奉肉，意甚殷勤。复从容谓予曰："当此永别，何忍然。契[1]愿以拙诗送行，君其许我乎？"予嘉甚。则见老妻略不构思，运笔如飞，须臾[2]诗就，予急取读之，以笔圈"残花澹月"一联大加欣尝[3]。醒后思之，梦中款曲[4]之况，犹依依[5]在目前也。吁！梦境无凭，此事幻。老妻不解诗韵，又不能握管，今梦中之诗甚佳，即今夙构[6]，恐未能如是之工且捷也。噫，异矣！曩在都中曾遇目者，言予逢九不利。忆四十九岁冬月得伤寒病，九死一生。今五十九岁，前月梦亡友通信，此月梦老妻设饯，种种异徵[7]，未可概以噩梦忽之也。又况数年以来，贫老之身，继以多病，早已无意人间，果能连应前梦，固吾之所甚愿。惟恐弗得者，爰记其梦境之新奇、赠诗之缘起云。时嘉庆三年六月二十二日也。

酌酒与君君且欢，将离莫怨酒杯宽。
残花落处残花恋，澹月[8]沉时澹月寒。
聚散何常云化影，漂流无定永翻澜。
从此分手仙凡别，他日相逢一笑看。

题解:

作者睹物思情，离绪满怀，日有所思，夜有所梦。盖功名事业虽是一生奋斗的目标，毕竟还是身外之物，唯一不能忘怀的却是相伴多年的老妻。故夜梦老妻赠诗作别，实作者赠诗老妻作别。至于梦中诗句颇佳，全诗畅意达观，不为羁绊，对仗工整，清新脱俗，乃诗中良品，“残花落处残花恋，澹月沉时澹月寒”两句尤甚。

注释:

[1] 契：吴景周《吴敬亭诗文集》中写作“契”，从文意来看当为“妻”。

[2] 须臾：片刻，短时间。宋洪迈《容斋三笔·瞬息须臾》：“瞬息、须臾、顷刻，皆不久之辞，与释氏‘一弹指间’、‘一刹那顷’之意同，而释书分别甚备……又《毗昙论》云：‘一刹那者翻为一念，一怛刹那翻为一瞬，六十怛刹那为一息，一息为一罗婆，三十罗婆为一摩睺罗，翻为一须臾。’又《僧祇律》云：‘二十念为一瞬，二十瞬名一弹指，二十弹指名一罗预，二十罗预名一须臾，一日一夜有三十须臾。’”

[3] 欣尝：不通，应为“欣赏”。

[4] 款曲：周详，详细。《三国志·魏志·郭淮传》：“每羌胡来降，淮辄先使人推问其亲理，男女多少，年岁长幼；及见，一二知其款曲，讯问周至，咸称神明。”

[5] 依依：依稀貌，隐约貌。晋陶潜《归园田居》诗之一：“暧暧远人村，依依墟里烟。”

[6] 夙构：谓事先拟就或备好。明杨慎《升庵诗话·箕仙诗》：“正德庚辰，有方士运箕赋诗，随所限韵，敏若夙构，而语不凡。”

[7] 徵：迹象。《史记·项羽本纪》：“兵未战而先见败徵。”

[8] 澹月：清淡的月光，亦指月亮。宋苏轼《淮上早发》诗：“澹月倾云晓角哀，小风吹水碧鳞开。”澹：通“淡”，淡薄，浅淡。

梦赠福益斋远游并序

吾邑都阃[1]福益斋，为人倜傥[2]豪迈，通古卒传，嗜饭善饮，有侠客风，与余结为酒友，相处甚欢。去岁夏闲，益斋摄巴燕戎篆，相别一载，倍觉离索。今岁孟秋忽梦益斋远行，予赠五言近体一首。越数日，益斋使至，兼以车来，约予与祁君椒林同到巴燕戎城视疾。及至之日，益斋亲为郊迎，日陪燕饮[3]，精神如旧，谓可勿药有喜也。至九月初旬，而益斋溘逝[4]矣。呜呼，前日梦中赠行之诗，即永别之辞也。所谓诗谶[5]是耶？非耶？爰书其略，以志友谊云尔。

送尔登长路[6]，达人有大观[7]。
乾坤双眼阔，湖海一身宽。
剑许终当挂[8]，铗藏莫浪弹[9]。
前途风云好，可随意盘桓[10]。

题解：

死生有命，富贵在天。作者与友益斋相谈甚洽，离别多日，忽梦益斋远行，不日其即撒手人寰，此一别堪称久远。虽两人远隔千里，但心系相连，故能察得警兆，体会到不可言说之微妙，亦未可知。

注释：

[1] 都阃：借指领兵在外的将帅或外任的大臣。宋文天祥《指南录后序》："即具以北虚实告东西二阃。"

[2] 倜傥：豪爽洒脱而不受世俗礼法拘束。《三国志·魏志·阮瑀传》："瑀子籍，才藻艳逸，而倜傥放荡。"

[3] 燕饮：聚会在一起吃酒饭。燕：通"宴"。《诗·大雅·凫鹥》："公尸燕饮，福禄来成。"

[4] 溘逝：忽然逝世。

[5] 诗谶：谓所作诗无意中预示了后来发生的事。明陶宗仪《辍耕录·诗谶》："'潮逢谷水难兴浪，月到云间便不明。'松江古有此语。谷水，云间，皆松江别名也。近代来做官者，始则赫然有声，终则阘茸贪滥，始终廉洁者鲜，两句竟成诗谶。"

[6] 长路：远路。

[7] 达人有大观：达人指豁达豪放、行事不为世俗所拘束的人，又称"大观之人"。汉贾谊《鹏鸟赋》："小智自私兮，贱彼贵我；达人大观兮，物无不可。"

[8] 剑许终当挂：《史记·吴太伯世家》载，春秋时，吴王寿梦少子季札封于延陵，号延陵季子。他出使路过徐国，徐国国君很爱他的剑。季札已心许，准备回来时再送给他。等到回来时，徐君已死，季札就把剑挂在徐君墓上，表示不能因徐君已死而违背自己

许剑的心愿。后以“挂剑”为怀念亡友或对亡友守信的典故。亦以讳称朋友逝世。

[9] 铗藏莫浪弹：战国时孟尝君门下食客冯谖，常弹其剑铗而歌。孟尝君礼遇之，后冯谖为孟尝君积极效力，使其免于死难。这里是说把剑藏好不要随意乱弹。

[10] 盘桓：徘徊，逗留。唐刘希夷《捣衣篇》：“揽红袖兮愁徙倚，盼青砧兮怅盘桓。”

思观山中

万山深处一车牵，两度来游信有缘。
沿路野花香不断，秋风吹老碧云天[1]。

题解：

这首诗写于诗人故地重游之后。沿途风景秀丽，天朗气清，清风阵阵，花香不断，是个游玩观赏的好去处，更是个修身养性的好所在。

注释：

[1] 碧云天：蓝天白云。

重到巴燕戎[1]

（一）

四十年前此地游，今来重上旧城楼。
山川风景原无异，却笑朱颜变白头。

（二）

禾苗高低山四周，郊原[2]篱舍亦疏稀。
我来一似辽东鹤[3]，城郭人民是也非。

题解：

这两首诗均有一种物是人非的凄凉感，沧海桑田的幻灭感。岁月无情，留下了很多痕迹；风景依旧，改变的是自己。在这种环境下，回首自己的一生，往事历历在目，得失在一瞬间。顺心也好，不如意也罢，俱成往事，都是过眼云烟。不提也罢。

注释：

［1］巴燕戎：指的是现在的巴燕。清代巴燕戎格厅所在地。清乾隆九年（1744），置巴燕戎格抚番厅（今青海省化隆回族自治县巴燕镇），隶西宁府。民国二年（1913），改巴燕戎格厅为巴戎县，隶甘肃西宁道。

［2］郊原：原野。宋苏轼《过云龙山人张天骥》诗："郊原雨初足，风日清且好。"

［3］辽东鹤：同"辽东雀"。指传说中的辽东人丁令威修道升仙，化鹤归飞之事。晋陶潜《搜神后记》卷一："丁令威，本辽东人，学道于灵虚山。后化鹤归辽，集城门华表柱。时有少年，举弓欲射之。鹤乃飞，徘徊空中而言曰：'有鸟有鸟丁令威，去家千年今始归。城郭如故人民非，何不学仙冢垒垒。'遂高上冲天。"隋卢思道《神仙篇》："时见辽东鹤，屡听淮南鸡。"

门前质解[1]失火延烧屋舍

（一）

典尽衣裳一火焚，邻家面面化烟云。
天留茅舍堪容我，犹得闲翻贝叶文[2]。

（二）

焚弃无余莫怨穷，穷中消息我先通。
本来真相原无物[3]，一任家中事事空。

题解：

所谓"城门失火，殃及池鱼"，邻家失火，必也殃及自家。家中什物，不幸烧毁甚多。火灾过后，作者能收拾残骸，再图生计，心态可佩，勇气可嘉。

注释：

［1］质解：当铺。

［2］贝叶文：书写于叶上的文字，指佛经。印度贝多罗树的叶子，可以代纸，古代印

度人用以写佛经，后因称佛经为贝叶经。唐刘长卿《送方外上人之常州依萧使君》诗：“归共临川使，同翻贝叶文。”

［3］本来真相原无物：佛家讲“四大皆空”。

敝庐免灾聊为整葺[1]

吾庐吾爱净无尘，回禄[2]何为毁近邻。
巷剩雀罗[3]虽少客，天留蜗舍足容身。
安排床几迎新岁，扫掠门庭待好春。
架有残书樽有酒，醉时高卧醒时颦[4]。

题解：

此诗写于邻家失火殃及自家之后。天有不测风云，人有旦夕祸福，灾难突降，损失巨大。然而作者能够放宽心态，积极应对，这是非常不容易的。正像其一生，遭遇坎坷之后，诗人总是不灰心丧气，能用平和的心态、乐观的态度来应对自己所面临的种种困难，这是非常难能可贵的。

注释：

［1］整葺：整理修治。

［2］回禄：相传为火神之名，引申指火灾。《国语·周语上》：“昔夏之兴也，融降于崇山，其亡也，回禄信于聆隧。”

［3］雀罗：捕雀的网罗，常用以形容门庭冷落。宋苏轼《答任师中家汉公》诗：“雀罗吊廷尉，秋扇悲婕妤。”

［4］高卧：安卧，悠闲地躺着。《晋书·隐逸传·陶潜》：“尝言夏月虚闲，高卧北窗之下，清风飒至，自谓羲皇上人。”

颦：笑的样子。古同“颦”，皱眉。

检书偶吟并序

戊午季冬，前邻失火，将及吾庐，家中所藏书籍，徒吾后檐，散掷园中。

越翌日，仍搬运故处。正月偶闲，予指挥幼孙，将书略为整理，庶几[1]焦园蠹简[2]，重出人间，旧轴丹黄[3]，不罹劫火，爰吟短句，聊抒鄙怀。

故纸堆[4]中卧病身，呼孙拂拭案头尘。
若教残卷随灰冷，免得寒窗又苦神。

题解：

作者邻居失火，火势蔓延到自己家里。家中损失巨大，很多东西都毁于一旦，一时间陷入窘迫的境地。而慌忙之中抢救的物品，不是其他，却是作者多年的藏书。不久之后，作者还和孙儿一起整理书籍，并作诗一首，其胸襟气度可见一斑。

注释：

［1］庶几：有幸。《汉书·公孙弘传》："朕夙夜庶几获承至尊。"

［2］蠹简：被虫蛀坏的书。泛指破旧书籍。唐刘知几《史通·惑经》："徒以研寻蠹简，穿凿遗文，菁华久谢，糟粕为偶。"

［3］丹黄：旧时点校书籍用朱笔书写，遇误字，涂以雌黄，故称点校文字的丹砂和雌黄为丹黄。这里代称书籍。

［4］故纸堆：指大量的古旧书籍、资料，含贬义，这里是自嘲。比喻人埋首研读古书，不知人情世故。《五灯会元·古灵神赞禅师》："百年钻故纸，何日出头时？在这些故纸堆中，有发掘不尽的知识宝藏。"

门巷被焚掠惊悸[1]成疾慨然有作

久病长贫昼掩扉[2]，天呼人也是耶非。
家中抛掷三春麦[3]，身上蒙戏一垢衣[4]。
衡雪[5]寒梅和我瘦，受风轻燕傍谁飞。
山妻亦有烟霞疾[6]，白首相邻尚可依。

题解：

这首诗是写邻家发生火灾蔓延到自己家里，家人为了抢救财产，慌乱中把来春下种的麦子扔到了后园田里。可是还是有很多东西付之一炬，本来贫穷的家庭进一步遭受创伤；

自己更是因为受到了惊吓，本来就虚弱的身体更加虚弱了，真是屋漏偏逢连夜雨。领联对仗工整，用了比喻的手法描述火灾后的状况。而尾联却笔锋一转，以乐观的态度，说明虽然家里损失惨重，但所幸人员平安，接下来的生活还是有希望的。

注释：

［1］惊悸：因惊恐而心跳得厉害。

［2］扉：门扇。

［3］家中抛掷三春麦：是说作者的儿子见到火势甚急，连忙将来年春天要下种的麦种抛掷到后园田畦中。

［4］身上蒙戏一垢衣：是说大火之后，家当全无，只剩下身上一件全是污垢的衣服。这是夸张的说法，极言损失之重。

蒙戏：遭到生活的捉弄。

［5］衡雪：栏杆上的积雪。

［6］烟霞疾：对山水的嗜好。这里是说不久前梦到妻子赠诗之事。

无　衣

遮身短褐倚书帷［1］，典尽烧残衹［2］自亏。
多病相如空有壁［3］，长贫叔敖竟无锥［4］。
号寒虫［5］老应怜我，吹暖人遥更待谁［6］。
除却安心无别法，草庐还守旧清规。

题解：

这首诗作于家遭大火之后。首联写家徒四壁一贫如洗，甚至没有取暖的冬衣；颈联列举了历史上生前有名死后却贫困拮据的司马相如和孙叔敖的典故；领联说的是冬天快要过去了，温暖的春天就要来了，暗指最困难的日子就要过去，生活还是有希望的；最后两句又返回现实，现在能做的还是安心做事，不要胡思乱想，也不要做无用功。全诗格调自然，没有华丽的辞藻，却能深深触动人的心灵深处。名虽为“无衣”，实暗指“岂曰无衣”。

注释：

［1］帷：围在四周的帐幕。

［2］祇：敬，恭敬。

［3］多病相如空有壁：是说汉代大辞赋家司马相如的故事。司马相如深得汉武帝的赏识，晚年因病免官，死后家里一本书都没有了。因为虽然他时时写书，但是写一本别人拿走一本。

［4］长贫叔敖竟无锥：是说春秋时期楚国政治家、军事家孙叔敖的故事。孙叔敖虽贵为令尹，功勋盖世，但一生清廉简朴，多次坚辞楚王赏赐，家无积蓄，临终时连棺椁也没有。他过世后，其子穷困仍靠打柴度日。

［5］号寒虫：应该指的是寒号鸟。

［6］吹暖人遥更待谁：这句话用邹衍吹律使气候变暖的典故。李白《邹衍谷》："燕谷无暖气，穷岩闭严阴，邹子一吹律管，能回天地心。"意思是说期待天气早日变暖，不致受贫寒之苦。

病　起

病起慵无力，呼孙好把肩。
闲多随意坐，冷爱向阳眠。
墨业[1]抛身外，青山列眼前。
小园佳趣满，花鸟可谈禅。

题解：

这首诗是诗人病时所作。久病尚未痊愈，身体状况还是很不好，不但行动不方便，有时还需要别人来搀扶。"闲多随意坐，冷爱向阳眠"两句，乍一看似乎颇多闲适，略一品味却聚集了诗人心里的落寞和步入生命之秋的萧索，是深深的无奈和感伤。这种情况下，唯有山水田园花鸟可供相伴。然而，小园之内虽满佳趣，却只在方圆之内；花鸟虽可对谈禅，花不语，鸟飞去，云淡风轻，残阳夕照，黯淡了渐行渐远的背影。

注释：

［1］墨业：指文房四宝和书籍。

自悔

子孙委蜕[1]递相联，色色形形受自天。
不向本源明大事，却因恩爱累残年。
尘心羞对餐霞客[2]，病骨难逢卖药仙[3]。
何日斋居深入定[4]，定中一一究因缘。

题解：

这首诗是作者对人生的思考。作者想探究人生命的本源和生活的意义，但是因为受到尘世的种种羁绊，至今尚未参透。所以作者说他想要向修道者学习，洗除内心的杂念，思考人生的本质。然而，既在人世间，又有谁能真正参悟到人生的真谛呢？即使是那些老道高僧，号称是不在红尘之内，可是所食之米、所穿之衣、所居之屋、所行之路，莫不是红尘中物，所遇者也尽是红尘中人，又焉能真正告别红尘？在红尘之中，参悟红尘之外，吾窃以为与管中窥豹无异矣。

注释：

[1] 委蜕：谓自然所赋予的躯壳。《庄子·知北游》："孙子非汝有，是天地之委蜕也。"

[2] 餐霞客：指修炼的道士。

[3] 卖药仙：道士的代称。

[4] 入定：佛教语。谓安心一处而不昏沉，了了分明而无杂念。多取趺坐式。谓佛教徒闭目静坐，不起杂念，使心定于一处。

闲居贫活计

仿白香山[1]体拈十二韵

莫笑生涯冷，荣苦[2]总一般。
屋寒春尚暖，门设昼长关。
花鸟朝酬唱，烟霞日往还。
菜烹香馥郁，衣补色斑斓。

澹泊心偏惯，经营力已孱[3]。
停诗聊假寐[4]，把枕暂开颜。
坐榻凭长几，推窗见远山。
偷安从子懒，失学任孙顽。
幽意超尘外，空身寄世间。
无才逢命薄，多病遘[5]时难。
习静僧堪侣，忘怀佛可扳。
年年贫活计，常此乐安闲。

题解：

这首诗是诗人晚年日常生活的写照。全诗语言平实，词句朴素，朗朗上口，通俗易懂。诗人一生不得志，满腹才华和抱负得不到施展，只是教习为业；家里虽不是穷困潦倒，却也不很富裕，总之就算平平淡淡地度过了大半生。朝对朝阳夕对晚霞，曾经的雄心壮志化为了无欲则刚。虽然仕途不顺，但是所幸夫妻恩爱，子孝孙贤，可享天伦之乐。如果平心静气，苦中作乐，也别是一番滋味。

注释：

[1] 白香山：指白居易，号香山居士。

[2] 荣苦：荣耀和痛苦。

[3] 孱：虚弱无力。

[4] 假寐：谓和衣打盹。《诗·小雅·小弁》："假寐永叹，维忧用老。"郑玄笺："不脱冠衣而寐曰假寐。"高亨注："假寐，不脱衣帽打盹。"

[5] 遘：相遇。

病　后

病后多疏懒，关门事事幽。
老馋惟食肉[1]，瘦冷总披裘。
移榻依东壁，携樽[2]上北楼。
万缘都摆脱，身外复何求。

题解：

这首诗作于作者晚年，大病之后，身心无力，无意交际往来，只是和家人在一起。作者很清楚自己的身体状况，已经感觉到了老之将至，甚至时日无多。感慨之余，更重要的是珍惜剩下的时光，珍惜和家人在一起的日子。至于名利争夺，已经成了毫无意义的事情。

注释：

［1］食肉：人言老者不食肉不饱。《孟子·梁惠王章句上》：“七十者衣帛食肉，黎民不饥不寒。”

［2］樽：酒杯。

自　笑

前身词客王摩诘[1]，旷劫高僧苏子瞻[2]。
我亦静中观夙命[3]，还疑禅俗一身兼。

题解：

这首诗表明了作者对唐宋大家王维和苏轼等人的无限景仰和推崇。作者一生潦倒，怀才不遇，所以对唐代诗人“诗佛”王维和宋代不世出的大文学家苏轼大加赞叹，前者身在高处心静如水，后者境遇坎坷随遇而安，这都是作者想要达到的境界。这首诗颇有自嘲的口吻，也表达了诗人对生活的无奈和对自己遭遇的哀叹。

注释：

［1］王摩诘：即唐代诗人、画家王维。王维字摩诘，祖籍山西祁县，开元中进士，累官至给事中，后官至尚书右丞。《雪溪图》《写济南伏生像》相传是他的作品，今存《王右丞集》。

［2］旷劫：佛教语。久远之劫；过去的极长时间。李白《〈地藏菩萨赞〉序》：“独出旷劫，导开横流。”王琦注：“旷劫，谓久远之劫也。”

苏子瞻：即苏轼。苏轼字子瞻，又字和仲，号“东坡居士”，因此也称“苏东坡”，眉州眉山人，是北宋著名文学家、书画家、散文家和诗人。他与他的父亲苏洵、弟弟苏辙皆以文学名世，世称“三苏”。他还是著名的唐宋八大家之一，作品有《东坡七集》《东坡乐府》等。

［3］夙命：注定的命运。

坐　夜

夜长眠不稳，趺坐[1]静相宜。
月影寒仍落，灯花细更垂。
万缘将尽处，一念未生时。
此际萧疏[2]甚，孤怀祇[3]自知。

题解：

作者长夜难眠，思索万千。望着天上的明月，明月朗朗，投下的月影仿佛带着九天之上的寒气；看着眼前的油灯，灯火荧荧，细细的灯花一边燃烧一边迅速暗淡。在这孤寂的夜晚，所有的生物都已经安眠，唯一清醒的自己似乎到了另外一个世界。此情此景，作者不由得陷入了沉思，可是又思索不出什么，只觉得万念涌上心头，却不知想要说些什么。晨曦尚远，漆黑的夜空静静笼罩着大地，躁动的大地期待着黎明。

注释：

［1］趺坐：身体迅速跌落坐下。这里指的应该是突然从睡梦中惊醒。

［2］萧疏：寂寞凄凉。

［3］祇：同“只”。

人间世

堪破人间世，浑如草际风。
荣枯都是幻，恩怨总成空。
乘化从修短[1]，随缘任始终。
马牛何用唤，应号听（塞）[2]翁。

题解：

此诗是作者一生的感慨。经过岁月之河的无情淘洗，当年豪气万千的青年，终于成了如今风烛残年的老者。一个人的一生就是这样，就像一阵风，刮过去后，不会对外物产生多大影响。人的一生积极争取的功名利禄都是大风中摆动的花草，大风过后，或恢复原状，或枯萎倒地，风总是带不走的。人生在世，何不顺应自然呢？日出而作，日落而息；不苛求自己，也不勉强别人；不求物品的多寡，只求内心的安宁。如此一生，当是快乐的吧。

注释：

[1] 乘化：顺随自然。化，造化。晋陶潜《归去来兮辞》："聊乘化以归尽，乐夫天命复奚疑。"

修短：长短。这里指人的寿命。《汉书·谷永传》："加以功德有厚薄，期质有修短，时世有中季，天道有盛衰。"

[2] 按：此处原本缺失一个字，吴景周先生加"塞"字。今在此保留吴先生的加注。

雪 狮

嘉庆四年，孟春廿后，昼夜大雪。庭院积雪盈尺，儿童戏以雪博[1]，作工狮型，翌日天晴，化为乌有。呜呼！云做奇峰，遇风则散；冰堆寒嶂，见晛[2]即消。物理推迁，发人深省，爰吟小什，聊寄闲情云尔。

谁把三春雪，来妆百兽雄。
望恩天向北，迎暖日升东。
不悟身非久，安知色是空。
可怜虚费力，心计太玲珑。
酷似毛群特，安然大雪中。
青阳[3]初应节，白泽[4]乍收雄。
枉作狰狞势，空劳积累功。
早知留顷刻，妆点为谁工。

题解：

这首诗是初春时节，天降大雪。作者看到儿童雪中嬉戏，并堆雪狮，第二天天晴雪狮融化为一摊污水，心有感触，故作此诗。诗中嘲讽了那些为了蝇头小利费尽心思的人，把他们比作雪堆的狮子，虽然看上去狰狞恐怖，实际却是不堪一击。春回大地之日，便是他们灭亡之时。投机取巧是不会获得成功的，只有一点一滴的努力积累才能成就大业。同时，也标榜了自己高洁的品格，表明了善恶终有报的信念。

注释：

[1] 博：通“搏”。争斗，搏斗。明高启《书博鸡者事》：“一日，博鸡者遨于市。”

[2] 晛：日气。《诗·小雅·角弓》：“雨雪浮浮，见晛曰流。”

[3] 青阳：指春天。《尸子·仁意》：“春为青阳，夏为朱明。”

[4] 白泽：传说中的神兽名。《云笈七籤》卷一百：“黄帝得白泽神兽，能言，达于万物之情。”这里指的是冬季。

失猫诗

家畜斑猫爱睡，最有性气[1]，不肯受辱。家人或叱呵之，即掉尾[2]去数日始归。由是人皆爱惜，弗忍以厉声加也。孟春大雪，天气寒甚，适因客至猫防客坐，予连呵不动，戏举鞭惊之，猫奋然[3]者，三昼夜不归，予甚悔焉。吁！猫尚知耻，毛群[4]众有羞恶之心者也。戏吟五字诗二首以寄感云。

（一）

斑猫何太懒，昼夜知贪眠。
常碍新宾坐，当思旧主贤。
薄情吾甚悔，遁迹尔可怜。
冒雪将何往？孤踪竟杳然[5]。

（二）

猫性通人性，依依不忍捐。
别离才几日，豢养[6]已三年。
饥饱谁家宿？温凉何处眠？
归来如恋旧，相伴卧寒毡。

题解：

此猫亦乃性情中物也，铁骨铮铮，义不受辱，正因为此，更是受到诗人的喜爱。试问世间芸芸众生，庸庸碌碌者有多少，蝇营狗苟者又有多少？有人可以为了一点蝇头小利出卖故交，有人可以为了一点眼前的实惠而欺诈乡里，更有人为了自己一时的荣华富贵弃仁义道德甚至家国百姓于不顾，如此种种，不可胜数。而此猫却强似时人百倍，令我辈羞愧汗颜。

这两首诗第一首说明斑猫性懒贪眠，因妨碍宾客落座而遭呵斥，于是离家出走。作者寻猫不到，悔意顿生，复杂的心情涌上心头，而望眼欲穿却寻不到斑猫的踪影。第二首是斑猫离家几日后作者思念之心愈盛，想起斑猫的种种好处，又担心大雪天斑猫饥寒无依。如果斑猫能返回家中，定会对其嘘寒问暖，相依为命。两首诗语言平实无奇，却真情流露，深刻反映了作者对斑猫的喜爱和担心。

注释：

［1］性气：性情脾气。北魏郦道元《水经注·温水》："俞益期性气刚直，不下曲俗，容身无所，远适在南。"

［2］掉尾：摇尾。《淮南子·精神训》："我受命于天……视龙犹蝘蜓，颜色不变，龙乃弭耳掉尾而逃。"

［3］奋然：愤激貌。

［4］毛群：指兽类。《文选·蜀都赋》："毛群陆离，羽族纷泊。"刘逵注："毛群，兽也。"

［5］杳然：形容看不到、听不见，无影无踪。

［6］豢养：喂养。

老牛耕地图

耕牛力尽卧山前，耒耜[1]相随已有年。
骨老每思身化铁，肠空只见口流涎。
通宵望月徒劳喘，整日犁云[2]不得眠。
狠杀农夫心太狠，临风何忍苦加鞭。

题解：

"老牛"四诗，可以看作是诗人一生清贫教书生活的写照。当时的教师地位不高，收入低微，若不是家业本有些基础，或许根本无法生活下去。诗人感觉自己就像勤恳耕耘的老牛，倾尽一生之力，换取的却是一顿皮鞭和呵斥。牛，吃的是草，流的是血；付出的很多，要求的却很少。即使是这样，农夫还是不顾耕牛的年老体衰，极力催促老牛下田。诗人从耕牛的身上看到了自己人生的缩影，忍不住为之为己流下无奈的辛酸泪。

注释：

［1］耒耜：农具的总称。《孟子·滕文公上》："陈良之徒陈相，与其弟辛，负耒耜而自宋之滕。"

［2］犁云：犁地。

老牛驾车图

老牛头角久摧残，车重身疲力已殚[1]。
问喘无人思丙吉[2]，避灾有意畏田单[3]。
关山千里宁辞远，冰雪三冬总怯寒。
困极也须经绝险，近来衰疲不堪看。

题解：

老牛辛苦一生，头角摧残，四肢无力，身瘦毛稀。农夫自是不会关心它的疾苦，旁人也更不会过问；而老牛却站在了风口浪尖，不知什么时候就会有人来陷害自己。驾车的老牛，面前是千山万水，四周是刀山火海，身后是万丈深渊。就像自己一样，一生经历了无数的磨难，雪中送炭的人少之又少，雪上加霜的人却多而又多。

注释：

［1］殚：竭尽。

［2］丙吉：说的是"丙吉问牛"的典故。丙吉是西汉丞相，在路上遇到有人聚众斗殴，旁边有牛在喘息。他不过问斗殴的事，却询问牛走了多久。有人很奇怪，他回答说："丞相不应该在路边过问小事。现在刚春天天气还不热，而这头牛却连连喘息，我是担心气候异常，那样会发生伤害百姓的大事。"

［3］田单：齐国大将田单用火牛阵击退了前来进犯的燕国大军，留下了历史上有名的一次战役。

老牛舐[1]犊图

老牛有子谁能怜，白昼相依夜共眠。
惯以舌尖随犊舐，忍教鼻孔受人牵。
辛勤未了前生业[2]，恩爱犹贪现世缘。
纵使养成头角好，果[3]能原上替耕田。

题解：

老牛辛苦一生，没有人关心，没有人爱护，流血流汗，却无处诉说。老牛也有自己的后代，老牛也十分怜爱自己的后代，亲昵之情自不必多说。可是，在老牛辛勤养育下长大的小牛，在可以胜力耕田拉车之后，还是免不了受苦受难的宿命。诗人潦倒一生，命运已定，而自己的子女也没有享受自己的庇护，伤怀不已，看到舐犊的老牛，竟也起了怜惜之心，人兽同悲，堪称世间绝唱。

注释：

［1］舐：以舌舔物。

［2］业：佛教名词，罪孽。《法华经》："六畜皆前业，惟牛最苦辛。"

［3］果：结局，与"因"相对。

老牛卧草图

老牛疲甚卧深峦[1]，绿遍长坡眼倦看。
汗血流多知骨重，皮毛脱尽觉甚寒。
春回黍谷云山秀，日暖桃林草地宽。
最是牧人鞭[2]不起，夕阳天远鸟飞残。

题解：

老牛生来就一直劳碌奔波，很少有可以歇息的时候。忙里偷闲，卧在深山之中，山间风光如画，老牛却无心去欣赏，只知道自己瘦骨嶙峋，皮薄毛脱。春回大地，万物承恩，一切都生机盎然，而老牛却感到自己的生命已经步入了寒冬。从老牛身上，诗人看到了自己的影子，也仿佛看到了自己的一生。

注释：

［1］峦：山

［2］鞭：在此指鞭打之意。

梦题假山

聚石为峰日往还，宛疑身在水云[1]间。
近来多少清闲客，不爱真山爱假山。

题解：

这首诗风格淳朴自然，语言没有精心雕饰的痕迹。聚石成山，山可接天，云带环绕，水流低回。骚人墨客，风雅雍容，日夜流连于山水园林之间，吟诗作画，赏花弄月，快活无比。抛却功名身后事，却也是人间乐事。

注释：

［1］水云：水和云。多指水云相接之景。唐戎昱《湘南曲》："虞帝南游不复还，翠蛾幽怨水云间。"

告虚室主人文

虚室何处，大小无方。
混沌[1]为基，太朴[2]为梁。
元始[3]为柱，太极[4]为堂。
四维[5]为壁，三才[6]为房。
其象空阔，其境清凉。
原有主者，默坐中央。
灵机独运，巧思深藏。

上立功业，次发文章。
风云月露，朱露元黄[7]。
图书满架，著作盈箱。
多此知识，便惹恓惶[8]。
甫离欲界[9]，即入愁乡。
有文百卷，饥难为粮。
有赋千首，寒难为裳。
空悬酒债，莫润诗囊。
遵圣贤训，立廉耻坊。
宁甘冻饿，不靠门墙。
难看门锁，暗拭泪眶。
三啸其气[10]，九回其肠[11]。
身先心苦，年老情伤。
揶揄[12]胡鬼，戏弄逢伥。
皆因识字，挫尽锋铓[13]。
已末春暮，虔设椒浆。
爰裁俚句，敬告心王[14]。
去我聪慧，恕我疏狂。
不分牝牡[15]，不辨稻粱。
其寐漠漠，其觉茫茫。
神灰意懒，情绝境忘。
不知地原，罔测天长。
玉兔[16]任走，金乌[17]任翔。
何思何虑，无迎无将。
守此大拙，随意徜徉。
痴人痴福，多寿多臧。
顶礼心室，鉴此心香。

题解：

此文苍凉辽阔，气势恢宏，有太和气象，玄妙不可言。虚室地处无方，气息古朴，四方上下，纸墨馨香。岁月流金，虚室空度，手不能缚鸡，力不能糊口。肠肚可填，中心难平，登高舒啸，暗室低吟。半世颠沛，一生潦倒，壮志化为流水，雄心付与清风。月出云散，雨过天晴，返璞归真，无欲则刚。

注释：

［1］混沌：古代传说中指世界开辟前元气未分、模糊一团的状态。汉班固《白虎通·天地》："混沌相连，视之不见，听之不闻，然后剖判。"

［2］太朴：谓原始质朴的大道。清刘献廷《广阳杂记》卷二："正如雷尊象鼎，虽丹碧烂然，而太朴浑沦之气，非鬼工匠手所能拟议。"

［3］元始：最古老的，未开发的。

［4］太极：古代哲学家称最原始的混沌之气。谓太极运动而分化出阴阳，由阴阳而产生四时变化，继而出现各种自然现象，是宇宙万物之源。《易·系辞上》："易有太极，是生两仪，两仪生四象，四象生八卦。"孔颖达疏："太极谓天地未分之前，元气混而为一，即是太初、太一也。"

［5］四维：指四方。明宋濂《重刻护法论题辞》："被发狂奔，不辨四维。"

［6］三才：天、地、人。《易·说卦》："是以立天之道曰阴与阳，立地之道曰柔与刚，立人之道曰仁与义。兼三才而两之，故《易》六画而成卦。"

［7］朱露元黄：两者是古人校点书籍的两种颜色。

［8］栖惶：忙碌不安貌。李白《上安州李长史书》："白孤剑谁托，悲歌自怜，迫于恓惶，席不暇暖。"

［9］欲界：原为佛教语。三界之一。包括地狱、人间和六欲天等。以贪欲炽盛为其特征。后用以指尘世，人世。

［10］三啸其气：多次啸歌。这里的"三"是虚数，并非确指三次。

［11］九回其肠：形容内心焦虑不安，仿佛肠子都在旋转。这里的"九"是虚数，极言其多。

［12］揶揄：嘲弄，戏弄。

［13］锋铓：同"锋芒"。本指刀剑的尖端和刃口，这里指才干、锐气。

［14］心王：佛教语。指法相宗所立五位法中的心法。包括眼识、耳识、鼻识、舌识、身识、意识、末那识和阿赖耶识。与心所有法相对。见《百法明门论》。亦泛指心，心为三界万法之主，故称。

[15] 牝牡：鸟兽的雄雌，雌为牝，雄为牡，两者相对。牝牡也用来比喻表面现象。

[16] 玉兔：指月亮。传说月亮中住有捣药的玉兔。

[17] 金乌：指太阳。传说太阳是只三足金乌，是天帝的儿子。

怡云庵排律诗草

空望林已秋[1]

得林字六韵[2]

一叶飘残[3]后，秋空望满林。
枫疏霜早染，桂老露先侵。
地阔尘氛[4]净，天高爽气[5]深。
风回修竹韵，日转古松阴。
入目千章[6]密，凝眸万象[7]森。
遥怜羁旅[8]客，摇落定关心。

层层摹写，俱为望字传神。（自评）

题解：

作者通过对初秋树林景象的描写，描绘出天高气爽、树木展姿的秋景美色，却丝毫没有低沉、肃杀的格调。同时抒发了羁旅情思，展现“文士悲秋”的情怀。

注释：

［1］按：该试帖诗题目出自唐孙頠《宿烟含白露》。

［2］得林字六韵：得某字几韵，这种模式是清代科举考试中试帖诗（格律诗的一种）的一种出题模式。这是出题时规定的。试帖诗大都分为五言六韵或八韵，以古人诗句或成语为题，冠以“赋得”二字，所以也叫“赋得体”，并限定韵脚。

［3］飘残：飘零凋残。

［4］尘氛：灰尘烟雾。晋葛洪《抱朴子·畅玄》：“弃赫奕之朝华，避偾车之险略；吟啸苍崖之间，而万物化为尘氛。”《续资治通鉴·宋高宗建炎三年》：“是日也，尘氛蔽日，金人初不测其多寡，遂相拒踰日。”

［5］爽气：谓凉爽之气。宋陆游《水亭独酌十二韵》：“清风扫郁蒸，爽气生户牖。”

［6］千章：指大树千株。这里代指丛林。

［7］万象：宇宙间一切事物或景象。

［8］羁旅：长久寄居他乡。《左传·庄公二十二年》：“齐侯使敬仲为卿，辞曰：‘羁旅之臣……敢辱高位？’”杜预注：“羁，寄；旅，客也。”

五月鸣蜩[1]

得鸣字八韵

桑树蝉声急[2]，微虫五月鸣。
却当三伏[3]热，未列九秋[4]清。
叶密藏遍稳，枝摇寂不惊。
有绥[5]宁假绩，无口自成声。
露饮每千林，风从两腋生。
商音[6]方入耳，羁旅劫离情[7]。

三、四扼定，五月搏挽有力。九、十确切不夫；词意组练极工，饶有逸韵。（自评）

题解：

蝉在《诗经》中为歌咏的对象。在炎热的夏季，它们的鸣声为人们带来了丝丝清凉，是夏季不可缺少的风情。本诗从蝉生存的季节入手，写了生存的环境、肖貌鸣声。作者人生大半谋食他乡，客居异地，漂泊流落。在蝉鸣之季不免想念故园。

注释：

[1] 按：题目出自《诗经·豳风·七月》："四月秀葽，五月鸣蜩"。

[2] 急：指声音急促。

[3] 三伏：是初伏、中伏和末伏的统称，是一年中最热的时节。

[4] 九秋：指秋天。

[5] 绥：缨饰的下垂物。

[6] 商音：五音之一。亦指旋律以商调为主音的乐声，其声悲凉哀怨。

[7] 离情：别离的情绪。

五月斯螽动股[1]

得螽字八韵

寒天纷络纬[2]，五月跃斯螽。
动股声堪听，交绳类不工。
凄音临耳畔，逸韵[3]透窗中。
断续和霄漏，轻扬杂晚钟。
三更[4]鸣皓月，两腋鼓清风。
讵[5]错吹嘘力，还如丝竹工。
躯微飞便捷[6]，翼薄照玲珑。
诗咏薨薨[7]句，多男祝圣躬[8]。

五、六句虚写动股，清不涉枯。七、八实写动股。刻必追雅，九、十句描写尽致，结更得体。(自评)

题解：

当春天已来临，万物复苏之后，鸣虫也不甘寂寞。斯螽从远古的春秋时代走来，穿过魏晋风骨，拂过盛唐气象，落定大清盛世。皓月当空，晚风习习，清漏滴滴，晚钟悠扬，窗外是满耳的虫鸣。此情此景不是盛世而何？作为一个读书人，对皇帝圣躬的祝愿发自肺腑，同时也是对国家兴隆昌盛的祈祷。

注释：

[1]按：题目出自《诗经·豳风·七月》："五月斯螽动股，六月莎鸡振羽。"斯螽：即螽斯。触角细长，振翅善鸣。种类较多，常见的有绿螽斯等，其中纺织娘和蝈蝈为人所熟知。雄性发音器位于左前翅之臀域，常略呈圆形，周围围以弯曲而发达的翅脉，中横贯粗脉，作为音锉；右前翅基部为光滑而透明的鼓膜，当二翅相互摩擦时，而共鸣发音。《诗·豳风·七月》："五月斯螽动股"。《毛传》："斯螽，蚣蝑也。"王夫之稗疏："斯螽，《毛传》曰：'蚣蝑也。'《尔雅》谓之蜇螽，《方言》及《广雅》谓之舂黍。郭璞曰：'江东呼虴（蚱）蛨（蜢）。'今案：虴蛨似螳螂，项稍短而无斧，六七月间好入人葛衣中，粤人生啖之。"

[2]络纬：虫名。即莎鸡，俗称"络丝娘""纺织娘"。夏秋夜间振羽作声，声如纺线，故名。

［3］逸韵：美妙动听的乐声、歌声。

［4］三更：指半夜十一时至翌晨一时。

［5］讵：无。

［6］便捷：敏捷，灵活。

［7］薨薨：象声词，众虫齐飞声。

［8］圣躬：犹圣体。臣下称皇帝的身体，亦代指皇帝。《后汉书·班固传下》：“俯仰乎乾坤，参象乎圣躬。”李贤注：“圣躬，谓天子也。”

角　黍[1]

得端字八韵

俗当天中节[2]，家家粽子餐。
如圭原有角，似玉乍堆盘。
粔籹[3]招魂始，膏环比样难。
叶收青囊線[4]，取綵丝博戋[5]。
巧制如香饼，嘉名胜粉团。
银勺挑滑滑[6]，瑶席布丸丸[7]。
明饱江鱼咽，因投江水寒[8]。
汨罗传故事，怅望楚云端。

三、四比拟切，巧制三联。摹写浑雅无一纤佻之态。即以本事作结，悠然神远。（自评）。

题解：

从本诗可以看出端午节的普及和受欢迎程度。本诗细致描绘了粽子的外形、来历等方面，从而抒发了对屈原的怀念与赞颂。

注释：

［1］角黍：即现在大家所说的粽子，古时候称之为“角黍”。传说是为祭投江的屈原而发明的，是中国历史上文化积淀最深厚的传统食品之一。

［2］天中节：即端午节。

［3］粔籹：古代用油炸或煎的面食。

［4］線：即线。

［5］戋：细微。

［6］滑滑：粽子的美称。

［7］丸丸：团团。这里指粽子。

［8］江水寒：即寒江水。言人们将粽子投水中饱鱼，防伤屈子，以此祭奠。

腐草为萤[1]

得萤字八韵

（一）

奔物能飞跃，方知大造灵。
早疑花作蝶，又见草为萤。
素抱芊眠[2]质，俄看熠耀[3]形。
池塘成旧梦，院落缀彩星[4]。
仿佛薪传火，几差同柳萍[5]。
一帘凉夜色，数点度虚棂。
生意[6]多无尽，天机[7]岂暂停。
古人曾照度，光彩剧晶莹。

起局高浑，随用衬笔。跌醒题面，花样一新。七、八句寓巧思于意言之表。十一、十二句皆眼前语，却新颖异样。一结含蓄无尽，为此题别开生面。（自评）

题解：

本诗通过对初夏夜晚萤火虫的描写——来历、色彩、姿态等，体现了作者细密的“诗心”和敏锐的观察力。赞颂了造化的伟妙，同时抒发了对大自然的热爱之情。

注释：

［1］按：题目出自《礼记·月令》：“季夏之月，腐草为萤。”

［2］芊眠：犹芊绵。草木蔓衍丛生貌。

[3] 熠耀：光彩，鲜明。

[4] 彩星：萤火虫在初夏时节，闪烁的黄绿色荧光是萤火虫互相交流的工具，而在一些特殊条件下，萤火虫会发出橙色或红色的光。所以，作者说是彩星。

[5] 柳萍：柳絮。

[6] 生意：生机，生命力。

[7] 天机：犹灵性，谓天赋灵机。

（二）

俄看鹑有火[1]，忽讶草成萤。
湿化[2]宁无用，生机岂暂停。
池边怜袅袅[3]，河畔意青青。
的皪[4]看新样，光华变旧形。
蒸宜三伏雨，照似一天星。
变蛤[5]原同巧，为鸠好比灵。
飞扬[6]惊蝶梦，流动拂花玲。
早贮缥囊[7]里，长欣傍圣经[8]。

池边两联，从前后际，摹写为字，俱是空中色相。九、十句看似奇横，却极自然。十三、十四句，风雅堪挹，令人吟尝不置。（自评）

题解：

作者描写了萤火虫的萤灯绚丽及出生之巧。同时赞美了大自然的生机。

注释：

[1] 俄：短时间。

鹑有火：即鹑火，十二星次之一。

[2] 湿化：运气学说术语。《素问·至真要大论》："太阴司天为湿化。"太阴属土主湿，故太阴司天则湿化。

[3] 袅袅：亦作"嫋嫋"。形容细长柔软的东西随风摆动。

[4] 的皪：明亮，鲜明貌。

[5] 变蛤：雀变为蛤。古人认为蛤由雀入海而变。我国古代将寒露分为三候："一候

鸿雁来宾；二候雀入大水为蛤；三候菊有黄华。”

[6] 飞扬：飞舞，飘扬。

[7] 缥囊：用淡青色的丝绸制成的书囊。

[8] 圣经：圣经，在中国指儒家经典，就是正统的儒家十三经。

金风送爽

得金字六韵

一夜秋风至，萧萧[1]入耳音。
霜林多屑玉[2]，菊圃忽铺金。
淡扫池边箨[3]，轻摇草际阴。
穿窗斜卷幔[4]，拂座暗明琴。
万里胡笳[5]远，三边画角[6]沉。
寒衣应制作，月下响清砧[7]。

三、四就园圃写，五、六就池边草际写。七、八就窗壁写。九、十就关塞写。远近浅深一丝不乱，试帖最有章法者。（自评）

题解：

本诗从秋来之速写起，分别描写了秋风的声音，通过树叶、菊花的变化及拟人化的笔法写了秋风的动作，最后用塞外之景衬托，既有家园的温馨，也有塞外的辽阔深沉。

注释：

[1] 萧萧：象声词。这里形容风声。

[2] 屑玉：这里指霜。

[3] 箨：本指竹笋外层一片一片的皮、笋壳。这里指池边的落叶。

[4] 幔：以布帛制成，遮蔽门窗等用的帘子。

[5] 胡笳：乐器。民间又称“潮尔”“冒顿潮尔”。流行于内蒙古自治区、新疆维吾尔自治区伊犁哈萨克自治州阿勒泰地区。《太平御览》卷五八一：“笳者，胡人卷芦叶吹之以作乐也，故谓曰胡笳。”

[6] 三边：古称幽州、并州、凉州为三边，后泛指边疆。

画角：古管乐器。传自西羌。形如竹筒，本细末大，以竹木或皮革等制成，因表面有彩绘，故称。发声哀厉高亢，古时军中多用以警昏晓，振士气，肃军容。帝王出巡，亦用以报警戒严。南朝梁简文帝《折杨柳》诗："城高短箫发，林空画角悲。"

[7] 砧：捣衣石。

七月食瓜[1]

得瓜字八韵

豳风书七月，止渴味流牙。
欲解三庚[2]暑，须餐五色瓜。
露盘[3]了流瀣，云液[4]聚菁华。
鲜美如红玉，清饫[5]若紫霞。
中乾[6]能润泽，内热任交加。
西域令移性，东陵[7]昔所夸。
剖开萍实[8]美，实到蔗浆[9]嘉。
异品殊方舌，翘瞻博望槎[10]。

承联用开合法，金盘三联，疏题浑雅，却自由浅入深，次第井然。萍实一联，渲染更佳。（自评）

题解：

本诗以《诗经》中诗句为题，描述了西瓜的生成、颜色、传承和历史味感，并且对使西瓜能传入中原的张骞表达了敬仰之情。盛夏之时，在物产相对贫乏的古代，品尝到甜美的西瓜，实属一大乐事，作者从生活细节着手，同时糅进历史典故，随手拈来，自然天成。

注释：

[1] 按：题目出自《诗经·豳风·七月》："七月食瓜，八月断壶。"

[2] 三庚：代指盛夏。

[3] 露盘：名为承露盘，谓承露之盘也，略云露盘。

[4] 云液：指代露水。

[5] 饫：指代瓜瓤肥美。

［6］乾：现简化为“干”。

［7］东陵：《汉书》载：召平者，故秦东陵侯。秦破，为布衣，贫，种瓜长安城东，瓜美，故世谓“东陵瓜”，从召平始也。

［8］萍实：甘美的水果，这里指西瓜。汉刘向《说苑·辨物》：“楚昭王渡江，有物大如斗，直触王舟，止于舟中。昭王大怪之，使聘问孔子。孔子曰：‘此名萍实，令剖而食之，惟霸者能获之，此吉祥也。’”

［9］蔗浆：甘蔗汁。这里指西瓜汁。

［10］翘瞻：仰盼。南朝陈徐陵《劝进梁元帝表》：“率土翘瞻，苍生何望。”

博望槎：宋胡仔《苕溪渔隐丛话前集·杜少陵六》引南朝梁宗懔《荆楚岁时记》：“张华《博物志》：汉武帝令张骞穷河源，乘槎经月而去，至一处，见城郭如官府，室内有一女织，又见一丈夫牵牛饮河，骞问云：‘此是何处？’答曰：‘可问严君平。’织女取楮机石与骞而还。”张骞曾封博望侯。后因以指张骞乘槎至天宫事。

八月剥枣［1］

得甘字八韵

剥枣豳诗［2］记，园林聚晚岚［3］。
枝低红玉［4］缀，树密赤霞［5］含。
擢［6］去垂清沼，敲来坠碧潭。
丹疏［7］犹满案，紫摘［8］已盈篮。
实自霜中艳，人从篱外探。
新秋逢九九［9］，芳径忆三三［10］。
击干宁嫌促，攀条莫笑贪。
盛朝［11］欣养老，膝下［12］好分甘。

丹疏两联，历历摹写，曲尽情致。新秋一联，虚实相对，转换灵妙。题本枯寂，而能浚发至此，非胸有智珠，未易猝办。（自评）

题解：

本诗描写了初秋收获枣子的热闹场面：有色彩的斑斓，有场面的温馨，有味道的甜甘，有盛世的无忧。同时，也表达了对亲情的关注。

注释：

[1] 按：题目出自《诗经 · 豳风 · 七月》："八月剥枣，十月获稻。"

[2] 豳诗：指《诗经 · 豳风 · 七月》。

[3] 岚：山间的雾气。

[4] 红玉：指红枣。

[5] 赤霞：指红枣。

[6] 擢：抽引，拉拔。

[7] 丹疏：应为疏丹，指红枣。

[8] 紫摘：应为摘紫，指红枣。

[9] 新秋：秋季的头一个月，即农历七月，又称"孟秋"。

九九：指九月九日重阳节，又称"重九"。

[10] 三三：上巳节，俗称"三月三"。

[11] 盛朝：一般朝代都夸自己的朝代是盛朝。

[12] 膝下：借指父母。宇文护《报母书》："违离膝下，三十五年。"

秋菊有佳色[1]

（一）

陶令[2]东篱菊，秋来设色[3]佳。
金风吹锦绣，玉露洒根荄[4]。
吐秀开幽径，含香植小斋。
名堪留画谱[5]，品亦入诗碑[6]。
高雅谁能写，清芬[7]孰能偕。
欲题仍搁[8]笔，相尝愧吾侪[9]。

题解：

菊花为花中四君子之一，历来是文人的挚爱，是高洁品行的象征，是文人精神的知己。从屈原的"夕餐秋菊之落蕊"到陶渊明的"采菊东篱下"，无不是这一精神的写照。本诗先写菊花开放时日，次写培植地点，再次写菊花的高洁品质，从而抒发了自己愿以秋菊为楷模，洁身自好的愿望。

注释：

［1］按：题目出自陶渊明《饮酒》之五《秋菊有佳色》。

［2］陶令：指陶渊明。

［3］设色：敷彩，着色。

［4］玉露：秋露。

根荄：亦作“根垓”“根核”，植物的根。

［5］画谱：著录品评名画或汇集名家画法的书。

［6］诗碑：刻有诗作的石碑。

［7］清芬：清香，这里喻高洁的德行。

［8］搁：放，放置。

［9］侪：辈。

（二）

咏白菊

得荣字六韵

篱菊何萧瑟[1]，繁霜点素英[2]。
孤标[3]能耐冷，幽干独宜[4]晴。
似助秋荣淡，偏饶晚节[5]荣。
造园姿愈别，彭泽[6]韵弥清。
未著和丹法，先怡送酒情。
谱中多少种，不愧玉盘名。

二首不贪数菊之典，着意在“有佳色”三字。尽情刻画，风韵萧疏。（自评）

题解：

在诗中，作者交代了白菊盛开的季节、气候，描绘了白菊傲霜独放的高洁品格，极尽赞美之情。

注释：

［1］萧瑟：凋零。《楚辞·九辩》：“悲哉！秋之为气也。萧瑟兮，草木摇落而变衰。”

［2］点：点缀。

英：花。

［3］标：这里指菊花。

［4］宜：适合，适宜。

［5］晚节：此指深秋时节。

［6］彭泽：这里指菊花。

白露为霜[1]

得霜字八韵

苍葭[2]凝霞白，秋气乍[3]成霜。
润挹金人[4]掌，寒侵[5]素女裳。
阶前珠的皪[6]，草际影微茫[7]。
浅渚[8]波逾碧，深林叶渐黄。
夜来闻鹤惊，传言见鸿翔。
冷落摧花瓣，清标菊蕊香。
乌啼山寺远，人踏板桥长。
最是萧森[9]处，空房其夜凉。

三、四虚柏题面。蒹渚两联，极力描写，句中有眼，绵里藏针，乌啼一联，就唐人句。一经变换，便觉风趣盎然，可谓善于运古。（自评）

题解：

一首《诗经·秦风·蒹葭》使霜雪成为诗歌冷艳的意境。中国古人十分重视节气的改变，因为作为农业大国，节气与耕耘收获密切相关，当然，古代的士人多数来自耕读之家，也就对节气比较关注。同时，节气对古人调整生活也起着非常重要的作用。霜降的来临代表着冬天就要来了，是天气的一个显著转折。作为一个敏感的诗人，作者从自然界景物的变化上做了最生动的注解。

注释：

［1］按：题目出自《诗经·秦风·蒹葭》。

［2］苍葭：芦苇。

［3］乍：忽然。

［4］润：此处指露水。

挹：舀，酌。

金人：汉武帝由铜铸的捧露盘的仙人，手托铜盘以承仙露，原在长安把汉朝建章宫前，后由魏明帝拆卸搬至洛阳。

［5］侵：渐进。

［6］的皪：明亮，鲜明。

［7］微茫：迷漫而模糊。

［8］渚：水中的小洲。

［9］萧森：阴森。唐杜甫《秋兴》诗之一："玉露凋伤枫树林，巫山巫峡气萧森。"

霜叶红于二月花[1]

（一）

得霜字八韵

已设[2]千株树，红沾九月霜。
如花宁假染，似锦不须装[3]。
叶底金风度，枝头玉露[4]凉。
无言空索[5]笑，留艳未闻香。
色纵[6]同春日，寒应怨夕阳。
秾[7]招狂蛱蝶，坠觉睡鸳鸯。
剪采都无趣，穿林好觅芳。
仙源何处是，前路问渔郎。

承联明点花字，最为醒豁。无言两联，虚景以实力写之。觉有象外远致。十一、十二句，字锤句炼，颇费匠心。（自评）

题解：

作者从季节入手，用鲜花和锦帛加以比况，又从嗅觉加强描绘，然后又用蝴蝶和鸳鸯衬托，最后用桃源典故总括人间仙境，表达了对秋季红叶的喜爱之情。

注释：

［1］按：题目出自唐杜牧《山行》。

［2］设：假设。

［3］装：点缀，装饰。

［4］玉露：露水。

［5］索：讨取，要。

［6］纵：放纵。

［7］秾：艳丽，华丽。

（二）

得红字八韵

九秋[1]如二月，霜叶正鲜红。
点缀凭青女[2]，缤纷映碧空。
枝枝烘落日，色色[3]带春风。
谁把胭脂染，难将绘画工。
一番清气[4]肃，无数晚霞同。
炫目常勾[5]蝶，争栖但引鸿。
山头光灿烂，径畔树玲珑。
远望情何极，应怜造化工。

三、四虚笼题位，五、六善用虚笔。七、八、九、十句，全在空际掀翻而题之七字，已活活画出此等手笔，非钝根人所能梦见也。（自评）

题解：

作者在深秋季节，看到了艳于红花的红叶，色彩鲜艳的红叶在碧空之下如同胭脂，如同晚霞，引来蝴蝶，招致飞鸿。此时作者爱怜之情溢于言表，感慨造化的神奇，抒发了对大自然的热爱。

注释：

［1］九秋：指秋天。晋张协《七命》："晞三春之溢露，溯九秋之鸣飙。"

［2］青女：传说中掌管霜雪的女神。《淮南子·天文训》："至秋三月……青女乃出，以降霜雪。"高诱注："青女，天神，青霄玉女，主霜雪也。"这里借指霜雪。

［3］色色：样样，各式各样。《新唐书·选举志上》："敦厚浮薄，色色有之。"

［4］清气：指秋季清肃寒凉之气。《素问·五常政大论》："秋气劲切，甚则肃杀，清气大至，草木凋零。"

［5］勾：引诱。

（三）

得花字八韵

谁剪三秋[1]叶，妆[2]成万树花。
眼迷青嶂[3]路，心爱白云家。
色染风霜饱，寒侵雨露赊[4]。
标紫忙停车，飞红堪驻马。
艳缀晴光淡，妍增晚景嘉。
横堤疑斗锦，照水似明霞。
杏坞[5]将呼错，桃源却认差。
娱心揩老眼，无处不菁华[6]。

起笔缥缈，如列子御风而行，承联饱满园足。妍助两联，园如转毂，捷若弄丸，其妙在字句之外。（自评）

题解：

跨马行走在白云深处，青山悦目流红耀眼，作者驻马赏枫，疑是春光倒流，桃源再现，老目娱心，感慨鬼斧神工。

注释：

［1］三秋：指秋季。七月称"孟秋"、八月称"仲秋"、九月称"季秋"，合称"三秋"。《文选·永明十一年策秀才文》："四境无虞，三秋式稔。"李善注："秋有三月，故

曰三秋。”

［2］妆：装扮，装饰。

［3］青嶂：青山。

［4］赊：多，繁多。

［5］坞：泛指四面高中央低的处所。

［6］菁华：即精华。

飞鸿响远音[1]

得音字六韵

听得飞鸿远，犹留耳畔音。
高低频揣度[2]，断续费追寻。
云外声飘渺[3]，天涯路浅深。
他乡游子意，孤馆旅人[4]心。
易感三秋别，频闻万户砧。
深霄[5]浑不寐，寒影倍萧森。

他乡二字，情景兼到，用的是绘声手段。（自评）

题解：

肃杀的晚秋来临，万物凋零，鸿雁南飞。满耳是回归之音——鸿雁南还之鸣和捣衣声。“春女思，秋士悲”，身负才华却壮志难酬，加上身处他乡，远离故土家人，寄居旅馆，形影相吊。孤独之感，焦愁之思笼惨夜。辗转反侧，致终夜难眠。

注释：

［1］按：题目出自谢灵运《登池上楼》。飞鸿：飞行着的鸿雁。

［2］揣度：忖度，估量。

［3］飘渺：形容声音清越悠扬。

［4］旅人：犹游子。

［5］霄：即“宵”，夜晚。

秋风生桂枝[1]

得枝字六韵

乍觉金风起，生来有桂枝。
吐华方馥馥[2]，结子复离离[3]。
清影婆娑处，高柯[4]掩映时。
花开蜂未集[5]，叶动鸟先知。
月夜声相送，秋天景最宜。
如能载上苑[6]，茂对任培滋[7]。

清影一联，写景如绘。月夜二句，本色语淡而弥音。（自评）

题解：

桂树历来是家植的喜爱之物，被赞颂不辍，是富贵吉祥的象征。其芳馥郁，其姿优雅，其品高洁。天上月亮之中有之，人间亦有之。“山寺月中寻桂子，郡亭枕上看潮头。”多少诗意的生活都少不了桂树，而且多少读书人都希望能在蟾宫中折一枝桂树枝条，获个封妻荫子。作者亦是这般，最后一联就表达了自己对功名的渴望。

注释：

[1] 按：题目出自《全唐诗》无名氏《秋风生桂枝》。

[2] 吐：长出。

馥馥：形容香气很浓。

[3] 离离：盛多貌。

[4] 柯：草木的枝茎。

[5] 集：聚在一起。

[6] 上苑：皇家的园林。

[7] 培滋：栽培，养育。

香满一轮中[1]

得轮字八韵

仙桂凌虚[2]植，清香满一轮。
馡馡[3]高可仰，皎皎渺难亲。
淡淡何由觌[4]，芬芳飘与邻。
天风吹不散，夜色照未新。
三五[5]光华足，周遭异彩[6]匀。
晶莹千古见，充塞[7]十分真。
似镜园[8]而澈，如珠朗[9]又神。
蟾宫客独步，扳指广寒申。

天风一联，工绝秀绝。十一、十二句生趣宛然，尤见雅人深致。(自评)

题解：

月亮自古以来就是人们描写的对象，是美好感情的寄托，很早就进入了人们的诗文。诗人们把它当作可以聆听倾诉的忠实听众，也把它当作梦想的目的地。蟾宫折桂也就成了梦想成真的代名词。作者描写了满月之时的月亮美姿，从视觉入手，然后用通感的手法加强，描述月亮的可爱。最后，自然而然地表达了"蟾宫折桂"这一美好理想。

注释：

[1] 按：题目出自唐张乔《试月中桂诗》："影高群木外，香满一轮中。"

[2] 凌虚：天上，天空。

[3] 馡馡：香气散逸。

[4] 觌：显示，现出。

[5] 三五：指农历每月十五。

[6] 周遭：周围。

异彩：光辉灿烂的光彩。

[7] 充塞：充满塞足。

［8］园：圆义。

［9］朗：明亮。

秋香动桂林[1]

得林字八韵

何处秋香动，吹嘘[2]在桂林。
芬芳原有自，馣馤[3]互相侵。
金粟三生[4]影，琼林八月森[5]。
却教风习习[6]，恰送树阴阴[7]。
兔窟[8]飘来远，蟾宫于处深。
人留幽馆住，赋在小山吟。
扑鼻闻无已，沾衣味[9]不禁。
一轮璧可仰，千古孔颜心。

风习树阴一联，出人意表。十一、十二句，写景入妙，而小山字暗藏桂字，尤为异样生色。结更潇洒出尘。通体一气呵成，非枝枝节节而为之者。（自评）

题解：

桂香馥郁，绿叶皎花两相映，赏之，心旷神怡。又加之是在明月之夜，天上一轮皎月，天桂依稀，天蓝月白，万家笼玉，地上桂树飘香。抬头望月，低头嗅桂，人处幽馆，口吟嘉诗。这可是梦中桃源、人间仙府，如此，人生亦复何求。

注释：

［1］秋香动桂林：言桂树摇荡，桂花香飘散。

［2］吹嘘：指风吹。

［3］馣馤：香气浓盛貌。

［4］金粟：金粟如来的简称。

三生：传说人死后，走过黄泉路，到了奈何桥，就会看到三生石。传说三生石能照出人前世的模样。

[5] 琼林：本诗指桂花树林。

森：众多，繁盛。

[6] 习习：微风和煦貌。

[7] 阴阴：幽暗貌。

[8] 兔窟：指月亮。传说月中有白兔，因而用为月的代称。

[9] 咊：口塞。

天香云外飘[1]

（一）

得云字八韵

天际清香送，飘来送彩云。
霏霏[2]吹已远，阵阵嗅无垠。
似雾空中袅[3]，非烟到处熏。
日华资长养，月窟吐氤氲[4]。
胸布三霄[5]土，清扬九丘[6]分。
靡穷形叆叇[7]，不尽气芬芳。
倏尔禅机[8]动，悠而鼻观[9]闻。
当年灵隐句，千古有余薰[10]。

题解：

当年一首《灵隐寺》传诵至今，月朗风清之夜，作者不禁又想起了“桂子月中落，天香云外飘”的佳句。天桂之香好像从月窟飘来，凝成片片祥云，飘飘袅袅，弥漫天际。此情此景，此句此章，都充满了桂香。吟之，不禁令人长啸。

注释：

[1] 按：题目出自唐宋之问《灵隐寺》：“桂子月中落，天香云外飘。”

[2] 霏霏：泛指浓密盛多。

[3] 袅：缭绕，缠绕。

[4] 氤氲：浓烈的气味。

[5] 三霄：犹三天。道教称清微天、禹馀天、大赤天为三天。

[6] 清扬：引申为丰采，对人容颜的敬称。

九丘：九州。

[7] 叆叇：飘拂貌。

[8] 倏尔：迅疾貌，亦形容时间短暂。

禅机：禅法机要。

[9] 悠而：闲适，自由自在的样子。

鼻观：鼻孔，指嗅觉。

[10] 余薰：犹余香。

（二）

得飘字八韵

无限天香发，霏霏下泬廖[1]。
浓随云外散，高向玉镜[2]飘。
维香三更炷，直涎万斛[3]烧。
白榆栽紫府[4]，丹桂拂青霄[5]。
馣馤舒霞绮[6]，轻匀[7]展雾销。
金风熏气送，玉宇冷烟消。
馥郁凝瑶阙[8]，氤氲绕斗杓[9]。
寄言攀桂[10]客，月殿最轻超。

起句破香字，承联点云字。五、六实写香字，七、八、九、十句，疏题极写香字不离天字，写飘字不离天字，写飘字不离云字。馣馤一联尤为秀拔。（自评）

题解：

月明之夜，月明星稀。抬头望见皎洁的月亮，也看到月中桂树，此时，月桂好像散发出阵阵浓香，如更香、如龙涎，凝结成彩霞，轻盈匀称，和风习习，送清香与满宇。睹物思情，此时作者想起了蟾宫折桂的典故。寄言读书人，送上美好祝福。

注释：

[1] 泬寥：空旷清朗。

[2] 玉镜：比喻明月。

[3] 万斛：极言容量之多。

[4] 白榆：指星。《古乐府·陇西行》："天上何所有，历历种白榆。"

紫府：道教称仙人所居。晋葛洪《抱朴子·祛惑》："及至天上，先过紫府，金床玉几，晃晃昱昱，真贵处也。"

[5] 青霄：青天，高空。

[6] 霞绮：艳丽多彩如锦绮的云霞。

[7] 轻匀：轻盈匀称。

[8] 馥郁：指浓烈的香气。

瑶阙：传说中的仙宫。

[9] 斗杓：即斗柄。《淮南子·天文训》："斗杓为小岁。"高诱注："斗，（北斗七星）第五至第七为杓。"

[10] 寄言：犹寄语。

攀桂：喻科举。

九月授衣[1]

得非字六韵

时逢寒露候，早授御寒衣。
就暖心原切，披凉事已非。
启笥[2]争曳娄，被体有光辉。
不减披裘燠[3]，何曾挟纩[4]违。
应嗤献曝[5]鲁，郤笑负暄非。
圣主帡幪[6]阔，群黎[7]失所稀。

启笥两联，细腻风光。（自评）

题解：

寒气袭人，寒冬来临。人们都要换上光鲜的防寒衣服，皮裘棉衣都可御寒。同时，作者希望国家日益富有，这样百姓才能安居乐业。

注释：

［1］按：题目出自《诗经·豳风·七月》："七月流火，九月授衣。"

［2］笥：一种盛饭食或衣物的竹器。

［3］燠：温暖。

［4］挟纩：披着绵衣，亦以喻受人抚慰而感到温暖。

［5］献曝：《列子·杨朱》："昔者宋国有田夫，常衣缊黂，仅以过冬。暨春冬作，自曝于日，不知天下之有广厦隩室，绵纩狐貉。顾谓其妻曰：'负日之暄，人莫知者，以献吾君，将有重赏。'"后因以"献曝"为所献菲薄、浅陋但出于至诚的谦词。

［6］帡幪：本指帐幕。侈大，荣显，富有。

［7］群黎：百姓。

九月筑场圃[1]

得场字八韵

纳稼农工忙，豳民尽筑场[2]。
金风吹败箨，石杵捣残阳。
拥彗村村忙，持筹处处量。
删芟[3]原不碍，耕获岂相妨。
昨已登[4]瓜果，今还贮稻粱。
人功随物转，地利[5]按时忙。
连阡[6]集枷板，簸箕比户扬。
履丰蒙帝德，九有[7]颂无疆。

春夏为圃，秋冬为场，筑圃为场。因时制宜之法也。题之层次，本自秩然。诗如题铺叙，步骤安详，清言如话，不腻不纤，当行出色之作。（自评）

题解：

一切的文学都来自生活。作者把家乡的农忙生活写进了自己的诗集，富有浓郁的生活气息。繁忙却充实，紧张却昂扬。体现了作者扎根现实的扎实文风，也表达了对民生的关怀和丰收后的喜悦之情。

注释：

［1］按：题目出自《诗经·豳风·七月》："九月筑场圃，十月纳禾稼。"

［2］豳民：泛指农民。

筑场：在一块地里春夏种庄稼，秋冬修成场。

［3］芟：铲除杂草。

［4］登：成熟。

［5］地利：对农业生产有利的土地条件。

［6］连阡：田埂相连，田地连片。

［7］九有：九州。《诗经·商颂·玄鸟》："方命厥后，奄有九有。"毛传："九有，九州也。"

九月肃霜[1]

得霜字八韵

授时[2]当九月，天气肃青霜[3]。
葭渚千条白，枫林一带黄。
雁回沙漠远，燕去海天长。
气肃凝荒野，风高冷战场。
玉楼[4]寒起粟，银海[5]炫生光。
皎洁明珠缀，霏微[6]拂剑芒。
天清秋渐老[7]，愁甚夜偏长。
此日棲迟[8]客，徘徊望故乡。

此题须写肃字，方不混入白露为霜。中数联实写肃字，颇费匠心。（自评）

题解：

霜降来临，万物萧条。作者描写了羁旅心态下的肃杀、冷落的深秋景色：蒹葭、枫林、归雁、荒野战场。由景入情，转换自然。描写惆怅的秋夜，不眠的旅客，思乡的游子。

注释：

［1］按：题目出自《诗经·豳风·七月》："九月肃霜，十月涤场。"

［2］授时：谓记录天时以告民。后指称颁行历书。

［3］青霜：秋霜。

［4］玉楼：传说中天帝或仙人的居所。

［5］银海：银色的海洋。

［6］霏微：雨雪细小貌。

［7］渐老：指慢慢到秋深。

［8］棲迟：漂泊失意。

十月涤场[1]

得场字八韵

十月日功毕，豳民事涤场[2]。
指囷[3]堆晓露，拥彗扫轻霜。
陨箨看飘堕，掀箕好簸扬[4]。
云停村外路，粟满井边仓。
处处谈禾稼，家家扫秕糠[5]。
人闲争获稻，鸡放乱鸣桑。
积莽[6]高于屋，清尘[7]净似塘。
愿将图画献，拜手颂平康[8]。

三句旁衬，四句合题，七、八写场中景物，九句虚写，十句拍合涤字。十一、十二句本色点缀，风景极佳，十三、十四句，摹写涤后景象。布局宽而不促；造句清而弥腴。末以颂扬作结，更为得体，试帖之金针也。（自评）

题解：

丰收劳累之后的悠闲，尽显笔端。自然之景与人事之图两相交接，一静一动两相辉映。富有特色的农家生活场景的描绘，尽显盛世景象。表达了作者丰收的喜悦。

注释：

[1] 按：题目出自《诗经·豳风·七月》："九月肃霜，十月涤场。"

[2] 涤场：打扫场地。

[3] 囷：圆形的粮仓。

[4] 簸扬：扬去谷物中的糠粃杂物。

[5] 秕糠：秕子和糠。

[6] 莽：草。

[7] 清尘：拂除尘埃。

[8] 拜手：亦称"拜首"。古代男子跪拜礼的一种。

平康：平安。

十月陨萚[1]

得寒字八韵

十月英华[2]落，园亭刻刻寒。
清飔生上冬[3]，败箨[4]下林端。
散乱方堆砌，飘扬尽覆栏。
听时声细细，望处路漫漫[5]。
乍引鸿宾[6]到，频惊鹤梦残。
是谁为采折，此景最阑珊[7]。
羁客[8]心先警，愁人眼倦看。
惟留松与柏，独自表丸丸[9]。

写情写景宛然如画。（自评）

题解：

作者以敏感的"诗心"和敏锐的观察力，在冬季来临之后，细致地描写了草木的落叶。从形、态、声、势、神等方面传神地描写了其阑珊的萧瑟之态，烘托了秋天的凋零和落寞。最后笔锋一转，用反衬的手法烘托了松柏的常青。

注释：

［1］按：题目出自《诗经·豳风·七月》："八月其获，十月陨萚。"

［2］英华：言花木之美。

［3］飚：泛指风。

上冬：初冬，即农历十月。

［4］败箨：落叶。

［5］漫漫：广远无际貌。

［6］鸿宾：指大雁。

［7］阑珊：衰减，消沉。

［8］羁客：旅客，旅人。

［9］丸丸：高大挺直貌。

十月先开岭上梅[1]

得先字八韵

庾岭[2]分南北，梅开十月先。
一枝争破腊[3]，几时[4]待新年。
绝巘[5]冲寒早，高柯[6]得气偏。
飞香欣向暖，含艳忽生妍。
品以清弥洁，姿因远逾鲜。
风前馨不俗，雪后澹[7]无烟。
疏影[8]离峰外，横斜[9]近水边。
和羹[10]应用汝，消息值春天。

五、六、七、八句，疏题最切，活色可掬；九、十句着意岭上，淡语恰中肯綮。疏影联，工绝秀绝，结以高超，通体机细而流，色鲜而雅。（自评）

题解：

春天是万物复苏的季节，是充满希望和憧憬的季节，给人欢心和鼓舞。而春梅是春天的先遣军，是春天的使者。它宣告了春天将要再度归复人间。作者从南北其后迥异的大庾岭这一地点写春梅，更有气象更新的意味。从节令写起，写了地势、香味、颜色、品德、神态、用处。言简意丰，意象鲜明，语言艳而不俗，令人印象深刻。

注释：

［1］按：题目出自唐樊晃《南中感怀》："四时不变江头草，十月先开岭上梅。"

［2］庾岭：古称塞上、台岭、寒岭、东峤。相传汉武帝时，庾姓将军筑于此，故大庾岭，又曰"庾岭"。唐张九龄命道旁多植梅树，故又名"梅岭"。每逢寒冬腊月，遍地盛开梅花，但由于岭南岭北气候差异显著，故有"梅岭多梅，南枝花落，北枝始花，一样春风，两般景色"的记载。

［3］破腊：残腊、岁末。

［4］几时：指不长的一段时间。

［5］绝巘：极高的山峰。

［6］高柯：高树。

［7］澹：不浓厚。

［8］疏影：疏朗的影子。

［9］横斜：或横或斜。多以状梅竹之类花木枝条及其影子。

［10］和羹：配以不同调味品而制成的羹汤。

冬岭秀孤松[1]

得松字八韵

冬岭上多风，亭亭[2]见古松。
阴森[3]孤一树，抑郁秀三冬。
盖影悬层嶂[4]，涛声震远峰。
盘空[5]原自尝，苍翠复浓荫。
挺拔山巅势，争夸雪后容。
枝高长鹤舞，鳞老欲成龙。
已植千秋节，无烦五等封[6]。
栋梁堪入选，大匠[7]待遭逢。

此题着眼孤字，方不混入松柏类中。诗五、六写秀字，有岭字在；七句明点孤字；八句实写松字；九、十刻画孤字；第十二句，对仗工稳；第十四

句抬高松之身份，末以见用作结，试律最细，句更松秀。（自评）

题解：

中国人视松为吉祥物，松被视作“百木之长”，称作“木公”“大夫”。松的特点是凌霜不凋、冬夏常青。《论语·子罕》中曰“岁寒然后知松柏之后凋也”，苍松劲挺，饱含风霜而生机勃勃。因此，古人视松作常青之树，古代有长生不老松之说，人们赋予其延年益寿、常青不老的吉祥寓意。松更普遍地被视作祝颂、祈盼青春永驻、健康长寿的象征物。

注释：

[1] 按：题目出自陶渊明《四时》：“秋月扬明辉，冬岭秀孤松。”

[2] 亭亭：直立貌。

[3] 阴森：指树木浓密成荫。

[4] 层嶂：谓重叠如屏障的山峰。

[5] 盘空：绕空，凌空。

[6] 五等封：五类取火的木材。

[7] 大匠：技艺高超的木工。

雪　声

得空字八韵

雪片纷纷[1]下，声希舞碧空[2]。
抛来珠错落[3]，撒去玉叮咚。
缩瑟[4]音弥细，悠扬[5]类不同。
岂同莲漏[6]响，恰似柳花[7]风。
松操逢[8]酬答，琴心[9]暗感同。
非烟非雾里，若有若无中。
旅客栖孤馆，渔人卧短蓬。
惭无梁宛笔，做赋句难工。

三、四比拟工切，七、八实写，空际出力，九、十旁衬，象外传神。（自评）

题解：

在万籁俱寂的背景之下，细微的雪声得以凸显，如珠落，如玉坠，如细琴。如其冰清玉洁的外表，声音亦是高洁不尘，似松操，如琴心。又如其来临，声细若有若无，即使如此细微，整个世界也在倾听，旅人寄于独处，渔樵赏于闲心。

注释：

[1] 纷纷：多而杂乱。

[2] 碧空：青天。

[3] 错落：形容声音时高时低、时强时弱。

[4] 缩瑟：畏缩貌。

[5] 悠扬：形容声音的曼长而和谐。

[6] 莲漏：即莲花漏，古代的一种计时器。

[7] 柳花：指柳絮。

[8] 松操：琴曲的一种。

逄：塞。

[9] 琴心：琴声表达的情意。

雪 色

得敷字八韵

滕六[1]空中戏，如花雪天敷[2]。

光争霜冷淡，色映月模糊。

方园随格式，积采类璠玙[3]。

缀树如花发，堆阶似玉铺。

明泽埃不染，洁白璐[4]不濡。

赋物推盐絮[5]，捕形属画图。

玉琢三千里，银镕十二衢[6]。

青峰迷远景，绿野失前途。

点化都无迹，清寒景郤殊。

丰年应兆瑞，圣德正祥符[7]。

三、四虚写有致，四句尤为秀拔，七、八善于言状，九、十句从上下写，十一、十二句从远近写，笔笔不复。（自评）

题解：

雪色本来是难以形容的，作者却用了各色物等来比况，在形象具体的物象对比之下，雪色跃然而出：比霜浓，耀于月，色类玉，白无尘，轻于盐，洁比银。世界银装素裹，五彩同化。虽是寒冬，在作者的笔下却无寒意，因为作者的心中揣着一把火：对丰年的期望！

注释：

［1］滕六：传说中雪神名，这里用以指雪。

［2］敷：开。

［3］璠玙：美玉名。

［4］璐：美玉。

［5］盐絮：指雪。

［6］镕：消融。

十二衢：本指古代长安城内通往十二门的十二条大道，后泛指城市中众多街道。

［7］祥符：指吉祥的征兆。

雪　气

得登字八韵

边疆分朔雪，大化[1]气皆澄。
势助风千片，威加月半棱。
天光清似水，人意总如冰。
就暖情何切，冲寒力不胜。
花从云海起，粟向玉楼增。
那耐襦衣薄，难禁旅夜兴。
抚心犹凛冽，对面转凌兢。
尚有摊书客，凉宵[2]一点灯。

三、四摹写气字，第四句奇横。五、六实写有力，对句出人意表。七、八疏题清稳，对句更加一倍。十三、十四句，极意描写。对句引人入胜；结亦潇洒有致。通首层层转换；句句刻画气字。不能混入声色甲里。尤妙在每联对句，回出乎拟议言思之外，令人耳目一新。（自评）

题解：

降雪之天，加之寒风肆虐，气温骤降可想而知，寒风似片片钢刀，冷月也好似被刮掉了一半。人的思维也被冻住了，雪花从天而降，覆裹天地，天寒更显得衣薄，更何况孤单一人旅居孤馆，更是寒意如冰。即使如此，仍有苦读人，一盏灯火温暖万古黄卷，真是坐对古人不寂寥。层层衬托之下更显得奋发之人的坚毅。

注释：

［1］大化：指宇宙，大自然。

［2］凉宵：寒夜。

雪　景

得嘉字八韵

瑞雪三冬积，晶莹一带斜。
何人情独寄，此日景堪嘉。
处士[1]寻梅蕊，幽人摘笋芽。
无心还咏絮，有味好烹茶。
写意推诗伯[2]，描形属画家。
非仙抛玉屑，是佛散天花。
不夜城堪住，长春苑岂遐。
惭才非谢客[3]，作赋漫相夸。

处士两联，句句写景，十一、十二句新颖异样。（自评）

题解：

雪景易觅，其状难新。作者以雪景之背景下的其他景物为衬，明里写其他物景，其实均在映射雪景。梅蕊、冬笋、咏絮、烹茶，而玉屑、天花都是比喻了。不夜城和长春苑典故的运用，使雪景充满了暖意。作者可谓匠心独运，把难写之景赋于眼前，而毫无堆砌之感，又使画面丰盈。

注释：

［1］处士：本指有才德而隐居不仕的人，后亦泛指未做过官的士人。

［2］写意：披露心意，抒写心意。

诗伯：诗坛宗伯，诗坛领袖。

［3］谢客：指南朝宋谢灵运。灵运幼名客儿，故称。

鹖旦不鸣

得鸣字六韵

天心当子月[1]，鹖旦[2]不闻鸣。
凄切音何阒[3]？阳和[4]气渐生。
知时如有约，按候自无声。
静寂三更梦，萧森一夜情。
深村人悄悄，别院月盈盈[5]。
待得春来日，还随出谷莺[6]。

深村一联，澹然可思。（自评）

题解：

寒冬来临，寒号鸟已噤口不言。它随物候而动，好像与大自然有天然的盟约。皎洁的月光深院，少了它特有的声音，梦里也好像有了些许的遗憾，美梦也感孤独。此时，作者给了我们，也给了自己一个念想：明年春暖花开之时，寒号鸟还会献出它那特有的歌喉，就像此时的明月，缺了不还来了吗？想到这里，心里也就暖得像一轮暖月。

注释：

［1］天心：犹天意，即季节。

子月：农历十一月。

［2］鹖旦：亦作“鹖鴠”，动物名，即寒号鸟。

［3］凄切：凄凉而悲哀。

闼：清静，幽深。

［4］阳和：春天的暖气。

［5］别院：正宅之外的宅院，这里泛指院子。

盈盈：清澈貌，晶莹貌。

［6］出谷莺：从幽谷飞出的鸟。亦喻指升迁之人。

吹葭六管动飞灰[1]

得灰字六韵

时逢阴尽[2]日，缇室[3]动飞灰。
六管葭堪验，三阳泰已开。
宫商分律品[4]，清浊稳胚胎[5]。
按候无由[6]测，随机[7]有自来。
伶伦[8]曾密察，曚瞳[9]应详推。
盛世资调燮[10]，清光耀上台[11]。

按候二字本色，语郤异样醒豁。（自评）

题解：

物候随时而动。冬去春来，万物复苏，古人在生活经验的基础上，摸索出一套检验物候的办法。作者追述先古，探测典故。作者最后认为，天时的按时运转，那是君主的圣明，才使阴阳调和。归于歌功颂德。

注释：

［1］按：题目出自唐杜甫《小至》："刺绣五纹添弱线，吹葭六管动飞灰。"

［2］阴尽：指秋冬季节过去。

［3］缇室：古代察候节气之室。该室门户紧闭，密布缇缦，故名。

［4］宫商：代音阶宫商角徵羽，有区别乐声的作用。

律品：乐音的种类。

［5］清浊：清气与浊气。引申以喻天地阴阳二气。《文选·魏都赋》："夫泰极剖判，造化权舆，体兼昼夜，理包清浊。"李善注："清轻者上为天，浊重者下为地。"

胚胎：比喻事物的开始或起源。

[6] 无由：没有门径，没有办法。

[7] 随机：依照情势，顺应时机。

[8] 伶伦：传说为黄帝时的乐官。古以为乐律的创始者。

[9] 矇瞳：昏聩糊涂的人。

[10] 调燮：犹言调和阴阳。

[11] 清光：清美的风彩。多喻帝王的容颜。

上台：指宫廷，朝廷。

九九消寒图

得寒字六韵

葭灰飞动处，按候识消寒。
九数悬图内，三阳[1]绘笔端。
留香双牖满，得令一枝单。
金粉描应好，胭脂染未干。
渐教春漏泄，恐把画推残。
玉烛调元[2]日，生机万物欢。

五、六疏题清刻，九、十尤为爽朗。（自评）

题解：

九九消寒图与数九的民俗密切相关。九九消寒图是一幅双钩描红书法。除了文字版本的九九消寒图，还有用图形表示的。九九消寒图不仅仅是一项冬季民俗，同时也是一份简单的气象记录。

注释：

[1] 三阳：古人称农历十一月冬至一阳生，十二月二阳生，正月三阳开泰，合称“三阳”。

[2] 玉烛：谓四时之气和畅。

调元：谓调和阴阳。

残雪在树

得残字六韵

嘉树窗前植，霏微[1]雪影残。
冰花吹未散，粉本[2]画应难。
乍觉星星缀，俄惊点点攒[3]。
微留三径[4]冷，轻带五更寒。
凝北檐犹湿，枝南迹已干。
空宅萧飒[5]甚，吟尝足情欢。

北檐二句爽心悦目。（自评）

题解：

春来雪消是自然景象，残雪本是凄冷之象，在作者的笔下却自有一番足可娱心的乐景。嘉树相衬，画本相映，星星相喻，这些使冷落的残玉熠熠生辉，光满短篇。从此，我们亦可观览作者乐观的心境。如此的画面竟没有丝毫的冷色，如果不是自己心中有火，岂能点燃凉凉的灶炉？

注释：

[1] 霏微：雨雪细小貌。

[2] 粉本：指图画。

[3] 攒：聚集。

[4] 三径：亦作“三迳”。泛指院中小路。

[5] 萧飒：清凉、清冷之意。

芸始生[1]

（一）

得芸字八韵

天心当子月，植物此中分。

径屈才抽荔[2]，墙根渐吐芸。
藏衣常馥郁，辟蠹觉氤氲。
苗向三阳发，香流万轴闻。
掇枝虽细细，生意自欣欣[3]。
薄采芳盈掬[4]，因须贮典坟[5]。

七、八、九、十句，不但切芸，尤着意在始生二字。（自评）

题解：

芸也叫“芸香”，多年生草本植物，其下部为木质，故又称“芸香树”。芸历来是诗人的最爱，由它自然本色和功用到它的象征意义，历历集于文典。这里作者细述了芸香的始生季节、功用、状貌，抒发了诗人的喜爱之情。

注释：

［1］按：题目出自《礼记·月令》云：“仲春，芸始生。”

［2］荔：草名。即“马蔺”，又名“马荔”。一种多年生草本植物，须根长而坚硬，叶片狭线形，花蓝色。

［3］生意：生机，生命力。

欣欣：草木茂盛貌。

［4］薄采：采摘。

盈掬：亦作“盈匊”，满捧。两手合捧曰“匊”。

［5］典坟：亦作“典贲”，三坟五典的省称，指各种古代文籍。

（二）

得生字六韵

小草生冬令[1]，香芸翠申生。
欣逢冬至节，犹记夜来名。
幽草灵先觉，孤芳气自清。
萧萧[2]抽雪圃，馥馥[3]斗花城。
东阁藏春意，南窗媚晚情。
微姿如见采[4]，纫佩[5]更轻盈。

萧萧二联，雅致宜人。（自评）

题解：

接于上首，作者感于抒写不足，故再加以抒写。此首更偏重于描绘芸香的神韵，深幽、孤高、灵觉、萧萧、馥馥、明媚，好像更有香草美人的气韵，富有绝尘气质，更接近于骚赋的表达手法。

注释：

［1］冬令：冬季。

［2］萧萧：稀疏。

［3］馥馥：形容香气很浓。

［4］见采：即见采，被采摘。

［5］纫佩：捻缀，佩戴之意。

早 梅

得寒字六韵

韶华随律[1]转，梅蕊拆冬阑。
尘外[2]成香国，花前着令官[3]。
罗浮[4]寻好梦，庾岭怯香寒。
暖到枝先觉，阳回雪已残。
斜穿珠络[5]索，密缀玉栏杆。
留此萧疏影，朝朝刮目看。

三、四语极新奇。五、六、七、八本色点缀，九、十功丽，结亦清稳。（自评）

题解：

梅花凌寒而放，在残雪未消之时，带来了春天的信息，它是春神的使者，带给人傲然不屈的气节、馥郁的香气、美艳的倩影，同时预示了万物的复苏。它之后便是万紫千红、百花争妍，睹此情此景怎不让人心生舒悦？作者又联想到道教仙山罗浮山，其亦因梅花而出名，那里曾是梅花仙子的仙府，给全诗蒙上了一层神秘的浪漫色彩。

注释：

[1] 韶华：美好的时光，常指春光。

律：指季节和气候。

[2] 尘外：犹言世外。

[3] 令官：掌管气候的人。

[4] 罗浮：山名，在广东省东江北岸，风景优美，为粤中游览胜地。晋葛洪曾在此山修道，道教称为“第七洞天”。相传隋赵师雄在此梦遇梅花仙女，后多为咏梅典实。

[5] 珠络：比喻晶莹连贯之物。

曰为改岁[1]

得岁字六韵

节届嘉平[2]月，天时恒迭递。

柳条知送寒，梅瓣解迎岁。

一夕冬春殊，四时新故替。

椒盘[3]花正芳，柏叶酒初哜[4]。

旧日饭颗留，今年诗草祭。

却嗟名未成，顿觉光阴逝。

句经百炼，一结题寄托，饶有古致。（自评）

题解：

时当新旧交替，冬春交接，万物更新。梅柳一夕渡江，成就春日。时间跨过冬线，新生来临。人们把此时作为佳节，备上丰盛的酒宴，庆贺新年的来临，送走萧杀，迎来明媚。诗酒之余，此时最易感慨，又一年过去，不免感慨时光的流逝，功名未就。年年岁岁花相似，岁岁年年人不同。感慨之余，却是催人奋发，毫无颓废之感。这就是作者的磊落心怀。

注释：

[1] 按：题目出自《诗·豳风·七月》：“嗟我妇子，曰为改岁，入此室处。”

［2］嘉平：腊月的别称。

［3］椒盘：盛有椒的盘子。古时正月初一日用盘进椒，饮酒则取椒置酒中。《尔雅翼·释木三》：“后世率以正月一日，以盘进椒，饮酒则撮真酒中，号椒盘焉。”

［4］柏叶酒：柏叶浸制的酒。古代风俗，以柏叶浸酒，元旦共饮，以祝寿和避邪。

哜：微微尝一点，古代行礼时的仪式之一。

云庵赋草

自 序

登高作赋，才兼乎遇者也。以余潦倒穷年，何暇赋，亦何能赋乎？祇缘童年小试，与友朋会文时，东涂西抹，辄有所作，迄今三十年矣。兹于敝筐中，检[1]旧稿若干首，大都散失中，仅存十一者，录为一册。噫！雕虫小技，壮夫不为。余今老矣，犹整理幼艺，其不为壮夫所窃笈[2]者几希。

丙午九月云庵道人自书于篇首

题解：

这篇《自序》是作者对自己诗赋整理出版时的一篇概括性文字。虽言语谦逊，但也能从文字中看出作者愿意将文字流传后世的心境。

注释：

[1] 检：应通“拣”，选择。

[2] 笈：书箱，可背负。这里指书籍。

冬日可爱赋[1]

以时至岁寒阳和照临为韵[2]

北陆[3]驾曦，元冥司时[4]。天光栗烈[5]，日色和熙[6]。旸谷[7]能温，匪秋日之烈烈[8]，轮辉惜[9]短；异春日之迟迟[10]，是以围炉[11]不用。挟纩[12]何为，感阳德[13]而倾心，如亲照乘[14]之宝，望东君而暴背[15]，俨同向日[16]之葵。尔乃肃气[17]潜腾，朔风[18]暗室至，孤寒[19]幸余晖之可托，可物羡荣耀之堪庇[20]。

入图书之府[21]，万卷重明[22]。暖诵读之帏[23]，三冬[24]有志。暄生蔀屋[25]，瑞霭门阑[26]，能解霜威[27]之肃；顿敛朔气[28]之寒。披青天之云[29]，咸知乐广[30]；消埋径之雪[31]，可访袁安[32]。于是[33]，天子奋重离[34]之光，坐响明[35]之制。快旭景之曈昽[36]，捧红云之佳丽[37]。太和[38]之象，负暄[39]者，尽人皆知[40]；仁霭之休[41]，戴德[42]者，无处不逮[43]。故梧桐翙凤[44]，集止朝阳[45]。若灵木[46]鸟翱翔盛事；辛值煦妪[47]之天，共乐升平[48]之岁。

故星周四序[49]，泰启三阳[50]。仰望之忱弥切[51]，就瞻[52]之意倍长。出入而殷[53]迎送，昭回而不变[54]炎凉。添一线[55]之微，寸阴是惜[56]；树八尺之表[57]，圭影[58]可量。遂能减爝火之末光[59]。等狐裘之有曜[60]，忽及卓午[61]，将五色以齐辉[62]，不辨元英[63]，与九州[64]而照；不畏凛冽[65]，咸慕温和[66]。极其远[67]，则燕谷[68]生春，奚烦邹衍之吹律[69]，亲其光[70]，则明空复旦[71]，岂假虞廷之作歌[72]。夫是以寅宾[73]兮，惜之如玉[74]；向明晦[75]兮，爱之如金[76]。布天光兮其溥[77]，感阳德[78]兮偏深。一岁之日无私照[79]兮，何独冬日之是临[80]，惟因寒而生爱[81]，可以验趋向于人心[82]。

添彩高翔[83]，声华并茂[84]。（原评）

题解：

本文是一篇律赋，以时至岁寒阳和照临为韵。其主题是“冬日可爱”，一开始就写冬日的特点，以及与春日秋日的不同。在冬季被冬日的阳光照射是温馨的、温暖的。接着写自己在冬季勤学苦读的感受，冬日能够驱走寒冷，顿敛朔气之寒，温暖读书的心灵和鼓舞他们的志气。正因阳光如此重要，所以天子“奋重离之光，坐响明之制”。再接着写盛世之朝，即便是在冬天，太和之象处处皆有，暖和之时一片共乐升平景象。在冬天，人们对太阳是“仰望之忱弥切，就瞻之意倍长”。主要是歌颂天下太平。在最后作者写出喜欢冬日的原因。太阳在冬季照耀九州，不畏凛冽，能使燕谷生春，照亮天空之时给人们带来温暖，所以作者对其“惜之如玉”“爱之如金”。虽然此时值太阳一年当中偏心之时，因此时是偏照的，但是作者依然认为太阳能在寒冷的冬季带来温暖，还是喜爱有加，并深发感慨人心的偏心。

注释：

［1］赋：指律赋，即有一定格律的赋体。其音韵谐和，对偶工整，于音律、押韵都有严格规定。为唐宋以来科举考试所采用，后世便通称这类限制立意和韵脚的命题赋为“律赋”。

［2］韵：律赋的写作与汉赋、俳赋最大的不同，就是用韵的差别，其特点是押韵的韵数有制限、韵脚平仄比例与顺序的要求。其要点为：

（1）韵脚限字。律赋的韵脚字由主考官规定，韵脚限字有以下四类情形：1）以题为韵。主考官规定以“题目”作为韵脚字，则必须字字协之，如《花萼楼赋》全篇须用“花萼楼”三字为韵脚。2）以题中字为韵。因为题目字数多，作者可以选择其中数个字（通常是八个字）当作韵脚，不必将题目中的每一个字全部协韵，如唐代郑锡《正月初一含元殿观百兽率舞赋》，题目“正月初一含元殿观百兽率舞”不需要所有字皆协韵，只要考生任取数个字协韵即可。3）用成语为韵。此项成语通常和题意有关，少的用一句五字成语作韵脚。例如，《北斗城赋》以“池塘生春草”为韵脚；多的则用两句八字作韵脚，如《六瑞赋》以“俭故能广，被褐怀玉”为韵脚。4）由试官自撰韵脚字。例如，《五色赋》由主考官自撰以“日丽九华，圣符土德”为韵脚。

（2）韵脚多寡。赋所押的韵数，作者可以任意为之，律赋虽然以八韵为通例，但是不以八韵为限，三韵、四韵、五韵、六韵、七韵等都各有其实例。如《花萼楼赋》以“花萼楼”三字为韵；《蓂荚赋》以“呈瑞圣朝”四字为韵；《金茎赋》以“日华川上动”五字为韵；《止水赋》以“清审洞彻涵容”六字为韵；《东郊朝日赋》以“国家行仲春之令”七字为韵；《旗赋》以“风日云野，军国清肃”八字为韵。所谓的“韵数”，在试赋中是指用韵的韵类数，而不是押韵的韵字数；所谓的押三字乃至八字之韵，指的就是押三种乃至八种的“韵类”。每一类韵押脚的多寡，各听其自然，没有各固定的数目。

（3）韵脚定数。唐代科举考试由试官决定试赋之韵脚字，虽然韵脚有定数，但是从一些试赋作品中，仍可见到韵脚并未全用的例子。

（4）韵脚次序。李调元《赋话》说：“唐人试赋，有次用韵者，使依次递用；否则，任以己意行之。”李调元所说的“次用韵”即是依制限的题韵字顺序使用，也就是“依次用韵法”；而“任以己意行之”则不一定依次用韵。律赋中题韵字依次或不依次使用，悉听主试官的规定，在唐代依次或不依次用韵的情形兼有之，而宋代科举试赋则以依次用韵为正格。

（5）韵脚平仄。唐初试赋韵脚字的平仄比例，原无定格，自唐文宗太和以后，才以韵脚平仄相半为定例（八韵中四平四仄）。到了晚唐，为了求音节协畅，于是韵脚字变为一平一仄相间而出。唐试赋晚期虽有平仄韵间押的规律，但是实例不多。宋代试赋则对此规律已习以为常，赋体发展到律赋这个阶段，除了注重对偶工整和音律谐协之外，又加上限题、限韵的束缚，在有限的时间内（一天至入夜后准烧三支蜡烛为止），考生根本无暇认真思考作品的内容，因此律赋深受后人抨击。相传在唐德宗时，权德舆主试，做有一戏考生的上联“三条烛尽，烧残举子之心”，考生对的下联是“八韵赋成，惊破侍郎之胆”，由此可略见当时以赋取士的情形。

［3］北陆：即虚宿。位在北方，为二十八宿之一。《左传·昭公四年》："古者日在北陆而藏冰。"孔颖达疏："日在北陆，为夏之十二月也。十二月，日在玄枵之次……于是之时，寒极冰厚，故取而藏之也。"

［4］元冥：即玄冥。水神名。《山海经·海外北经》："北方禺强。"晋郭璞注："字符冥，水神也。"

司时：即掌管时令。

［5］天光：谓天气。

栗烈：凛冽，形容严寒。栗，通"溧"。《诗经·豳风·七月》："一之日觱发，二之日栗烈，无衣无褐，何以卒岁？"朱熹集传："觱发，风寒也；栗烈，气寒也。"

［6］日色：阳光。

和熙：形容阳光明媚温暖。熙：暖和，明亮。

［7］旸谷：古书上、传说中指日出的地方，亦作"汤谷"。古人传说太阳早晨从东方的"旸谷"出发，晚上落入西方的"禺谷"。

［8］烈烈：猛火炎炽貌。此指太阳光照强。

［9］轮辉：指日光。

惜：哀痛，哀伤。

［10］异：不同的。

春日之迟迟：春天的太阳。迟迟：阳光温暖、光线充足的样子。《诗·豳风·七月》："春日迟迟，采蘩祁祁。"朱熹集传："迟迟，日长而暄也。"

［11］是以：所以，因此。

围炉：取暖的火炉。

［12］挟纩：披着绵衣，亦以喻受人抚慰而感到温暖。《左传·宣公十二年》："申公巫臣曰：'师人多寒。'王巡三军，拊而勉之，三军之士皆如挟纩。"杜预注："纩，绵也。言说（悦）以忘寒。"

［13］阳德：原指阳光，这里指皇帝的恩泽。

［14］如亲：如同亲近、接近。

照乘：光亮能照明车辆的宝珠。

［15］东君：传说中的太阳神。

暴背：背向着、朝着太阳，晒背。

［16］俨同：形容特别像……一样。

向日：朝着太阳，面对太阳。

［17］尔乃：这才，于是。

肃气：肃杀之气。

［18］朔风：北风，指冬天的风。

［19］孤寒：应指孤独寒冷之人，但也暗指出身低微的贫寒士人。

［20］荣耀：花木茂盛鲜艳。

堪庇：能够可以被庇护、保护。

［21］图书之府：国家藏书的地方。

［22］万卷：即万卷书。

重明：两重光明，谓光明相继不已。

［23］诵读：读出声来即念，这里就指读书的人，即书生。

帏：古代人佩带的香囊。

［24］三冬：三个冬天，即三年。

［25］暄：温暖，太阳的温暖。

蔀屋：草席盖顶之屋，泛指贫家幽暗简陋之屋。

［26］瑞霭：吉祥的云气。

门阑：借指家门、门庭。

［27］霜威：寒霜肃杀的威力。

［28］朔气：北方的寒气。

［29］青天之云：蔚蓝色天空中的云。

［30］乐广：乐广字彦辅，是南阳淯阳人。他的父亲很早去世，乐广孤单寒贫，寄居在山阳，家境贫寒致力学业，没有人了解他。乐广性情谦和节俭，有远见，很少有贪图享乐的要求，与人无争。尤其善于言谈议论，常常用简明的语言分析事理，来使别人内心满意，他不懂的事，就沉默不说。王戎做荆州刺史，于是推荐乐广做秀才。后朝廷征召他为太尉掾，调任太子舍人。尚书令卫瓘见到乐广，认为他是个奇才，说："自从过去的几位贤人去世之后，常常恐怕精微的语言将要断绝了，可是现在竟又在您这里听到了这样的话。"卫瓘命令几个儿子到乐广那里去，说道："这个人是人中的清水明镜，见到他感到他的如玉石的光彩，像是云雾散开看见了青天一样。"王衍对自己说："我与别人说话很简要，等到见了乐广，便觉得自己很繁琐。"

[31] 埋径之雪：掩盖在道路上的雪。

[32] 袁安：出自典故袁安高卧的故事。汉时袁安未达时，洛阳大雪，人多出乞食，安独僵卧不起，洛阳令按行至安门，见而贤之，举为孝廉，除阴平长、任城令。见《后汉书·袁安传》。唐李贤注引《汝南先贤传》。后因以“袁安高卧”为典，指身处困穷但仍坚守节操的行为。

[33] 于是：如此。

[34] 天子：古以君权为神所授，故称帝王为天子。

重离：《易·离》：“明两作离，大人以继明照于四方。”孔颖达疏：“明两作离者，离为日，日为明。”《离》卦为离上离下相重，故以“重离”指太阳。

[35] 响明：通“向明”，向阳，引申为朝南。

[36] 旭景：犹朝阳。

曈昽：微明貌。

[37] 红云：红色的云。

佳丽：美好，漂亮。

[38] 太和：天地间冲和（淡泊平和）之气。《易·干》：“保合大和，乃利贞。”大，一本作“太”。朱熹本义：“太和，阴阳会合冲和之气也。”

[39] 负暄：冬天受日光曝晒取暖。

[40] 尽人皆知：所有的人都知晓，极言涉及面之广。

[41] 霱：云气。

休：吉庆，美善，福禄。

[42] 戴德：感戴恩德。

[43] 无处：无一处，没有任何地方。

不逮：比不上，不及。《尚书·周官》：“今予小子，祇勤于德，夙夜不逮。”孔传：“虽夙夜匪懈，不能及古人。”

[44] 翙：鸟飞的声音。

凤：凤凰。中国古代传说中的百鸟之王，常用来象征祥瑞。雄的叫“凤”，雌的叫“凰”。

[45] 朝阳：山的东面。《诗经·大雅·卷阿》：“凤凰鸣矣，于彼高冈，梧桐生矣，于彼朝阳。”毛传：“山东曰朝阳。”《释名·释山》：“山东曰朝阳，山西曰夕阳，随日所照而名之也。”

[46] 灵木：梧桐被视为“灵树”，具有应验时事之能。

[47] 煦妪：温暖，暖和。唐白居易《岁暮》诗："加之一杯酒，煦妪如阳春。"

[48] 升平：太平。

[49] 星周：星辰视运动历一周天为一星周，即一年。

四序：指春、夏、秋、冬四季。《魏书·律历志上》："然四序迁流，五行变易。"

[50] 三阳：旧时以"三阳开泰"为岁首称颂之语。

[51] 忱：真诚的情意。

弥：更加，越发。

切：密合，贴近。

[52] 就：到高处去住。

瞻：向远处或向高处看。

[53] 般：深厚，恳切，殷切，殷勤。

[54] 昭回：谓星辰光耀回转。

不变：常用于诗或古文，用以意味不变的恒常性或稳定性。

[55] 一线：形容极其细微。

[56] 寸阴是惜：日影移动一寸的时间也应当爱惜，表示时间极其宝贵。

[57] 八尺之表：古时春分、夏至、秋分、冬至都会立表测影。古人测影之表，一般长八尺，即所谓"一寻"。

[58] 圭影：圭表上的日影。

[59] 爝火：炬火，点燃的火把。《庄子·逍遥游》："日月出矣，而爝火不息；其于光也，不亦难乎！"成玄英疏："爝火，犹炬火也，亦小火也。"

末光：微光。

[60] 狐裘：用狐皮制作的外衣。《诗经·秦风·终南》："君子至止，锦衣狐裘。"朱熹集传："锦衣狐裘，诸侯之服也。"

曜：光亮，明亮，光曜。

[61] 忽及：忽然间。

卓午：正午，中午。

[62] 五色：指青、黄、赤、白、黑五色，也泛指各种色彩。

齐辉：产生光彩，照耀。

[63] 不辨：不能分辨。

元英：玄英，冬季的别称。

[64] 九州：指天下。

[65] 不畏：不害怕，不畏惧。

凛冽：寒冷刺骨。

[66] 慕：依恋，向往。

温和：冷热适中，不冷不热。

[67] 极：至，到达。

其远：太阳所能到达的最远的地方。

[68] 燕谷：即寒谷。在古燕地，传说为邹衍吹律生黍之处。

[69] 奚：文言疑问代词，相当于“胡”“何”，什么，何。

烦：相烦，烦劳。

吹律：吹奏律管。律为阳声，故传说可以使地暖。

[70] 亲：亲近，亲密。

其光：太阳光。

[71] 明空：使天空明亮。

复旦：谓又复光明。旦：明亮。

[72] 岂：助词，表示反诘。哪里，如何，怎么。

假：借用，利用。

虞廷之作歌：指虞舜的朝廷。相传虞舜为古代的圣明之主，故亦以“虞廷”为“圣朝”的代称。作歌：创作歌曲。

[73] 夫：文言发语词。

是以：所以，因此。

寅宾：恭敬导引。《尚书·尧典》：“分命羲仲，宅嵎夷曰旸谷，寅宾出日。”孔传：“寅，敬。宾，导。”孔颖达疏：“令此羲仲恭敬导引将出之日。”

[74] 惜之如玉：像爱怜玉一样珍爱喜爱阳光。

[75] 明晦：明暗，阴晴。

[76] 爱之如金：像喜爱金子一样喜爱阳光。

[77] 布：分布，分散。

天光：日光，天空的光辉。

溥：广大。

[78] 阳德：指阳光。

[79] 一岁之日：一年当中的太阳。

私照：偏照，特别地照耀。

[80] 何独：为何独自。

临：碰上，逢着。

[81] 惟：只是。

因寒而生爱：因为天气寒冷而生发喜爱之情。

[82] 可以：表示可能或能够。

趋向：事物发展的动向、归向、趋附。

人心：指人们的意愿、感情等。

[83] 添彩：添加文采，文章才华。

高翔：高飞。

[84] 声华并茂：文章的文笔与情感文采都非常好。声华：美好的名声、声誉。

小雪赋

以薄如秋雪轻似玉尘为韵

秋日阴凝[1]，凉天辽廓[2]。金风度兮霰[3]飞；寒气腾兮雪作[4]。夫连日凝冻[5]，穷巷起高卧之人[6]；比岁其[7]寒，南州[8]听言冷之鹤。比皆大雪之时[9]，行不必侈谈[10]此厚薄；若乃瑶华[11]难折，玉屑不如霏微[12]大野。零落前除[13]，委地[14]则干。

麦三冬之不爽[15]，翻空虽小[16]，识六出之无虚[17]。依阴则光不照地[18]；临宇[19]则辉难映书。则见飞随广甸[20]，影入妆楼[21]，细细而千岩送冷[22]；飘飘而万户迎秋[23]。芦花[24]江上，残英错落[25]；瑞木[26]从中，碎叶[27]纷稠。浮光则并皎月[28]；散质则澹寒霜[29]。既盖坳而堆垤[30]；亦遇珪[31]而成方。独钓寒江[32]，轻点渔翁[33]之笠；引凤歌馆[34]，斜沾术士[35]之裳。当其客集琼筵[36]，席上之落花点点[37]；风开画阁[38]，奁中之香粉莹莹[39]。云英方其清素[40]；雾谷逊其轻盈[41]。梅匝地以横飞[42]；絮因风而乍起[43]。微交月影[44]，天边之孤雁[45]应迷；稍混林梢[46]，枝上之寒鸦[47]堪指。故银葩珠蕊[48]，未足形容[49]；而蝶鹤翎[50]，差堪比似[51]。

拂桂林之一枝[52]；碎昆山之片玉[53]。氤氲向夕[54]，仨散乍凝[55]，沾洒凌晨[56]，忽断忽续[57]，慨幽兰[58]之入谱。未识琴心[59]，按阳春[60]之有词；谁和郢曲[61]，乃知滕六弄巧[62]。花样更新[63]，映日而难分细影[64]；开帘而不辨轻尘[65]。霜刃[66]遥挥兮，剪碎珠帘[67]之箔；石砧高举[68]兮，敲残玉碗[69]之珍。既咏歌兮难尽[70]，恐绘画兮未真[71]。惟余晖之有耀[72]，原托庇乎芳辰[73]。

切定小字着笔[74]，绝不呆填话头[75]，故目超绝[76]。（原评）

题解：

本文是一篇律赋，以“薄如秋雪轻似玉尘”为韵。其主题是“小雪”。秋日的小雪引得作者思绪万千，于是写出这篇《小雪赋》。开题作者就交代出秋日阴凝的天气，天空中飘起了雪花。这场小雪不像往常的大雪一样落到地上就化掉了，在地上也没形成厚厚的雪层，故雪光很难照应大地和房屋。小雪就这样飘飘洒洒地下着。在江岸上或瑞木丛中都铺上了一层雪花。雪花轻点渔翁之笠，斜沾术士之衣。雪花是很轻盈的，像梅花，像芦絮。其轻盈和洁白是无法用语言形容的。接着作者交代雪一直下到凌晨。紧接着用“幽兰”“阳春”两首郢曲和雪神“滕六”作典，描述这场小雪。最后作者用“余晖之有耀”“庇乎芳辰”点出感谢圣恩，这是作者写试帖诗和律赋（试赋）最后所必须要表达的。

注释：

[1] 阴凝：阴气始凝结，这里指阴天。

[2] 凉天：秋天。

辽廓：辽阔，广阔而无边际。

[3] 金风：指秋风。

霰：在高空中的水蒸气遇到冷空气凝结成的小冰粒，多在下雪前或下雪时出现。

[4] 寒气：寒冷的气，冷的气流，低温的状况。

雪作：这里指开始下雪。

[5] 凝冻：因冰冻而凝固。

[6] 穷巷：冷僻简陋的小巷。

高卧之人：出自典故袁安高卧的故事。汉时袁安未达时，洛阳大雪，人多出乞食，安独僵卧不起，洛阳令按行至安门，见而贤之，举为孝廉，除阴平长、任城令。

[7] 比岁：连年。

其：指代天气或气候。

［8］南州：泛指南方地区。

［9］比皆大雪之时：假如说下大雪的时候。比：比如，譬如。

［10］侈谈：大谈，纵论。

［11］瑶华：一般为霜、雪比喻瑶华。

［12］玉屑：玉的碎末，这里比喻雪末。

霏微：雨雪细小貌。

［13］零落：散落。

前除：前面的台阶。

［14］委地：散落或委弃于地。

［15］三冬：冬季，犹冬季三个月。

爽：舒服。

［16］翻：翻越，越过。

空：天空，空中。

虽小：虽然显得很微小。

［17］六出：雪花的别称。

无虚：在此应为“虚无”，即天空之意。

［18］光不照地：光线照不到地上。

［19］临宇：挨着，靠近房屋。

［20］飞随：指雪花随着风在空中飘游浮荡。

甸：古时指郊外。

［21］影入：雪花飞舞的影子映入楼房。

妆楼：旧称妇女居住的楼房，这里指妇女的居室。

［22］细细：轻微亦即风吹貌。

千岩：重山叠岭。

送冷：送来了寒冷。

［23］飘飘：风吹貌。

迎秋：迎接秋季到来，古代祭礼之一。古人以秋和五方之西、五色之白相配应，故于立秋日，天子率百官出西郊祭白帝，迎接秋季到来。《礼记·月令》：“立秋之日，天子亲率三公、九卿、诸侯、大夫，以迎秋于西郊。”郑玄注：“迎秋者，祭白帝白招拒于西郊之兆也。”

［24］芦花：芦苇的白色花毛。

［25］残英：残存未落的花，落花。

错落：交错地排列。

［26］瑞木：指连理木。

［27］碎叶：琐细，繁杂的树叶。

［28］浮光：水面或物体表面反射的光。

皎月：明月。

［29］澹：淡薄，浅淡。

寒霜：寒冷的冰霜。

［30］盖：虚词，表大概如此。

垤：本义为蚂蚁做窝时堆在洞口的土，在这里指小土丘。

［31］珪：同“圭”，古玉器名。长条形，上端为三角形，下端为正方。中国古代贵族朝聘、祭祀、丧葬时以为礼器。依其大小，以别尊卑。

［32］独钓寒江：化用唐柳宗元《江雪》：“千山鸟飞绝，万径人踪灭。孤舟蓑笠翁，独钓寒江雪。”

［33］轻点：指小雪轻轻地落到渔翁的斗笠上。

渔翁：老渔人。

［34］引凤：招引凤凰。

歌馆：表演歌舞的楼馆。

［35］斜：不正，歪斜。

沾：浸润，浸湿。

术士：儒生。

［36］当其：当……的时候。

琼筵：盛宴，美宴。

［37］席上：宴席上。

落花点点：指雪花飘落的样子。

［38］风开：寒风吹开。

画阁：彩绘华丽的楼阁。

［39］奁：古代盛梳妆用品的匣子。

香粉：妇女化妆用的粉末。

莹莹：某些有光泽物体的明亮光洁。

[40] 云英：白色的花。宋晁端礼《蓦山溪》词："飞雪满空来，翦云英、群仙齐到。"

方：等同，相当。

其：雪花。

清素：清淡素净。

[41] 逊：次，差，不及。

轻盈：轻柔秀丽。

[42] 匝地：遍地，满地。

横飞：四处飞舞。

[43] 因风：依靠凭借风。

乍起：开始。

[44] 交：相错，接合，交叉。

月影：映于水中或隐约于云间的月亮影子，亦指月亮。

[45] 孤雁：离群的孤单的雁。

[46] 林梢：树梢，树林的顶端，树林的树枝。

[47] 寒鸦：寒天的乌鸦。

[48] 银葩：白色的花。

珠蕊：华美漂亮的花蕊。

[49] 足：充分，够量。

形容：描述。

[50] 蝶：蝴蝶。

鹤翎：鹤的羽毛。

[51] 差堪：不能。

比似：与……相比，比起。

[52] 拂：掠过或轻轻擦过。

桂林之一枝：《晋书·郤诜传》："（诜）累迁雍州刺史。武帝于东堂会送，问诜曰：'卿自以为何如？'诜对曰：'臣举贤良对策，为天下第一，犹桂林之一枝，昆山之片玉。'"原为自谦之词，谓己只是群才之一，后用以喻科举考试中出类拔萃的人。清赵翼《黄雨歌》："桂林一枝定谁折，黄色上眉先报喜。"自注："时诸生方乡试。"

［53］碎：破碎。

昆山之片玉：亦作“昆山片玉”。《晋书·郄诜传》：“（诜）累迁雍州刺史。武帝于东堂会送，问诜曰：‘卿自以为何如？’诜对曰：‘臣举贤良对策，为天下第一，犹桂林之一枝，昆山之片玉。’”后因以“昆山片玉”喻珍贵稀有之物或赞美人才难得而可贵。

［54］氤氲：形容云气浓郁。

向夕：傍晚，薄暮。

［55］乍：忽然，突然。

凝：聚集，集中。

［56］沾洒：洒落并使沾着物濡湿。

凌晨：从零时起到天亮前的一段时间。

［57］忽断忽续：断断续续，连续不断。

［58］幽兰：古琴曲名。战国楚宋玉《讽赋》：“臣援琴而鼓之，为《幽兰》《白雪》之曲。”

［59］琴心：琴声表达的情意。《史记·司马相如列传》：“是时，卓王孙有女文君新寡，好音，故相如缪与令相重，而以琴心挑之。”

［60］阳春：古琴曲名。

［61］郢曲：战国楚宋玉《对楚王问》：“客有歌于郢中者，其始曰《下里巴人》，国中属而和者数千人；其为《阳阿》、《薤露》，国中属而和者数百人；其为《阳春白雪》，国中属而和者不过数十人；引商刻羽，杂以流征，而和者数人而已。”后以“郢曲”泛指乐曲。

［62］滕六：指雪神。

弄巧：谓做出各种巧妙的花样，亦谓卖弄技巧。

［63］花样更新：指独出心裁，创造新花样。

［64］映日：映照着日光。

细影：微小的影子。

［65］开帘：打开帘子。

不辨：不能辨别。

轻尘：尘土。尘土质轻，易于飞扬，故称。

［66］霜刃：明亮锐利的锋刃，亦指明亮锋利的刀剑。

［67］剪碎：用剪子剪碎。

珠帘：用线穿成一条条垂直串珠构成的帘幕。

[68] 石砧：捣衣石。

高举：高高地拿着扬起。

[69] 玉碗：玉质的碗，亦泛指精美的碗。

[70] 咏歌：吟咏歌颂。

难尽：难以全部用出，难以竭力做到。

[71] 绘画：作画。用笔等工具，墨、颜料等材料，在纸、纺织物、墙壁等表面上画图或作其他可视的形象。

未真：不真实。

[72] 余晖：充足的光辉，比喻天子的恩泽。

有耀：拥有的光芒光辉。

[73] 托庇：谓靠别人的庇护。

芳辰：美好的时光。

[74] 切定：契合确定。

着笔：落笔，下笔。

[75] 绝不呆填话头：全然不呆板地写话语。

[76] 故目超绝：因此标题出众。

奇石赋

以有扁斯石在河之浒为韵

湟水呈祥[1]，无物不有[2]，偶得一石[3]，在河之右[4]。击便成音[5]，鸣必待叩[6]。内结云根[7]，外穿海口[8]。淖约似丽人之形[9]；而坚贞类仁之寿[10]。于是立斋头[11]，置案首[12]，以丈[13]而呼，为徒而友[14]。标格实获乎心[15]，摩挲[16]不离手。其质以瘦[17]，其体不扁[18]，经霜华[19]兮色淡；挟雨方兮光鲜[20]。水衣[21]牵而不动；苔发长而弥坚[22]。抱傀儡兮若含碧血[23]；披厌恶鬖髿兮似洗绿钱[24]。既吞文于成子[25]；堪下拜于米颠[26]。有时折桂蟾宫[27]，凭伊磨剑以勤学[28]；谈经虎寺[29]，赖汝点头而悟禅[30]。绝岩山中[31]，曾邀捣砧之女[32]；济北桥下[33]，还逢辟谷[34]之仙。率本来之面目[35]，标独得之丰姿[36]。洞庭无此险峻[37]，巫峡逊其参差[38]。虽三株之双蹲堪谱[39]；而一卷纸特立自奇[40]。非真不可转也[41]。岂谓焉[42]用文之，良以独善则善[43]矣。安见斯焉而取斯[44]。若夫列于几席[45]，把玩朝夕[46]，作镜则光鉴人形[47]，用砚则篆飞鸟迹[48]，其攸往而咸宜[49]者，皆预卜于斯时石[50]。尔乃本天而动[51]，因物而采[52]。欲贵重于丹精[53]，非图利于紫彩[54]，还期柱立中流[55]，船装大海[56]，嶙峋之骨相弥奇[57]。崒嵂[58]之精神不改，故负奇而抱异[59]者，未计何年[60]；韬光而匿迹[61]者，莫知几载[62]。究之宝燕石[63]者有人，识卞和[64]者安在？故出自学海[65]，显于文河[66]。不能为粮岂煮[67]，亦可作[68]鼓而歌，岂选名经娲黄之炼[69]，支机投织女[70]之梭，遂能邀高人之顾盼[71]，而动学士之抚摩[72]。夫当日鞭阳可晴[73]，鞭阴而雨[74]，叱则成羊[75]，射而疑虎[76]，何形怪而神完[77]，心清而貌古[78]，将来班固勒铭[79]，伏波题柱[80]，充翰墨之林[81]，入图书之府[82]，岂不胜于山隈[83]，沉于水浒[84]。

石鼓之文[85]，陆离斑驳[86]。（原批）

题解：

本文是以“有扁斯石在河之浒”为韵的一篇律赋。该赋主要写作者在湟水河畔捡到的一块奇石。本文破题即说湟水有祥瑞之气而捡到一块奇石。接下来描写石头的形状，内结云根，外穿海口，绰约似丽人之形。作者很珍爱此石，把它放在书房的几案上，爱不释手。接下来作者简要介绍捡到石头时的情景。雨过天晴，在青苔堆中捡到这块石头。洞庭山与巫峡的风姿都比不了这块石头的风姿。此石不仅光鉴人形而且还可以占卜。接下来就是作者对石头的感慨以及联想到许多关于石头的典故。知燕石者有人，识卞和者无人，古人在学海文河中对石头的认识颇丰。女娲炼石，织女支机石，阴阳石，黄初平叱石成羊，李广疑石为虎而射之，都是古人留下的关于石头的杰出的典故，作者一一作了点评。最后作者也希望自己写的这篇关于奇石的文章能够像伏波题注，班固的《封燕然山铭》一样功绩长存，充翰墨之林、入图书之府，这样要比奇石放置山峦之上和沉于水边要好得多。

注释：

[1] 湟水：湟水是黄河上游重要支流，位于中国青海省东部，发源于青海省海晏县境内的包呼图山，流经青海省大通—达坂山与拉脊山之间的纵谷，为羽状水系。

呈祥：呈现祥瑞。

［2］无物不有：没有的东西都有了。

［3］偶得一石：偶然得到一块石头。

［4］在河之石：在湟水河的右岸。

［5］击便成音：叩击该石头就可以产生声音。

［6］鸣必待叩：鸣响一定会是等待叩击的结果。

［7］内结：里面聚集、聚合、结集。

云根：很多草木之根。

［8］外穿：穿通，穿破。

海口：大的孔，大的口子。

［9］淖约：姿态柔美貌。淖，通“绰”。《汉书·扬雄传上》：“闺中容竞淖约兮，相态以丽佳。”颜师古注：“淖约，善容止……淖音绰。”

似丽人之形：像美人的外形。

［10］仁之寿：谓有仁德而长寿。

［11］斋头：指书斋。

［12］案首：长方形的桌子上面，书案头上面。

［13］丈：古时对长辈男子的尊称。

［14］为徒而友：既认作徒弟也认作朋友。

［15］标格：风范，品格。

实获乎心：真实地获得于内心深处。

［16］摩挲：用手抚摩。

［17］质：本体，本性。

瘦：形容削直、突兀而遒劲有骨力。

［18］体：物质存在的状态或形状，实体的状态或形状。

扁：物体平、宽而薄。

［19］经：禁受，经受。

霜华：即霜。霜为粉末状结晶。

［20］挟：携带。

方：刚刚，才。

光鲜：鲜明，漂亮。

［21］水衣：即水苔，苔藻类植物，也叫石发、石衣、水衣、水绵、藫。《尔雅》：“藫、石衣。”晋郭璞注：“水苔也，一名石发，江东食之。”

[22] 苔发：谓其状如发之苔。

长而弥坚：更加牢固坚实。

[23] 抱：抱着。

傀儡：用土木制成的偶像。

碧血：这里指青绿色。

[24] 披：覆盖或搭衣于肩。

厌恶：讨厌，憎恶。

鬖髿：毛发下垂貌。比喻草木枝叶散乱貌。

绿钱：青苔的别称。

[25] 吞：容纳。

文：花纹，纹理。

成子：宋代，佚名，善山水。黄庭坚云："成子写浯溪，下笔便造极。"

[26] 下拜：指跪下而拜。

米颠：北宋书画家米芾的别号。米芾字符章，以其行止违世脱俗，倜傥不羁，人称"米颠"。

[27] 有时：谓有如愿之时。

折桂蟾宫：攀折月宫桂花，比喻科举登第，榜上有名。

[28] 凭：依靠，仗恃，凭借，凭靠。

伊：你。

磨剑以勤学：比喻多年刻苦磨炼学习。

[29] 谈经虎寺：在虎丘山上的佛寺中讲解佛经。

[30] 赖：倚靠，仗恃。

汝：你，这里指石头。

点头：头微微向下一动，表示允许、赞成或领会等。

悟禅：参悟禅理。

[31] 绝岩山中：极其陡峭的山崖的山中。

[32] 捣砧之女：在石上捣衣的女人。

[33] 济北桥下：济北的桥下面。

[34] 辟谷：谓不食五谷。道教的一种修炼术。辟谷时，仍食药物，并须兼做导引等功夫。《史记·留侯世家》："乃学辟谷，道引轻身。"

［35］率：遵行，遵循。

本来之面目：原为佛家语，指人的本性，后多比喻事物原来的模样。

［36］标：标明，显出。

独得之丰姿：独特的风度仪态。

［37］洞庭：山名。在江苏省太湖中。有东西二山，东山古名莫厘山、胥母山，元明后与陆地相连成半岛。西山即古包山。

无此：这里指比不上石头所呈现的险峻。

险峻：谓山势高而险。

［38］巫峡：长江三峡之一，一称“大峡”。西起四川省巫山县大溪，东至湖北省巴东县官渡口。因巫山得名，两岸绝壁，船行极险。

逊其：比不上它的。

参差：长短、高低不齐的样子。

［39］株：露出地面的树根。像三根露出地面的根。

蹲：两腿尽量弯屈，像坐的样子，但臀部不着地。

谱：按照事物的类别或系统编排记录。

［40］一卷：一排。

特立：独立，挺立。

自奇：谓自得奇趣。

［41］非真不可转也：不是像上述那样的真实，但是不可抛弃丢弃。

［42］岂：助词，表示反诘，如何，哪里。

焉：哪里，哪儿。

［43］良：好。

独善：修养个人美好的品德。

善：好，美好。

［44］安：疑问词，哪里。

斯：这，这个。

焉：文言助词。

取：拿，索取。

斯：这，这个。

［45］若夫：句首语气词，用在句首或段落的开始，表示另提一事。

几席：几和席，为古人凭依、坐卧的器具。

[46] 把玩：拿着赏玩。

朝夕：时时，日日夜夜。

[47] 作镜：当作镜子使用。

光鉴人形：光可以照出人的形状、样子。

[48] 用砚：用作砚台。

篆飞鸟迹：用篆体字书写如同空中飞鸟的痕迹一样。这里指写鸟书。鸟书亦称“鸟篆”，笔画作鸟形，即文字与鸟形融为一体，或在字旁与字的上下附加鸟形作装饰，如越王勾践剑铭、越王州勾剑铭。多见于兵器，少数见于容器、玺印，至汉代礼器、汉印，乃至唐代碑额上仍可见。

[49] 攸往：所往，所去，所到。

咸宜：都有适宜的事情。

[50] 预卜：预测占卜，预先断定。

斯时石：这块石头。

[51] 尔乃：这才，于是。

本天：原本的自然所生成的事物。

而动：而使开始发生产生。

[52] 因物而采：顺着万物的本性而选取利用。因：顺，顺应。采：选取，搜集，开发，利用。

[53] 欲贵重于丹精：要贵重于长生不老的丹药。贵重：珍贵，重要。丹精：即“精丹”，指道家炼制的所谓的完美的长生不老药。

[54] 紫彩：道教和某些朝代的统治者所崇尚的色彩，因而常在其宫室、服饰、用物前冠之以“紫”。彩：色彩。

[55] 柱立中流：两江汇流处，有一巨石突起在江心，高有百尺左右。能够起中流砥柱之作用，挽狂澜于将倒之时，唯有这块巨石可以当之无愧。明朝的参议蔡潮在这块巨石上建了一个亭子，取名为“跨鳌亭”，并在上面题了“砥柱中流”四个字。因此该成语用来比喻坚强而能起支柱作用的人或集体。柱：黄河中的坚强柱石。中流：水流的中央，流水中间。

[56] 船装大海：大海装载着船只。

[57] 嶙峋：形容山石峻峭、重叠。

弥奇：更加奇异，特殊。

［58］崒嵂：高峻貌。

［59］负奇而抱异：言石头奇形怪状。

［60］未计何年：没有关心是哪一年。

［61］韬光而匿迹：收敛光芒，隐藏踪迹。比喻不显露锋芒和才能。

［62］莫知几载：不知道是多少年。

［63］究：研究，探究。

燕石：燕山所产的一种类似玉的石头。

［64］卞和：春秋楚人。相传他得玉璞，先后献给楚厉王和楚武王，都被认为欺诈，受刑，被砍去双脚。楚文王即位，他抱璞哭于荆山下，文王使人琢璞，得宝玉，名为"和氏璧"。

［65］学海：谓学问渊博。

［66］显于：显现于，表现于。

文河：犹学问渊博。

［67］不能为粮岂煮：不能作为粮食而煮。

［68］作：演奏。这里指演奏鼓乐而歌唱。

［69］名经：经义之书。

娲皇之炼：本指神话故事中女娲补天之石。

［70］支机：支机石的简称。传说为天上织女用以支撑织布机的石头。

织女：支机女。古代神话传说中的天上织女。

［71］遂能邀高人之顾盼：于是能邀请高人观看。高人：学术、技能高超的人。

［72］学士：古代在国学读书的学生。

抚摩：用指触摸。

［73］当日：当天。

鞭阳可晴：鞭打阳石可以使天晴。《水经注》卷三十七："夷水自沙渠入县，水流浅狭，裁得通船。东迳难留城南，城即山也。独立峻绝，西面上里余，得石穴。把火行百许步，得二大石碛，并立穴中，相去一丈，俗名阴阳石。阴石堂湿，阳石常燥。每水旱不调，居民作威仪服饰，往入穴中，旱则鞭阴石，应时雨，多雨则鞭阳石，俄而天晴。相承所说，往往有效，但捉鞭者不寿，人颇恶之，故不为也。"

［74］鞭阴而雨：鞭打阴石天可以下雨。

［75］叱则成羊：《艺文类聚》引晋葛洪《神仙传》：皇初平牧羊，为一道士引至金华山石室中，四十余年未归。其兄初起寻访至山，问羊何在，答云："在山东"。"兄往视，但见白石，不见羊。平曰：'羊在耳，兄自不见。'平乃往，言：'叱！叱！羊起！'于是白石皆起成羊数万头。"亦省作"叱石"。

［76］射而疑虎：李广射虎的故事是作者根据唐代诗人卢纶写的一首著名的古诗《塞下曲》的情节改编的。唐卢纶《塞下曲》："林暗草惊风，将军夜引弓。平明寻白羽，没在石棱中。"

［77］何：多么。

形怪：形状怪异。

神完：谓精神饱满。

［78］心清而貌古：形容外表和内心具有古人的风度，清净如水。

［79］将来：未来。

班固勒铭：谓建立武功。勒铭：镌刻在金石上的铭文。喻建立功勋。东汉永元元年（89），车骑将军窦宪领兵出塞，大破北匈奴，登燕然山，即今蒙古人民共和国境内的杭爱山。刻石勒功，记汉威德。《后汉书·窦宪传》后指汉班固所撰《封燕然山铭》。亦泛指歌颂边功的诗文。

［80］伏波题柱：《后汉书·马援传》：玺书（汉光武帝刘秀）拜马援为伏波将军，南击交趾（交趾：指中国广东、广西、越南北部），建武十九年（43）正月，斩征侧、征贰两人，乱遂平。援于是次征交趾间，立铜柱以为汉之极界，后世称之为"伏波题柱"。

［81］充：填充，凑数。

翰墨之林：比喻文章汇集之处，犹文坛。

［82］图书之府：国家藏书的地方。

［83］胜于：超过。

山隈：山的弯曲处。

［84］水浒：水边。

［85］石鼓之文：石鼓上刻的铭文，也指这种铭文所用的字体。石鼓是战国时秦国留存下来的文物，略像鼓，共有十个，上面刻有四言诗铭文，唐代初年在今陕西省凤翔县发现，现存北京。

［86］陆离斑驳：形容色彩绚丽灿烂。

白雁赋

以故园露前飞来报信为韵

金风初飘[1]，玉露渐注[2]，望阳鸟[3]之新来兮，认凫乙之如故[4]。既嗈嗈兮声音[5]，复皎皎兮毛羽[6]，楚泽兮呼[7]鹅鸭，吴江兮侣鸥鹭[8]，衔芦远渚[9]。不辨清莹[10]，啄草芳田[11]，共讶皓素[12]。尔其素秋南游[13]，新春北息[14]。白日凝光[15]，凉天同色[16]，占时须待乎露零[17]。御气者必借乎风力[18]，搏云兮疑设网而萦[19]。避月兮似弯弓而弋[20]，逃炎热于西方[21]；恋稻粱[22]于南园。散清泪于九霄[23]；排素影[24]于八极。泬寥兮迎[25]晓日，广漠兮爱寒霜[26]。度远塞兮惨淡[27]；落平沙溪微茫[28]。素[29]而又轻，堪系帛书[30]于汉，惊而获免[31]，得遇谏臣[32]于梁。来碧海之路[33]，入白云之乡[34]，故婚贽[35]献瑞于敬帝，而社稷拜贺于秦王[36]。映带寒山[37]之雪；飘飘远渚之烟[38]。风紧草枯[39]，仨怜颜色俱淡[40]；潭清潦净[41]，勿讶羽毛何鲜[42]。岂第落二矢[43]于天际，傲五色于庭前[44]已哉。有时轻试云衣[45]，四海[46]横飞，过石头之城[47]，轻摇寒影[48]；临星子[49]之渚，遥带晚晖[50]。布阵[51]兮，薄翎耐冷[52]，迎宾[53]兮，素心无违[54]。有时佳人爱妃[55]，中夜徘徊[56]，金闺露滴[57]，绣阁风来[58]，见之偏怜清冷[59]，望马深费疑猜[60]。桂殿月明[61]，对孤影[62]偏瘦，长门[63]灯暗，叫数声而梦已回[64]，咏后主[65]空闺之愁，已可见矣[66]。吟简文[67]半路之失，将无同哉[68]。乃有寒门戍妇[69]，独抱衾帱[70]，其巾则綦[71]，其衣则缟[72]，叹夫婿[73]兮未归，悲宾鸿[74]兮先到。信清白之堪持[75]，复淡妆之可好[76]，故儿女矶畔[77]，曾投尺素之书[78]，垢妇津头[79]，更翼华[80]之报，又有羁客[81]怀乡，游人遣兴[82]，睹鸟篆之文[83]，寄家庭之信[84]。则题名塔上[85]，终仿佛而莫[86]寻；回影峰[87]头，亦依稀而难认[88]，人谓其关山[89]难越，吾爱其形质特俊[90]，自能妆点[91]夫三秋，而翺翔乎千仞[92]。

紧切白字生情[93]，极妍尽态[94]，句句飞鸣[95]。（陈月岩师）

题解：

本文是以“故园露前飞来报信”为韵的一篇律赋。其主题为白雁。作者开题就写出秋天雁南飞之景，而盼望南飞之雁早日归来。写出了雁飞翔在天空中各种美丽的情景，如“搏云”“避月”“落平沙”。紧接着用苏武鸿雁传书的典故和邹阳狱中上梁王书的典故来写大雁报信的传说。接下来作者发挥想象，写到闺中思夫，盼望鸿雁传书的情景。最后作者写出喜欢雁的原因是“形质特俊”“妆点夫三秋”“翱翔乎千仞”。

注释：

［1］金风初飘：秋风开始吹起。指秋天来了。

［2］玉露渐注：露水已经慢慢地停止了。

［3］望：盼望。

阳鸟：鸿雁之类的候鸟。

［4］认：分辨，识别。

凫乙：乙，燕子，因以“凫乙”并称。这里比喻对事物认识不清，各执己见。

如故：和原来一样。

［5］既：常与“且”“又”连用，表示两者并列。

嗈嗈：象声词，形容鸟叫声。

声音：鸟发出的声音。

［6］复：又，又有。

皎皎：洁白貌，清白貌。

毛羽：即为羽毛，鸟类的毛。

［7］楚泽：古楚地有云梦等七泽。后以“楚泽”泛指楚地或楚地的湖泽。这里指楚地之人。

呼：称呼，称作。

［8］吴江：吴淞江的别称。《国语·越语上》“三江环之”，三国吴韦昭注：“三江：吴江、钱塘江、浦阳江。”这里指吴江一带的人。

侣：结为伴侣，陪伴。

鸥鹭：海鸥、白鹭。

［9］衔：用嘴含，用嘴叼。

芦：多年生草本植物，多生于水边，茎中空，茎可编席，亦可造纸，简称“芦”。

渚：水中小块陆地，水中的小洲。

［10］不辨：不能分辨、区分。

清莹：洁净透明。

［11］啄草：鸟类用嘴叩击并夹住东西，衔草。

芳田：良田，肥沃的田地。

［12］共讶：一起欢迎。

皓素：雪白，洁白。

［13］尔其：连词，表承接。辞赋中常用作更端之词。犹言至于，至如。

素秋：秋天。古代五行之说，秋属金，其色白，故称“素秋”。

南游：往南飞。

［14］新春：新的一年的春天。

北息：在北方生长繁衍。息：繁殖，滋生。

［15］白日：白天。

凝光：光线很强。

［16］凉天同色：秋天都是一个颜色。

［17］占时：占据此时节，等到此时节。

须待：等待。

露零：降落的露水。《诗·郑风·野有蔓草》：“野有蔓草，零露漙兮。”郑玄笺：“零，落也。”

［18］御气者必借乎风力：乘风飞行的时候，必须要借助于风的力量。御气：犹御风，乘风飞行。

［19］搏：跳动。这里指在天空中飘动的云朵。

疑：怀疑，疑惑。

设网：布网，张网。晋成公绥《蜘蛛赋》：“独星悬于浮处，遂设网于四隅。”

萦：缭绕，回旋缠绕。这里指大雁在空中盘旋。

［20］避月：这里指未满时的月亮，即上玄月或下玄月。避：躲开，回避。

弯弓：挽弓，拉弓。

弋：用带绳子的箭射猎。

［21］逃：逃避，回避。

炎热：犹炎暑，气候极热。

西方：西边或西边的地方。

［22］恋：留恋，依依不舍。

稻梁：稻和梁，谷物的总称。《诗·唐风·鸨羽》："王事靡盬，不能蓺稻梁。"

［23］散：散落。

清泪：眼泪。宋曾巩《秋夜》诗："清泪昏我眼，沉忧回我肠。"

九霄：天之极高处，高空。

［24］排：排成行列。

素影：这里应指燕南飞时排成行列的影子。

［25］泬寥：亦作"泬漻"，指清朗空旷貌。

迎：面向着，正对着。

［26］广漠：广大空旷。

爱：喜爱，喜欢。

寒霜：寒冷的冰霜。

［27］度：度过，越过。

远塞：犹边塞。《史记·匈奴列传》："汉兵至边，匈奴亦去远塞。"

惨淡：光线暗淡。

［28］落：下落，降落。

平沙：指广阔的沙原。南朝梁何逊《慈姥矶》诗："野雁平沙合，连山远雾浮。"

微茫：弥漫而模糊。

［29］素：白色，雪白。

［30］堪：能，可以，足以。

系：拴，绑。

帛书：用缣帛写的文字或书籍。

［31］惊：受惊，害怕。

获免：得以避免（不利、不幸之事等）。《后汉书·宋弘传》："赤眉入长安，遣使征弘……（弘）自投于水，家人救得出，因佯死获免。"

［32］得遇：能够遇到。

谏臣：直言规劝之臣。

［33］来：归，到。

碧海：指青天。天色蓝若海，故称。

路：君王居住的地方。

［34］白云：白色的云。

乡：地方，处所。

［35］婚贽：求婚提亲时所要拿的礼物。中国古代一般以白雁为婚贽。

［36］社稷：土神和谷神，古时君主都祭祀社稷，后来就用社稷代表国家。

拜贺：祝贺。

秦王：李世民曾被封秦王。

［37］映带：景物互相衬托。

寒山：传说中北方常寒之山。

［38］飘飘：风吹烟气飘浮的样子。

远渚：遥远的河中小洲。

烟：水汽，雾汽。

［39］风紧：风急。

草枯：草木干枯。

［40］仨怜：不要哀怜。

颜色：色彩。

俱淡：全都颜色浅了。

［41］潭清：潭水清澈。

潦净：雨后的积水都已经净尽。

［42］勿讶：不要惊奇。

何鲜：多么的鲜明，明洁，洁净。

［43］矢：箭。这里指用带绳子的箭射大雁。

［44］傲：傲慢而轻视。

五色：青、赤、白、黑、黄五种颜色，古代以此五者为正色。

庭前：庭堂前。

［45］云衣：指云气。

［46］四海：古以中国四境有海环绕，各按方位为“东海”“南海”“西海”“北海”。但亦因时而异，说法不一。

［47］石头之城：石头城，古城名，又名“石首城”。故址在今江苏省南京市清凉山。本楚金陵城，汉建安十七年（212）孙权重筑改名。城负山面江，南临秦淮河口，当交通

要冲，六朝时为建康军事重镇。唐以后，城废。

[48] 轻摇：轻轻地摇动摆动。

寒影：给人以清冷感觉的物影。

[49] 临：到，来。

星子：星子县背倚庐山，面临鄱阳湖，东与都昌县隔水为邻，西与九江县、德安县接壤，北与庐山管理局山体相连，南与永修县湖洲相接。

[50] 遥：远。

带：呈现。

晚晖：傍晚的日光，斜阳。

[51] 布阵：排列阵势。

[52] 薄翎：单薄的羽毛。

耐冷：能忍受得住寒冷。

[53] 迎宾：迎接宾客。《仪礼·士冠礼》："冠之日，主人紒而迎宾。"

[54] 素心：本心，素愿。

无违：特指不要违反礼法、天道。

[55] 爱妃：用于古代皇帝对自己心爱嫔妃的称呼。

[56] 中夜：半夜。《书·冏命》："怵惕惟厉，中夜以兴，思免厥愆。"孔传："言常悚惧惟危，夜半以起。"

徘徊：在一个地方来回地走。

[57] 金闺：指对闺阁的美称。

露滴：露水珠滴落。唐赵彦昭《秋朝木芙蓉》："平明露滴垂红脸，似有朝愁暮落时。"

[58] 绣阁：犹绣房。女子的居室装饰华丽如绣，故称。

风来：晚风吹来。

[59] 见之：这里指看见大雁。

偏怜：特别喜爱。唐元稹《遣悲怀》诗之一："谢公最小偏怜女，嫁与黔娄百事乖。"

清冷：清爽而微寒，清凉寒冷。

[60] 望马：在闺阁上远望路上的跑马的邮差。马：这里指邮差骑马可能会送来牵挂之人的书信。

深费：很多多余的。

疑猜：怀疑猜测。

［61］桂殿：指月宫。

月明：月光明朗。

［62］对：朝着。

孤影：孤单的影子。

［63］长门：汉宫名。

［64］叫数声而梦已回：发出数声哀叫，胡人回鹘侵占北方，身不能回北方，由于对北方的思念，在梦中已经回到了北方。

［65］后主：指南唐后主李煜。

［66］已可见矣：已经可以看见了。即看见李后主的词后就明白空闺之愁了。

［67］吟：吟咏。

简文：指的是梁简文帝萧纲。

［68］将无同哉：那就会没有同伴了。

［69］乃有：于是有。

寒门：贫寒微贱的家庭。

戍妇：戍守边疆士兵的妻子。

［70］独抱：独自的一个人抱着。

衾帱：被子和帐子，泛指卧具。

［71］其巾则綦：青白色的女服。古代未嫁女子所服。

［72］其衣则缟：白绢衣裳。

［73］夫婿：丈夫。

［74］宾鸿：即鸿雁。一种鸟，羽毛紫褐色，腹部白色，嘴扁平，腿短，趾间有蹼。吃植物的种子，也吃鱼和虫。群居在水边，飞时一般排列成行，是一种冬候鸟。也叫“大雁”。

［75］信：信任，相信。

清白：谓品行纯洁，没有污点。

堪持：能够遵守不变，保持节操。

［76］复：恢复，还原。

淡妆：淡雅的装饰。

可好：恰好，正巧。

［77］儿女：青年男女。

矶畔：这里指水边。

[78] 曾投：曾经寄，递送。

尺素之书：书写用的一尺长左右的白色生绢，借指短的书信。书：信。

[79] 垢妇：未经梳妆打扮的妇女。

津头：渡口。

[80] 更：愈加，再，复，又。

翼华：指华翼，美丽的翅膀。这里借指大雁。

[81] 羁客：旅客，旅人。

[82] 游人：游子，久居外边的人。

遣兴：抒发情怀，解闷散心。

[83] 睹：看见，看到。

鸟篆之文：篆体古文字。形如鸟的爪迹，故称。这里指书信。

[84] 寄：寄送。

家庭之信：写给家里的书信。

[85] 题名：写上姓名作为标记。

塔上：在塔上。

[86] 终：到底，总归，终究。

仿佛：效法。

奠：荐献，敬献。

[87] 回影峰：即“回雁峰”。回雁峰居八百里南岳七十二峰之首，故称“南岳第一峰”。

[88] 依稀：隐约，不清晰。

难认：难以辨认。

[89] 关山：古称“陇山”，又曰“陇坻”“陇坂”“陇首”。陇山有道，称“陇坻大坂道”，俗云“陇山道”。

[90] 形质：外形，外表。

特俊：（相貌或外表）特别好看。

[91] 妆点：装饰点缀。元薛昂夫《端正好·闺怨》套曲：“残红妆点青苔径，又一番春色飘零。”

[92] 翱翔：在空中（常指在高空）飞行或盘旋。

千仞：形容极高。古以八尺为仞。

[93] 紧切：紧要密切切合。

生情：生发情感。

［94］极妍尽态：竭力表现美好的姿容和妩媚的表情。妍：妩媚的表情。态：美好的姿容。

［95］句句飞鸣：每一句都能写出大雁飞鸣之意。飞鸣：边飞边鸣。晋潘岳《射雉赋》："越壑凌岑，飞鸣薄廪。"宋苏轼《后赤壁赋》："畴昔之夜飞鸣而过我者，非子也耶！"

五峰山赋

以五峰森立形如举掌为韵，考古题

发远脉于昆仑兮，临奇观于潢土。起伏之势，既蜿蜒[1]蟠龙；突兀[2]之形，复葱茏[3]而踞虎。取配不双，制数以五。危峰互立兮，开擘疑自巨灵[4]；削壁相杂兮，刊随如经神禹。尔其烟岚霭霭，云雨重重。窈窕[5]而耸千岩，尖如露顶；微茫而分一角，远欲藏峰。似五指之分明兮，各奠五方之位；如五星之联贯兮，高挹[6]五岳之宗。面面丹青，何须五色[7]之染；层层透辟，无待五丁[8]之从。观夫山容漠漠，霁色森森，别白而定一尊；道惟对待，积累而成五数。理可推寻，惟寻生之不爽，斯此类而相深，岂神灵之不测，泄妙蕴于遥岑[9]。故天数五，地数五，合以五峰之形势。理本相生，通五气，分五行，参以五峰之错综，数自极及，是以如云削成，如柱矗立，固足并太华之三峰；宁止壮河湟之一邑。将见撑起翠微[10]，高欲摩斗；划开碧落[11]，势欲摘星。其仰视也，平远参差，互作提携之状；其近视也，高低错落，同为拱揖之形。练界千条之白；螺分五道之青。为金天兮通户牖，似玉女兮启窗棂。若论其山形之曲折，山势之卷舒，则云飞一朵，俨玉笋排空。朗朗而擎澒洞，月吐五更，如明珠在握，高高而捧太虚。则尝优游林表，偃仰山居，历四时而览眺，对数峰以踟蹰。写春光之霭若，障夏林之翳如，望秋容之惨淡，对冬景之萧疏。能不依平林而挂笏；傍石经以停车。至于花鸟新奇，生植翘楚[12]，则柽据？柏，卉谱不可胜收；鹞莺鹖鹂，禽经终难枚举，前人之载记已尽焉。今我之敷陈独何与，吾是以怜落落之孤踪，睹岩岩之气象。峥嵘秀发，横运塞而镇边陲；磊落层生，压秦关而控仙掌[13]。将来咸轶无文，名山以享。自可通云海而效灵，亦且共岳渎[14]而长养。吾能不大其观瞻而动其响往。

从五峰着笔，不作一泛语，自是高手。（原批）

题解：

首句点明五峰山发源于昆仑山，在河湟谷地形成奇观。此山蜿蜒起伏，形状奇特，龙盘虎踞，草木丰茂。山上五峰，峰峰独立，如巨掌擎天，连天接地，囊括苍穹。极尽渲染不能尽深情，一树一石皆为美景，俯仰之间都是秀色。五峰对应天地之数，布五方，具五色，通五气，分五行，春花夏日秋风冬雪，一年四季不胜耳目。兼以地势险要，为边塞重地，呼吸之间，掌河湟而控黄河长江。

注释：

［1］蜿蜒：亦作“蜿蟺”，萦回屈曲貌。

［2］突兀：高耸的。

［3］葱茏：形容草木青翠繁茂。

［4］开擘：擘开，即分开、剖裂。

巨灵：即巨灵神。传说巨灵神是天将之一，担任守卫天宫南天门的重任，力大无穷，可举动高山，劈开大石。民间传说，古时人间曾有洪灾之患，因受到高山阻隔，洪水无法顺利排入东海，所以洪水四处泛滥，世人疾苦不堪，惊动上天，天帝乃命巨灵神下凡，一夜之间搬走群山，解救万民。

［5］窈窕：深远貌，秘奥貌。南朝宋宗炳《明佛论》：“萍沙见报于白兔，释氏受灭于昔鱼，以示报应之势，皆其窈窕精深，迂而不昧矣。”

［6］挹：通“抑”，谦抑。

［7］五色：五种颜色，即青、白、赤、黑、黄。

［8］五丁：神话传说中的五个力士。《艺文类聚》卷七引汉扬雄《蜀王本纪》：“天为蜀王生五丁力士，能献山，秦王（秦惠王）献美女与蜀王，蜀王遣五丁迎女。见一大蛇入山穴中，五丁并引蛇，山崩，秦五女皆上山，化为石。”一说：“秦惠王欲伐蜀而不知道，作五石牛，以金置尾下，言能屎金，蜀王负力。令五丁引之成道。”（见北魏郦道元《水经注·沔水》）

［9］遥岑：远处陡峭的小山崖。唐韩愈、孟郊《城南联句》：“遥岑出寸碧，远目增双明。”

［10］翠微：青翠的山色，也泛指青翠的山。

［11］碧落：道家称东方第一层天，碧霞满空，叫做“碧落”，后来泛指天空。白居易

《长恨歌》："上穷碧落下黄泉，两处茫茫皆不见。"

［12］翘楚：语本《诗·周南·汉广》："翘翘错薪，言刈其楚。"郑玄笺："楚，杂薪之中尤翘翘者。"本指高出杂树丛的荆树，后用以比喻杰出的人才或突出的事物。

［13］仙掌：华山仙掌，历来都是关中八景之一。

［14］岳渎：据《礼记·王制》，古代的天子祭天下名山大川，即五岳与四渎。四渎是我国古代对四条独流入海的大河的称呼，即江、河、淮、济。现有的记载首见于《尔雅·释水》。

翠山赋

以延连明翠可爱为韵，考古题

览湟中之形胜兮，惟山水之绵延。睹昆仑之矗矗[1]兮，而西海之渊渊[2]。千峰环绕而不断兮，数峡重叠而相连。周回万里，控制三边。更有翠岭，俯乎晴川。倚地势以特起[3]兮，指太虚[4]而高悬。星分朱雀[5]之野兮，色映青冥之天。经四时而不改，历万古而常鲜。尔乃嶂转天开，崖深气至。遥岑一望，戚轻岚而螺黛生春[6]；远岫数重，浥[7]湛露而蔚蓝。献媚似泰山兮未了青，如葱岭兮常滴翠。非关渲染之工，殊尽淡浓之致。故骚客[8]寻芳，幽人[9]适意。盱衡十笏之室，别有洞天；徘徊千仞之冈，如游福地。当夏景之清和，眺山容之冥娜[10]。一帘飞瀑，石骨玲珑，双髻烟鬟，云根闪躲。况复长林插汉[11]，总教绿荫斜封；乔木凌空，都被清阴横锁。景物随时而皆宜，形色无往而不可。如堪陡巘，应踏开白露千层；倘得扶筇[12]，定捧出青云几朵。观夫霁色浮晴空，秋云增暮霭，翻万壑而艳影忽沉，薄千岩而流光可爱。有声有色，披来郭拱辰[13]之图画；不远不平，写入李长吉[14]之诗袋。若夫律转元英[15]，时屈冬日，石镜倍觉空明，山光弥形崒嵂。白云深处，认练影而却非；红叶丛中，疑霞光而忽失。故朝昏之际，气候各特，昼夜之间，阴晴不一。是则时既同于春夏秋冬，景不异乎风花雪月。三峰劈华，不足喻其明妆；二室瞻嵩，差堪拟其秀骨。故探作翠之原，岂青入东君[16]之眼，颇费设施；挹染翠之象，即墨画西子之眉，何嫌唐突？因为之歌曰："山从苍昊[17]映青苍[18]，雨壑风岩别样妆。岂是愚公移到此，遂教秀色遍河湟。"

锦囊佳句，尽入赋中，翠山得此，所谓庐山真面目也。（原批）

题解：

此赋意境宏大，气势雄浑。翠山依昆仑、傍西海，千峰环绕，数峡重叠。高原之山，本就比平原之山多了一分神秘色彩，而此山明翠可爱尤甚。地处青海，头悬青天，黄河未浊，清风常畽，山上树木参天，芳草滴翠。四时之内，景色各异；昼夜之间，风采不同。美则美矣，却无半分矫揉造作之嫌。此文笔墨犹如天助，写尽翠山美色；而言内意外之意，更需仔细品味。

注释：

［1］矗矗：巍峨高耸的样子。

［2］渊渊：深广，深邃。《庄子·知北游》："渊渊乎其若海，巍巍乎其终则复始也。"

［3］特起：突起，崛起。出自《史记·项羽本纪》："少年欲立婴便为王，异军苍头特起。"司马贞索隐曰："特起犹言新起也。"

［4］太虚：指天空。

［5］朱雀：朱雀为古代神话中的南方之神。南方七宿井、鬼、柳、星、张、翼、轸联为鸟形，亦称"朱鸟"。

［6］螺黛生春：螺黛又叫"螺子黛"，是古代妇女用来画眉的一种青黑色矿物颜料。又喻指盘旋高耸的青山。明唐寅《登法华寺山顶》诗："昔登铜井望法华，嵸巃螺黛浮蒹葭。"

［7］浥：湿润。

［8］骚客：通常和文人并用，亦称"骚人"，是诗人的别称。源于屈原所作之《离骚》，后人多以骚客来形容诗人，或文人的不得志。

［9］幽人：幽隐之人，隐士。

［10］冥娜：林深阴暗而轻柔貌。

［11］汉：天空。

［12］扶筇：拄着竹子拐杖。

［13］郭拱辰：宋代三山人，是朱熹的门生，善写丹青。

［14］李长吉：即李贺，字长吉，唐代著名诗人，世称鬼才、诗鬼等，与李白、李商隐三人并称唐代"三李"。外出时背一破囊，得句即写投囊中，暮归足成诗篇。

［15］元英：冬天的别称。

［16］东君：《博雅》曰："朱明、耀灵、东君，日也。"

［17］苍昊：苍天。

［18］青苍：借指山林。宋陆游《过石灵三峰》诗之一："拔地青苍五千仞，劳渠蟠屈小诗中。"

春雨如膏赋

以题为韵

国家泽润生民，恩流下土。人耕禹甸之畇畇[1]，地庆周原之朊朊[2]，聿呈宝道，仰玉烛[3]之先调；克理阴阳，知金瓯[4]之早补。故七政[5]以齐，三辰[6]是抚。和风如期而到，永协乎七十二风[7]；甘雨应候而来，不愆乎三十六雨。

律维姑洗[8]，序属春余。萍草抽芳而出水，桐花吐秀而当除[9]。绮陌[10]之新秧已换，芳塍[11]之宿麦将除。布谷催耕，声来绿树，鸣鸠唤雨，羽拂红蕖。苟非甘霖沃若，湛露沛如，荷载培于帝力[12]，将膏泽于田庐，安能慰三农之望，而备百室之储？尔乃天飞瀑布，雾卷波涛，泻流光于大野，走急流于平濠。当春水之方生，如凝赋碧，肖春山之易醉；似饮醇醪，是非将九天化雨，沛作大合恩膏。其润物也，非密非疏，宛然飞丝而散缕；其及土也，非深非浅，奚烦抱甕而携槔。莺花既形其畅遂，人物亦乐其融陶。一斛螺黛之痕，旋点笔于岸柳；几碗胭脂之汁，忽匀脸于园桃。思公子兮，鹂添黄背；盼王孙兮，草染青袍。此画工之妙笔，而元气之登淘也。既而云收雨歇，物洗天新，长空凝远色，紫陌敛轻尘。青畴足，绣甸匀，千家燕喜，万物皆春。杏榆丛中，都是笠蓑之影；桑拓村里，无非钱铸之人。总之休徵[13]之宣昭，皆由圣德广布；惟神明之运，并清宁而悉协其宜。斯风雨之来，应箕毕[14]而不愆其度。岂必雨金雨玉，始讶神奇。即此有干有年，已呈祥祚[15]，以故野老欢腾，农夫欣慕。恭逢率育之时，愿上升平之赋。

实赋如膏，典雅精切，一种香茜之致，溢于楮墨之外。（原批）

题解：

此文清新自然，一派祥和的景象。风调雨顺，国泰民安，百姓春播秋种，稻粱盈筐，一切井然有序。一年之计在于春，春日甘霖贵如油，见得春雨沛然而降，仿佛看到丰收的希望。因此，千家欢喜，万人同庆。本文字里行间流露的是对春雨的喜爱，文笔细腻，春雨仿佛是活生生的精灵，能带给人幸福和希望。同时，作者也对朝廷进行了歌颂，反映了作者忧国忧民、以天下为己任的抱负和决心。

注释：

［1］禹甸：《诗经·小雅·信南山》："信彼南山，维禹甸之。畇畇原隰，曾孙田之。"毛传："甸，治也。"朱熹集传："言信乎此南山者，本禹之所治，故其原隰垦辟，而我得田之。"本谓禹所垦辟之地。后因称中国之地为"禹甸"。

畇畇：形容田地平均整齐的样子。

［2］周原：本指周朝发源的地方，后用来泛指中国的土地。

朊朊：《诗·大雅·绵》："周原朊朊，状其肥沃。"

［3］玉烛：谓四时之气和畅。形容太平盛世。《尔雅·释天》："四气和谓之玉烛。"郭璞注："道光照。"邢昺疏："道光照者，道，言也；言四时和气，温润明照，故曰玉烛。"

［4］金瓯：比喻疆土之完固，亦用以指国土。

［5］七政：古天文术语，说法不一。此处应指的是天、地、人和四时。《尚书大传》卷一："七政者，谓春、秋、冬、夏、天文、地理、人道，所以为政也。"

［6］三辰：指日、月、星。《左传·桓公二年》："三辰旂旗，昭其明也。"杜预注："三辰，日、月、星也。"

［7］七十二风：汉代流行"织纬"之学，这是当时的一种说法。所以"七十二候""七十二风"，在这个数字应用的历史中，应当产生得较早，虽则见于记载的并不如此。七十二风，三十六雨，即五日一风，十日一雨。

［8］姑洗：各律制度从低到高依次为：黄钟，大吕，太簇，夹钟，姑洗，仲吕，蕤宾，林钟，夷则，南吕，无射，应钟。又，奇数各律又称为"律"，偶数各律称为"吕"，总称为"六律""六吕"。所以说"律维姑洗"。

［9］当除：当途。

［10］绮陌：风景美丽的郊野道路。

［11］芳塍：弥漫着花草香气的田埂。

［12］帝力：帝王的作用或恩德。

［13］休徵：雨停貌。

［14］箕毕：箕与毕为二星宿名。据传箕星主风，毕星主雨。《文选·杂诗（之九）》：

“虽无箕毕期，肤寸自成霖。”张铣注：“箕星主风，毕星主雨。期，会也，月与箕会则风，毕会则雨。”

[15] 祥祚：吉祥福运。

喜雨赋

以太平见时雨不破墙为韵

惟祝融之司[1]时，遭旱魃[2]之为害。群持鹭羽，呼吁国中；编画龙媒[3]，祈请郊外。不旋日而好雨必倾，甘霖大沛，既物茂而人和，兆年丰而时太。

夫当其罄圭璧[4]以致祷，循奠瘗[5]兮傍求。而视兹悠悠，悔祸乎否；门彼梦梦[6]，骏德马不。既箕毕各违其度，斯雨旸[7]或愆其休。今何幸而玉女之袖初披，雷公之车已过，灵液将零，仁风渐播，柳眼忽新，花心欲破。是谁一诚相通，致令四方来贺。兹者花县凫飞[8]，琴堂鹤舞[9]，惟致悫[10]之诚，有感斯灵，则生好德，自公而溥。奚必击阴石之鞭，添牛背之土？[11]

僧舍稽首于双龙，仙室气灵于两虎。而后施恺泽，将膏之雨乎？尔乃洒芳田兮色净，浥绣甸兮妍呈。点点如珠，佳苗野草竞秀；霏霏如露，麦浪荇菜争荣。岂洗豆花之白，而故分先后；或染梅之青，而自解送迎。时物形其畅送，岁序于均平。于是遥浦拖蓝兮，不辨烟波之色；远山凝兮，新列叠嶂之奇。

名亭志喜，未足多也；陈宝[12]闻香，何可比之？故虞寄上瑞雨之颂，于由作喜雨之诗。以其逢三十六雨之候，遇十日一雨之时。是以欢声遍于群黎，戴德通于覆载[13]。自玉烛之调和，岂有虞夫破块[14]？

虞寄于由想是前生，遂擅此赋乎。(原批)

句琢而秀，韵稳而逸，虚字转换处章法亦自井然。许连峰①。

题解：

历史上一直多有求雨的记载，或祷龙王，或祈雨师。祥雨既降，万家同欢。丰沛的雨水意味着丰收年，所以人们眼中的雨水，瞬间变得精巧可爱起来，沾染了雨水的万物也生机盎然。同时，作者强调了风雨都是随令而行，并非是人力之功，具有唯物主义意味。

① 许连峰，为吴敬亭先生的朋友，生卒年代无从查考，此人未留下诗歌、文章之作品。

注释：

［1］祝融：火神。

司：掌握，掌管。

［2］旱魃：传说中引起旱灾的怪物。《诗·大雅·云汉》："旱魃为虐，如惔如焚。"孔颖达疏："《神异经》曰：'南方有人，长二三尺，袒身，而目在顶上，走行如风，名曰魃，所见之国大旱，赤地千里，一名旱母。'"

［3］龙媒：指土龙。迷信者用土制成龙状，以为可招诱真龙来降雨。北周庾信《和李司录喜雨》："临河沉璧玉，夹道画龙媒。"倪璠注："《新论》：'刘歆曰：致雨具作土龙。龙见者辄有风雨，起以迎送之，故缘其象类而为之。'"

［4］罄：祈雨时所用的器具。

圭璧：祈雨时所用的器具。

［5］奠瘗：祭奠和埋葬郊野暴露的尸骨。

［6］梦梦：忧思昏聩貌。

［7］雨旸：雨天和晴天。出自《尚书·洪范》："曰雨，曰旸。"

［8］花县凫飞：指花开鸟飞。传说东汉时期某县令化两鞋为双凫，乘至京师。后来用来指地方官朝拜天子。

［9］琴堂鹤舞：旧时把鹤绣在官服之上，是品级和地位的象征。这里是说天降喜雨是政通人和的象征。琴堂：指县官的居室。

［10］悫：诚实，谨慎。

［11］奚必击阴石之鞭，添牛背之土：这句话是说祈雨和防涝的方法手段。相传难留城（今湖北省宜昌）山上有一石洞，洞中有两块大石，俗名"阴阳石"。阴石常湿，阳石常燥。每遇水旱不调，百姓便进洞祈福。天旱则鞭打阴石得雨，雨多则鞭打阳石天晴，事见北魏郦道元《水经注·夷水》。后作为乞求晴雨和洽的典故。牛背之土：堆在堤坝上以备抢修用的土堆，远看形似牛，故称。

［12］陈宝：古代传说中的神名，传说得陈宝者可称王称霸。

［13］覆载：指天地。比喻帝王的恩德。

［14］破块：谓暴雨毁坏农田。汉桓宽《盐铁论·水旱》："当此之时，雨不破块，风不鸣条，旬而一雨，雨必以夜，无丘陵高下皆熟。"

五月鸣蜩[1]赋

伊鸣蝉之微姿，何藏身乎碧树。恋景光于芳郊，散清韵于秀圃。既嘒嘒[2]而将沉，亦殷殷[3]而欲吐。当畏日之方中，正阴月之维五。空庭避暑，颇厌声繁；水殿纳凉，谁怜吟苦？不偷香而窃粉，宁随蝶报闹春；非叫雨而呼晴，岂逐蛙声当两部？观蛁蟟[4]之称不齐，蝼蛄之号可核；以命名之各殊，岂逸响之或滑？浩其体，禀吸风饮露之空灵；荫其身，有潜形匿影之超越。何此笃时之寒虫，竟尔奋翼于炎月？于是或临溪作语，或隔浦飞声，或纷如玉管，或细如银筝，或悲若明幽怨，或密如话私情。当此昼长风暖，天朗气晴，荏苒[5]柔竿，一丸聊资。羽化蹁跹薄翼，两腋不待风生；自有心怀可诉，难容口舌相争。乍过别枝，非关有意而去；时曳残响，岂真不平则鸣。有时居高明而远眺望，处台榭以乐逍遥。忽闻此如羹姑沸，如螗如蜩，能令羁人肠断，迁客销魂。时则舒清啸于长林，任抑扬而过度。音来疏柳外，不辨宫商[6]；吟向小桥西，无分朝暮。质既全乎五德[7]，堪咏宾王[8]之诗；才却逊夫千言，空效子建[9]之赋。

雕绘物情，节短韵长，至字句工丽，并擅徐庾之胜。（原批）

题解：

此赋匠心独具，以调侃的语言介绍了蝉的习性和特点。言语生动活泼，将夏日清唱、秋日凄切的知了描绘得活灵活现。闭目品之，耳边宛若响起蝉虫聒噪之声，仿佛也闻到了夏日的气息。同时，作者又寄心于鸣蝉，它身上似乎凝聚了作者自身一生的缩影：怀才不遇，抱负难展，无人可诉，此心难托。故而口称逍遥，心内成灰；转而万念俱寂，无欲则刚。

注释：

［1］蜩：古时指蝉。

［2］嘒嘒：蝉鸣的声音。

［3］殷殷：众多繁盛貌。

［4］蛁蟟：蝉的一种，亦作“蛁蟧”。明李时珍《本草纲目·虫三·蚱蝉》引陶弘景曰：“寒螿九月、十月中鸣，声甚凄急；七八月鸣而色青者，名蛁蟟。”

［5］荏苒：草叶柔弱的样子。

［6］宫商：五音中的宫音与商音，泛指音律。

［7］五德：比喻物的五种特征。古谓蝉有文、清、廉、俭、信五德。晋陆云《寒蝉赋》："夫头上有绣，则其文也；含气饮露，则其清也；黍稷不食，则其廉也；处不巢居，则其俭也；应候守节，即其信也……迈休声之五德，岂鸣鸡之独珍。"

［8］宾王：即初唐诗人骆宾王，他与王勃、杨炯、卢照邻合称"初唐四杰"，又与富嘉谟并称"富骆"。骆宾王创作了《在狱咏蝉》。

［9］子建：即三国时期曹魏的曹植。他生前曾为陈王，去世后谥号"思"，因此又称"陈思王"。后人因他文学上的造诣而将他与曹操、曹丕合称为"三曹"，南朝宋文学家谢灵运更有"天下才有一石，曹子建独占八斗"的评价。曹植曾作《蝉赋》。

云庵杂文

先孺人行状[1]

癸巳季冬作

呜呼恸哉[2]！不孝栻行年十三，而为无父人，迄今二十一年矣。零丁孤苦[3]，赖吾母保抱携持，以至成立。念自失恃[4]后，逐日奔波，未获邀一命，以伸奉养之志，而吾母遽焉溘逝，栻自今又永为无母人矣。于父未奉菽水[5]，于母未致禄养[6]，栻抚膺顿足[7]，无意人间。然仰维吾母，平生孝慈顺义，懿行卓卓[8]，万不容以不孝之愚昧，遂致湮没。夫一十三岁之孤，既不克述厥父；三十四岁之孤，又不克述厥母，则不孝之罪，百身莫赎。因于抢呼余生，滴血[9]濡墨，略述梗概，伏望仁人君子怜而鉴焉。

先孺人姓舒氏，允吾[10]名家女。先外曾祖，绩学有素，早卒。先外祖讳云翔，文行兼优，为邑多士领袖。先孺人其仲行也，年十七归先君府，行一，讳遵文。初娶李氏，生匈相、桓；吾母则继娶者也。入门时，先祖母沈氏，尚康强无恙。先孺人事之孝且谨，衣食必向所欲，虽力不能给，必多方曲致，温饱而后即安，是以颐养天年，享年八十六岁而寿终。相先府君必敬必戒，先府君廉静耿直，不趋势利，自先祖母卒，先府君时已膺岁荐，家居读礼，闭户十年，一切家计，皆先孺人主之，昼理农务，夜勤女红，量薄田之蓄租，以为终岁之需。一丝一粒，皆先孺人十指之所出，宁缺于已，而不贷于人，适合先府君恬淡之素志。举凡食苦居贫，实有他人所不能堪者，而先孺人安之若素。

先孺人赋性至孝，每以平碾相距二百余里，归宁有愿，道阻且长为恨。暨先府君平番司训，先祖母卒，不孝随任之平，平邑为先孺人桑梓[11]故地，洎[12]赴任后瞻拜先外祖妣坟墓。斯时，先外叔祖、外叔祖母俱存，亲戚姻娅[13]，欢欣话归，此似天之巧合其缘，以默遂先孺人孺慕之诚也者。先府君服官七年，致任归里，寻以寿终，享年六十又八。先孺人悲恸摧裂，以头触棺，绝而复更者，再因痛念不孝年幼，无人抚养，遂稍自节哀，勉营丧葬，无不中礼。不孝幼瘦弱，先孺人忧其不寿，恩勤倍至。待先府君不禄[14]，门祚衰薄[15]，内难外侮交作，先孺人以身任其劳怨，常训不孝曰：“尔父为湟郡知名士，尔宜勉，勿堕先人业。”每夜课不存，读书未逾三更，不使安寝，鸡鸣即起，无问寒暑。自不孝入庠食饩[16]，而先孺人常食粗粝，衣补缀衣。不孝间以为言，先孺人曰："尔孤我寡，此衣若食，已邀天眷矣，尔奈何薄之?"丙戌岁，不孝以选贡入都。

朝考，私念有母尸饔[17]，行止不决。先孺人曰："尔赴功名，勿以我老为念；况显扬正所以为孝也。尔毋多虑。"壬辰春，不孝援例就教职，先孺人曰："吾果目见汝出仕，吾可以对汝父于地下矣。第恐吾不及待尔。"是岁仲冬，忽得胃疾，饮食渐减，自冬历春，自春徂夏，医药罔效，竟[18]舍不孝栻而长逝矣。呜呼！恸哉！先孺人平生妇道母仪，终始全备，至于和睦族党，体恤周亲，种种善状，不能阐述。先孺人生于康熙四十八年十一月二十二日子时，卒于乾隆三十八年十二月十五日戌时，享年六十有五。前子二相、桓，生子一即不孝栻。乙酉科拔贡生，候选教谕，娶李氏，同乡处士发贵公次女。生女二，长适杨君，次适李君，和子大兰，次生子生英，孙男二，长发元，次发祥。孙女一，未字。不孝苦愧残喘[19]，心神迷乱，语无伦次，挂漏尤多，伏望大人俯为垂鉴，略其罪而哀其所述，赐琬琰以光显泉壤[20]，则不孝栻世世子孙，感且不朽。

题解：

余读此文，内心凄然。料想当日严慈在堂，儿女绕膝，其乐融融，得享天伦，实世间之美事也。然天有不测风云，人有旦夕祸福，呼吸之间，儿女未及尽孝，父母竟先后辞世。回想慈母生前种种，夙兴夜寐，辛勤劳作，孝敬公婆，友爱亲戚，更与父亲举案齐眉，人间至情，感天动地。抚育自己方成人，功名方可得，竟撒手人寰，追随先夫魂魄而去，唯留孝子愚孙情悲天地，泪洒长空。

注释：

[1] 孺人：古代称大夫的妻子，唐代称王的妾，宋代用为通直郎等官员的母亲或妻子的封号，明清则为七品官的母亲或妻子的封号，亦通用为妇人的尊称。《礼记·曲礼下》："天子之妃曰后，诸侯曰夫人，大夫曰孺人，士曰妇人，庶人曰妻。"清冯桂芬《陈君传》："陈君讳玚字子瑨，江宁人……母邹孺人，生母汪孺人。"

行状：文体名，专指记述死者世系、籍贯、生卒年月和生平概略的文章，也称状、行述。唐李翱《百官行状奏》："凡人之事迹，非大善大恶，则众人无由知之，故旧例皆访问于人，又取行状谥议，以为一据。”

［2］呜呼恸哉：表示哀痛的感叹语，旧时祭文中常用。呜呼：叹词。恸：极其悲痛。哉：语气助词。

［3］零丁孤苦：孤单困苦，无所依傍。晋李密《陈情表》：“臣少多疾病，九岁不行。零丁孤苦，至于成立。”

［4］失恃：失去依靠，指丧母。语出《诗·小雅·蓼莪》：“无父何怙，无母何恃。”

［5］菽水：豆与水，指所食唯豆和水，形容生活清苦。语出《礼记·檀弓下》：“子路曰：‘伤哉！贫也！生无以为养，死无以为礼也。’孔子曰：‘啜菽饮水尽其欢，斯之谓孝。’”后常以“菽水”指晚辈对长辈的供养。

［6］禄养：以官俸养亲。古人认为官俸本为养亲之资。唐司空图《卢公神道碑》：“禄养之荣，孝敬之美，一时罕及也。”

［7］抚膺顿足：形容极其悲痛。膺：胸。

［8］懿行卓卓：善行高远。懿行：善行。卓卓：高远貌。汉严忌《哀时命》：“处卓卓而日远兮，志浩荡而伤怀。”王逸注：“卓卓，高貌。”

［9］滴血：指杜鹃的啼鸣。相传杜鹃啼至滴血乃止。唐陆龟蒙《子规》诗：“高处已应闻滴血，山榴一夜几枝红。”

［10］允吾：此处念铝牙地名，即今永登县。

［11］桑梓：《诗·小雅·小弁》：“维桑与梓，必恭敬止。”朱熹集传：“桑、梓二木。古者五亩之宅，树之墙下，以遗子孙给蚕食、具器用者也……桑梓父母所植。”东汉以来一直以“桑梓”借指故乡或乡亲父老。这里是说平邑是母亲的故乡。

［12］洎：到，及。

［13］姻娅：亲家和连襟，泛指姻亲，也作“姻亚”。

［14］不禄：讳称死。

［15］门祚衰薄：即“门衰祚薄”，指门庭衰微，福祚浅薄。

［16］饩：本义指赠送人的谷物，这里指俸禄。作者考取秀才，日给膳食，免差二丁。

［17］饔：早饭，这里泛指三餐。

［18］竞：当为“竟”，竟然。

［19］苫：本义是用茅草编成的覆盖物，古代居丧时，孝子睡苫席。

残喘：垂死时仅存的喘息。

［20］琬琰：均是美玉。《金楼子·立言下》：“殷亡，焚众器皆尽，惟琬琰不焚，君子

在惟仁义存而已矣。”琬：一种上端浑圆而无棱角的圭。琰：上端尖的圭。

泉壤：犹言九泉之下，指墓穴。潘岳《寡妇赋》：“上瞻兮遗象，下临兮泉壤。”

家谱自序

戊戌七月

先公尝呼不肖而诲之曰：“吾家原籍金陵，自明时播迁金城[1]。遭家不造[2]，吾曾祖讳坤者，年甫四十，负主担书，迁于碾邑。闵兹弱令[3]，远商异国，克定厥家，佑启我后。旧有谱牒，毁于兵燹灭，吾今耄[4]矣，尔小子其善继之。”栻谨受命，时栻年十三。

越明年癸酉，先公见背[5]。栻即奉母命，出就外傅。乙亥，补博士弟子员，旋食禀饩。当是时，家道中落，每年就馆四方，以供慈闱甘旨[6]，谱牒之修，有志未逮。乙酉选拔，丙戌廷试。癸巳季冬，先慈遐逝，风木之感，触忤予怀。丁酉倖叨科名，戊戌下第归家。因自念不克振拔，罔绍衣德。今已年屈四十，头颅如许蒲柳之叹[7]，不必及秋而始惊心也。

抚今追昔，二十年以来，上之不能光显前徽[8]，为吾子孙作燕翼之谋[9]；当此精力就衰之际，尚不使谱系自而修明，不惟贻恫于先灵，抑且遏佚前人光而大，伤厥考心也。爰辑旧闻，勒成一书，既汇其源，复缕晰其流，使前有所考，后有所承，即至世远年湮，亦不至支脉莫辨，昭穆阙如也。

呜呼！我高祖以冲幼[10]迁居，克开厥后，貌兹一线，延及公世，凡我子孙，尚其汲井而思源，缘木而求根也。宗谱即竣，爰设奠于宗祠，并致祭于先公之灵。用告厥其，敬复遗命，庶几昭兹来许，俾后之踵，事增华者，有基勿坏云。

题解：

言传西宁府汉人皆明初太祖之时，自金陵某巷举家迁至此地，言之凿凿，似无可疑者；而旧时谱牒又焚于战火不可考。然汉赵充国屯田之事不足信欤？千年文章记载皆为痴人妄语耶？根之不正，其干必斜；源之不清，其流必浊。乱云扑面，往者俱已去；迷雾重重，来者犹可追。

注释：

［1］金城：即现在的甘肃兰州。两汉魏晋时在此设置金城县。

［2］遭家不造：指遭遇家中不幸的事。语出《诗·周颂·闵予小子》："闵予小子，遭家不造，嬛嬛在疚。"郑玄笺："闵，悼伤之言也；造，犹成也。可悼伤乎，我小子耳！遭武王崩，家道未成。"孔颖达疏："往日遭此家道之不为，言先王既崩，家事无人为之。"本为周成王居父丧时自哀之辞，后用以泛指家中遭遇不幸。

［3］闵：同"悯"，怜恤，哀怜。

弱令：年龄小。

［4］耄：即70岁到90岁的年纪。与"耋"合称"耄耋"，指年纪很大的人。语出《汉·曹操·对酒歌》："耄耋皆得以寿终，恩泽广及草木昆虫。"

［5］见背：指父母或长辈去世。晋李密《陈情表》："生孩六月，慈父见背。"

［6］慈闱：亦作"慈帏""慈帷"，是旧时母亲的代称。

甘旨：供养双亲的食物，也指对父母的奉养。

［7］蒲柳之叹：像青杨树一样左右摇摆。

［8］光显前徽：光耀前人的美德。

［9］燕翼之谋：指善于为子孙计谋。《诗经·大雅·文王有声》："武王岂不仕，诒其孙谋，以燕翼子。"

［10］冲幼：年幼。南朝宋刘义庆《世说新语·方正》："成帝初崩，于时嗣君未定，何欲立嗣子，庾及朝议以外寇方强，嗣子冲幼，乃立康帝。"

傅氏家谱序

己丑仲春作

家何谱乎尔？一本九族，非谱无以联之；而宗祖之行与事，非谱无以记之。夫行与事何谱乎尔？《礼记》曰："先祖无美而称之，是诬[1]也；有善而弗知，不明也；知而弗传，不仁也。此所以谱之尔。"然吾尝见今之为谱者矣，攀授[2]仕宦，附会名流，曰吾宗即某乡之分脉，某相之箕裘[3]也。而不知资彼德业。足以光我泉壤[4]，则可谱；寂彼声华，足以光我门间，则可谱；若犹未也，何谱乎尔？

乙酉岁余与傅友赓南，杯酒论文，偶语及家乘，赓南慨然有请曰："吾族徙居乐都，多历年所，迄今文献无徵，阙略滋惧，谱而不作于吾也。后畴能作者，愿以此举，谋及吾子。”余曰：“吾幼见令先子，与其弟昆，皆仁厚有德，为乡里望；又见君之弟若侄，率皆恂谨老成，恪守祖训，天之报施善人，所以昌厥后也。又见君少事双亲，备尝艰苦，后攻举子业，即树帜艺林，德行文章，蔚然并茂，承先启后，惟君之责，考古证今，惟君之事，君宜谱之尔。况余与君共笔砚，芸窗雪案，未尝一日相离。今士林中，无不知君者，然终不如余知君之最稔[5]也，余故不得不为君谱之尔。虽然余将趋车北上，急应廷试，君故[6]待之。”

越明年，槐花方绽，马蹄正忙，余又与赓南同时射策青门[7]。既归，赓南复以谱事嘱余，余遂与赓南朝夕商榷，互相考订，帙既成，赓南复邀余题辞，余进而请曰：“君家累世书香，其先世事迹，莫不照耀典册，君何不一一谱及之?”赓南曰：“家之有谱，犹国之有史，所以从实录也。今碑碣于风雨，衣冠邈若山河，必欲向杳冥恍惚中，远引繁称是自诬耳，何谱焉? 此崇韬拜令公之墓[8]，不如狄青却梁相之图[9]也。且士苟克自树立，即可以褒扬先烈，庇荫后人，又奚必攀龙附凤，以贻我先人羞哉?”余闻而壮[10]之曰：“若赓南者，其志洁，其行廉，其旨远，真吾之畏友也。余虽秃笔不花[11]，然慨为谱之。”遂不辞为君序之尔。

题解：

家之有谱，犹国之有史，功在当代，利在千秋。谱牒之内，不可有一字诬妄，否则误导之过不可免。正史成于王者，谱牒修于子孙，妄言诬语，盈纸满张。后人正色而捧读之，犹洋洋而自得也。赓南诚有此心，能据实修谱，不作修饰，实难得也。

注释：

[1] 诬：欺骗。司马迁《报任安书》：“因为诬上，卒从吏议。”

[2] 攀援：拉拢。

[3] 箕裘：指子孙。来自成语“箕裘相继”，箕是簸箕，裘是皮袍，比喻子继父业。

[4] 泉壤：犹言九泉之下，指墓穴。出自晋潘岳《寡妇赋》：“上瞻兮遗象，下临兮泉壤。”

[5] 稔：熟，熟悉。

[6] 故：应为“姑”，姑且。

[7] 青门：本指汉朝长安城的东南门。《三辅黄图·都城十二门》：“长安城东，出南头第一门曰霸城门。民见门色青，名曰青城门，或曰青门。”后来泛指京城东门。这里指的是城郭东部。

[8] 崇韬拜令公之墓：崇韬指的后唐名将郭崇韬。令公指的是唐代名将郭子仪。郭崇韬以郭子仪第四代孙自居，实则是在攀附，故在大军征蜀时走弯路去拜祭郭子仪墓。令人感到滑稽而遭耻笑。郭崇韬的这一举动是一种浅薄虚荣的心理在作怪。

[9] 狄青却梁相之图：狄青是宋代名将，出身贫贱。梁相指的是唐代名相狄仁杰，因被封为“梁国公”而后人也称之“狄梁公”。狄青在面对阿谀奉承之人说他是唐朝名臣狄仁杰之后，然狄青并不为改换门庭而冒认祖宗。这种不攀附的心态令后世敬仰。

[10] 壮：称赞。

[11] 秃笔不花：源自“笔下生花”，比喻文人才思俊逸，写作的诗文极佳。五代王仁裕《开元天宝遗事下》：“李太白少时梦所用之笔头上生花，后天才赡逸，名闻天下。”

石砚铭并序

乙未秀秋

余于乙酉秋，赴试长安，路经平凉，购得崆峒[1]石砚。巉岩古奥[2]，不圆不方，余珍爱之。远近出游，必与砚俱随。余奔走四方，斯砚亦与有劳焉。今岁乙未，计砚之受磨砺者，十有一年。形色黯淡，中心不平，天复畴昔精莹[3]之象。噫，吾不得不为斯砚惜矣！使斯砚而用之于翰墨之林，将见操觚者，玉质金相，珥笔者[4]云兴霞起，其见赏于文园，而争光于艺圃者，当不知若何也。即不然而置之藩溷[5]，可供取于左思；设之门户，足备用于王充；周旋大雅之侧，亦足以发玉吐芬矣。乃不遂起用，竟与余订金石之交，则砚之沦落风尘，适如余之潦倒穷途者乎？吾为砚惜，非仅为砚惜也，失砚其小焉者也。

铭曰：“崆峒之石，产于西鄙。追琢其章，用佐文史。凤尾含毫，龙睛纳水。外圆如规，中手如砥。日余奔走，遇诸风尘。贾用即售，拂拭维新。作囊中物，为席上珍。遍阅凉燠[6]，历受苦辛。荏苒十年，磨砺将穿。行销内外，色晦中边。一斛香墨，半勺寒泉。击如匏畦[7]，耕似石田。念兹片石，十载交情。爱管城子[8]，伴褚先生[9]。琳琅[10]高价，兰茝[11]芳声。质原自重，心何不平。矧乃清器，渐老墨庄。情随浓淡，交乃久长。处正守直，剑彩韬光[12]。潜深必发，蕴久自彰。光都一启，伫采仙乡。”

题解：

此文以石砚起笔，石砚得自崆峒之山，为作者珍爱之物。石砚随己多年，多有磨损，故为之有叹。惜此砚者，所遇不淑，虽有大才，难以展用。假使跟随名流，可展其才而尽其用，亦不枉此砚一生。然此砚竟沦落于己手，埋没芳华，不闻于大雅之堂，诚可惜也。作者自云：“吾为砚惜，非仅为砚惜也，失砚其小焉者也。”所惜者，实是潦倒穷途的自己，所惜者是怀才不遇的自己。石砚沦落于己手，实寓自身沦落于迷途。为石砚作此铭此序，实谓自身一生之写照。自嘲之余，风骨弥彰。今者为石砚作此铭此序，可见砚无所遇，却有所知；比诸己身，可知可遇者，又为何时何人？

注释：

［1］崆峒：今甘肃省平凉崆峒山。

［2］巉岩：险峻的山岩。

古奥：古而深奥，不易理解。

［3］精莹：晶莹，透明光亮。这里指石砚被打磨得光滑明亮。

［4］珥笔者：词讼之师。

［5］藩：篱笆。

溷：厕所。

［6］凉燠：冷暖。

［7］匏畦：种植葫芦的田地。匏：葫芦的一种，即匏瓜。

［8］管城子：笔的别称。

［9］褚先生：纸的别称。

［10］琳琅：精美的玉石，比喻美好珍贵的东西。

［11］兰茝：即兰芝，香草名。

［12］剑彩韬光：收敛锋芒，比喻隐藏自己的才能。

读养生论赘语

乙未秋作

余自幼质弱，肢体羸弱[1]，饮食减少，药饵罔效。性好读书，然气短不能长诵；又爱涉猎经史，但不能久坐，坐必有所倚，不然则宁卧以便翻阅焉。人有怜余弱薄，常规余以养生之术，余亦颇知调摄，弥用自珍。比[2]年二十七，北上燕台[3]，跋涉风霜，世路之艰难以此经，而躯体之坚强，亦以此始。

夫少时席堂上之泽[4]，暖衣饱食，温润丰厚，亦云自适，而体衰不能以自振。迨至饱尝世故，孔瘁[5]我躬，翻觉善饭，无复畴昔孱微之帮态。噫！是可怪也。盖天下盈虚之数，有所赢，必有所缺；有所屈，必有所伸。理或然耶？

甲午冬余，携长儿发元馆于河桥，发元偶染沉疴[6]，几于莫救，余延调剂，公乃得免，然心力俱瘁矣。暨至腊月念[7]五日抵里，家中幼女又殇[8]。郁满伤怀，哀乐乖性[9]，兼以空囊羞涩，无颜对索逋人[10]。百端交集，万感俱生，物纷于外，心战于内，五日为期，而余体颓然矣。

乙未朔旦，比身驯至[11]不起，暂延残喘，以至季春，复患隐忧之疾[12]。自分此时，可以长谢尘寰矣。谁知彼苍之不我歼也，而春而夏而秋依然无恙，但觉两鬓皤然，须以渐白，宛然老翁也。

时维九月，坐守穷庐，乃内事外侮，种种萦怀，而隐忧之疾复作。嗟乎！余以藐尔之躯，内外受敌，身非金石，其能久乎？爰于寒夜，取嵇中散[13]《养生论》反复读之，叹前贤之先得我心也。

用广数语于后，以吾志，生阅历之境云尔。

题解：

天下盈虚终有数，一朝盈，一夕亏；昔日满，眼前空；今朝不如意，他日敛风光。天意使然，非人力可违也。浮云蔽月，流水无情，自是伤心之事；然云散则月明，水枯则珠现，此剥复之理也，别有一番滋味。故曰："心似浮云常自在，意如流水任东西。"

注释：

［1］羸弱：瘦弱。

［2］比：及，等到。《史记·项羽本纪》："比至定陶，再破秦军。"

［3］燕台：本指战国时燕昭王所筑的黄金台。燕王置千金于台上，延请天下名士，故名。故址在今河北省易县东南。这里指受聘北上赴职。

［4］少时席堂上之泽：指幼时受到母亲无微不至的照顾。

［5］孔瘁：深为忧伤。唐柳宗元《梁丘据赞》："呜呼，岂惟贤不逮古，嬖亦莫类。梁丘可思，又况晏氏？激赞梁丘，心焉孔瘁！"

［6］沉疴：重病或者久治不愈的病。

［7］念：通常写作"廿"，二十。

［8］殇：未成年而死。《仪礼·丧服传》："年十九至十六为长殇，十五至十二为中殇，十一至八岁为下殇，不满八岁以下为无服之殇。"

［9］乖性：性情、脾气反常。

［10］索逋人：指债主。索逋：催讨欠债。

［11］驯至：逐渐达到，逐渐招致。亦作"驯致"。

［12］隐忧之疾：不能告人之疾，这里说的是痔疮。

［13］嵇中散：嵇康，字叔夜，竹林七贤之一。拜中散大夫，世称"嵇中散"。

伯府八门李氏新修宗祠记

戊戌十月

吾郡称伯府李氏者，因李尔雅公，于天顺间，以右都督封高阳伯；李士杰公，于明宣德间，以左都督封会宁伯。二伯分东西府，故称伯府是也。吾邑东溪之北，距城五里许，李氏之族聚焉。相沿称为八家李氏者，因高阳伯有子十人，其第八子之后裔，世居兹土，因称为八家李氏是也。

李氏为湟郡巨姓，东西大宗，各分职守，其他随地卜居[1]者，势不能合族会食，以共裔祀事也。于是八门李素培明经先生，慨然以奠祖敬宗为己任，爰于谱牒修明之日，聚族而谋曰："吾今之比闾[2]相居者，莫不各依先人之敝庐，以庇吾身，而翻使先人，无宁宇以栖神休，吾心安乎哉！"是不可不行分祀之法。

众志既定，询谋佥同[3]，各输家赀[4]，共襄盛事。即举素培为家督，乃相基度地，选才鸠工，上建神宇三楹[5]，中设影堂[6]，悬高阳伯画像，余奉神主，昭穆为序，两廊如法营造；对建享庭[7]三楹，围以墙垣，饰以丹碧，美哉轮奂。奉先恒于斯，睦族恒于斯，四时祭毕，受胙[8]享庭，诸父兄弟，备言燕私[9]，既醉既饱，小大稽首。素培扬觯而言曰："自今伊始，祝祭于祊[10]，祀事孔明，昭兹来许，俾后之踵事增华者，有基勿坏云。"

宗祠告成，爰谋勒石，嘱余为文，以纪翔实。余曰："七世之庙，可以规德，李氏贵胄簪缨[11]，世笃忠贞，属在象贤，莫不各展孝思，一门之庆，即邦国之光也。"

易曰："西邻礿祭[12]，实受其福。"诗曰："既燕子宗，福禄攸降。"其是之谓欤？其是之谓欤。

题解：

宗祠修葺，家族大事也。一者奠祖敬宗，使先人有荐可享；一者教子训孙，使后人有枝可依。瓜瓞绵绵，赞誉一方。宗祠既成，一门上下，莫不敬仰；功业既建，家国之中，莫不称道。谱牒修明，犹日月有序，群星不致散乱，功德无量也。

注释：

［1］卜居：择地居住。

［2］比闾：《周礼·地官·大司徒》："令五家为比，使之相保，五比为闾，使之相受。"比、闾为古代户籍编制基本单位，后因以"比闾"泛称乡里。

［3］佥同：一致赞同。《书·大禹谟》："朕志先定，询谋佥同。"

［4］家赀：家中的财产。亦作"家资""家訾"。

［5］神宇：灵室，即祭堂。《文选·寡妇赋》："仰神宇之寥寥兮，瞻灵衣之披披。"刘良注："神宇，灵室也。"

楹：量词，古代计算房屋的单位。一说一列为一楹，一说一间为一楹。

［6］影堂：即家庙，其中供奉祖先遗像。

［7］享庭：祭祀的大厅。

［8］胙：古代祭祀时供的肉。一般祭祀完毕家族成员会分得一部分祭品，叫做"分胙"。

［9］燕私：古代祭祀后的同族亲属私宴。《诗·小雅·楚茨》："诸父兄弟，备言燕私。"

毛传："燕而尽其私恩。"郑玄笺："祭祀毕，归宾客豆俎，同姓则留与之燕，所以尊宾客、亲骨肉也。"

［10］祊：古代在宗庙门内设祭的地方。

［11］贵胄簪缨：指贵族为官的后裔。

［12］礿祭：古代宗庙的祭名。在夏商时为春祭，在周代则为夏祭。《易·既济》："东邻杀牛，不如西邻之礿祭，实受其福。"

梦吾子传

戊戌十月作并赞

梦吾子者，寓于形梦者也。性嗜酒，兼嗜睡，稍余杖头钱，即沽美酒，饮至数升，解衣磅礴[1]，颓然而睡，睡亦忘其为冬夜夏日。醒则摊书，倦夏枕藉而卧，自以为得梦中之趣云。尝醉睡歌以自娱，人无不笑其迂者。今年及四十，得毕向平之愿，行将解脱束缚，着道履短衣，登华岳[2]，上蓬峰[3]，访仙人之洞，求希夷[4]当年睡处，而后睡云庵，以觉大梦与。

赞曰：尔貌清癯[5]，尔性夷犹[6]。
闭关守窍，醉卧忘忧。
匪羽士[7]之翱游，辄岂同石隐之流。
噫喜！庄周梦蝴蝶，讵知蝴蝶非庄周。

题解：

梦中自有天地也。人生如梦，大梦觉时，复念梦中情景。不知此时在梦中，抑或彼时复返梦乡耶？梦中滋味，唯有梦中人知之。

注释：

［1］解衣磅礴：箕坐，两腿张开坐着，形如簸箕。元金濒《竹深处》诗："净扫苍苔夜留客，解衣磅礴兴无穷。"

［2］华岳：指陕西省西岳华山。

［3］蓬峰：指西岳华山。

［4］希夷：《老子》："视之不见名曰夷，听之不闻名曰希。"河上公注："无色曰夷，

无声曰希。”后以“希夷”指虚寂玄妙，所以也可以指道士。这里指仙人。

[5] 清癯：清瘦，亦作“清臞”。

[6] 夷犹：从容不迫。

[7] 羽士：旧指道士。

袁了凡[1]立命辩

乙未季秋作

余十五时，读袁了凡《立命篇》，喜孔生之善读性命，禅师之阐发理数，而了凡之能振作有为也。读之色喜，因喜生信，因信生悟，悟夫命之在人，所以定庸愚，非以定豪杰也。后阅十年，故稍涉世故，暇时复取展读，并合了凡之身世观之，何前后判若两人哉！因信生疑，复因疑生信，不觉疑信参半焉。后阅十年，余奔起风尘，饱尝艰苦，始悟人之一生，都在命中，而了凡此说不足取信也明矣。

盖[2]道之大原出于天，人之穷途由于命，而人力不与焉。假使命由自主，信如云谷禅师[3]之说，则何以圣如尧舜，而子皆不肖[4]；圣如尼山[5]，而道莫能容？伯牛[6]死于恶疾，颜渊贫而短命，若此类者，不可胜道。岂圣贤尚有遗行[7]与？抑圣贤不能立命欤？况为善非为邀福之具[8]，古有一念之诚，足以动天地、感鬼神者，非有心以祈福而福自至。未闻有以为善以求福，而福即若左券操者，此市心，非善心也。何了凡累试累验若此哉？故余昭读而悟，既悟而信，既信而疑，既疑而乃知“尽信书不如无书”之语，子舆氏先得我心也夫。

题解：

人生如梦，恍惚间沧海变桑田。上至公卿，下至百姓，莫不左右飘摇，辗转反复，绵薄之命，悬于一线，冥冥之中，如有神人暗暗操控。然世间有定力非凡者，铁胆孤心，披荆斩棘，欲与天公试比高。人定胜天，命运可改变一二，未敢弗信也。余等小民，心中时念“善恶终有报”足矣。

注释：

［1］袁了凡：即明代袁黄，号了凡。进士出仕，任部主事，对天文、术数、水利、军政、医药诸学均有涉猎。

［2］盖："蓋"的俗体，副词，大概，表推测。

［3］云谷禅师：明朝和尚，法名"法会"，又号"云谷"。袁了凡的哲学思想深受云谷禅师的影响。

［4］不肖：不似，言子不如父也。《史记·五帝本纪》："尧知子丹朱不肖，不足授天下，于是乃权授舜。"肖：似。

［5］尼山：尼山原名"尼丘山"，孔子父母"祷于尼丘得孔子"，所以孔子名丘，字仲尼。后人避孔子讳称为尼山。

［6］伯牛：孔子弟子冉耕。《论语·雍也》："伯牛有疾，子问之，自牖执其手，曰；'亡之，命矣夫！斯人也而有斯疾也！斯人也而有斯疾也！'"后诗文中以"伯牛之疾"指不治的恶疾。

［7］遗行：失检之行为。《文选·对楚王问》："楚襄王问于宋玉曰：'先生其有遗行与？何士民众庶不誉之甚也？'"李善注："遗行，可遗弃之行也。"

［8］邀福之具：祈求赐福的手段。

名族曾孙说

乙未秋

吾裔出延陵，归籍金陵，其先世文献不足，世系无徵[1]，第等[2]诸郭公，夏五之阙已耳[3]。后于明季，播迁陕右之金城郡，不知其择地而蹈耶？抑或因故而徙耶？俱不可考。传闻明肃王驻节兰州，先世祖职司太医。因遭家不造，备详家谱，始祖讳坤者，行年十四寄居乐都，迄今九世矣。凡我同宗，鲜有知其颠末者。

夫凡物莫不各有其本，本立则道生焉。人苟有返本之思，继十世、百世；千里百里，而吾诚敬之心通之，则百世不一如一日也，千里如同堂也，安在远之不可追也哉。今吾族数家，而吾之曾孙如瓜瓞之绵[4]，岂非我祖在天之灵，有以呵护于不堕者乎？属在后昆[5]，安可不溯厥由来，而使之各返其本乎？因名之曰："某南云尔者之人，知吾族之自南而北，自北而西也。"

诗云："绳其祖武"，书曰："绍闻衣德"。吾之即名思义者，此物此志也夫？

题解：

人莫不欲究其本，知本溯源，方明其身。然年深日久，谱系散乱错迭之事亦不无可能，人失其本久矣！但凭口耳相传，不足为信也。可笑世之攀龙附凤者，但凡孔孟之氏，俱为圣人之后，孔孟后人又何其众矣？实诬圣人也。魔由心生，殃及自身，祸事横行，悔之晚矣！

注释：

[1] 世系无徵：不知道一姓世代相传的系统。

[2] 第等：兄弟长次之序。

[3] 夏五之阙已耳：大的五个宗祖缺空。

[4] 瓜瓞之绵：喻子孙繁衍，相继不绝。《诗·大雅·绵》："绵绵瓜瓞，民之初生，自土沮漆。"

[5] 后昆：指后嗣，子孙。亦作"后绲"。《书·仲虺之诰》："垂裕后昆。"

龙 说

龙，性最难驯者也。当其困于泥涂[1]，虫蛆嘬血[2]，蝼蚁攒鳞[3]，蠢然者莫能施其力。一朝得云雨，吐纳六合[4]，神灵变化，人莫得而测也。岂龙之工于跃渊，而拙于行地哉？升沉之境异，而通塞之途殊也。《易》曰"潜龙勿用"[5]，又曰"飞龙在天"[6]。意在斯乎？意在斯户。

题解：

龙鱼之别，不吝天渊。不知夫飞龙在天，亦曾思得当时泥涂之困穷乎？尚曾记得其本来之面目乎？抑或今后肯否伸手援扶昔日之同宗兄弟乎？

注释：

[1] 泥涂：污泥，淤泥。亦作"泥途"。

［2］嘬血：吸血。

［3］攒鳞：攒入鳞片中。

［4］六合：天地四方，整个宇宙的巨大空间。《庄子·齐物论》："六合之外，圣人存而不论；六合之内，圣人论而不议。"成玄英疏："六合者，谓天地四方也。"

［5］潜龙勿用：隐喻事物在发展之初，虽然势头较好，但是比较弱小。所以，应该小心谨慎，不可轻动。

［6］飞龙在天：意为左右逢源。

自寿文

乙未四月作

人莫不欲有寿，有乐乎寿而不获者，人祈寿而天靳[1]寿也；有不乐乎寿而偏致寿者，人厌寿而天予寿也。且世之寿人者，人有可寿者实，寿之可也；人无可寿之实，寿之亦无不可也，而不寿转觉其不可也。

有可以寿而寿之者，金薤[2]珠玉皆寿器也，锦绣纂组[3]皆寿物也，岛屿蓬瀛[4]皆寿语也，青衿朱履[5]皆寿衣也，八龙三凤[6]皆寿裔也，天寿人争寿之也。有不求寿而获寿者，藜藿三餐皆寿馔[7]也，鹑衣百结[8]皆寿服也，负薪执爨[9]皆寿事也，涕唾沾巾皆寿容也，子堕孙愚皆寿嗣也，人不欲寿而天寿之也。

余也年及强仕，而半通未绾[10]，似无事可寿；攻苦廿年，而牛衣[11]尚拥，似无名可寿；且酒债诗魔缠绕半生，而无以自遣也，似无可寿之趣；雪案萤窗[12]，耗费心血，而无以自娱也，似无可寿之学；头童[13]矣，齿豁矣，似无可寿之徵。磬[14]悬矣，甑[15]尘矣，又无可寿之境。然而性灵耿耿，寿神即寿形也；元精历历，寿心即可以寿身也。啸歌发于金石[16]，寿在林泉[17]也；著作藏于蓬庐，寿在简编也；有书可读，有子可教，寿在家庭也；胸无俗情，心无机事，寿在清明也。我不必有求于寿，安知寿之不适如乎我所愿也？我虽不乐乎寿，又安知寿之不适中户我所厌也？

我所谓寿，皆世之所见为无可寿者，而我乃得以寿我也。我所为寿，正天之所不肯轻寿人之者，而我幸得承天之寿我也。人虽无寿我，而我还以人之寿者问诸天，必不以人之寿人者寿我也。天将欲寿我，而我即以天之寿寿诸我，必不以我之自寿者寿我也。天寿之，不必其人寿之，不如我自寿之也。

题解：

天赋人寿，寿尽归天，此乃天命也。而世之凡夫俗子，莫不欲寿比天高，直追东海南山尚不足也。世人贪心如此，自上而下，有几人不欲多寿乎？莫谈枉存于世，无所建树，乃至空余残喘，行尸走肉。慎慎思之，诚可怖矣。

注释：

［1］夭：吴景周先生将“夭”写为“夭”字。《西北文学文献》影印的原本为“天”。

靳：吝惜，不舍。

［2］金薤：金花。薤：植物名。

［3］锦绣纂组：用五彩华丽的丝织品组成的绦带。

［4］岛屿蓬瀛：传说中的三大仙山之蓬莱和瀛洲。

［5］青衿朱履：明清科举时代专指秀才穿的服装。衿：衣领。履：鞋子。

［6］八龙三凤：八龙系指汉代荀淑的八个儿子，人称“八龙”；三凤系指唐代薛收、薛德音、薛元敬三人，人称“三凤”。这里是比喻儿女成才。

［7］藜藿：藜和藿，亦泛指粗劣的饭菜。《韩非子·五蠹》：“糲粢之食，藜藿之羹。”

馔：这里指食物。

［8］鹑衣：破烂的衣服。鹑尾秃，故称。出自《荀子·大略》：“子夏贫，衣若县鹑。”

百结：用碎布缀成的衣服。《艺文类聚》卷六七引晋王隐《晋书》：“董威辇每得残碎缯，辄结以为衣，号曰百结。”

［9］负薪：背负柴草。谓从事樵采之事。《礼记·曲礼下》：“问庶人之子。长曰：‘能负薪矣。’幼曰：‘未能负薪也。’”

执爨：从事炊事。《诗·小雅·楚茨》：“执爨踖踖，为俎孔硕，或燔或炙。”

［10］半通未绾：指时运不通，难以顺行。

［11］牛衣：供牛御寒用的披盖物，如蓑衣之类，比喻处境贫寒。《汉书·王章传》：“章疾病，无被，卧牛衣中。”

［12］雪案萤窗：在冰凉的案头伴着微如萤火的灯火读书，比喻勤学苦读，同“雪窗萤几”。元吴昌龄《张天师》第一折：“雪案萤窗，辛勤十载，淹通诸史，贯串百家。”

［13］童：愚昧，浅陋。

［14］磬：古代打击乐器，形状像曲尺，用玉、石制成，可悬挂。

［15］甑：古代蒸饭的一种瓦器，底部有许多透蒸气的孔格，置于鬲上蒸煮，如同现在的蒸锅。

［16］金石：指钟磬一类乐器。《国语·楚语上》：“而以金石匏竹之昌大、嚣庶为乐。”韦昭注：“金，钟也；石，磬也。”

［17］林泉：指隐居之地。唐骆宾王《上兖州张司马启》：“虽则放旷林泉，颇得闲居之趣。”

送郑秀峰明府[1]闽序

戊戌孟秋

闽中云水之乡也。山川清旷，风物暄妍[2]。秀峰胸襟浩落，颇嗜幽遐[3]，凡遇奇山异水，辄留连数日。后作宰西陲，公务之暇，觞咏不辍，其意翛然[4]远也。余遇云川，订诗酒交[5]，相契最深。丁酉小春，余公车北上[6]，就别云川，与明府盘桓数日，赋诗赠别。越岁六月，余始至里，闻明府将致仕归闽。余喜而叹曰：“知足不辱，奚必见秋风而思鲈脍哉！”尝观世之癖泉石[7]者，则有废弃不平之感；浮宦海[8]者，则有舟楫失坠之虑，二者穷达累之，累则无适也。昔不为五斗米折腰，怜故园松菊，飘然长往，结庐人境，日对南山，其心适也。明府无累达之累者乎？无累则无物，无物则无我，无我则身无拘碍，心无留恋，而无弗适矣。明府素慕靖节[9]之高风，故临别赠言，为书斯语以相质云。

题解：

本文是作者送别友人郑秀峰的一篇序文。文中畅叙了与郑秀峰的友谊。友人郑秀峰为官一世，可谓两袖清风、靖节高风。笔者在此有感于此文而诗一首：“青山秀水出才子，才子心念桃花诗。声名功过身外事，老死林泉南山低。”

注释：

［1］明府：清代官场中客气时称官衔，不直接称正式官衔，而用代称，如知县称“大令”，知府称“明府”，巡抚称“中丞”。

［2］暄妍：天气暖和，景色明媚。南朝宋鲍照《春羁》诗："暄妍正在兹，摧抑多嗟思。"

［3］幽遐：指幽静雅致的山水风景。

［4］翛然：无拘无束貌，超脱貌。《庄子·大宗师》："翛然而往，翛然而来而已矣。"

［5］诗酒交：志向相投的朋友。

［6］公车北上：汉代以公家的马车送就举的人，后来以"公车"为举人入京应试的代称。

［7］泉石：指山水。宋杨万里《送刘惠卿》诗："旧病诗狂与酒狂，新来泉石又膏肓。"

［8］宦海：比喻官场。

［9］靖节：陶渊明字元亮，号五柳先生，谥号靖节先生，入刘宋后改名潜。

祭陈月岩先生文

维年月日[1]，陈月岩先生之柩，将葬于定山。敬亭炙鸡絮醅[2]，遥祭于金城兰山之麓。曰："呜呼[3]！维师遐逝[4]，奄忽[5]及期。想师话言，山巅水湄。缅师文行，遵道据德。六弃南宫[6]，才丰遇啬[7]。灵辆辚辚[8]，飞旐翩翩[9]。形躯掩地，神爽陟天。定山在望，匪堂匪防[10]。椒浆[11]一奠，风雪苍茫。呜呼[12]尚飨。"

题解：

浮生寄世，飘摇如空。无可攀扶，不虞秋风。水落石枯，风吹叶陨。黄粱美梦，无处追寻。趁大梦未及醒，何不与日月争朝夕？

注释：

［1］维年月日：吴景周先生将此处转述"继△年△月△日"，从《西北文学文献》(第八卷）扫描的底稿看，应为"维年月日"。

［2］炙鸡絮醅：烤熟的鸡和未经过滤的酒。

［3］呜呼：吴景周先生转记为"呜呼"。从《西北文学文献》(第八卷）扫描的底稿看，为"呜呼"。

［4］遐逝：永远地消失了。

［5］奄忽：疾速，倏忽。《旧唐书·刘仁轨传》："奄忽长逝，衔恨九泉。"

［6］六弃南宫：指六次放弃了会试的机会。南宫指的是礼部会试，即进士考试。

［7］才丰遇啬：才华出众，机遇不逢。

［8］灵辆辚辚：指送葬车辆车轮滚滚的声音。

［9］飞旐翩翩：指送葬时引魂幡飘飞的景象。

［10］匪堂匪防：没有堂屋，没有围墙。

［11］椒浆：以椒浸制的酒浆，古代多用以祭神，后来也用来祭奠死者。

［12］鸣呼：吴景周先生转记为“鸣呼”。从《西北文学文献》（第八卷）扫描的底稿看，为“鸣呼”。

困卦[1]续说

己亥七月

困卦之象辞[2]曰：“泽无水，因夫水归泽。泽受水，有相需之义焉。今水下漏，则泽上枯。泽本不枯，因无水而泽以枯。困之象也。”故初六曰：“臀困于株木[3]，入于幽谷[4]。”六二[5]曰：“困于石，据于蒺藜。”[6]阴柔而不中正，虽似大人之德，将焉往而不困哉？余处困境，而读困卦，并详观困字之义。以木而置于四围之中，木之生意微矣，此水漏泽枯之象也，又安望木之茂哉？夫木无知也，困则犹不得遂其生，而况于人乎？

题解：

困人解困卦，阐困意，得困解，解而复困。木困于口，不得伸展，不免枝枯叶烂，遂为朽木。人困于世，不得施张，不免心灰意冷，乃至万念俱灰。试问神行散乱之人，如何济世报民？事倍而功半，可惜，可叹。

注释：

［1］困卦：《易经》共有六十四卦，第四十七卦是困卦。困卦谈的是君侯遭遇困境以及如何处理困境中的问题。

［2］象辞：说明卦爻的辞。

［3］臀困于株木：屁股卡在树木之中。

［4］入于幽谷：困在深山幽谷之中。

[5] 六二：实为“六三”。

[6] 困于石，据于蒺藜：困于石缝之中，卡于蒺藜之内。亦实“初六”爻的“困于株木，入于幽谷”之意。

募画石沟寺序

碾邑城南，距城二十里，有石沟焉。两面皆石山，壁立万仞，缘延八九里，皆大石盘结，如云连霞起[1]之状。中有小径，仅容人足。登此山者，扪萝穿棘[2]，如蚁旋转，非有绝大胆力，不能一至其巅。故选胜[3]者，自崖而返，境自此封矣。石崖之东，攀援而上，有观音小寺，悬立石磴[4]之间。相传明时有采樵者，往往见石穴中有红衣人，空际往来，里人[5]惊以为神。风雨水旱，有祷辄应，遂辟石为寺，创立明万历年间。迄今木石剥落，神宇不宁。前年甲午，里人倡议垂葺[6]，复辟石数丈，高楼杰阁，气象峥嵘，视昔之规模，信宏大矣。岁在乙未之春，余读书山中，每遇风花雪月之辰，升高远望，见夫怪石磷磷，如羊如虎，森然[7]向人；夜闻清响，如仙人咳笑于云霄间者。山僧曰：“此鹃声也。不鸣则已，一鸣惊人。”余方倾耳以听，忽有大声发于石罅[8]，如洪钟不绝。余不觉心恐，山僧曰：“此山鸣也，山鸣而谷应之也。”余谓山僧曰：“所谓山灵者，灵于人，实灵于山也。坤舆[9]蕴蓄之精，磅礴郁积，久而必泻，故云雨之升降，草木之变蒸，山林之吼啸，莫不孕奇毓[10]异，以呈露于荒崖墟莽之间。信乎乾坤奥衍之区，皆沕穆[11]之精神所栖。则昔之所惊以为神，而今之所有感辄应者，其在斯乎？其在斯乎。但梓材粗就，绘事未兴，翻使山灵笑人之不克有终也。”爰发微忱，恭疏短引。吾知四方仁者，必有乐山之趣，所翼各助余蓄，共襄盛举，庶使千年之异境，因人以传；而人之九仞一篑[12]之功，亦得与山并寿云。

题解：

自古寻幽览胜者，善辟蹊径。然登山者实繁，至巅者盖寡；能领悟胜景佳妙者，几几寥矣。石沟之景，桃花源之境也。其间石笑山鸣，泉涌水幽，山水毓秀，日月蕴奇。世间精妙，竟毕集于此石沟寺矣。

注释：

[1] 云连霞起：形容绚烂美丽的样子。

[2] 扪萝穿棘：攀援葛藤，穿越棘丛。

[3] 选胜：寻游名胜之地。

[4] 石磴：石头台阶。

[5] 里人：同里的人，同乡。《晏子春秋·问上九》："人有酤酒者，为器甚洁清，置表甚长，而酒酸不售。问之里人其故。"

[6] 葺：原指用茅草覆盖房子，后泛指修理房屋。

[7] 森然：形容阴森可怕。

[8] 石罅：石缝。

[9] 坤舆：坤为地，能载万物，故曰"坤舆"。

[10] 毓：孕育。

[11] 沕穆：深微貌。《史记·屈原贾生列传》："沕穆无穷兮，胡可胜言！"司马贞索隐："沕穆，深微之貌。"张守节正义："沕音勿。"

[12] 九仞一篑：《尚书·旅獒》："为山九仞，功亏一篑。"仞：古代的长度单位。篑：盛土的竹器。

都中公祭杨太翁文

呜呼[1]太翁，维邦之杰。秉心慈惠，立身高洁。作瑞升平，年登太耋[2]。讵意仙逝，溘焉永诀。闻公弱令，纯孝心结。善事椿萱[3]，呜呼总梻。每食问欲，甘旨必设。先意承志，心力俱竭。子心孺慕，亲心欢悦。公守父训，教弟谆切。黄卷青灯[4]，风雨又辍。弟入胶庠，遗命网缺。闻公诲子，义方循辙[5]。不斗才华，惟敦品节。伯氏吹埙[6]，支持门阑[7]。仲氏吹篪，天性明澈。壮岁登科，文坛树臬。六上南宫，才巧遇拙。叔子明经[8]，声闻颃颉[9]。广文一官，郑虔三绝[10]。岷塞停云，阳关飞雪。清俸远将，以供饮啜。季子采芹[11]，待食井渫。膝下瞻依，朝夕扶挚。更怜少子，意态雄杰。投笔从军，鹰烈奋烈。诸孙竟[12]秀，亭亭森列。草映青袍，花明采缬。玉笋班[13]中，丰姿各别。维公顾之，笑言哇哇[14]。如何孟春，云归飘瞥[15]。哲人逝矣，神灵不灭。嗟哉孝廉，闻外泣血。燕邸抢呼，五内崩裂[16]。念我同人，西望奠醊[17]。泪洒长空，临风呜咽。公某来歆，鉴兹惙惙[18]。呜呼有哀，尚飨。

题解：

杨太翁高风亮节，廉洁清正，更能孝悌仁爱，忠孝两全。其子孙繁盛，相处颇洽，学文习武，俱有所著。今日太翁撒手西去，与我等阴阳永隔，生者落泪，死者长眠。望月思之，伤心催肝！

注释：

［1］呜呼：吴景周先生转记为“鸣呼”。从《西北文学文献》（第八卷）扫描的底稿看，为“呜呼”。

［2］年登太耋：年到八十。耋：本义是年老，古指七八十岁的年纪，泛指老年。

［3］善事椿萱：孝顺父母。椿：多年生落叶乔木。萱：古人以为可以使人忘忧的萱草。椿萱合用比喻父母，古称父为“椿庭”、母为“萱堂”。

［4］黄卷青灯：灯光映照着书籍，形容深夜苦读，或修行学佛的孤寂生活。语出宋朝陆游《剑南诗篇·客愁》：“苍颜白发人衰境，黄卷青灯空苦心。”黄卷：古代书籍用黄纸缮写，因指书籍。青灯：油灯发青色的灯光，指油灯。

［5］义方循辙：指遵循五代时窦禹教子的义方来教育儿子。

［6］埙：古代用陶土烧制的一种吹奏乐器，圆形或椭圆形，有六孔。亦称“陶埙”。后文“篪”同“篪”，古代一种用竹管制成像笛子一样的乐器，有八孔。埙为土质乐器，篪为竹质乐器，埙篪合奏声音和谐。埙篪后用以表示兄弟和睦，也代指兄弟。语出《诗经·小雅·何人斯》：“伯氏吹埙，仲氏吹篪。”

［7］闑：古代门中央所竖短木。吴景周先生转写为“阒”，从文献对照和文义来看，此字与文不相符合。

［8］明经：汉朝出现之选举官员的科目，始于汉武帝时期，至宋神宗时期废除。被推举者须明习经学，故以“明经”为名。

［9］颃颉：疑为“颉颃”。语出《诗·邶风·燕燕》：“燕燕于飞，颉之颃之。”本义指鸟上下飞，引申为不相上下，可以相抗衡。

［10］郑虔三绝：唐朝画家郑虔“诗、书、画”均为擅长，人称“三绝”。

［11］采芹：语出《诗·鲁颂·泮水》：“思乐泮水薄采其芹。”毛传：“泮水泮宫之水

也。”郑玄笺：“芹水菜也。”古时学宫有泮水，入学则可采水中之芹以为菜，故称入学为“采芹”“入泮”。后亦指考中秀才成了县学生员。

[12] 竟：应为“竞”，竞相。

[13] 玉笋班：唐末朝士风貌优异有才华的人，称“玉笋”。得与其列者称“玉笋班”，指优秀的人才。

[14] 哑哑：大笑貌。

[15] 云归飘瞥：像云一样很快就不见了。

[16] 五内崩裂：形容极度悲痛，内脏都要崩裂了一般。

[17] 奠醊：祭祀时用酒洒于地来纪念亡者。

[18] 惙惙：忧愁貌。

祭部郎李酉谷先生文

呜呼先生，先氏是程。幼而颖异，长而聪明。南宫树帜，词坛主盟。润色鸿业[1]，掌握文衡[2]。甄陶[3]多士，鼓舞群英。伊阳作宰，懋着循声[4]。首崇教养，克尽厥诚。三载考绩，永观厥诚。人歌乐只[5]，德遍蚩民。寝庙[6]奕奕，俎豆[7]长荣。晋擢兵部，赞礼戎兵。夙夜匪懈，竭力经营。引年归老，晚节峥嵘[8]。立持风雅，寄老蓬瀛[9]。优游泉石[10]，和乐且平。呜呼先生，殁无余憾，生无遗行[11]。其与万物同归者，暂聚之体；不与万物同者尽者，不朽之名。呜呼先生，垂裕奕世[12]，叠茂簪缨[13]。芝兰挺秀，彩凤连鸣。长君筮仕[14]，小试边城。一官身远，两袖清风。克光前烈，允继忠贞。爰望南而陨涕兮，道路之继横。悲落日之旷野兮，凄风动乎灵旆[15]。述芳徽而远播兮，嘉令绪之纷呈。具鸡黍[16]而遥奠兮，难罄仰止之深情。尚飨。

题解：

此文文体古朴，言语沉痛，历数李酉谷先生一生。先生为人清正，政绩卓然，文武兼备，从容风雅。人赞其行，人称其德，生前美名，后世流芳。

注释：

［1］鸿业：大业，多指王业。章炳麟《国故论衡·论式》："若夫诏书之作，自文景犹近质，武帝以后，时称《诗》《书》，润色鸿业，始为诗之流矣。"

［2］文衡：旧谓判定文章高下以取士的权力。评文如以秤衡物，故云。

［3］甄陶：化育，培养造就。东汉扬雄《法言·先知》："甄陶天下者，其在和乎！"《文选·景福殿赋》："甄陶国风"。李周翰注："甄陶，谓烧土为器。言欲政化纯厚，亦如甄陶乃成。"

［4］懋着：犹显著。

循声：指为官有循良之声。清袁枚《随园诗话》卷十："张名开士，字轶伦，杭州壬戌进士，历任有循声。"

［5］乐只：和美，快乐。诗经《小雅·南山有台》："乐只君子，邦家之基。乐只君子，万寿无期。"只：语助词。

［6］寝庙：古代宗庙的正殿称庙，后殿称寝，合称"寝庙"。诗经《小雅·巧言》："奕奕寝庙，君子作之。"

［7］俎豆：俎和豆是古代祭祀、宴会时盛肉类等食品的两种器皿。俎豆合称指奉祀。

［8］峥嵘：不平凡。

［9］蓬瀛：蓬莱和瀛洲，神山名，相传为仙人所居之处，亦泛指仙境。晋葛洪《抱朴子·对俗》："（得道之士）或委华驷而辔蛟龙，或弃神州而宅蓬瀛。"

［10］泉石：指山水。

［11］遗行：失检之行为。《文选·对楚王问》："楚襄王问于宋玉曰：'先生其有遗行与？何士民众庶不誉之甚也？'"李善注："遗行，可遗弃之行也。"

［12］垂裕：为后人留下业绩或名声。

奕世：累世，代代。《后汉书·杨震传》："臣奕世受恩，得备纳言。"李贤注："奕犹重也。"

［13］簪缨：古代达官贵人的冠饰，后遂借以指高官显宦。

［14］筮仕：本指古人将出做官，卜问吉凶。这里指初次做官。

［15］灵旆：民间丧事中用的引魂幡。旆：旗子。

［16］鸡黍：指丰盛的饭菜。出自《论语·微子》："止子路宿，杀鸡为黍而食之。"

与杨槐园同年书

去冬自尊府一别，倏易裘葛[1]。青海黄河，时深跂予之望[2]；停云落月[3]，殊增离索之思。鳞羽稀逢[4]，音问间阔。每忆西窗剪烛[5]时，不禁寤寐系之矣。自嘉平月[6]得接手书，承示镇番之役，即于正月朔六日束装起身，十七日抵镇。数月以来，惯见风撼长林，沙飞石漠，尽掩双扉，夜剔残烛，客中滋味，惟自知之，不堪向知己告也。每常别有所图，而机会难遭，动辄相左，是以暂尔淹留[7]，职此之故，非得已也。比稔吾兄寄迹朔方[8]，起居佳胜，足慰远怀。三月间，吾兄与铜封一札，内别有所云。仆看来事恐不谐，似不必以前言作，左券操耳[9]。令吾弟曾否就馆，并未得信，闻高昆圃主河州讲席，我辈踪迹，半是依人，而兄以旷达之怀，寓繁盛之地，人影衣香，倍增风韵，如仆之旅况寂寥，又将何为情耶？每欲修候，但握管不知所云，徒乱人意，所以迟迟至今。此江郎因别赋而销魂[10]，非叔夜懒作报书故也。想知己必能鉴原于格外耳。

题解：

一别之后，音信几断，然心意相通，寤寐系之。此文言语恳切，字字挚情，令人读之而感伤不已。

注释：

[1]倏易裘葛：寒暑变化很快。

[2]时深跂予之望：踮起脚来向远处遥望，形容心情的迫切。

[3]停云落月：指对亲友的思念。陶潜《停云诗序》："停云思亲友也。"杜甫《梦李白》："落月满屋梁。"

[4]鳞羽稀逢：指书信来往少。

[5]西窗剪烛：指别后渴望再会。李商隐《夜雨寄北》："何当共剪西窗烛，却话巴山夜雨时。"

[6]嘉平月：指腊月。

[7]淹留：长期逗留，羁留。

［8］朔方：北方。

［9］左券操耳：意思是说有把握。古代契约分为左右两片，左片称“左券”，由债权人收执，用为索偿的凭证。《史记·田敬仲完世家》：“公常执左券以责于秦韩。此其善于公而恶张子多资矣。”

［10］江郎因别赋而销魂：江郎即南朝江淹，其《别赋》：“黯然销魂者，唯别而已矣。”

报强已堂孝廉书

月望[1]接手书，情文兼至[2]，恍如把臂人酒肆，畅饮快谈，一倾胸中积愫[3]也。忆客岁仲夏，河梁做别[4]，黯然销魂数日。抵家半月，搞高昆圃手书，知家室无恙，远怀为慰。而吾见消息，从无侦问，时深悬念。九月初，仆因事赴兰，得知吾兄尚往河州，阖潭团聚[5]，真吉人天相，而慈悲大士之经，吾兄一路讽诵之精诚，足以格神灵而御凶暴矣。逖[6]听好音，为立额庆。仆往省二十日，暇时与昆圃诸同人，登华林山，慨然见青山白骨，益增凄楚。于是陟山陬，登五泉[7]，见夫昔日之危楼杰阁，一变而为碎瓦颓垣。天下盛衰之感，固如是之迅速乎？更见夫高明之家，鬼瞰其室，屈指旧交，半为磷火，有不触目而怆怀者乎？于是览毕而叹，兴尽而返。正月朔六日，仆有镇番之役，自念头颅如许，何堪为人作嫁，但为此阿堵物[8]竟尔逐人于长城之外，想我辈必是前劫[9]中挥霍过甚，故今生罚在贫苦队里受此折磨耳。如仆庸碌，固无足怪，而吾兄以文人而娴吏治，尚尔奔驰千里，无以美善之区，其他又何论焉？仆暂栖此地，以俟别有机缘，再图良策，吾兄行往若定，尚惠我好音，以慰离思，是所切望。

题解：

人生在世，聚少散多，茫然四顾，残梦未醒。昨日青春年少，意气风发；今日垂垂老矣，一事无成。逝者如斯，何其疾也！四处奔走，庸庸碌碌，而不知大限将至，何其慨也！

注释：

［1］月望：指月之十五日。

［2］情文兼至：《荀子·礼论》：“故至备，情文俱尽；其次情文代胜。”意思是说，

最完备的礼，情和文都要做到十分；次一等或者文胜于情，或者情胜于文。

［3］积愫：多年的真情。

［4］河梁做别：《吴越春秋·勾践伐吴外传》："越乃还军，军人悦乐，遂做河梁之诗。曰：'渡河梁兮，渡河梁。'"河梁就是桥。后来用"河梁"作为送别之辞。

［5］阖潭团聚：全家团圆。阖：全。潭：深渊，别人的住宅可以尊称为"潭府"。

［6］逖：远。

［7］五泉：今甘肃兰州的五泉山。

［8］阿堵物：西晋的一些士族阶层人士自命清高，耻于言钱，钱被称为"阿堵物"。"阿堵"为六朝时口语"这个"的意思。后人指为钱的别称，有讽刺意味。《世说新语·规箴》："夷甫晨起，见钱阂行，呼婢曰：'举却阿堵物。'"

［9］劫：佛教名词。"劫波"（劫簸）的略称，意为极久远的时节。古印度传说世界经历若干万年毁灭一次，重新再开始，这样一个周期叫做一"劫"。

徐老实传

徐老实者，苏山书院役人也。性痴憨，人以老实呼之。予于壬寅秋，受同年王公聘，主镇邑书院讲席。到馆日，见有徐老实者，供支洒扫，收管门户。予见其贫老，颇怜之。癸卯春，予自里门，复至苏山，徐仍服旧役，予觇[1]其为人，年老而发黑，善睡善饭，性最拙。室中盘盂诸器[2]，都不辨识，至于移席掇茗之役，俱不能办，其他事之拙类此者不可胜纪。予因徐不能供细务，常面斥之曰："世之拙如尔者，有几人哉？"既而悔己之过，且慕徐之拙。夫天下之巧者挟其聪明才智，以争胜于名利之场，卒至日暮途远，无所栖泊[3]者何可胜道。即或侥幸于万一，而有时，事起于仓促，功堕于末路，欲求为庸人，而万万不可得者，岂少哉？此其人才力皆足以有为，而精神复足以相济，非巧而曷克至此？迨至追维往昔悔恨无端，而始叹巧之不如拙也，抑已晚矣！庄子曰："木之臃肿不材者，得自老其天年。"徐某者，貌陋而性拙，身强而多寿，与木之不材也。予有感于徐之拙而为之传。嘉徐之拙，击以自惊也。

古今多少聪明汉，断送茫茫苦海中，读之发人深省，王壹斋评。

禀为未敢慢藏，俨同诲盗[4]，不矜细行，终累大德[5]事，情缘小人，服劳艺苑，业已等于执鞭，供役之场，事竟同于破甑。时维九月，蒙赏工食于馆人；漏值三更，偶遇机心于多士。岂真幻同蕉鹿[6]，顿成一梦之疑；或是质化飞蚨[7]，莫辨五铢之去。自念老夫耄矣，谁怜囊橐[8]之空；因思稚子茫然，乃工攫拿之术。虽其细已甚，而大德逾闲[9]，在此日佩韘佩觿[10]，渐成书幌之蠹[11]，则他年采芹采藻[12]，定类泮林之鸮[13]。如果夜之为，岂是青衿之俊？在小人泱踵[14]而走，已嗟南郭之贫；在伊等凿壁以偷，甘蹈东陵之虐。此真有腆面目，别有肺肠者矣。噫！不作万选之青钱，双眸小于鹅眼；处污千金之白璧，半点细似蝇头。狗盗出其门，漫说孟尝之得士；兔园[15]工其册，空谈枚叔[16]之多才。伏维，一路福星，万家生佛，俾得珠还合浦[17]，剑复平津[18]。庶城厥无佻达之风，而茅簷感生之德矣。

乾隆四十八年癸卯在镇番节院代门役徐某戏作，时余主镇邑书院讲席。镇番书院之门役即徐敬堂，因附粘于此传之后。

题解：

极言其痴，极言其憨，岂不闻“大智若愚，大巧若拙”？比之世上聪明绝顶者，老实亦要聪明十倍。岂不闻“聪明反被聪明误”？自投罗网者，古往今来，不可胜数。聪明一世者，必毁于一时糊涂，当是时，捶胸顿足晚矣。

注释：

[1] 觇：暗中察看。

[2] 盘盂诸器：指的是各种盛东西的器皿。

[3] 栖泊：居留，寄居。唐陈子昂《古意》诗：“闻君太平世，栖泊灵台侧。”

[4] 未敢慢藏，俨同诲盗：《易·系辞上》：“慢藏诲盗，冶容诲来。”意思是说，自己的财物保管不慎，就无异于是招引别人来偷窃。女子打扮得太过妖冶，无异于引诱别人来调戏自己。等于是说引诱别人做坏事。这两句是说行事小心谨慎，品行端正。

[5] 不矜细行，终累大德：《尚书·旅獒》：“不矜细行，终累大德。”意思是说，不慎小德，终损大德。

[6] 蕉鹿：《列子·周穆王》：“郑人有薪于野者，遇骇鹿，御而击之，毙之。恐人见之也，遽而藏诸隍中，覆之以蕉，不胜其喜。俄而遗其所藏之处，遂以为梦焉。”后以“蕉鹿”指梦幻。蕉：通“樵”。

［7］蚨：古代用作铜钱的别名。

［8］囊橐：袋子。《诗·大雅·公刘》："乃裹餱粮，于橐于囊。"毛传："小曰橐，大曰囊。"郑玄笺："乃裹粮食于囊橐之中。"

［9］逾闲：越出法度。亦作"踰闲"。《论语·子张》："夏曰：'大德不踰闲，小德出入可也。'"何晏集解引孔安国曰："闲，犹法也。"

［10］韦：指熟皮，性急者佩戴有助于自戒。

觿：古代一种解结的锥子，用骨、玉等制成，用作佩饰。

［11］书幌之蠹：书房里的蠹虫。书幌：书帷，亦指书房。南朝梁刘孝绰《昭明太子集序》："犹临书幌而不休，对欹案而忘怠。"

［12］采芹采藻：指考取功名。采芹：《诗·鲁颂·泮水》："思乐泮水，薄采其芹。"毛传："泮水，泮宫之水也。"郑玄笺："芹，水菜也。"古时学宫有泮水，入学则可采水中之芹以为菜，故称入学为"采芹""入泮"。后亦指考中秀才，成了县学生员。采藻，同上，"思乐泮水，薄采其藻"。

［13］泮林之鸮：指在学界中有名气的人。鸮：猫头鹰，凶禽。

［14］泱踵：后跟破裂，比喻穷困。泱：疑为"决"。

［15］兔园：园圃名，即梁园。

［16］枚叔：指西汉辞赋家枚乘。作品今仅存《七发》《柳赋》《菟园赋》三篇，后两篇疑为伪托之作。

［17］珠还合浦：孟尝廉洁，曾合浦还珠。合浦：郡名，产合浦珠。

［18］剑复平津：平津铸有名剑。这句的意思是说外出的人才仍然回到家乡。

睡乡记

祭卯镇邑作

睡乡者，海上怡云道人之所居也。道人好游，数至青门[1]，望终南[2]，蹑华岳；走龙门[3]，探禹旧迹，访伊洛间[4]。涉瀍[5]涧，北过易水[6]，登燕山[7]，途经邯郸，访卢生人梦处[8]。入晋地，过平阳[9]、蒲坂[10]，凭吊唐虞故都。到榆关[11]，历朔方，倦游而返憩于睡乡。是乡风景顿异，其山川人物，率多目所未睹，道人日徜徉其中，倏然有世外想。予与道人相交于四十多年前，形影与俱，每饭不忘。今年来，道人邀予驻是乡，颇恣幽讨。

道人嘱予曰："此中趣，惟此中人领之，不足为外人道也。"予将归，道人嘱予为记。因记其乡，并志与道人相交最久矣。

题解：

怡云子醉情山水，数访名山大川，古今名胜，踏遍中原大部。睹物兴怀，古来圣贤，璀璨一时，复归于历史长河；平凡百姓，劳碌之后，不见于史册。万里江山，千古风流人物，百年之后，十有八九成一梦。

注释：

[1] 青门：长安城东南门。本名霸城门，因其门色青，故俗呼为"青门"或"青城门"。

[2] 终南：今陕西省终南山。

[3] 龙门：山名，在河南省洛阳市南。《汉书·沟洫志》："昔大禹治水，山陵当路者毁之，故凿龙门，辟伊阙。"

[4] 伊洛间：指河南省伊河、陕西省洛河之间。

[5] 瀍：水名，在河南省洛阳市西北，东南流入洛水。

[6] 易水：水名。在河北省西部。源出易县境，入南拒马河。《战国策·燕策三》："风萧萧兮易水寒，壮士一去兮不复还。"

[7] 燕山：今河北省北部山脉。

[8] 卢生人梦处：应为"入梦"。传说卢生在邯郸客店做黄粱一梦，醒来之后一切皆空。

[9] 平阳：相传为古帝尧都，现在大概属于山西省临汾市。

[10] 蒲坂：山西省永济市古称"蒲坂"，史为"舜都"。

[11] 榆关：山海关古称"榆关"，又称"渝关""临榆关"等，是我国华北地区通向东北地区的咽喉要道，自古即兵家必争之地。

醉乡记

醉乡者，醉侯刘公[1]之所居也。醉侯性旷达，而耐烦嚣，胸襟无所累于世，每超然有物外之风焉。有密友掬生者，嗜好颇洽，遂定平生欢。祖偕居于其乡，兴至则啸歌[2]一室，或弄柔翰[3]，顷刻万千言，率皆豪放不羁，有时与掬生上下。其议论口若悬河，必尽吐其胸中之奇气而后止。或有讥醉侯者曰："公岂有托而逃焉者耶?"公曰："吾与掬生交二十年，未尝一日相离，行将老于是乡焉，何清冥[4]之逃耶?"予与醉侯交最久，常来往是乡，颇领其趣。予近抱微疴，不能造访，而是乡风景，依依宛在目前，昔王无功[5]作醉记，不能与侯所居之乡同耶，否耶？他日搜遗文而读之，知必有以开拓予心也。

题解：

醉侯刘公胸襟磊落，旷达自在，随心所欲，才华横溢。凡事率性而为，行动言语皆出于天性，无半分拘泥，亦无矫揉造作之嫌。时人不解，议论颇繁，其亦无极力辩解之心。清者自清，浊者自浊，濯缨与濯足俱可。醉翁之意，油然而生矣。

注释：

［1］醉侯刘公：吴景周先生写作"醉候刘公"不妥。对照《西北文学文献》(第八卷)"候"应为"侯"。

［2］啸歌：长啸歌吟。《诗·小雅·白华》："啸歌伤怀，念彼硕人。"

［3］柔翰：指毛笔。《文选·咏史》："弱冠弄柔翰，卓荦观群书。"刘良注："柔翰，笔也。"

［4］清冥：清澄而深远。

［5］王无功：唐代诗人王绩，字无功。王绩隋末举孝廉，除秘书正字，后弃官归乡。性简傲，嗜酒，能饮五斗，自作《五斗先生传》，撰《酒经》《酒谱》。

书陶靖节[1]文集后

余少诵陶靖节诗，概然想见其为人。读文集其[2]，佳处颇能领略；窥其胸中，浩浩落落[3]，别有天地在抱。其发为文词，具有太和[4]气象。若在圣门，当时[5]曾点一流人物。而人以其嗜酒，概以旷达[6]目之，则浅之乎？窥靖节矣。

题解：

时人目光短浅，以珠玉为瓦砾，以精华为糟粕。大浪淘沙，靖节先生一生闲云野鹤，幽兰发自深谷。千百年之后，其名益彰，代代为人传诵。余等庸夫俗妇视之，其一生亦不枉矣。

注释：

［1］陶靖节：东晋诗人陶渊明，字元亮，号五柳先生，谥号靖节先生，入刘宋后改名潜。

［2］读文集其：疑为“读其文集”。

［3］浩浩落落：浩浩正气，落落大方。形容豁达而坦荡。

［4］太和：亦作“大和”。天地间冲和之气。《易·乾》：“保合大和，乃利贞。”“大”，有的版本作“太”。朱熹《本义》：“太和，阴阳会合冲和之气也。”

［5］当时：疑为“当是”。

［6］旷达：开朗，豁达。多形容人的心胸、性格。

养心说

心不可有所滞[1]。滞于名利，得内热癖[2]；滞于岑寂[3]，得烟霞[4]癖；滞于修养，得金石[5]癖；滞于文字，得辞章癖；滞于杯酒，得曲蘖癖；滞于博弈[6]，得玩物癖；滞于书画，得嗜古癖。夫心者，空洞无物，庄子《逍遥游》，已确指其元妙[7]矣。所以圣人不凝滞于物，而能与世推移者，此物此志也。吾人无卓识，挟其仕宦妻子之胸[8]，以驰逐于风尘道路之间。未几而日月逝，酒浆在马生坟邱。良可慨也，则滞甚也。

题解：

心不可有所滞，有所滞则必有所累。唯有心内无物，是以心外有天地。老子曰“当其无”，“无”即“万有”，有则受之，无则加勉是也。

注释：

［1］滞：凝滞不流通，拘泥于执拗。

［2］内热癖：这里指各种心有所滞的表现（病状）。内热：谓内心忧煎焦灼。癖：对事物的偏爱成为习惯，中医指饮水不消的病。

［3］岑寂：寂寞，孤独冷清。

［4］烟霞：泛指山水、山林。

［5］金石：这里说的是乐器。《礼记·乐记》："金石丝竹，乐之器也。"

［6］博弈：下棋。

［7］元妙：极言其妙。

［8］挟其仕宦妻子之胸：意思是说胸襟狭窄，自私自利。

梦园吟自序

天地一大园也。山川草木，风花雪月，鸟鸣花笑，鱼跃鸢飞，莫不蕴[1]诸所有，又莫不空诸所有也。人日游园中，而不知行生[2]之趣；于夫[3]人日在天地间，而不悟高厚[4]之旨者，奚异哉？而不见夫并物[5]有我乎？我固梦中人也。寓我有园乎？园亦梦中境也。我日啸歌于园中，颇有自得之趣，虽妻孥告未尽弗恤[6]也。夫万物，日游天地大园而不觉其大，予日游咫尺之园而不觉其小，其何故哉？盖天地为园，予亦园中一物也。见为园而不见为我，则己小而园大矣，此小大之辨也。卧园有日，偶于醉梦中，得诗若干首。随手录出，置诸案头，风雨朗吟，可供一笑。予非能诗者，亦如园中之候虫时鸟，自鸣自息于天地间，斯已耳。诗云乎哉？

笔意在马蹄秋水间。（怡云子评）

题解：

文章本天成，妙手偶得之。此序天马行空，似伪还真，似梦还醒。一花一世界，一叶一乾坤，沙中佛国宛然在目，昨日遗恨无迹可寻。夜深灯阑，临窗把盏，一时间竟陷入迷茫，虽楚大夫《天问》比之可矣。

注释：

［1］蕴：积聚，蓄藏，包含。

［2］行生：游历，游玩。

［3］夫：指示代词，那，那个。

［4］高厚：高者，天也；厚者，地也。高莫高于天，厚莫厚于地。

［5］而不见夫并物：吴景周先生句读错误并把“夫”转录为“无”。

［6］拏告：犹劝告。

恤：顾惜。

送郡伯入都序

西郡古湟中地，北控新疆，西通海藏。人民杂处其中，抚绥[1]之术，惟太守之任，专且重也。匪望匪镇[2]，匪能弗厘[3]，匪德不洽[4]。地之需才，与才之遇地，相须恒殷，而相遇每疏也。惟某郡伯，荣莅[5]吾郡，见夫土瘠民贫，喟然叹曰：“民敝[6]久矣，无他，抚之未得其道也。”由是整躬率下[7]，劝善革奸，未及期而同俗丕[8]变，气象重新。一郡三邑之人，蔼蔼如登春台[9]焉。异哉，吾湟为股肱郡[10]，而郡伯真治平才也。兹者节届[11]春和，郡伯捧檄入都。行旌将发，父老攀辕卧辙[12]者，至车马不能前。在郡伯为吾郡造无疆福，天必为郡伯增无量禄。今之入觐，也早知循声卓绩，宠深紫禁[13]，于才卜之，实于德卜之。夫士君子学古入官，动则古昔，而追踪者恒不数遘[14]。惟郡伯以经世鸿猷[15]，与古良二千石[16]后先辉映，谁谓古今人不相及也耶？

题解：

天下为父母者，莫不希望子女平安；为民父母者，亦应如此。名虽父母官，民实乃其父母。民野地贫，其谁之过欤？郡伯爱民如子，湟中幸甚，国家幸甚。当为后来者思之。

注释：

［1］抚绥：安定，安抚。《书·太甲上》：“天监厥德，用集大命，抚绥万方。”

［2］望：名望，这里指有名望的人。

镇：这里指可以镇守一方的人。

［3］匪能弗厘：没有能力就不能给人们带来幸福。

［4］匪德不洽：没有德行就不能使人们融洽。

［5］荣莅：荣幸地莅临。

[6] 敞：随便，指人民散漫无礼。

[7] 整躬率下：亲自率领百姓。

[8] 丕：大，显著。

[9] 蔼蔼：温和和气貌。

如登春台：好像生活在幸福的太平世界里。出自《老子》第二十章："众人熙熙，如享太牢，如登春台。"春台：美好的旅游、观光的地方，比喻极好的生活环境。

[10] 股肱郡：指非常重要的郡。

[11] 届：到。

[12] 攀辕卧辙：指老百姓手抓车辕，身卧车轮下，不舍郡伯离去。

[13] 宠深紫禁：指被皇帝重视，得到朝廷的宠信。

[14] 恒不数遘：从来都不多见。

[15] 经世鸿猷：治世的良谋。

[16] 良二千石：指清廉的地方官。汉代太守官年俸二千石。《汉书·宣帝纪》载，汉宣帝在宣扬自己政绩时，曾在诏书中写道："庶民所以安其田里，而无愁叹之声音，政平讼理也。与我共此者，其惟良二千石乎！"

与杨槐园同年书

同谱兄弟，远隔云山[1]。自兰泉一别，五历岁华。云鹤雪鸿[2]，踪迹莫定。瞻望停云[3]，倍多离绪。自壬寅春月，君客朔方，仆馆苏山。虽藉尺素[4]以抒怀，而脉脉孤怙[5]，有非楮墨[6]所能尽者。继而君馆河州，仆适在家赋闲。虽河湟咫尺，而鳞鱼稀逢[7]，莫由修候。每当天朗气晴，酒酣耳热，时时有一君之笑貌声音，辘轳胸次[8]也。至仆连年景况，家居则贫，甚至北门，履穿东郭，出门则借枝于鷦鹩[9]，争食于鸡鹜[10]。仆之出处，诚不堪为知己道也。兹因契好荐人中协，到馆后，即造尊府，晤令八弟，坐谈片刻，得悉文履绥和[11]，诸多畅遂，遂沏[12]一函奉候，凉入清照，惟我辈碌碌依人，终非长策。丁未大挑伊迩[13]，机会万不可失，惟我二人。当明岁嘉平之月，驾款段车[14]，登长安道，或者悯我俩劳人，于莫可捉摩之中，博得一冷官到手，彼此可以娱老矣。此亦日落穷途，无聊中之极想也。君其首肯余言否？节届中秋，仆客居珂里[15]，愧无以为萱堂[16]之敬。谨备月饼瓜果二色，略展微忱，并以远闻。

题解：

兄弟之情，重于泰山；笔端纸缘，思绪毕现。知己之心，同命依依，虽身隔天涯而心系之矣。

注释：

［1］云山：云雾缭绕的高山。王维《桃源行》："峡里谁知有人事，世中遥望空云山。"

［2］云鹤雪鸿：形容踪迹不定，像云中仙鹤、雪中鸿雁。

［3］停云：表思念。陶渊明《停车诗序》："停云思亲友也。"

［4］尺素：书写用的一尺长左右的白色生绢，指书信。清纳兰性德《采桑子·九日》词："残更目断传书雁，尺素还稀。一味相思，准拟相看似旧时。"

［5］孤怙：孤独无依靠。

［6］楮墨：纸墨。楮木皮可制纸，所以楮是纸的代称。

［7］鳞鱼稀逢：指消息来往得少。

［8］辘轳胸次：在心中比喻如辘轳般圆转。

［9］借枝于鷦鷯：暂居如小鸟之巢，行踪不定。鷦、鷯两者俱为小鸟名。

［10］鸡鹜：即鸡和鸭。两者皆为家禽。旧时常用来比喻平庸之人。

［11］文履绥和：旧时是书信结尾表祝颂安好的词句。"履"同"禄"。《诗经·周南·樛木》："乐只君子，福履绥之。"

［12］泐：本指石头因风化遇水而形成的裂纹，引申为铭刻，再引申为书写。

［13］大挑伊迩：大挑的时候就快要到了。大挑：清乾隆以后定制，三科以上会试不中的举人，挑取其中一等的以知县用，二等的以教职用。六年举行一次，意在使举人出身的有较宽的出路，名为大挑。挑选的标准多重形貌，相传有"同田贯日气甲由申"八字诀，合于前四字形貌者为合格。例如：长方面型为"同"，方面型为"田"，身体长大为"贯"，身体匀称为"日"。

［14］驾款段车：马行车缓貌。《后汉书·马援传》："乘下泽车，御款段马。"李贤注："款，犹缓也，言段迟缓也。"

［15］珂里：对他人故里的美称。

［16］萱堂：《诗·卫风·伯兮》："焉得谖草，言树之背。"毛传："谖草令人忘忧；背，北堂也。"陆德明《释文》："谖，本又作萱。"谓北堂树萱，可以令人忘忧。古制，北堂为主妇之居室。后因以"萱堂"指母亲的居室，并借以指母亲。

自责文

天道有寒暄[1]焉。时而狂风怒号，霜雪交作；阴霾凝塞[2]之日久，则必天气晴朗，风物妍丽，以昭苏万物[3]，此剥复[4]之道理也。道路有险易焉，时而高峰叠嶂，关隘崎岖；艰难险阻之既历，则必康庄[5]荡平，花木掩映，以快人心目，此平陂[6]之理也。

人之处境亦若是而已矣。人有始困而终亨[7]者，有前通而后塞者，有前后蹇滞[8]而中年崛起者，有盛年落托[9]而晚岁兴隆者，不可枚举也。而余则不然。方其少也，先君见背[10]，与慈母相依于蓬户绳枢[11]之中，茕茕在疚[12]，艰苦备尝。及其状[13]也，射策青门[14]，求名燕市，冀一日之禄养。而裘敝金尽[15]，抱病金台，几于殒命。既而陟屺增慕[16]，风木兴悲；晚有儿息，难支门户。家日以贫，债日以积，草草劳人[17]，何其惫也？及其老也，失意锁院[18]，而京邸偏叶焚巢之占[19]；设帐边城，而姑臧巧构夺巢之险[20]；养疾荒园，而季秋几有失明之患；舌耕邻邑，而仲春又遇奴隶之惊。步步危地，重重杀机，何一生所遭如是？

夫知我如此，不如无生；既生矣，而又挫折之；挫折之不已，而又困顿之；困顿之不已，而又贫病之；贫病之不已，而又远去之；远去之不已，而又陷害之；陷害之不已，而又劳苦之。奈何少而壮，壮而老，终其身在忧患中乎？岂前生有秽行[21]，而今生受之耶？岂前世多仇怨，而今生遇之耶？岂性或不羁，而使之束缚，不得放耶？抑傲慢不恭，而人得肆其毒耶？吾不得而知也。夫上之不能拖青曳紫[22]，以光显门户；次之不能安居乐业，以教养子孙；徒以垂暮之年，淹流[23]异地，冀分余润，以图生活。无家人之欢，无亲戚之雅。当其雨晦风洒，酒阑灯炧，抚身世之徘徊，独抑郁而谁语？亦了无生人趣矣。况所遇者，又皆诪张为幻[24]，举一切可惊可愕，可忧可惧，可哭可泣，可怒可笑之状，皆于我躬集之。

噫！伊可畏也！嗟乎，以穷愁羁旅之身，尚有网获陷井[25]之虑。假使余早得遂志，则所历之境，其为机械变诈[26]，鬼蜮[27]交作者，又不知凡几矣。然则余潦倒一生，不克自振，自今以往，或可保首领予牖下，谓非天之所赐哉！余发种种矣，婚嫁已毕矣，俟一二年间，稍偿夙债[28]，逝[29]将走入深山古洞中。或黄冠学道，或缁衣[30]事佛，以洗尘心，以尽余年。此吾志也，天其许我乎？

题解：

月有阴晴圆缺，人有悲欢离合。人生有常，人事无常。诱惑当前，众人前仆后继，以至舍生忘死；反犹南辕北辙，缘木求鱼。以有常应无常，使无常归有常。然人生不如意事常八九，可于人云无二三。乐天知命，优游岁月，努力而已，又何责焉？

注释：

[1] 寒暄：冷暖。

[2] 阴霾凝塞：阴云浑浊，凝塞天地。

[3] 昭苏万物：指万物恢复生机。

[4] 剥复：《周易》二卦名。坤下艮上为剥，表示阴盛阳衰；震下坤上为复，表示阴极而阳复。后因谓盛衰消长为"剥复"。

[5] 康庄：谓宽阔平坦。《史记·孟子荀卿列传》："自如淳于髡以下，皆命曰列大夫，为开第康庄之衢。"

[6] 平陂：平地与倾斜不平之地。亦作"平波""平颇"。出自《易·泰》："无平不陂，无往不复。"后亦常指事物的变迁不定或世道的盛衰兴亡。

[7] 亨：通达顺利。

[8] 蹇滞：困窘，不顺遂。

[9] 落托：指贫困失意，景况凄凉。亦作"落拓"。

[10] 先君见背：父亲去世。

[11] 蓬户绳枢：把瓮作为窗户，把绳子作为门枢。比喻住房简陋，家境贫寒。

[12] 茕茕在疚：孤独久病。

[13] 状：应为"壮"，成年，长大。

[14] 射策：古代考试方法之一，主试者提出问题，书之于策，射策者随意解答。

青门：京城东门。这里引申为进取功名之门。

[15] 裘敝金尽：衣服穿破了，钱财用完了。

[16] 陟屺增慕：这里是说取得功名为母增光。陟：升。屺：无草的山。《诗经·魏风·陟岵》："陟彼屺兮，瞻望母兮。"

［17］草草劳人：《诗经·小雅·巷伯》："骄人好好，劳人草草。"草草：劳心，有忧虑的意思。

［18］锁院：指科举考场。清钱谦益《孙鋐妻王氏墓志》："鋐欲以文墨自奋，不就尚宝荫，又不幸屡困锁院。"

［19］偏叶焚巢之占：指所处的危险境地。

［20］姑臧：即今甘肃省武威。

巧构夺巢之险：指被别人设计陷害的危险经历。

［21］秽行：污秽淫乱的行止。

［22］拖青曳紫：本为古时公卿的服饰，汉代公侯紫绶，九卿青绶，因借指高官厚禄。扬雄《解嘲》："纡青拖紫。"

［23］淹流：羁留，逗留。

［24］诪张为幻：以欺骗迷惑别人。出自《尚书·无逸》："民无或胥诪张为幻。"诪张：欺诳。

［25］网获陷井：指被人陷害。

［26］机械变诈：巧诈。《淮南子·本经训》："机械诈伪，莫藏于心。"

［27］鬼蜮：《诗经·小雅·何人斯》："为鬼为蜮，则不可得。"后以鬼蜮比喻有险恶用心的人。

［28］夙债：旧债。

［29］逝：通"誓"，表决心。《诗·魏风·硕鼠》："逝将去女，适彼乐土。"

［30］缁衣：穿着僧尼的服装。

葛衣先生祠记

平邑葛衣先生祠，即今之肇兴书院也。余于丙午二月，承乏讲席，居三贤楼下。所谓三贤者，葛衣先生，暨嘉靖御史包公讳节，康熙四十年，庄浪司马金公讳人望者是也。楼上有葛衣像，旁书包、金二公讳。盖先有葛衣祠，而以二公配之也。祠有碑记，康熙四十年翰林院庶吉士[1]汪份所撰。其文称葛衣无姓名，或指三原赵天泰，或指襄阳王之臣，或云随建文[2]出亡者，或辨建文赴火，无出亡之事。文祠隐约迷离，余读而惑焉。旁有金公小碣，其载葛衣，止传衣葛为鲁家佣，临死托主人焚骨扬灰数语，余读而疑信参半焉。天修祠立庙，祀典攸关，必其人之精神气节，有万万不可泯灭者。而后可信于当时，可传于后世，非贤者而能若是乎？若以羁旅之人，漫无所表见，第以衣葛焚骨之故而祀之，毋乃昧所以来乎？此余居祠二年，而不能无疑者也。

今读明陈眉公《致身录》序，而葛衣先生之始末了然矣。《致身录》者，随建文出亡之臣，史仲彬所撰也。载建文于夏六月庚申十三日未时，从鬼门[3]出，此时愿扈驾[4]者，二十有二人。与建文同祝发[5]者，吴王教授杨应能，编修程渝称比邱，御史叶希贤，称道人是也。余如史仲彬、冯灌、郭节、宋和、王之臣、先景先、廖平、金焦、王艮、蔡运、梁田玉、梁仲节、王资、刘伸、何洲，编修三原人赵天泰。适衣葛称葛衣翁，时称天肖子，诸人之姓氏爵里，俱核在录中，而葛衣尤著。此皆革除志，吾学编所不载也。

夫以诸臣之扈从，而赵公以内史，竭力周旋于其间。历滇南巴蜀，海角天涯，夜行昼伏，奔窜崎岖[6]，其遇帝也。或相视目成，或吞声欲泣，或行乞于市井，或潜宿于山林，其失帝也。或暗祷于鬼神，或密访于樵牧，或病而旋没[7]于道途，或合而复离于旅次[8]，藏形匿影，灭迹削踪，惟恐扑者之摄其后[9]而蹈于不测也。呜呼[10]，险莫险于此矣，惫没惫于此矣！

嗟乎，士君子以身事主，不幸而值流离琐尾[11]之秋，而能憔悴一身，跋涉万里，卒能保其身以全其君，不至坏七尺之躯，构十族之祸[12]。此其艰难困顿，誓九死而不悔者，较之冒白刃、赴汤火者，不更难乎？及其殁也，耿耿此心，犹不肯以青白之骨，占异乡之土。常其天寒云幕，风紧日曛[13]，忠魂毅魄，呼啸于荒烟枯草之际，有不益憯切怛者乎？

葛衣随风化去，而灵光岿然独存。则金司马之率邑人立祠也，必有感动于中者，故为之立像于楼上，虽俎豆[14]千秋，馨香百世可也。余悲葛之姓氏不彰，传闻互异，故据《致身录》序而表章之，俟后之采风者。

忠孤颠踬，羁旅无聊顿有此篇，传其心曲，作者哀音缭绕，读者怙致缠绵。（怡云子评）

题解：

建文帝之事，已是千古谜案，其故事之始末，余亦无心听取。随建文帝出逃者，几十年如一日，以身事主，赤胆忠心，却是可歌可泣、可悲可叹。永乐帝文治武功，万邦来朝，兴旷世之大明。然则靖难之役仍历历在目，终不被视为正统。吾不知一代英主，泉下有知，其愤耶？其笑耶？

注释：

［1］庶吉士：明清官名。明初有六科庶吉士。洪武十八年（1385）使进士观政于诸司，练习办事。其在翰林院、承敕监等近衙门者，采《书》“庶常吉士”之意，俱改称为“庶吉士”。永乐后专属翰林院，选进士文学优等及善书者为之。三年后举行考试，成绩优良者分别授予编修、检讨等职；其余则为给事中、御史，或出为州县官，谓之“散馆”。明代重翰林，天顺后非翰林不入阁，因而庶吉士始进之时，已群目为储相。清沿明制，于翰林院设庶常馆，掌教习庶吉士事。庶吉士又通称“庶常”。

［2］建文：明惠帝朱允炆，明朝第二位皇帝，年号“建文”，在“靖难之变”后下落不明。

［3］鬼门：指的是皇宫的东北门。《吴越春秋·勾践归国外传》：“是古经西北为天门，东南为地户，西南为人门，东北为鬼门。”后世风水遂以东北为鬼门。同时，也指建文帝等人从鬼门关里逃了出来，九死一生。

［4］扈驾：随侍帝王的车驾。这里指随着建文帝逃亡。

［5］祝发：断发，指中原以外地区少数民族的习俗和装束。《谷梁传·哀公十三年》：“吴，夷狄之国也，祝发文身。”也指削发出家。这里是说众人随建文帝逃亡到荒蛮之地。

［6］奔窜崎岖：在崎岖坎坷的道路上到处奔跑逃窜。

［7］没：同“殁”，指死。

［8］旅次：旅途中小住的地方。也指旅途中暂作停留。

［9］扑者之摄其后：语出“螳螂捕蝉，黄雀在后”。

［10］鸣呼：吴景周先生转写作“呼乎”，《西北文学文献》（第八卷）为“鸣呼”。

［11］流离琐尾：语出《诗经·邶风·旄丘》：“琐兮尾兮，流离之子。”《毛传》：“琐尾，少好之貌；流离，鸟也。少好长丑。始而愉乐，终以微弱。”后以“流离琐尾”比喻处境由顺利转为艰难。明张煌言《答闽南搢绅公书》：“然我辈所为何事，而致亲藩流离琐尾，饥饿于我土地。”

［12］构十族之祸：指给自己家人带来祸害。一般都是株连九族，历史上唯一一次株连十族之祸是明成祖朱棣命建文帝旧臣方孝孺矫诏天下，其不从。成祖曰：“即死，独不顾九族乎？”方孝孺凛然道：“便十族奈我何？”第十族包括朋友和门生。

［13］风紧日曛：即“风悲日曛”，指阴风怒号，日月昏暗。

［14］俎豆：俎和豆，是古代祭祀、宴飨时盛食物用的两种礼器，亦泛指各种礼器。

这里指祭祀、奉祀。

读《本一禅院碑铭》书后

明冯华亭作《本一禅院碑铭》，余读之得悉其始末。本一禅师者，宋中臣赵公孟间也。公为文丞相藩客，去为黄冠，已而披缁事佛，为中峰禅师，因[1]改号月麓，为禅院开山之祖。其署名本一者，盖取总持三教意也。月公之友如郑所南、谢皋羽、方风、张雯、陈谦辈，或对哭严陵[2]，或守死吴市[3]，一时逋臣遁客[4]，或隐或现，或歌或泣，而月公其善遁者也。公以宋室王孙，心悲故国，感知己之慨逝，叹柴市[5]之风埃，不得已而弃须发，就空王[6]以自全。其从一之义，呜呼可谓忠矣。

夫当曰文山[7]气节，既得死所，所以报国恩而酬人望者，无余事矣。为月公者，脉接天潢[8]，义不可辱，独其志有所为，而时事万不可为。效忠无地，杀身无补，遂自投于山崖墟莽，古刹萧寺之中，其迹似晦，其志益悲矣。

所可怪者，松雪学士[9]，即月公近属兄弟。院中祖像，乃松雪真迹，一时名流，莫不瞻仰。吾不知松雪传神写照时，亦曾洒黍离[10]之涕，而抱崖山[11]之恸否耶？亦曾思迈征[12]之义，而动死丧之怀否耶？虽文采风流，照耀千古，而大节有亏，负惭名教。以视月公之忠孝双全，儒释兼尽者，同气也而不啻[13]天渊矣。故余读《本一禅师碑铭》，而书其后者，为故宋忠臣，阐发幽光[14]；并以愧夫世之有文学，而无志节者。

题解：

本一禅师与松雪学士同为宋室王孙，生不逢时，恰值家国破碎之际，百姓苦难之时。万里河山，落入元军之手；亿万子民，陷于困顿之中。一时间武将捐躯，文臣死节。宋室危矣，回天乏力，堂堂中华，竟为胡姓！本一禅师不得已投入空门，誓不做元人走狗；松雪学士，辱及身名，终为敌朝效力。如今时过境迁，后来者自有评论。

注释：

[1] 因：于是，就。

[2] 严陵：即严光，光字子陵，省称严陵，与汉光武帝是旧交。光武帝即位后诏其做

官，光固辞不受，退隐于富春山。后人称他所居游之地为严陵山、严陵濑、严陵钓台等。诗文中常用其事。用在这里是说南宋亡国之后，有的大臣退隐于朝。

[3] 吴市：春秋时，伍子胥为报父兄之仇，自楚逃至吴，曾吹箫乞食于吴市。后称街头乞食为“吴市吹箫”。亦比喻过艰苦的流亡生活。这里是说南宋亡臣有的流浪在外，不肯做元朝臣子。

[4] 逋臣遁客：逃亡和隐居的大臣。

[5] 柴市：南宋民族英雄文天祥就义处。其地当即今北京市宣武门外菜市口，菜市为柴市音转；一说为菜市口以西的旧柴炭市。

[6] 空王：佛教语，佛的尊称。佛说世界一切皆空，故称“空王”。

[7] 文山：就是文天祥。初名云孙，字天祥。选中贡士后，换以天祥为名，改字履善。宝祐四年（1256）中状元后再改字宋瑞，后因住过文山，而号文山，又有号浮休道人。

[8] 天潢：古时称皇室为“天潢”，谓皇族支分派别，如导源于天池，故称。

[9] 松雪学士：即赵孟頫，号松雪。其人本是南宋宗室，宋亡，归里闲居。元初经举荐始任兵部郎中，后官至翰林学士承旨，封魏国公，谥文敏。

[10] 黍离：本为《诗·王风》中的篇名。《诗·王风·黍离序》：“《黍离》，闵宗周也。周大夫行役，至于宗周，过故宗庙宫室，尽为禾黍，闵周室之颠覆，彷徨不忍去而作是诗也。”后遂用作感慨亡国之词。

[11] 崖山：即厓山，亦称厓门山、崖门。在广东省新会县南大海中，形势险要，南宋末张世杰奉帝昺扼守于此。兵败，陆秀夫负帝昺蹈海死，宋亡。

[12] 迈征：《诗·王风·黍离》：“行迈靡靡，中心摇摇。”意为走路走得很慢，内心十分愁苦，是为了思虑周王室的颠覆而忧伤。这里是思虑南宋的颠覆而愁困。

[13] 不啻：无异于，如同。

[14] 阐发：显扬表彰。清蒋士铨《第二碑·书表》：“小神贞妃娄氏，昔蒙钱公表复遗邱，今感季公廓清茔域，虽承两方伯阐发幽光，难释薄命人万千隐恨。”

幽光：潜隐的光辉。常用以指人的品德。唐韩愈《答崔立之书》：“诛奸谀于既死，发潜德之幽光。”

送怡云自归南园序

怡云子者，余四十年前老友也。遭逢世故，辛苦备尝，短发[1]种种，尚在人间。性命相契[2]，形影相依，天壤间[3]惟吾两人而已。怡云胸襟潇洒，济以敏捷之性，当其情往兴来，酒酣耳热，有以诗文来质者，怡云拂衣而起，染翰挥毫，文气奔腾，从口鼻中流出，顷刻盈纸，勃勃然如有生气，不可捉摩。盖得于性天者如此，非枝枝节节而为之也。

怡云丰于才而啬于遇[4]，挟琴书为依人之计，远而燕山汾水[5]，近而古堞[6]边亭，莫不有车辙马迹焉。而所如不偶，动辄得咎。于是抑郁不得志，将焚弃笔砚，埋所著诗文于土中，而归卧南园[7]之志决矣。

余闻而慰之曰："以子之精神意气，必放怀于深山大泽，渤海长江，极人间奇险高旷之境，然后可以快心荡目，以发抒其倜傥不羁之气。若夫玩花木之清幽，赏竹树之荫翳，此皆穷愁枯槁之士，无所表见者之所为也。而子奚取乎？且自以所著诗文，拙地三尺，埋在瓮中，吾知必有精灵光怪，透金铁而抉木石者，飞跃而出焉，吾子能蔽之耶？"怡云曰："不然。倦飞息羽，倦游息机。半亩荒园，可以乐而忘老矣。身将隐，焉用文之？"

余见其志坚，不可复留，遂听之志，且为他日之约曰："余将登峨眉，泛洞庭，吐纳烟云，以洗胸中浊秽，使灵虚之气，焕发于山容水态之间。然后握管以尾[8]吾子之后。君其许我乎？"怡云将归，与余杯酒作别，余临别赠言，则漫为之序。

胸次潇洒，笔更超忽，楮墨间疑，有灵气后来。（净云道人评）

题解：

怡云子乃真性情者也。才德兼备，然未逢知遇之人，失意之余，竟焚笔埋诗，就采菊之趣矣。吾为之痛惜，然比之世间庸庸碌碌者，其实之乎？余得之乎？

注释：

[1] 短发：稀少的头发，指老年。宋张孝祥《念奴娇·过洞庭》词："短发萧骚襟袖冷，稳泛沧浪空阔。"宛新彬等注："短发，稀发。"

[2] 相契：相较深厚，相互默契。

[3] 天壤间：天地间。

[4] 丰于才而啬于遇：虽有才华机遇难得。

[5] 燕山汾水：今河北省山西之地。

［6］堞：城上如齿状的矮墙。

［7］南园：泛指园圃。

［8］尾：尾随，动词。

读苏文忠公[1]文集书后

发于天机[2]之不容已，而感于人心之不自知者，其为文乎？坡翁自言，其文得力于庄子，故其为文，诡其变化，如列子御风[3]，可以驰骤一世。予以为坡公，不惟文似南华[4]，其人亦漆园[5]来也。观夫垂老之年，谪居儋[6]耳，穷愁颠倒，无不自得。苟非齐得丧、一死生[7]，乌心能与天游，而超然物外乎？人或疑庄子为荒渺[8]之谈，此何异醯鸡处甕[9]中，以甕为天地，而不知甕外别有天地也。坡公可作乎？当不河汉予言。

题解：

苏文忠公乃真名士也。文风郁郁，豪气荡荡，不为物累，心与天游。超然于物外，东坡先生亦谪仙人也。

注释：

［1］苏文忠公：即北宋苏轼，四川眉山人，字子瞻，号东坡居士，唐宋八大家之一，谥号为文忠。

［2］天机：犹灵性。谓天赋灵机。《庄子·大宗师》："其耆欲深者，其天机浅。"

［3］列子御风：庄子《逍遥游》："夫列子御风而行，泠然善也，旬有五日而后反。"

［4］南华：庄子写作《南华真经》，故南华为庄子的代称。

［5］漆园：指庄子。庄子曾经做过漆园小吏。

［6］儋：即今海南省西北部的儋州。

［7］齐得丧、一死生：得到和失去都是相同的，死亡和生存都是一样的。见庄子《齐物论》。

［8］荒渺：荒唐渺茫，指不真实。

［9］醯：醋，一说酒。

甕：同"瓮"，一种容器。

读王文成[1]全集书后

人者，天地之心也。[2]人为天地之心，故能与天地同体，而参赞位育之功[3]，不以穷达而有异也。自虞廷十六字[4]之传，遂立性道[5]之宗。而后言心言性者，自孟氏[6]之后，代不乏人。宋自濂、洛、关、闽[7]以后，求其本道德，以发为事功，原性命以著为学术，得之躬行实践之余，以为觉世牖民[8]之具者，惟姚江阳明夫子一人而已。夫子以“致良知”[9]三字，提倡后学，呼昧者而使之醒，指迷者使之悟，虽庸夫愚妇，闻此说而皆能格[10]其非心焉。非夫子淑世情殷，指点亲切，何以至此？

予小子童年失佑[11]，三党[12]无依，既失蒙养之功，又无师友之益。及其壮也，驰驱灞水[13]，奔走燕山，冀求升斗之粟，以养慈闱[14]；而有志未遂，心为形役[15]，言念昔畴[16]，感慨系之矣。今日者，头白似雪，心冷如灰，第以家计艰难，犹旅食于天山之外。

自前岁馆于甘泉提军之署，暇时闭门静坐，颇有悔心。偶得周至李中孚[17]先生《传心录》，以及《四节反身录》等书读之，言言醇正，字字切实，遂手抄一册，置之案头。中孚先生亟称[18]姚江之学，以为得圣门之真髓。惟是地处边末，不得求其书而读之，深以为恨。

今年春，偶得阳明夫子全集，恰之天之巧合其缘，以默遂夫羹墙[19]之愿也者。因手抄年谱一册，并抄讲学录数卷，其全奏疏杂著，卷帙浩繁，一时不能尽录。予小子即其言而体究之，返之吾性之所固有，觉得昭昭明明于心目之间者，固如是之简易也。而始悔曩[20]之驰逐于名利，涉猎于文词，都是梦中儿戏。由是怨艾[21]弥深，愧悔交集，因别号曰洗心道人，志自新也。

嗟乎，东隅已失，桑榆未晚！[22]若再因循岁月，倘呼吸一去[23]，抱憾何及？自今以往[24]，当痛自淬砺[25]，趁此形神未离时，提起良知，早做工夫，庶不虚私淑先型之夙志也。至夫子之立德、立身、立言，载在史册，照耀千古，予小子又何赘言[26]焉？

乾隆五十六年次辛亥孟夏月湟中后学吴栻，洗心道人撰。

题解：

宋大儒朱熹提倡理学，提出“存天理，灭人欲”。初时阳明夫子亦深以为信，然日久天长不免生疑。“日格一物”似乎并不可行，物即是理，理即是心本身。宋词里“梦里寻他千百度，那人却在灯火阑珊处”，是阳明夫子悟道的写照。

注释：

[1] 王文成：即王守仁，字伯安，世称阳明先生，谥文成。明代哲学家、教育家、政治军事家，是二程、朱、陆后的另一位大儒，“心学”流派的重要代表人物。有《王文成公全书》三十八卷。

[2] 人者，天地之心也：古称天、地、人为三才。《易·系辞下》：“有天道焉，有人道焉，有地道焉，兼三才而两之。”

[3] 参赞位育之功：能尽物之性，便可参助天地的化育之功，与天地并立。

[4] 虞廷十六字：虞廷指上古尧、舜二帝时期，是圣朝的代称。十六字，指《书·大禹谟》里的“人心惟危，道心惟微，惟精惟一，允执厥中”。宋儒将此十六字视为尧、舜、禹心心相传个人道德修养和治理国家的原则。

[5] 性道：中国哲学概念，指人物的自然质性，通常指人性。

[6] 孟氏：指孟子。

[7] 濂、洛、关、闽：濂，指周敦颐；洛，指洛阳二程，即程颢、程颐；关，指陕西张载；闽，指福建朱熹。几人均为宋代大儒，是理学家的代表。

[8] 觉世牖民：唤醒世人，诱导世人的意思。《诗·大雅·板》：“天之牖民，如埙如篪。”毛传：“牖，道也。”孔颖达疏：“牖与‘诱’古字通用，故以为导也。”

[9] 致良知：中国明代王守仁的心学主旨。“良知”语出《孟子·尽心上》：“人之所不学而能者，其良能也，所不虑而知者，其良知也。”“致良知”即是在实际行动中实现良知，知行合一，是王守仁心学的本体论与修养论直接统一的表现。

[10] 格：纠正，匡正。

[11] 失佑：失去佑护，指父亲去世。

[12] 三党：即父党、母党、妻党，即父母妻三族。

[13] 灞水：指今陕西省灞水。

[14] 慈围：即慈母。

[15] 心为形役：心神被生活、功名利禄所驱使，受到形体的奴役。形容人的思想不

自由，做一些违心的事。出自东晋陶潜《归去来辞》："既自以心为形役，奚惆怅而独悲？"

［16］言念昔畴：指回首往昔。

［17］周至李中孚：李颙字中孚，哲学家，陕西周至人，号二曲。著有《传心录》《四书反身录》《悔过自新说》《二曲集》等。

［18］亟称：极力推崇。

［19］羹墙：《后汉书·李固传》："昔尧殂之后，舜仰慕三年，坐则见尧于墙，食则睹尧于羹。"后以"羹墙"为追念前辈或仰慕圣贤的意思。

［20］曩：以往，从前，过去的。

［21］艾：音艺，比喻因悔恨改正错误，现在一般只指悔恨。

［22］东隅已失，桑榆未晚：早年的时光消逝，如果珍惜时光，发愤图强，晚年并不晚。唐王勃《滕王阁序》："北海虽赊，扶摇可接；东隅已逝，桑榆非晚。"东隅：指日出处，表示早年。桑榆：指日落处，表示晚年。

［23］呼吸一去：指时间流逝得飞快，只在呼吸之间，便可变老死去。

［24］自今以往：从此以后。

［25］淬砺：淬火磨砺兵刃，引申为刻苦努力。

［26］赘言：说不必要的话。

傅赓南寿序

甲寅孟秋作

赓翁与余交三十余年矣。客路家山，未尝不杯酒与共，肝胆相结也。翁髫年游泮[1]，弱冠食饩[2]，试必冠军。履赴秋闱[3]不遇，以明经[4]宿学，教授生徒，门下士蝉联鹊起[5]，令嗣昆玉，皆有声黉序[6]。翁近年来，寄迹醉乡，怡怡然有自得之趣。

客冬余抵里门，今岁课孙家居，得与翁把酒言欢，抚今道故。而翁年六旬有五，犹矍铄善饮，颜如渥丹[7]。余问其摄养之术，笑而不答。意者精神不为世用，故其倜傥慷慨，菁华壮往[8]之气，宽然有余而优游难老，长有其山林诗酒之乐乎？

时维□月[9]，逢翁诞辰，戚友门人，咸裁诗为寿，而以寿辞属余。余不习祝嘏之辞，姑粗陈大略，于以见余两人之交谊久而挚，绵绵无已也。翁别号雪峰，意其净心莹抱[10]，高洁崚嶒[11]，援以自肖，而胸无俗累，则食欲不侵，身心宁谧，此又翁所以致寿原欤？

余与翁婚嫁俱毕，行将周览名胜，游历山川，钓拂水渔湾，卧沧江之蟹舍。当夫天寒岁晚，蓑衣孤舟，诵惠连[12]之雪赋，披摩诘[13]之雪图，不可乐而忘老乎？世无王子猷[14]、苏子瞻[15]，此意谁知者？吾将泛剡溪[16]，步临皋[17]而向焉。

题解：

世人每被俗物累。坎坷历尽，为斯白头；钩心斗角，为斯憔悴。至于撒手人寰之际，方悟钱财名利俱为身外之物，然悔之晚矣。唯有净心莹抱，胸无俗累，倜傥慷慨，优游岁月者，方能含笑无悔矣。

注释：

[1] 髫：古时候小孩垂在两旁的头发，这里指童年。

游泮：明清科举制度，经州县考试录取为生员者就读于学宫，称“游泮”。

[2] 弱冠食饩：二十岁时即考中廪膳秀才。

[3] 秋闱：秋试考场。

[4] 明经：明清对贡生的尊称。

[5] 蝉联：绵延不断，连续相承。亦作“蝉连”。

鹊起：比喻名声兴起。

[6] 有声黉序：在学校内名气很大。

[7] 渥丹：润泽光艳的朱砂。多形容红润的面色。《诗·秦风·终南》：“颜如渥丹，其君也哉！”郑玄笺：“渥，厚渍也。颜色如厚渍之丹，言赤而泽也。”

[8] 菁华壮往：精气亦如壮年。

[9] □月：《西北文学文献》中是空缺的，而吴景周先生点校的《吴敬亭诗文集》中写作“崚”。通过写作时间“孟秋”来看，应是七月。

[10] 净心莹抱：心灵纯净晶莹。

[11] 高洁崚嶒：品格高洁，如山棱一样突出。

[12] 惠连：谢惠连，南朝宋文学家，世称“谢法曹”。著有《雪赋》《秋怀》《捣衣》等，后人把他和谢灵运、谢朓合称“三谢”。

[13] 摩诘：王维，字摩诘，唐朝诗人，外号“诗佛”。他的诗句被苏轼称为“诗中有画，画中有诗”。

[14] 王子猷：王子猷，名徽之，东晋大书法家王羲之的第五子，任达放诞，率性而为。

[15] 苏子瞻：苏轼，北宋文学家、书画家，字子瞻，又字和仲，号东坡居士，谥文忠公。

[16] 剡溪：曹娥江干流，流经浙江省绍兴市嵊州一段称“剡溪”。晋王子猷雪夜访戴的故事很有名，使此溪声名益显。

[17] 临皋：苏东坡被贬黄州时，暂居临皋亭。

旱庄王氏家谱序

《周礼·大宗伯》：“以饮食之礼，亲族兄弟。”《小宗伯》：“掌三族之籍，以别亲疏。”当是时，家兴仁让，俗尚淳良，何风之古也！慨自宗法不明，人心思竞，而古人尊祖敬宗，收族之至意，邈[1]不可追矣。然则宗法有关于世道人心也，顾不重哉！

吾邑王君，奕叶书香[2]，宗祖之盛，甲于一乡。而王君为人恺悌[3]，孝友[4]成性，因心每扶其报本崇先之夙志，以兴宗祖相往复。一日展其家乘[5]，而问序于余。余曰：“家之有谱，犹国之有史，所以信今而传后者也。今受读君家之谱，见其序次详明，原原本本，固如山之有昆仑[6]，河之有星宿[7]也。自今伊始，藏之家庙，世世孙孙，检其篇帙，究其支脉，不第一本，九族之爱无[8]油然而生，即君今日仁孝诚敬之心，千百世下无不想见焉。然则君之家谱，即为与瓜瓞[9]之章，斯于之什[10]，同衍庆于无疆也可。”

乙酉科拔贡生候铨知县吴栻拜题。

题解：

古时宗法社会，稍有权势者，莫不修谱做牒，以彰先祖耀子孙、家族兴盛、人丁兴旺等。所谓“家之有谱，犹国之有史，所以信今而传后者也”。诚可信也。

注释：

[1] 邈：遥远。

［2］奕叶书香：世代都是读书人。奕叶：累世，代代。

［3］恺悌：和乐平易。《左传·僖公十二年》："《诗》曰：'恺悌君子，神所劳矣。'"杜预注："恺，乐也；悌，易也。"

［4］孝友：事父母孝顺、对兄弟友爱。《诗·小雅·六月》："侯谁在矣，张仲孝友。"毛传："善父母为孝，善兄弟为友。"

［5］家乘：家谱，又称族谱、家乘、祖谱、宗谱等。

［6］山之有昆仑：古时认为万山起于昆仑山。

［7］河之有星宿：古时认为万河发源于星宿海。

［8］无：疑为衍文。

［9］瓜瓞：喻子孙繁衍，相继不绝。《诗·大雅·緜》："绵绵瓜瓞，民之初生，自土沮漆。"朱熹《诗集传》："大曰瓜，小曰瓞。瓜之近本初生常小，其蔓不绝，至末而后大也。"

［10］之什：指篇章。

读王芍坡先生《吟鞭剩稿》序

王芍坡先生，名曾冀，号芍坡，为江左名下士[1]。天才豪迈，弱冠由进士馆选在部曹[2]多年，明于吏治，熟于典故。退食[3]之暇，开轩吟咏，当其兴酣落笔，有云蒸泉涌之势。其体裁，博大精深；其光焰[4]，芒寒色正。而虚怀若谷，虽著作等身，而不轻举以示人，其谦让有如此。嗣以部郎外转，观察五凉后调任湟郡[5]，旋量移兰州。当是时，福嘉勇公[6]，总制三秦，深器重先生，事无巨细[7]，相与筹咨而后行。先生又随福公相，赴喀什噶尔，叶尔羌，往返数万里，题泳成编。洵足润色新疆，为艺林增一故实已。

予于乾隆戊申岁谒见先生于兰泉[8]。先生闻予学诗，因索予拙稿，予以五色蝶诗求教，缪承许可。是年冬，先生荐予河州路总镇幕府，因疾未赴。越明年，先生复荐予甘州[9]苏军门幕府，予在甘四载，适先生入觐[10]，以到甘所著诗草，属予校对，邮寄甘泉，予得细读全诗。既先生觐旋，予亦归里。先生复荐予主讲平邑书院。前后六年之内，瞻晤者再。虽云泥[11]远隔，而鳞羽[12]频通，不论势位，独念寒微。处荣华而怜憔悴，其居心慈祥类如此，不意于乾隆甲寅孟春，先生骑箕尾而附列星[13]矣。

呜呼！悲哉！念我廿载孤踪，如交廖落[14]，先生拯我于穷途，吹嘘[15]殆遍，遂使寒花小草，得近春晖；涸鲋[16]残鳞，长沾河润。士君子诎于不知己，而伸于知己。如先生者，予之知己也。睠念畴昔，能无慨然？因略叙梗概，以志铭感，并忆曩赴甘泉。呈先生拙诗二首，附录于后云。

铅椠[17]随人类转蓬，欣逢使节驻湟中。
平原敞刺惭狂客，荐福[18]残碑感钜公。
巷近乌衣[19]秋燕贺，家临青海冻鱼穷。
宗生破浪仍怀想，敢负龙门[20]一席风。

琅琊家世重朝簪，下榻难忘爱士心。
千里何能驱驽马，一枝早已借微禽。
律吹邹子暄如日[21]，书得刘公贵比金。
从此雪梅兼冻芋，天山高处戴商霖[22]。

时嘉庆四年，孟冬月吴敬亭识并书。时年六旬。

题解：

锦上添花易，雪中送炭难。王芍坡先生“处荣华而怜憔悴”“遂使寒花小草，得近春晖；涸鲋残鳞，长沾河润”。其恩情如此，不负“知己”二字。

注释：

[1] 江左名下士：应为“江左名士”，“下”为衍文。江左也叫“江东”，指长江下游南岸地区。

[2] 部曹：汉代尚书分曹治事，魏晋以后，渐改吏曹为吏部，但六部各司仍有称曹的。到明清时代，部曹就成为各部司官之称。

[3] 退食：退朝就食于家或公余休息。

[4] 光焰：光辉，光芒。

[5] 五凉：五凉指公元 301 年至 439 年在河西走廊存在过的五个地方政权，具体说是前凉、后凉、南凉、西凉、北凉，由汉、氐、鲜卑、匈奴四个民族建立。大概相当于现在

甘肃省、青海省一带。

湟郡：今青海省西宁市附近。

[6] 福嘉勇公：清乾隆时期统辖西北的军事首领。

[7] 事无巨细：出自《三国志·诸葛亮传》："政事无巨细咸于亮。"指事情不分大小，形容什么事都管。

[8] 兰泉：今甘肃省兰州。

[9] 甘州：即今甘肃省张掖，古称"甘州"。

[10] 入觐：指地方官员入朝觐见帝王。

[11] 云泥：语出《后汉书·逸民传·矫慎》："〔吴苍〕遗书以观其志曰：'仲彦足下，勤处隐约，虽乘云行泥，栖宿不同，每有西风，何尝不叹！'"云在天，泥在地。后因用"云泥"比喻两物相去甚远，差异很大。

[12] 鳞羽：代称鱼和雁，借指书信。明刘基《怨王孙》词："鳞羽路阻，佳人何处，木落山寒，江空岁暮。"

[13] 骑箕尾而附列星：《庄子·大宗师》："传说得之以相武丁，奄有天下，乘东维，骑箕尾，而比于列星。"骑箕尾：指大臣死亡。

[14] 廖落：稀少，衰微，同"寥落"。

[15] 吹嘘：比喻奖掖，汲引。《宋书·沉攸之传》："卵翼吹嘘，得升官秩。"

[16] 涸鲋：即"涸辙之鲋"，在干涸的车辙沟里的鲫鱼，比喻处于极度窘困境地、亟待救援的人。涸：干。鲋：鲫鱼。

[17] 铅椠：本指古人书写文字的工具，这里指文章典籍。

[18] 荐福：这里指推荐给福嘉勇公。

[19] 巷近乌衣：唐代诗人刘禹锡《乌衣巷》："旧时王谢堂前燕，飞入寻常百姓家。"王谢是东晋时的达官显贵。这里是说出身好的人容易遇到好机遇而飞黄腾达。

[20] 龙门：这里的龙门有双层含义：一是说自己通过科举取得功名，有"鲤鱼跳龙门"之意；二是说如果能够有幸取得功名成绩，定不负国家社稷和乡邻百姓。

[21] 律吹邹子暄如日：这句话说的是邹衍吹律知气候的典故。

[22] 商霖：相当于及时雨。《书·说命上》载，商王武丁任用傅说为相时，命之曰："若岁大旱，用汝作霖雨。"孔传："霖，三日雨。霖以救旱。"谓依为济世之佐。后以"商霖"为称誉大臣之词。

会景楼记

乐都南城，有会景楼焉。其高旷突兀之状，斯楼为最。其楼旁有古碑，备载斯楼创建之始末，其文以为天地四时为时会[1]，盖有取于会景之意，而吾别有取焉。

夫乐都，古岩邑[2]也。故当年浩门[3]旧治，邈川[4]遗墟，犹历历载在记间。他如鄯州[5]古地，九曲水泉，三川风土之类皆咏之于诗，载之于史，究未尝会于目也。又况赵翁孙屯田之所[6]，马文渊用武之区[7]，所以动怀古之思者，又岂能一一会之于目前？

登斯楼也，则千古之往迹遗踪，围于寸眸，所以寓凭眺而寄遥情，每令人有上规千古之想。至若地势形胜，则兹邑也，峭天汉[8]之城，阃西平之关塞[9]。其间名山大川，砺山带河，所以巩固边疆，永镇西陲者，皆屏列如画，都仿佛望见焉。

登斯楼也，则动激烈之气，引镇靖之心，即景寓情，壮志勃勃者矣。若夫一登而四望，仰观而俯察，则绣甸错壤，遍野桑麻，人烟浓绕，茅檐罗列也；冠盖相望，车马会通也。素切保民之深心，夙抱至治之隐会者，极目之余，能不动庶富教化之叹也哉！此会景楼之大观，所以有碑于兹土者如此，此吾之别有取于斯楼也。

至于斯楼所睹，一切风花雪月，山水草木之景，明人之雄文碑板已备载无遗矣，余又何记哉？

题解：

会景楼为碾伯名胜。名曰会景，所会者何？古国旧邦载于史，人杰地灵咏于诗，文韬武略记于心。登斯楼也，所见者乃千古遗迹，名山大川不可胜数，壮志豪情油然而生，秀甸桑麻萦绕耳目，庶富教化感叹于心。此乃会景楼真大观也。

注释：

[1] 时会：时见。

[2] 岩邑：险要的城邑。《左传·隐公元年》：“制，岩邑也，虢叔死焉。”

[3] 浩门：西汉武帝置浩门县，因水得名。《大清一统志》记载："浩门为金城大河，即今西宁之大通河也。"《汉书·地理志》颜师古注："浩，水名也。门者，水流峡山岸，深若门也。"

[4] 邈川：今青海省乐都。

[5] 鄯州：唐代乐都名鄯州。

[6] 赵翁孙屯田之所：即汉赵充国屯田之地。

[7] 马文渊用武之区：东汉马援打仗的地方。

[8] 峭天汉：陡峭地直入云霄。

[9] 阃西平之关塞：即西宁之门户。

读《松崖文稿》吴敬亭诗序后

吾宗松崖先生，甘肃名士也。十二岁能诗，乾隆辛酉拔贡，庚午孝廉。初仕学博，历任明邦，后保举县令，旋推沅郡[1]太守。先生性爱闲静，自率天真，除风雅外，不屑于细物。人目之为简傲[2]，或笑其迂阔[3]，以故不利于仕途，遂罢郡旋里。时福嘉勇公相，总制三秦，雅重先生，聘主兰山书院讲席。忆先生拔贡时，予甫生一岁，暨予年十五六时，读先生所刻诗，雄深苍老，常叹同乡豪士，并世作家，无从把晤[4]，计私心抱憾者四十余年矣。

乾隆乙巳岁，予客兰城，适先生住书院，晋谒之后，以拙稿求政，过承奖励，复为改正字句。时先生年近七旬，予年四十余，先生略分忘年[5]，以弟呼之。越数载，予赴甘州苏军门幕府，因至省垣，时先生仍主书院，复得晤言。先生劝余刻诗，予固辞焉。予到甘州一载，先生为余作诗序，邮寄甘泉，且以书勖[6]予曰："此序何足为吾弟重，第念吾年耄矣，青眼[7]高歌，望吾子[8]非漫作元晏也。"

今先生已为古人，读此序且感且愧。呜呼！老成凋谢，离索兴怀，数年之间，物换星移，忽忽俱成往事矣，能勿因文而思其人哉！因略叙交谊，并志作序之缘起云。

时嘉庆四年冬，吴敬亭识并书时年六旬（印）。

题解：

吴镇松崖先生文才兼备，风雅率真，为甘肃名士。作者自幼年起，读先生之刻诗，颇多仰慕，深以不能相见为生平憾事。机缘恰巧，相遇兰城，得以以诗文求教，遂订忘年交；多成鼓励，并为诗作序。如今先生作古多年，复见此序，怎能不睹物思人？斯人已去，音容犹在；物换星移，情谊长存。

注释：

[1] 沅郡：地方名称。现在湖南省常德境内。以前隶属今贵州省。

[2] 简傲：高傲，傲慢，亦作“简慠”。《三国志·蜀志·简雍传》：“性简傲跌宕。”

[3] 迂阔：思想行为不切实际事理。

[4] 把晤：握手晤面。

[5] 忘年：不拘年龄、行辈，以德才相敬慕。

[6] 勖：勉力，勉励。《诗·邶风·燕燕》：“以勖寡人。”

[7] 青眼：指对人喜爱或器重，与“白眼”相对。唐杜甫《短歌行·赠王郎司直》：“仲宣楼头春色深，青眼高歌望吾子。”

[8] 吾子：对对方的敬爱之称，一般用于男子之间。《左传·隐公三年》：“吾子其无废先君之功。”

赘言存稿

朱子著述考

古来著述之多未有过于朱子[1]者。文集[2]百卷，问答[3]八十卷，别集[4]十卷。其汇刻[5]者，则如性理[6]大全、儒宗理要[7]、圣学[8]宗传与宽世录、证心录等书，约二十种。其专刻[9]者，则有朱子全书、朱子奏议与夫经济、文衡、年谱、语录诸书，约有十余种。真斯文之渊薮[10]，未易窥测[11]也。余从友人处，借得朱子数卷，其书残缺失次。[12]朝夕翻阅[13]，手不忍释[14]，叹其广大精微[15]，若无津涯[16]。只此数卷，尚未能一时领会，何暇更求全书而悉览之乎。[17]于以见晦庵夫子[18]之学、之博而说之详也。地处边陲，购书甚艰。[19]以余生平闻见所及，胪列书目。[20]其未经见闻者，不无挂漏。[21]以俟励志圣学者，广搜博采焉。[22]

题解：

本文介绍南宋理学家朱熹的著述情况。作者认为古今著述最多的没有超过朱熹的。一一列举朱子的汇刻书、专刻书，并结合自身读朱熹书的感受，以说明朱子书内容的广泛深刻，认为由于自己所处之地以及所见所闻有限，挂漏难免。最后说明写这篇文章的主要目的是等待有志于学习儒学的人，更加广泛地搜集朱子的书籍，以更好地学习儒家经典。

注释：

[1] 古来：自古以来。南朝宋谢灵运《拟魏太子邺中集诗·序》：“古来此娱，书籍未见。”

著述：撰写，编著。

未有：没有。

过：超过，超出。

朱子：即朱熹。

[2] 文集：汇集一个作家的诗文而成的书。

[3] 问答：发问和回答。南朝梁刘勰《文心雕龙·封禅》：“陈思《魏德》，假论客主，问答迂缓，且已千言，劳深绩寡，飙焰缺焉。”

[4] 别集：同“总集”相对。收录个人作品的诗文集。

[5] 汇刻：汇集刊行。清顾修撰有《汇刻书目》。亦指汇集某类文章而刊行的书。

[6] 性理：人性与天理。指宋儒性理之学。

[7] 儒宗：儒者的宗师。汉以后亦泛指为读书人所宗仰的学者。

理要：事理的要旨。南朝宋颜延之《吊张茂度》："贤弟子少履贞规，长怀理要。清风素气，得之天然。"

[8] 圣学：指孔子之学。明王守仁《传习录》卷上："后儒不明圣学，不知就自己心地良知良能上体认扩充。"

[9] 专刻：专门雕刻。

[10] 真：确实，的确。

渊薮：比喻人或事物集中的地方。渊：深水，鱼住的地方。薮：水边的草地，兽住的地方。

[11] 未易：不易，难以。

窥测：窥探揣测。

[12] 余从友人处，借得朱子数卷，其书残缺失次：我从朋友的住处借了几卷朱子的书籍，这几卷书都已经残破的很严重了。残缺：不完整，部分缺如。失次：次序错乱。

[13] 朝夕：时时，日日夜夜。

翻阅：翻着看。

[14] 手不忍释：手不忍放下书。释：放开，放下。

[15] 精微：精深微妙，也指精微之处。

[16] 津涯：范围，边际。唐高适《三君咏·郭代公》："代公实英迈，津涯浩难识。"惊叹朱子书的内容广大而精深，像没有边际一样。

[17] 只此数卷，尚未能一时领会，何暇更求全书而悉览之乎：仅此这几卷书，暂时还没能理解，哪有时间再谋求全书并且全都看完啊！只此：仅此，就此，唯有这样。尚：还，仍然。一时：短时间，暂时，一会儿。领会：指领悟，理解。何暇：哪里有闲暇。三国魏韦曜《博弈论》："君子之居室也，勤身以致养；其在朝也，竭命以纳忠。临事且犹旰食，而何暇博弈之足耽？"更：愈加，再。求：追求，谋求。悉：全部，全都。览：看，阅。

[18] 于以：犹言至于。

晦庵：朱熹的号。朱熹，字符晦，一字仲晦，号晦庵、晦翁、考亭先生、云谷老人、沧洲病叟、逆翁。

夫子：旧时称呼学者或老师。

[19] 地处边陲，购书甚艰：地处边疆，买书十分困难。边陲：边疆。

[20] 以余生平闻见所及，胪列书目：用我一生所能见到和听到的，列举了图书目录。生平：人的整个生活过程，一生。胪列：罗列，列举。书目：图书目录。

[21] 其未经见闻者，不无挂漏：那些没有听到和看到的，不免没有遗漏的。未经：没有经过、经历。挂漏："挂一漏万"的略语，指事多而疏忽遗漏。形容说得不全，遗漏很多。

[22] 以俟励志圣学者，广搜博采焉：以等待励志学习儒学的儒生，更加广泛地搜集朱子的书籍。俟：等待。励志：励志奋志，集中心思致力于某种事业。汉班固《白虎通·谏诤》："励志忘生，为君不避丧生。"圣学：孔子之学。广搜：广泛地搜集搜索。博采：广泛地搜集采纳。

论语旧注疏纰缪辨[1]

闻十三经注疏[2]，有魏何宴[3]论语集解，宋邢昺论语疏[4]。其注"知者乐水"[5]，言知者乐运其才知以治世[6]，如水之流而不已也[7]。其注"知者乐"[8]，言知者自役得其志[9]，故乐也。世有知者而自役者乎，既自役矣，何乐之有？[10]

其注"宰我问曰：'仁者，虽告之曰'[11]"一章。言有仁人堕井将自投下从而出之否乎。[12]君子但可使之往视之[13]，不肯自投于井[14]，死生莫保[15]，乃使之往视而不救[16]，是岂仁人之心乎[17]？在宰我与夫子设言此事，原据理而论。[18]今诸儒训解，难通于理矣。[19]

其注"子（见）南子"[20]，言孔子欲见南子[21]，欲因以说灵公[22]，使行治道也[23]。其注"予所否者"三句[24]。言我见南子，所不为求行治道者[25]，愿天厌弃之[26]。孔氏安国[27]曰："此先儒归说也[28]，行道[29]既非妇人之事，而弟子不说[30]，与之咒誓[31]，义可疑[32]焉。"愚按[33]子见南子，乃圣人出格事[34]。若非夫子（不）磷不缁[35]，则不敢见南子[36]；非见南子，不足以见夫子[37]；非子路之严气正性，则不敢不悦[38]；非不悦，不足以见子路[39]。此何等心事[40]，何等力量[41]，学者须于此处识得圣贤身份[42]，则知圣人之道大[43]，无所不可也[44]。汉儒不知圣贤之分量无惑[45]乎，以枉已辱身之事窥测[46]圣人，其诬圣实甚[47]。独怪孔氏为夫子十一世嫡孙[48]。当时，承诏作[49]论语训解，自当辨归说之非[50]而改正之，乃仅曰："义有可疑，吾甚惑焉"[51]。偶阅此三章注疏[52]，有乖子理[53]，不近人情[54]。其他类此者，不可胜数。[55]嗟呼！[56]夫子精义微言[57]，昭示万古[58]，乃竟为诸儒锢蔽[59]，良可慨也[60]。故辨之。[61]

题解：

本文主要是作者针对《论语·雍也》中的几处文字，发表了自己的意见。作者认为先贤的注解中有的不是太准确，有的是以小人之心，度君子之腹，用自己的心态去理解圣贤的经典之作。但后世的辩解力度不大，即便是孔子的嫡孙孔安国，也只不过说："义有可疑，吾甚惑焉。"作者认为类似这样的错误不可胜数。最后感慨："夫子精义微言，昭示万古，乃竟为诸儒锢蔽，良可慨也。"让人沉思良久。

注释：

［1］纰缪：亦作"纰谬"，错误。《礼记·大传》："五者（治亲、报功、举贤、使能、存爱）一物纰缪，民莫得其死。"郑玄注："纰缪，犹错也。"陆德明《释文》："缪音谬，本或作谬。"

辨：判别，区分，辨别。

［2］闻：听说，知道。

十三经注疏：即指后人为了便于查阅，《易》《诗》《书》《周礼》《礼记》《仪礼》《公羊传》《谷梁传》《左传》《孝经》《尔雅》《孟子》的注和疏加上唐陆德明《经典释文》的注音合刊成的一部书，这就是现在通行的《十三经注疏》。"十三经"各注释版本中，以清代学者阮元主持校刻的《十三经注疏》最为完善，是研究中国古代文化的重要参考资料。注疏：注和疏的并称。注，对经书字句的注解，又称传、笺、解、章句等；疏，对注的注解，又称义疏、正义、疏义等。注、疏内容关乎经籍中文字正假、语词意义、音读正讹、语法修辞，以及名物、典制、史实等。

［3］何晏：字平叔，南阳宛（今河南南阳）人。三国时期魏国玄学家。其父早逝，曹操纳其母尹氏为妾，何晏被收养，为曹操所宠爱。少以才秀知名，好老庄言。娶魏金乡公主。服饰拟于魏太子曹丕，故为曹丕所憎，称其为"假子"，文帝时未授官职。明帝以其浮华，亦抑之，仅授冗官。正始年间曹爽秉政，何晏党附曹爽，因而累官侍中、吏部尚书，典选举，爵列侯，仗势专政，因依附曹爽，为司马懿所杀，夷三族。

［4］邢昺：北宋经学家，字叔明，曹州济阴（今山东省曹县西北）人。擢九经及第，

官礼部尚书。所撰《论语正义》，讨论心性命理，为后来理学家所采纳。所撰《尔雅义疏》及《孝经正义》，均收录《十三经注疏》。

疏：分条说明的文字。正确的含义，古时多用做书名，如《五经正义》注：这里的《论语疏》应为《论语正义》。

［5］知者乐水：出自《论语·雍也》："子曰：'知者乐水，仁者乐山；知者动，仁者静；知者乐，仁者寿。'"知者："知"古时同"智"，即有智慧的人，聪明的人。乐水：喜爱水。

［6］运：使用。

其：人称代词。

才知：才华与智力，发挥聪明才智，亦作"才智"。才能和智慧，才能和智谋。

治世：管理国家，处理国务。

［7］如水之流而不已也：像水流一样不停止。已：止，罢了。

［8］其注"知者乐"：对"智者乐"的注释。

［9］役：役使，驱使，使唤，使用。

得：完成，实现。

志：志气，意愿，心之所向。

［10］世有知者而自役者乎，既自役矣，何乐之有：世上的智者自己役使自己，既然是役使自己了，哪里还有乐趣？

［11］仁者，虽告之曰：出自《论语·雍也》。宰我问曰："仁者，虽告之曰：'井有仁焉'，其从之也？"子曰："何为其然也？君子可逝也，不可陷也；可欺也，不可罔也。"

［12］言有仁人堕井将自投下从而出之否乎：说的是有一位仁人坠井，但自己不能坠下而出不来。

［13］君子但可使之往视之：君子只可以使自己去看看。

［14］不肯自投于井：不肯自己跳下井去救人。

［15］死生：偏义复词。指生命。唐杜甫《房兵曹胡马》诗："所向无空阔，真堪托死生。"

莫保：不能保证。

［16］乃使之往视而不救：使自己去看一下，但是不救人。

［17］是岂仁人之心乎：这难道是仁人的心理吗？

［18］在宰我与夫子设言此事，原据理而论：在宰我和孔老夫子说这件事的时候，原本是依据事理而衡量评定。设言：立言，说话。《淮南子·原道训》："昔舜耕于历山，朞

年而田者争处硗埆……当此之时，口不设言，手不指麾，执玄德于心，而化驰若神。”据理：根据道理，依据事理。论：衡量，评定。

[19] 今诸儒训解，难通于理矣：现在许多儒家学者的训释解说，难以通晓事理，即不符合事理。诸儒：许多儒家学者。训解：训释解说。汉高诱《吕氏春秋序》：“不韦乃集儒书，使着其所闻为十二纪、八览、六论、训解各十余万言。”

[20] 子（见）南子：出自《论语·雍也》。南子，春秋时卫国卫灵公夫人，原为宋国公主；比卫灵公小三十多岁，美貌动于天下；与卫灵公男宠公子朝相恋，后随公子朝出走晋国。

[21] 言孔子欲见南子：说孔子想要拜见南子。

[22] 欲因以说灵公：想要用此来说服卫灵公。

[23] 使行治道也：使卫灵公实施安定的方式。治道：安定的治理国家的方针、政策、措施等。

[24]“予所否者”三句：一种是李泽厚的理解。他认为，这是因为南子是一个淫妇，不道德之人，孔子却去见了她，引起了弟子子路的怀疑，以为他和她有什么见不得人的勾当，所以孔子不得不自我表白：我如果做了错事，老天会惩罚我的！老天会惩罚我的！这表明孔子不是那种假道学，不装腔作势。一种是南怀瑾的理解。他认为，孔子的意思是说你们对南子的看法都不对，我所否定的人是那种不可救药的人，一定是罪大恶极的，不但人讨厌他，天也讨厌他，那种人我是不会与他来往的，可是南子不是这样的人。两种理解都有意思。不过，南怀瑾的理解显然有漏洞。因为孔子去见南子之前并不了解她，他怎么知道她不是那种不可救药的人呢？只能说是孔子见了南子后，发现她不是人们所认为的那种人。

[25] 所不为求行治道者：要是不是为了请求实施安定的治理国家的方针政策。

[26] 愿天厌弃之：老天会惩罚我的。

[27] 孔氏安国：指孔安国，字子国。约自汉景帝元年至昭帝末年间在世，受《诗》于申公，受《尚书》于伏生。武帝时，官谏大夫，临淮太守。武帝末，鲁共王坏孔府旧宅，于壁中得《古文尚书》《礼记》《论语》《孝经》，皆科斗文字，当时人都不识，安国以今文读之，又奉诏作书传，定为五十八篇，谓之《古文尚书》，又著《古文孝经传》《论语训解》。

[28] 此先儒归说也：这是先儒的大致说法。

[29] 行道：“使行治道”的缩语。实施安定的治国方针。

[30] 而弟子不说：然而（孔子的）弟子很不高兴。

[31] 与之咒誓：（孔子）赌咒并发誓。

［32］义：合宜的道德、行为或道理。

可疑：值得怀疑。

［33］愚：谦辞，用于自称。

按：考查，研求。

［34］乃圣人出格事：是圣人做出的超出常规的事情。出格：越出常规，出圈儿。

［35］若非：如果不是，要不是。

（不）磷不缁：（疑“磷”前丢掉一个“不”字）磨不薄，染不黑。比喻坚贞高洁的质量，不因外界影响而有所改变。不曰坚乎，磨而不磷。不曰白乎，涅而不缁。

［36］则不敢见南子：那么就不敢见南子。

［37］不足以见夫子：就不足以见识夫子的“磨而不磷，涅而不缁”的品质。

［38］非子路之严气正性，则不敢不悦：如果不是子路刚直的性格，那么别人的话就不敢表现出不高兴的表情。气：脾气。性：性格。《后汉书·孔融传论》：“夫严气正性，覆折而已。”

［39］非不悦，不足以见子路：如果不是子路表现出不高兴的表情，我们也不足以认识子路。

［40］何等：什么样的。

心事：心地，胸襟，心情，情怀。

［41］力量：强大的性质或程度，产生某一效果的能力、势力或影响的来源。

［42］学者须于此处识得圣贤身份：学者应该在此处认识到圣贤的受到尊敬的地位。须：应当。身份：指人在社会上或法律上的地位、资格，也指人受尊敬的地位。

［43］则知圣人之道大：那么就可以知道圣人学术思想的伟大。道：学术或宗教的思想体系。

［44］无所不可：没有什么不可的。汉荀悦《前汉记·武帝纪一》：“蚡事魏其侯无所不可，而爱数顷田？”

［45］分量：比喻价值、作用、对判断有影响的力量。

无惑：遇事能明辨不疑，是没有疑惑的。

［46］枉：冤枉。

辱身：谓屈辱自己的身份。语本《论语·微子》：“不降其志，不辱其身，伯夷叔齐与！”

窥测：窥探揣测。

[47] 其诬圣实甚：其实际是诬陷圣人。

[48] 独怪：只是责备、怨恨。

为：作为。

嫡孙：古代一夫多妻制时，正室生的第一个儿子是嫡长子，正室生的第一个女儿是嫡长女。嫡长孙就是嫡长子的嫡长子，嫡孙是正妻所出之子的儿子。

[49] 承诏：奉诏旨。《说文解字·叙》引《仓颉篇》："幼子承诏。"《新唐书·百官志二》："四夷朝见，则承诏劳问。临轩命使册皇后、皇太子，则承诏降宣命。"

作：从事。

[50] 自当：自然应当。《东观汉记·邓禹传》："赤眉无谷，自当来降。"《水浒传》第二回："可放我过去，回来自当拜谢。"

辨：分别，分析，明察。

归说：以前的有偏见的大致相同的说法。

非：不对的有谬误的地方。

[51] 义有可疑，吾甚惑焉：意义有可疑的地方，我感到十分的疑惑。

[52] 偶阅此三章注疏：偶然阅读这三章的注疏。

[53] 有乖子理：有的地方违背圣贤之理。子：古代对人的尊称，称老师或称有道德、有学问的人，如孔子、先秦诸子。

[54] 不近人情：不合乎人的常情。也指性情或言行怪僻。

[55] 其他类此者，不可胜数：其他的类似这种错误，多的数也数不过来。不可胜数：数也数不过来，形容极多，也作"不可胜计"。胜：尽。

[56] 嗟呼：叹词，表示感叹。《韩非子·内储说下》："嗟乎！臣有三罪，死而不自知乎？"《汉书·龚胜传》："嗟虖！熏以香自烧，膏以明自销。"

[57] 精义微言：精微的言辞，深刻的道理。多就儒家经书而言。汉刘歆《移书让太常博士书》："及夫子殁而微言绝，七十子卒而大义乖。"

[58] 昭示：明白地表示或宣布。

万古：犹万代、万世。形容经历的年代久远。

[59] 竟：居然，表示出乎意料。

锢蔽：禁锢蔽塞。陶曾佑《论文学之势力及其关系》："锢蔽见闻，淆混是非。"

[60] 良可慨也：真是值得感叹感慨啊！

[61] 故辨之：因此就来辨析它。

四书注疏说[1]

夫子删述六经[2]，垂训万世[3]。夫子殁[4]，七十子之徒[5]，会集夫子所言[6]，以为[7]《论语》。则论语者，五经之管辖[8]，六艺之喉衿[9]也。在昔有鲁论语、齐论语之别[10]，传之者，各有专家[11]。古论语[12]，出自孔壁中。博士[13]孔安国为之训解，而世之不传[14]。后汉马融[15]，亦为之训说[16]，郑康成[17]为之注。其《大学》《中庸》[18]，原载《礼记》[19]，朱子本程子之意[20]，表章出[21]之。与论、孟并列为四书[22]。《孟子》七篇，解者甚众，其说多乖异[23]不同。今颁及学宫[24]十三经注疏：《论语》，魏何宴集解，宋邢昺疏[25]；《孟子》，汉赵岐注，宋孙奭疏[26]。其注《孟子》[27]，大醇小疵[28]，庶几不谬亚圣之意[29]。独[30]《论语注疏》，有不能释然于心者[31]。缘[32]汉初诸儒，专治训诂[33]，只言某字解某字[34]，教人自寻义理而已[35]。西汉末年，渐有见得稍亲切[36]者，终是不见全体[37]，所以义理歼谬[38]，不可为训[39]。吾始而疑焉[40]，继而深思而得其故[41]矣。盖能学圣贤之学者[42]，方能解圣贤之言[43]，所谓圣人能知圣人也[44]。若汉马融、魏何宴辈[45]，其人品心术与圣贤相背而驰[46]，乃欲解说圣贤之心志[47]，无怪乎扞格[48]而不相入也。自孔孟而后[49]，历汉唐来千有余载[50]，始得有宋周张二程诸大儒[51]，递相授受[52]，粹然孔孟渊源[53]。朱子生于其后[54]，折衷于诸儒之同异是非[55]，然后道术一归于正焉[56]。其作《四书集注》[57]，兼总众美[58]，深心实学[59]，具见子[60]丙。至今赖以取士[61]，辅佐太平[62]，厥功伟矣[63]。昔人云："天生伏羲、尧、舜、文王后[64]，不生孔子不得[65]；生孔子后[66]，不生孟子不得[67]；后二千年不生二程子不得[68]。"予则以为孔孟二程子之后[69]，不生朱子犹不得[70]。盖孔子集群圣之大成[71]，而朱子集宋儒之大成也[72]。假使四子之书[73]，无朱子集注[74]，将汉魏之注疏流传至今[75]，其记录之泛滥[76]，衍说之支离[77]，有误学者之心思[78]，非浅鲜[79]也。然则四书为六经之阶梯[80]，朱子集注又为四书之阶梯[81]。学者幸[82]生明备之后，字求其训[83]，句索其解[84]，日从事于下学[85]，以求上达[86]。于以直追洙泗相传之心法无难[87]矣。奚必考证于旧说[88]，徒滋纷扰[89]也哉。

题解：

本文是对四书注疏的评价与解说。首先对《论语》进行了解说评价，并引用汉赵岐《孟子题辞》的话："论语者，五经之管辖，六艺之喉衿也。"对《论语》进行评价。《论语》有《鲁论语》《齐论语》《古论语》之分，并对其一一分析。作者认为《孟子》《大学》《中庸》的注解都是好的，大醇小疵。但是《论语》的注解，有不能释然于心者。后代的解说与《论语》的本意背道而驰。文中对朱子的注解大加赞赏，认为朱子的注解是《四书》的阶梯。

注释：

[1] 四书：《大学》《中庸》《论语》《孟子》的合称。南宋理学家朱熹注《论语》，又从《礼记》中摘出《中庸》《大学》，分章断句，加以注释，配以《孟子》，题称《四书章句集注》，"四书"之名始立，后用作学习的入门书。元皇庆二年（1313）定考试课目，必须在"四书"内出题，发挥题意规定以朱熹的《集注》为根据。明清时期相沿不改。

说：文体的一种，如韩愈的《师说》。

[2] 删述：相传孔子序《书》删《诗》，又自称"述而不作"见《论语·述而》。后以"删述"谓著述。南朝梁刘勰《文心雕龙·宗经》："自夫子删述，而大宝咸耀。"

六经：六部儒家经典。始见于《庄子·天运》篇。是指经过孔子整理而传授的六部先秦古籍，曰《诗经》《尚书》《仪礼》《乐经》《周易》《春秋》。其中《乐经》已失传，所以通常称"五经"。《礼经》汉代是指《仪礼》，宋以后五经中的《礼经》一般是指《礼记》。

[3] 垂训：垂示教训。《文选·东方朔画赞》："傲世不可以垂训也，故正谏以明节。"刘良注："傲慢理不可以垂教后人。"

万世：年代久远。

[4] 夫子：孔子。

殁：死，亦作"没"。

[5] 七十子之徒：七十位孔子的徒弟。

[6] 会集：聚集，集合。汉赵岐《孟子题辞》："七十子之畴，会集夫子所言，以为《论语》。"

所言：所说的话。

[7] 以为：犹而为，而成。

［8］五经：指儒家的五圣经，即《周易》《尚书》《诗经》《礼记》《春秋》。温柔宽厚，《诗》教也；疏通知远，《书》教也；广博易良，《乐》教也；洁静精微，《易》教也；恭俭庄敬，《礼》教也；属词比事，《春秋》教也。汉武帝立五经博士，儒教国家化由此谓开端。

管辖：即辖辖。车上控制毂的零件。引申为关键。明宋濂《太乙玄征记》："文者，乾坤之粹精也……百物之辖辖也。"

［9］六艺：中国古代儒家要求学生掌握的六种基本才能：礼、乐、射、御、书、数。出自《周礼·保氏》："养国子以道，乃教之六艺：一曰五礼，二曰六乐，三曰五射，四曰五驭，五曰六书，六曰九数。"这就是所说的"通五经贯六艺"的"六艺"。"六艺"现代解释，包括"礼、乐、射、御、书、数"六种技艺。

喉衿：亦作"喉襟"。喻纲领，要领。汉赵岐《孟子题辞》："论语者，五经之管辖，六艺之喉衿也。"

［10］在昔有鲁论语、齐论语之别：在以前有齐《论语》和鲁《论语》的分别。鲁论语：即鲁国当时流传的《论语》版本，共20篇。齐论语：齐国当时所流传的《论语》版本，有22篇。

［11］传之者，各有专家：传播推广的人，他们各成一家各成一派。

［12］古论语：创始人孔安国，字子国，西汉前期人。《论语》传至汉初，分为《古论语》《鲁论语》《齐论语》。《古论语》与《古文尚书》同出于孔壁，被孔安国所得，孔氏世代相传。研习《古论语》的还有孔腾、许慎等。《古论语》与《鲁论语》相同，唯分《子张》为二篇，故有二十一篇。与《齐论语》不同。

［13］博士：古代学官名。六国时有博士，秦因之。唐有太学博士、算学博士等，皆教授官。明清仍之，稍有不同。明宋濂《送东阳马生序》："有司业、博士为之师。"

［14］而世之不传：《古论语》在世上已经失传了。

［15］马融：字季长，右扶风茂陵（今陕西省兴平东北）人。东汉名将马援的从孙，东汉儒家学者，著名经学家，尤长于古文经学。马融设帐授徒，门人常有千人之多，卢植、郑玄都是其门徒。他一生注书甚多，注有《孝经》《论语》《诗》《周易》《三礼》《尚书》《列女传》《老子》《淮南子》《离骚》等书，皆已散佚，清人编的《玉函山房丛书》《汉学堂丛书》都有辑录。

［16］训说：训释解说。三国魏曹操《孙子序》："但世人未之深亮训说，况文烦富，行于世者，失其旨要，故撰为《略解》焉。"

［17］郑康成：即东汉人郑玄，东汉末年的经学大师，他遍注儒家经典，以毕生精力整理古代文化遗产，使经学进入了一个“小统一时代”。他对儒家经典的注释，长期被封建统治者作为官方教材，收入九经、十三经注疏中，对于儒家文化乃至整个中国文化的流传作出了相当重要的贡献。注释的作品有《毛诗笺》《三礼注》等。

［18］《大学》：《大学》原为《礼记》第四十二篇。宋朝程颢、程颐兄弟把它从《礼记》中抽出，编次章句。朱熹将《大学》《中庸》《论语》《孟子》合编注释，称为《四书》，从此《大学》成为儒家经典。

《中庸》：《中庸》原是《小戴礼记》中的一篇。作者为孔子后裔子思，后经秦代学者修改整理。《中庸》是被宋代学人提到突出地位上来的，宋一代探索中庸之道的文章不下百篇，北宋程颢、程颐极力尊崇《中庸》。南宋朱熹又作《中庸章句》，并把《中庸》和《大学》《论语》《孟子》并列称为“四书”。宋、元以后，《中庸》成为学校官定的教科书和科举考试的必读书，对古代教育产生了极大的影响。中庸就是即不善也不恶的人的本性。从人性来讲，就是人性的本原，人的根本智慧本性。实质上用现代文字表述就是“临界点”，这就是难以把握的“中庸之道”。

［19］原：最初的，开始的。

载：记载，写在一定的册页里，有郑重的色彩。

《礼记》：《礼记》是中国古代一部重要的典章制度书籍。该书编定是西汉礼学家戴德和他的侄子戴圣。戴德选编的八十五篇本叫《大戴礼记》，在后来的流传过程中若断若续，到唐代只剩下了三十九篇。戴圣选编的四十九篇本叫《小戴礼记》，即我们今天见到的《礼记》。这两种书各有侧重和取舍，各有特色。东汉末年，著名学者郑玄为《小戴礼记》作了出色的注解，后来这个本子便盛行不衰，并由解说经文的著作逐渐成为经典，到唐代被列为“九经”之一，到宋代被列入“十三经”之中，为士者必读之书。

［20］朱子：指的是历史上著名的理学家、新儒家朱熹，雅号朱文公，字元晦，号晦庵、晦翁，别号紫阳，晚年自称“茶仙”，祖籍徽州婺源（今属江西省），出生于南剑州尤溪（今福建省尤溪县）。朱熹为北宋以来理学之集大成者，被尊为古代理学正宗，他是中国封建社会后期影响最大的思想家之一，后人将他视为儒学宗师。

本：推究，推原。

程子：即二程中的程颐。程颐，教育家。字正叔，人称伊川先生，北宋洛阳人。为程颢之胞弟。历官汝州团练推官、西京国子监教授。元祐元年（1086）除秘书省校书郎，授崇政殿说书。与其胞兄程颢共创“洛学”，为理学奠定了基础。

意：心思，心意。

[21] 表：设立标记，标出，标明。

章：指文章的段或篇。

出：产生。

[22] 与论、孟并列为四书：即与《论语》《孟子》并列为四书。

[23] 乖异：不一致；背离。《史记·三代世表》："稽其历谱牒终始五德之传，古文咸不同，乖异。"宋梅尧臣《述酿赋》："君臣乖异，法不施矣。"

[24] 颁：发布，公布。

及：至，达到。

学宫：学校。汉刘向《列女传·邹孟轲母》："复徙舍学宫之旁。"

[25]《论语》，魏何宴集解，宋邢昺疏：《论语》的注释，是魏何晏做的《论语集解》，宋邢昺做的《论语疏》。

[26]《孟子》，汉赵岐注，宋孙奭疏：《孟子》，汉代赵岐做的注，宋朝孙奭做的疏。赵岐：字邠卿，京兆长陵（今陕西省咸阳）人。初名嘉，字台卿，后避难故自改名字。少明经，有才艺，善画。拜为太常年九十余，先知为寿藏图，季札、子产、晏婴儿、叔身四像居宾位，自画其像居主位，绵为赞颂。孙奭：北宋经学家、教育家，字宗古，今茌平人。自幼读经书，笃学成才，九经及第，宋太宗时入国子监为直讲。宋真宗时，为诸王侍读，累官至龙图阁侍制。仁宗即位，他以名儒被召为翰林侍讲学士，判国子监，后迁兵部侍郎、龙图阁学士、礼部尚书。晚年以太子少傅致仕，卒于家。他以经学成名，一生坚守儒家之道。

[27] 其注《孟子》：即他对《孟子》的注解。

[28] 大醇小疵：大体纯正，而略有缺点。醇：酒味浓、纯正。疵：毛病。唐韩愈《读荀》："荀与扬，大醇而小疵。"

[29] 庶几：差不多，近似。

谬：本义，极端错误，非常不合情理。这里指迷误，违背。

亚圣：指孟子。

意：心意，意思。

[30] 独：单一，只有一个。

[31] 有不能释然于心者：有不能从心里消除疑虑的。释然：释怀，疑虑、嫌隙等消释后心中平静的样子。释：消除。

[32] 缘：因由，因为。

[33] 专：单纯、独一、集中在一件事上。

治：整治，研究。

训诂：解释古文字义。

[34] 只言某字解某字：只说某字解释某字。

[35] 教：使，令。

义理：言辞、文章的含义和观点。

而已：罢了。

[36] 渐：慢慢地，一点一点地。

见得：按，怀疑"见得"应为"见地"。见得，看得出来，可以确定。见地，对事物的认识和看法。从中可以看出"见地"符合文章的文义。

切：切近，非常接近，非常符合。

[37] 终：到底，总归。

全体：比喻完美的、全面的。

[38] 所以义理歼谬：由于义理完全谬误的原因。所以：由于……的原因。歼：消灭，灭尽。谬：错误的，不合情理的。

[39] 不可为训：不能够作为训释。

[40] 吾始而疑焉：我一开始就怀疑。始而：表示某一情况或动作开始（后面多接用"继而""终于"等副词）。

[41] 继而：指接着某件事或行为之后，又接着……

深思：深刻思考，深入地考虑。《楚辞·渔父》："何故深思高举，自令放为？"

故：原因。

[42] 盖能学圣贤之学者：大概是能学圣贤学问的人。盖：表大概如此。

[43] 方能解圣贤之言：才能理解圣贤的学问。

[44] 所谓圣人能知圣人也：这也就是所说的圣人能够理解圣人吧！

[45] 若汉马融、魏何宴辈：如果汉朝的马融、魏国的何晏等人。

[46] 人品：人的品格，品质。

心术：心思，心地。

相背而驰：比喻彼此的方向和目的完全相反。背：背向。驰：奔跑。

[47] 乃欲解说圣贤之心志：于是要解说圣人的想法。解说：以评注说明或解释。心志：

心意，思虑，想法。

［48］无怪：表示知道了原因，所说的情况就不足怪，不足为奇。

扞格：相互抵触，格格不入，过于坚硬而难以深入。形容彼此意见完全不合。《礼记·学记》："发然后禁，则扞格而不胜。"郑玄注："扞：坚不可入之貌。"扞：绝。格：坚硬。

［49］自孔孟而后：从孔子和孟子以后。

［50］历汉唐来千有余载：经历了汉唐，已经有一千余年了。

［51］始得有宋周张二程诸大儒：才开始出现了宋朝的周、张、二程等大儒学家。周：即周敦颐，字茂叔，号濂溪，汉族，宋营道楼田堡（今湖南省道县）人，北宋著名哲学家，是学术界公认的理学派开山鼻祖。张：即张载，北宋哲学家，理学创始人之一，程颢、程颐的表叔，理学支脉"关学"创始人，封先贤，奉祀孔庙西庑第三十八位。与周敦颐、邵雍、程颐、程颢，合称"北宋五子"。二程：程颐、程颢。中国北宋思想家、教育家程颢、程颐的并称。

［52］递相：犹互相。南朝梁宗懔《荆楚岁时记》："八月十四日，民并以朱水点儿头额，名为天炙，以厌疾。又以锦綵为眼明囊，递相饷遗。"

授受：交付和接受。授：教，传给。

［53］粹然：纯正貌。宋罗大经《鹤林玉露》卷二："欧阳公所以为一代文章冠冕者，固以其温纯雅正，蔼然为仁人之言，粹然为治世之音，然亦以其事事合体故也。"

渊源：源流，本原。

［54］朱子生于其后：朱熹出生于周、张、二程诸大儒之后。

［55］折衷：调和各方面的意见使之适中。

同异：相同与不同。《礼记·曲礼上》："夫礼者，所以定亲疏、决嫌疑、别同异、明是非也。"

是非：对与错；正确和谬误。

［56］然后：这样，以后。

道：学术或宗教的思想体系。

术：学说。

一：一起，一同，都。

归于正焉：回到正道了。

［57］其作《四书集注》：朱熹作了《四书集注》。

［58］兼总：总括，同时具有。

众美：各种优点与好处。唐张怀瓘《书断·古文》："（仓颉）仰观奎星圜曲之势，俯察龟文鸟迹之象，博采众美，合而为字。"

［59］深心：内心深处。

实学：真实的学问，踏实而有根底的学问。

［60］具见：具备见地。

子：古代对人的尊称，称老师或称有道德、有学问的人。

［61］至今：到现在。

赖：倚靠，仗恃。

取士：选取士人，旧时指选取读书人出来做官。

［62］辅佐：协助，辅助。多指政治上，如协助君主治理国家。

太平：社会安定。

［63］厥功伟矣：赞美人功劳十分伟大。厥：代词，其表示领属关系，犹如"他的"之意。

［64］天生伏羲、尧、舜、文王后：上天生下伏羲、尧、舜、文王以后。伏羲：是中国古籍中记载的最早的王，所处时代约为新石器时代早期，他根据天地万物的变化，发明创造了八卦，成了中国古文字的发端，也结束了"结绳计事"的历史。他又结绳为网，用来捕鸟打猎，并教会了人们渔猎的方法，发明了瑟，创作了《驾辨》曲子，他的活动，标志着中华文明的起始，也留下了大量关于伏羲的神话传说。尧：姓伊祁，名放勋，史称唐尧。唐尧在帝位 70 年，90 岁禅让于舜，118 岁时去世。舜：中国传说中父系氏族社会后期部落联盟领袖人物名，舜是中国传说中父系氏族社会后期部落联盟领袖。

［65］不生孔子不得：不生孔子就不满意。得：满意。

［66］生孔子后：上天降生了孔子后。

［67］不生孟子不得：不生孟子就不满意。

［68］后二千年不生二程子不得：以后的两千年里上天不降生二程子就不满意。

［69］予则以为孔孟二程子之后：但是我认为孔子、孟子和二程子以后。

［70］不生朱子犹不得：上天不降生朱子（朱熹）就不满意。

［71］盖：发语词。

群圣：众多的德才兼备的人。

集……之大成：集中某类事物的各个方面，达到相当完备的程度。集：聚在一起。大成：原是孟子专对孔子的赞誉，出自《孟子·万章下》："孔子之谓集大成，集大成也者，金声而玉振也。"孟子称赞孔子，才德兼备，学识渊博，正如奏乐，以钟发声，以磬收乐，集众音之大成，用以赞誉孔子思想集古圣贤之大。后世君主皆以"大成至圣先师""大成至圣文宣王"命名孔子尊号。孔庙主殿称"大成殿"。在当时除孔子外，其他人物不宜冠以"大成"之号。后来常用该词形容在某方面精通渊博超出一般的人或事物。

[72] 朱子集宋儒之大成也：朱子集中了宋朝儒学家的优点，达到了相当完备的程度。

[73] 假使四子之书：假设孔子、孟子、二程子的书。

[74] 集注：汇集前人对某书的注释，有时附上自己的见解。多用作书名，如《论语集注》。

[75] 将汉魏之注疏流传至今：使得汉魏时期的注疏流传到现在。将：把，使。流传：传下来，传播开。

[76] 记录：记录下来的材料。

泛滥：形容事物、思想到处扩散。

[77] 衍说：演述讲说。《初刻拍案惊奇》卷二："他日日衍说得心下习熟了，故大胆冒名自陈。"《玉佛缘》第四回："其时有个流氓，姓王行七，外号叫做'小热昏'，探听了这桩事的始末，就想在西园茶馆里衍说一番。"

支离：分散，残缺，没有条理。

[78] 误：因自己做错而使受损害，误导。

心思：思想，想法，念头。

[79] 浅鲜：微薄，轻薄。

[80] 然则：既然这样，那么。

阶梯：台阶，梯子。亦指循台阶、梯子而上。

[81] 朱子集注又为四书之阶梯：《朱子集注》是《四书》的阶梯。又：表示几种情况或几种性质同时存在。

[82] 学者：做学问的人、求学的人。《论语·宪问》："古之学者为己，今之学者为人。"《礼记·学记》："学者有四失，教者必知之。"唐薛存诚《太学创置石经》诗："儒林道益广，学者心弥锐。"

幸：高兴，庆幸。《说文》：幸，吉而免凶也。

[83] 字求其训：字求索它的训释。

[84] 句索其解：句子求索它的解说。

[85] 从事：干某项事业。

下学：谓学习人情事理的基本常识。

[86] 以求：用此来追求。

上达：通晓德义。

[87] 于以：犹言至于。

直追：立即努力追赶上。

洙泗相传：不著文字，以口头相传的方式往下传授。指文化一代一代地传下去。

心法：泛指授受的重要心得和方法。宋朱熹《中庸章句》："此篇乃孔门传授心法，子思恐其久而差也，故笔之于书，以授孟子。"宋蔡沈《书经集传序》："精一执中，尧、舜、禹相授之心法也。"

无难：没有困难。

[88] 奚：指状态、条件、情况，如何、怎样；在某种情况、时间或场合，会怎么样。

必：果真，假使；倘若，假如。

考证：用实物或资料论证说明。

旧说：以前的陈旧的说。

[89] 徒：只是，白白地。

滋：滋生。

纷扰：动乱，混乱，纷乱骚扰。《后汉书·鲜卑传》："关东纷扰，道路不通。"

左氏邱明[1]辨

按孔氏安国曰："左邱明鲁太史，受春秋经于孔子者也。"[2]则为夫子弟子明矣。[3]其传[4]春秋也，或先经以始事[5]，或后经以终义[6]，或依经以辨理[7]，或错经以合异[8]。随义以发其例[9]，因事以详其文[10]。而后春秋之大义昭彰[11]，体例明备[12]，非公穀[13]可比。然则左氏春秋内外传[14]，殆游夏之俦[15]，非特诸子之论[16]也。其作传之故，身为国史[17]，躬览载籍[18]，必广记而备言[19]之，以尽厥职[20]。非必如太史公所言[21]："左邱无目，终不可用，退而论书，策以舒其愤，思垂空文以自见也。"[22]至左氏行事[23]，无明文可考[24]。赵氏（师）圣[25]曰："鲁侯欲以孔子为司徒[26]，将召三桓之义（议）[27]，乃谓左邱明[28]。（左邱明）曰：'周爱裘而与狐谋其皮[29]，好珍而与羊谋其馐[30]，终不可得[31]。今君欲以孔某为司徒[32]，召三桓而议之[33]，亦与狐谋裘与羊谋馐也[34]。’于是鲁侯遂[35]不与三桓谋，而召孔子为司徒[36]。”据此一事，而左氏智足以知圣人[37]，又明于邪正之分[38]，进退之道[39]，此立心正直[40]可见矣。夫子明可耻之事[41]，而引左氏为同心[42]。或以此与薛方山[43]曰：“先儒如贾逵、王肃、虞翻、韦昭辈，咸高左氏之为人。[44]其章句迨宋儒[45]，因韩子谓左氏浮夸[46]，柳子又谓其说多淫[47]，遂谓鲁论所载邱明非传春秋者[48]。于是折一人而二之。[49]至论其所谓浮淫[50]，乃‘石言’、‘子晋神降于莘’之类[51]，以是为浮淫而并于夫子之所称过矣[52]。”此方山平心之论也。[53]考宋真宗大中祥符[54]二年夏五月，追封文宣王[55]庙，又封左邱明等十九人为伯[56]，岂非以左氏羽翼麟经[57]，左功圣教[58]，特隆从祀之典[59]与。然则子程子谓左氏为古之人闲人[60]，必别有考据[61]，或古有姓名相同而传闻互异者[62]，俱未可知[63]。若必因韩、柳讯左氏浮淫之言[64]，隧据为定论[65]，以抑左氏[66]，而以夫子所引之人[67]，非即作传之人[68]，则拘[69]矣。予蓄疑有年[70]，因略述梗概[71]，以俟博雅君子[72]，为之研辨焉[73]。

题解：

本文写的是左丘明和其著作《左氏春秋》。作者引用晋杜预的《春秋经传集解序》：“或依经以辨理，或错经以合异”来评述《左传》。左丘明身为史官积累丰富，知识渊博，并非像太史公司马迁所说的那样“左丘无目，终不可用”。但是至于左丘明的具体的功绩，由于记载的非常少，现在的人也不是非常清楚。只是通过零星的记载，可以看出左氏的智慧足可以和圣人一样媲美。孔夫子引左丘明为同心。后代的韩愈、柳宗元对左丘明颇有微词，但这不能否定左丘明。

注释：

[1] 左氏邱明：即左丘明。姓丘名明，因其世代为左史官，史称其为左丘明，鲁国都君庄（今山东省肥城市石横镇衡鱼村）人。春秋著名史学家，儒学奠基人之一。

[2] 按孔氏安国曰：“左邱明鲁太史，受春秋经于孔子者也”：依照孔安国所说的：“左丘明是鲁国的太史，是从孔子那里接受《春秋》的人。”按：依照。

[3] 则为夫子弟子明矣：那么左丘明是孔子的弟子是十分明显的。

［4］传：解说经义的文字。如经传，《左传》。左丘明解说《春秋》。

［5］或先经以始事：有的是在《春秋》经的前面以事例开始。或：有的。

［6］或后经以终义：有的是在《春秋》经的后面以其意义作为结束。义：意思，人对事物认识到的内容、意义、含义。

［7］或依经以辨理：有的顺从依托《春秋》经来辨析义理，说明道理。辨理：辨析义理，说明道理。《孔丛子·公孙龙》："公孙龙又与子高泛论于平原君所，辨理至于臧三耳。"

［8］错：交叉着，交错，错乱，错杂，错综。

合异：聚合不同者。《庄子·则阳》："合异以为同，散同以为异。"

［9］随义以发其例：顺从其意义扩展丰富《春秋》的事例。随：顺从。发：扩张，扩展，丰富，完善。

［10］因事以详其文：顺着沿袭《春秋》中的事例，使其事例更加完备。因：顺着，沿袭。详：完备。

［11］大义：要义，要旨。

昭彰：昭著，显著。亦谓使彰明。《汉书·王莽传上》："昭章先帝之文功，明著祖宗之令德。"

［12］体例：著作的编写格式。

明备：明确，完备。宋苏洵《衡论下·申法》："律令之所禁画一明备，虽妇人孺子皆知畏避。"

［13］公穀：即公谷，《公羊传》和《谷梁传》。

［14］然则：连词，用在句子开头，表示"既然这样，那么……"。

春秋内外传：又称《左传》《春秋左氏传》，相传为春秋时史学家，鲁国人左丘明所做，是我国第一部叙事详细、体系完整的编年史。记事起于鲁隐公元年（前722），止于鲁哀公二十七年（前468），实际记事到鲁悼公十四年（前453），是研究我国春秋社会的重要历史文献。《春秋外传》也称《国语》，是中国最早的一部国别史著作，记录了周朝王室和鲁国、齐国、晋国、郑国、楚国、吴国、越国等诸侯国的历史。上起周穆王西征犬戎，下至智伯被灭。

［15］殆：表推测，相当于"大概""几乎"。

游夏：孔于学生言偃，字子游、卜商，字子夏，故并称"游夏"。《论语·先》："文学子游、子夏。"相传子夏是孔子学生中著作传世最多的一个，子游则未发现作品流布。

游夏并称，只是指他们二人同是被孔子重视的学生，也说明他们都对文学有造诣。

俦：同类，辈。

［16］非特：非但，不但。

论：主张，学说。

［17］国史：国家的史官。《诗大序》：“国史明乎得失之迹，伤人伦之废，哀刑政之苛，吟咏情性，以风其上，达于事变而怀其旧俗者也。”

［18］躬览：亲自视察或阅览。

籍：常用以形容人学识广博。

［19］备言：详说。《汉书·杜钦传》：“此则众庶咸说，继嗣日广，而海内长安。万事之是非，何足备言。”

［20］以尽厥职：能够尽到职责，做好自己的工作。厥：他的。

［21］非必如太史公所言：不一定像太史公所说的那样。太史公：西汉武帝时期设立的官职名称，位在丞相上。天下计书先上太史公，副上丞相，序事如古春秋。迁死后，宣帝以其官为令，行太史公文书而已。汉宣帝时期把太史公降为太史令，太史令的职权也大大削弱，仅仅行文书而已。最著名的太史公就是《史记》作者司马迁。

［22］左邱无目，终不可用，退而论书，策以舒其愤，思垂空文以自见也：左丘明是个盲人，总归是没有用处的。他就隐退而撰写著作，来抒发他的愤懑之情，想让（自己的）著作流传后世来表现自己（的理想和抱负）。

［23］至左氏行事：至于左丘明干的事情。行事：行为，所做的事。

［24］无明文可考：没有翔实的资料可以考察。明文：指明确的文字记载。

［25］赵氏（师）圣：应为赵师圣，其语言记录在孔府档案馆的《左传精舍志·荐圣图》。

［26］鲁侯欲以孔子为司徒：鲁国的国君想让孔子担任司徒。司徒：司徒是上古官名，相传尧、舜时已经设置，主管教化民众和行政事务。夏、商、周时期，朝廷都设有司徒官，为六卿之一，称为“地官大司徒”，职位相当于宰相。春秋时列国也多设有这个职位。

［27］将召三桓之义（议）：想要召集三桓来商议这件事情。该句中的“义”应为“议”。三桓：指鲁国卿大夫孟氏、叔孙氏和季氏。

［28］乃谓左邱明：于是告诉左丘明。

［29］周爱裘而与狐谋其皮：周朝有一位爱穿裘皮衣服的人，就与狐狸商量谋求它的皮毛。

[30] 好珍而与羊谋其馐：喜欢吃精美的食物，就与羊商量用它的肉做精美的饭食。

[31] 终不可得：终究是不能够得到的。

[32] 今君欲以孔某为司徒：现在国君想让孔子做司徒。

[33] 召三桓而议之：召集三桓来商议这件事。

[34] 亦与狐谋裘与羊谋馐也：也就像周朝的人与狐狸商量谋求它的皮毛，与羊商量谋求用它的肉做美味的食物一样。

[35] 遂：就。

[36] 召孔子为司徒：征召孔子做司徒。

[37] 据此一事，而左氏智足以知圣人：根据这一件事，就可以看出左氏的智慧足可以与圣人相媲美。知：与……一样智慧聪明。

[38] 又明于邪正之分：又能清楚地分清邪正。

[39] 进退之道：进退的法则道理。

[40] 立心：立下心愿。

正直：公正无私，刚直坦率。

[41] 夫子明可耻之事：孔子懂得理解可耻之事。

[42] 引：援引。

同心：相同的心愿、意志。

[43] 或：有的。

以此：因此。

与：合乎。

薛方山：字仲常，号方山，明学者、藏书家。武进（今属江苏省）人。嘉靖十四年（1535）进士，官南京考功郎中。因对严嵩不满，被贬为建昌通判、浙江提学副使。归居后，专事著述。家富图籍。据清初姜绍书《韵石斋笔谈》称，他的藏书可与吴宽、茅坤、王守仁等人并论。著述有《宋元资治通鉴》《考亭渊源录》《四书人物考》《方山文录》《甲子会记》《宪章录》《高士传》《薛方山纪述》等。

[44] 先儒如贾逵、王肃、虞翻、韦昭辈，咸高左氏之为人：先前的儒学家如贾逵、王肃、虞翻、韦昭等人，都认为左氏的人品很高。贾逵：东汉经学家、天文学家。字景伯。扶风平陵（今陕西省咸阳西北）人，曾任侍中。王肃：字子雍，东海郡郯人。三国魏儒家学者，著名经学家。曾遍注群经，对今、古文经意加以综合；以其深厚的文化底蕴，借鉴《礼记》《左传》《国语》等名著，编撰《孔子家语》等书以宣扬道德价值，并以身为司马

昭岳父之尊，将其精神理念纳入官学，其所注经学在魏晋时期被称作“王学”。虞翻：汉末三国时会稽余姚（今属浙江省）人。字仲翔，他少而好学，有高气。据《三国志》及其注载，虞氏为《老子》《论语》《国语》做过训注，并著《明扬释宋》。韦昭：字弘嗣，吴郡云阳（今江苏省丹阳）人。生于汉献帝建安九年（204），卒于凤凰二年（273），年70岁。史家避晋司马昭讳，改称“韦曜”。少好学，能属文，从丞相掾除西安令，还为尚书郎。迁太子中庶子，受太子孙和谕作《博弈论》，撰《吴书》。留传至今而又影响甚大者为《国语注》。韦昭的其他历史著作还有《吴书》五十五卷，是关于三国时吴国的官方史书，今佚。为人：指人在形貌或品性方面所表现的特征。

[45] 章句：剖章析句，经学家解说经义的一种方式，亦泛指书籍注释。这里指对《左氏春秋》做的注释。

迨：等到，达到。

宋儒：宋代儒学家。

[46] 韩子：即韩愈。字退之，汉族，唐河内河阳（今河南省孟县）人。自谓郡望昌黎，世称“韩昌黎”。唐代古文运动的倡导者，宋代苏轼称他“文起八代之衰”，明人推他为唐宋八大家之首，与柳宗元并称“韩柳”，有“文章巨公”和“百代文宗”之名，著有《韩昌黎集》四十卷，《外集》十卷，《师说》等。

浮夸：虚浮，不切实际。

[47] 其说：左丘明注解的《左氏春秋》的言论主张。

淫：浮夸不实。

[48] 遂谓鲁论所载邱明非传春秋者：于是就认为鲁《论语》里面所说的左丘明不是给《春秋》作传的人。谓：认为，以为。

[49] 于是折一人而二之：于是把一个人认为成两个人。折：判断，裁决。

[50] 至论其所谓浮淫：至于评定左氏的注释浮夸不切实际。

[51] 乃“石言”、“子晋神降于莘”之类：是“石言”“子晋神降于莘”之类的记载。“降于萃”应为“降于莘”。《左传·庄公三十二年》：秋七月，有神降于莘。惠王问诸内史过曰：“是何故也？”对曰：“国之将兴，明神降之，监其德也；将亡，神又降之，观其恶也。故有得神以兴，亦有以亡，虞、夏、商、周皆有之。”王曰：“若之何？”对曰：“以其物享焉，其至之日，亦其物也。”王从之。内史过往，闻虢请命，反曰：“虢必亡矣，虐而听于神。”

[52] 以是为浮淫而并于夫子之所称过矣：把这些认为是浮淫不切实际的并且认为孔

子的所称赞的有点儿过了。

[53] 此方山平心之论也：平心静气地给予客观评价。平心：心情平和，不动感情。论：评论。清纪昀《阅微草堂笔记·滦阳消夏录一》："平心而论，王弼始变旧说，为宋学之萌芽。"

[54] 考：推求，研究。

宋真宗大中祥符：是宋真宗的第三个年号，北宋使用这个年号共9年。1008年是北宋第三个皇帝宋真宗即位的第十年，这一年他改元大中祥符，《宋史》是这样记载的："大中祥符元年春正月乙丑，有黄帛曳左承天门南鸱尾上，守门卒涂荣告，有司以闻。上召群臣拜迎于朝元殿启封，号称天书。丁卯，紫云见，如龙凤覆宫殿。戊辰，大赦，改元。"

[55] 文宣王：唐朝统治者对孔子所加的封号，开元二十七年（739），玄宗为崇奖儒学，表示尊师重道，特命追谥孔子为"文宣王"，并派三公宣希敕命。自此孔子像变西向坐为南向坐，衣王者衮冕之服，其弟子"十哲"则侍于两侧。后世因之，天下孔庙也因此而称为"文庙"。

[56] 又封左邱明等十九人为伯：又把左丘明等十九人封为"伯"。伯：封建制度五等爵位的第三等，伯爵。

[57] 岂非：反诘用词，难道不是。

羽翼：比喻辅佐的人或力量。

麟经：指《春秋》。

[58] 圣教：圣教又称"儒教"，语出逸诗"汤降不迟，圣教日跻"。圣教是以孔子为先师，圣人神道设教，"祖述尧舜，宪章文武"，倡导王道德治、尊王攘夷和上下秩序的国家宗教。圣教以十三经为宗教经典，以古代官僚机构为宗教组织，以孔庙、泰山、宗庙为朝圣地，以祭天、祭祖、释奠礼为宗教仪式。隋唐以来，佛教也自称"圣教"。唐太宗曾作《大唐三藏圣教序》。因此有孔门圣教和佛门圣教的区别。左丘明有功于儒教。

[59] 特：突出，特别。

隆：盛大，程度深。

祀之典：祭祀的仪礼。南朝宋颜延之《皇太子释奠会作诗》："敬躬祀典，告奠圣灵。"唐陈羽《明水赋》："神灵是享，祀典攸传。"

[60] 然则子程子谓左氏为古之人闲人：既然这样，那么程子说左氏为古代的闲人。子程子：子程子前一个"子"字，意为夫子，引申为老师之意。后一个"子"字，为古代男子的尊称，意为先生。程子，名颐，字正叔，学者称为伊川先生，北宋哲学家、教育

家，曾与其兄程颢学于周敦颐，并同为北宋理学的奠基者，世称“二程”，讲学达三十余年，其学以“穷理”为主。

［61］必别有考据：一定另有别的考据。

［62］或古有姓名相同而传闻互异者：或许有姓名相同的而传闻与左氏不一样的。传闻：非亲见亲闻，而出自他人的转述，亦指所传闻的事。互异：彼此不同。平佚《临时政府成立记》一：“宗旨虽同，机关互异。”《子程子》十卷，一名《程子粹言》。乃程颐叔子书，盖其门人杨时变语录而文之者也。前有序，不著氏名。东阳厉髯翁云：“相传为广汉张栻作。”“序称得诸子高子家传，以其卷次不分，编类不别，因离为《论道》《论学》《论书》《论政》《论事》《天地》《圣贤》《君臣》《心性》《人物》十篇。欲其统而要，非求类夫《论语》之书也。予取观之，实皆叔子之言，而伯子之说附焉。辞极峻古，虽间有稍离真者，亦不远矣。览者尚慎择之哉。”

［63］俱未可知：这些都是不知道的。

［64］若必因韩、柳讯左氏浮淫之言：如果是因为韩愈、柳宗元批评左氏的注解浮淫不切实的言论。讯：责问，诘问。

［65］隧据为定论：于是根据这些把对左丘明的偏见作为定论。

［66］以抑左氏：来抑制左氏。抑：压，压制，抑制。

［67］而以夫子所引之人：而只是作为孔子引为同心夸赞之人。

［68］非即作传之人：而不是给《春秋》作传的人。

［69］拘：古同“抅”，固执，不变通。

［70］予蓄疑有年：我已经怀疑多年了。蓄疑：积疑，多年的疑惑。有年：犹言多年。

［71］因略述梗概：因此简单地叙述一个概况。略：大致，简单，不详细。

［72］以俟博雅君子：来等待知识渊博儒雅的君子。俟：等待。博雅：渊博雅正。

［73］为之研辨焉：为了这件事情研究辨别。研辨：研究辨别。

长乐山村记

粤西平乐苍梧[1]诸郡，云水奥区[2]，山川险峻[3]，往往有异境[4]焉。吴人某有烟霞癖[5]，闻此地多佳山水[6]，遂裹粮往寻之[7]。数年来，极跋涉之劳[8]，金尽力殚[9]，莫得佳境[10]。一日，山中孤行[11]，日已西沉[12]，前路茫茫[13]，不知所往[14]。仓皇恐怖[15]间，忽闻石窦[16]中，隐隐有人声[17]。随寻声踪迹[18]之，则见石壁嶙峋[19]，旁有小洞[20]。吴人从洞入[21]，洞其窄[22]，仅足容身[23]，力行十数里[24]，异境天开[25]，宛然琉璃[26]世界。其界皆有五色石[27]，不见有土[28]，光夺人目[29]，四面石峰巑岏[30]，霞气缤纷[31]，荡胸骇目[32]，真不复有尘世想矣[33]。村中居人，约数十家。[34]或远或近，皆历落有致[35]。有老翁迎吴人[36]，问曰："至此奚为者？[37]"吴人既语之故[38]，且求居焉[39]。老翁笑曰："此长乐村也，惟无欲者得住此界。"[40]请问焉。[41]（老翁）曰："但尽凡情[42]，别无圣解[43]。"吴人求居益切。[44]（老翁）曰："子疲于津梁[45]，烦襟犹为涤[46]也。如善关闭[47]，异日相见可乎[48]？"吴人会意[49]，遂辞[50]老翁，缘[51]洞出。逢人话此事。[52]苏军门[53]福林，予曩日居停主人[54]也。时驻节粤西[55]，闻此事遣人偏求之[56]，不得其处[57]。数千里缄书[58]寄予，并嘱予记其始末焉[59]。

洗心道人[60]曰："小洞中异境天开，意其间或仙人居然焉[61]。上界清旷[62]，岂容凡愚混迹[63]，则山翁之拒之也[64]，固宜[65]。昔东坡先生[66]，为方山子[67]传，其事多奇[68]。吾以为古之得道者[69]，往往游行人间[70]，而人自莫之见[71]。山翁固在苍梧烟水间[72]，岂方山子之谓哉[73]？或曰：'山翁非神仙家者流，抑岩处之高士也欤。'[74]"

题解：

本文讲述了主人公吴人去广东西部的平乐、苍梧等地区寻找佳境的一次奇特的经历。

一天，日已西沉的时候，吴人发现石窦中有人说话的声音，根据声音去寻找，发现了一个洞。顺着洞进去，发现了一个异样的天地。有一位老者迎接吴人。吴人想在此处留宿，但是老者认为吴人凡心未泯，拒绝了吴人的请求。吴人离开了此地。遇见人后谈及此事。以前居停主人对此事很感兴趣，派人寻找这个地方，并且从千里之外寄信询问当时的情况。洗心道人说："这种仙境不会让凡人居住。老翁的拒绝是有道理的。这种高人就如同是苏轼笔下的方山子一样，不是神仙之流，就是世外的高人隐士。"

注释：

[1]平乐：平乐县地处广西东北部，桂林市东南部，是桂林市出往广东地区的南大门。平乐县城位于漓江、荔江、茶江三江汇合处，历史悠久，始于三国设县，为历代州府

之地，距今已有1700余年历史。

苍梧：苍梧县位于广西东部，浔桂两江汇合地区，环抱桂东中心城市梧州市，“瑶连五岭，总纳三江”，素有“广西水上门户”之称。苍梧历史悠久，人杰地灵，上古为虞舜巡游之地，秦汉已建立郡县之制。

［2］云水：云与水。杜甫《题郑十八著作丈故居》诗：“台州地阔海冥冥，云水长和岛屿青。”

奥区：腹地。《后汉书·班固传上》：“防御之阻，则天下之奥区焉。”李善注：“奥，深也。言秦地险固，为天下深奥之区域。”宋刘炎《迩言》：“或曰：淮堧千里，滨接鲁邓，昔为奥区，今为极边。”

［3］山川：山岳、江河。这里是偏义副词指山岳。

险峻：谓山势高而险。

［4］异境：奇妙的境界。

［5］烟霞：烟雾和云霞，也指“山水胜景”。这里指山水、山林。

癖：嗜好，偏好。

［6］闻此地多佳山水：听说这个地方有很多好看的山水景色。山水：泛指有山有水的风景。

［7］遂裹粮往寻之：于是携带干粮前往去寻找美丽的景色。裹：携带。

［8］极：穷尽，竭尽。

跋涉：跋山涉水。形容路程异常艰苦，也可以比喻事业方面的艰辛。

劳：辛苦，辛勤。

［9］金：钱财。

尽：竭，完，没有了。

力：体力，力气。

殚：用尽，竭尽。

［10］莫得：没有得到。

佳境：风景优美的地方。

［11］孤行：独自行路。

［12］日已西沉：太阳已经从西边落下去了。

［13］前路茫茫：前面的道路模糊不清。

［14］不知所往：不知道该去哪里。

[15] 仓皇：亦作“仓惶”“仓遑”“仓偟”“仓黄”，匆忙急迫慌张。《说文·仓部》：“仓，谷藏也。仓黄取而藏之，故谓之仓。”

恐怖：感到可怕而畏惧。《六韬·略地》：“城人恐怖，期将必降。”

[16] 忽闻：突然听到。

石窦：石穴。北魏郦道元《水经注·漓水》：“验其山有石窦，下深数丈，洞穴深远，莫究其极。”

[17] 隐隐有人声：隐约地听见有人说话的声音。隐隐：指隐约，不分明。

[18] 寻声：寻找声音的来源。

踪迹：按行踪影迹追查、追寻。

[19] 石壁：有相当高度、表面呈垂直或悬垂的悬崖或峭壁。

嶙峋：形容山石峻峭、重叠。

[20] 旁有小洞：旁边有一个小洞。

[21] 吴人从洞入：来自吴地之人进入洞中。

[22] 洞其窄：洞非常窄。

[23] 仅足容身：仅仅能够容得下人的身子。

[24] 力行十数里：尽力向前行走数十里。力行：竭力而行。

[25] 天开：天予开发、启示。超越常规。

[26] 琉璃：亦作“瑠璃”，是指用各种颜色的人造水晶（含 24% 的二氧化铅）为原料，采用古代青铜脱蜡铸造法高温脱蜡而成的水晶作品。

[27] 五色石：因石呈五色而得名。据记载，五色石外表珠圆玉润，小巧玲珑，晶莹透明似玛瑙，深红圆润似樱桃，有的又似翡翠、珊瑚或试金石不等。更为稀奇可贵的是石内“多含水珠，有类空青”。五色石分水、陆两种，其中水石尤为珍贵。它可以做瓴管、斑指等装饰品，也可以雕琢成鼻烟壶、烟袋嘴等，还可以陈列于室内供人观赏。另外，还可用它取火。

[28] 不见有土：看不见泥土。

[29] 光夺人目：光彩极为鲜明，令人眼花缭乱。也用来形容某些艺术作品和艺术形象的极高成就。夺目：耀眼，形容鲜艳耀眼。出自宋张君房《云笈七签》卷一百一十三：“乃令左右引于宫内游观，玉台翠树，光彩夺目。”

[30] 石峰：山峰。

巑岏：耸立貌。南朝梁江淹《待罪江南思北归赋》：“究烟霞之缭绕，具林石之巑岏。”

［31］霞气：犹云气。元倪瓒《馀不溪词》："溪回路转松风急，竹林华房霞气湿。"

缤纷：繁多而杂乱。

［32］荡胸：心胸开阔激荡。

骇目：使人看了吃惊。唐郑处诲《明皇杂录》卷下："时河内郡守，令乐工数百人于车上，皆衣以锦绣，伏厢之牛，蒙以虎皮，及为犀象形状，观者骇目。"

［33］真不复有尘世想矣：真的不再想回到现实世界中去了。尘世：佛教、道教等指人世间，现实世界。

［34］村中居人，约数十家：村中有数十户人家在居住。

［35］历落有致：形容事物的布局虽然参差不齐，但是极有情趣，使人看了有好感。历落：参差不齐，疏落。有致：有韵味，有情趣。清宣鼎《夜雨秋灯录续集·古泗州城》："人取其砖琢砚，甚古朴有致，惜砖质不能细腻耳。"

［36］有老翁迎吴人：有一位老人迎接从吴地来的人。

［37］至此奚为者：为什么到这儿来？

［38］吴人既语之故：从吴地来的人既说出了来此的原因。

［39］且求居焉：又请求能在此居住。

［40］此长乐村也，惟无欲者得住此界：这是长乐村，只有没有欲望的人才能在这里居住。

［41］请问焉：吴人询问原因。

［42］凡情：凡人的情感欲望。南朝梁陶弘景《周氏冥通记》卷二："刘夫人又告子良曰：'夫神仙虽通玄，感彻则易，但凡情虚微，不能招其感耳。'"

［43］圣解：认为自己已经悟道或者得道的见解。

［44］吴人求居益切：从吴地来的人请求居住的心情更加迫切。

［45］疲：疲乏，困倦。

津梁：渡口和桥梁。

［46］烦襟：烦闷的心怀。唐王勃《游梵宇三觉寺》诗："遽忻陪妙躅，延赏涤烦襟。"

犹：相似，如同。

涤：洗，清除。

［47］如善：依从善道。

关闭：合拢，使开着的物体合拢。

［48］异日：犹来日，以后。

相见：彼此会面。

可乎：可以吗？

[49] 会意：领悟，领会。

[50] 辞：告别。

[51] 缘：沿，顺着。

[52] 逢人话此事：遇到人谈论这件事。

[53] 军门：明代称总督、巡抚为军门者，清代则为提督或总兵加提督衔者之尊称。

[54] 曩日：往日，以前。汉赵晔《吴越春秋·勾践伐吴外传》："意者犹今日之姑胥，曩日之会稽也。"

居停主人：寄居之处的主人。指房东。《旧唐书·食货志上》："自今已后，有因交关用欠陌钱者，宜但令本行头及居停主人、牙人等检察送官。"

[55] 时：当时。

驻节：旧指高级官员驻在外地执行公务。

粤西：广东西部。苏军门福林当时正在广东的西部执行公务。

[56] 闻此事遣人偏求之：听说这件事后，特意派人去寻找这个地方。

[57] 不得其处：没有找到这个地方。

[58] 缄书：书信。杜甫《奉汉中王手札》诗："前后缄书报，分明馔玉恩。"

[59] 嘱予记其始末焉：嘱托我把这件事情的过程记录下来。始末：从头到尾的过程。

[60] 洗心道人：作者晚年的号。

[61] 意其间或仙人居然焉：猜想到这里或许有仙人居住。意：料想，猜想。

[62] 上界：指天上神仙居住的地方。唐张九龄《祠紫盖山经玉泉山寺》诗："上界投佛影，中天扬梵音。"

清旷：清朗开阔。《后汉书·仲长统传》："欲卜居清旷，以乐其志。"

[63] 岂容：怎么能容得下。

凡愚：指平庸愚昧的人。唐慧能《坛经·疑问品》："凡愚不了自性，不识身中净土，愿东愿西，悟人在处一般。"

混迹：杂身其间。

[64] 则山翁之拒之也：那么村中的老者拒绝吴人在那居住。

[65] 固宜：本来应该就是这样的。固：本来。宜：应该。

[66] 昔东坡先生：以前的苏东坡先生。

[67] 方山子：陈慥，字季常，男，生卒年不详，是宋代光州和黄州一带的隐士。宋代政治家、文学家苏轼有《方山子传》，主旨说明方山子为弃显闻富乐，独来穷山中的异人。

[68] 其事多奇：里面的事情又很多是奇异、怪异的。

[69] 吾以为古之得道者：我以为古代得道的人。

[70] 游行：出游，游逛。《晋书·司马纮传》："而顷游行烦数，冒履风尘。宜令官属以下，各以职奉卫，不得令王复有此劳。"

人间：尘世，世俗社会，民间。

[71] 而人自莫之见：然而人们从来没有见过他们。

[72] 在苍梧烟水间：在苍梧这个地方的云水美景间。

[73] 岂方山子之谓哉：难道这就是称作"方山子"之类的人吗？

[74] 山翁非神仙家者流，抑岩处之高士也欤：村中的老人不是神仙家之类，或者是隐藏在山中的高人隐士。抑：文言连词。表选择，相当于或是、还是。岩处：隐居山中。《史记·货殖列传》："无岩处奇士之行，而长贫贱，好语仁义，亦足羞也。"高士：志趣、品行高尚的人，高尚出俗之士，多指隐士。也欤：语气助词，表感叹。

栽竹说

植物之中，予独爱竹。[1]以竹有君子之道四焉。[2]竹本固，固以树德。[3]君子见其本，则思确乎不拔者。[4]竹性直[5]，直以立身。君子见其性，则思中立不倚[6]者。竹心空，空以体道。[7]君子见其心，则思应用虚受者。[8]竹节贞，贞以立志。[9]君子见其节，则思砥砺名行者。[10]故多树之于亭焉。[11]

忆予弱冠[12]时，游三原崔胡二氏园[13]。见绿竹千竿[14]，皆大如椽[15]，玉骨嶙峋[16]，霜根蔚茂[17]。玩赏之余[18]，爱不能舍[19]。迄今四十年[20]，每经记忆[21]，觉翠盖低枝[22]，犹依依在心目[23]间也。今春养病小园，园中有松无竹。[24]命人多种于园[25]，意谓雷笋初抽[26]，风篁[27]高矗，可以观美箭之菁菁[28]，听寒涛之簌簌[29]矣。乃至[30]则高仅尺许，其细如著[31]。予惊问之[32]，则曰："此山中毛竹也[33]。"呜呼！[34]噫嘻！[35]大造生物[36]，固如是之参差不齐乎[37]？坤舆[38]磅礴之气，岂必偏聚于丰镐[39]？乃哲人代兴[40]，硕辅[41]应运，则知秦中土厚水深[42]，所产自异[43]。即草木之微[44]，而渭川千里[45]至今犹称盛也。意者云水效灵[46]，山岩毓秀[47]。固厚[48]于中华，而薄于边徼[49]；丰于沃壤[50]，而啬于穷荒[51]。人耶竹耶？是耶非耶？予因之有感矣[52]。以予赋性孤介[53]，不能混俗和光[54]，以取悦于同侪[55]，故落落寡合[56]。欲求一性直心虚[57]之友，而渺不可得[58]。常自叹曰："不逢知己我友云山，不遇同心我存松竹。"[59]遂筑室小园[60]，为息老计[61]，讵意种树有年[62]，而松树小不成荫[63]，竹细不堪栽矣[64]。余将恶乎[65]友哉。他日[66]，深山大泽[67]，茂林修竹中[68]。若有幽人[69]，找我遨游[70]者。予老矣[71]，尚能裹粮从[72]之。

题解：

本文写的是作者喜欢竹子的一种情结。在所有的植物中作者独爱竹。文章开头引用了白居易《养竹记》中的一段话，说明竹子的坚定虚怀若谷。作者回忆了年轻的时候在三原看竹子时的情景，对比自己小园中的竹子，差别很大。最后，作者由竹子联想到自己的性格，由于缺少朋友而内心苦闷。于是就筑室小园，栽树以度余年。作者想到也许有朝一日还会在深山大泽中遇见幽人，并同他一道遨游山林。

注释：

[1]植物之中，予独爱竹：在所有的植物中，我只喜欢竹子。

[2]以竹有君子之道四焉：因为竹子有君子的四种道德。以：因为。道：道德、道义、正义。

[3]竹本固，固以树德：竹子的根坚固，坚固是为了树立美德。本：草木的根。固：坚定，不变动。

[4]君子见其本，则思确乎不拔者：君子看见竹子的根，就会想到要培养像竹子那样的刚强坚决、不可动摇的意志。

[5]性：本质，本性。

直：本义不弯曲，与"枉""曲"相对。引申为正直，公正，不偏私。

[6]中立不倚：保持中立，不偏不倚。倚：偏。西汉戴圣《礼记·中庸》："故君子和而不流，强哉矫；中立而不倚，强哉矫。"

[7]竹心空，空以体道：竹子的心空，空是为了体现道。体道：体现正道。

[8]君子见其心，则思应用虚受者：君子看见它的心，就想到要虚心接受一切有用的东西。

［9］竹节贞，贞以立志：竹子的节坚定，坚定是为了立志。

［10］君子见其节，则思砥砺名行者：君子看见它的节，就想到要磨炼自己的品行。

［11］故多树之于亭焉：正因为如此，君子都喜欢在庭院中种竹。

［12］忆：回忆。

予：我。

弱冠：古人20岁行冠礼，以示成年，但体犹未壮，还比较年少，故称“弱”。冠，指代成年。

［13］三原：三原是否是陕西的三原县，有待进一步考证。三原县，古称“池阳”，位于陕西关中平原中部，因境内有孟侯原、丰原、白鹿原而得名，北魏太武帝太平真君七年（446）置县。

崔胡二氏园：姓崔的和姓胡的两位姓氏的园子。

［14］见绿竹千竿：有数千株绿竹。竿：计算长状物的单位，竹一根为一竿。

［15］皆大如椽：像椽子一样大。椽：放在檩上架着屋顶的木条。

［16］玉骨：肌骨如同冰玉一般。形容竹子的主干如同冰玉一般。

嶙峋：形容山石峻峭、重叠、突兀的样子。这里是形容竹子的样子。

［17］霜根：指经冬不凋的树木的根。

蔚茂：形容花草茂盛，所呈景色繁荣。

［18］玩赏：把玩，欣赏观赏。

余：后。

［19］爱不能舍：非常喜欢而舍不得放弃。

［20］迄今四十年：到现在已经四十年了。

［21］记忆：回忆，回想。

［22］觉：感觉到，意识到。

翠盖：指形如翠盖的植物茎叶。

低枝：树枝低垂的样子。

［23］依依：形容树枝柔弱，随风摇摆的样子。

心目：心和眼。泛指记忆，眼前。《国语·晋语一》：“上下左右，以相心目。”曹丕《又与吴质书》：“追思昔游，犹在心目。”

［24］今春养病小园，园中有松无竹：今年春天在小园里养病，园中只有松树而没有竹子。

［25］命人多种于园：指派人在园中种植了很多竹子。命：指派。

［26］意谓：以为，认为。汉李陵《答苏武书》："陵也不才，希当大任，意谓此时，功难堪矣。"

雷笋：竹笋。

初抽：刚刚拔出抽出。

［27］风篁：谓风吹竹林。

［28］美箭：美竹。杜甫《石龛》诗："为官采美箭，五岁供梁齐。"

菁菁：茂盛的样子。《诗经·唐风·杕杜》："其叶菁菁。"

［29］寒涛：风吹竹子的状况。

簌簌：形容风吹叶子的声音。

［30］乃至：以至，甚至。

［31］其细如著：竹子细得如筷子一样。著：应为"箸"，筷子之意。

［32］予惊问之：我惊奇地问原因。

［33］此山中毛竹也：这是山中的毛竹。

［34］呜呼：叹词，表示慨叹。

［35］噫嘻：叹词，表示慨叹。《史记·鲁仲连邹阳列传》："鲁仲连曰：'吾将使秦王烹醢梁王。'新垣衍怏然不悦，曰：'噫嘻，亦太甚矣先生之言也！'"唐李华《吊古战场文》："奇兵有异于仁义，王道迂阔而莫为。呜呼噫嘻！"清沈德潜《游虞山记》："噫嘻！虞山近在百里，两经其下，未践游屐。"

［36］大造：指天地，大自然。谢灵运《宋武帝诔》："业盛曩代，惠侔大造，泽及四海，功格八表。"

生物：有生命的物体。具有生长、发育、繁殖等能力，能通过新陈代谢作用与周围环境进行物质交换。动物、植物、微生物都是生物。

［37］固如是之参差不齐乎：本来就是如此的参差不齐吗？参差不齐：形容水平不一或很不整齐。《诗经·周南·关雎》："参差荇菜，左右采之。"

［38］坤舆：《易·说卦》："坤为地……为大舆。"孔颖达疏："为大舆，取其能载万物也。"后因以"坤舆"为地的代称。《宋史·乐志八》："昭灵积厚，混混坤舆。配天作极，阴惨阳舒。"

［39］偏：与愿望、预料或一般情况不相同，偏偏，偏巧。

聚：会合，集合。

丰镐：丰镐是丰京和镐京的统称，周朝的都城。早在周文王之时，为向中原地区拓展，就在沣渭间筑设丰京；周武王继位，再建镐京，历时 300 年。丰京是宗庙和园囿的所在地，镐京为周王居住和理政的中心。

[40] 哲人：智慧卓越的人。

代兴：更迭兴起。《荀子·不苟》："变化代兴，谓之天德。"《吕氏春秋·大乐》："四时代兴，或暑或寒，或短或长。"

[41] 硕辅：贤良的辅弼之臣。晋皇甫谧《高士传·挚恂》："永和中，常博求名儒，公卿荐恂行侔颜闵，学拟仲舒，文参长卿，才同贾谊，实瑚琏器也，宜在宗庙，为国硕辅。"

[42] 则知秦中土厚水深：因此才知道秦中地区是水深土厚，环境优越。

[43] 所产自异：此地区所产的东西自然就与外边的不同。自：当然。

[44] 草木：指草本植物和木本植物。《易·坤》："天地变化，草木蕃。"

微：衰微，衰落。

[45] 渭川：即渭水，亦称"渭河"。在今陕西省中部，源出甘肃省渭源县鸟鼠山，流至潼关县入黄河。

千里：指面积广阔。

[46] 意者：表示测度。大概，或许，恐怕。《墨子·公孟》："今吾事先生久矣，而福不至，意者先生之言……"

云水：云与水。杜甫《题郑十八著作丈故居》诗："台州地阔海冥冥，云水长和岛屿青。"

效灵：亦作"効灵"。显灵。南朝宋颜延之《三月三日曲水诗序》："晷纬昭应，山渎效灵。"

[47] 山岩：险峻的高山。《诗·小雅·伐木》："伐木丁丁。"汉郑玄笺："言昔日未居位，在農之时，与友生于山岩伐木，为勤苦之事。"

毓秀：孕育着优秀的人物。指山川秀美，人才辈出。毓：养育。

[48] 固：本来。

厚：与"薄"相对，丰厚。

[49] 薄：稀薄，淡薄。

边徼：犹边境。《梁书·萧藻传》："时天下草创，边徼未安。"唐李峤《城》诗："何辞一万里，边徼捍匈奴。"

[50] 丰：草木茂盛。这里指农作物收成好。

沃壤：肥沃的土地。

［51］啬：犹歉。收成不好。

穷荒：绝塞，边荒之地。

［52］感：感慨，感伤。

矣：文言助词，用在句子末尾，相当于“了”。

［53］赋性：天性，品性。苏轼《乞罢学士除闲慢差遣札子》：“盖缘臣赋性刚拙，议论不随。”

孤介：耿直方正，不随流俗。陶潜《戊申岁六月中遇火》诗：“总发抱孤介，奄出四十年。”

［54］混俗和光：同于尘俗，不露锋芒。指不求特异，与世无争。明凌蒙初《二刻拍案惊奇》卷四十：“典册高文，不晓是翰墨林中大手；淫词艳曲，多认作繁华队里当家。只得混俗和光，偷闲寄傲。见作开封监税，权为吏隐金门。”

［55］取悦：亦作“取说”。取得别人的喜欢，犹讨好。

同侪：指与自己在年龄、地位、兴趣等方面相近的平辈。

［56］落落寡合：形容跟别人合不来。《汉书·耿传》：“常以为落落难合。”

［57］性直：品性耿直。

心虚：谓内心空明而无成见或谦虚而不自满。《列子·仲尼》：“南郭子貌充心虚，耳无闻，目无见，口无言。”

［58］渺不可得：非常微小，而不能得到。

［59］不逢知己我友云山，不遇同心我存松竹：遇不到知己我就与云和山为友，遇不到志同道合的人，我就与松竹一块生存。

［60］遂筑室小园：于是就在小园里盖了一间房子。筑室：建筑屋舍。《诗·大雅·緜》：“曰止曰时，筑室于兹。”

［61］为息老计：为了休息养老的打算。息：休息。老：养老。计：谋划，打算。

［62］讵意种树有年：不料种树已经好几年了。讵意：哪能料想到，不料。有年：犹言多年。韩愈《进学解》：“弟子事先生于兹有年矣。”

［63］而松树小不成荫：然而松树还小不能够形成树荫。

［64］竹细不堪栽矣：竹子细得还不能栽植。

［65］恶乎：疑问代词。犹言何所。《公羊传·庄公十二年》：“鲁侯之美恶乎至？”何休注：“恶乎至，犹何所至。”

［66］他日：过些天，日后，将来的某一天或某一时期。

［67］深山大泽：深邃的山野和广阔的湖泽。引申为远离城市的穷乡僻壤。

［68］茂林修竹中：茂密高大的竹林中。

［69］幽人：隐士。《易·履》："履道坦坦，幽人贞吉。"孔颖达疏："幽人贞吉者，既无险难，故在幽隐之人守正得吉。"

［70］遨游：漫游，游历。《列子·力命》："请谒不及相，遨游不同行，固有年矣。"

［71］予老矣：我已经老了。

［72］尚：还，仍然。

裹粮：携带干粮。

从：更从，顺从。

白云寺悟宗禅师传

悟宗禅师者，吴人也。[1]少聪敏，于书无所不览。[2]性好诗文[3]，不必辨声论体[4]。而澹远之怙[5]，萧骚之致[6]，使人徘徊玩味[7]，翛然意远[8]。与人交[9]，慷慨豪爽[10]，胸无成竹[11]，耻以机巧[12]待人。人有以机巧中之者，亦不知觉[13]；及其觉也，付之一笑而已[14]。中年家益贫[15]，老趣不衰[16]。虽雀罗当户[17]，苔草没阶[18]，而啸吟自如[19]，略不介意[20]。遇异书[21]，未尝[22]不读；遇快友[23]，未尝不谈[24]；遇醇酒[25]，未尝不饮；遇美景，未尝不赏[26]。平生不喜作皱眉[27]事，亦不喜欢作皱眉语，其素性[28]然也。尤好竺干氏[29]书，其于无生之旨[30]，殆有夙契[31]焉者。

晚年锐意[32]为僧，皈依[33]佛教。常住吴中白衣寺[34]，诵经之暇[35]，焚香默坐[36]。有时乘兴吟哦[37]，无言不韵[38]，有语皆新[39]。真从觅句求禅[40]，岂止以诗偈而以哉[41]。居数载，宗仰[42]者甚众。厌其烦嚣[43]，遂云游名山[44]。卓锡甘郡[45]白云寺，寺旧多僧徒[46]，乃登座说法[47]，提倡宗风[48]。数月之后，听讲者甚少。[49]有老衲语之[50]曰："近日丛林主讲者[51]，大率[52]和光混俗，取悦于众耳[53]。今师为僧徒指示迷津[54]，婆心固切[55]，第佛法圆通[56]，师得毋有人我之相存[57]乎？"师曰："吾非不近人情[58]者，祇以身入不二法门[59]，断不敢以佛法媚人[60]，请以此辞[61]。孤云野鹤[62]，何地不可安禅[63]，而必恋恋于是也[64]。"

予客甘泉二年[65]，与师往来[66]。虽师往来，虽未如敬和停车于法汰[67]，逸少披襟于道林[68]。而光气所孚[69]。有相与无言者[70]，今与师远别，不能已于言也[71]。因匆匆立传，以申方外之契云。[72]

题解：

本文是作者客居甘泉时，为结交的朋友白云寺悟宗禅师写的传。本文中的悟宗禅师是吴地之人，聪敏、豪爽、胸无成竹、不以机巧待人。悟宗禅师喜好读佛教之书，性格开朗，出家于吴中白衣寺，厌世之烦嚣，遂云游名山，到达甘郡白云寺，登坛讲法，但其不和光混俗，取悦众耳，遂离开甘郡。作者与悟宗禅师是朋友，临别送行，匆匆为禅师作此传记，以申方外之契。

注释：

[1] 悟宗禅师者，吴人也：悟宗禅师是来自吴地的人。

[2] 少聪敏，于书无所不览：年轻的时候聪明，阅读的书非常多而且广泛。聪敏：聪明，反应敏捷。

[3] 诗文：诗和文。

[4] 不必：无须，没有必要。

论体：论文的体裁。论：衡量，评定。南朝梁刘勰《文心雕龙·论说》："详观论体，条流多品。"

[5] 澹远：恬淡广远。明袁宏道《至日集山响斋送陶孝若谕祁门限韵》之一："萧然心澹远，自振乃孤蓬。"

怙：依靠，仗恃。亦指父亲。

[6] 萧骚：形容景色冷落。

致：意态，情况。

[7] 徘徊：往返回旋，不断地。

玩味：细心体会其中意味。

[8] 翛然：形容无拘无束貌，超脱貌，自由自在的样子。《庄子·大宗师》："翛然而往，翛然而来而已矣。"成玄英疏："翛然，无系貌也。"

意远：谓胸怀旷达意趣超逸。北周庾信《谢赵王示新诗启》："落落词高，飘飘意远。"

[9] 与人交：跟人交往。

[10] 慷慨：性格豪爽。《后汉书·齐武王演传》："性刚毅，慷慨有大节。"《京本通俗小说·冯玉梅团圆》："我徐信也是个慷慨丈夫，有话不妨尽言。"

豪爽：气度豪迈、举止大方。《晋书·桓温传》："温豪爽有气概，姿貌甚伟。"唐张说《崔日知写真图赞》："逸韵豪爽，达音妙绝。"元辛文房《唐才子传·康洽》："气度豪爽。"

[11] 胸无成竹：指心中没有完整的谋划打算。清郑燮《板桥题画·竹·胸无成竹》："文与可画竹，胸有成竹。郑板桥画竹，胸无成竹。"

[12] 耻：以……为耻。

机巧：机智巧妙，衡善机巧。

[13] 人有以机巧中之者，亦不知觉：当遭受到别人机巧对待时，也不会知道察觉。中：受到，遭到。

[14] 及其觉也，付之一笑而已：等到他察觉的时候，也只是给予一个微笑罢了。付：给予。

[15] 益贫：更加贫穷。

[16] 老趣：从小到大一直都有的兴趣。

不衰：没有减少衰弱。

[17] 雀罗当户：其意相当于"雀罗门"，后以"雀罗门"形容冷落的门庭或失势之家。雀罗：捕雀的网罗。常用以形容门庭冷落。《晋书·会稽文孝王道子传》："时谓道子为东录，元显为西录。西府车骑填凑，东第门下可设雀罗矣。"当：担任，充当。户：门。

[18] 没阶：把台阶给淹没埋没了。

[19] 啸吟：长啸吟咏。

自如：没有障碍地，不受约束地。

[20] 略：全，皆。

介意：在意。

[21] 异书：珍贵或罕见的书籍。

[22] 未尝：用于否定词前，构成双重否定，使语气委婉。犹没有。《国语·周语下》："晋国有忧未尝不戚，有庆未尝不怡。"唐元稹《崔弘礼郑州刺史》："敕：朕读《诗》至于《羔裘》《缁衣》之章，未尝不三复沉吟。"

[23] 快友：爽快的朋友。

[24] 谈：谈论，对话。

[25] 醇酒：味浓香郁的纯正的美酒。

[26] 遇美景，未尝不赏：遇到美景一定会欣赏。

[27] 平生：平素，往常。《论语·宪问》："见利思义，见危授命，久要不忘平生之言，亦可以为成人矣。"

皱眉：双眉紧蹙，表示忧虑或不悦的神态。《宋书·后废帝纪》："尝以铁椎椎人阴破，左右人见之有敛眉者，昱大怒，令此人袒胛正立，以矛刺胛洞过。"

[28] 素性：本性。

[29] 竺干氏：即竺乾氏。明沈德符《野获编补遗·释道·废佛氏》："此举（指废佛氏）皆夏一人力主之。亦越十年，夏坐法死西市，竟无后。岂真竺乾氏能为祟耶，抑数之偶合也?"

[30] 无生：佛教语。谓没有生灭，不生不灭。晋王该《日烛》："咸淡泊于无生，俱脱骸而不死。"

旨：意义，目的。

[31] 殆：大概，几乎。

夙契：宋罗烨《醉翁谈录·红绡密约张生负李氏娘》："今夕相会，岂非夙契？愿见去岁相约之媒。"

[32] 晚年：社会或人处于朝代的时间变迁，晚期，晚年。这里指年老之时。《梁书·夏侯亶传》："晚年颇好音乐。"

锐意：谓用心专一。《后汉书·朱晖传》："及壮耽学，锐意讲诵。"

[33] 皈依：佛教名词。信仰佛教者的入教仪式。因对佛、法、僧三宝表示归顺依附，故亦称"三皈依"。

[34] 常住吴中白衣寺：常住于吴中的白衣寺。

[35] 诵经：诵经就是诵念经文，是道教斋醮中最普遍、最常见的一种仪式。一个道教徒在入道后初习仪式时就要学习诵经。《道门通教必用集》称："童子长成，教习音韵。单声诵念，赞助行持。传闻舛差，蹈袭芜鄙，悉加厘正，俾就谨严"。就是通过诵念经文，帮助"行持"，修习道学的意思。

暇：空闲，闲暇。

[36] 焚香默坐：点燃香后沉默地坐着。

[37] 乘兴：乘着一时高兴。

吟哦：写作诗词。

[38] 无言不韵：没有字不押韵。

[39] 有语皆新：写的语句都是新的。

[40] 真从觅句求禅：确实是从寻觅诗句中寻求禅理。觅句：指诗人构思、寻觅诗句。求禅：寻求禅理。

[41] 诗偈：类似佛家偈颂的诗作。宋惠洪《跋李商老诗》："予至石门，杲禅出商老诗偈巨轴，读之茫然，知此道人盖滑稽翰墨者也。"

而以：用在陈述句末，表示限止语气，相当于"罢了"，常跟"只""不过""仅仅"等连用，对句意起冲淡作用。

哉：文言语气助词，表感叹。相当于"啊"，如"快哉"。

[42] 宗仰：推崇景仰。《晋书·儒林传·范宣》："宣虽闲居屡空，常以讲诵为业。谯国戴逵等皆闻风宗仰，自远而至。"

[43] 烦嚣：喧扰，嘈杂。唐宋之问《灵隐寺》诗："夙龄尚遐异，搜对涤烦嚣。"

[44] 云游：僧道漫游四方，行踪不定。

名山：著名的大山。古多指五岳。《礼记·礼器》："是故因天事天，因地事地，因名山升中于天，因吉土以飨帝于郊。"郑玄注："名，犹大也。"孙希旦集解："名山，谓五岳也。"

[45] 卓锡：谓僧人居留。卓：植立。锡：锡杖，僧人外出所用。元张伯淳《楞伽古木》诗："道林卓锡旧种此，髣髴于今八百年。"

甘郡：甘州。甘州即今天的甘肃省张掖市。据文字记载，从夏商到春秋战国时期，先后有羌、戎、狄等少数民族居住，北凉沮渠蒙逊建郡至西魏废帝三年改为甘州，因甘泉清冽而名，甘州之称自此开始。隋唐在甘州设立交市、西夏在甘州发迹崛起。元始祖忽必烈设甘肃行中书省省会，"甘肃省"首字即源于此。清为甘肃提督统军驻地。因地理位置重要，历来为兵家必争之地。

[46] 寺旧多僧徒：白云寺破旧，有很多僧徒。

[47] 登座：走上法座。《说岳全传》第六一回："我那位师父能知过去未来。谅你太师爷来请，决无好处，故此登座说偈而逝。"

说法：讲授佛法。

[48] 宗风：原指佛教各宗系特有的风格、传统，多用于禅宗。有时也用以泛指道教或文学艺术各流派独有的风格和思想。金元好问《夏山风雨》诗："惨澹经营有许功，吴僧谁得嗣宗风。"

[49] 数月之后，听讲者甚少：几个月后，听讲的人十分少了。

[50] 有老衲语之：有老衲告诉他。老衲：衲是僧衣，故称老僧为老衲。

［51］丛林：和尚聚居修行的处所，后泛指大寺院。

主讲者：担任讲授或讲演的人。

［52］大率：大概，大致。

［53］取悦于众耳：取得僧众的喜欢。耳：文言语气词，大致同“矣”。

［54］僧徒：僧侣、和尚的通称。《魏书·释老志》：“太祖闻其名，诏以礼徵赴京师，后以为道人统，绾摄僧徒。”

指示迷津：针对事物的困难处，提供解决的方向、办法或途径。

［55］婆心：《景德传灯录·临济义玄禅师》：“黄蘗问云：‘汝回太速生。’师云：‘只为老婆心切。’”后以“婆心”指仁慈之心。

切：在业务、思想各方面互相吸取长处，纠正缺点。

［56］第：只，只是。

圆通：谓遍满一切，融通无碍，即指圣者妙智所证的实相之理。由智慧所悟之真如，其存在之本质圆满周遍，其作用自在，且周行于一切，故称为“圆通”。复次，以智慧通达真如之道理或实践。大佛顶首楞严经卷五谓，二十五位菩萨各个皆具圆通，共有六尘、六根、六识、七大二十五圆通。此外，楞严会上二十五圣之中，以观世音之耳根圆通为最上，故称为“圆通尊”“圆通大士”。

［57］毋有人我：没有人我的私见。人我：人我关系就是自我与别的个体之间的关系，如人与社会，个人与朋友、亲人、伴侣等之间的关系。中国古代人我论：“一是爱人论。代表人物有孔子、孟子和墨子。二是贵己论。代表人物有巫马子和杨朱。三是无我论。代表人物有老子和庄子。”

相存：共活，共存。北齐颜之推《颜氏家训·涉务》：“夫食为民天，民非食不生矣。三日不粒，父子不能相存。”

［58］不近人情：不合乎人的常情。也指性情或言行怪僻。

［59］祇：敬，恭敬。

不二：专一，没有两样，一致和相同的。

法门：佛教用语，原指修行者入道的门径，今泛指修德、治学或做事的途径。佛教语。指修行者入道的门径。亦泛指佛门。《法华经·序品》：“以种种法门，宣示于佛道。”

［60］断不敢以佛法媚人：一定不敢用佛法来讨别人的喜欢。断：一定，绝对。媚人：逢迎取悦别人。

［61］请以此辞：请求辞行。请：敬辞，用于希望对方做某事。辞：辞别，告别。

［62］孤云野鹤：单一飘荡的浮云，四处飞翔的仙鹤。旧指闲散自在、不求名利的人。

后指过着闲散生活的隐士。唐刘方平《送方外上人》诗："孤云将野鹤，岂向人间住。"

[63] 何地不可安禅：什么地方不可以安禅打坐。安禅：佛家术语，即安静地打坐。

[64] 而必恋恋于是也：而非要留恋于此地。

[65] 予客甘泉二年：我在甘泉寄居了两年。客：寄居，旅居，住在异国他乡。

[66] 与师往来：跟悟宗禅师有交往。往来：交往，过从。

[67] 法汰：即竺法汰，今广东东莞人，少与道安、竺法雅等师事佛图澄。佛图澄圆寂后，法汰以师礼事道安。道安避难至新野，即命法汰下京。法汰与弟子昙一、昙二等二十四人，沿长江东下。途中因疾停阳口，道安遣慧远前来问疾。法汰至都，止住瓦官寺。晋简文帝深相敬重，请讲《放光般若经》。开题大会，帝亲临，王侯公卿无不毕集。开讲日，僧俗观听，士女成群。法汰形解过人，风姿可观，含吐蕴藉，词若兰芳，名士王洽、王珣、谢安等皆表钦敬。法汰于京，仍与道安维持密切往来，如法汰曾书问道安有关"三乘"、"六通"与"神"等问题，道安也于寻获《光赞般若经》后，立即手抄一本遣徒往送法汰。法汰晚年所收弟子，以提倡"一阐提皆有佛性"的道生最为有名。法汰以晋太元十二年（387）卒，春秋六十有八。

[68] 逸少：美少年。南朝梁武帝《净业赋》："览当今之逸少，想后来之英童。"

披襟于道林：指的是在寺院出家。

[69] 光：光芒，光亮。

气：景象。

孚：相应，符合。

[70] 有相与无言者："共同"有一位与禅师一样此时没有言语的人。相与：副词。表示同时同地做某件事。

[71] 今与师远别，不能已于言也：现在与禅师送别，已经不能说话了。远别：离别到很远的地方去。汉苏武《诗》之二："黄鹄一远别，千里顾徘徊。"

[72] 因匆匆立传，以申方外之契云：因此匆忙地写传，来表达边远所在异域的相合相投的友情。申：表明，表达。方外：边远所在，异域。契：友谊，情义。

空心树记

北郭外半里许，有巨柳一株[1]；大可合抱，数百年物也[2]。其树中心剥落[3]，空洞无物[4]。阡陌[5]往来者，多纳凉于中，避雨于中，可容三四人。

树身厚皮包裹[6]，其上枝叶茂盛，浓荫四布[7]，远而望之，亭亭如车盖[8]焉。忆予为童子时，常嬉游[9]于此。今六十年来，树依然如故[10]也。而予衰惫难堪矣。[11]予独怪夫物之败坏[12]其心，而独能畅茂[13]其身。老阅河山之不变[14]，不经风雨之摧折[15]，不受阴阳之转移[16]，青青者固如是之树根不拔[17]乎。然天下之内坚而外枯[18]者，不可胜道[19]。何反不如此树之朽中而容外也。[20]予因树生感[21]，因感生疑[22]，遂并记之[23]。以俟博雅君子[24]，为之研究物理焉[25]。

题解：

本文写的是作者家乡城北附近的一棵空心柳树。首先对空心柳树的状况进行了描写。由树及人，想到自己已经年老，而柳树依然。看见山河依旧不受风雨、阴阳的影响，依然如故。天下山河与树木不同的是山河内坚而外枯，而树木是内朽而外荣，作者因此而生发感慨，由感慨而生发疑虑，于是就记下来，以等待有识之士解答这个问题。

注释：

[1] 北郭外半里许，有巨柳一株：在北面城墙的外面，半里左右，有一棵大柳树。郭：城外围着城的墙。

[2] 大可合抱，数百年物也：树身粗大需要合抱才能抱住，这棵树已经有数百年的历史了。合抱：两臂环抱，多形容树身之粗大。

[3] 剥落：物体表面的覆盖物成片地脱落。

[4] 空洞：空无所有，空虚。宋林逋《深居杂兴》诗序：“鄙夫则不然，胸腹空洞，譾然无所存置。”

无物：不存在东西，空洞。

[5] 阡陌：田间小路。这里指田野，垄亩。

[6] 包裹：包容，包围。

[7] 浓荫四布：形容树木枝繁叶茂。浓荫：浓密的树荫。四布：向四方传布、散发。

[8] 亭亭如车盖：指树枝繁茂如同车盖。亭亭：高耸直立的样子。车盖：古代车上遮雨蔽日的篷子，形圆如伞，下有柄。

[9] 嬉游：嬉戏玩耍。

[10] 依然如故：这里指人没有什么长进，还是从前的老样子。唐薛调《刘无双传》：

“舅甥之分，依然如故。”依然：仍旧。故：过去，从前。

［11］而予衰惫难堪矣：但是我已经衰老得不行了。衰惫：衰弱疲惫。难堪：不容易忍受，承受不了。

［12］独怪：只是惊奇。

夫：用于句中，舒缓语气。乃歌夫“长铗归来”者也。

败坏：损害，破坏。

［13］畅茂：旺盛繁茂。《孟子·滕文公下》：“草木畅茂，禽兽繁殖。”

［14］老阅河山之不变：年老了察看河山没有变化。阅：看，察看。河山：河流和山川，代指祖国或一个地区的疆域或风景。

［15］不经风雨之摧折：不受经历风雨的打击而有变化。摧折：毁坏，折断。引申为挫折，打击。

［16］不受阴阳之转移：不受阴阳变化的变化而变化。阴阳之转移：古代哲学概念。古代朴素的唯物主义思想家把矛盾运动中的万事万物概括为“阴”“阳”两个对立的范畴，并以双方变化的原理来说明物质世界的运动。

［17］青青者：茂盛的样子。

固：坚定，不变动。

不拔：不可拔除，不可动摇。形容牢固。《老子》：“善建者不拔，善抱者不脱。”

［18］天下：自然界，天地间。

内坚：内部牢固坚实。

外枯：外部枯槁。

［19］不可胜道：无法尽说。极言其多。司马迁《史记·太史公自序》：“海外殊俗，重译款塞，请来献见者，不可胜道。”

［20］何反不如此树之朽中而容外也：为何反而不如这棵树一样内部枯朽而外表繁荣。

［21］予因树生感：我因为这棵树而生发感慨。感：感慨。

［22］因感生疑：因为感慨而生发疑虑。

［23］遂并记之：于是就记下来了。

［24］俟：等待。

博雅：渊博雅正。

君子：泛指才德出众的人。《易·乾》：“九三，君子终日乾乾。”

［25］为之研究物理焉：为了研究物理现象。物理：事物的内在规律或道理。

福善祸淫说

大凡[1]人之坚于有为者，莫不有所恃[2]。彼小人之为不善[3]，有所恃也。假令早夺[4]其不善之恃，而深知为善之必福[5]。则小人未必[6]不勉强于善，以为幸福之具[7]，况君子乎[8]。惟小人衹[9]知有所恃，挟为恶之才[10]，恣行贪暴[11]，无所不至[12]。且诩[13]于人曰："彼怀清履洁[14]者，衣食或不给[15]，而吾之膏粱文绣自若[16]也。"彼此怀仁抱义[17]者，箕裘或不振[18]，而吾之芝兰玉树自茂[19]也。曰："吾有所恃也。"[20]问其所恃。[21]则曰："恃作恶之无报也。"[22]于是为恶者遍天下[23]，为善者百无一二[24]。而世道人心[25]，遂不堪问矣[26]。盖作善降祥[27]，作恶降殃[28]，乃理之常[29]，天者理而已[30]。岂高高在上者[31]，而不据理以断哉[32]。奈何视天梦梦[33]，而竟颠倒错乱[34]，如斯[35]乎。予则以为天道与世运[36]，相为表里[37]者也。世运盛[38]，则天道自明[39]；世运薄[40]，则天道渐晦[41]。此理昭昭在人耳目[42]间，而人特为之思耳[43]。夫尊，莫尊于天[44]。以天下而论[45]，天之权似君[46]；以一家而论[47]，天之权似父[48]。君能使臣[49]，君之权重[50]。而所使之臣[51]，率皆违君命而妄行[52]，虽君亦如之何[53]，而君之权穷[54]。父能教子[55]，父之权重[56]。而所教之子[57]，有时忤父命而放恣[58]，虽父亦无如之何[59]，而父之权穷[60]。以君父之权[61]，上准于天[62]，则天之权[63]。虽重于古今[64]，然亦有时而穷[65]，何也？当世运污浊[66]之际，天下为善者甚少[67]，为恶者日多[68]。天不能择人而福之[69]，亦不能尽人而诛之[70]。祸福两无所施[71]，遂一听善[72]。不善之自荣[73]，自枯于天地之间[74]，而天若无闻知[75]也。彼为恶者[76]，适逢其会[77]乃公然以为天道无知，肆行无忌[78]，以为吾有所恃也[79]。岂知暂恃之者之不可常恃乎？[80]倘一旦杲日当空[81]，群阴[82]荡尽，景星庆云[83]，层见叠出[84]，将见荡平[85]之世。真正是与一切魑魅魍魉[86]，化为乌有[87]。当此之时[88]，天果有权乎[89]？无权乎？[90]问彼作恶者[91]，可恃乎[92]？不可恃乎？[93]而特疾夫[94]作恶者，巧遇可恃之时[95]，而隐以侮慢[96]夫天也。此理哉，此理也哉。[97]

题解：

本文主题谈论的是天下为何有那么多做坏事的人，他们做坏事时，所依靠的是什么。本文的题目虽为《福善祸淫说》，但是文中只提及福、祸、善，而没有提及“淫”。本文详述了“善”与“福”“祸”的关系。文中说道但凡是坚持一件事情的人，心中都会有所依靠。也许早早地告诉做坏事的人“为善必福”的话，世上会少一点儿做坏事的人。正是做坏事的人，有“无报应”的依靠，才使得他们做坏事时无所顾忌。作者认为天理和世运相为表里。天的权力类似于世间君父的权力，因为君父的权力是上天所赋予的。由于天不能择人而福之，也不能把坏人全部惩罚干净，这就是使得坏人的所恃有了得逞的机会。一旦杲日当空之时，群阴就会荡尽，一切魑魅魍魉就会化为乌有，上天和君父的权力就会得以体现。作者在最后说：“此理哉，此理也哉！”说明作者始终相信正义必定战胜邪恶，做善事一定会有好的回报。

注释：

［1］大凡：指大要、大概。《荀子·大略》：“礼之大凡：事生，饰欢也；送死，饰哀也；军旅，饰威也。”

［2］莫不：无不，没有一个不。

恃：依赖，依靠。

［3］彼：那，与“此”相对。

小人：指人格卑下的人。

为不善：做坏事。

［4］假令：假设，如果。

夺：剥夺，削除。

［5］深知：十分明白。

为善：做好事。

福：一切顺利，幸运。与“祸”相对。

［6］未必：不一定，不见得。未必有其实也。

［7］以为：作为，用作。《左传·文公六年》：“宣子于是乎始为国政……既成，以授大傅阳子与大师贾佗，使行诸晋国，以为常法。”

幸福：谓祈望得福。《新唐书·李蔚等传赞》：“至宪宗世，遂迎佛骨于凤翔，内之宫中。韩愈指言其弊，帝怒，窜愈濒死，宪亦弗获天年。幸福而祸，无亦左乎！”

具：准备，备办。

［8］况君子乎：何况君子呢。况：文言连词，表示更进一层，况且，何况。

［9］惟：文言助词，常用于句首。

祇：通“只”，仅仅，唯一。在现在的意义只有敬、恭敬。

［10］挟：怀抱，怀有。

才：才能，能力。

［11］恣行：任意而行，横行。《管子·七臣七主》：“芒主：目伸五色，耳常五声，四邻不计，司声不听，则臣下恣行，而国权大倾。”

贪暴：贪婪暴虐。《墨子·所染》：“举天下之贪暴苛扰者，必称此六君也。”

［12］无所不至：指没有不到的地方，也指什么坏事都做绝了。《论语·阳货》：“既得之，患失之，苟患失之，无所不至矣。”至：到。

［13］诩：夸耀，说大话。

［14］怀清：秦始皇以巴寡妇清为贞妇，为之筑怀清台。后因以“怀清”比喻妇女贞洁。《史记·货殖列传》：“巴寡妇清，其先得丹穴，而擅其利数世，家亦不訾。清，寡妇也，能守其业，用财自卫，不见侵犯。秦始皇以为贞妇而客之，为筑女怀清台。”在这里“怀清”比喻人的清廉高洁。

履洁：亦作“履絜”。躬行廉洁之道，即高洁之意。萧统《文选序》：“楚人屈原，含忠履洁。”

［15］衣食：衣服和食物，泛指基本生活资料。《左传·庄公十年》：“衣食所安，弗敢专也，必以分人。”

不给：供给不足，匮乏。《左传·宣公十二年》：“子有军事，兽人无乃不给于鲜，敢献于从者。”

［16］膏梁文绣：形容富贵人家衣食精美的奢华生活。膏梁：“梁”应为“粱”，肥肉和细粮，泛指肥美的食物。文绣：刺绣华美的丝织品或衣服。《墨子·节葬下》：“文绣素练，大鞅万领。”

自若：一如既往，依然如故。

［17］彼此：那个和这个，双方。《墨子·经说下》：“正名者‘彼此’。彼此可：‘彼彼’止于彼；‘此此’止于此。彼此不可：彼且此也；此亦可彼。”

怀仁：心怀仁德。汉陆贾《新语·道基》：“圣人怀仁仗义。”明吾丘瑞《运甓记·藩府贺正》：“放雀怀仁，献鸠施惠，翠管银钩辉映。”

抱义：怀有正义。

［18］箕裘：《礼记·学记》："良冶之子，必学为裘，良弓之子，必学为箕。"孔颖达疏："积世善冶之家，其子弟见其父兄世业鉹铸金铁，使之柔合以补治破器，皆令全好，故此子弟仍能学为袍裘，补续兽皮，片片相合，以至完全也……善为弓之家，使干角挠屈调和成其弓，故其子弟亦睹其父兄世业，仍学取柳和软挠之成箕也。"良冶、良弓，指善于冶金、造弓的人。意谓子弟由于耳濡目染，往往继承父兄之业。后以"箕裘"比喻祖上的事业。

不振：不振作，不兴旺。《孔丛子·执节》："当如今日山东之国，弊而不振，三晋割地以求安。"

［19］芝兰玉树：比喻有出息的子弟。《晋书·谢安传》："譬如芝兰玉树，欲使其生于庭阶耳。"

自茂：繁盛，美好，优秀。

［20］吾有所恃也：我是有所依靠的。

［21］问其所恃：问他所依靠的是什么。

［22］恃作恶之无报也：所依靠的就是做了恶之后不得报应。

［23］于是为恶者遍天下：于是作恶的人遍及天下。于是：紧接上事之后并由于上事而出现某种结果。

［24］为善者百无一二：做善事的人也就是百分之一二。

［25］世道人心：社会的风气，人们的思想。《明史·儒林传序》："所关于世道人心者甚钜，是以载籍虽繁，莫可废也。"

［26］遂不堪问矣：于是就不用问了。不堪：不能，不可。

［27］盖作善降祥：做善事可以使上天降吉祥。盖：文言中的发语词，无意义。祥：吉祥，吉利。

［28］作恶降殃：做坏事上天会降下灾难。殃：祸害，灾难。

［29］乃理之常：是普通的道理。理：道理，义理。常：普通的，一般的。

［30］天者理而已：上天就是道理道义罢了。而已：助词。表示仅止于此，犹罢了。

［31］岂高高在上者：难道高高在上的老天。

［32］而不据理以断哉：就不根据道理来判断了。据理：依据道理。《北史·阳固传》："初，硖石之役，固有先登之功，而朝赏未及，至是，与尚书令李崇讼勋，更相表。崇虽贵盛，固据理不挠，谈者称焉。"断：判断，裁决。

[33] 奈何：用反问的方式表示如何。

梦梦：昏乱，不明。《诗·小雅·正月》："民今方殆，视天梦梦。"

[34] 颠倒错乱：把本来的顺序完全搞乱，完全失去正常状态。《旧唐书·礼仪志一》："玄析之为三，颠倒错乱，皆率胸臆，曾无典据，何足可凭。"

[35] 如斯：像这样。《论语·子罕》："子在川上，曰：'逝者如斯夫！不舍昼夜。'"明郎瑛《七修类稿·奇谑三·代死失火》："苟谓事事如斯，吾未之信矣。"

[36] 天道：天理。宋代的理学家认为封建伦理是客观存在的道德法则，把它叫做"天理"。

世运：指世间盛衰治乱的更迭变化。

[37] 相为表里：指相互间配合为外表和内里。《三国志·魏志·荀彧传》："彼惩往年之败，将惧而结亲，相为表里。"表里：外表和内里。

[38] 世运盛：世间的运道昌盛。

[39] 天道自明：天道自然就明朗。

[40] 世运薄：世间的运道衰败。薄：稀薄，淡薄。这里可以引申为衰败。

[41] 天道渐晦：天道就昏暗不明。渐：逐渐，慢慢地，一点一点地。晦：昏暗不明。

[42] 昭昭：明白，清楚。

耳目：犹视听，见闻。引申为审察和了解。《国语·晋语五》："若先，则恐国人之属耳目于我也，故不敢。"

[43] 而人特为之思耳：而这只是人没有特地去思考过罢了。

[44] 莫尊于天：没有比上天更为尊贵的了。尊：地位或辈分高，尊贵。

[45] 以天下而论：拿天下来衡量。论：衡量，评定。

[46] 天之权似君：老天的权力类似君主的权力。

[47] 以一家而论：拿家庭来衡量。

[48] 天之权似父：上天的权力类似父亲。

[49] 君能使臣：君主能够使唤臣子。使：使唤，役使，支使。

[50] 重：大，贵重，尊贵。

[51] 而所使之臣：然而所役使的大臣。

[52] 妄行：胡作非为。《管子·法法》："国毋常经，则民妄行矣。"

[53] 如之何：奈何，亦指对付、处置的办法。《汉书·曹参传》："相舍后园近吏舍，吏舍日饮歌呼。从吏患之，无如何，乃请参游后园。"

[54] 而君之权穷：然而君主的权力穷尽了。穷：完了，穷尽。

[55] 父能教子：父亲能够教育孩子。

[56] 父之权重：父亲的权力是十分大的。

[57] 而所教之子：然而所教育的孩子。

[58] 忤：逆，违背，不顺从。

放恣：放纵任性。《孟子·滕文公下》："圣王不作，诸侯放恣，处士横议，杨朱、墨翟之言盈天下。"

[59] 虽父亦无如之何：即使是父亲也是没有办法的。

[60] 而父之权穷：然而父亲的权力也就穷尽了。

[61] 以君父之权：而君主和父亲的权力。以：文言连词，与"而"用法相同。

[62] 上准于天：在上面是被上天所准许的。

[63] 则天之权：那么就是上天所赋予的权力。

[64] 虽重于古今：虽然从古至今君父的权力都很大很重。

[65] 然亦有时而穷：然而有时权力也会穷尽。

[66] 污浊：形容物体或水域被严重的污染（污泥浊水），混浊，不干净。这里指卑劣鄙陋。

[67] 天下为善者甚少：天下做善事的人就会非常少。

[68] 为恶者日多：做坏事的人就会一天天的多起来。

[69] 天不能择人而福之：上天不能有选择的而使一些人幸福。

[70] 亦不能尽人而诛之：也不能把所有的做坏事的人都穷尽而杀掉。

[71] 祸福两无所施：福祸两者都没有得到。施：给予。

[72] 遂一听善：于是就一心向善。听：顺从，听凭。

[73] 不善之自荣：不向善的人依然兴盛。自：仍旧，依然。荣：繁茂，茂盛，兴盛。

[74] 自枯于天地之间：依然在天地间枯萎。枯：枯槁，干枯，枯萎。

[75] 闻知：听说，知道。《尚书·胤征》："羲和尸厥官，罔闻知。"

[76] 彼为恶者：他们做坏事的人。

[77] 适逢其会：恰巧碰上那个机会或时机。隋王通《文中子·周公》："子谓仲长子光曰：'山林可居乎？'曰：'会逢其适也，焉知其可？'"适逢：恰好遇到。沈复《浮生六记·闺房记乐》："（余）让之食，适逢斋期，已数年矣。"

[78] 肆行无忌：恣意横行，无所顾忌。《明史·石亨传》："因劾亨招权纳贿，肆行无

忌，与术士邹叔彝等私讲天文，妄谈休咎，宜置重典。”

［79］以为吾有所恃也：认为自己是有所依靠的。以为：认为。

［80］岂知暂恃之者之不可常恃乎：难道不知道暂时所依靠的不能够经常进行依靠吗？

［81］一旦：不确定的时间。

杲日：明亮光明的太阳。

当空：在空中。唐元稹《清都春霁寄胡三吴十一》诗：“白日当空天气暖，好风飘树柳阴凉。”

［82］群阴：各种阴象。《吕氏春秋·精通》：“月也者，群阴之本也。月望则蚌蛤实，群阴盈；月晦则蚌蛤虚，群阴亏。夫月形乎天而群阴化乎渊。”

［83］景星庆云：比喻吉祥的征兆。

［84］层见叠出：指接连不断地多次出现。层：重复。叠：一次又一次。

［85］荡平：扫荡平定。汉阮瑀《为曹公作书与孙权》：“幸蒙国朝将泰之运，荡平天下，怀集异类。”

［86］真正：确实，的确。

魑魅魍魉：原为古代传说中的鬼怪，后指各种各样的坏人。《左传·宣公三年》：“魑魅魍魉，莫能逢之。”《文选·西京赋》：“魑魅魍魉，莫能逢旃。”李善注：“《说文》曰：‘螭，山神，兽形。’‘魅，怪物。’魍魉，水神。”

［87］化为乌有：变得什么都没有，指全部消失或完全落空。乌有：哪有，何有。乌：虚幻，不存在。汉司马相如作《子虚赋》：“楚使子虚使于齐，王悉发车骑，与使者出畋。畋罢，子虚过姹乌有先生，亡是公存焉。”

［88］当此之时：当这个时候。

［89］天果有权乎：上天当真有权力吗？

［90］无权乎：没有权力吗？

［91］问彼作恶者：问他们作恶的人。问：询问。作恶：作乱，干坏事，为非作歹。《三国志·魏志·钟会传》：“（钟会）若作恶，只自灭族耳。”

［92］可恃乎：能够依靠吗？

［93］不可恃乎：不能够依靠吗？

［94］特：只是，单单。

疾：快，迅速。这里引申为“一时，短暂的”。

夫：用于句中，舒缓语气。

[95] 巧遇可恃之时：恰巧遇到能够有所依靠的时候。巧遇：巧合相遇。

[96] 隐：藏匿，隐蔽，隐瞒。

以：用，拿，把，将。

侮慢：亦作“侮嫚”“侮谩”。对人轻忽，态度傲慢，乃至冒犯无礼。《书·大禹谟》：“侮慢自贤，反道败德。”

[97] 此理哉，此理也哉：就是这个道理，就是这个道理啊！

寿夭说

按《周书·召诰》[1]曰：“今天其命哲[2]，命吉凶[3]，命历年[4]。”言敬德则获吉享寿[5]也。《无逸》[6]云：“不知稼穑之艰难[7]，不闻小人之劳[8]，惟耽乐之从[9]，自时厥后[10]，亦网（罔）或克寿[11]。”言人勤劳则能享寿[12]，若忱（耽）乐愈甚[13]，则享年愈促也[14]。夫子[15]曰：“仁寿者。”[16]言仁者心无私累[17]，自有得寿之理[18]，凡此皆圣人之言寿也[19]。执是说也[20]，则古来得寿者[21]，宜莫如颜子[22]，冠德行科[23]，德备[24]矣。三月不违仁[25]，仁熟矣[26]；躬耕郭外田[27]，劳甚矣[28]。三十蚤卒[29]，贫无以葬[30]，天之报施[31]善人，固如是乎[32]？汉张仓[33]，穷奢极欲[34]，养成肥瓠之躯[35]，姬妾[36]数十，有子百人[37]，寿一百八十岁[38]。或德，或不德。[39]或夭，或寿。[40]何颠倒错谬一至此[41]哉。盖天下所可信者，理也。[42]所不知者，数也。[43]颜子宜寿而反夭[44]，理可信而数难穷[45]。张仓宜夭而反寿[46]，数可信而理难知[47]。古今人之类于颜子、张仓者[48]，不可胜数[49]也。可解[50]乎？不可解乎？将穷理[51]乎，亦穷数[52]乎。理数皆出于天[53]，欲问天而天无言也[54]。

题解：

本文是对人寿命的长短而阐发的议论。文章用《尚书·周书·召诰》的话来说明敬德就会长寿。接着用孔子《论语》中的话“仁者寿”来说明，有仁德之人是可以长寿的。但作者紧接着举出颜回、张仓的反例来说明情况并非如此。最终作者不可解，归咎于理数出于天，想要问天，而上天却无以言。

注释：

[1]《周书·召诰》:《尚书》中《周书》之篇名。今文、古文中皆存。成王欲迁都洛阳，先派召公去经营。周公视察洛阳时，召公委托周公上书，告诫成王应当敬德，使天命长久。

[2] 今天其命哲：现今上天应给予明哲。命：给予。《小尔雅·广言》:“命。予也。”哲:《说文》谓：“知也。”孙星衍以“明”饰“哲”，是为“明哲”。这与“天生烝民，有物有则。民之秉彝，好是懿德”(《诗经·荡之什·烝民》) 相通。秉，天生禀赋;彝，常理;懿，美也。陈奂《传疏》云：“民之秉好性善也。”孟子在《告子上》中以此诗句形容“四端说”。也就是说,《召诰》在认定“天”“命吉凶，命历年”的同时，还能“命哲”，亦即赐给人以美好的禀赋。而且命哲摆在“命吉凶，命历年”之前，显然比命吉凶、命历年更重要。“命哲”蕴含的意蕴是，“天”在赐予人以生命的同时，还赐给了人天生的纯正禀赋。《召诰》把“天”义理化，试图在超现实的层面上把人的精神、禀赋、智慧与天的品行联系起来。天命给予我们的先天禀赋虽然是一致的，但是后天的成长环境、受教育的程度导致了人与人之间的差别。《召诰》的“敬德”是为了“上下勤恤”“受天永命”，要努力避免殷商末代统治者所遭遇的结局。

[3] 命吉凶：给予吉祥。吉凶：偏义为“吉”。吉：好，有利的，幸福的，与“凶”相对。

[4] 命历年：给予永年，即给予长寿。历年：永年，长寿。历：久。

[5] 敬德：“德”是“天”的至善性，“敬德”就是“敬天”，这是周王朝政治路线的理论依据。“敬德”，是因为“皇天无亲，惟德是辅”，有德才会得到上天的保佑。

吉：预示好运之征兆，祥瑞。《庄子·人间世》:“虚室生白，吉祥止止。”成玄英疏：“吉者，福善之事；祥者，嘉庆之征。”

享寿：享有的寿命，谓在世的年岁。唐徐彦伯《南郊赋》:“享寿千亿，传无穷兮。”

[6]《无逸》:《周书·无逸》,《尚书》中《周书》之篇名。《无逸》篇表达了禁止荒淫的思想。无逸，不要贪图安逸，文章开宗明义，提出:“君子所其无逸。知稼穑之艰难?”这是全文的主题和论述的核心。

[7] 不知稼穑之艰难：不懂得耕种收获的艰难。

[8] 不闻小人之劳：不打听（不懂得）普通老百姓的辛劳。小人：平民百姓，指被统治者。

[9] 惟耽乐之从：只是追求纵情享乐。惟：单，只，只是。耽乐：过度地逸乐，沉溺

于欢乐。从：追求。

[10] 自时厥后：从这以后。厥：之。清王引之《经传释词》："厥，犹之也。"

[11] 亦网（罔）或克寿：那些继立的殷王也没有谁能长寿。罔：这里写作"网"应为误写。克寿：谓能长寿。

[12] 言人勤劳则能享寿：说的是只要人勤劳就能够享有长久的寿命。

[13] 若忱（耽）乐愈甚：如果过度享乐愈加厉害。忱乐：疑为误写所致，应为"耽乐"，即过度地享乐，纵情愉悦。

[14] 则享年愈促也：那么享有的年份就会愈加短促。

[15] 夫子：孔子。

[16] 仁寿者：出自《论语·雍也》子曰："知者乐水，仁者乐山；知者动，仁者静；知者乐，仁者寿。"

[17] 言仁者心无私累：这是说仁德之人心无私欲的牵累。私累：谓私欲的牵累。

[18] 自有得寿之理：自然会有获得长寿的道理。

[19] 凡此皆圣人之言寿也：所有这些都是圣贤之人在说长寿。凡此：所有这些。

[20] 执是说也：按照这种说法。执：相当于"用""凭"，这里应理解为"按照"。

[21] 则古来得寿者：那么从古代以来得寿的人。

[22] 宜莫如颜子：当然都不如颜子。宜：当然，无怪。莫如：不如；这样选择较好。颜子：春秋末鲁国人。名回，字子渊，亦颜渊，孔子最得意弟子之一。《雍也》说他"一箪食，一瓢饮，在陋巷，人不堪其忧，回也不改其乐"。人谦逊好学，"不迁怒，不贰过"。他异常尊重老师，对孔子无事不从，无言不悦。以德行著称，孔子称赞他"贤哉回也"，"回也，其心三月不违仁"（《雍也》）。不幸早死。自汉代起，颜回被列为七十二贤之首，有时祭孔时独以颜回配享。此后历代统治者不断追加谥号，唐太宗尊之为"先师"，唐玄宗尊之为"兖公"，宋真宗加封为"兖国公"，元文宗又尊为"兖国复圣公"。明嘉靖九年（1530）改称"复圣"，山东曲阜还有"复圣庙"。

[23] 冠德：推行道德。

行：使用，行使。

科：品类，等级。

[24] 德：道德，品行。

备：完备，齐备。

[25] 三月不违仁：三个月都没有违背仁德。这里是说颜回长时间坚持仁德。

[26] 仁熟矣：指做人德之事已经做得很好了。熟：表示程度深。

[27] 躬耕：亲身从事农业生产。

郭外田：外城之外的田地。郭：古代在城的外围加筑的一道城墙。内城叫作“城”，外城叫作“郭”。

[28] 劳甚矣：十分得劳累啊！

[29] 三十蚤卒：30 岁的时候就早早地死了。蚤：同“早”，比一定的时间靠前。

[30] 无以：没有（什么），没有（谁），没有（办法）。

葬：掩埋死人，泛指处理死者遗体。

[31] 报：报答，报酬。

施：施行，实行，推行。

[32] 固如是乎：本来就像这样吗？固：本，原来。如是：如此这么，像这样。

[33] 张仓：张仓是汉朝第一个文人丞相，封北平侯，阳武县（今河南省原阳县）富宁集乡张大夫寨村人。他生于战国末年，死于汉景帝五年。张仓校正《九章算术》，制定历法，也是我国历史上主张废除肉刑的一位古代科学家。

[34] 穷奢极欲：奢侈和贪欲到了极点。奢：奢侈。欲：享乐的观念。

[35] 养成：培养而使之形成或成长。

肥瓠：即“瓠肥”，又白又胖。

躯：身体。

[36] 姬妾：妾。《东观汉记·下邳惠王衍传》：“下邳王被病沉滞之疾，昏乱不明，家用不宁。姬妾嫡庶，诸子分争。”

[37] 有子百人：有孩子 100 多人。

[38] 寿一百八十岁：活了 180 岁。

[39] 或德，或不德：有的人有仁德，有的人没有仁德。

[40] 或夭，或寿：有的人早死，有的人长寿。

[41] 颠倒：上下易位，本末倒置。

错谬：错乱，错误。《汉书·元帝纪》：“间者阴阳错谬，风雨不时。”

至此：达到这种地步。

[42] 盖天下所可信者，理也：天下所能够相信的是道理义理。理：道理，义理。

[43] 所不知者，数也：所不知道的是天数。数：天数，由上天给安排的命运。

[44] 颜子宜寿而反夭：颜子应该长寿反而却早死了。

[45] 理可信而数难穷：义理是能够相信的，而天数很难寻根究源。信：相信，信任。穷：推究到极点，寻根究源。

[46] 张仓宜夭而反寿：张仓应该早死反而却长寿。

[47] 数可信而理难知：天数可以相信反而义理很难知。

[48] 古今人之类于颜子、张仓者：从古至今类似于颜子、张仓命运的人。

[49] 不可胜数：数也数不过来。胜：尽。

[50] 解：讲明白，分析说明。

[51] 将：将要。

穷理：穷究事物之理。《后汉书·胡广传》："(胡广)博物洽闻，探颐穷理。"

[52] 亦：文言连词。表选择，相当于或是、还是。

穷数：穷究天数。

[53] 理数皆出于天：事物之理和天数都出自于天。

[54] 欲问天而天无言也：将要询问上天，然而上天却是沉默的。无言：沉默，没有话。

穷愁解[1]

有客来舍，双眉不开。[2]予怪而问之。[3]则曰谓穷之故。[4]予解之曰[5]："世有更穷于子者[6]，子特未之思耳[7]。子目甚明[8]，子耳甚聪[9]。较之聋瞆乞食者[10]，子得天已厚[11]矣。不知乐此，而反以为愁。[12]毋乃不情之甚乎？[13]且[14]世人之忧乐，约有两端[15]。忧莫尤于失[16]，乐莫乐于得[17]。人而处穷，固有得无之境也。[18]何也？[19]膏粱文绣[20]，富贵以为常也[21]。偶而饥寒[22]则忧。藜藿不给[23]，裋褐不完[24]，贫贱以为常[25]也。偶而温饱则乐[26]。若然，富贵者忧其失温饱也[27]；贫残者忧其不得饥寒哉[28]？且饥寒不过穷子之身耳[29]，忧饥寒则穷子之心[30]，始而[31]以身之贫穷，困子之心[32]，继能以心之贫穷[33]，病子之身[34]，卒之贫穷不能去其万一[35]，而忧贫穷之身[36]，有时先贫穷而去也[37]，是则可忧也[38]，予贫穷何有[39]哉。迨[40]忧贫之身既去，则虽求为今日之能忧也，予贫穷何有哉。迨忧贫之身既去，则虽求为今日之能忧者杳不可得[41]，然则子之能忧[42]，又即子之所以足[43]乐乎！子可以悟矣。[44]"

题解：

本文是针对来客的穷愁之苦做的劝解之词。在作者看来，目明耳聪本身就是一种富裕而不是贫穷。往往人在同一个环境中待得时间长了，就认为某种事情是正常的。身体好本身就是一种富贵，而不要再苛求其他的富贵，也不要再为其他的而忧愁。当你连身体都没有了的时候，你就什么也没有了。所以，你有足够的理由为你能忧愁而感到快乐。当然，这是需要自己去感悟的。

注释：

[1] 穷愁：穷困忧愁，穷苦而忧伤。

解：文体的一种，如韩愈《进学解》。

[2] 有客来舍，双眉不开：有客人来到我的住处，双眉紧锁，很不开心。舍：居住的房子。

[3] 予怪而问之：我感到很奇怪于是就问他。

[4] 则曰谓穷之故：于是他告诉说是因为贫穷的缘故。谓：告诉。

[5] 予解之曰：我劝解他说。解：排解，劝解，使和气。

[6] 世有更穷于子者：世上有比你更穷的人。

[7] 子特未之思耳：你单单没有思考过这些。子：中国古代对男子的通称。特：单独，单单，特地。思：思考，考虑。

[8] 子目甚明：你的眼睛十分清晰明亮。明：明亮，清晰明亮。

[9] 子耳甚聪：你的耳朵听觉很灵敏。聪：听觉灵敏。

[10] 较之聋瞶乞食者：与聋子、瞎子、要饭的人相比较来说。聋：耳听不见声音，聋子。瞶：瞎子，眼昏花。乞食：乞讨食物。

[11] 天：天然，自然。

厚：优厚。

[12] 不知乐此，而反以为愁：不知道以这些为乐，反而以这些为愁。

[13] 毋乃不情之甚乎：莫非太不讲情理了吧？毋乃：莫非，岂非。《礼记·檀弓下》："君反其国而有私也，毋乃不可乎？"情：情理，道理。

[14] 且：将近，几乎。

[15] 端：事物的一头或一方面。

[16] 忧莫尤于失：忧愁没有比失去更忧愁的。

[17] 乐莫乐于得：欢乐没有比得到更欢乐的。

[18] 人而处穷，固有得无之境也：人处在贫穷之时，本来就存在得到和失去的境况。处：存在，置身。境：状况，境况，地步。

[19] 何也：为什么呢？

[20] 膏梁：同“膏粱”。肥肉和细粮，泛指肥美的食物。借指富贵人家子弟。

文绣：刺绣华美的丝织品或衣服。《墨子·节葬下》：“文绣素练，大鞅万领。”也是借指富贵人家的子弟。

[21] 富贵以为常也：把富贵的生活看作是平常的事情。富贵：富裕而显贵，犹言有财有势。

[22] 偶而：同“偶尔”，间或，有的时候。

饥寒：饥饿并且寒冷，多指环境艰苦。

[23] 藜藿：指粗劣的饭菜。

不给：供给不足，匮乏。

[24] 裋褐不完：粗布短衣还破旧不完整，形容生活贫苦。

[25] 贫贱：贫困而没有社会地位。

常：一般，普通，正常。

[26] 温饱：食饱衣暖。

乐：高兴，喜悦。

[27] 富贵者忧其失温饱也：富贵的人担心他们失去温饱的生活。

[28] 贫残者忧其不得饥寒哉：贫贱的人还担忧他们得不到饥寒吗？

[29] 且饥寒不过穷子之身耳：况且饥寒不过是使你的身体处境恶劣。穷：处境恶劣。

[30] 忧饥寒则穷子之心：为饥寒之事而忧愁，那么使你的心不开心，处境不好。穷子之心：指不得志。

[31] 始而：表示某一情况或动作开始。

[32] 困子之心：而使你的心疲倦。困：劳倦，疲倦。

[33] 贫穷：贫苦困厄。谓缺少财物，困顿不顺。

[34] 病子之身：使你的身体生病。

[35] 卒之贫穷不能去其万一：死了，贫穷的忧愁也不能去掉万分之一。卒：死了。

[36] 忧贫穷之身：忧愁身体处于困境。

[37] 有时先贫穷而去也：有的时候身体会先离开。即贫穷问题没解决反而使自己的

身体先坏掉了，就先死掉了。

[38] 是则可忧也：这才是我们要担忧的。

[39] 予：给予，授予。

何有：有什么。用反问的语气表示不顾虑、不在乎。

[40] 迨：及，到，等到。

[41] 杳：无影无声，没有。

不可得：不能够得到。

[42] 然则子之能忧：既然这样那么你能够忧愁。

[43] 又：表示加重语气、更进一层。

足：完全。

[44] 子可以悟矣：你是能够感悟的。

题赵怀亭[1]画卷后

赵怀亭，金城之韵人[2]也。与予十年前，缔交于甘泉[3]。今春寄予画竹一卷[4]，风枝雨叶[5]，横斜纵直[6]，变态百出[7]，莫窥其妙[8]。当盛暑[9]时，开卷一览[10]，如闻萧飒[11]之声，吁枝一至此乎[12]？殆天授神行[13]，非关学也[14]。

题解：

本文是作者的朋友兰州人赵怀亭寄给其一幅竹画而题写的短文。主要赞叹画的美妙。如此之美妙竹画“殆天授神行，非关学也”。

注释：

[1] 赵怀亭：吴栻在甘泉结识的朋友，其是今甘肃省兰州人。

[2] 金城：兰州，始建于公元前86年。据记载，因初次在这里筑城时挖出金子，故取名“金城”。还有一种说法是依据“金城汤池”的典故，喻其坚固。两汉、魏晋时在此设置金城县。十六国前凉时又移金城郡治于此。隋开皇三年（583），隋文帝废郡置州，在此设立兰州总管府，“兰州”之称，始见于史册。后来虽然州、郡数次易名，但兰州的建置沿革基本固定下来，相沿至今。

韵人：犹雅人，风雅之士。多指文人。

[3] 缔交：（朋友）订交。谓彼此结为朋友。

甘泉：甘泉书院，位于甘肃省张掖市。清乾隆二十四年（1759）甘州知府冯祖悦、张掖知县王廷赞创建于南门内街东，以临甘泉，故名。

[4] 今春寄予画竹一卷：今年的春天寄给我一卷竹画。

[5] 风枝雨叶：画中的竹枝就像被风吹过一样，竹叶就像在雨中的树叶一样。风枝：风吹拂下的树枝。雨叶：雨中的被淋湿的叶子。

[6] 横斜：或横或斜。多以状梅竹之类花木枝条及其影子。宋林逋《山园小梅》诗："疏影横斜水清浅，暗香浮动月黄昏。"

纵直：竖和横互相交错。

[7] 变态百出：形容事物形态变化之多。《新唐书·艺文志一》："历代盛衰，文章与时高下。然其变态百出，不可穷极，何其多也。"

[8] 窥：从小孔或缝里看暗中察看。亦泛指观看、观察。

妙：美妙。

[9] 盛暑：大热天，酷暑。

[10] 开卷一览：打开画卷观看。

[11] 萧飒：形容风雨吹打草木发出的声音。唐陈羽《湘妃怨》诗："商人酒滴庙前草，萧飒风生斑竹林。"

[12] 吁枝一至此乎：惊叹一竹枝怎么到这里呢？吁：叹词，表示惊疑。

[13] 殆：大概，几乎。

天授：指上天所授予，天赋。

神行：神人游动。

[14] 非关学也：与学识是没有关系的。

云庵四六文草

祝吴拙庵双亲寿序[1]

盖自桂茁金芳[2]，香泛婆娑[3]之树；月明银汉[4]，光凝烂漫之霞[5]。当秋霁之方舒[6]，双开寿域[7]；值天垣之兆瑞[8]，两庆芳辰[9]。此箕子衍畴[10]，止宜异扬美盛[11]；封人效祝[12]，所以表祝嘉休[13]也。恭维兰翁："江左名家[14]，海南硕彦[15]。德推三让[16]，无双擅之美名[17]；道足千秋[18]，独立表绝群[19]之异。"积累有素[20]，绍述弥光[21]。至其静默性成[22]，聪明天授[23]。才多八斗[24]，博综邱索[25]之华；学富五车[26]，宏揽天人之奥[27]。三花[28]在手，稳架珊瑚[29]，五色罗胸[30]，大铺锦绣[31]。等身巨著[32]，宁惟独步胶庠[33]；传世鸿篇[34]，威拟联鏕[35]殿阁。而乃具抉电掣霆[36]之笔，不克凌云[37]；负腾蛟梦鸟之奇[38]，未能化风[39]。于是传经后进[40]，息意前征[41]。扶大雅之轮[42]，依依槐市[43]；树斯文之帜[44]，蔼蔼苏湖[45]。盖拟其文章[46]，俨当年之才老[47]；方兹理学[48]，真此日之幼清[49]。况万孺人少着悠闲之声[50]，长傅淑慎之誉[51]，御族党以和睦[52]，抚臧获以恩慈[53]。鸿案相庄[54]，味洁醍醐之馔[55]；鹿车共挽[56]，躬亲井臼之操[57]。较诸郤缺[58]于田，克全妇道[59]；岂若刘纲远举[60]，厥有仙踪[61]。若夫麟角金相[62]，凤毛璇式[63]，充闾有庆[64]；由能善读父书[65]，肯得名知[66]，其夙承母训[67]。长公才高班马[68]，早拔之于艺林[69]；书压钟王[70]，久驰声于文苑[71]。乃以和羹妙手[72]，试烹于湟中[73]；补衮宏才[74]，暂制锦于塞上[75]。黄河波静[76]，庆四民之二天[77]；青海春深[78]，酿五风而十雨[79]。湛恩溢叶县[80]，比药草之流泉[81]；厚泽满花村[82]，等龙池之甘露[83]。岂止三秦留康侯之绩[84]，四野兴廉叔之歌而已[85]乎。将来飞帛书御史之名[86]，坐席正讲官之体[87]。于兹肇[88]焉，洵足慕[89]焉也。然我父台[90]，政治无双[91]，允矣仁吏[92]。而兼才人之目[93]，渊源有自[94]。信乎求忠臣于孝子之门[95]，盖用昭一日之贤能[96]，由夙禀双亲之训诲[97]者也。兼以花萼[98]争秀，以陆海而并鄱江[99]；兰兹著芳[100]，非荀龙而即薛凤[101]。诚人间之奇遇[102]，天下之殊荣[103]者矣。乃太先生暨太孺人[104]，思称职[105]之难，念贻谋之善[106]。堂其捧檄辞去[107]，临岐[108]谆复，思全令于之廉明[109]。洎乎遣舆迎来[110]，退食[111]

丁宁，惟励荩臣之介节行见[112]。凤诰耀琳琅[113]之彩，鸾章烂金石之文[114]。荣分七叶[115]，直从星海探河源[116]；荫逮三株[117]，欣看天阶承雨露[118]。兹者天香飘月窟[119]，爰知种自吴刚[120]；琼液泛瑶池[121]，更喜杯呈[122]王母。昊穷垂象[123]，应占有烂之文[124]；父老[125]举觞，用迓无疆之祚[126]。共祝筹添海屋[127]，木公偕金母以延令[128]，花满庭闱[129]，并紫鸾而承瑞[130]，夙占雅化[131]。曷敢献[132]冰桃云藕之词，久仰清标[133]，用以代南山北海之什[134]。谨序[135]。[136]

题解：

本文是一篇祝寿的文章。文章开始点出了吴拙庵父母的生日是在秋季。作者对秋季不乏赞美之词，接着对兰翁进行了祝福。下面紧接着写兰翁的才能，才高八斗，学富五车。兰翁之妻十分贤惠，能够协调好各种家庭关系。兰翁与妻子的感情非常好，作者用“鸿案相庄”“鹿车共挽”的典故来形容夫妻恩爱。作者下面写长公非常刻苦且努力，非常有出息，在塞上做了县令。接着写父台即县令（也就是长公）的功绩和孝顺的品行。最后还是引经据典来恭祝吴拙庵双亲长寿。

注释：

[1] 双亲：父亲与母亲。

寿序：祝寿的文章。明中叶以后开始盛行。清陈康祺《郎潜纪闻》卷七：“寿序谀词自前明归震川始入文稿。然每观近今名人集中偶载一二，亦罕有不溢美者。”

[2] 盖：古代汉语中的发语词，无实际意义。

自：在，于。

桂：常绿小乔木或灌木，叶椭圆形，开白色或暗黄色小花，有特殊的香气，供观赏，亦可做香料。通称“木犀”，简称“桂”。

茁：绽开，开花。

金芳：这里指泛着芳香的金黄色的桂花。

[3] 香：桂花的芳香。

泛：弥漫，飘散着。

婆娑：枝叶纷披的样子。

[4] 银汉：银河。晴天夜晚，天空呈现的银白色的光带。银河由大量恒星构成。古亦

称“云汉”，又名“天河”“天汉”“星河”。

［5］光：光芒，光亮。

凝：聚集，集中。

烂漫：光彩四射，绚丽多彩。

霞：早晚的彩云。

［6］秋霁：秋日雨后天晴。唐储光羲《新丰作贻殷四校书》诗：“鸡犬暮声合，城池秋霁空。”

方：才，刚刚。

舒：伸展，舒展。

［7］双开：一起开始。

寿域：谓人人得尽天年的太平盛世。《汉书·礼乐志》：“愿与大臣延及儒生，述旧礼，明王制，驱一世之民，济之仁寿之域，则俗何以不若成康？寿何以不若高宗？”

［8］天垣：天上的星辰。垣：星的区域，古代把众星分为上、中、下三垣。

兆瑞：吉祥的兆头，好运的兆头。

［9］两庆芳辰：这里指庆贺双亲的生日。

［10］畴：指箕子讲的《洪范九畴》。《洪范九畴》是《尚书·洪范》中提出的治理国家必须遵循的九条大法。据说是周武王十三年（前1122）灭殷后，殷遗臣箕子与周武王信纸述天人关系时提出的。

［11］止：仅，只。

宜：适合，应当。

异：特别。

扬：夸耀，称扬。

美盛：美艳茂盛，美好壮盛。《诗经·周南·葛覃》“维叶萋萋”汉郑玄笺：“叶萋萋然，喻其容色美盛也。”

［12］封人：古官名。《周礼》地官司徒的属官，掌守帝王社坛及京畿的疆界。《周礼·地官·封人》：“封人掌诏王之社壝，为畿封而树之。”春秋时为典守封疆之官。《左传·隐公元年》：“颍考叔为颍谷封人。”杜预注：“封人，典封疆者。”

效：显示，呈现。

祝：指华封人向尧的祝福。《庄子·天地》：“尧观乎华，华封人曰：‘嘻！圣人！请祝圣人，使圣人寿。’尧曰：‘辞。’‘使圣人富。’尧曰：‘辞。’‘使圣人多男子。’尧曰：

‘辞’。”后多用作对帝王的祝颂。

[13] 表：显示。

嘉休：吉庆，幸福，美善。

[14] 江左：古时在地理上以东为左，江左也叫“江东”，指长江下游南岸地区，也指东晋、宋、齐、梁、陈各朝统治的全部地区。五代丘光庭《兼明书·杂说·江左》：“晋、宋、齐、梁之书，皆谓江东为江左。”这里可能指的是三江源，即黄河、澜沧江、长江的左面和下面，即湟水谷地地区。

名家：名门。

[15] 海南：此处可能指的是今青海省青海湖以南。

硕彦：指才智杰出的学者。明胡应麟《少室山房笔丛·九流绪论中》：“三子（指蔡邕、葛洪、刘知几）皆鸿生硕彦，目无今古。”

[16] 德：道德，品行。

推：推崇，推重。

三让：指周泰伯让位于季历事，后人称为“盛德”。《论语·泰伯》：“泰伯，其可谓至德也已矣！三以天下让，民无得而称焉。”邢昺疏引郑玄注云：“泰伯，周太王之长子，次子仲雍，次子季历。太王见季历贤，又生文王，有圣人表，故欲立之。而未有命。太王疾，太伯因适吴采药，太王殁而不返。季历为丧主，一让也；季历赴之，不来奔丧，二让也；免丧之后，遂断发文身，三让也。”

[17] 无双：没有可相比的，独一无二。

擅：占有，据有。

美名：好名声。

[18] 道：道德，道义，正义。

足：值得，够得上。

千秋：生日。敬辞，指人的寿辰。

[19] 独立：孤立无依，不依靠他人。

表：显示，显露。

绝群：超出同辈。《后汉书·隗嚣传》：“苍蝇之飞，不过数步，即托骥尾，得以绝群。”

[20] 积累：逐渐聚集。

有素：谓具有一定的素养。

[21] 绍述：泛指承继前人所为。

弥光：更加荣耀昭著。

[22] 其：人称代词，指兰翁。

静默：人不说话，不出声音。

性：性情，脾气。

成：事物发展到一定的形态或状况。

[23] 聪明：天资高，记忆和理解力强。

天授：上天给予，授予的。

[24] 才多八斗：比喻人极有才华。《南史·谢灵运传》："天下才共一石，曹子建独得八斗，我得一斗，自古及今共用一斗。"

[25] 博综：亦作"博纵"，犹博通。汉蔡邕《陈留太守胡公碑》："总角入学，治《孟氏易》《欧阳尚书》《韩诗》。博综古文，周览篇籍，言语造次，必以经纶加之。"

邱索：指八索九邱，相传都是上古典籍。明李东阳《嘉兴府志·序》："盖自天下之有书契，有坟典以明理道，纪政事，有邱索以象风气，名土物。"

[26] 学富五车：形容读书多，学识丰富。《庄子·天下》："惠施多方，其书五车。"

[27] 宏：广大，博大，广泛。

揽：通"览"，观看。

天人：天和人，天象和人事。

奥：奥妙，奥秘。

[28] 三花：苏轼《三朵花》诗序："吾州有异人，常戴三朵花，莫知其姓名，郡人因以'三朵花'名之，能作诗，皆神仙意。"后因以冠簪三花指修炼得道。

[29] 稳：安定，固定，平稳。

架：超越，凌驾。

珊瑚：许多珊瑚虫的骨骼聚集物，树状，供玩赏。

[30] 五色：指青、黄、赤、白、黑五色，也泛指各种色彩。

罗：遮拦。

胸：胸膛。

[31] 大：超过一般。

铺：把东西展开或摊平。

锦绣：色彩鲜艳，质地精美的丝织品，比喻事物的美好。

[32] 等身巨著：与人的身高或重量相等，形容数量多、巨著篇幅长或内容丰富给人

深刻印象的著作。

[33] 宁：宁可，宁愿。

惟：愿，希望。

独步：独自行走，亦指超群出众，独一无二。

胶庠：周代学校名。胶，大学，在国中王宫之东；庠，小学，在国之西郊。

[34] 传世：流传于后世。

鸿篇：巨著，杰作。明张居正《答廉宪王凤洲书》："家君在时，曾以祠碑，渎求名笔，荷蒙不弃，贶以鸿篇。"

[35] 威：表现出使人敬畏的气魄。

拟：打算。

联镳：犹联鞭，谓并骑而行。唐权德舆《酬崔千牛四郎早秋见寄》诗："联镳长安道，接武承明宫。"

[36] 而乃：连词，表示承接，犹然后。《史记·吕不韦列传》："乃往见子楚，说曰：'吾能大子之门。'子楚笑曰：'且自大君之门，而乃大吾门。'"

具：都，全。

抉：挑选，选取。

电掣：电光急闪而过。喻迅速、转瞬即逝。

霆：霹雷，霹雳。

[37] 不克：不能制胜，不能做到。

凌云：杜甫《戏为六绝句》之一："庾信文章老更成，凌云健笔意纵横。"本为赞扬庾信笔势超俗，才思纵横出奇，后泛指为文作诗的高超才华。

[38] 腾蛟：腾飞的蛟龙。

梦鸟：《晋书·文苑传·罗含》："含幼孤……尝昼卧，梦一鸟，文彩异常，飞入口中，因惊起说之。朱氏曰：'鸟有文彩，汝必有文章。'自此后藻思日新。"后以"梦鸟"喻诗文才思之富。

奇：泛指一切奇特的、异乎寻常的人或事物。这里应指才能。

[39] 化风：化育万物的风。晋袁宏《后汉纪·桓帝纪》："古之圣人，知人伦本乎德义，万物由乎化风。"《晋书·乐志上》："神之坐，同欢娱。泽云翔，化风舒。"

[40] 传经：传授经学。杜甫《秋兴》诗之三："匡衡抗疏功名薄，刘向传经心事违。"

后进：后辈，亦指学识或资历较浅的人。《论语·先进》："先进于礼乐，野人也；后进于礼乐，君子也。"邢昺疏："后进，谓后辈仕进之人也。"

［41］息意：不再有意，绝意。《南齐书·豫章王嶷传》："比心欲从俗，启解今职，但厝辞为鄙，或贻物诮，所以息意缄嘿，一委时运。"

前征：以前的征兆，迹象。

［42］扶：扶持，护持，搀扶。

大雅：称德高而有大才的人。泛指学识渊博的人。

轮：车轮，轮子，引申为车子。

［43］依依：形容思慕怀念的心情。《后汉书·章帝纪》："岂亡克慎肃雍之臣，辟公之相，皆助朕之依依。"李贤注："依依，思慕之意。"

槐市：汉代长安读书人聚会、贸易之市。因其地多槐而得名。后借指学宫、学舍。据《三辅黄图》载："仓之北，为槐市，列槐树数百行为队，无墙屋，诸生塑望会此市，各持其郡所出货物及经传书记、笙磬乐器相与买卖。"

［44］树：竖起或建起，树立。

斯文：儒士，文人。《后汉书·应劭传》："夫睹之者掩口卢胡而笑，斯文之族，无乃类旃。"杜甫《壮游》诗："斯文崔魏徒，以我似班扬。"

帜：旗帜的通称。

［45］蔼蔼：茂盛貌。

苏湖：苏指苏州，今江苏省吴县一带，太湖以东。湖指湖州，今浙江省吴兴一带，太湖以南。

［46］盖：发语词，无实在的意思。

拟其文章：草拟文章。

［47］俨：俨然还是。

当年：过去的一段时间。

才：才能，尤指壮年。指身强力壮的时期。

老：娴熟。

［48］方：正在，正当。

兹：这，这个，此。

理学：宋明时期的一种崇尚理性的唯心主义哲学思想。包括以周敦颐、程颢、程颐、朱熹为代表的客观唯心主义和以陆九渊、王守仁为代表的主观唯心主义。前者认为"理"是永恒的，先于世界而存在的精神实体，世界万物只能由"理"派生。后者提出"心外无物，心外无理"，认为主观意识是派生世界万物的本原，也叫"道学"。

［49］真：确实，的确。

此日：今日，当日，这个时候。

幼清：指的是对理学的理解有点儿幼稚和单纯，即没有深刻的理解理学。

［50］况万：此处应为“况乃”，即何况，况且，而且。《后汉书·王符传》：“以罪犯人，必加诛罚，况乃犯天，得无咎乎?”

孺人：古代称大夫的妻子，唐代称王的妾，宋代用为通直郎等官员的母亲或妻子的封号，明清则为七品官的母亲或妻子的封号。亦通用为妇人的尊称。《礼记·曲礼下》：“天子之妃曰后，诸侯曰夫人，大夫曰孺人，士曰妇人，庶人曰妻。”

声：声誉，名誉。

［51］长：长大，成人。

傅：通“负”，即负有，享有。

淑慎：贤良谨慎。《隶释·汉中常侍樊安碑》：“制诏：中常侍樊安，宿卫历年，恭恪淑慎。”

誉：名声。

［52］御：统治，治理。

族党：聚居的同族亲属。《左传·襄公二十三年》：“晋人克栾盈于曲沃，尽杀栾氏之族党。”

和睦：谓和好相处，不争吵。《左传·成公十六年》：“上下和睦，周旋不逆。”

［53］抚：安抚，安慰。

臧获：古代对奴婢的贱称。《荀子·王霸》：“大有天下，小有一国，必自为之然后可，则劳苦耗悴莫甚焉；如是，则虽臧获不肯与天子易势业。”

恩慈：仁爱，慈善。

［54］鸿案相庄：表示夫妻和好相敬。据《后汉书·逸民传·梁鸿》载：“鸿家贫而有节操。妻孟光，有贤德。每食，光必对鸿举案齐眉，以示敬重。”沈复《浮生六记·闺房记乐》：“鸿案相庄廿有三年，年愈久而情愈密。”

［55］味：味道，滋味。

洁：洁净。

醍醐：酥酪上凝聚的油。

馔：一般的食品、食物。

［56］鹿车共挽：旧时称赞夫妻同心，安贫乐道。鹿车：古时的一种小车。挽：拉。

[57] 躬亲：亲自，亲身从事。语本《诗经·小雅·节南山》："弗躬弗亲，庶民弗信。"

操：行为，品行，德行。

[58] 较诸：较之于，比之于。

郤缺：姬姓，郤氏，名缺，即郤成子，春秋时期晋国上卿。东周时晋国冀（故里在今河津范家庄一带）人，因其食邑在冀（今山西省河津东北），又称"冀缺"，这也是"冀"姓的来历。生年不详，卒年约在晋景公三年（前597），主要活动在晋文公、襄公、灵公、成公时期。郤缺之父郤芮在晋惠公时为大夫，因反对晋文公归国而被杀。晋文公即位，郤缺因是罪臣之子，不得入仕，躬耕于冀野。一次，晋文公的大臣胥臣路经冀野，看见郤缺在田里锄草，其妻送饭到田间，二人相敬如宾，很受感动。胥臣回去以后，对晋文公说，他看出郤缺是有德君子，可以治民，不能因为他父亲有罪就摒弃他，应该充分利用他的德才为晋国服务。由于胥臣的极力推荐，晋文公任命郤缺为下军大夫。郤缺在政治上主张德治。郤缺从政多年，历事数君，未见失误，是晋国史上少有的稳健的政治家。

[59] 克全：谨慎而恭顺地遵守。

妇道：妇人应遵守的道德规范。

[60] 岂若：诘问，何如？表示不如。《论语·微子》："且而与其从辟人之士也，岂若从辟世之士哉？"

刘纲：三国时吴下邳人。传说他能檄召鬼神，后与妻樊云翘同入四明山仙去。白居易《酬赠李炼师见招》诗："刘纲有妇仙同得，伯道无儿累更轻。"

远举：谓走避远方。明冯梦龙《酒家佣·文姬托孤》："来朝去，把衣装须换取，变姓名远举深栖。"

[61] 厥：乃，于是。

有：留有。

仙踪：仙人的踪迹。后蜀顾敻《甘州子》词："曾如刘阮访仙踪，深洞客，此时逢。"

[62] 若夫：至于。用于句首或段落的开始，表示另提一事。《易·系辞下》："若夫杂物撰德，辨是与非，则非其中爻不备。"

麟角：麒麟之角。比喻稀罕而又可贵的人才或事物。

金相：比喻完美的形式。谢朓《秋夜讲解》诗："惠唱摛泉涌，妙演发金相。"

[63] 凤毛：比喻子孙有才似其父辈者。刘义庆《世说新语·容止》："王敬伦风姿似父，作侍中，加授桓公公服，从大门入。桓公望之，曰：'大奴固自有凤毛。'"余嘉锡笺疏："南朝人通称人子才似其父者为凤毛。"

璇式：为“璇室”，玉饰的宫室。一说能旋转的宫室。相传为夏桀、商纣所建。

［64］充闾：光大门楣。

庆：喜庆。《晋书·贾充传》：“贾充，字公闾，平阳襄陵人也。父逵魏豫州刺史、阳里亭侯。逵晚始生充，言后当有充闾之庆，故以为名字焉。”

［65］由能善读父书：由于喜欢读父亲传下来的书。

［66］肯得：愿意获取，得到完成。

名知：知道得很清楚。

［67］其夙承母训：平素蒙受了母亲的教诲。

［68］长公：古人多以“长公”为字，为行次居长之意。这里应指的是吴拙庵先生。

才高班马：文才、才华和班固、马融一样高。班固，东汉官吏、史学家、文学家。史学家班彪之子，字孟坚，汉族，扶风安陵（今陕西省咸阳东北）人。除兰台令史，迁为郎，典校秘书，潜心二十余年，修成《汉书》，当世重之，迁玄武司马，撰《白虎通德论》，征匈奴为中护军，兵败受牵连，死狱中，善辞赋。马融，字季长，右扶风茂陵（今陕西省兴平东北）人。东汉名将马援的从孙，东汉儒家学者，著名经学家，尤长于古文经学。他设帐授徒，门人常有千人之多，卢植、郑玄都是其门徒。他一生注书甚多，注有《孝经》《论语》《诗》《周易》《三礼》《尚书》《列女传》《老子》《淮南子》《离骚》等书，皆已散佚，清人编的《玉函山房丛书》《汉学堂丛书》都有辑录。另有赋颂等作品，有集已佚，明人辑有《马季长集》。

［69］早拔：很早就很突出。

艺林：旧时指文艺界或收藏汇集典籍图书的地方，属意艺林。

［70］书压钟王：书法胜于钟繇和王羲之。钟繇，字元常，颍川长社（今河南省长葛东）人。三国时期曹魏著名书法家、政治家。官至太傅，魏文帝时与当时的名士华歆、王朗并为三公，有二子：钟毓、钟会。在书法方面颇有造诣，据传是楷书（小楷）的创始人，与晋代书法家王羲之并称为“钟王”。王羲之，东晋书法家，字逸少，号澹斋，汉族，祖籍琅琊临沂（今属山东省），后迁会稽（今浙江省绍兴），晚年隐居剡县金庭，中国东晋书法家，有书圣之称。历任秘书郎、宁远将军、江州刺史。后为会稽内史，领右将军，人称“王右军”“王会稽”。

［71］久：长久，时间长。

驰声：谓声誉远播。孔稚珪《北山移文》：“希踪三辅豪，驰声九州牧。”

文苑：文人聚集的地方，文坛。

［72］乃以：才用。

和羹：配以不同调味品而制成的羹汤。《尚书·说命下》："若作和羹，尔惟盐梅。"孔传："盐，咸；梅，醋。羹须咸醋以和之。"

妙手：技能高超的人。

［73］试：尝试，测验。

烹：烧煮，烹调。

湟中：湟中县位于今青海省西宁市西部。地处湟水谷地及两侧山地，由滩地、丘陵中山和高山三种地形组成，除湟水河自西向东流径县境北部外，大南川、小南川、康缠川、云谷川等河流呈扇形汇集湟水河，唯群加河自北向南流入黄河。

［74］补衮：唐代对补阙的别称。宋洪迈《容斋四笔·官称别名》："唐人好以它名标榜官称，今漫疏于此，以示子侄之未能尽知者。太尉为掌武；司徒为五教；司空为空土……谏议为大坡、大谏；补阙（今司谏）为中谏，又曰补衮。"

宏才：指有大才的人。唐杨炯《王勃集·序》："宏材继出，达人间峙。"唐方干《赠上虞胡少府百篇》诗："宏才尚遣居卑位，公道何曾雪至冤？"

［75］暂：暂时，短时间。

制锦：《左传·襄公三十一年》："子皮欲使尹向为邑。子产曰：'少，未知可否。'子皮曰：'愿，吾爱之，不吾叛也。使夫往而学焉，夫亦愈知治矣。'子产曰：'不可……子有美锦，不使人学制焉。大官、大邑，身之所庇也，而使学者制焉，其为美锦不亦多乎？'"后因以"制锦"为贤者出任县令之典。

塞上：边境地区。通常以河北省与内蒙古自治区交界处的"塞罕坝"为地理标志，称"塞上"或"坝上"。

［76］黄河波静：黄河风平浪静。

［77］四民：古代中国对平民职业的基本分工，指士（学者）、农、工、商，但其次序历代有所不同。《春秋谷梁传·成公元年》按"士商工农"划分："古者有四民：有士民，有商民，有农民，有工民。夫甲，非人之所能为也。丘作甲，非正也。"但有论者认为这个次序并无隐含社会高低之意。《荀子·王制篇》亦有"农士工商"的排列。明末清初学者顾炎武《日知录》曾说："士农工商谓之四民，其说始于管子。"指春秋时期齐国宰相管仲最先订下"士农工商"的次序，一直沿用至今。《管子》曰："士农工商四民者，国之石，民也。"

二天：指正直贤明的官守。晋陆机《晋平西将军孝侯周处碑》："陕北留棠，遂有二天之咏；荆南渡虎，犹标十部之书。"

［78］春深：春意浓郁。唐储光羲《钓鱼湾》诗："垂钓绿湾春，春深杏花乱。"

［79］酿：酝酿，逐渐形成。

五风而十雨：五天刮一次风，十天下一场雨。形容风调雨顺。汉王充《论衡·是应》："风不鸣条，雨不破块，五日一风，十日一雨。"

［80］湛恩：深恩。《文选·封禅文》："故轨迹夷易，易遵也；湛恩厖鸿，易丰也。"李善注："湛，深也。"夏侯玄《皇胤赋》："尔乃发恺悌之明诏，振湛恩之丰沛。"

溢：满，充塞。

叶县：指和谐的县城，即吴拙庵双亲所在之县城。

［81］比：及，等到。

药草：可以入药的草本植物。萧统《陶渊明集·序》："庄周垂钓于濠，伯成躬耕于野，或货海东之药草，或纺江南之落毛。"

流泉：流动的泉水。《诗经·大雅·公刘》："相其阴阳，观其流泉。"宋周密《齐东野语·潘庭坚王实之》："庭坚被酒豪甚，竟脱巾鬘髻，裸立流泉之冲，且高唱《濯缨》之章。"

［82］厚泽：深厚的恩泽。《南史·张冲传》："下官虽未荷朝廷深恩，实蒙先帝厚泽。"

满：填满，布满。

花村：指美丽的村庄，指吴拙庵双亲所在之村庄。

［83］等：等待，等候。

龙池：所名之池非一。其一在唐长安隆庆坊玄宗未即位时所居的旧邸旁，中宗曾泛舟其中。玄宗即位后于隆庆坊建兴庆宫，龙池被包容于内。在今陕西省西安市兴庆公园内。唐沈佺期《龙池篇》："龙池跃龙龙已飞，龙德先天天不违。"

甘露：甜美的雨露。

［84］岂止：犹何止，哪里只是，不止。欧阳修《相州昼锦堂记》："惟德被生民而功施社稷，勒之金石，播之声诗，以耀后世而垂无穷。此公之志而士亦以此望于公也，岂止夸一时而荣一乡哉！"

三秦：指关中地区。项羽破秦入关，把关中之地分给秦降将章邯、司马欣、董翳，因称关中为"三秦"。

留：留有，留下。

康侯：即周武王弟姬封，初封于康，故称。《易·晋》："康侯用锡马蕃庶，昼日三接。"高亨注："康侯，周武王之弟，名封，故称康侯或康叔。"

绩：政绩，功绩。

［85］四野：四周广阔的原野，也指四面八方。

兴：兴起，起来。

廉叔：廉范字叔度，京兆杜陵人也，赵将廉颇之后也。

歌：歌曲，歌词。

而已：语气词，相当于“罢了”。

［86］将来：未来。

飞帛书御史：即飞黄腾达，喻人骤然得志，官位升迁快。帛书：写在缣帛上的文字，用缣帛写的文字或书籍。御史：官名。秦以前指史官，明清指主管纠察的官吏。

名：名声，名誉。

［87］坐席：座位，席位。《韩非子·说林下》：“卫将军文子见曾子，曾子不起而延于坐席，正身于奥。”

正：端正地。

讲：把事情和道理说出来，宣讲。

官之体：官吏所应遵循的规章制度。《好逑传》第七回：“为官自有官体，事无大小，必有人告发，然后可以出签拿人。”

［88］于兹：吁嗟，叹息。

肇：开始，初始。

［89］洵足：诚实，实在。

慕：向往，敬仰。

［90］然：于是。

父台：对县令的尊称。

［91］政治：治理国家施行的措施。

无双：没有可相比的，独一无二。

［92］允矣：确实，果真。

仁吏：具有仁德的官吏。

［93］兼：兼具。

才人：才子，有文学才能的人。

目：目光，眼力。

［94］渊源有自：亦作“渊源有自来”。有根据，有来源。陆游《读宛陵先生诗》诗：

“锻炼无遗力，渊源有自来。”

［95］信乎：诚实，真心诚意。

求：找，寻求。

忠臣：忠于君主，为君主效忠的官吏。

孝子：指对父母孝顺的儿子。

门：家，家族。

［96］盖：发语词，无实际意义。

用：因而，于是。

昭：显扬，显示，彰显。

贤能：贤良有才能。

［97］由：由于。

夙：旧，平素。

禀：蒙受。

双亲：指父母。唐韩翃《赠兖州孟都督》诗：“不见双亲办丰膳，能留五马尽佳期。”

训诲：教导。《后汉书·列女传·曹世叔妻》：“但伤诸女方当适人，而不渐训诲，不闻妇礼，惧失容他门，取耻宗族。”

［98］兼以：表示另一方面，可译为“还”“同时”“再加上”。

花萼：《诗经·小雅·常棣》：“常棣之华，鄂不韡韡。凡今之人，莫如兄弟。”萼和花同生一枝，且有保护花瓣的作用，故后常以“花萼”比喻兄弟之间和睦友爱的情谊。

［99］以陆海而并鄱江：南朝梁钟嵘《诗品》卷上：“谢混云：‘潘诗烂若舒锦，无处不佳；陆文如披沙简金，往往见宝。’……余常言陆才如海，潘才如江。”后因以“陆海潘江”比喻有文才的人。陆：即陆机，字士衡，吴郡吴县（今江苏省苏州市）人，西晋文学家、书法家，与其弟陆云合称“二陆”。历任平原内史、祭酒、著作郎等职，世称“陆平原”。后死于“八王之乱”，被夷三族。他“少有奇才，文章冠世”，与弟陆云俱为我国西晋时期著名文学家。其实陆机还是一位杰出的书法家，他的《平复帖》是我国古代存世最早的名人书法真迹。潘：即潘岳。字安仁，西晋文学家。《隋书·经籍志》录有《晋黄门郎潘岳集》10卷，已佚。明人张溥辑有《潘黄门集》，收入《汉魏六朝百三家集》中。潘岳与陆机齐名，合称“潘陆”。从子潘尼也有文名，合称“两潘”。《晋书》本传称他：“美姿仪，辞藻绝丽，尤善为哀诔之文”。钟嵘《诗品》将潘岳作品列为上品，并有“潘才如江”的赞语。因潘岳字安仁，也被后人省称为潘安。潘岳五言诗现存52首，收在逯钦立

编的《先秦汉魏晋南北朝诗》一书中。

[100] 兰：兰草，即泽兰。

兹：益，愈加。

著：显明，显出。

芳：花草的香气。

[101] 荀龙：荀淑的八个儿子：荀俭、荀绲、荀靖、荀焘、荀诜、荀爽、荀肃、荀旉。整个魏晋时期，中原世族最有影响力的，要数颍阴（今河南省许昌）荀氏。东汉时期的荀淑，为战国荀卿第十一世孙，品行高洁，学识渊博，乡里称其为“智人”，曾征拜郎中，再迁升当涂长，当时名士李固、李膺都曾拜他为师，后出为朗陵侯相。荀淑办事明理，人称为“神君”。他的八个儿子，并有才名，人称“荀氏八龙”，其第六子荀爽最为知名，官至司空。荀淑的孙子荀彧、荀谌、荀衍、荀悦，从曾孙荀攸等人，都是汉魏之际的风云人物和曹魏集团的重要谋士。

薛凤：即河东三凤。隋末唐初时期薛收、薛德音、薛元敬叔侄三人都以才华闻名于世，而被誉称为“河东三凤”。

[102] 诚：实在，的确。

人间：世间。

奇遇：出乎意料的幸会。

[103] 天下：人世间，社会上。

殊荣：特殊的荣誉。

[104] 太先生暨太孺人：在本文中指的是吴拙庵的父亲和母亲。

[105] 思：想，考虑。

称职：德才和职位相称，能胜任所担当的职务。《汉书·成帝纪》：“公卿称职。”颜师古注：“称职，克当其任也。”

[106] 念：常思，常常想。

贻谋：《诗·大雅·文王有声》：“贻厥孙谋，以燕翼子。”后以“贻谋”指父祖对子孙的训诲。

善：善意，好处。

[107] 捧檄辞去：东汉人毛义有孝名。张奉去拜访他，刚好府檄至，要毛义去任守令，毛义拿到檄，表现出高兴的样子，张奉因此看不起他。后来毛义母死，毛义终于不再出去做官，张奉才知道他不过是为亲屈，感叹自己知他不深。后以“捧檄”为为母出仕的典

故。辞去：辞别而去。《战国策·齐策四》："愿得赐归，安行而反臣之邑屋，则再拜而辞去也。"

[108] 临岐：亦作"临歧"。本为面临歧路，后亦用为赠别之辞。《文选·舞鹤赋》："指会规翔，临岐矩步。"李善注："岐，岐路也。"

[109] 思：思慕，想念。

全：完美。令：古代官名。

廉明：清廉明察。《汉书·赵广汉传》："广汉虽坐法诛，为京兆尹廉明，威制豪彊，小民得职。"

[110] 洎：等到。

遣：派，派去。

舆：车辆，尤指马车。

迎来：接，迎接。

[111] 退食：归隐，退休。《后汉书·杨秉传》："(杨秉、韦著)俱徵不至，诚违侧席之望，然逶迤退食，足抑苟进之风。"

[112] 惟：文言助词，常用于句首。

励：劝勉，勉励。

荩臣：《诗·大雅·文王》："王之荩臣，无念尔祖。"朱熹集传："荩，进也，言其忠爱之笃，进进无已也。"本谓王所进用之臣，后引申指忠诚之臣。白居易《韩愈等二十九人亡母追赠国郡太夫人制》："生此哲人，为我荩臣，率由兹训，教有所自，恩不可忘。"

介节：刚直不随流俗的节操。唐杨炯《中书令汾阴公薛振行状》："黔娄匹夫之介节，不忘仁义。"

行：行为，作为。

见：通"现"，显现、表露出的意思。

[113] 凤诰：即诰命，是皇帝赐给臣子爵位或授予官职的诏令。

耀：显示，显耀。

琳琅：精美的玉石，比喻美好珍贵的东西。

[114] 鸾章：形容诗文的文采华丽。

金石：常用以比喻诗文音调铿锵，文辞优美。

文：文章。

[115] 荣：富贵，显荣，荣华，兴旺。

分：分给，分配。

七叶：七世，七代。南朝梁任昉《为萧扬州荐士表》："七叶重光，海内冠冕。"

[116] 直从：直接从……开始。

星海：指"星宿海"，星宿海位于黄河源头地区，东与扎陵湖相邻，西与黄河源流玛曲相接。星宿海地区海拔4000多米，比五岳之首的泰山还高许多。史载，唐朝贞观年间，李靖、侯君集、李道宗等曾"次星宿川，达柏海上，望积石山，览观河源。"唐宋以来，曾长期将星宿海称为黄河源头。元朝专使都实奉命查勘河源后，说河源在"朵甘思西部"，"有泉百余泓，或泉或潦，水沮如散涣，方可七八十里，且泥淖溺，不胜人迹，弗可逼视，履高山下瞰，灿若列星"，说的就是星宿海。直到清代专使拉锡，阿弥达才西逾星宿海，经过实地勘察，认为阿勒坦郭勒河（今卡日曲）为黄河上源。星宿海的无数湖沼在阳光照耀下，光彩夺目，如同孔雀开屏，十分美丽壮观。

探：寻求，寻找。

河源：亦作"河原"。河流的源头。古代特指黄河的源头。《山海经·北山经》："敦薨之山……敦薨之水出焉，而西流注于泑泽。出于昆仑之东北隅，实惟河原。"

[117] 荫：庇荫。封建时代，因祖先有勋劳或官职而循例受封、得官。

逮：到，及。

三株："三株"尤"三槐"。相传周代宫廷外种有三棵槐树，三公朝天子时，面向三槐而立。后因以三槐喻三公。《周礼·秋官·朝士》："面三槐，三公位焉。"

[118] 欣看：欣喜地观看。

天阶：宫殿的台阶。多借指朝廷。汉张衡《东京赋》："登圣王于天阶，章汉祚之有秩。"

承：受到，蒙受。

雨露：雨和露，比喻恩惠、恩泽。

[119] 兹者：现在。

天香：芳香的美称。特指桂、梅、牡丹等花香。

飘：飘香，飘散。

月窟：月宫，月亮。晋挚虞《思游赋》："观玄鸟之参趾兮，会根壹之神筹；扰毚兔于月窟兮，诘姮娥于蓐收。"

[120] 爰：于是。

吴刚：传说中的仙人名，神话人物。传说中的人物吴刚，被天帝惩罚在月宫伐桂树。

当人们仰望一轮明月，可见月亮中有些阴影，传说那是吴刚在伐桂。

[121] 泛：向上冒出。

瑶池：古代传说中昆仑山上的池名，西王母所居。《史记·大宛列传论》：“昆仑其高二千五百余里，日月所相避隐为光明也。其上有醴泉、瑶池。”

[122] 更喜：更加欢喜。

杯呈：用杯子恭敬地送上。这里指向王母敬酒。

[123] 昊穷：即“昊穹”。犹苍天。《文选·封禅文》：“伊上古之初肇，自昊穹之生民。”李善注引张揖曰：“昊穹，春、夏天名。”

垂象：显示征兆。古人把某些自然现象附会人事，认为是预示人间祸福吉凶的迹象。

[124] 应占：应该能占卜到。

烂：明亮、光明，色彩绚丽。

文：事物错综所造成的纹理或形象。

[125] 父老：对老年人的尊称。《方言》第六：“南楚谓之父，或谓之父老。”

[126] 用：为了，为的是。

迓：迎接。

无疆：无穷，永远。《周易·坤》：“牝马地类，行地无疆。”孔颖达疏：“凡言无疆者，其有二义：一是广博无疆，一是长久无疆也。”

祚：福，福运。

[127] 共祝：共同祝愿、祝福。

筹添海屋：苏轼《东坡志林·三老语》：“尝有三老人相遇，或问之年……一人曰：‘海水变桑田时，吾辄下一筹，尔来吾筹已满十间屋。’”原谓长寿，后以“海屋筹添”为祝寿之词。

[128] 木公偕金母：即仙人东王公和西王母。后用于祝寿，比喻庆寿之主人夫妇。唐杜光庭《仙传拾遗·木公》：“昔汉初，小儿于道歌曰：‘著青裙，入天门，揖金母，拜木公。’时人皆不识，唯张子房知之。”偕：共同，在一起。

延令：延长时令。即延年益寿之意。用作祝人长寿之词。

[129] 花满庭围：院庭内开满了鲜花。

[130] 并：一起，一齐，同时。

紫鸾：传说中神鸟。杜甫《秋日夔府咏怀奉寄郑监李宾客一百韵》：“紫鸾无近远，黄雀任翩翾。”

承：蒙受。

瑞：吉祥，好兆头。

［131］夙：素有，旧有。

雅化：谓趋于文雅、高雅。《史记·李斯列传》："所以饰后宫充下陈娱心意说耳目者，必出于秦然后可，则是宛珠之簪，傅玑之珥，阿缟之衣，锦绣之饰不进于前，而随俗雅化佳冶窈窕赵女不立于侧也。"司马贞索隐："谓闲雅变化而能通俗也。"

［132］曷敢：怎么敢。

献：呈现，献上。

［133］久仰：早已仰慕。

清标：俊逸。《世说新语·容止》："此神仙中人。"刘孝标注引南朝宋刘义庆《江左名士传》："杜弘治清标令上，为后来之美。"

［134］用以代：用此来替代。

南山：《诗·小雅·天保》："如南山之寿，不骞不崩。"孔颖达疏："天定其基业长久，且又坚固，如南山之寿。"后用为人祝寿之词。

北海：即"北海术"，能使人与死者相见的法术。《文选·悼亡诗》："我惭北海术，尔无帝女灵。"李善注引《列异传》："北海营陵有道人，能使人与死者相见。同郡人妇死已数年，闻而往见之曰：'愿令我一见死人，不恨。'遂教其见之。于是与妇人相见，言语悲喜，恩情如生。"

什：书篇，诗篇。这里指祝寿的文章。

［135］谨：郑重，恭敬。

序：叙述，叙说。

［136］此注释为补注。在吴景周老先生注解的这篇文章的最后，老先生做了这样的一个注解："此序为乾隆三十二年，碾伯县知事吴鼎新所作。吴鼎新字如皋，江苏人。"知事：中华民国初期对县一级最高行政官的称呼。知县：明朝以来县一级最高行政长官的正式称呼。吴敬亭用了"知事"一词，可能是受生长环境的影响。从其文笔和用词上来看，不像是知县吴鼎新的作品，因为用词与吴敬亭后面的几篇寿序的用词，大同小异。还有就是从文中的内容和口吻来看，也不像是知县写的一篇文章，因为里面有赞美知县的言辞。笔者认为可能是吴敬亭写的这篇文章。未见原迹，此乃主观臆断，不妨碍吴景周老先生的注解。

祝佟翁八十寿序[1]

盖闻星纪[2]老人，阅历天中之甲子[3]；寿归仁者[4]，逍遥物外之春秋[5]。故祝彼三多[6]，聿推善地[7]；颂兹百禄[8]，用广福田[9]。岂必白石流膏[10]，挹长令于井[11]；青城聚瑞[12]，著仙籍于桂阳[13]而已哉。如东候佟太公[14]先生："门第清华[15]，家声赫奕[16]；一门孝友[17]，五世[18]荣昌。"大被姜肱[19]，缫自同功之茧[20]；三荆田氏[21]，根生连理之枝[22]。广贮书厨[23]，宏开家塾[24]。班荆赠纻[25]，门来问字之宾[26]；倒庋倾箱[27]，座有横经[28]之客。且惠能远被[29]，救急解平仲之骖[30]；泽被旁流[31]，市义焚由文之卷[32]。是以桑梓邦内[33]，人伦群奉为仪型[34]；棣萼[35]楼中，天性尤徵其笃挚[36]。家兴仁让[37]，箕子[38]之畴必多；祚小亨嘉[39]，于公之门果大[40]。诞生骥子[41]，受训鲤庭[42]。人夸贾氏之彪[43]，室有桓家之豹[44]。无林不桂[45]，宁高五窦之名[46]；何树非琼[47]，讵羡双丁[48]之目。长公龙文扛鼎[49]，鸿笔摩空[50]，射策则誉满天边[51]，谈经则声喧日下[52]。次公业轻书柿[53]，技擅穿杨[54]，不屑难肋以挥毫[55]，自负虎头而投笔[56]。促氏作干城[57]之寄，伯也入翰墨之场[58]。斯真吐茹[59]，本乎刚柔[60]，才略乎文武[61]者矣。矧乃[62]韦家令嗣，独重元成[63]，刘氏诸贤推孝绰[64]，长君符分五马[65]，瑞报双岐[66]。湛恩与湟水长流[67]，卓绩并兰山永峙[68]。

休声虽歌夫慈父[69]，治谱实授此严君[70]。快见荣诰重颁[71]，积若床头之笏[72]。

思纶[73]屡赐，多于架上之书[74]。太翁方且含饴弄孙[75]，篝灯课子[76]，誉儿膝上[77]，不殊文度之贤[78]。梦弟春前[79]，益笃惠连[80]之爱。静能惊德[81]，已裕曰寿曰富之模[82]；和以怡神[83]，早植如冈如陵之体[84]。因以朱颜白发[85]，无须鸿烈之仙方[86]；碧奈黄精[87]，不假乔松之秘诀[88]者也。兹者天开寿域[89]，人庆昌期[90]；节屈三冬[91]，年登八秩[92]。恰逢乐宫转律[93]，正值海屋添筹[94]。缇室[95]书祥，芝草并葭灰争暖[96]；华延祝嘏[97]，笔花随蓂叶[98]竞芳。喜看十叟八公[99]，树摘长生之果[100]；三明七穆[101]，酒倾延寿之觞[102]。谨序[103]。

题解：

本文是为佟翁祝寿而写的一篇文章。作者首先是从佟翁的高寿开始写作，说到佟翁高寿是一种福气，并对佟翁进行了祝福。紧接着，写了佟翁重兄弟情和大兴教育的功绩，写到了佟翁人丁兴旺且都有出息。作者在后面描绘了佟翁晚年的幸福生活，佟翁老来自有老来福。最后作者写到佟翁的高寿不需要神仙的仙方，也会像神仙一样延年益寿。

注释：

[1] 翁：对男性长者的尊称。

寿序：祝寿的文章。明中叶以后开始盛行。清陈康祺《郎潜纪闻》卷七："寿序谀词自前明归震川始入文稿。然每观近今名人集中偶载一二，亦罕有不溢美者。"

[2] 盖闻：听说。

星纪：星次名。十二次之一。与十二辰之丑相对应，二十八宿中之斗、牛二宿属之。《左传·襄公二十八年》："岁在星纪，而淫于玄枵。"杜预注："星纪在丑，斗牛之次。"在这里泛指岁月。

[3] 阅历：经历。

天中：天的中央。汉王充《论衡·谈天》："极为天中，方今天下在天极之南。"

甲子：干支纪年或记岁数时六十组干支轮一周称一个甲子，共60年。这里指岁月，年岁。

[4] 寿归仁者：有德的人可以高寿。《论语·雍也》："知者动，仁者静，知者乐，仁者寿。"

[5] 逍遥物外：指不受外界事物的拘束，自由自在。宋张孝祥《减字木兰花·赠尼师旧角奴也》词："识破嚣尘，作个逍遥物外人。"

春秋：一年四季。这里指年龄。

[6] 故：所以，因此。

祝：祝福，祝愿。

彼：对方。

三多：指多寿、多富、多男子。祝颂之辞。《庄子·天地》："尧观乎华，华封人曰：'嘻，圣人！请祝圣人，使圣人寿。'尧曰'辞'。'使圣人富。'尧曰'辞'。'使圣人多男子。'尧曰'辞'。"

[7] 聿：古汉语助词，用在句首或句中。

推：寻求，探索。

善地：好地方。《史记·高祖本纪》："项羽皆王诸将善地，而徙逐故主。"

[8] 颂：祝愿。

兹：这，这个。

百禄：犹多福。《诗·小雅·天保》："罄无不宜，受天百禄。"

[9] 用：表示目的，相当于"为了""为的是"。

广：扩大。

福田：佛教语。佛教以为供养布施，行善修德，能受福报，犹如播种田亩，有秋收之利，故称。晋道恒《释驳论》："是以知三尊为众生福田供养，自修己之功德耳。"

[10] 岂：同"恺"。欢乐，和乐。

白石：传说中神仙的粮食。汉刘向《列仙传·白石生》："白石生，中黄丈人弟子，彭祖时已二千余岁……尝煮白石为粮。"唐韦应物《寄全椒山中道士》诗："涧底束荆薪，归来煮白石。"

流膏：流出油脂。晋木华《海赋》："颅骨成岳，流膏为渊。"

[11] 挹：引，牵引。

长令：即令长（汉官名。即县令、县长）。县一级的行政长官。

井：相传古制八家为井。引申为人口聚居地，乡里，家宅。

[12] 青城：即青城山。在今四川省都江堰市城西南。山形如城，故名。北接岷山，连峰不绝，以青城为第一峰。山中有八大洞、七十二小洞，风景秀丽。相传东汉张道陵修道于此。道教称为"第五洞天"。

聚瑞：聚集祥瑞，聚集着好的征兆。

[13] 著：著名，显著，突出。

仙籍：古以科举及第为登仙，因称及第者的资格与名姓籍贯为仙籍。唐孟球《和主司王起》诗："仙籍共知推丽藻，禁垣同得荐嘉名。"

桂阳：桂阳县位于今湖南省东南部，是郴州市面积最大、人口最多的一个县。桂阳历史悠久、文化厚重，素有"楚南名区""汉初古郡"之称。县境内发现的旧石器时代晚期人类遗物磨制刻纹骨锥距今两万多年；汉初设郡至今已有两千多年历史，历经郡、国、监、军、路、府、州、直隶州、县9种行政区划而"桂阳"之名不变、治所之城不移，堪称中华郡县"活化石"。

[14] 东候：即"东侯"。

太公：对老者的尊称。

［15］门第：旧指家庭在社会上的地位等级和家庭成员的文化程度等。

清华：清高显贵的门第或官职。

［16］家声：家庭的名声。

赫奕：显赫貌，美盛貌。

［17］一门：一族，一家。

孝友：事父母孝顺、对兄弟友爱。《诗经·小雅·六月》："侯谁在矣，张仲孝友。"毛传："善父母为孝，善兄弟为友。"

［18］五世：家族世系相传的五代。父子相继为一世。《礼记·大传》："有百世不迁之宗，有五世则迁之宗。"

［19］姜肱：汉姜肱，字伯淮，与二弟仲海季江。友爱天至，虽各娶，不忍别寝。作大被同眠，尝偕诣郡。夜遇盗，欲杀之。兄弟争死，贼两释焉。但掠衣资，至郡。见肱无衣，问其故。肱托以他词，终不言。盗闻感悔，诣肱叩谢，还所掠物。李文耕曰："人伦有五。惟兄弟之日长，父之生子，夫之娶妻，蚤者皆以二十年为率。惟兄弟相聚，自幼至老，多者至七八十年之久。若恩意浃洽，猜忌不生，其乐岂有涯哉。姜氏兄弟，乃真知此味矣。"

［20］缫：把蚕茧浸在滚水里抽丝，煮茧抽丝。

自：从，由。

同功之茧：亦称"同宫茧"。二蚕以上共作之茧。《尔雅翼·释虫一》："其独成茧者，谓之独茧；自二以上，谓之同功茧。"

［21］三荆田氏：京兆田真兄弟三人，共议分财。生资皆平均，唯堂前一株紫荆树，共议欲破三片。翌日就截之，其树即枯死，状如火然。真往见之，大愕，谓诸弟曰："树本同株，闻将分斫，故憔悴。是人不如木也。"因悲不自胜，不复解树。树应声荣茂，兄弟相感，遂和睦如初。后以表示兄弟之间要和谐共处。

［22］根生：靠根生长。

连理之枝：两树枝条相连，比喻关系亲密的人。清方文《送从子密之计偕》诗："家园十载学同师，远近人称连理枝。"

［23］广：扩大，扩充。

贮：储藏，积存，贮藏。

书厨：书柜。

[24] 宏：扩大。

开：设置，建立。

家塾：旧时请老师到家里来教授自己子弟的私塾。

[25] 班荆：谓朋友相遇，共坐谈心。春秋时，楚国椒举与声子友善。椒举逃亡到郑国，打算去晋国，在郑郊遇到也打算去晋国的声子，便“班荆相与食，而言复故”。班荆，布荆草于地；复故，谓返回故国楚。（见《左传·襄公二十六年》）后遂以“椒举班荆”为思念故国友人之典。清钱谦益《咸子诗序》：“少壮为诸生时，流观经史，每及椒举之班荆、绕朝之赠策、荆高燕市之饮泣、孙刘狼石之坐语、越石扶风之歌、步兵广武之叹，辄为引觞击节，曳袖起舞。”

赠：赠送，馈赠。

纻：苎麻纤维织成的布。

[26] 门：门前，门口。

来：招徕，招致。

问字：请教学问。

宾：客人。

[27] 倒庋倾箱：把大小箱子里的东西全部倾倒出来，比喻全部拿出来或彻底翻检。出自南朝宋刘义庆《世说新语·贤媛》：“王右军郗夫人谓二弟司空、中郎曰：‘王家见二谢，倾筐倒庋；见汝辈来，平平尔。汝可无烦复往。’”

[28] 座有：座位上坐有。

横经：横陈经籍，指受业或读书。南朝梁何逊《七召·儒学》：“横经者比肩，拥帚者继足。”李白《上安州裴长史书》：“常横经籍书，制作不倦，迄于今三十春矣。”

[29] 惠：恩惠，好处。

能：会，能够。

远：广大，扩大。

被：加，施加。

[30] 救急：解救危急。

解：把束缚着、系着的东西打开、解开。

平仲之骖：即寇准，字平仲，北宋政治家，一代名相，华州（今陕西省渭南）人。骖：独辕车所驾的三匹马，驾三马也。

[31] 泽：恩泽，恩惠。

旁流：广泛流布。

[32] 市义焚由文之卷：即市义焚卷。"市"是"买"的意思；"义"指"民心"。冯谖懂得，民心比金钱更重要，因此，他不惜花钱买民心。古人云：得民心者得天下，失民心者失天下。民心向背是决定一个政权盛衰兴亡的根本因素。由文：遵循礼仪。《礼记·杂记下》："伯母叔母疏衰，踊不绝地；姑姊妹之大功，踊绝于地。如知此者。"

[33] 是以：所以，因此。

桑梓：古代常在家屋旁栽种桑树和梓树。又说家乡的桑树和梓树是父母种的，要对它表示敬意。后人用"桑梓"比喻故乡。

邦：古代诸侯的封国、国家。

内：里面，与外相对。

[34] 人伦：封建礼教所规定的人与人之间的关系，特指尊卑长幼之间的等级关系。

群：众人，百姓。

奉为：尊奉为。

仪型：楷模，典范。

[35] 棣萼：比喻兄弟。《晋书·孝友传序》："夫天伦之重，共气分形，心睽则叶悴荆枝，性合则华承棣萼。"

[36] 天性：指人先天具有的品质或性情。

尤：更加，格外。

徵：通"征"，表露出来的迹象、征兆。

笃挚：真诚，真挚。

[37] 家兴仁让：一个家庭兴起有谦让之风。

[38] 箕子：箕子是文丁的儿子，帝乙的弟弟，纣王的叔父，官太师，封于箕（今山西省太谷、榆社一带），名胥余，在商周政权交替与历史大动荡的时代中，因其道之不得行，其志之不得遂，"违衰殷之运，走之朝鲜"，建立东方君子国，其流风遗韵，至今犹存。

[39] 祚：福，福运。

小：年幼的，引申为小辈。

亨嘉：嘉会，众美之会。《易·乾》："亨者，嘉之会也。"孔颖达疏引庄氏曰："嘉，美也。言天能通畅万物，使物嘉美之会聚，故云嘉之会也。"

[40] 于公之门果大：于公是古时东海郯人，系汉相于定国之父，曾任县狱吏、郡决

曹。他精通法律，治狱勤谨，以善于决狱而成名，无论大小案件，他都详细查访，认真审理，因之“每决而无恨”。于公以德治狱，千古称颂。于公在县上做狱吏时，东海有位孝道的妇人年轻守寡，婆母劝她改嫁，她始终不肯。婆母对邻人说：“儿妇长期守寡无依无靠。怎么办呢？”这位婆母竟然自杀了。婆母的女儿去官府告状，说寡嫂杀死了自己的母亲，官府支持诬告。于公知道孝妇冤枉，与官长争辩，但没有成功，只得手捧申诉状在衙门口痛哭。太守下令斩杀了孝妇，当年全郡大旱。三年后，太守找到于公，要祭奠孝妇陵墓，并给予表彰，顿时天作大雨，于公家大门倒塌。父老乡亲都来抢修，于公说：“不要修得那么高大，能过驷马车辆就可以了。我当狱吏多年，常积阴德，没有冤枉过人。”后来他的子孙都很有出息，有的做了丞相，有的做了御史大夫，世代封侯。

［41］诞生：降生，出生。

骥子：良马。比喻英俊的人才。《北史·裴延俊传》：“二子景鸾、景鸿，并有逸才，河东呼景鸾为骥子，景鸿为龙文。”

［42］受训：接受培训、训练。

鲤庭：指受父训，受家教。

［43］贾氏之彪：即贾彪。贾彪东汉名士，学者，字伟节，颍川定陵（今河南省舞阳北）人。初与郭泰同为太学生首领，联合李膺、陈蕃等，评论朝廷，褒贬人物。曾为新息长。后因“党锢之祸”被禁，死于家。他有兄弟三人，均较著名，以他最为突出，时称“贾氏三虎，伟节最怒”。

［44］桓家之豹：即桓嗣。桓嗣，字恭祖，小字豹奴。谯国龙亢（今安徽省怀远）人。生卒年不详，事迹见于东晋孝武帝司马曜年间。祖父桓彝，东晋宣城内史。父桓冲，车骑将军。兄弟七人：桓嗣、桓谦、桓修、桓崇、桓弘、桓羡、桓怡。桓嗣为桓冲长子。伯父桓温。桓嗣母为琅邪王恬女，名女宗。桓嗣少有清誉，与桓豁子、桓石秀并为桓氏子侄之冠。孝武帝司马曜宁康元年（373），桓温薨。桓冲自江州刺史入朝，为中军将军，都督扬、江、豫三州军事，扬、豫二州刺史，假节，代桓温掌朝政。孝武帝宁康三年（375），桓冲让朝政与谢安，自解扬州，求外出。于是桓冲改都督徐、兖、豫、青、扬五州之六郡军事，车骑将军，徐州刺史，以北中郎府并中军，镇京口，假节。孝武帝太元二年（377），荆州刺史桓豁卒，桓冲代为荆州刺史。诏以桓嗣督荆州之三郡、豫州之四郡军事，建威将军，江州刺史。孝武帝朝会，亲送桓冲之镇。桓嗣在江州，莅事简约。修所住宅，应作版檐，桓嗣命以茅代之，以版付船官。桓嗣转西阳、襄城二郡太守，镇夏口。后桓嗣领江夏相，卒官。追赠南中郎将，谥“靖”。桓嗣子桓胤嗣爵。嗣著有文集五卷，《唐书经

籍志》传于世。

[45] 无林不桂：连树林都没有，就谈不上有桂树。寓意没有儿子就不用说让儿子蟾宫折桂考上状元了。

[46] 宁：岂，难道。

五窦之名：五代时的燕山人窦禹钧，三十多岁时还没生育有儿子，有一次他梦见他祖父对他说，你不但没有儿子，而且还很短命，宜快点多积阴德来挽回天命。窦禹钧于是力行善事，救济别人，广积阴功，数年以后，连生五子，五子都聪明俊伟，而且高中科举，五个儿子都做了官，他本人也活到八十有二，无疾谈笑而逝。

[47] 何树非琼：连树木都没有，何谈琼书形成的琼树林。寓意没有后代去考取功名，何谈参加皇上举办的琼林宴。

[48] 讵：岂，怎。

羡：羡慕。

双丁：指三国魏丁仪、丁廙兄弟两人。《梁书·到溉传》："时以溉洽兄弟比之二陆，故世祖赠诗曰：'魏世重双丁，晋朝称二陆，何如今两到，复似凌寒竹。'"

[49] 长公：这里指班固。

扛鼎：比喻有大才，能负重任。

[50] 鸿笔：大手笔。汉王充《论衡·须颂》："古之帝王建鸿德者，须鸿笔之臣褒颂纪载，鸿德乃彰，万世乃闻。"

摩空：接近云天，冲天。

[51] 射策：汉代考试取士方法之一。《汉书·萧望之传》："望之以射策甲科为郎。"颜师古注："射策者，谓为难问疑义书之于策，量其大小署为甲乙之科，列而置之，不使彰显。有欲射者，随其所取得而释之，以知优劣。射之言投射也。"

誉满天边：美好的名声天下皆知。

[52] 谈经：谈论儒家经义。《宋史·曾几传》："几独从之，谈经论事，与之合。"

日下：旧时"日"指帝王，"日下"指京都。

[53] 次公：班超，字仲升，班彪的次子，班固的弟弟，既是东汉名将，外交家，又是我国民族工作的先驱。

轻：认为容易，不以为重要。

书柿：典出唐代诗书画"三绝"的文人郑虔，此人贫居长安慈恩寺时，经常在柿子树肥大的落叶上练习字画，后人用"书柿"表示再艰苦也不忘学习的精神。

[54] 技擅穿杨：谓射箭能于远处命中杨柳的叶子。极言射技之精。《战国策·西周策》："楚有养由基者，善射；去柳叶者百步而射之，百发百中。"

[55] 不屑：不介意，不顾。《后汉书·马廖传》："廖性质诚畏慎，不爱权埶声名，尽心纳忠，不屑毁誉。"李贤注："王逸注《楚辞》云：屑，顾也。"

难劥：难以强制，难以逼迫。

挥毫：运笔，谓书写或绘画。杜甫《饮中八仙歌》："张旭三杯草圣传，脱帽露顶王公前，挥毫落纸如云烟。"

[56] 虎头：谓头形似虎，古时以为贵相。《东观汉记·班超传》："相者曰：'生燕颌虎头，飞而食肉，此万里侯相也。'"

投笔：谓弃文而就他业，多指弃文就武。

[57] 促氏：此处的"促氏"应为"曹氏"，即班固的妹妹班昭，也就是曹大家。班昭，一名姬，字惠班。汉族，扶风安陵（今陕西省咸阳东北）人。东汉史学家，史学家班彪女，班固与班超之妹，博学高才，嫁同郡曹寿，早寡。兄班固著《汉书》，八表及《天文志》遗稿散乱，未竟而卒，班昭继承遗志，独立完成了第七表《百官公卿表》与第六志《天文志》，《汉书》遂成。帝数召入宫，令皇后贵人师事之，号曹大家。善赋颂，作《东征赋》《女诫》。班昭为中国第一位女历史学家。

干城：盾牌和城墙，比喻捍卫者。

[58] 翰墨之场：比喻文章汇集之处，犹文坛。

[59] 吐茹：比喻为政的宽严。

[60] 本乎刚柔：犹宽严。《三国演义》第七一回："凡为将者，当以刚柔相济，不可徒恃其勇。"刚烈与柔顺相互弥补，柔硬兼施，恩威并用。

[61] 才略：才干和智谋。

文武：文才和武略，能文又能武，这两方面的造诣都很深。

[62] 矧：另外，况且，何况。

乃：是，为。

[63] 独重元成：考取了功名。犹如"独重进士"。主要是指明中后期出现的铨选过于讲究进士出身的局面。

[64] 孝绰：刘孝绰，字孝绰，名冉，小字阿士，彭城（今江苏省徐州）人。能文善草隶，人称神童。年十四，代父起草诏诰。初为著作佐郎，后官秘书丞。

[65] 长君：谓以年长者为君，即对年长者的尊称。

符：古代朝廷传达命令或征调兵将用的凭证。

五马：南齐柳元伯之子五人，皆领五州，五马参差于庭。殷文圭启云："荀家门内罗列八龙，柳氏庭前参差五马。"

[66] 瑞：古代作为凭信的玉器。

双岐：岐山。岐山在今陕西省岐山县东北。

[67] 湛恩：深恩。

与湟水长流：像湟水河里的水一样永远流淌。湟水：湟水是黄河上游重要支流，位于中国青海省东部，发源于青海省海晏县境内的包呼图山，流经青海省大通—达坂山与拉脊山之间的纵谷，为羽状水系。

[68] 卓绩：卓著的成绩，突出显著的成绩。

并：并行，并列。

兰山：此处的"兰山"应为"皋兰山"。自从2000多年前匈奴人在黄河边叫响"皋兰"后，这座大山就成了兰州沧桑岁月的见证。

峙：直立，耸立。

[69] 休声：美好的名声。

歌：歌颂。

慈父：慈祥的父亲。《庄子·天地》："孝子操药，以修慈父。"

[70] 治谱：《南齐书·良政传·傅琰》："琰父子并著奇绩，江左鲜有。世云'诸傅有《治县谱》，子孙相传，不以示人'。"后因以"治谱"为称颂父子兄弟居官有治绩之典。

授：给，与。

严君：指父亲。

[71] 快见：很快可以看到。

荣：光荣，荣誉。

诰：帝王任命或封赠的文书。

重：再次，另一次。

颁：颁发，颁布，发下。

[72] 积：通"绩"，功劳。

若：如，像。

床头：坐榻或床铺的旁边。

笏：古代大臣上朝拿着的手板，用玉、象牙或竹片制成，上面可以记事。

［73］思纶：此处应为“丝纶”，《礼记·缁衣》：“王言如丝，其出如纶。”孔颖达疏：“王言初出，微细如丝，及其出行于外，言更渐大，如似纶也。”后因称帝王诏书为“丝纶”。

［74］多于架上之书：比书架上的书还多。

［75］太翁：清代亦以称人之父。

方且：犹方将，将会、将要。《庄子·天地》：“彼且乘人而无天，方且本身而异形，方且尊知而火驰，方且为绪使，方且为物絯，方且四顾而物应，方且应众宜，方且与物化而未始有恒。”

含饴弄孙：含着糖逗小孙子玩，形容晚年生活的乐趣。《后汉书·明德马皇后纪》：“吾但当含饴弄孙，不能复知政事。”饴，麦芽糖。

［76］篝灯：谓置灯于笼中。《宋史·陈彭年传》：“彭年幼好学，母惟一子，爱之，禁其夜读书，彭年篝灯密室，不令母知。”

课子：督教儿子读书。明沈德符《野获编·科场三·癸未丙戌会元》：“辰玉辛丑授官后，即奉差归里，日惟课子，每命一题，辄自作一首。”

［77］膝上：在膝盖上，这里指晚年的生活教育儿孙。

［78］不殊：没有区别，一样。

文度：文人的胸襟、器度。

贤：有道德，有才能，美善。

［79］梦弟春前：春前梦见弟弟。典故见条“惠连”。

［80］益：更加。

笃：深厚，笃实。

惠连：即“梦惠连”，《南史·谢方明传》：“（谢方明）子惠连，年十岁能属文，族兄灵运嘉赏之，云：‘每有篇章，对惠连辄得佳语。’尝于永嘉西堂思诗，竟日不就，忽梦见惠连，即得‘池塘生春草’，大以为工。常云：‘此语有神功，非吾语也。’”指创作诗文有神来之笔。

［81］静能惊德：清净能够震动德性。

［82］曰寿曰富：《尚书·洪范》：“五福，一曰寿，二曰富，三曰康宁，四曰攸好德，五曰考终命。”即五福之中的二福。

模：楷式，榜样，这里指身体。

［83］和以怡神：平静能够和悦愉快神情。

[84] 早：已经。

植：生长。

如冈如陵：犹如巍峨峰峦的山冈。

体：身体。

[85] 因以：由于，因为。

朱颜白发：红润的脸和像鹤羽毛一样白的头发，形容老年人精神焕发的样子。

[86] 无须：不需要。

鸿烈：《淮南子》主道家学说，因用以指道经、道术。南朝陈徐陵《玉台新咏·序》："《灵飞》《太甲》，高擅玉函；鸿烈仙方，长推丹枕。"

仙方：迷信中的可使人起死回生、长生不老的药方，或指神仙开的药方。

[87] 黄精：药草名，多年生草本，中医以根茎入药。

[88] 不假：不用借用、利用。

乔松：古代传说中王子乔和赤松子的并称。两人均为传说中的仙人。

秘诀：不公开的能解决问题的窍门、办法。

[89] 兹者：这是。

天开：上天开启，上天创始。

寿域：谓人人得尽天年的太平盛世。《汉书·礼乐志》："愿与大臣延及儒生，述旧礼，明王制，驱一世之民，济之仁寿之域，则俗何以不若成康？寿何以不若高宗？"

[90] 人庆：人们庆祝庆贺。

昌期：兴隆昌盛时期。《乐府诗集·郊庙歌辞七·周郊祀乐章》："高明祚德，永致昌期。"

[91] 节：节气，节令。

三冬：冬季。

[92] 年登八秩：年纪到了 80 岁。年登：上升，加。八秩：亦作"八帙"，80 岁。《礼记·王制》："七十不俟朝，八十月告存，九十日有秩。"本指古代帝王对老人的优待，后因称 80 岁为"八秩"，90 岁为"九秩"。

[93] 恰逢乐宫转律：正好碰上乐宫转变乐律。

[94] 正值：适逢，正好碰到。

海屋：寓言中堆存记录沧桑变化筹码的房间。

筹：筹码，旧时用于祝人长寿。

［95］缇室：古代察候节气之室。该室门户紧闭，密布缇缦，故名。《后汉书·律历志上》："候气之法，为室三重，户闭，涂衅必周，密布缇缦。室中以木为案，每律各一，内庳外高，从其方位，加律其上，以葭莩灰抑其内端，案历而候之。气至者灰动。"

［96］芝草：菌属，古以为瑞草，服之能成仙。

并：和，并行，并列。

葭灰：葭莩之灰。古人烧苇膜成灰，置于律管中，放密室内，以占气候。某一节候到，某律管中葭灰即飞出，示该节候已到。《后汉书·律历志上》：候气之法，为室三重，涂衅必周，密布缇缦。室中以木为案，每律各一，内庳外高，从其方位，加律其上，以葭灰抑其内端，案历而候之，气至者灰动。其为气所动者其灰散，人及风所动者其灰聚。

争暖：为了尽情地领略一下阳光的温暖。

［97］华延：应是"华诞"，即生日。

祝嘏：祝贺寿辰，多用于皇室贵族等。

［98］笔花：相传李白少时，梦见所用笔头上生花，后来文才横溢，名闻天下。五代王仁裕《开元天宝遗事·梦笔头生花》。后因以"笔生花"谓才思俊逸，文笔优美。

蓂叶：传说中尧时的一种瑞草，亦称"历荚"。

［99］十叟八公：这里指神仙，有长寿之含义。汉淮南王刘安门客，有苏非、李尚、左吴、田由、雷被、毛被、伍被、晋昌八人，称"八公"。他们奉刘安之召，和诸儒大山、小山相与论说，著《淮南子》。见汉高诱《淮南子注·序》。《史记·淮南王传》"阴结宾客"司马贞索隐引《淮南要略》，田由作陈由，毛被作毛周。魏晋以来，《神仙传》《录异记》等道家著作以刘安好方技，遂附会八公为神仙。唐王维《赠焦道士》诗："海上游三岛，淮南预八公。"十八公指松。松字拆开则为十、八、公三字，故称。《艺文类聚》引晋张勃《吴录》："丁固梦松树生其腹上。人谓曰：'松字，十八公也。后十八年，其为公乎！'"

［100］长生之果：仙果，幻想和传说中仙树所结的果实。

［101］三明：道教以日月星为天之三明，耳目口为人之三明，文章华为地之三明。《黄庭内景经·五行》："三明出华生死际。"梁丘子注："天三明日月星，人三明耳目口，地三明文章华。是生死之际。"

七穆：指春秋郑穆公后裔子展、子西、子产、伯有、子太叔、子石、伯石，是掌握郑国政权的世卿。《左传·襄公二十六年》："叔向曰：'郑七穆，罕氏其后亡者也。子展俭而壹。'"杜预注："郑穆公十一子，子然、二子孔三族已亡，子羽不为卿，故唯言七穆。"陆德明释文:“郑七穆，谓子展公孙舍之，罕氏也子西公孙夏，驷氏也；子产公孙侨，国氏也；伯有良霄，良氏也；子大叔游吉，游氏也；子石公孙段，丰氏也；伯石印段，印氏也。”

[102] 酒倾：酒倒出来。

延寿：长寿，延年。

觞：古代盛酒器。

[103] 谨：郑重，恭敬。

序：叙述，叙说。

葛都阃四十序[1]

盖闻泮水名区[2]，镐京沃壤[3]。三峰华岳[4]，人物尽禀金精[5]；九曲黄流[6]，英豪实涵水德[7]。则知山川能生云雨[8]，松柏岂产培塿[9]。从来获福[10]，原归积善之家[11]；自古长年[12]，必属修身之士[13]。华辰[14]祝嘏，宾僚既执币以称觥[15]；昼锦张筵[16]，士卒咸历阶而扬觯[17]。天保申九如之颂[18]，箕畴开五福[19]之祥。用阐鸿猷[20]，竞祝鹤算[21]。恭维葛静庵先生[22]：“门第高华[23]，家声赫奕[24]。”世传隐德[25]，勒熏绩于荡阴[26]；代有仙迹[27]，采丹砂于勾漏[28]。双戟兆瑞[29]，七叶舒祥[30]。始则花发金陵[31]，旧称江淮巨族[32]；既而莲开玉井[33]，衍为关陇名家[34]。庚（庾）氏之功名[35]，辞南益显[36]；陆家之群从[37]，仕北[38]尤多。或则节建锦江[39]，久叶师中之吉[40]；或则旌扬渭水[41]，曾清海上之尘[42]。固已尽室鸣珂[43]，举宗馔玉[44]者矣。洎乎静公[45]，幼而岐嶷[46]，长即敦敏[47]。等终军之弱冠[48]，志在请缨[49]；慕宗悫之长风[50]，思欲投笔[51]。引[52]弯似月，必贯虱以称奇[53]；剑淬成花[54]，恒专犀而耀彩[55]。夙娴豹略[56]，早谙龙韬[57]。功著三巴[58]，已表刘琨[59]之勇；神劳五夜[60]，咸钦陶侃[61]之忠。兼之才擅旁通[62]，复见书成指顾[63]。赋诗[64]马上，韵高王粲之从征[65]；草檄军中[66]，笔拟文成之报捷[67]。允[68]矣，身兼文武[69]；诚[70]哉，智迈英雄[71]。由是坐大树以论熏[72]，其猷克壮[73]；营细柳而申令[74]，其德克明[75]。爰勒绩于燕山[76]，遂移节[77]于湟水。萑苻[78]永靖，庆安诸于干村[79]；保障斯崇[80]，奠长城之半壁[81]。同袍同泽[82]，三军怀挟纩之恩[83]；有春有伦[84]，六步严鸣镝[85]之习。行见握权阃外[86]，拥节寰中[87]。黄扉纪不世之熏[88]，紫阁图无竞之烈[89]。既出忠而入孝[90]，复黼国而黻家[91]。五世其昌[92]，一门独贵[93]。楼迎花萼[94]，伯仲之埙篪[95]交吹，座满金貂[96]，少长之袍笏互映[97]。加以荀家会食[98]，子侄皆龙[99]；薛氏行觞[100]，兄弟俱凤[101]。洵属人间之盛世[102]，永符天上之昌期[103]。兹当已亥[104]，祈麦佳辰[105]；适逢静公[106]，悬弧令旦[107]。春深日永[108]，迓福祉于冈陵[109]；柳暗花明[110]，瞻长龄于棨戟[111]。桓桓介胄[112]，争捧延寿之觞[113]；济济军民[114]，敬献引年之斝[115]。夫固葆其敦厚[116]，知上士之天已全亨此亨嘉[117]，验仁者之徵必寿[118]。奚必羡琼浆玉液[119]，洞中传不老之方[120]；绛阙[121]碧霄，人间筑长春之馆[122]而已哉。

题解：

本文是作者在葛公40岁生日时为其写的一篇祝贺生日的寿序。文章首先点名葛公来自泮水名区，具有金精和水德。接着就是恭祝葛公“门第高华，家声赫奕”。作者引用典故，说明葛公的文韬武略，身兼文武，建功立业。后面歌颂葛公五世其昌，一门独贵。葛公和葛公的家人俱为龙凤，且兄弟情深。最后作者描绘了在葛公生日之时，官兵、百姓、贤德之士都为其祝寿，并发出了“奚必美琼浆玉液，洞中传不老之方；绛阙碧霄，人间筑长春之馆而已哉”的感慨。

注释：

[1] 都阃：指统兵在外的将帅。清方还《旧边诗·大同》：“绕镇卫城分十五，沿边都阃辖西东。”自注：“明初设山西行都司，管辖东西二路一十五卫。”

序：寿序之意。祝寿的文章。

[2] 盖闻：听说。

泮水：水名。戴震《毛郑诗考证》：泮水出曲阜县治，西流至兖州府城，东入泗。

名区：指有名之地，名胜。南朝梁王中《头陀寺碑文》：“惟此名区，禅慧攸托。倚据崇岩，临睨通壑。”

[3] 镐京：古都名，西周国都。故址在今陕西省西安市西南沣水东岸。周武王既灭商，自酆徙都于此，谓之宗周，又称“西都”。《诗·大雅·文王有声》：“考卜维王，宅是镐京。”其后汉武帝在此凿昆明池，遂沦入池内。今丰镐村、镐京观一带发现有西周遗址和墓葬。

沃壤：肥沃的土地。

［4］三峰华岳：华山是中国五岳之一的西岳，素有“奇险天下第一山”之称。华山，因其西有少华山，故又名“太华”。山上有五峰，远望其形如华（花），因以为名。又有一说因山顶池中生千叶莲花而得名。神话传说这里是“群仙之天”，曾由“巨灵手劈”，所以“仙掌之形，莹然在目”（《云笈七签》）。华山各峰都如刀削，千姿百态，气势雄伟，特别是朝阳、莲花、落雁，即东、西、南三峰，傲然笔立，犹如神工所致，此处“三峰”亦即指此。唐崔颢《行经华阴》一诗中有“天外三峰削不成”，可见在华岳五峰中，此三峰最为险峻，故曰“华岳三峰”。

［5］人物：被认为有突出或显著特性的人。

尽禀：全赋予，都给予。

金精：西方之气。《后汉书·郎顗传》：“凡金气为变，发在秋节……金精之变，责归上司。”《文选·鹦鹉赋》：“体金精之妙质兮，合火德之明辉。”李善注：“西方为金，毛有白者，故曰金精。”

［6］九曲黄河：指河水多弯，九乃概数，并非确指。唐卢纶《送郭判官赴振武》诗：“黄河九曲流，缭绕古边州。”九曲：迂回曲折。汉王褒《九怀·危俊》：“径岱土兮魏阙，历九曲兮牵牛。”

［7］英豪：英雄豪杰。

实涵：包含，包容。

水德：古代阴阳家称帝王受命的五德之一。谓以水而德王。《史记·秦始皇本纪》：“始皇推终始五德之传，以为周得火德，秦代周德，从所不胜。方今水德之始，改年始，朝贺皆自十月朔。”

［8］山川：山岳和河流。

云雨：云和雨。

［9］培塿：本作“部娄”，小土丘。《左传·襄公二十四年》：“部娄无松柏。”杜预注：“部娄，小阜。”

［10］从来：向来，历来，一直以来。

获福：获得福运。

［11］原归：本来属于。

积善之家：积累善行、善德的家族，这个家族的福报不会断绝，家族的后代也会承受福报。

［12］长年：年长，年龄较大。《韩非子·奸劫弑臣》："人主无法术以御其臣，虽长年而美材，大臣犹将得势，擅事主断，而各为其私急。"

［13］必属：一定属于。

修身之士：陶冶身心，涵养德性的人。

［14］华辰：称对方生日的敬辞。

［15］宾僚：宾客幕僚。南朝宋刘义庆《世说新语·言语》："桓征西治江陵城甚丽，会宾僚出江津望之。"

称觥：举杯祝寿。清昭梿《啸亭续录·伊总宪》："穆司马彰阿告余曰：'吾侪家长称觥之期，其子弟僕长，尚预戒同事勿以不祥事见知。今万寿令节，伊公以惑乱人语入告，何其舛也？'"

［16］昼锦：称富贵还乡为"衣锦昼行"，省作"昼锦"。《北史·毛鸿宾传》："明帝以鸿宾兄弟所定处多，乃改北地郡为北雍州，鸿宾为刺史。诏曰：'此以昼锦荣卿也。'"

张筵：设宴。《广客谈》："野云廉公于都城外万柳堂张筵邀疏斋卢处道、松雪赵子昂、歌姬刘氏，宾主尽欢。"

［17］士卒：士兵。

咸：全，都。

历阶：登阶，跨过台阶。

扬觯：举起酒器。古时饮饯时的一种礼节。《礼记·乡饮酒义》："盥洗扬觯，所以致絜也。"孔颖达疏："扬觯谓既献之后，举觯酬宾之时，亦盥洗也。必盥洗者，所以致其絜敬之意也。"

［18］天保：《诗经·小雅》中的篇名。

九如：《诗经·小雅·天保》中连用了九个"如"字，有祝贺福寿延绵不绝之意。《诗经·小雅·天保》："天保定尔，以莫不兴。如山如阜，如冈如陵，如川之方至，以莫不增……如月之恒，如日之升，如南山之寿，不骞不崩，如松柏之茂，无不尔或承。"

颂：歌颂，祝愿，祝福。

［19］箕：箕子。

畴：指箕子讲的《洪范九畴》。

五福：即《洪范九畴》里所讲长寿、富贵、康宁、好德、善终。"五福，一曰寿，二曰富，三曰康宁，四曰攸好德，五曰考终命。"

［20］用：因而，因此。

阐：开，打开，开辟。

鸿猷：鸿业，大业。南朝宋谢庄《求贤表》："臣生属亨路，身渐鸿猷。"

[21] 竞：竞相，全都。

祝：向人祝颂。

鹤算：鹤寿，长寿。《上嘉会节贺表》："值清明驭气之时，当仁寿悦随之始，固可年同鹤算，岁比山呼。"

[22] 恭维：称赞，颂扬。

葛静庵先生：即葛都阃，葛公。

[23] 门第：旧指家庭在社会上的地位等级和家庭成员的文化程度等。

高华：高贵显要。

[24] 家声：家庭的名声。

赫奕：显赫貌，美盛貌。汉应劭《风俗通・过誉・汝南陈茂》："谨按《春秋》，王人之微，处于诸侯之上，坐则专席，止则专馆，朱轩驾驷，威烈赫奕。"

[25] 世传：世代相传。

隐德：施德于人而不为人所知，谓之"隐德"。《晋书・王湛传》："初有隐德，人莫能知，兄弟宗族皆以为痴，其父昶独异焉。"

[26] 勒：雕刻，刻字于石。

熏：气味或烟气接触物品，引申为长期接触的人或事物对品行、习惯的影响。

绩：成就，功业。

荡阴：根据郭茂倩《乐府诗集・相和歌辞楚调曲》："步出齐城门，遥望荡阴里。里中有三墓，累累正相似。问是谁家墓，田疆古冶子。力能排南山，文能绝地纪。一朝被谗言，二桃杀三士。谁能为此谋，国相齐晏子。"可能是"荡阴里"的简称，又名"阴阳里"，在今山东省临淄城南。

[27] 代有：每代都有，各代都有。

仙迹：仙人的遗迹或行踪。郦道元《水经注・庐江水》："山四方周四百余里，叠鄣之岩万仞，怀灵抱异，苞诸仙迹。"《剪灯余话・幔亭遇仙录》："（杜僎成）拜受什袭，辞归……越数年，乃弃妻子，携仙迹，遨游名山，罕与人接。"

[28] 采：采集，搜集。

丹砂：同"丹沙"。一种矿物，炼汞的主要原料。可做颜料，也可入药。又叫作"辰砂""朱砂"。

勾漏：亦作“勾屚”。山名，在今广西壮族自治区北流县东北，有山峰耸立如林，溶洞勾曲穿漏，故名。为道家所传三十六小洞天的第二十二洞天，见《云笈七籤》。汉置勾漏置，隋废。《晋书·葛洪传》：“以年老，欲炼丹以祈遐寿，闻交阯出丹，求为勾屚令。”

[29] 双戟：属短兵双兵器，戟头有一月牙，中间戟头形似枪头，戟上悬有彩绸。双戟长三尺半至四尺不等，视用者体力而定。用时两手各执一戟。

兆瑞：吉祥的兆头，是好运的兆头。形容别人行好运，有福气。

[30] 七叶：落叶乔木。叶子对生，掌状复叶，花白色，略带红晕，蒴果黄褐色，是著名的观赏植物，木材黄白色，花纹致密，可制精致家具。宋梅尧臣《邵郎中姑苏园亭》诗：“至今怪石存旧镌，七叶树荫黄金田。”亦省作“七叶”。唐罗隐逸句：“夏窗七叶连阴暗。”

舒：展现。

祥：特指吉兆。

[31] 花发：花开放。

金陵：古邑名，今江苏省南京市的别称。战国楚威王七年（前 333）灭越后在今南京市清凉山设金陵邑。南朝齐谢朓《鼓吹曲·入朝曲》：“江南佳丽地，金陵帝王州。”

[32] 旧称：原先叫作。

江淮：泛指长江与淮河之间的地区。《后汉书·周荣传》：“荣，江淮孤生，蒙先帝大恩，以历宰二城。”

巨族：豪门大族。

[33] 莲开玉井：古代传说中华山峰顶玉井所产之莲。韩愈《古意》诗：“太华峰头玉井莲，开花十丈藕如船。”

[34] 衍为：衍变为，衍生成为。

关陇：指关中和甘肃东部一带地区。《后汉书·公孙述传》：“令汉帝释关陇之忧，专精东伐，四分天下而有其三。”

名家：名门，有名望的门第。

[35] 庚（庾）氏：应为“庾氏”，即庾信。

功名：功绩和名位，封建时代指科举称号或官职名位。

[36] 辞：告别。

南：南方。

益：更加。

显：明显，显示得很清楚。

［37］陆家：陆机、陆云家族。

群从：指堂兄弟及诸子侄。

［38］仕北：在北方做官。

［39］或则：或许，或者。

节：符节，古代使者所持以作凭证。

建：封立。

锦江：岷江分支之一，在今四川省成都平原。传说蜀人织锦濯其中则锦色鲜艳，濯于他水，则锦色暗淡，故称。《文选·蜀都赋》："百室离房，机杼相和；贝锦斐成，濯色江波。"

［40］叶：世代。《诗·商颂·长发》："昔在中叶，有震且业。"毛传："叶，世也。"陈奂传疏："'中世'，汤之前世也。"

师中之吉：在军队中任统帅，持中不偏便可吉祥，不会有什么灾祸。《象》曰："在师中吉，承天宠也；王三锡命，怀万邦也。"九二的爻辞在《象传》中解：在军队中任统帅，持中不偏便可吉祥，不会有什么灾祸，对上可得到君王的宠幸，对下能国平民安，使万众邻邦悦心诚服。此爻说明君子能公正无私、刚正不阿地处理国政民事，上能得到君王的赏识，下能得到民众的拥护与支持。九二处阴位，虽然阳刚率师，但是有阴柔体恤的一面，这正是带兵之道。在师不能简单理解为率师，意义上少了很多。

［41］旌：古代用牦牛尾或兼五采羽毛饰竿头的旗子。

渭水：即渭河，渭河是黄河的第一大支流，发源于今甘肃省渭源县的鸟鼠山，由陕西省潼关汇入黄河。渭河全长787公里，流域包括甘肃、宁夏、陕西三省区，总面积134766平方公里。上游以及北岸泾河、洛河等支流，流经黄土高原，夹带大量泥沙。中、下游渠道纵横，自汉至唐，皆为关中漕运要道。渭河与泾水汇合之处，水浊清分界很明显。渭河流域地貌复杂，山地包括横贯陕甘的秦岭山脉北坡及六盘山、陇山，断陷盆地包括关中冲积平原及黄土高原，黄土高原包括陇东、宁南、陕北的高原沟壑及丘陵沟壑区。

［42］清：清理。

海上之尘：海边海岛上的灰尘。

［43］固已：固然后来。

尽室：全家。

鸣珂：显贵者所乘的马以玉为饰，行则作响，因名。指居高位。明李东阳《重经西涯》诗之一："岂谓鸣珂还故里，敢将华发恋微官。"

[44] 举宗：整个家族、宗族。

馔玉：珍美如玉的食品。《文选·吴都赋》："矜其宴居，则珠服玉馔。"李周翰注："玉馔，言珍美而比于玉。"

[45] 洎：等到，及。

静公：即葛都阃。

[46] 幼：小的时候。

岐嶷：《诗经·大雅·生民》："诞实匍匐，克岐克嶷。"朱熹集传："岐嶷，峻茂之状。"后多以"岐嶷"形容幼年聪慧。

[47] 长：长大后。

敦敏：笃实敏捷。《大戴礼记·五帝德》："（黄帝）生而神灵，弱而能言，幼而慧齐，长而敦敏，成而聪明。"

[48] 终军：字子云，西汉济南人，少年时代刻苦好学，以博闻强记、能言善辩、文笔优美闻名于郡中。18 岁被举荐为博士弟子，赴京师。过函谷关时，守关吏卒交给他一件帛制的"繻"。终军初不识此为何物，当得知这是一个返回过关的凭证时，慨然掷之于地，自信地说："大丈夫西游，终不复还。"守关吏卒为之瞠目。到长安后，终军以上书称旨官拜谒者给事中，奉命巡视东方郡国。他手持朝廷符节，骑高头大马，再过函谷关，守关人员认出此人正是前次弃繻的青年，叹服其志远才高。有一次，朝廷需要遣使赴匈奴，终军上书自荐，博得汉武帝赏识，升他为谏大夫。武帝时，南越（今中国广东、广西及越南北部）割据政权尚未归附，他又自请出使南越，表示"愿受长缨，必羁南越王而致之阙下"（"请缨"一词即典出于此）。至南越后，他说服南越王臣服汉朝，但南越丞相吕嘉极力反对，发兵攻杀南越王及汉使者，终军亦被杀。死时年仅 20 余岁，时人称之为"终童"。终军死后归葬何处，史书说法不一。今山东省济南南部仲宫即终军出生地。

弱冠：古代男子 20 岁行冠礼，表示已经成人，但体还未壮，所以称作弱冠，后泛指男子 20 岁左右的年纪。

[49] 志：立志，有志于，志向。

请缨：指投军报国，报国立功的机会。

[50] 慕：向往，敬仰。

宗悫：宗悫是南北朝时期的人，他从小就有远大的志向，精心刻苦地练武，直到练成了才对他哥哥说："我有了本事，就可以乘长风破万里浪。"（"乘风破浪"这句成语就是从这里来的。）后来宗悫真的成了一位赫赫有名的大将军。

长风：远风。《文选·吴都赋》："习御长风，狎玩灵胥。"刘逵注："长风，远风也。"

[51] 投笔：《东观汉记·班超传》："（班超）家贫，恒为官佣写书以供养人劳苦，尝辍业投笔叹曰：'大丈夫无他志略，犹当效傅介子、张骞立功异域以取封侯，安能久事笔研（砚）间乎？'"指弃文从武，投身疆场，为国立功，施展抱负。

[52] 引：拉开弓。

[53] 贯虱：贯穿虱心，极言善射。《列子·汤问》："纪昌者，又学射于飞卫……昌以氂悬虱于牖，南面而望之，旬日之间，浸大也；三年之后，如车轮焉，以睹余物，皆丘山也。乃以燕角之弧，朔蓬之簳射之，贯虱之心而悬不绝。"

称奇：称赞它的奇妙。

[54] 剑：古代兵器。长刃两面，中间有脊，短柄。

淬：把烧红了的铸件往水或油或其他液体里一浸立刻取出来，用以提高合金的硬度和强度。

成花：水中泛起水花。

[55] 恒：永久，永恒。

专：很，非常。

犀：锋利，坚固。

耀彩：闪耀光彩。

[56] 夙：早，很早。

娴：熟练，熟悉。

豹略：古代兵书《六韬》中有《豹韬》篇，后因以"豹略"指用兵的韬略。北周庾信《从驾观讲武》诗："豹略推全胜，龙图揖所长。"

[57] 谙：熟悉，精通。

龙韬：太公望兵法《六韬》之一。泛指兵法、战略。南朝梁江淹《为萧让太傅扬州牧表》："既罕《龙韬》《金匮》之效，又乏楹间帷中之绩。"

[58] 三巴：古地名。巴郡、巴东、巴西的合称。相当于今四川省嘉陵江和綦江流域以东的大部地区。《资治通鉴·晋安帝元兴三年》："玄以桓希为梁州刺史，分命主将戍三巴以备之。"胡三省注："三巴，巴郡、巴东、巴西也。杜佑曰：渝州，古巴国，谓之三巴。

以阆、白二水东南流，曲折三回，如‘巴’字也。”

［59］刘琨：字越石，汉中山靖王之后，美姿仪，弱冠以文采征服京都洛阳，“人称洛中奕奕，庆孙越石”。厕身以帅哥才子闻名的文学政治团体“金谷二十四友”之中，因年纪最小，排名最后。为司州主簿时，与祖逖闻鸡起舞，逐渐成为一个成熟的男人，八王之乱又经永嘉之乱，神州陆沉，北方沦陷，只有刘琨坚守在并州，是当时北方仅存的汉人地盘。后因爱慕刘琨发兵帮助的鲜卑首领拓跋猗卢被兄弟杀死，没有兵力与各族争斗，投奔辽北，因辽北内部争权而死。刘琨诗仅存 3 首，却与左思齐名。

［60］神劳：精神极度疲劳。

五夜：五更，即天将明时。

［61］咸钦：都十分钦佩。

陶侃：字士行（或作“士衡”），汉族，本为鄱阳（今江西省鄱阳）人，后徙庐江寻阳（今江西省九江西）。中国东晋时期名将，大司马。初为县吏，渐至郡守。永嘉五年（311），任武昌太守。建兴元年（313），任荆州刺史。后任荆江二州刺史，都督八州诸军事。他精勤吏职，不喜饮酒、赌博，为人称道。是我国晋代著名诗人陶渊明的曾祖父。

［62］兼之：表示进一步的原因或条件，加以。

才：才力，才能。

擅：善于，专长于。

旁通：遍通，广泛通晓。

［63］复见：再次相见。

书：奏章，文书，文件。

成：完成，成就。

指顾：一指一瞥之间。形容时间的短暂、迅速。

［64］赋诗：吟诗，写诗。

［65］韵高：或有高雅脱俗，有妙悟，有格调，含蓄蕴藉、醇至飘逸等含义。

王粲：字仲宣，山阳高平（今山东省邹城）人。东汉末年著名文学家，建安七子之一，由于其文才出众，被称为“七子之冠冕”。初仕刘表，后归曹操。

从征：随军出征。《后汉书·窦宪传》：“于是大开仓府，劳赐士吏，其所将诸部二千石子弟从征者，悉除太子舍人。”

［66］草檄：草拟檄文，亦泛指撰写官方文书。

军中：军队之中。

［67］文成：元末明初著名的政治家、军事家、文学家刘基（字伯温）的谥号。明朝开国元勋、大明军师刘伯温死后，明朝第十一位皇帝明武宗于1514年下了一道诰令，说刘基“慷慨有志，刚毅多谋，学为帝师，才称王佐”，“占事考祥，明有征验；运筹画计，动中机宜”，是“渡江策士无双，开国文臣第一”，故“今特赠尔为太师，谥号文成”。经纬天地为文，安民立政为成，合言之，文成就是经天纬地、立政安民的意思。

报捷：报告胜利的消息。

［68］允：诚信。

［69］身兼文武：能文能武，文武双能。文武：文德与武功，文治与武事。《诗·周颂·雝》：“宣哲维人，文武维后。”郑玄笺：“又遍使天下之人有才知以文德武功为之君故。”

［70］诚：诚实，诚信。

［71］智：智慧，智谋，见识。

迈：超过。

英雄：非凡出众的人物。指见解、才能超群出众或领袖群众的人。

［72］由：由于，因此。

是：代词，这，这个，那，那个。可以代任何事物，可以指整个上文，可以指刚才的某人某事。

大树：即大树将军。中国历史上从来不乏有特色的将领，他们往往都有自己的绰号，比如“常胜将军”“威武将军”。可是有一位却被叫做“大树将军”，他就是东汉光武帝刘秀麾下、“云台二十八将”之一的冯异。原来，当年跟随刘秀的开国名将有28位，号称“云台二十八将”。征战间隙，诸将常常聚在一起聊天，话题无非是自述战功，胡吹乱侃。每当众将争功论能之时，冯异总是一个人默默地躲到大树下面。于是，士兵们便给他起了个“大树将军”的雅号。

论：选择。

熏：用言语、行动逐渐影响、说服人。

［73］猷：谋略，这里指谋划谨严之意。

克：能。

壮：光大。

［74］营：扎营。

细柳：汉文帝时，周亚夫为将军，屯军细柳。帝自劳军，至细柳营，因无军令而不得入。于是使使者持节诏将军，亚夫传令开壁门。既入，帝按辔徐行。至营，亚夫以军礼见，成礼而去。帝曰："此真将军矣！曩者霸上，棘门军，若儿戏耳！"（见《史记·绛侯世家》）后遂称军营纪律严明者为细柳营。细柳在今陕西省咸阳市西南。清孔尚任《桃花扇·抚兵》："纷纷将士愿移家，细柳营中起暮笳。"亦省作"细柳"。

申令：发布命令，下令。汉严遵《道德指归论·用兵》："发号申令，效以信诚，先服者赏，后服者伤。"

[75] 其德克明：他的品德清明端正，能察是非。克：能。明：明察是非。《诗经·大雅·皇矣》："貊其德音，其德克明，克明克类，克长克君。"郑玄笺："照临四方曰明。"朱熹集传："克明，能察是非也。"

[76] 爰：于是。

勒绩于燕山：在燕山上雕刻功绩。

[77] 遂：于是。

移节：旧称大吏转任或改变驻地。清陈康祺《郎潜纪闻》卷十一："移节安徽，主江南试。"

[78] 萑苻：指盗贼，草寇。《明史·李俊传》："尸骸枕籍，流亡日多，萑苻可虑。"

[79] 庆：祝贺，庆贺。

安：安定，安全，安稳。

诸：众，各。

干村：建立村庄。

[80] 保障：保护，使不受侵害。

斯：假借为"此"，即这，这个。

崇：高大。

[81] 奠：稳固地安置，奠定。

长城：中国古代的伟大工程，西起今甘肃省嘉峪关，东到河北省山海关，全长6700公里。公元前3世纪秦统一中国后，连接战国时燕、赵、秦之城并延长，始成长城。

半壁：半堵墙壁。

[82] 同袍同泽：比喻共事的关系（多指军人）。《诗经·秦风·无衣》："岂曰无衣，与子同袍。王于兴师，修我戈矛，与子同仇。岂曰无衣，与子同泽，王于兴师，修我矛戟，与子偕作。"

[83] 三军：古时指中军、上军、下军或中军、左军、右军。

怀：想念，怀念。

挟纩：披着绵衣，亦以喻受人抚慰而感到温暖。《左传·宣公十二年》：“申公巫臣曰：‘师人多寒。’王巡三军，拊而勉之，三军之士皆如挟纩。”杜预注：“纩，绵也。言说（悦）以忘寒。”

恩：恩惠，深厚的情谊。

［84］春：一年的第一季。

伦：条理，次序。

［85］严：严厉的，严格的。

鸣镝：古时一种射出去带响的箭，多用于发号令。《史记·匈奴列传》记载了“鸣镝”的来历。

［86］行见：其行为能表现出。见：通“现”，显现、表露出。《逸周书·谥法解》：“行见中外曰悫”。悫，谨也。又见《中国谥法词典》：“悫：行见中外曰悫；执德不惑曰悫；诚以致志曰悫；表里如一曰悫；诚心中孚曰悫；率真御下曰悫。”

握权：掌握权力。

阃外：指京城或朝廷以外，亦指外任将吏驻守管辖的地域，与朝中、朝廷相对。《晋书·陶侃传》：“阃外多事，千绪万端，罔有遗漏。”

［87］拥节：执持符节。亦指出任一方。南朝徐陵《关山月》诗之二：“将军拥节起，战士夜鸣弓。”

寰中：宇内，天下。在这里应是边疆、边塞之意。晋孙绰《喻道论》：“焉复睹夫方外之妙趣、寰中之玄照乎？”

［88］黄扉：古代丞相、三公、给事中等高官办事的地方，以黄色涂门上，故称。

纪：处理，治理。

不世：一世所无，意即极不平凡、非常了不起。

熏：气味或烟气接触物品，引申为长期接触的人或事物对品行、习惯的影响。

［89］紫阁：唐代曾改中书省为紫微省，中书令为紫微令。因称宰相府第为紫阁。唐元稹《酬卢秘书》诗：“梦云期紫阁，厌雨别黄梅。”

图：谋划，反复考虑。

无竞：不可争衡，无比。《诗·周颂·执竞》：“执竞武王，无竞维烈。”朱熹集传：“言武王持其自强不息之心，故其功烈之盛，天下莫得而竞。”

烈：功业。

［90］出忠而入孝：指在外要为国家尽忠，在家要为父母尽孝。

［91］黼国而黻家：指国家文教之治，美如锦绣。

［92］五世其昌：指五世之后，子孙后代兴盛，旧时常用来做新婚颂词，“天作之合，五世其昌”。先秦左丘明《左传·庄公二十二年》：“为妫之后，将育于姜，五世其昌，并于正卿；八世之后，莫之于京。”

［93］一门：一族，一家。《韩非子·八经》：“下不一门，大臣不拥。”《汉书·李寻传》：“将军一门九侯，二十朱轮。”杜甫《送鲜于万州迁巴州》诗：“京兆先时杰，琳瑯照一门。”

贵：指地位高，地位显要的人。

［94］楼迎花萼：西安花萼相辉楼的简称，唐代长安著名皇家建筑，始建于唐代开元八年（720），位于长安兴庆宫（今陕西省西安市兴庆宫公园）之内。盛唐时代，花萼相辉楼位列四大名楼之前（即江西省的滕王阁、湖北省的黄鹤楼、湖南省的岳阳楼、山西省的鹳雀楼），统称为“天下五大名楼”。而花萼相辉楼位于帝都长安皇宫之中，是玄宗时代的外交接待、国宴举办的场所，是长安城内大型娱乐活动的文化艺术中心，也是盛唐天子唐玄宗、杨贵妃与万民同乐、交流共欢之处，享有“天下第一名楼”的美誉。遗憾的是，后唐的战火将这座名楼摧毁殆尽，而后少有人知晓“天下第一名楼”何指。

［95］伯仲：兄弟之间的老大和老二。

埙篪：埙、篪皆古代乐器，二者合奏时声音相应和。因常以“埙篪”比喻兄弟亲密和睦。《诗经·小雅·何人斯》：“伯氏吹埙，仲氏吹篪。”

［96］金貂：皇帝左右侍臣的冠饰。汉始，侍中、中常侍之冠，于武冠上加黄金珰，附蝉为文，貂尾为饰，谓之赵惠文冠。借称侍从贵臣。

［97］少长：年少的和年长的。王羲之《兰亭集序》：“群贤毕至，少长咸集。”

袍笏：古代官员上朝时穿的官服和手拿的笏板。

互映：彼此相互映衬映照。

［98］加以：犹言加上。表示进一步的原因或条件，多用于后一分句的句首。《汉书·食货志上》：“今海内为一，土地人民之众不避汤禹，加以亡天灾数年之水旱，而畜积未及者，何也？”

荀家：指荀淑的八个儿子：荀俭、荀绲、荀靖、荀焘、荀诜、荀爽、荀肃、荀旉。

会食：相聚进食。《史记·淮阴侯列传》：“令其裨将传飧，曰：今日破赵会食！”唐李肇《唐国史补》卷下：“宰相百僚会食都堂。”

［99］子侄皆龙：晚辈都十分优秀，都成才了。

［100］薛氏：即河东三凤，指隋末唐初时期薛稷村薛氏家族的三位名人——薛收、薛德音、薛元敬。

行觞：依次敬酒。

［101］兄弟俱凤：兄弟三个都是有才之人。

［102］洵：诚然，确实。

属：系，是。

人间：指整个人类社会，世间。

盛世：安定兴盛的时代。

［103］符：符号，相同。

昌期：兴隆昌盛时期。《乐府诗集·郊庙歌辞七·周郊祀乐章》："高明祚德，永致昌期。"陆游《天申节贺表》："敢即昌期，虔申寿祝。"昭梿《啸亭杂录·朱文正》："翁方纲等皆学问渊博，实应昌期而生者。"

［104］己亥：己亥年就是农历一甲子中的一个。

［105］祈麦：麦实者，五谷之先见者，故急祈而记之也。

佳辰：良辰，吉日。王勃《越州秋日宴山亭序》："岂非琴樽远契，必兆朕于佳辰；风月高情，每留连于胜地。"

［106］适逢静公：恰好遇到葛静安先生的生日。

［107］悬弧令旦：男子生辰曰悬弧令旦。女子生辰曰设帨佳辰。

［108］春深：春末夏初，春意浓郁。

日永：指白昼长。《艺文类聚》卷三引晋郭璞《夏诗》："融风拂晨霄，阳精一何冏。闲宇静无娱，端坐愁日永。"

［109］迓：迎接。

福祉：幸福、利益、福利。

冈陵：山冈和丘陵。

［110］柳暗花明：垂柳浓密，鲜花夺目。形容柳树成荫，繁花似锦的春天景象。也比喻在困难中遇到转机。王维《早朝》诗之二："柳暗百花明，春深五凤城。"

［111］瞻：瞻仰，瞻望。

长龄：长寿。《北史·吕罗汉传》："愿寿无疆，以享长龄。"

棨戟：有缯衣或油漆的木戟。古代官吏所用的仪仗，出行时作为前导，后亦列于门庭。

《汉书·韩延寿传》："功曹引车，皆驾四马，载棨戟。"

［112］桓桓：勇武、威武貌。

介胄：甲胄之士，指武士。《陈书·鲁广达传》："爪牙背义，介胄无良。"

［113］争捧：争着两手托着、捧着。

延寿：长寿，延年。

觞：古代盛酒器。

［114］济济：众多的样子。

军民：兵士和人民，军队和百姓。

［115］敬献：恭敬地送上。

引年：延长年寿。韩愈《进学解》："訾医师以昌阳引年，欲进其豨苓也。"

斝：古代酒器，青铜质，圆口，三足，用以温酒。盛行于商代和西周初期。

［116］固：仍然。

葆：保持。

敦厚：粗壮结实。

［117］上士：指道德高尚的人。

亨：通达，顺利。

亨嘉：美好的事物聚会在一起，比喻优秀人物济济一堂。《易·乾》："亨者，嘉之会也。"孔颖达疏引庄氏曰："嘉，美也。言天能通畅万物，使物嘉美之会聚，故云嘉之会也。"《周易·乾》："亨者，嘉之会。"

［118］仁者：仁者是具有大智慧、人格魅力、善良的人。

徵：同"征"。征兆，迹象。

寿：长寿。《论语·雍也》："知者动，仁者静，知者乐，仁者寿。"

［119］羡：因喜爱而希望得到。

琼浆玉液：用美玉制成的浆液，古代传说饮了它可以成仙。比喻美酒或甘美的浆汁。战国宋玉《招魂》："华酌既陈，有琼浆些。"汉王逸《九思·疾世》："吮玉液兮止渴，啮芝华兮疗饥。"

［120］洞中传不老之方：洞中传授长生不老的方法。

［121］绛阙：宫殿寺观前的朱色门阙，亦借指朝廷、寺庙、仙宫等。晋陆机《五等论》："钲鼙震于闉宇，锋镝流乎绛阙。"

［122］长春之馆：即长春观。

祝陈翁寿序[1]

庚戌[2]二月

尝考云梦名区[3]，洞庭胜地[4]。黄鹤楼[5]外，曾镌[6]李白之诗；鹦鹉洲[7]边，久著祢正平之赋[8]。湘烟渚雨[9]，地势接星汉[10]之光；沅芷澧兰[11]，人物毓山川之秀[12]。宿分牛斗[13]，代产文人[14]；兆叶凤繇[15]，世钟巨族[16]。陈翁家传治谱[17]，继太丘清白之声[18]；名人贤书[19]，除元龙湖海之气[20]。徐陵蚤岁[21]，已识麒麟[22]；张融妙年[23]，曾邀鹭羽[24]。遂乃情萦文史[25]，擅闻望于青箱[26]；俗仗弦歌[27]，播经猷于墨绶[28]，育菁莪于天水[29]，即是潘花[30]；膏苗黍于陇山[31]，宁栽陶柳[32]。于是乡连桑梓[33]，愿借寇君[34]；社称枌榆[35]，争迎召父[36]。公堂息讼[37]，羡鼠之无牙[38]；蔀屋[39]怀思，类春之有脚[40]。人□二天之雨露[41]，地茂十里之粳稌[42]。嘉猷视江崖而倍峻[43]，岂泽与青海而俱深[44]。宜其凤诰频颁[45]，酬勤劬者已及[46]二世；龙章叠锡[47]，褒循良者何待[48]三年。而余孺人鸿案相庄[49]，鹿车共挽[50]。铭椒赋菊[51]，微柔允奉为女宗[52]；习礼通诗[53]，静好无烦于姆教[54]。固宜其翟茀致[55]习，聿彰车马之客[56]；象服增辉[57]，用表山河之度[58]。况谢庭[59]之多凤，更荀里之皆龙[60]。儿扶藤杖[61]，悉属班香宋艳[62]之才；孙舁篮舆[63]，竞为竹马羊车之戏[64]。故挹其声华[65]，虽仲举之统百僚[66]，弗能及矣[67]。钦为品望[68]，即孔璋之在七子[69]，何以遇[70]焉。斯真盛世之休徵[71]，而德门之韵事[72]也。泽沛寰中[73]，重碧酝延乏之酒[74]。云璈[75]张队，谬充蓬岛之宾[76]；书锦开筵[77]，冀献麦丘之祝[78]。谨序[79]。

题解：

本文是作者写的一篇祝寿的文章。文章开始就说明陈翁与人杰地灵的云梦地区有着不解之缘。接着写陈翁书香门第，家传治谱。陈翁与青海情深，陈翁家世被恩泽。陈翁与其夫人鸿案相庄、鹿车共挽，十分的恩爱。陈翁的夫人也是知书达理之人。陈翁的子孙都是班香宋艳之才，儿孙十分孝顺，陈翁家庭的品望很高。陈翁家中读书作文之事很多。在陈翁大寿之际，作者引用典故冀献麦丘之祝。

注释：

［1］翁：对男性长者的尊称。

寿序：祝寿的文章，明中叶以后开始盛行。清陈康祺《郎潜纪闻》卷七："寿序谀词自前明归震川始入文稿。然每观近今名人集中偶载一二，亦罕有不溢美者。"

［2］庚戌：庚戌为干支之一，顺序为第四十七个。

［3］尝考：曾经考察。

云梦：作"云瞢"，古薮泽名。汉魏之前所指云梦范围并不很大，晋以后的经学家才将云梦泽的范围越说越广，把洞庭湖都包括在内。《周礼·夏官·职方氏》："正南曰荆州，其山镇曰衡山，其泽薮曰云瞢。"郑玄注："衡山在湘南，云瞢在华容。"

名区：指有名之地，名胜。南朝王中《头陀寺碑文》："惟此名区，禅慧攸讬。倚据崇岩，临睨通壑。"

［4］洞庭：湖名，即洞庭湖。《韩非子·初见秦》："秦与荆人战，大破荆，袭郢，取洞庭、五渚、江南。"洞庭湖是中国第二大淡水湖，在今湖南省北部，长江南岸，湖水面积2820平方公里，南面湘江、资水、沅江、澧水注入，北在城陵矶汇入长江，洞庭湖周围为鱼米之乡，现为我国国家商品粮生产基地之一。

胜地：著名的景色宜人的地方。

［5］黄鹤楼：始建于三国吴黄武二年（223），故址在今湖北省武汉市蛇山的黄鹄矶头。传说古仙人子安从此地乘鹤而去。

［6］曾镌：曾经镌刻、雕刻。

［7］鹦鹉洲：在今湖北省武汉市西南长江中。相传东汉末江夏太守黄祖长子射在此大会宾客，有人献鹦鹉，祢衡作《鹦鹉赋》，故名。后衡为黄祖所杀，葬此。自汉以后，由于江水冲刷，屡被浸没，今鹦鹉洲已非宋以前故地。唐崔颢《黄鹤楼》诗："晴川历历汉阳树，芳草萋萋鹦鹉洲。"

［8］久著祢正平之赋：以祢衡的赋而享有持久的盛名。

［9］湘烟渚雨：湘水中的绿洲烟雨弥漫。

［10］地势：地面高低起伏的形势。

接：靠近，接触。

星汉：天河，银河。曹操《步出夏门行》："日月之行，若出其中；星汉灿烂，若出其里。"

［11］沅芷澧兰：芷，一本作"茝"。澧，一本作"醴"。本指生于沅澧两岸的芳草，

后用以比喻高洁的人或事物。《楚辞·九歌·湘夫人》："沅有芷兮澧有兰。"王逸注："言沅水之中有盛茂之芷，澧水之内有芬芳之兰，异于众草。"沅江发源于中国贵州省，流经湖南省入洞庭湖。澧水发源于湖南省西北与湖北省鹤峰县交界处，向东南流经桑植，再向南、向东经大庸、慈利、石门、澧县、津市，再向南流入七里湖、洞庭湖。

［12］人物：被认为有突出或显著特性的人。

毓：生育，养育。

山川：山岳、江河。《易·坎》："天险，不可升也，地险，山川丘陵也，王公设险以守其国。"

秀：美好，秀丽。

［13］宿：星宿。

牛斗：指牛宿和斗宿。传说吴灭晋兴之际，牛斗间常有紫气。雷焕告诉尚书张华，说是宝剑之气上冲于天，在豫东丰城。张华派雷为丰城令，得两剑：一名龙泉，一名太阿。两人各持其一。张华被诛后，失所持剑。后雷焕子持剑过延平津，剑入水，但见两龙各长数丈，光彩照人。（见《晋书·张华传》）后常用以为典。

［14］代：父子相继为"代""世代"。

文人：指会写文章的读书人，古称先祖之有文德者。

［15］兆：姓。

叶：姓。

凤：姓。

繇：姓。

［16］世：世代，世家。

钟：古代打击乐器，青铜质。宴享时列鼎、击钟奏乐的古代大的贵族家庭。

巨族：豪门大族，大的家族。

［17］家传治谱：管理方案只传给子孙，后形容父子兄弟做官都有政绩。《南齐书·傅琰传》："琰父子并著奇绩，江左鲜有。世云诸傅有治县谱，子孙相传，不以示人。"

［18］太丘：指陈寔，字仲弓，河南许州（今许昌）人。生于汉和帝永元十六年（104），卒于灵帝中平四年（187），享年84岁。陈实是"德星堂、聚星堂"之始祖，曾入太学就读，初为县令，后任太丘长，为政清廉，为人宽厚，是河南许州方圆五百里内外德高望重的人，常率子孙与时称"八龙"之一的荀淑等人游许州西湖聚宴，后有太史官发现许州上空有"德星聚集"，奏报皇上说："德星聚会，五百里内必有贤人。"经派人查访，

原来是陈寔祖孙常会友西湖所致。于是汉灵帝便在西湖敕建“德星亭”，亭内悬挂“德星聚会”匾。

清白：品行纯洁，没有污点。

声：名誉，名声。

［19］名人：著名的人物。

贤书：语本《周礼·地官·乡大夫》：“乡老及乡大夫群吏献贤能之书于王。”贤能之书，谓举荐贤能的名录，后因以“贤书”指考试中式的名榜。宋洪适《回傅解元状》：“造牓外台，占贤书而独步。”

［20］除：改变，变换。

元龙湖海之气：语本《三国志·魏志·陈登传》，谓陈元龙豪气不除。东汉陈登，字元龙。许汜曾见之。登以汜求田问舍，言无可采，久不与语。后许汜谓刘备曰：“陈元龙湖海之士，豪气不除。”

［21］徐陵：字孝穆，东海郯（今山东省郯城）人，徐摛之子。南朝梁陈间的诗人，文学家。早年即以诗文闻名。8 岁能文，12 岁通《庄子》《老子》。长大后，博涉史籍，有口才。梁武帝萧衍时期，任东宫学士，常出入禁闼，为当时宫体诗人，与庾信齐名，并称“徐庾”，与北朝郭茂倩并称“乐府双璧”。

蚤岁：早年，指年少之时。蚤，通“早”。朱熹《中庸章句》：“熹自蚤岁，即尝受读而窃疑之。沉潜反复，盖亦有年。”

［22］麒麟：古代传说中的一种动物，形状像鹿，头上有角，全身有鳞甲，尾像牛尾。古人以为仁兽、瑞兽，拿它象征祥瑞。《管子·封禅》：“今凤凰麒麟不来，嘉谷不生。”

［23］张融：中国南朝齐文学家、书法家。字思光，一名少子。吴郡（今江苏省苏州）人。出身世族，宋会稽太守畅子。弱冠知名。初仕宋为封溪令。后举秀才，对策中第，为仪曹郎。以故免官，复摄祠部、仓部二曹。又被萧道成辟为太傅掾、迁中书郎。入齐，为长沙王萧晃镇军，竟陵王萧子良征北谘议，并领记室，司徒从事中郎。官至黄门郎，太子中庶子，司徒左长史，世称“张长史”。融形貌短丑，行止怪诞，善言谈，工草书，其文也如其人“诡激”而“独与众异”，张融与太子仆周颙并善《老子》《周易》，相遇辄言玄理，弥日不倦。融作《门律》以示颙，颙致书论难，其书今存《弘明集》中。融于文章亦颇自负，其《门律自序》称：“吾文章之体，多为世人所惊。”

妙年：指少壮之年。《三国志·魏志·陈思王植传》：“终军以妙年使越。”

［24］曾邀：取得，希求。

鹭羽：白鹭的羽毛。古人用以制成舞具或是扇子。《诗经·陈风·宛丘》："无冬无夏，值其鹭羽。"毛传："鹭鸟之羽，可以为翳。"郑玄笺："翳，舞者所持以指麾。"

[25] 遂乃：于是才。

情：感情。

萦：回旋缠绕，缭绕。

文史：指文学、史学的著作或知识。刘勰《文心雕龙·时序》："其文史则有袁殷之曹，孙干之辈。"

[26] 擅：占有，据有。

闻望：声望，名望。晋葛洪《抱朴子·百里》："或父兄贵重，而子弟以闻望见选。"明李东阳《太原王氏柳林世墓碑铭》："有平寇功，行业闻望为一时所重。"

青箱：收藏书籍字画的箱笼。《宋书·王准之传》："曾祖彪之……博闻多识，练悉朝仪，自是家世相传，并谙江左旧事，缄之青箱。"唐贯鮴《赋虞书歌》："须知《孔子庙堂碑》，便是青箱中至宝。"

[27] 俗：风俗，习惯。

仗：凭借，依靠。

弦歌：《论语·阳货》记孔子学生子游任武城宰，以弦歌为教民之具。后因以"弦歌"为出任邑令之典。《晋书·隐逸传·陶潜》："谓亲朋曰：'聊欲弦歌，以为三径之资，可乎？'执事者闻之，以为彭泽令。"

[28] 猷：道，法则。

墨绶：结在印钮上的黑色丝带。《后汉书·蔡邕传》："墨绶长吏，职典理人。"后因以"墨绶"作为县官及其职权的象征。唐岑参《送宇文舍人出宰元城》诗："县花迎墨绶，关柳拂铜章。"

[29] 育：抚养，教育。

菁莪：《诗经·小雅·菁菁者莪·序》："菁菁者莪，乐育材也，君子能长育人材，则天下喜乐之矣。"后因以"菁莪"指育材。

天水：即今天的甘肃省天水市。天水是当地历史上使用时间最长的地名。最早始于汉武帝元鼎三年（前114），天水得名源于"天河注水"的美丽传说。远在3000多年前，天水地区人烟稠密，屋宇毗连，"山水灵秀，林木密茂"。可是，到了秦末汉初，长期的征战、厮杀，加上连年的干旱，使繁华、富饶的上城变得残垣断壁，民不聊生。传说，在一天夜里，正当人们进入梦乡的时候，忽然天空狂风呼啸，雷电交加，随着一道金光闪耀，地上现出红光。顿时，大地连续震动，在轰隆隆巨响声中，地面裂开一条大缝。只见天上河水倾泻而下，注入裂开的大缝中，于是形成一湖，名曰“天水湖”。此湖水位稳定，水质纯净，甘洌醇厚，“春不涸，夏不溢，四季滢然”。当时人说这湖与天河相通，又叫它“天水井”。后来，这个传说被汉武帝听到了，他就命令把要新设的郡建在上邽北城的湖旁，起名“天水郡”。从此，有了“天水”之名。

[30] 潘花：据晋潘岳《闲居赋》载，潘岳曾为河阳令，于县中满种桃李，后因以“潘花”为典，形容花美，或称赞官吏勤于政事，善于治理。宋梅尧臣《县署丛竹》诗：“陶柳应惭弱，潘花只竞红。”亦作“潘岳花”，孙枝蔚《赠钱塘县丞季孚公》诗：“颇胜长江簿，即看潘岳花。”

[31] 膏：润泽，滋润。

苗黍：禾苗，黍苗。

陇山：陇山地处今宁夏回族自治区南部，位于陕西西安、宁夏银川、甘肃兰州三个省会城市所形成的三角地带中心。主峰在宁夏固原、隆德两县境内，海拔 2928 米。山体大致为南北走向，长约 240 公里，是陕北黄土高原和陇西黄土高原的界山，及渭河与泾河的分水岭，曲折险峻。古代盘道六重始达山顶，故名。

[32] 宁：宁可，宁愿。

栽：种植。

陶柳：指柳树。晋陶潜少有高趣，宅边有五株柳树，自号五柳先生。后世因称柳为“陶柳”。宋梅尧臣《县署丛竹》诗：“陶柳应惭弱，潘花只竞红。”

[33] 桑梓：古代常在家屋旁栽种桑树和梓树。又说家乡的桑树和梓树是父母种的，要对它表示敬意。后人用“桑梓”比喻故乡。

[34] 寇君：即寇准，宋代公文避其讳，文书省“十”作“准”。北宋政治家、诗人，字平仲，北宋丞相，华州下邽人，太平兴国年间进士，为人刚直，因多次直谏，渐被皇帝重用。

[35] 枌榆：泛指故乡。《南齐书·沈文季传》：“惟桑与梓，必恭敬止，岂如明府亡国失土，不识枌榆。”《太平广记》卷三四七引唐裴铏《传奇·赵合》：“知君颇有义心，傥能为归骨于奉天城南小李村，即某家枌榆耳。”

[36] 召父：“召父杜母”指西汉召信臣和东汉杜诗。他们都曾为南阳太守，且皆有善政，使人民得以休养生息，安居乐业，故南阳人为之语曰：“前有召父，后有杜母。”（见《汉书·循吏传·召信臣》《后汉书·杜诗传》）后因以“召父杜母”，为颂扬地方官政绩的

套语。

［37］公堂：俗称官府或法庭的大堂。

息讼：平息争讼。

［38］羡：因喜爱而希望得到。

鼠之无牙：《诗经·召南·行露》："谁谓鼠无牙，何以穿我墉。"后即以"鼠无牙"指凭强力侵凌别人。五代刘兼《中春登楼》诗之二："失手已惭蛇有足，用心休为鼠无牙。"

［39］蔀屋：草席盖顶之屋，泛指贫家幽暗简陋之屋。王安石《寄道光大师》诗："秋雨漫漫夜复朝，可嗟蔀屋望重霄。"

［40］春之有脚：亦作"有脚阳春"，对官吏施行德政的颂词。五代王仁裕《开元天宝遗事·有脚阳春》："宋璟爱民恤物，朝野归美，时人咸谓璟为有脚阳春，言所至之处，如阳春煦物也。"

［41］按：此处脱掉一字，用"□"标注。

二天：指正直贤明的官守。晋陆机《晋平西将军孝侯周处碑》："陕北留棠，遂有二天之咏；荆南渡虎，犹标十部之书。"

雨露：雨和露，亦偏指雨水。《后汉书·马融传》："今年五月以来，雨露时澍。"唐元稹《代曲江老人百韵》："暇日耕耘足，丰年雨露频。"比喻恩泽。

［42］粳：稻的一种，米粒宽而厚，近圆形，米质黏性强，胀性小。

稌：稻子，又特指粳稻。

［43］嘉猷：治国的好规划。《尚书·君陈》："尔有嘉谋嘉猷，则入告尔后于内，尔乃顺之于外。"孔传："汝有善谋善道则入告汝君于内。"蔡沈集传："言切于事谓之谋，言合于道谓之猷。"

江崖：江边上的山崖崖壁。

倍峻：更加高耸挺拔峻峭。

［44］岂泽：同"凯泽"，恩泽。《宋书·孝武帝纪》："加国庆民和，独隔凯泽，益以惭焉。可详所原宥。"唐温大雅《大唐创业起居注》卷二："遐迩叶和，内外禔福。凯泽洋溢，休祥绍至。"《旧唐书·高宗纪上》："敬顺惟新，仰昭先德，宜布凯泽，被乎亿兆。"

俱深：都十分深厚，亲密。

［45］宜：当然，无怪。

其：人称代词。

凤诰：帝王任命或封赠的文书。古者上下有诰，秦废古制称制、诏。唐称制不称诰。

宋始以诰命庶官，凡追赠大臣、贬谪有罪、赠封其祖父妻室，不宜于廷者，皆用诰，通谓之制。

频：屡次，频繁。

颁：颁下，颁发。

［46］酬：赏赐。

勤劬：指辛苦劳累之人。苏轼《雄州白沟驿赐大辽贺正旦人使御筵口宣制》："宜颁宴衎，以劳勤劬。"

已及：已经达到。

［47］龙章：对皇帝文章的谀称。明何镗《重刻诚意伯刘公文集序》："天语焜烨龙章，具在《翊运篇》中。"借指诏书、敕令。《鸣凤记·林遇夏舟》："凤鸾昔日轻分羽，正上林花媚忘归。忽蒙天使龙章坠。"

叠：连续，接连。

锡：通"赐"，给予，赐给。

［48］循良：指奉公守法的官吏。柳宗元《柳州谢上表》："常以万邦共理，必藉于循良。"

何待：为什么要等待。

［49］孺人：古时称大夫的妻子，明清时为七品官的母亲或妻子的封号，也用对妇人的尊称，在这里指对妻子的尊称。

鸿案相庄：表示夫妻和好相敬。据《后汉书·逸民传·梁鸿》载："鸿家贫而有节操。妻孟光，有贤德。每食，光必对鸿举案齐眉，以示敬重。"据《后汉书·逸民传·梁鸿》载，东汉书生梁鸿读完太学回家务农，与县上孟财主的女儿孟光结婚，婚后他们抛弃孟家的富裕生活，到霸陵山区隐居，后来帮皋伯通打短工。每次孟光给梁鸿送饭时把托盘举得跟眉毛一样高，眉来眼去，夫妻十分恩爱。

［50］鹿车共挽：旧时称赞夫妻同心，安贫乐道。《后汉书·鲍宣妻传》："妻乃悉归侍御服饰，更著短布裳，与宣共挽鹿车归乡里。"鹿车：古时的一种小车。挽：拉。

［51］铭：中国古代用于铭刻的文字逐步形成的一种文体。

椒：芸香科植物。落叶灌木或小乔木，具香气，单数羽状复叶，果实作调味料，并可提芳香油入药。种子可榨油，叶制农药。

赋：中国古典文学的一种文体。

菊：多年生草本植物。叶子卵形有柄，边缘有缺刻或锯齿。秋季开花，供观赏，有的品种可入药。

［52］微：微小，轻微。

柔：温柔。

允：确实，果真。

奉：尊重，遵守。

女宗：女子的楷模。刘向《列女传·宋鲍女宗》："女宗者，宋鲍苏之妻也。养姑甚谨……宋公闻之，表其闾，号曰'女宗'。"

［53］习：通晓，熟悉。

礼：礼法，等级社会的典章制度，规定社会行为的规范、传统习惯。

通：懂得，明白，明了。

诗：诗歌。

［54］静好：喜欢清静、幽雅、美好的环境的心态。

无烦：没有烦躁、烦闷。

姆教：女师传授妇道于女子。《礼记·内则》："女子十年不出，姆教婉娩听从。"王闿运《女箴》："古之姆教久格不行。"

［55］固：确实。

宜：应该，应当。

翟茀：古代贵族妇女所乘的一种车子。车帘两边或车厢两旁以翟羽为饰。《诗·卫风·硕人》："翟茀以朝。"毛传："翟，翟车也，夫人以翟羽饰车。茀，蔽也。"陈奂传疏："茀即车笭。"唐张说《郑国夫人神道碑铭》："建号西郑，荣旧乡兮，鱼轩翟茀，盛龙光兮。"

致：送给，给予。

［56］彰：表扬，表彰。

车马之客：指贵客。晋陆机《门有车马客行》："门有车马客，驾言发故乡。"唐杜甫《阆州东楼筵奉送十一舅往青城》诗："虽有车马客，而无人世喧。"

［57］象服：古代后妃、贵夫人所穿的礼服，上面绘有各种物象作为装饰。《诗·鄘风·君子偕老》："象服是宜。"毛传："象服，尊者所以为饰。"陈奂传疏："象服未闻，疑此即袆衣也。象，古襐字，《说文》：'襐，饰也。'象服犹襐饰，服之以画绘为饰者。"

增辉：增添光辉。晋陆机《演连珠》之十九："是以淮月禀水，不能加凉；晞日引火，不必增辉。"唐张说《咏尘》诗："禅山期益峻，照日幸增辉。"

［58］山河：大山大河，多指自然形胜。《史记·孙子吴起列传》："美哉乎山河之固，

此魏国之宝也。”《文心雕龙·神思》：“或理在方寸，而求之域表；或义在咫寸，而思隔山河。”杜甫《春望》诗：“国破山河在，城春草木深。”

度：胸襟，器度。

［59］况：何况，况且。

谢庭：谢安的门庭，喻指子弟优秀之家。宋张孝祥《鹧鸪天·为老母寿》词：“明年今日称觞处，更有孙枝满谢庭。”

［60］更荀里之皆龙：指荀淑的八个儿子：荀俭、荀绲、荀靖、荀焘、荀诜、荀爽、荀肃、荀旉。整个魏晋时期，中原世族最有影响力的，要数颍阴（今河南省许昌）荀氏。

［61］扶：搀，用手支持人或物，使不倒。

藤：木本蔓生植物的枝茎。

杖：扶着走路的棍子，拐棍，手杖。

［62］悉属：都是属于。

班香宋艳：班固和宋玉均善辞赋，以富丽见称，后以“班香宋艳”泛称辞赋之美者。班固，东汉官吏、史学家、文学家。史学家班彪之子，字孟坚，汉族，扶风安陵（今陕西省咸阳东北）人。除兰台令史，迁为郎，典校秘书，潜心二十余年，修成《汉书》，当世重之，迁玄武司马，撰《白虎通德论》，征匈奴为中护军，兵败受牵连，死狱中，善辞赋，有《两都赋》等。宋玉，又名“子渊”，汉族，战国时鄢（今湖北省襄樊宜城）人。生于屈原之后，或曰是屈原弟子。曾事楚顷襄王。好辞赋，为屈原之后辞赋家，与唐勒、景差齐名。相传所作辞赋甚多，《汉书·艺文志》录有赋16篇，今多亡佚。流传作品有《九辨》《风赋》《高唐赋》《登徒子好色赋》等，但后三篇有人怀疑不是他所作。所谓“下里巴人”“阳春白雪”“曲高和寡”的典故皆他而来。

［63］孙：儿子的儿子，泛指子孙后代。

舁：抬，共同抬东西。

篮舆：古时一种竹质的坐椅。《晋书·隐逸传》：“弘要之（陶潜）还州，问其所乘，答云：‘素有足疾，向乘篮舆，亦足自返。’”

［64］竞为：全都是。

竹马：儿童玩具，典型的式样是一根杆子，一端有马头模型，有时另一端装轮子，孩子跨立上面，假作骑马。

羊车：古代一种装饰精美的车子，这里指小车。《释名·释车》：“羊车。羊，祥也；祥，善也。善饰之车。”《隋书·礼仪志五》：“（羊车）其制如轺车，金宝饰，紫锦幰，朱丝网。

驭童二十人，皆两鬟髻，服青衣，取年十四五者为，谓之羊车小史。驾以果下马，其大如羊。”《宋史·舆服志一》则谓“羊车”即古辇车。

戏：游戏。

［65］挹：引，牵引。

声华：美好的名声、声誉。

［66］仲举：应为“中举”，科举时代称乡试考中为中举。明都穆《都公谭纂》卷下：“明年秋，汝弟中举，名在百十二。”

百僚：亦作“百寮”，谓百官。《书·皋陶谟》：“百僚师师，百工惟时。”孔传：“僚、工，皆官也。”《后汉书·邓彪传》：“彪在位清白，为百僚式。”

［67］弗能及矣：不能达到的。

［68］钦：敬佩，恭敬。

品望：人品声望。《世说新语·赏誉》“武元夏目裴王曰”刘孝标注引虞预《晋书》：“武陔字元夏，沛国竹邑人……陔及二弟歆茂，皆总角见称，并有品望。”

［69］孔璋：即陈琳，字孔璋，广陵射阳（今江苏省淮安东南）人。东汉末年著名文学家，“建安七子”之一。生年无确考，唯知在“建安七子”中比较年长，约与孔融相当。

七子：建安年间（196 — 220）七位文学家的合称，包括孔融、陈琳、王粲、徐干、阮瑀、应玚、刘桢。这七人大体上代表了建安时期除曹氏父子而外的优秀作者，所以“七子”之说，得到后世的普遍承认。他们对于诗、赋、散文的发展，都作出过贡献。“七子”之称，始于曹丕所著《典论·论文》：“今之文人，鲁国孔融文举，广陵陈琳孔璋，山阳王粲仲宣，北海徐干伟长，陈留阮瑀元瑜，汝南应玚德琏，东平刘桢公干。期七子者，于学无所遗，于辞无所假，咸以自骋骥騄于千里，仰齐足而并驰。”

［70］何以：用反问的语气表示没有或不能。汉刘向《列女传·楚江乙母》：“今令尹之治也，耳目不明，盗贼公行，是故使盗得盗妾之布，是与使人盗何以异也?”

遇：相逢，会面，遇到。

［71］休徵：吉祥的征兆。《书·洪范》：“曰休徵。”孔传：“叙美行之验。”《汉书·终军传》：“故周至成王，然后制定，而休徵之应见。”颜师古注：“休，美也。徵，证也。”

［72］德门：有德之家。晋陆机《为陆思远妇作》诗：“洁己入德门，终远母与兄。”

韵事：风雅的事，旧时多指文人名士吟诗作画等活动。

［73］泽沛：盛大的恩泽。

寰中：宇内，天下。

[74] 重碧：深绿色。杜甫《宴戎州杨使君东楼》诗："重碧拈春酒，轻红擘荔枝。"

酤：酿酒。

延乏之酒：指时间不长的酒，而不是陈酿。延：长久。乏：没有，无。

[75] 云璈：即云锣，打击乐器。《太平广记》卷七十引前蜀杜光庭《墉城集仙录·薛玄同》："虽真仙降眄，光景烛空，灵风异香，云璈钧乐，奏于其室，冯徽亦不知也。"

[76] 谬：错误的。

充：当，担任。

蓬岛：即蓬莱山，又称"蓬壶"。神话中渤海里仙人居住的三座神山之一（另两座为"方丈""瀛洲"）。

宾：宾客，客人。

[77] 书锦：华美的文书。

开筵：设置讲席。南朝萧统《僧正》诗："舒金起祇苑，开筵慕肃成。"

[78] 冀：希望，期望。

麦丘之祝：春秋齐桓公至麦丘，遇一老人，问其年岁，云八十三。桓公令其以寿祝。麦丘邑人一祝主君甚寿，金玉是贱，人为宝；二祝主君无羞学，无恶下问，贤者在傍，谏者得人；三祝主君无得罪于臣下和百姓。事见汉刘向《新序·杂事四》。后因以"麦丘之祝"指直言之谏。清顾炎武《答徐甥公肃书》："忘其出位，贡此狂言，请赋《祈招》之诗，以代麦丘之祝。"按，《祈招》之诗，见《左传·昭公十二年》。

[79] 谨：郑重，恭敬。

序：叙述，叙说。

祭熊翁文[1]

己丑仲春[2]作

呜呼[3]，星陨少徵[4]，典型凋谢[5]，望摧硕果[6]，楷模沦亡[7]。杖履空存[8]，幻影[9]随寒风俱尽；衣冠[10]犹在，虚灵与野马齐飞[11]。是以读郭有道[12]之碑，望园林[13]而叹息；制陶渊明之诔[14]，抚椒桂[15]而咨嗟。而况谊切崔卢[16]，地连桑梓[17]者哉。惟我太公[18]，湟中巨族[19]，海表名家[20]。先民擅美儒林[21]，多士腾声艺苑[22]。真德门之华胄[23]，而甲第之荣辉[24]也。太公幼即擅艺菽[25]之能，长未遂采芹之愿[26]。烟霞有癖[27]，向崖岭而卜居[28]；泉石为怀[29]，对山林而键户[30]。移家于少陵宅畔[31]，便会栽花[32]；僦屋于元亮庐前[33]，知堪种柳[34]。田多二顷[35]，橘有千头[36]。量雨较晴[37]，何殊山中宰相[38]；蒸梨吹黍[39]，即是世外神仙[40]。暇则服垫角之巾[41]，抱汉阴之瓮[42]。黄昏遣兴[43]，浇庾杲之鲑畦[44]；白昼消闲[45]，灌周颙之韭圃[46]。真名利之心胥淡[47]，而丘壑之兴偏浓[48]者也。又况太孺人恭敬如宾[49]，箴规似友[50]。宜其子树燕山之五桂[51]，孙飞荀氏之八龙[52]。是则庆一堂而连三世[53]；早羡拭目鸾骞[54]，颂二老跻七旬[55]。正拟齐眉鸿案[56]，讵意太公跨鹤[57]而归緱岭，骑鲸而返帝乡[58]。社中之九老[59]奄然，林下之五君尽矣[60]。呜呼，诵陆士衡[61]哀逝之赋，流涕人文[62]；展庾兰成[63]思归之铭，伤心鬼录[64]。宋玉之《招魂》不返[65]，屈平之《天问》无辞[66]。某等忝附葭莩[67]，谬叨秦晋[68]，既断金台[69]之梦，空成薤露[70]之歌。敬制芜词[71]，用伸奠意[72]。爰洁蔬而荐酒[73]，冀昭格以来歆[74]。

题解：

本文是作者为祭奠熊翁而写的一篇祭文。文中首先对熊翁的逝世而感到悲痛，作者认为熊翁的逝世是“星陨”“楷模沦亡”。接下来介绍熊翁的家世，乃湟中巨族。熊翁夫妻二人互敬互爱，人丁兴旺。最后作者再次引用典故对熊翁的逝世表示哀悼。

注释：

［1］按：祭文为文体名，祭祀或祭奠时表示哀悼或祷祝的文章。体裁有韵文和散文两种。内容主要为哀悼、祷祝、追念死者生前主要经历，颂扬他的品德业绩，寄托哀思，激励生者。同时，祭文也是为祭奠死者而写的哀悼文章，是供祭祀时诵读的。它是由古时祝文演变而来，其辞有散文、有韵语、有俪语。祭文出现于汉代。古时的祭文在内容上可分四类：哀悼死者、祈求降福、驱除邪魔、祈祷降雨，而多用于哀悼死者。因为祭文是哀悼死者的文辞，就应该以真挚的感情与质朴的风格写作为好。祭文是读给人听的，特别是给死者后人听的，所以内容以表彰死者功德为主，并要通俗易懂。旧时写得好的祭文，感情色彩比较浓厚，多为追记、称颂亡亲亡友，念起来如哭如泣，如咽如诉。如袁枚的《祭妹文》。翁：对男性长者的尊称。

［2］己丑：原文为“巳丑”。己丑是60对干支里面第26对。

仲春：春季的第二个月，即农历二月。因处春季之中，故称。《尚书·尧典》：“日中星鸟，以殷仲春。”

［3］呜呼：亦作“呜乎”，叹词，表示悲伤。《尚书·五子之歌》：“呜呼曷归，予怀之悲。”

［4］星陨：天星坠落，喻名人死亡。

少微：八卦语言。从文中语境来看应是表达人死亡之意。

［5］典型：原指模范或模型，后来引申为最具代表性的人或事物。《说文·土部》：“型，铸器之法也。”段玉裁注：“以木为之曰模，以竹曰范，以土曰型，引申为典型。”

凋谢：死亡，多指老年人。韩愈《寄崔二十六立之》诗：“朋交日凋谢，存者逐利移。”

［6］望：怨恨，责怪。

摧：摧毁，破坏，毁坏。

硕果：巨大的成果，比喻难得而仅存的人或物。

［7］楷模：值得学习的人或事物，榜样。

沦亡：沦丧，丧失，这里指人的逝世。

［8］杖履：老者所用的手杖和鞋子。李商隐《为山南薛从事谢辟启》：“方思捧持杖履，厕列生徒；岂望便上仙舟，遽尘莲府。”

空：只，仅。

存：储存，保存，保全。

［9］幻影：虚幻的景象。苏轼《海市》诗：“心知所见皆幻影，敢以耳目烦神功。”明陈汝元《金莲记·诟奸》：“浮沤幻影，搔首问青天。”

［10］衣冠：服饰，衣着，穿戴。唐牛僧孺《玄怪录·元无有》：“未几至堂中，有四人，衣冠皆异，相与谈谐，吟咏甚畅。”

［11］虚灵：《辞海》云：虚者，空；灵者，聪明。虚灵者，宁静荡淡而智慧之意。虚灵原指宇宙世界最初的一种朦胧、混沌与原始的状态。反映在人的身上，指人的返璞与归真，体现了一个人的真、善、美，它多以一种境界、风格而存在。

野马：田野上空蒸腾浮游的水汽。

齐飞：像雾气一样与雾一起飞翔。

［12］是以：所以，因此。

郭有道：即郭泰，字林宗，人称有道先生，山西介休人，东汉末太学生首领，位居

“八顾”（指能以德行引导人的八个名士）之首。因看到东汉王朝腐败将灭，不应征召，归乡执教，弟子达数千人。不慕高爵，乐与士人为伍，被世人视为楷模。建宁二年（169），病殁于家，时年41岁。

［13］园林：指故乡。《元诗纪事》引元僧实《竹深处》诗：“宦游十载天南北，犹想园林思不忘。”

［14］制：撰写。

陶渊明：字元亮，号五柳先生，谥号靖节先生，入刘宋后改名潜。东晋末期南朝宋初期诗人、文学家、辞赋家、散文家。东晋浔阳柴桑（今江西省九江市）人。曾做过几年小官，后辞官回家，从此隐居，田园生活是陶渊明诗的主要题材，相关作品有《饮酒》《归园田居》《桃花源记》《五柳先生传》《归去来兮辞》《桃花源诗》等。

诔：哀悼死者的文章。

［15］抚：用手按着，抚摸。

椒桂：椒与桂，皆香木，常用以比喻贤人。刘向《九叹·逢纷》：“椒桂罗以颠覆兮，有竭信而归诚。”

［16］而况：连词，何况。

切：亲近。

崔卢：自魏晋至唐代，山东士族大姓有崔氏、卢氏，长期居高显之位。《旧唐书·窦威传》：“高祖笑曰：‘比见关东人与崔卢为婚，犹自矜伐，公代为帝戚，不亦贵乎！’”后因以崔卢借指豪门大姓。苏轼《陈季常所畜朱陈村嫁娶图》诗：“闻道一村唯两姓，不将门户买崔卢。”

［17］桑梓：指家乡、故乡。古代，人们喜欢在住宅周围栽植桑树和梓树，后来人们就用物代处所，用“桑梓”代称家乡。赞扬某人为家乡造福，往往用“功在桑梓”。

［18］惟：文言助词，常用于句首。

太公：古代称父或尊称他人之父。《史记·高祖本纪》：“高祖五日一朝太公，如家人父子礼。”

［19］湟中：地名，历史悠久，资源丰富，是古代“丝绸之路”“唐蕃古道”的重镇。这里山川秀美，景色明媚，交通便利。

巨族：豪门大族。

［20］海表：犹海外。古代指中国四境以外僻远之地。《尚书·立政》：“方行天下，至于海表，罔有不服。”孙星衍疏：“溥行天下至于海外，无有不服。”班固《典引》：“仁风

翔乎海表，威灵行乎鬼区。”

名家：名门。

［21］先民：古代的贤人。

擅美：独享美名，独有其美。

儒林：儒家学者之群。

［22］多士：古指众多的贤士，也指百官。《尚书·多方》：“猷告尔有方多士，暨殷多士。”《诗经·大雅·文王》：“济济多士，文王以宁。”

腾声：传扬名声。《宋书·谢灵运传论》：“爰逮宋氏，颜谢腾声。”

艺苑：文学艺术会合集中的地方，图书文物会聚的地方。

［23］德门：有德之家。晋陆机《为陆思远妇作》诗：“洁已入德门，远母与兄。”

华胄：华夏族的后裔，指汉族。

［24］甲第：豪门贵族的宅第。

荣辉：荣耀，光彩。范仲淹《送谢景初廷评宰余姚》诗：“故乡特荣辉，高门复树立。”

［25］擅：善于，专长于。

艺：种植。

菽：豆类的总称。

［26］遂：实现。

采芹：《诗经·鲁颂·泮水》：“思乐泮水，薄采其芹。”毛传：“泮水，泮宫之水也。”郑玄笺：“芹，水菜也。”古时学宫有泮水，入学则可采水中之芹以为菜，故称入学为“采芹”“入泮”。后亦指考中秀才，成了县学生员。明赵振元《为袁氏祭袁石·宪副》：“自采芹舞象，司马公（袁可立）已庆其有子矣。”

愿：心愿，愿望。

［27］烟霞有癖：谓酷爱山水成癖。《别卢使君归东阳》诗之二：“难医林薮烟霞癖，又出芝兰父母乡。”

［28］崖岭：高崖峻岭。郦道元《水经注·渐江水》：“水出吴兴郡于潜县北天目山。山极高峻，崖岭竦叠，西临峻涧。”

卜居：选择居处。

［29］泉石为怀：喜欢山水，把山水看作根本。泉石：指山水。《梁书·徐摛传》：“（朱异）遂承间白高祖曰：‘摛年老，又爱泉石，意在一郡，以自怡养。’高祖谓摛欲之，乃召摛曰：‘新安大好山水，任昉等并经为之，卿为我卧治此郡。’”宋杨万里《送刘惠卿》诗：

"旧病诗狂与酒狂，新来泉石又膏肓。"

[30] 对：朝，面对。

山林：山与林。亦指有山、有林的地区。《周礼·地官·大司徒》："辨其山林、川泽、丘陵、坟衍、原隰之名物。"晋郭璞《游仙诗》之一："京华游侠窟，山林隐遯栖。"

户：门。

[31] 移家：搬家，迁移住地。白居易《移家》诗："移家入新宅，罢郡有余赀。"

少陵：指杜甫，汉族，河南巩县（今河南省巩义市）人。字子美，自号少陵野老、杜少陵、杜工部等，盛唐大诗人，世称"诗圣"，现实主义诗人。唐肃宗时，官左拾遗。后入蜀，友人严武推荐他做剑南节度府参谋，加检校工部员外郎。他忧国忧民，人格高尚，一生写诗1500多首，诗艺精湛。

宅畔：住所房子旁边。

[32] 便会栽花：就会种植花草树木。

[33] 僦屋：租赁房屋。韩愈《上考功崔虞部书》："今所病者在于穷约，无僦屋赁仆之资，无缊袍粝食之给，驱马出门不知所之。"

元亮：指晋诗人陶潜，字元亮，曾任彭泽令，因不愿为五斗米折腰而归隐。后常用为隐居不仕的典实。宋范成大《次韵徐廷献机宜送自酿石室酒》之一："元亮折腰嗟已久，故山应有欲芜田。"

庐前：房舍，房屋前。

[34] 知：晓得，明了。

堪：能够，可以。

种柳：种植柳树。

[35] 田多二顷：田亩多达二顷。

[36] 橘有千头：指千棵柑橘树。汉末李衡为官清廉，晚年派人于武陵龙阳汜洲种柑橘千株。临死，对他的儿子说："汝母恶我治家，故穷如是。然吾洲里有千头木奴，不责汝衣食，岁上一匹绢，亦可足用耳。"（见《三国志·吴志·孙休传》裴松之注引《襄阳记》、晋习凿齿《襄阳耆旧传·李衡传》）后多用以为典。亦省作"千奴"。宋苏轼《食柑》诗："坐客殷勤为收子，千奴一掬奈吾贫。"

[37] 量雨较晴：掌管晴天与雨天。

[38] 何殊：何异。用反问的语气表示与某物某事没有两样。

宰相：辅助帝王掌管国事的最高官员的通称。

［39］蒸梨：煮野菜。王维《积雨辋川庄作》诗："积雨空林烟火迟，蒸藜炊黍饷东菑。"古传孔子弟子曾参因其妻蒸藜不熟而出之。（见《孔子家语·七十二弟子解》及班固《白虎通·谏诤》）后人用以指代妇人的过失或作休妻的典故时多误"藜"为"梨"。明梅鼎祚《玉合记·义姤》："妾方待岁，不止周星。弄管持觞，既免蒸梨之过；称《诗》守《礼》，何来唾井之嫌。"

吹黍：为"炊黍"，做黍饭。

［40］即是世外神仙：便像世外的神仙一样。

［41］暇：空闲，闲暇。

服：穿，佩戴。

垫角之巾：垫角即垫巾，《后汉书·郭太传》载郭太字林宗，有盛名。曾出行遇雨，"巾一角垫，时人乃故折巾一角，以为'林宗巾'"。后用"垫巾""垫角"谓模仿高雅。韩愈《三器论》："与夫垫巾效郭，异名同蔺者，岂不远哉！"

［42］抱汉阴之瓮：《庄子·天地》："子贡南游于楚，反于晋。过汉阴，见一丈人，方将为圃畦，凿隧而入井，抱瓮而出灌，搰搰然用力甚多，而见功寡。子贡曰：'有械于此，一日浸百畦，用力甚寡而见功多，夫子不欲乎？'为圃者昂而视之曰；'奈何？'曰：'凿木为机，后重前轻，挈水若抽。数如泆汤，其名为槔。'为圃者忿然作色而笑曰：'吾闻之吾师，有机械者必有机事，有机事者必有机心。机心存于胸中，则纯白不备；纯白不备，则神生不定；神生不定者，道之所不载也。吾非不知，羞而不为也。'子贡瞒然，惭……项项然不自得，行三十里而后愈。"

［43］遣兴：抒发情怀，解闷散心。唐杜甫《可惜》诗："宽心应是酒，遣兴莫过诗。"元曾瑞《喜春来·寻乐》曲："湖山遣兴还诗债，杖履寻芳释闷怀。"

［44］庾杲之鲑：《南齐书·庾杲之传》："（庾杲之）清贫自业，食唯有韭葅、韭、生韭杂菜，或戏之曰：'谁谓庾郎贫，食鲑常有二十七种。'言三九也。"以此喻贫苦生活。鲑：古书上鱼类菜肴的总称。《南史》："谁谓庾郎贫，食鲑尝有二十七种。"

畦：田畦。古说五十亩为一畦。

［45］消闲：清闲，有空闲，闲暇无事。

［46］周颙：字彦伦，汝南安城人。祖父周虎头，员外常侍，父亲周恂，归乡侯相。周颙言辞婉丽，工隶书，兼善老、易，长于佛理。初为宋益州主簿。宋明帝颇好玄理，以颙有辞义，引入殿内。帝所为惨毒，颙不敢显谏，辄诵经中罪福事。帝亦为之小止。建元中，为始兴王前军谘议，直侍殿省。颙于锺山西筑隐舍，休沐则居之，终日长蔬，颇以为

适。王俭尝问："卿山中何所食？"颙曰："赤米，白盐，绿葵，紫蓼。"文惠太子问："菜食何味最胜？"答曰："春初早韮，秋末晚菘。"转国子博士，兼著作。后卒于官。颙著有文集二十卷，与三宗论、四声切韵，并行于世。

韭圃：种植韭菜的园子。

[47] 名利：名位与利禄，名声与利益。《尹文子·大道上》："故曰礼义成君子，君子未必须礼义，名利治小人，小人不可无名利。"

胥淡：都十分淡薄。

[48] 丘壑：指山和水，泛指山水美丽的地方。丘：矮小的土山。壑：水沟或水坑。

偏浓：十分浓厚。

[49] 太孺人：旧时对妻的通称。南朝梁江淹《恨赋》："左对孺人，顾弄稚子。"

恭敬如宾：形容夫妻相互尊敬，如同对待客人一样。

[50] 箴规：劝诫规谏。汉王符《潜夫论·明暗》："过在于不纳卿士之箴规，不受民氓之谣言。"三国魏何晏《景福殿赋》："图象古昔，以当箴规。"

似友：就好像朋友一样。

[51] 宜：当然，无怪。

树：培育，培养。

燕山之五桂：《宋史·窦仪传》记载：宋代窦禹钧的五个儿子仪、俨、侃、偁、僖相继及第，故称"五子登科"。

[52] 荀氏之八龙：指荀淑的八个儿子。整个魏晋时期，中原世族最有影响力之一，要数颍阴荀氏。

[53] 是则：这样，就。

庆一堂而连三世：子孙三代欢庆一堂。

[54] 羡：羡慕，因喜爱而希望得到。

拭目：擦亮眼睛，形容殷切期待或注视。明孔贞运《明兵部尚书节寰袁公（袁可立）墓志铭》："而诸孙济济，拭目云霄，继轨朱黻方来。"

鸾骞：鸾鹤飞舞。

[55] 颂：赞扬。

跻：登，上升，达到。

七旬：七十余岁的人。

[56] 正：正当，合适。

拟：模仿，效法。

齐眉鸿案：表示夫妻和好相敬。据《后汉书·逸民传·梁鸿》载："鸿家贫而有节操。妻孟光，有贤德。每食，光必对鸿举案齐眉，以示敬重。"

［57］讵意：哪能料想到，不料。

跨鹤：乘鹤，骑鹤。道教认为得道后能骑鹤飞升。宋林景熙《简卫山斋》诗："何当蹑飞珮，跨鹤青云端。"清褚人穫《坚瓠八集·徐仙》："县丞卓津题《卜算子》词云：'流水小湾西，晚坐孤亭静，不见高人跨鹤归，风水摇清影。'"用作逝世的婉辞。

［58］骑鲸：亦作"骑京鱼"。《文选·羽猎赋》："乘巨鳞，骑京鱼。"李善注："京鱼，大鱼也，字或为鲸。鲸亦大鱼也。"后因以比喻隐遁或游仙。

帝乡：传说中天帝住的地方。

［59］九老：所谓"九老"指"香山九老"。

［60］林下之五君：指魏晋时名士阮籍、嵇康、刘伶、阮咸、向秀。南朝宋颜延之因贬官永嘉太守，怨愤而作《五君咏》以自况。五君皆"竹林七贤"人物。"七贤"中唯山涛、王戎二人显达，故延之弃而咏。宋熊与龢《木平饲龙亭次韵方巨山》："由来清调须吾辈，幸不山王愧五君。"

尽矣：没有了。

［61］陆士衡：字士衡，吴郡吴县人，西晋文学家、书法家，与其弟陆云合称"二陆"。曾历任平原内史、祭酒、著作郎等职，世称"陆平原"。后死于"八王之乱"，被夷三族。他"少有奇才，文章冠世"，与弟陆云俱为我国西晋时期著名文学家。其实陆机还是一位杰出的书法家，他的《平复帖》是我国古代存世最早的名人书法真迹之一。陆机被誉为"太康之英"。流传下来的诗，共104首，大多为乐府诗和拟古诗。代表作有《君子行》《长安有狭邪行》《赴洛道中作》等。

［62］流涕：流泪。如"涕泗交流"。后来"泪"代替了"涕"，"涕"代替了"泗"，"泗"一般不再使用。

人文：指人类社会的各种文化现象。

［63］庚兰成：即庚信，字子山，小字兰成，南阳新野（今属河南省）人。他自幼随父亲庚肩吾出入于萧纲的宫廷，后来又与徐陵一起任萧纲的东宫学士，成为宫体文学的代表作家；他们的文学风格，也被称为"徐庚体"。

［64］伤心：心灵受伤，形容极度悲痛。

鬼录：亦作"鬼箓"，谓阴间死人的名簿。三国魏曹丕《与吴质书》："观其姓名，已为鬼录，追思昔游，犹在心目。”

[65] 宋玉：又名子渊，汉族，战国时鄢（今湖北省襄樊宜城）人。生于屈原之后，或曰是屈原弟子。曾事楚顷襄王。好辞赋，为屈原之后辞赋家，与唐勒、景差齐名。相传所作辞赋甚多，《汉书》卷三十《艺文志》第十录有赋16篇，今多亡佚。流传作品有《九辩》《风赋》《高唐赋》《登徒子好色赋》等，但后三篇有人怀疑不是他所作。所谓“下里巴人”“阳春白雪”“曲高和寡”的典故皆他而来。公元前241年，楚迁都寿春，宋玉写《招魂》时60岁。公元前240年秋，宋玉死于湖南临澧，终年61岁。

不返：没有返回来。

[66] 屈平：字原，通常称为屈原，又自云名正则，字灵均，汉族，战国末期楚国丹阳（今湖北省秭归）人，楚武王熊通之子屈瑕的后代。屈原虽忠事楚怀王，却屡遭排挤，怀王死后又因顷襄王听信谗言而被流放，最终投汨罗江而死。屈原是中国最伟大的浪漫主义诗人之一，他创立了“楚辞”这种文体，也开创了“香草美人”的传统，其代表作品有《离骚》《九歌》等。

《天问》：屈原的代表作《楚辞》中的一篇，全诗373句1560字，多为四言，兼有三言、五言、六言、七言，偶有八言，起伏跌宕，错落有致。该作品全文自始至终完全以问句构成，一口气对天、对地、对自然、对社会、对历史、对人生提出173个问题，被誉为“千古万古至奇之作”。

无辞：没有言辞，没有语言。

[67] 某等：我等。

忝：辱，有愧于，常用作谦辞。

附葭：《汉书·中山靖王刘胜传》：“今群臣非有葭莩之亲，鸿毛之重。”后因以“附葭”喻攀附戚谊。唐柳宗元《同刘二十八院长述旧寄张使君》诗：“慕友惭连璧，言姻喜附葭。”

莩：多年生草本，茎细长，高一米许，叶片扁平，条状披针形。

[68] 谬：错误的，不合情理的。

叨：承受。古汉语中用于对受人恩惠及礼物表示感谢的谦词。

秦晋：原指春秋时秦、晋两国世通婚姻，后泛称任何两姓之联姻。亦指双方和睦相处。

[69] 金台：神话传说中神仙居处。《海内十洲记·昆仑》：“其一角有积金为天墉城，而方千里，城上安金台五所，玉楼十二所。”

[70] 薤露：乐府《相和曲》名，是古代的挽歌。战国楚宋玉《对楚王问》：“其为《阳

阿》《薤露》，国中属而和者数百人。”

[71] 敬：尊敬，恭敬。

制：撰写。

芜词：芜杂之词。常用作对自己文章的谦称。宋赵令畤《商调蝶恋花》词：“奉劳歌伴，先定格调，后听芜词。”

[72] 伸：陈述，表白。

奠：向死者供献祭品致敬，祭奠。

意：心意。

[73] 爰：于是。

洁蔬：干净清洁的菜蔬。

荐酒：以果品时鲜等佐酒。荐，进献之意。古人尤喜于青梅初熟时，以蜜渍之佐酒，其风习甚古。宋周邦彦《花犯·咏梅》词：“将相见翠丸荐酒，人在空江烟浪里。”翠丸，指梅子。又《齐天乐》词：“正玉液新篘，蟹螯初荐。”宋辛弃疾《汉宫春·立春日》词：“浑未辨黄柑荐酒，更传青韭堆盘。”

[74] 冀：希望。

来歆：鬼神前来接受祭祀，歆享供品。《金史·乐志上》：“锡之纯嘏，来歆恺悌。”

公赠某上人[1]文

乙未季秋[2]作

常闻选官不如选佛[3]，胸珠无垢[4]，神周金玉道场[5]，传法浑似[6]传灯。智炬常明[7]，光满琉璃[8]世界。故作[9]佛者，以法为宝[10]；为僧者，通慧为门也[11]。如某上人者[12]，俗姓为某[13]，法名取谋[14]。接临济[15]二十八之正脉，源远流长[16]；会真如三十七品之勤修[17]，法名体立[18]。庄严有相[19]，半点无亏[20]；清雅为心[21]，一尘不染[22]。幼而尊承师教[23]，敬受法门[24]，慧了三缘[25]，早识苾刍五义[26]，默通六入[27]。全资戒香[28]一熏，至于颖悟性成[29]，灵明于授[30]。阐三清四说之奥[31]；知七处八会之文[32]。开秘阁[33]以谈经，翔鸡舞鹤[34]；入香城而说法[35]，伏虎驯狮[36]。遂使蠢月桑津[37]，咸成定水[38]；春园柳路[39]，都化禅林[40]。岂止[41]祇夜修多，优波提舍而已[42]哉。况复[43]西来古刹，东向奇松[44]，象正虽阑[45]，希夷[46]渐缺。维我土人[47]，大维绝纽[48]，重教金碧翚飞[49]；力振颓纲[50]，仍使奂轮鸟革[51]。千百玉检[52]，天花贝叶齐芳[53]；丈六金身[54]，慧日法云并耀[55]。遂使秘都大启[56]，净土重新[57]也。迄今道及沙弥[58]，年高耆腊[59]。偶宣风幡之妙旨[60]，不作瓶钵之生涯[61]。聚石为徒，依然点头；磨砖作镜[62]，不惮心劳[63]。乐自在天真[64]，享无穷之清福[65]。于是擅越大众[66]，共仰高深[67]。爰谋制匾以兴辞[68]，延余抽毫[69]而抒德。余愧非吟君子美[70]，常挹金粟之辉[71]；颇爱嗜酒渊明[72]，偶入白莲之社[73]。共襄盛举[74]，敬擒芜言[75]。伏愿引群伦于爱河[76]，俯宏六度[77]；出众于尘岳[78]，高谢四流[79]。谨序[80]。

题解：

本文是作者为某僧人写的赠文。文中一开始就说明了一些佛家的基本要求和佛的重要性。接着写出某上人的简历，并且赞扬了其佛学修养。写出佛教的弘扬，离不开像某上人这样人的努力。最后作者写出自己虽然是儒学之人，但也是信佛教、喜爱佛学之人。

注释：

[1]公：旧时对男性长者或老人的尊称。

上人：指持戒严格并精于佛学的僧侣。《释氏要览》称："智德，外有德行，在人之上、名上人。"

[2]乙未：干支之一，顺序为第三十二个。

季秋：秋季的最后一个月，农历九月。《尚书·胤征》："乃季秋月朔，辰弗集于房。"

[3]选官不如选佛：大意为当官不如出家。《五灯会元》卷五《丹霞天然禅师》内容为：天然禅师，为石头希迁法嗣。本习儒业，将入长安应举，方宿于逆旅，忽梦白光满室，占者曰："解空之祥也。"偶禅者问曰："仁者何往？"曰："选官去。"禅者曰："选官何如选佛？"曰："选佛当往何所？"禅者曰："今江西马大师出世，是选佛之场。仁者可往。"遂直造江西，才见祖，师以手拓幞头额。祖顾视良久，曰："南岳石头是汝师也。"遽抵石头，还以前意投之。头曰："槽厂去！"师礼谢，入行者房，随次执爨役，凡三年。忽一日，石头告众曰："来日铲佛殿前草。"至来日，大众诸童行各备锹镬铲草，独师以盆盛水，沐头于石头前，胡跪。头见而笑之，便与剃发，又为说戒。师乃掩耳而出，再往江西谒马祖。未参礼，便入僧堂内，骑圣僧颈而坐。时大众惊愕，遽报马祖。祖躬入堂，视之曰：

“我子天然。”师即下地礼拜曰：“谢师赐法号。”因名天然。祖问：“从甚处来？”师曰：“石头。”祖曰：“石头路滑，还跶倒汝么？”师曰：“若跶倒即不来也。”乃杖锡观方，居天台华顶峰三年，往余杭径山礼国一禅师。唐元和中至洛京龙门香山，与伏牛和尚为友。后于慧林寺遇天大寒，取木佛烧火向，院主诃曰：“何得烧我木佛？”师以杖子拨灰曰：“吾烧取舍利。”主曰：“木佛何有舍利？”师曰：“既无舍利，更取两尊烧。”主自后眉须堕落。后谒忠国师，问侍者：“国师在否？”曰：“在即在，不见客。”师曰：“太深远生！”曰：“佛眼亦观不见。”师曰：“龙生龙子，凤生凤儿。”国师睡起，侍者以告。国师乃打侍者三十棒，遣出。师闻曰：“不谬为南阳国师。”明日再往礼拜，见国师便展坐具。国师曰：“不用！不用！”师退后，国师曰：“如是！如是！”师却进前。国师曰：“不是！不是！”师绕国师一帀便出。国师曰：“去圣时遥，人多懈怠。三十年后，觅此汉也难得。”访庞居士，见女子灵照洗菜次，师曰：“居士在否？”女子放下菜篮，敛手而立。师又问：“居士在否？”女子提篮便行。师遂回。须臾居士归，女子乃举前话。士曰：“丹霞在么？”女曰：“去也。”士曰：“赤土涂牛你。”又一日访庞居士，至门首相见。师乃问：“居士在否？”士曰：“饥不择食。”师曰：“庞老在否？”士曰：“苍天！苍天！”便入宅去。师曰：“苍天！苍天！”便回。师因去马祖处，路逢一老人与一童子。师问：“公住何处？”老人曰：“上是天，下是地。”师曰：“忽遇天崩地陷，又作么生？”老人曰：“苍天！苍天！”童子嘘一声。师曰：“非父不生其子。”老人便与童子入山去。师问庞居士：“昨日相见，何似今日？”士曰：“如法举昨日事来作个宗眼。”师曰：“只如宗眼，还着得庞公么？”士曰：“我在你眼里。”师曰：“某甲眼窄，何处安身？”士曰：“是眼何窄？是身何安？”师休去。士曰：“更道取一句，便得此话圆。”师亦不对。士曰：“就中这一句无人道得。”师与庞居士行次，见一泓水。士以手指曰：“便与么也还辨不出？”师曰：“灼然是辨不出。”士乃戽水，泼师二掬。师曰：“莫与么，莫与么。”士曰：“须与么，须与么。”师却戽水泼士三掬。师曰：“正与么时，堪作甚么？”士曰：“无外物。”师曰：“得便宜者少。”士曰：“谁是落便宜者？”元和三年，于天津桥横卧，会留守郑公出，呵之不起。吏问其故，师徐曰：“无事僧。”留守异之，奉束素及衣两袭，日给米，洛下翕然归信。至十五年春，告门人曰：“吾思林泉终老之所。”时门人齐静卜南阳丹霞山结庵，三年间玄学者至盈三百众，建成大院。上堂：“阿你浑家，切须保护。一灵之物，不是你造作名邈得，更说甚荐与不荐？吾往日见石头，亦只教切须自保护，此事不是你谈话得。阿你浑家，各有一坐具地，更疑甚么？禅可是你解底物？岂有佛可成？佛之一字，永不喜闻。阿你自看，善巧方便，慈悲喜舍，不从外得，不着方寸。善巧是文殊，方便是普贤。你更拟趁逐甚么物？不用经求落空去！今时学者，纷纷扰扰，皆是参禅问道。吾此间无道可修，无法可证。一饮一啄，各自有分，不用疑虑。在在处处有恁么底。若识得释迦即老凡夫是，阿你须自看取，莫一盲引众盲，相将入火坑。夜里暗双陆，赛彩若为生？无事珍重！”有僧到参，于山下见师，便问：“丹霞山向甚么处去？”师指山曰：“青黯黯处。”曰：“莫只这个便是么？”师曰：“真师子儿，一拨便转。”问僧：“甚么处宿？”曰：“山下宿。”师曰：“甚么处吃饭？”曰：“山下吃饭。”师曰：“将饭与阇黎吃底人，还具眼也无？”僧无对。（长庆问保福：“将饭与人吃，感恩有分，为甚么不具眼？”福云：“施者受者，二俱瞎汉。”庆云：“尽其机来还成瞎不？”福云：“道某甲瞎得么。”玄觉征云：“且道长庆明丹霞意，为复自用家财。”）长庆四年六月，告门人曰：“备汤沐浴，吾欲行矣。”乃戴笠策杖受屦，垂一足未及地而化。门人建塔，谥“智通禅师”，塔曰：“妙觉”。

［4］胸珠无垢：胸中没有污秽不洁的东西。

［5］金玉：黄金与珠玉，珍宝的通称。《左传·襄公五年》：“无藏金玉，无重器备。”比喻珍贵和美好。

道场：梵文 Bodhimanda 的意译，音译为菩提曼拏罗。《大唐西域记》卷八称释迦牟尼成道之处为道场。后借指供佛祭祀或修行学道的处所。

［6］传法：佛教谓师徒以佛法相传授。唐顾况《鄱阳大云寺一公房》诗：“色界聊传法，空门不用情。”

浑似：完全像。宋孙光宪《更漏子》词之六：“求君心、风韵别。浑似一团烟月。”

［7］智炬：佛教语，指能破除迷暗的智慧。南朝梁简文帝《菩提树颂》序：“法雨法水之润，等世界于无边；智灯智炬之光，同虚空于莫限。”

常明：即长明，指智炬就像长明灯一样昼夜不灭，永不会消失。

［8］琉璃：琉璃是佛教“七宝”之一、“中国五大名器”之首。采用彩色人造水晶烧制而成，其工艺繁复，需数十道工序，且以手工为主。因其“火里来，水里去”的工艺特点，佛教认为琉璃是千年修行的境界化身。在所有经典中，都将“形神如琉璃”视为佛家修养的最高境界。琉璃在佛教中为消病避邪之灵物。

［9］作：从事。

［10］以法为宝：把“法”看作是“宝”。法：尊称佛家的事物，佛家的道理。

［11］通慧为门也：把“通慧”作为“门”。通慧：通达聪慧。旧题宋苏轼《艾子杂说》：“营丘士性不通慧，每多事好折难而不中理。”门：门径，入口。

［12］如某上人者：如某位僧人。

［13］俗姓为某：在俗尘中的姓氏为某。

［14］法名取谋：取谋作为法名。

［15］临济：临济宗，禅宗南宗五个主要流派之一，自洪州宗门下分出，始于临济义玄。

［16］源远流长：源头很远，水流很长。比喻历史悠久。唐白居易《海州刺史裴君夫人李氏墓志铭》："夫源远者流长，根深者枝茂。"

［17］真如：佛教术语，一般解释为不变的最高真理或本体。由于佛教各派解释不同，真如的分类也各异。例如《佛地经论》卷七举出一切法真如发挥法空无我、实性无颠倒性等教义，提出两种真如（生空无我、法空无我），三种真如（善、不善、无记）乃至十种真如。真是真实不虚，如是如常不变，合真实不虚与如常不变二义，谓之真如。又真是真相，如是如此，真相如此，故名真如。真如是法界相性真实如此之本来面目，恒常如此不变不异，不生不灭，不增不减，不垢不净，即无为法。亦即一切众生的自性清净心，亦称佛性、法身、如来藏、实相、法界、法性、圆成实性等。起信论说："一切诸法，从本已来，离言说相，离名字相，离心缘相，毕竟平等，无有变异，不可破坏，唯是一心，故名真如。"

勤修：勤奋修炼。

［18］法名：指皈依佛教者所特取的名字，又称法号、戒名，或法讳。出家众于剃度仪式举行过后，或在家众于归依三宝、受戒时，或生前未皈依、受戒的在家人殁后于葬仪时，由师父授予的名号。在印度，四姓出家，剃发着三衣，皆为释子、沙门。然仍沿用其俗名，如舍利弗、目犍连等人，并没有特别使用法名。但在中国、日本等地，以加入教团成为释子，即誓约受持戒法，因此皆另取法名。

体：与"用"相对。"体"与"用"是中国古典哲学的一对范畴，指"本体"和"作用"。一般认为"体"是最根本的、内在的，"用"是"体"的外在表现。

立：做出，定出。

［19］庄严有相：谓作者赞某上人有像佛、菩萨一样的端庄威严的贵相。庄严：指佛菩萨像端庄威严。唐玄奘《大唐西域记·摩揭陀国下》："见观自在菩萨妙相庄严，威光赫奕。"有相：谓有贵相。唐白居易《自咏》："形客瘦薄诗情若，岂是人间有相人？"

［20］无亏：没有欠缺，没有损害。《楚辞·九歌·大司命》："愁人兮奈何，愿若今兮无亏。"朱熹集注："无亏，保守志行无损缺也。"

［21］清雅为心：心境是清新秀雅拔俗的。清雅：清新秀雅，端庄或高雅，清高拔俗，清新雅致。

［22］一尘不染：原指佛教徒修行时，排除物欲，保持心地洁净。现泛指丝毫不受坏习惯、坏风气的影响。也用来形容非常清洁、干净。唐释道世《法苑珠林》：“若菩萨在乾土山中经行，土不著足，随岚风来，吹破土山，令散为尘，乃至一尘不著佛身。”

［23］幼而尊承师教：从小开始就受到老师的教诲。尊：敬辞。承：受到。

［24］法门：佛教语，指修行者入道的门径。亦泛指佛门。《法华经·序品》：“以种种法门，宣示于佛道。”

［25］慧：智慧。

了：明白，知道，了彻。

三缘：净土宗三缘即亲缘、近缘、增上缘。

［26］早识：早早地就知道。

苾刍五义：苾刍本雪山草名，梵语以喻比丘。《释译名义集》载：苾刍含有五义：体性柔软、引蔓旁布、馨香远闻、能疗疼痛、不背日。在雪地盛茂，故配诸梅。苾刍：即比丘。本西域草名，梵语以喻出家的佛弟子，为受具足戒者之通称。唐玄奘《大唐西域记·僧诃补罗国》：“大者谓苾刍，小者称沙弥。”

［27］默通：无形中通识。

六入：佛教术语，指入眼、耳、鼻、舌、身、意，“入”是吸入，有专注之意。（六入）“出法界次第”入即趣入之意。谓六根为六识所依，能入六尘，故名六入。一眼入谓眼根为识所依，能入于色，故名眼入。二耳入谓耳根为识所依，能入于声，故名耳入。三鼻入谓鼻根为识所依，能入于香，故名鼻入。四舌入谓舌根为识所依，能入于味，故名舌入。五身入谓身根为识所依，能入于触，故名身入。六意入谓意根分别五尘，能入于法，故名意入。

［28］资：取用。

戒香：佛教谓戒律能涤除尘世的污浊故以“香”喻，亦指所燃之香。南朝齐张公礼《龙藏寺碑》：“戒香恒馥，法轮常转。”

［29］颖悟：聪慧过人，理解力强。《晋书·王戎传》：“戎幼而颖悟，神彩秀彻。”

性：佛教语，指事物的本质。与“相”相对。

成：形成，完成。

［30］灵明：聪明，智慧。晋王珣《歌太宗简文皇帝》诗：“灵明若神，周淡如渊。”

于授：接受，传给。

［31］阐三清四说之奥：即阐述佛法的奥秘。三与四在佛教中，如三乘，即声闻乘、

缘觉乘、菩萨乘。声闻乘又名小乘，缘觉乘又名中乘、菩萨乘又名大乘。四谛，又作四圣谛。谛，意为真理或实在。四谛即苦谛、集谛、灭谛和道谛。

[32] 七处八会：华严宗用语。依六十卷《华严经》所载，佛陀说该经的处所有七处，其中人间三处，天界四处。前后共计八次说法会，故云“七处八会”。

[33] 秘阁：中国古代宫禁中藏书的地方。据史书记载，自晋、南朝宋至隋、唐，均曾设秘阁藏书。北宋太平兴国间于崇文院设昭文馆、集贤院、史馆三馆贮藏图籍，又于崇文院中堂设秘阁，选三馆图书及书画等入藏。

[34] 翔鸡舞鹤：使鸡能够飞翔，使鹤能够跳舞。

[35] 香城：指佛国。南朝梁武帝《摩诃般若忏文》：“愿诸众生……同到香城，共见宝台。”

说法：宣讲宗教教义，讲授佛法。

[36] 伏虎驯狮：能够使老虎狮子驯服。比喻使邪恶势力消除。

[37] 蠢月：此处应为“蚕月”，夏历三月。

桑津：采桑的码头。

[38] 定水：佛教语，澄静之水，喻禅定之心。南朝梁元帝《法宝联璧序》：“熏戒香，沐定水。”北周庾信《陕州弘农郡五张寺经藏碑》：“春园柳路，变入禅林；蚕月桑津，回成定水。”

[39] 春园柳路：春天的花园，柳树依傍两旁的小路。

[40] 禅林：初指僧人的陵地，后借指寺院。北周庾信《陕州弘农郡五张寺经藏碑》：“春园柳路，变入禅林；蚕月桑津，回成定水。”倪璠注：“言本住宅，改为佛寺。”

[41] 岂止：哪里只是，不止。宋欧阳修《相州昼锦堂记》：“惟德被生民而功施社稷，勒之金石，播之声诗，以耀后世而垂无穷。此公之志而士亦以此望于公也，岂止夸一时而荣一乡哉！”

[42] 优波提舍：梵语音译，十二部经（佛经之十二种体裁或形式）之一。即随、示之意。又作优婆提舍、优婆题舍、优波替舍、乌波第铄、邬波第铄。意译作指示、教训、显示、宣说、论义、论义经、注解章句经。即对佛陀所说之教法，加以注解或衍义，使其意义更加显明，亦即经中问答论议之一类。

而已：助词。起修饰作用，表示仅止于此，犹罢了。

[43] 况复：何况，况且。《陈书·江总传》：“况复才未半古，尸素若兹。”

[44] 东向奇松：有向东的古老的松树。

[45] 象正：佛教语，象法、正法的合称。南朝齐王屮《头陀寺碑文》："象正虽阑，希夷未缺。"象法犹象教。释迦牟尼离世，诸大弟子想慕不已，刻木为佛。以形象教人，故称佛教为"象教"。

阑：残，尽，晚。《史记》曰："酒阑"。《汉书音义》，文颖曰：阑，言希也。老子曰：视之不见，名之曰夷；听之不闻，名之曰希。王弼曰：无象，无声，无响、无所不通，无所不往。

[46] 希夷：《老子》："视之不见名曰夷，听之不闻名曰希。"河上公注："无色曰夷，无声曰希。"后因以"希夷"指虚寂玄妙。南朝梁萧统《谢敕参解讲启》："至理希夷，微言渊奥，非所能钻仰。"

[47] 维：文言助词，用于句首或句中。

土人：世代居住本地的人。《后汉书·虞诩传》："其土人所以推锋执锐，无反顾之心者，为臣属于汉故也。"北魏郦道元《水经注·汶水》："出谷有平丘，面山傍水，土人悉以种麦。"

[48] 大维绝纽：大多数文史资料中都为"俱维绝纽"，其意在《文选》卷五十九《碑文下·墓志知》中的解释为："陆机大将军宴会诗曰：颓纲既振。谢庄为沈庆之答刘义宣书曰：皇纲绝而复纽，区夏坠而更维。"说文曰："纽，系也。"

[49] 重教金碧：金黄和碧绿的颜色。唐罗邺《上阳宫》诗："深锁笙歌巢燕听，遥瞻金碧路人愁。"

晕飞：环形花纹或波纹，光环。

[50] 力振：致力、努力，整顿、整治。

颓纲：衰败的纲纪。《文选·大将军宴会被命作此诗》之四："颓纲既振，品物咸秩。"刘良注："振，整也。言颓落纲纪既整，品物皆有次序。"

[51] 仍使奂轮：《礼记·檀弓下》："晋献文子成室，晋大夫发焉。张老曰：'美哉轮焉，美哉奂焉。'"形容房屋高大华丽。现代也用来形容雕刻或建筑艺术的精美效果。

鸟革：如同鸟儿张开双翼，野鸡展翅飞翔一般。旧时形容宫室华丽。

[52] 千百玉检：玉牒书的封箧。《汉书·武帝纪》"登封泰山"颜师古注引三国魏孟康曰："王者功成治定，告成功于天……刻石纪号，有金策石函，金泥玉检之封焉。"唐李商隐《赠华阳宋真人兼寄清都刘先生》诗："玉检赐书迷凤篆，金华归驾冷龙鳞。"《说文·木部》："检，书署也。"清段玉裁注："玉牒检者，玉牒之玉函也，所谓玉检也。"桂馥义证："《六书故》：检状如封箧。"借指玉牒文。唐刘禹锡《平齐行》之二："千钧猛簴

顺流下，洪波涵淡浮熊罴。侍臣燕公秉文笔，玉检告天无愧词。”

[53] 天花：亦作“天华”，佛教语，天界仙花。

贝叶：古代印度人用以写经的树叶，亦借指佛经。唐玄奘《谢敕赉经序启》：“遂使给园精舍，并入提封；贝叶灵文，咸归册府。”

齐：一起，一同。

芳：比喻美名或美德。

[54] 丈六金身：《传灯录》曰：“西方有佛，其形丈六而黄金色。”《北史》曰：“时蜀沙门法成，率僧数千人，铸丈六金身。”佛的三身之一，指变化身中的小身。因其高约一丈六尺，呈真金色，故名。亦以指称佛像。

[55] 慧日：为佛教词语。意为以日光比喻佛之智慧普照众生，能破无明生死痴暗。与“慧光”“慧照”等同义。出自于《法华经》卷七《普门品》：“无垢清净光，慧日破诸暗，能伏灾风火，普明照世间。”喻佛的智慧如日能照明一切黑暗。

法云：佛教语，谓佛法如云，能覆盖一切。《华严经·入法界品》：“深入菩萨行，乐闻胜法云。”

并耀：一块儿显耀、炫耀。

[56] 秘：不可测知，不公开。《说文》：秘，神也。

启：开，打开。

[57] 净土：佛教指没有尘世庸俗气的清净世界。净土是指清净国土、庄严刹土，也就是清净功德所在的庄严的处所。是诸佛菩萨为度化一切众生，在因地发广大本愿力所成就者。因为有十方三世一切诸佛菩萨，因此也就有十方无量的净土。

重新：再次装修使面貌一新。

[58] 迄今：到现在，至今。

道：道教，道士。

沙弥：所谓沙弥，俗称“小和尚”，为求寂、息慈、勤策，即止恶行慈，觅求圆寂的意思。在佛教僧团中，指已受十戒，未受具足戒，年龄在 7 岁以上至未满 20 岁时出家的男子。在佛教僧团中，首位沙弥为罗睺罗。人若想成沙弥，需受十戒。凡小孩出家，叫做沙弥。人若过了 70 岁，便不准受具足戒，只能受沙弥戒，做沙弥，而不能正式成为比丘。

[59] 年高：年纪大。

耆腊：谓高年之僧，僧家不言岁而言腊。腊，乃岁末之意，以之计算出家得度之年数，然在古代则以受具足戒之年为始。如谓僧腊若干，即谓为僧几年或受戒几年之意，故以耆腊特称出家年岁长久而高龄之比丘（尼）。

[60] 偶：偶然，偶尔。

宣：宣扬，宣传，广泛传播。

风幡：风中的旗幡。《景德传灯录·慧能大师》：师寓止廊庑间。暮夜风扬刹幡，闻二僧对论，一云幡动，一云风动，往复酬答，未曾契理。师曰："可容俗疏辄预高论否？直以风幡非动，动自心耳。"后用为典实。

妙旨：精微幽深的旨意。《艺文类聚》引汉傅毅《七激》："达牺农之妙旨，照虞夏之典坟。"

[61] 瓶钵：僧人出行所带的食具。瓶盛水，钵盛饭。唐刘长卿《送灵澈上人归嵩阳兰若》诗："唯将旧瓶钵，却寄白云中。"

生涯：指从事某种活动或职业的生活。

[62] 磨砖作镜：把砖石磨成镜子，比喻事情不能成功。宋释道原《景德传灯录》卷五："一曰：'师作什么？'师曰：'磨作镜。'一曰：'磨砖岂能成镜邪？'师曰：'坐禅岂得成佛邪？'"

[63] 不惮：不害怕。

心劳：费尽心力。

[64] 自在：心离烦恼的系缚，通达无碍。

天真：指不受礼俗拘束的品性。引申为单纯、朴实、幼稚，头脑简单。

[65] 清福：指清闲安逸的生活。

[66] 大众：众多的人。

[67] 共仰：共同敬慕、仰慕。

高深：水平、程度等不一般，超出平常。

[68] 爰：改易，更换。

谋：本处应是"某"，自称（代替"我"或名字）。

制匾：撰写匾额。

兴：使兴盛，流行。

辞：文辞，言辞文章。

[69] 延：请。

余：第一人称代词，我或我的。

抽毫：抽笔出套，亦借指写作。唐吴融《壬戌岁阌乡卜居》诗：“六载抽毫侍禁闱，不堪多病决然归。”

［70］余愧非吟君子美：我感到惭愧的是没有吟咏诵读君子的美德。

［71］挹：古代的拱手礼，作揖。

金粟：“金粟如来”的省称。金粟如来，维摩居士之前身为金粟如来。古来盛传此说，然不见经文之本据，或谓发迹经，思惟三昧经说之，然二经皆不载于经录。《维摩经会疏》三曰：今净名，或云金粟如来，已得上寂灭忍。谷响集一曰：李善所着头陀寺碑，注引发迹经云：净名大士，是往古金粟如来。予（寂照）尝检藏中，不得此经。又按复礼法师十门辨惑论，稽疑曰：穷见维摩神力，掌运如来。但十地之观如来，尚隔罗縠。若维摩是如来助佛扬化，未知何名何号何论何经？请烦上智示下愚。辨惑曰：金粟之名，传而有据者也。自注云：吉藏师云：金粟事出思惟三昧经。自云：（复礼）未见其本。今检诸经录目（寂照）无此经名。穷谓西国有经，东方未译矣。祖庭事苑三曰：十门辨惑论云：维摩是金粟如来。吉藏师云：事出思惟三昧经。自云：未见其本。李白答湖州司马问诗曰：湖州司马何须问，金粟如来是后身。是李白自比净名居士也。

辉：光辉。

［72］颇爱嗜酒渊明：十分喜欢爱喝酒的陶渊明。

［73］偶入：偶尔会进入。

白莲之社：东晋释慧远于庐山东林寺，同慧永、慧持和刘遗民、雷次宗等结社精修念佛三昧，誓愿往生西方净土，又掘池植白莲，称白莲社。（见《莲社高贤传》）

［74］共襄盛举：共同赞助，合力完成。襄：完成，相助而成。盛举：盛大的活动，美事。宋陆游《贺留枢密启》：“至以明诏特预于讦谟，尤为本朝久虚之盛举。”

［75］擒：拿，捉拿。

芜：杂乱的。

言：说的话，言辞。

［76］伏：俯伏，趴下。

愿：乐意，愿意。

引：退避。

群伦：同类或同等的人们。汉扬雄《法言·孝至》：“圣人聪明渊懿，继天测灵，冠乎群伦。”

爱河：佛法说爱情如河流，人一沉溺即不能脱身，因以为喻。

［77］俯：向下，低头。与“仰”相对。

宏：扩大，光大。

六度：佛教语，又译为“六到彼岸”。“度”是梵文的意译。指使人由生死之此岸渡到涅槃（寂灭）之彼岸的六种法门：布施、持戒、忍辱、精进、精虑（禅定）、智慧（般若）。

［78］出众：高出一般人，超过众人。唐方干《赠赵崇侍御》诗：“才因出众人皆嫉，势欲摩霄自不知。”明叶宪祖《鸾鎞记·诗激》：“郎才出众因何放，妾面羞郎傍晚临。”

尘：佛家、道家，指人间。

岳：高大的山。

［79］高：显贵，道德水平高。

谢：避免，避开，推辞，谢绝。

四流：佛教语。又名四暴河者，以其惑业暴涌成河，漂没众生也；亦名四轭者，谓众生为惑业所缠，若牛之缚轭以驾车，而不能脱离也。一见流，见即三界见惑也。谓意根对于法尘，起分别见，因此见惑，流转三界，不能出离，故名见流。二欲流，欲者，即欲界思惑也。谓五根贪爱五尘，故名为思惑，即贪嗔慢也，因此思惑，流转欲界，不能出离，故名欲流。三有流，有即因果不亡为有，谓色界无色界思惑，即贪慢也。因此思惑，流转色无色界，不能出离，故名有流。四无明流，无所明了，故曰无明。即三界思惑中痴惑也。由此无明，流转生死，不能出离，故名无明流。

［80］谨：郑重，恭敬。

序：叙述，叙说。

代吴明府谢寿启[1]

乙未季秋[2]

某风尘俗吏[3]，铅椠迂儒[4]。惭非民牧之良[5]，谬承国士之遇[6]。当其毛义捧檄[7]，原为双亲[8]。交效老莱舞衣[9]，正值同寿[10]。欢趋百拜[11]，且将花县作春围[12]；祝愧三多[13]，暂借琴堂[14]开寿域。然恐累逮筐篚[15]，莫教信史先通[16]。孰知义重椿萱[17]，竟使朵云[18]下坠。价同琬琰[19]，开函而句有余香[20]。光照琼琚[21]，饮德而谊逾常格[22]。沐湛恩[23]之素饫，仰德曜以分辉[24]。但严慈颂[25]，谢山阜冈陵[26]，过蒙褒荣一字[27]。某才非盐梅舟楫[28]，深荷惠庇[29]二人。感汪岁之靡涯[30]，叹涓埃之莫报[31]。鸿章远达[32]，蚁忱遥瀚[33]，谨启[34]。

题解：

本文是作者替吴县令写的一份答谢别人给县令双亲祝寿的信。信中提到由于能力有限，谬承国士之遇，并用典故说明中华民族的传统美德孝道。信中写到对父母恩情的报答，表示自己才能比不上贤臣，感谢大家对二老的褒奖。

注释：

[1] 代：代替。

明府：汉亦有以“明府”称县令，唐以后多用以专称县令。《后汉书·吴祐传》：“国家制法，囚身犯之。明府虽加哀矜，恩无所施。”

谢寿启：旧时被祝寿后道谢的回信。

[2] 乙未：乙未为干支之一，顺序为第三十二个。

季秋：秋季的最后一个月，农历九月。《尚书·胤征》：“乃季秋月朔，辰弗集于房。”

[3] 某：自称之词，指代“我”或本名。

风尘俗吏：旧时谦虚的用法，表示自己为平庸之吏。

[4] 铅椠：古人书写文字的工具。铅：铅粉笔。椠：木板片。《西京杂记》卷三：“扬子云好事，常怀铅提椠，从诸计吏，访殊方绝域四方之语。”

迂儒：迂腐不通事理、不切实际，腐儒，此处有自谦之意。

[5] 惭非民牧之良：为不是优秀的地方长官而感到羞愧。民牧：旧时谓治理民众的君王或地方长官。《陈书·世祖纪》：“朕自居民牧之重，托在王公之上，顾其寡昧，郁于治道。”良：优秀。

[6] 谬：错误的，不合情理的。

承：受到，蒙受。

国士：一国中才能最优秀的人物，国中才能出众的人。《战国策·赵策》：“知伯以国士遇臣，臣故国士报之。”

遇：对待，相待。

[7] 毛义捧檄：《后汉书·刘平等传序》：“东汉毛义家贫，以孝出名，府檄召义为守令。义捧檄色喜。后其母死，辞职不干。”

[8] 双亲：指父母。唐韩翃《赠兖州孟都督》诗：“不见双亲办丰膳，能留五马尽佳

期。”宋晁补之《洞仙歌·柑》词：“双亲云水外，游子空怀，惆怅无人可归遗。”

［9］交：一起，同时。

效：模仿，师法。

老莱舞衣：表示孝顺父母。亦称作“戏彩（采）”。《艺文类聚·列女传》：“老莱子孝养二亲，行年七十，婴儿自娱，着五色彩衣，尝取浆上堂，跌仆，因卧地为小儿啼，或美鸟鸟于亲侧。”

［10］正值：适逢，正到什么时候。一般表示正到什么时候突然发生某事或者出现某物。

同寿：相同的生日。

［11］欢：喜悦，高兴。

趋：古代的一种礼节，小步快走，表示恭敬。

百拜：多次行礼。《礼记·乐记》：“是故先王因为酒礼，壹献之礼，宾主百拜，终日饮酒而不得醉焉，此先王之所以备酒祸也。”郑玄注：“百拜以喻多。”

［12］且将花县作春闱：暂且把花县比作春闱。

［13］三多：指多福、多寿、多男子。祝颂之辞。《庄子·天地》：“尧观乎华，华封人曰：‘嘻，圣人！请祝圣人，使圣人寿。’尧曰：‘辞。’‘使圣人富。’尧曰：‘辞。’‘使圣人多男子。’尧曰：‘辞。’”

［14］暂借：暂时借用。

琴堂：指县衙。唐李白《赠从孙义兴宰铭》：“退食无外事，琴堂向山开。”

［15］筐篚：盛物竹器。方曰筐，圆曰篚。《诗经·小雅·鹿鸣序》：“鹿鸣，燕群臣嘉宾也，既饮食之，又实币帛筐篚，以将其厚意。然后忠臣嘉宾，得尽其心矣。”

［16］莫教信史先通：不如先通信。

［17］孰知：深刻了解，清楚地知道。

义重：恩义厚重。

椿萱：亦作“萱椿”，父母的代称。椿：指父亲。萱：指母亲。

［18］竟使：竟然使得。

朵云：《新唐书·韦陟传》：“常以五采笺为书记，使侍妾主之，以裁答，受意而已，皆有楷法。陟唯署名，自谓所书‘陟’字若五朵云。时人慕之，号郇公五云体。”后遂以“朵云”为对别人书信的敬称。

［19］价同：价值同……一样。

琬琰：比喻品德或文词之美。汉东方朔《七谏·自悲》：“厌白玉以为面兮，怀琬琰以为心。”

［20］开函：打开信函。传达消息或指示的信件。

句有余香：信函中的字句仍然留有余香。

［21］光照：多用于比喻，比喻阳光照耀人间。

琼琚：比喻美好的诗文。唐韦应物《善福精舍答韩司录清都观会宴见忆》诗：“忽因西飞禽，赠我以琼琚。”

［22］饮德：蒙受德泽。南朝宋谢灵运《拟魏太子“邺中集”诗·曹植》：“中山不知醉，饮德方觉饱。”

谊：友情，友好关系。

逾：越过，超过。

常格：惯例，通例。《新唐书·卫次公传》：“子之祖，勋在王府，宁限常格乎？”

［23］沐：蒙受。

湛恩：深恩。《文选·封禅文》：“故轨迹夷易，易遵也；湛恩厖鸿，易丰也。”李善注：“湛，深也。”

［24］德曜：亦作“德耀”，汉梁鸿妻孟光的字。初，夫妇耕织于霸陵山中，后随夫至吴地，鸿贫困为人佣工，每归，光为具食，举案齐眉，恭敬尽礼（见《后汉书·逸民传·梁鸿》），后为贤妻的典范。

分辉：明月的光辉。

［25］严慈：严父和慈母的省称，用来形容两种不同类型的爱护、教育方式。

颂：赞扬。

［26］山阜：亦作“山皁”，土山，泛指山岭。《荀子·赋》：“有物于此，生于山阜，处于室堂。”《楚辞·九思·悯上》：“川谷兮渊渊，山皁兮峉峉。”

冈陵：山冈和丘陵。

［27］过蒙褒荣一字：蒙受表扬之词有点儿过。一字：指的是书信或颂之中的词语。

［28］盐梅舟楫：盐和梅调和，舟和楫配合。比喻辅佐的贤臣。元柯丹邱《荆钗记·春科》：“际风云，盐梅舟楫，一德务臣君。”

［29］深荷：书信及公文惯用语，表示承情感谢之意。

惠：仁爱，恩惠。

庇：庇护，袒护。

［30］汪岁：年纪大。汪：深，广。

靡：无，没有。

涯：边际，极限，穷尽。

[31] 涓埃：细流与微尘，比喻微小。《周书·萧撝传》："臣披款归朝，十有六载，恩深海岳，报浅涓埃。"

莫报：没有报答。

[32] 鸿章：鸿文。南朝齐王俭《高帝哀策文》："鸿章晨映，徽言夕永。"

远达：到达，通到。

[33] 蚁忱：谦词，犹言微末的真诚。清王端履《重论文斋笔录》卷一："纵竭蚁忱，难酬鸿造。"

遥瀚：瀚海，古代指北方的大海，明代以来指戈壁沙漠。

[34] 谨启：犹敬白，谨言。书信常用语。晋何充等《沙门不应尽敬表》："是以复陈愚诚，允垂省察。谨启。"

寄同宗书[1]

戊戌[2]十月作

自别凉州[3]，便游燕市[4]。黄金台[5]畔，寻骨以何从[6]；白雁关[7]前，望鱼书而不至[8]。遂乃束装北下[9]，垂翅西归[10]。此行路多岐[11]，易下杨朱之泣[12]；谋身偏拙[13]，空怀杜甫之愁者也[14]。仆籍本金陵[15]，居迁玉塞[16]。丁年孤苦[17]，丙舍凋残[18]。幼读父书[19]，谨识之无二字[20]；长尊母教[21]，不窥园圃三年[22]。思观太学之光[23]，滥列成均之选[24]。然而才非王粲[25]，惯欲依人[26]。贫甚茅容[27]。幸能母执爨踖踖[28]，烧残候氏之柴[29]；兴雨祁祁[30]，漂去高家之麦[31]。陶侃延宾而馔[32]，毛义捧檄以何年[33]。讵意寸草有心[34]，春晖[35]莫报。慈萱凝泪[36]，晚景堪嗟[37]，遂使贱子思亲[38]，未被王（玉）珪之彩[39]。小人有母[40]，空尝考叔之羹[41]。抚身世之多艰[42]，怅年华之易迈[43]。冯谖作客[44]，弹长铗以何归[45]；邹阳傍人[46]，拽轻裾而奚通[47]。乃叨蒙荐引[48]馆云川者，二年[49]，猥荷提撕[50]，陪莲幕之一饯[51]，遂乃合围心喜[52]，见猎情欣[53]。慨自廿载飘蓬[54]，念我曾三刖[55]，九秋摩桂[56]，惊人讵诩一鸣[57]，此驽骀受秣[58]饲之恩，十里倘堪千里[59]。大鸟足稻粱[60]之愿，三年始得一飞[61]。继而征旆东行[62]，公车[63]北上，赋诗见志[64]，欣视五子[65]之长城。馈赆输情[66]，不惜千金之宝剑[67]。所愧人非逸少[68]，空邀墨价之投[69]；才逊文通[70]，未入笔化[71]之梦。第雀辞杨馆[72]，定鲜酬恩[73]；鱼离汉池[74]，终思报德[75]。纵称杨其奚极[76]，虽铭镂[77]以何言。且夫爨竹谁怜[78]，中郎安在[79]？劳薪熟悯[80]，荀[81]最难逢。无他素蒙根□之知[82]，则略其形骸[83]；夙荷优容之雅[84]，则假以羽毛[85]耳。仆之藉庇[86]，业有年[87]矣。感实切于平生[88]，遇难忘。夫畴昔[89]今日者，荃间居兮不乐[90]，姜廊处以长愁[91]。韩子有送穷之文[92]；庄生无索笑[93]之术。赏井公之博进[94]，负满三千[95]；贷营室之聘钱[96]，逋逾[97]十万。人非雁奴[98]，恒求泽畔[99]之粮；行类侏儒[100]，并乏囊中之粟[101]。所叹越禽[102]向暖，不知飞何树之枝[103]；海燕寻巢[104]，未审上谁家之累[105]。极知我公情殷旧雨[106]，原非漫作曹丘[107]；谊切同袍[108]，自是深知管仲[109]。遂为发棠之请[110]，不无望蜀之思[111]。得藉游扬[112]，益深策励[113]。念夫臣之壮也[114]，犹不如人[115]，技止此乎[116]，何堪噬虎[117]？迟暮之壮心未已[118]，昔时之豪气犹存[119]。弹指[120]三年，又值杏园春暖[121]；殚心[122]五夜，尚思藜阁香浓[123]。将见玉韫昆冈[124]，容有赏城之望[125]；珠沉沧海[126]，宁无照乘之期[127]。则憔悴含润泽之机[128]，即终始拜成全之德[129]矣。况系延陵之苗裔[130]，岂乏家风[131]；沿季重之声华[132]，宁分末脉[133]。所望增其声价[134]，予以吹嘘[135]，涸鲋[136]残鳞，势难待西江[137]之水；寒机冷轴[138]，速为引东壁[139]之灯。书不尽言[140]，辞宁达意[141]，用兹仰渎[142]，伏冀垂慈[143]。所有鄙怀[144]，统祈均鉴[145]。

题解：

本文是写给同宗即同姓的一封书信。首先作者说明从凉州分别后，游历了好多地方以寻胥，盼望的书信没有到来就开始往回走了。接下来介绍了自己的家世，作者有能母教其读书。还提到在乡试中考中举人，接着公车北上考试的状况，并且很感激资助其北上的恩情。最后作者说自己年纪已老，则希望“憔悴含润泽之机”，望别人能够得以给其成全。

注释：

［1］同宗：宗法社会指同一大宗。后泛指同一家族或同姓。

书：信。

［2］戊戌：戊戌为干支之一，顺序为第三十五个。

［3］凉州：古地名，即今甘肃省西北部的武威，地处河西走廊东端，是古丝绸之路上的重镇，史有“四凉古都，河西都会”以及“银武威”之美称，自古以来就是“人烟扑地桑柘稠”的富饶之地，“通一线于广漠，控五郡之咽喉”的军事战略要地和“车马相交错，歌吹日纵横”的商埠重镇。

［4］燕市：战国时燕国的国都，即今北京市。《史记·刺客列传》：“荆轲嗜酒，日与狗屠及高渐离饮于燕市。”晋左思《咏史》：“荆轲饮燕市，酒酣气益震。”明袁宗道《题瘦马卷》诗：“时去黄金燕市空，瘦来白练吴门短。”金元好问《人日有怀愚斋张兄纬文》诗：“明月高楼燕市酒，梅花人日草堂诗。”清戴名世《郭烈妇传》：“余在燕市，客日照李学士邸第。”

［5］黄金台：亦称“招贤台”，位于今河北省定兴县高里乡北章村台上西（台上隶属于北章大队，由黄金台在此而得名），是战国燕昭王为宴请天下士而筑。据史料考证，燕昭王于公元前311年即位，至公元前279年执政33年。其即位后着手以卑身厚币招徕人才。公元前284年联合各国攻齐，占领70余城，推测筑台时间起于公元前310年。当时只言筑台而无“黄金”二字，洎鲍明远《放歌行》“岂伊白璧赐，将起黄金台”始见黄金台之名。当时台略呈方形，占地20亩，高约20米，台顶平台约10亩。台顶后建昭王殿，高约8米，两侧为招贤馆，东有钟鼓楼，钟高6尺，重约1吨。殿后为进院，内有观音殿；再后为三进院，内建药王庙、孙圣殿、露天石佛等。整个台上殿、堂、阁等建筑共25间有余，树木花卉盈庭。同时并建一寺，名“隆兴”，正殿前上嵌宝镜，内有僧侣数十人。殿前凿有一井，后人称“金台古井”，传说每值夕照，通过宝镜反射，井内呈现类松似柏的奇数影像，塑成县八景之一——金台夕照。

［6］寻骨：寻找同宗。

何从：从何处，从哪儿。三国魏嵇康《与山巨源绝交书》：“然经怪此意，尚未熟悉于足下，何从便得之也？”金王若虚《论语辨惑四》：“不知仕之所以见理明白，灼知千古治乱者，何从而得之？”

［7］白雁关：又称“黄岘关”。在今河南省信阳县南90里，南至湖北应山县亦90里，一名“百雁关”，今名“九里关”。《南齐书州郡志》“义阳有三关之隘”，谓平靖武阳黄岘三关也，义阳城与三关，势如首尾，自魏晋以后，三关之险，常为南北重镇。梁天监八年

（509），魏英将取三关，至义阳，策之曰，三关相须如左右手，若克一关，两关不待攻而自破，围武阳，克之，进攻黄岘，及西关，梁将皆走。宋黄震曰，三关险要，关外百里，皆险也。明时置巡司于黄岘关，名九里关巡司，清以大胜关并属焉。

［8］望鱼书而不至：盼望书信而没来到。鱼书：指书信。

［9］束装：收拾行装。

北下：离开北方。

［10］垂翅：犹垂翼。《易·明夷》："明夷于飞，垂其翼。"王弼注："怀惧而行，行不敢显，故曰垂其翼。"谓鸟翅下垂不能高飞。后以"垂翼"比喻人受挫折，止息不前。北周庾信《拟咏怀》之八："长坂初垂翼，鸿沟遂倒戈。"

西归：向西走回家。

［11］行路：道路，走路。

岐：通"崎"，崎岖。

［12］杨朱之泣：即出自典故"杨朱泣岐"。《荀子·王霸》："杨朱哭衢途曰：'此夫过举跬步而觉跌千里者夫！'哀哭之。"谓在十字路口错走半步，到觉悟后就已经差之千里了，杨朱为此而哭泣。后常引作典故，用来表达对世道崎岖，担心误入歧途的感伤忧虑，或在歧路的离情别绪。三国魏阮籍《咏怀》之二三："杨朱泣岐路，墨子悲染丝。"

［13］谋身偏拙：我的出身不好。拙：谦辞，称自己。

［14］空怀杜甫之愁者也：空怀有像杜甫一样的对国家的忧愁啊。杜甫：河南巩县（今河南省巩义市）人。字子美，自号少陵野老、杜少陵、杜工部等，盛唐大诗人，世称"诗圣"，现实主义诗人。

［15］仆籍本金陵：我的祖籍原在金陵。金陵：南京的别称。历史名城南京，在漫长的岁月中曾经有过很多名称，其中最响亮的名字莫过于"金陵"了。金陵其来历，一般认为因南京钟山在春秋时称金陵山而得名。公元前 333 年，楚威王灭越后，就在今清凉山上修筑了一座城邑。因为那时紫金山叫做金陵山，它的余脉小山都还没有自己的名字，楚邑建在清凉山上，而清凉山当时是金陵山的一部分，所以把此城命名为金陵邑。唐代的《建康实录》明确记有楚威王是"因山立号，置金陵邑"，即用山名作为邑名。由于当年的长江还在清凉山的西麓下流过，金陵邑临江控淮，形势十分险要，所以楚威王选在这里置金陵邑，欲借长江天堑为屏障以图谋天下。金陵邑是南京历史上年代仅次于越城的第二座古城，从城区结构上看，它貌似小城堡；但从性质上讲，已和越城迥然不同，它是一座具有行政区治所性质的占城，标志着南京设置行政区划的开始，也是南京称为金陵的发端。

[16] 居迁玉塞：是迁居到边塞的。玉塞：玉门关的别称。《晋书·秃发傉檀载记论》："控弦玉塞，跃马金山。"南朝宋谢庄《舞马赋》："辞水空而南傃，去轮台而东洎，乘玉塞而归寳，奄芝庭而献袐。"

[17] 丁年：成丁的年龄，壮年。

孤苦：无依无靠，生活贫苦。

[18] 丙舍：简陋的房屋。

凋残：零落衰败。

[19] 幼读父书：小的时候读的是父亲遗留下来的书。

[20] 谨识之无二字："之无"二字牢记于心。谨识：牢记于心。按此处应为"仅识"，此句之意应为仅仅认识"之无"二字。

[21] 母教：母亲指导训诲我。

[22] 不窥园圃三年：这句话是说三年没有下地。不窥：不观看。园圃：种植果木菜蔬的田地。

[23] 思：语气词，用于语首，无实义。《诗·鲁颂·泮水》："思乐泮水，薄采其芹。"

观太学之光：观览太学之盛德光辉。太学：中国古代的大学。

[24] 滥列成均之选：这句话是说自己能力有限反而被列入大学的名列。滥：不加选择，不加节制。列：收列，列入。成均：古之大学。《周礼·春官·大司乐》："大司乐掌成均之法，以治建国之学政，而合国之子弟焉。"《礼记·文王世子》："三而一有焉，乃进其等，以其序，谓之郊人，远之，于成均，以及取爵于上尊也。"郑玄注："董仲舒曰：五帝名大学曰成均。"泛称官设的最高学府。南朝宋颜延之《宋武帝谥议》："国训成均之学，家沾抚辜之仁。"选：被选中的人。

[25] 王粲：字仲宣，山阳高平人，三国时曹魏名臣，也是著名文学家，其祖为汉朝三公。献帝西迁时，王粲徙至长安，左中郎将蔡邕见而奇之，后到荆州依附刘表。刘表以王粲其人貌不副其名而且躯体羸弱，不甚见重。刘表死后，王粲劝刘表次子刘琮，令归降于曹操。曹操辟王粲为丞相掾，赐爵关内侯。魏国始建宗庙，王粲与和洽、卫觊、杜袭同拜侍中。其时旧制礼仪废弛，朝内正要兴造制度，故使王粲与卫觊等典其事。王粲强记默识，善算术行文；著诗、赋、论、议垂六十篇，有《王侍中集》。与鲁国孔融、北海徐干、广陵陈琳、陈留阮瑀、汝南应玚、东平刘桢，合称"建安七子"。王粲为"七子之冠冕"，文学成就最高，他以诗赋见长，《初征》《登楼赋》《槐赋》《七哀诗》等是其作品的精华，也是建安时代抒情小赋和诗的代表作。明代人辑录其作品，编就《王侍中文集》流传后世。著

名的文学典籍《昭明文选》中也有王粲的作品。建安二十二年（217）卒，享年41岁。

［26］依人：依附别人，不能自立。

［27］贫甚茅容：比茅容还穷。原文：汉茅容年四十余，耕于野，避雨树下。众皆夷踞，容独危坐益恭。郭林宗见而异之，因请寓宿。旦日，容杀鸡为馔，林宗意谓为己设，既而供母，自以草蔬与客同饭。林宗起，拜之曰："卿贤乎哉。林宗犹减三牲之膳，以供宾旅。而卿如此，乃我友也。"因劝就学，卒以成德。译文：汉朝的茅容，年纪已经四十多岁了。有一天，在郊野里耕田，忽然天下雨了，于是种田的人都到树底下去避雨。一班人都是伸手伸脚、随随便便地坐着，只有茅容独自端端正正地坐着，格外恭敬。这时候，给郭林宗看见了，觉得很奇怪，就请求到茅容家里去过夜。到了第二天，茅容杀了一只鸡，煮了做饭菜，郭林宗见了，以为是请自己吃的，哪里晓得他把鸡给了母亲吃，自己和客人一同吃着蔬菜。郭林宗看了他这样孝顺的行为，非常佩服，就起身向他拜着说："你的品行真贤明。我林宗尚且减少了养亲的丰盛膳菜，去供给往来的宾客。现在你能够这样，真是我的朋友了。"于是就劝他读书，后来茅容终于成为一个有大德的人。

［28］执爨踖踖：掌膳的（母亲）谨慎麻利。执：执掌。爨：炊，烧菜煮饭。踖踖：恭谨敏捷貌。

［29］烧残：燃烧将尽。唐方干《陪王大夫泛湖》诗："蜜炬烧残银汉昃，羽觞飞急玉山倾。"宋杨万里《梅露堂燕客夜归》诗："梅堂客散人初静，椽烛烧残一尺红。"

候氏之柴：应为"侯氏之柴"。

［30］兴雨祁祁：小雨飘下细绵绵。兴雨：下雨，降雨。祁祁：徐徐。

［31］漂去高家之麦：把高家的麦子漂去了。

［32］陶侃：字士行（或作"士衡"），汉族，本为鄱阳（今江西省鄱阳）人，后徙庐江寻阳（今江西省九江西）。中国东晋时期名将，大司马。

延宾而馔：典故出自陶侃母亲湛氏"截发延宾"的故事。陶侃少年时因父早亡，家境"酷贫"，与母亲湛氏相依为命。湛氏是位很坚强的女性。她立志要使儿子出人头地。在这种环境下，陶侃"少长勤整，自强不息"。湛氏对陶侃管教很严，并通过纺织资助儿子去结交朋友。后来，陶侃在县功曹周访的荐引下当上县主簿，才开始摆脱充当贱役的地位。一次，鄱阳郡孝廉范逵途经陶侃家，时值冰雪积日，仓促间陶侃无以待客。湛氏截发换得酒肴，陶侃"斫诸屋柱"为薪柴，终于备得一桌"精食"。次日，范逵上路，陶侃又追送百余里。范逵遂向庐江太守张夔"称美之。夔召为督邮，领枞阳令。有能名，迁主簿"。陶侃也倾心报答张夔的知遇之恩。"夔妻有疾，将迎医于数百里。时正寒雪，众僚属皆面有难色。陶侃独请行，众咸服其义。”有了这样的关系，陶侃即被张夔举为孝廉。靠这种身份，陶侃可以进入洛阳与上层名流结识，去实现他的大志。

[33] 毛义捧檄以何年：哪一年才能像毛义一样捧檄出仕为官。毛义捧檄：《后汉书·刘平等传序》：“东汉毛义家贫，以孝出名，府檄召义为守令。义捧檄色喜。后其母死，辞职不干。”释义：指孝子为母出仕的典故。毛义，字少节，东汉末庐江人，自幼丧父，母子相依为命。家境贫寒，年少以为他人放牧为生，箪食瓢饮，奉养其母。母病伺候汤药，曾割股疗疾，逐以孝行称著乡里，举为贤良。朝廷得知，送檄文赏封他为安阳县令，为了安慰母亲，毛义迎至“临仙桥”喜接檄文。然时隔不久母亲病逝，朝廷派人专车前来看望，岂知毛义却跪拜于临仙桥上，将原赏封安阳县令的檄文双手捧还，“躬履逊让”，不愿为官。葬母后隐居山野。毛义孝行且不贪利禄，世人称道，便改“临仙桥”为“捧檄桥”，并刻碑石记之。明万历年间，邑人又在“捧檄桥”西南地建“毛公祠”（晚清又将该祠移建于县城北门，遗址尚存），春秋奉祀。当时，庐江县城如有谁家子女不孝，其街坊邻居便将他们带到“毛公祠”前，先讲上一段“毛义捧檄”的故事，再将他们领到“捧檄桥”下，令他们喝一口桥下河里的水，使他们洗净灵魂，改非悟孝。

[34] 讵意：哪能料想到，不料。

寸草有心：原意为以萱草来表达的子女的孝心。此一名句出自唐孟郊《游子吟》：“慈母手中线，游子身上衣。临行密密缝，意恐迟迟归。谁言寸草心，报得三春晖。”

[35] 春晖：指春天的阳光，象征母亲的慈爱。比喻父母的恩情深重，难以报答。出自唐孟郊《游子吟》诗：“谁言寸草心，报得三春晖。”

[36] 慈萱：母亲。清虞名《指南公·举义》：“长别慈萱，遥诀寒楸，则咱要寻起国恨，捐却家忧。”《诗·卫风·伯兮》：“焉得谖草，言树之背。”毛传：“谖草令人忘忧；背，北堂也。”陆德明释文：“谖，本又作萱。”

凝泪：指眼泪凝结，表明母亲的注视和想念。

[37] 晚景：晚年。

堪：忍受，承受。

嗟：叹息，表示忧愁。

[38] 遂使贱子思亲：于是使我更加思念母亲。

[39] 王（玉）珪：“王珪”应为“玉珪”。古代帝王、诸侯朝聘或祭祀时所持的玉器。三国魏曹植《辨道论》：“琼蕊玉华，不若玉圭之洁也。”《后汉书·张衡传》“伪称洞视玉版”。李贤注引《遁甲开山图》云：“禹游于东海，得玉珪，碧色，长一尺二寸，圆如日

月，以自照，自达幽冥。”

彩：光彩，光泽。

[40] 小人有母：我有母亲。

[41] 空尝：没有尝到。

考叔之羹：庄公就命令赐一条前腿给颍考叔。颍考叔就专拣好肉割下包好，藏在袖内，庄公好奇地问这是为什么。颍考叔说：“我家有老母，因为家贫，每天只能吃野味，从来没吃过这么好的东西。现在您赐给我这么好的食物，我自己在这享受，老母亲却尝不上一口，一想我就心酸，所以我要带一些回去给老母亲吃。”其义为称赞颍考叔是个孝顺的儿子。

[42] 抚身世之多艰：面对苦难的身世。身世：指人的经历、遭遇。

[43] 怅年华之易迈：为年龄特别容易老而惆怅。年华：年纪，年龄。迈：时光流逝。

[44] 冯谖：战国时齐人，是薛国（今山东省滕州市东南）国君孟尝君门下的食客之一，为战国时期一位高瞻远瞩、颇具深远眼光的战略家。冯谖虽然向孟尝君索取了不少的待遇，却着实为孟尝君效力不少，如替孟尝君收租，树立了孟尝君在人们心中的威信；在孟尝君遭齐王猜忌时，游说国君，使之威名重立。通过“薛国市义”，营造“三窟”等活动，冯谖为孟尝君立下了汗马功劳，使其政治事业久盛不衰。

作客：作为孟尝君的食客。

[45] 弹长铗以何归：《史记·孟尝君列传》记载：先前冯谖因穷困潦倒，无以维持生计，便托人请求孟尝君，表示愿意在他的门下寄居为食客。孟尝君问他有什么爱好。回答说没有什么爱好。又问他有什么才能？回答说也没有什么才能。孟尝君听了后笑了笑，但还是接受了他。旁边的人供给冯谖粗劣的饭菜。按照孟尝君的待客惯例，门客按能力分为三等：上客吃饭有鱼，外出乘车；中客吃饭有鱼，外出无车；下客饭菜粗劣，外出自便。过了一段时间，冯谖倚着柱子弹着自己的剑，唱道：“长铗归来乎！食无鱼。”要求改善待遇。左右的人把这事告诉了孟尝君。孟尝君说：“食之，比门下之鱼客。”又过了一段时间，冯谖弹着他的剑，唱道：“长铗归来乎！出无车。”左右的人都取笑他，并把这件事告诉给孟尝君。孟尝君说：“为之驾，比门下之车客。”冯谖于是乘坐他的车，高举着他的剑，去拜访他的朋友，十分高兴地说：“孟尝君客我。”此后不久，冯谖又弹着他的剑，唱道：“长铗归来乎！无以为家。”此时，左右都开始厌恶冯谖，认为他贪得无厌。而孟尝君听说此事后想到冯谖有个老母亲，于是“使人给其食用，无使乏”。这使冯谖深受感动，决心不再向孟尝君索取，一心一意地等待为孟尝君效力的机会。

[46] 邹阳：散文家，齐人，是西汉时期很有名望的文学家。文帝时，为吴王刘濞门

客，以文辩著称于世。吴王阴谋叛乱，邹阳上书谏止，吴王不听，因此与枚乘、严忌等离吴去梁，为景帝少弟梁孝王门客。邹阳“为人有智略，慷慨不苟合”，后被人诬陷入狱，险被处死。他在狱中上书梁孝王，表白自己的心迹。梁孝王见书大悦，立命释放，并尊为上客。邹阳有文7篇，现存2篇，即《上书吴王》《于狱中上书自明》。

傍人：依附，依靠别人。

[47] 拽：拉扯，用力拉。

轻裾：衣服的前后襟。

奚：文言疑问代词，相当于“胡”“何”。

通：懂得，明白。

[48] 乃：于是，就。

叨蒙：蒙受，承受。

荐引：推荐引进。《后汉书·王符传》：“自和安之后，世务游宦，当涂者更相荐引，而符独耿介不同于俗，以此遂不得升进。”宋欧阳修《论台官上言按察使状》：“况按察之任，人所难能，或大臣荐引之人，或权势侥幸之子，彼按察使者，下当怨怒，上忤权势而不敢避者，只赖朝廷主张而已。”

[49] 二年：第二年。

[50] 猥：谦词，等于说“辱”，指降低身份，用于他人对自己的行动。

荷：承蒙。

提撕：拉扯，提携。《诗·大雅·抑》：“匪面命之，言提其耳。”汉郑玄笺：“我非但对面语之，亲提撕其耳。”《剪灯馀话·芙蓉屏记》：“逝魄愿提撕，茕嫠赖将引。”

[51] 莲幕：《南史·庾杲之传》：“(王俭)用杲之为卫将军长史。安陆侯萧缅与俭书曰：‘盛府元僚，实难其选。庾景行泛渌水，依芙蓉，何其丽也。’时人以入俭府为莲花池，故缅书美之。”后因称幕府为“莲幕”。唐李商隐《自桂林奉使江陵寄献尚书》诗：“下客依莲幕，明公念竹林。”

饯：设酒食送行，送别。

[52] 遂乃：于是。

合围：四周环围，多指作战或打猎时从四面包围。

心喜：高兴。

[53] 见猎情欣：比喻旧习难忘，触其所好，便跃跃欲试。《二程全书》第七卷：“明道年十六七时，好田猎。十二年，暮归，在田野间见田猎者，不觉有喜心。”北宋时著名的学

者程颢，世称明道先生。他从小聪明，青年时代在西京洛阳讲学，非常有名气。他的弟弟程颐也是著名的学者，经常讲学，人们称他们为“二程”。后来，他们的学说被朱熹继承和发展，人们称他们为“程朱学派”。程颢十六七岁的时候，非常喜爱打猎。后来他集中心思研究学问，便没有时间和精力去打猎了。有一次，他惋惜地对友人说：“打猎的爱好我今后没有啦！”有个名叫周茂叔的朋友听到了这话，特地去对程颢说：“你说的话不一定就是如此。千万不要说得那么容易。我看你不是不喜爱打猎，而是把这种心思隐埋起来罢了。说不定哪一天这种心思萌发起来，你还是会像年轻时一样，高高兴兴地去打一阵子猎的。”程颢对周茂叔的话未置可否，只是哈哈大笑了一阵。周茂叔的这席话，在十二年后得到了验证。一次程颢外出归来，在田野里见人打猎，顿时想起了打猎的乐趣，高兴得手痒起来。但他忽然回忆起周茂叔说过的话，便硬是压制了要打猎的欲望，径自走回家去。

[54] 慨：慨叹，叹息。

自：从，由。

廿载：二十年。

飘蓬：飘飞的蓬草，比喻漂泊无定。南朝梁刘孝绰《答何记室》诗：“游子倦飘蓬，瞻途杳未穷。”

[55] 念我：哀怜我，可怜我。

三刖：言其遭遇坎坷。典故应出自卞和献玉。卞和，春秋时期楚国人。他在楚山发现一块璞，先后两次把这块璞献给楚厉王、楚武王，却都被两王邀请鉴别玉石的玉匠鉴定为石头，先后以欺君之罪而斩断左右两只足。后来楚文王即位，卞和在楚山下哭了三天三夜，直到鲜血都哭出来了。文王派人去问他为什么哭。他说：“宝玉而名之曰石，贞士戮之而漫（欺骗），此臣之所以悲也。”文王令人剖璞，果得宝玉。因此称“和氏璧”。卞和以功封为零阳侯。《史记》卷八十一所说的“完璧归赵”故事中的“璧”，即是卞和所献之宝玉。

[56] 九秋：秋天。

摩桂：谋求科举考试中榜。

[57] 惊人讵诩一鸣：这里指科举考试中考中。讵：不料。诩：夸耀。

[58] 驽骀：指劣马。《楚辞·九辩》：“却骐骥而不乘兮，策驽骀而取路。”喻低劣的才能。《晋书·荀崧传》：“臣学不章句，才不弘通……思竭驽骀，庶增万分。”

秣：喂牲口。北魏贾思勰《齐民要术·杂说》：“秣饲牛畜，常须肥健。”

[59] 十里倘堪千里：十里大概能赶得上千里。

[60] 稻粱：应为“稻粱”，稻和粱，谷物的总称。《诗·唐风·鸨羽》：“王事靡盬，不能蓺稻粱。”《史记·礼书》：“稻粱五味，所以养口也。”

[61] 三年始得一飞：三年才能得到一次飞行的机会。这里指科举考试三年一次。

[62] 继而：表示紧随着某事之后。《孟子·公孙丑下》：“继而有师命。”明何良俊《四友斋丛说·史一》：“继而巡按御史燕儒官亦奏某处于某日失事。”

征旆：亦作“征旆”。古代官吏远行所持的旗帜。唐陈子昂《征东至淇门答宋十一参军之问》诗：“西林改微月，征旆空自持。”

东行：向东行走（去京城赶考）。

[63] 公车：因汉代曾用公家车马接送应举的人，后便以“公车”泛指入京应试的举人。如1895年中日甲午战争失败后，康有为联合各省在京会试举人联名上书，即称“公车上书”。

[64] 赋诗：吟诗，写诗。

见志：表明志向。南朝梁刘勰《文心雕龙·诸子》：“诸子者，入道见志之书。”《新五代史·晋臣传》：“初举进士，主司恶其姓，以‘桑’、‘丧’同音。人有劝其不必举进士，可以从佗求仕者，维翰慨然，乃著《日出扶桑赋》以见志。”

[65] 欣：快乐，欢喜。

视：看。

五子：用作结婚的祝福词或吉祥语。典故来自窦燕山，其原名窦禹钧，因他居住在幽州（现北京市），故称窦燕山。窦燕山出身于富庶的商人家庭，家道昌盛。但他最初为人心术不正，专用大斗进、小称卖，费尽心机坑蒙拐骗，以势压人。平民百姓痛恨他的为富不仁，却没有力量主持公道。窦燕山昧良心、灭天理的行为激怒了上天，30岁了还膝下无子。在一个夜晚，他做梦梦到他去世的父亲对他说：“你心术不好，品行不端，恶名已经被天帝知道。以后你命中无子，并且短寿。你要赶快悔过从善，大积阴德，广行方便于劳苦大众，才能挽回天意、改过呈祥。”窦燕山醒来，历历在目，于是决定重新做人。有一天，窦燕山夜宿客栈，偶然捡到一袋银子。他为了能让银子物归原主，在客栈等了一天，终于等到了失主，将银子完璧归赵。失主感激万分，要以部分银子相赠，他却坚持分文不收。他家乡有不少穷人，娶不起媳妇，女儿因为没有钱买嫁妆而嫁不出去，窦燕山就把自己的银两送给他们、帮助他们。同时，窦燕山还在家乡设立学堂，请有学问的老师来教课，把附近因贫穷而不能上学的孩子招来免费上学。窦燕山如此周济贫寒，克己礼人，因此积了大阴德。此后一个晚上，窦燕山又梦见自己的父亲。老人告诉他：“你现在阴功浩大，美名远扬，天帝已经知道了。以后你会有五个儿子，个个能金榜题名，你自己也能活到八九十岁。”当他醒来，发现也是一个梦，但从此更加修身养性，广做善事，毫不怠慢。后来，他果然有五个儿子。由于自己重礼仪、德行好，且教子有方、家庭和睦，窦家终于发达了。他的长子名仪，任礼部尚书；次子名俨，任礼部侍郎，两个人均被任命为翰林院学士。三子名侃，任补阙；四子名偁，任谏议大夫；五子名僖，任起居郎。当五个儿子均金榜题名时，侍郎冯道赠他一首诗：“窦燕山十郎，教子以义方。零春一株老，丹桂五枝芳。”

［66］馈赆：赠送行资，赠送财物。《孟子·公孙丑下》：“当在宋也，予将有远行，行者必以赆，辞曰馈赆，予何为不受？”宋陆游《朝奉大夫石公墓志铭》：“馈赆可以取，可以无取，必却。”

输情：表达真情。《三国志·蜀志·诸葛亮传》：“服罪输情者虽重必释，游辞巧饰者虽轻必戮。”

［67］不惜千金之宝剑：不顾惜价值千金的宝剑。

［68］逸少：即王羲之。

［69］空邀：请求。

投：寄，递送。

［70］文通：指高凤，乃东汉名隐。据《后汉书·逸民列传·高凤》载：“高凤，字文通，南阳叶人也。少为书生，家以农亩为业，而专精诵读，昼夜不息。妻尝之田，曝麦于庭，令凤护鸡，时天暴雨，而凤持竿诵经，不觉潦水流麦。妻还怪问，凤方悟之。其后为名儒，乃教授业于西唐山中。”译文：高凤，字文通，小时候是一名学生，家庭以种田为生，但却精通读书，白天黑夜都不停息。妻子曾经有一次到田地里去，而庭院里面晾有麦子，让高凤看住鸡以防吃麦。当时突然下了雨，高凤拿着竹竿读书，没有发觉水已经把麦子冲走了。妻子回来觉得很奇怪，便责问他，高凤才发觉发生了这样的事，小麦被冲走了。过了不久高凤成为一名闻名天下的学者，于是在西唐山教学生读书。

［71］笔化：应为“笔花”。相传李白少时，梦见所用笔头上生花，后来文才横逸，名闻天下。五代王仁裕《开元天宝遗事·梦笔头生花》。后因以“笔生花”谓才思俊逸，文笔优美。雷昭性《参禅白云古刹苦不能静诗以遣之》：“灿烂笔生花，槎枒肘生柳。”亦作“笔花生”。

［72］第：尽管，只是。

雀辞杨馆：麻雀离开杨树上的窝。辞：辞别，告别。馆：属于房舍一类。

[73] 定：一定，确定。

鲜：缺少，不足。

酬恩：谓报答恩德。唐罗隐《青山庙》诗："市箫声咽迹崎岖，雪耻酬恩此丈夫。"

[74] 鱼离汉池：鱼儿离开池塘。

[75] 终思：总归会思考。

报德：对受到的恩德予以报答。《诗・小雅・蓼莪》："欲报之德，昊天罔极。"

[76] 纵：纵然，即使。

称：叫做，称呼，号称，把……说成。

奚：会怎么样。

极：房屋的正梁。

[77] 铭镂：在器物上镌刻文字或图案。比喻感受极深，永志不忘。唐康骈《剧谈录・浑令公李西平爇朱泚云梯》："二公勋绩为首，宠锡茅土，铭镂钟鼎。"

[78] 爨竹谁怜：被焚烧的竹子有谁哀怜。爨：焚烧。

[79] 中郎：官名，郎官的一种，即省中之郎，为帝王近侍官。战国始设，汉代沿置，秩为比六百石，属光禄勋（秦及汉初为郎中令）。习称中郎。其职为管理车、骑、门户，担任皇帝的侍卫和随从。初分为车郎、户郎、骑郎三类，长官则设有车、户、骑三将，其后逐渐不加区分。东汉除三署外又分属虎贲、羽林中郎将。曹魏仍有中郎将。晋、南北朝又有从事中郎，则为将帅之幕僚。隋唐至清，各部皆沿置郎中，分掌各司事务，为尚书、侍郎、丞之下的高级部员。《汉书・百官公卿表上》："郎中，皆无没，多至千人……比三百石。"又"郎中有车、户、骑三将，秩皆比千石。"《隋书・百官志中》："六尚书，分统列曹……凡二十八曹。吏部、三公，郎中各二人，余并一人。凡三十郎中。"《资治通鉴》卷十九："乃召拜式为中郎，爵左庶长，赐田十顷……"

安在：在哪里？

[80] 劳薪：南朝宋刘义庆《世说新语・术解》："荀勖尝在晋武帝坐上食笋进饭，谓在坐人曰：'此是劳薪炊也。'坐者未之信，密遣问之，实用故车脚。"旧时木轮车的车脚吃力最大，使用数年后，析以为烧柴，故云。苏轼《贫家净扫地》诗："慎勿用劳薪，感我如薰莸。"

熟悯：应为"孰悯"，即有谁会哀怜。

[81] 荀：荀勖，字公曾。晋颍川颍阴（今河南省许昌市）人，荀爽曾孙。早慧好学。初仕魏，为大将军曹爽掾。曹爽被诛，勖迁安阳令、骠骑从事中郎、廷尉正。后为大将军

司马昭记室，数进策谋，深见信任。与裴秀、羊祜共掌机密。司马炎代魏后，封济北郡公，拜中书监、加侍中、领著作。累迁光禄大夫、仪同三司，守尚书令。荀勖博学多才，入晋后曾和贾充一起修订法令。掌管乐事，又修正律吕。领秘书监事，曾和张华一起，按刘向《别录》整理典籍。

[82] 蒙：敬辞，承蒙。

根□：此处原文脱落一字，用“□”代替。此处应为“根荄”。根荄比喻事物的根本、根源。《旧唐书·元稹白居易传论》：“臣观元之制策，白之奏议，极文章之壸奥，尽治乱之根荄。”

知：通“智”，智慧，才智。

[83] 形骸：外貌，容貌。

[84] 夙：旧，平素。

荷：承受，蒙受，承蒙。

优容：优厚宽容。

雅：高尚，美好。

[85] 假：借用，利用。

羽毛：羽毛使鸟兽有文采，因以喻人的声誉。《后汉书·王符传》：“其贡士不复依其质干，准其才行，但虚造声誉，妄生羽毛。”《周书·晋荡公护传》：“所好加羽毛，所恶生疮痏。”

[86] 仆：旧谦称“我”。

藉：顾念。

庇：遮蔽，庇护。

[87] 业：已经。

有年：犹多年。

[88] 感：感触，触动，感慨。

实：财物粮食充足，富有。《二刻拍案惊奇》卷十一：“只是萍踪相遇，受此深恩，无地可报，实切惶愧耳。”

切：密合，贴近。

平生：一生，此生。有生以来。

[89] 畴昔：往昔，日前，以前。《礼记·檀弓》：“于畴昔之夜，梦坐奠于两楹之间。”

[90] 荃：香草名，即荪。

居兮不乐：居住而感觉不到欢乐。

[91] 姜：多年生草本植物，地下茎黄色，味辣，可供调味用，亦可入药。

廊：厅堂周围的屋。

处以长愁：居住而感到忧愁。

[92] 韩子：韩愈，字退之，世称韩昌黎，谥号文公，故世称韩文公，唐河南河阳（今河南省孟州）人，另有祖籍邓州一说，是唐宋八大家之一。自谓郡望昌黎，世称韩昌黎。（“郡望”一词，是“郡”与“望”的合称。“郡”是行政区划，“望”是名门望族，“郡望”连用，即表示某一地域国范围内的名门大族。而韩愈世居昌黎，故又称“韩昌黎”。）晚年任吏部侍郎，又称“韩吏部”。与柳宗元同为“古文运动”倡导者，与柳宗元并称“韩柳”，有“文章巨公”和“百代文宗”之名，著有《韩昌黎集》四十卷、《外集》十卷、《师说》等。有“文起八代之衰”的美称。

有送穷之文：即韩愈《送穷文》,《送穷文》写于唐宪宗元和六年（811）春，时韩愈45岁，任河南令。韩愈在经历了一番坎坷之后，终于官运亨通。35岁那年，韩愈被擢为四门博士，翌年又拜监察御史。虽然不久被贬阳山令，但元和三年（808）被召还国子博士，分司东都，改真博士，升河南令。然而，《送穷文》却把作者一肚皮的牢骚发泄得淋漓尽致。这一篇寓庄于谐的妙文，主人翁（韩愈）认为被五个穷鬼缠身，这五个穷鬼分别是智穷、学穷、文穷、命穷、交穷，五个穷鬼跟着他，使他一生困顿。因此主人翁决心要把五个穷鬼送走，不料穷鬼的回答却诙谐有趣，他告诉主人翁，这五个穷鬼忠心耿耿地跟着他，虽然让他不合于世，但却能帮助他获得百世千秋的英名。韩愈写“送穷”，实则是“留穷”。韩愈以诙诡之笔抒发了抑郁不得志的愤慨，留下了这篇千古奇幻之文。自嘲的笔调，戏剧性的对白，诙谐的风格，奠定了《送穷文》的文学成就并使之产生了深远的影响。

[93] 庄生：即庄子，宋国蒙（今河南省商丘东北，一说今安徽省蒙城县）人。做过蒙地方的漆园吏。庄子是我国先秦（战国）时期伟大的思想家、哲学家、文学家。原系楚国公族，楚庄王后裔，后因乱迁至宋国蒙，是道家学说的主要创始人。与道家始祖老子并称为“老庄”，他们的哲学思想体系，被思想学术界尊为“老庄哲学”，然文采更胜老子。代表作《庄子》被尊崇者演绎出多种版本，名篇有《逍遥游》《齐物论》等，庄子主张“天人合一”和“清静无为”。

索笑：犹逗乐，取笑。宋陆游《梅花》诗：“不愁索笑无多子，惟恨相思太瘦生。”

[94] 井公：传说中的古代隐士。《穆天子传》卷五：“是日也，天子北入于邴，与井

公博，三日而决。”郭璞注：“疑井公贤人而隐祊，故穆王就之游戏也。”

博进：赌博所用的钱。《汉书·游侠传·陈遵》：“祖父遂，宣帝微时与有故，相随博弈，数负进。及宣帝即位，用遂，稍迁至太原太守，乃赐以玺书曰：‘制诏太原太守，官尊禄厚，可以偿博进矣。’”颜师古注：“进者，会礼之财也，谓博所赌也。”清王韬《淞滨琐话·魏月波》：“未几女之银钱渐以供博进，不敷挥霍，则饰服亦质长生库中。”《汉书·高帝纪》：“萧何为主吏、主进。”颜师古注：“进者，会礼之财也，字本作赆，音皆同耳。故字假借，故转而为进。”

［95］负满三千：欠债达到了三千。

［96］贷：借入。

营室：营造宫室。唐李华《含元殿赋》序：“先王建都营室，必相地形。”

聘钱：旧俗订婚时，男方送给女方的钱财。

［97］逋：拖欠。

逾：超越，超过。

［98］雁奴：雁群夜宿沙渚时，在周围专司警戒，遇敌即鸣的雁。宋陆游《古意》诗之二：“宁为雁奴死，不作鹤媒生。”钱仲联校注：“曾慥《类说》引《玉堂闲话》：‘雁宿于江湖沙渚中，动计千百。尤者居中，令雁奴围而警采捕者。’”宋汪元量《杭州杂和林石田》：“江春蛟妾舞，塞煖雁奴归。”

［99］恒：经常，常常。

求：寻求，寻找。

泽：水深的湖泽或水草丛杂的湖泽。

畔：边，旁边，附近。

［100］行类侏儒：《汉书·东方朔传》载，东方朔不满意自己的地位和待遇，对汉武帝说：“朱儒长三尺余，奉一囊粟，钱二百四十。臣朔长九尺余，亦奉一囊粟，钱二百四十。朱儒饱欲死，臣朔饥欲死。臣言可用，幸异其礼；不可用，罢之，无令但索长安米。”后以此典表示不满于不公正的待遇。唐罗隐《寄侯博士》诗：“侏儒亦何有，饱食向长安。”

［101］并乏囊中之粟：并且口袋中缺乏粮食。囊：有底的口袋。粟：谷子。

［102］越禽：即“越鸟”，南方的鸟。唐顾况《送大理张卿》诗：“越禽唯有南枝分，目送孤鸿飞向西。”

［103］不知飞何树之枝：不知道飞向哪个树枝。

［104］海燕：燕子的别称。古人认为燕子产于南方，须渡海而至，故名。唐沈佺期《古意呈补阙乔知之》诗："卢家少妇郁金堂，海燕双栖玳瑁梁。"

寻巢：寻找巢穴。

［105］未审：不知道。

累：使人感到多余或麻烦的事物。

［106］极知：通晓，深知。唐张守节《史记正义·谥法解》："极知鬼神曰灵。"

情殷：情谊深厚恳切。

旧雨：老朋友的代称，又叫"旧故"。辛弃疾《雨中花慢·登新楼有怀》："旧雨常来，今雨不来，佳人偃蹇谁留？"

［107］曹丘：汉有曹丘生，曾到处宣扬季布"千金一诺"的优点，使他享有盛名。后因以曹丘或曹丘生作为荐引、称扬或介绍者的代称。

［108］谊：交情，情谊。

切：靠近，贴近。

同袍：挚友。《诗·秦风·无衣》："岂曰无衣，与子同袍。"

［109］管仲：姬姓，管氏，名夷吾，谥曰"敬仲"，汉族，中国春秋时期齐国颍上（今安徽省颍上）人，史称"管子"。春秋时期齐国著名的政治家、军事家。周穆王的后代，管仲少时丧父，老母在堂，生活贫苦，不得不过早地挑起家庭重担，为维持生计，与鲍叔牙合伙经商后从军，到齐国，几经曲折，经鲍叔牙力荐，为齐国上卿（即丞相），被称为"春秋第一相"，辅佐齐桓公成为春秋时期的第一霸主，所以又说"管夷吾举于士"。管仲的言论见于《国语·齐语》，另有《管子》一书传世。

［110］发棠之请：原指孟轲劝请齐王发放棠邑粮食赈济饥民。后指请示赈济。战国孟轲《孟子·尽心下》："齐饥，陈臻曰：'国人皆以夫子将复为发棠。'"发：发放。棠：齐国地名，积谷之处。请：请求。

［111］望蜀之思：已经取得陇右，还想攻取西蜀。比喻贪得无厌。《后汉书·岑彭传》："人苦不知足，既平陇，复望蜀，每一发兵，头鬓为白。"蜀：指四川一带。

［112］得藉：得以借此。

游扬：宣扬，传扬。《史记·季布栾布列传》："仆游扬足下之名于天下，顾不重邪？何足下距仆之深也！"

［113］益深：更加深刻。

策励：督促勉励。南朝齐萧子良《与孔中丞释疑惑书》："孜孜策励，良在于斯。"

[114] 念夫臣之壮也：回想起我年轻的时候。

[115] 犹不如人：尚且不如别人。

[116] 技止此乎：技能本领也就这样罢了。

[117] 何堪噬虎：哪里能吞掉老虎呢？

[118] 迟暮：比喻晚年。《楚辞·离骚》："惟草木之零落兮，恐美人之迟暮。"王逸注："迟，晚也……而君不建立道德，举贤用能，则年老耄晚暮，而功不成事不遂也。"

壮心未已：指有抱负的人到了晚年，雄心壮志仍不衰减。壮心：宏大的志向。已：停止。三国魏曹操《步出夏门行·龟虽寿》："老骥伏枥，志在千里。烈士暮年，壮心不已。"

[119] 昔时：往日，从前。

豪气：豪迈的气概。

犹存：仍然存在。

[120] 弹指：多以喻时间短暂。唐王维《六祖能禅师碑铭》："饭食讫而敷坐，沐浴毕而更衣，弹指不流，水流灯焰，金身永谢，薪尽火灭。"

[121] 又值杏园春暖：又逢上杏园花开的季节了。值：遇到，逢上。

[122] 殚心：竭尽心力。明宋濂《吴公墓碣铭》："凡所敷绎，皆五经奥义，不拘泥于笺记，而大旨自畅。晚尤殚心于《春秋》。"清陈康祺《郎潜纪闻》卷三："方王二君，殚心蒐拔，惟恐偶屈一士。得士四十二人。"

[123] 尚思藜阁香浓：尚且思索粗糙饭菜的香浓之味。藜：一年生草本植物，茎直立，嫩叶可吃。阁：藏书的地方。《汉书·扬雄传》："时雄校书天禄阁上。"

[124] 将见：将可以看到。

玉韫：收藏，蕴藏，包含。

昆冈：亦作"崑岗""崐冈"，即昆仑山。《书·胤征》："火炎崐冈，玉石俱焚。"

[125] 容有赏城之望：或许有看到大城市的希望。容：或许。赏：欣赏。

[126] 珠沉沧海：珠宝沉到大海里去。

[127] 宁无照乘之期：宁愿失去照亮的机会。宁：宁可，宁愿。

[128] 憔悴：黄瘦，瘦损。《国语·吴语》："使吾甲兵钝弊，民日离落而日以憔悴，然后安受吾烬。"韦昭注："憔悴，瘦病也。"

含：容纳，包含着。

润泽：滋润，使不干枯。

机：时机，机会。

［129］终始：从开头到结局，事物发生演变的全过程。《礼记·大学》："物有本末，事有终始，知所先后，则近道矣。"汉杨恽《报孙会宗书》："然窃恨足下不深惟其终始，而猥随俗之毁誉也。"

拜：拜谢。

成全：帮助人使实现某种愿望。

德：恩惠。

［130］况：文言连词，表示更进一层。况且，何况。

系：是。

延陵：古邑名，本为春秋吴邑，季札所居之封邑。延陵郡为中国十大姓之一的"吴"姓的郡望。《史记·吴太伯世家》载："季札封于延陵，故号曰延陵季子。"《汉书·地理志上·会稽郡条》载："毗陵，季札所居。江在北，东入海，扬州川。莽曰毗坛。"师古曰："旧延陵，汉改之。"《后汉书·郡国志四·吴郡条》载："毗陵，季札所居。北江在北。"注引《越绝书》曰："县南城，古淹地。上湖中冢者，季子冢也。名延陵墟。"两汉时期，延陵更名为毗陵。三国时期，人们仍习惯于将季札所居之地称为延陵。同时，延陵这一地望，也成为季札这位历史人物的代称。

苗：本有"初生的植物、禾谷之实"的意思，后来从禾谷之实转义引申为"子孙后代"。

裔：后代。

［131］岂乏：哪里会缺少。

家风：指家庭或家族的传统风尚或作风。北周庾信《哀江南赋》："潘岳之文采，始述家风；陆机之辞赋，先陈世德。"

［132］沿：遵循，因袭。

季：即季札，春秋时吴国贵族，吴王寿梦第四子，称"公子札"，是一位与江阴历史渊源有关的古代贤人。传为避王位"弃其室而耕"常州武进焦溪的舜过山下，人称"延陵季子"。季札不仅品德高尚，而且是具有远见卓识的政治家和外交家。

重：重视，尊重。

声华：美好的名声、声誉。唐白居易《晏坐闲吟》："昔为京洛声华客，今作江湖潦倒翁。"

［133］宁：情愿。

末：最后，终了。

脉：指事物如血管连贯有条理者。

[134] 所望：所希望的是。

声价：名誉身价。汉应劭《风俗通·十反·聘士彭城姜肱》："吾以虚获实，蕴藉声价。盛明之际，尚不委质，况今政在家哉！"唐牟融《司马迁墓》诗："英雄此日谁能荐，声价当时众所推。"

[135] 吹嘘：夸张地宣扬或编造优点、长处等。

[136] 涸鲋：即涸辙之鲋，在干涸了的车辙沟里的鲫鱼，比喻处于极度窘困境地、亟待救援的人。涸：干。鲋：鲫鱼。

[137] 势：形势，情势。

待：等待，等候。

西江：珠江的最大支流，发源于云南，到广西梧州后称"西江"，全长 2129 公里。

[138] 寒机：寒夜的织布机。南朝宋鲍照《和王義兴七夕》诗："寒机思孀妇，秋堂泣征客。"

轴：纺织机上持经线的工具。

[139] 东壁：室东侧的墙壁下。《仪礼·士丧礼》："君反之，复初位，众主人辟于东壁，南面。"

[140] 书不尽言：信中难以充分表达其意。后多作书信结尾习用语。书：书信。《易·系辞上》："子曰：'书不尽言，言不尽意。'"

[141] 辞宁达意：言辞不能把思想确切表达出来。辞：言辞。意：意思。《仪礼·聘礼》："辞多则史，少则不达，辞苟足以达义之至也。"

[142] 仰：旧时公文用语。上行文中用在"请、祈、恳"等字之前，表示恭敬；下行文中表示命令。

渎：轻慢，对人不恭敬。

[143] 冀：希望。

垂：敬辞，用于别人（多是长辈或上级）对自己的行动。

慈：仁爱，和善。

[144] 鄙怀：心意，情意。

[145] 统：总括，总起来。

祁：众多，盛大。

均鉴：请求阅读。

秋菊吟自序[1]

敦牂纪岁[2]，金虎司晨[3]。发清响于空林[4]，散幽光于素节[5]。露华[6]入夜，悬柑橘之金丸[7]；月影澄宵[8]，缀茱萸[9]于彩袖。于是陆圃词章之士[10]，争咏芳情[11]；梁园诗赋[12]之宾，竞观节物[13]。予也裁云补屋[14]，长为风月主人[15]；藉草铺床[16]，暂署烟霞总管[17]。况复金英满砌[18]，未敢自认家贫[19]；玉楮[20]盈窗，所愧偏逢才尽[21]。遂乃开襟遣兴[22]，为凡菊之清淡[23]；即景消愁[24]，继题糕之胜事[25]。枯毫无露[26]，漫成三十鄙里[27]之词；秃笔不花[28]，雅慕六一清新之句[29]。斯时也[30]，守王珣之别业[31]，但贮兰浆[32]；坐[33]帐嵊之名园，惟存桂醑[34]。人逢佳节[35]，偏爱故里之松篁[36]；天借新晴[37]，不送满城之风雨[38]。黄花插鬓[39]，徒嗤落帽之狂[40]；白雁横天[41]，只切悲秋[42]之感。年年漉酒[43]，常存元亮[44]之中；岁岁看花[45]，惯作宾王之序[46]。

题解：

本文是作者为《秋菊吟》所作的自序。文章开始介绍秋季的天气，文人雅士习惯在这一时节作诗吟赋。作者认为自己虽然才疏学浅，但是也能够写成一些文章诗句。时节进入秋季，天气很好，作者非常有感触，故像骆宾王一样为自己的《秋菊吟》作序。

注释：

[1]吟：中国古代诗歌的一种名称。

自序：作者自述写作意图、过程或作品大旨的文章。《汉书·司马迁传》：“(《太史公书》)第七十，迁之自叙云尔。”

[2]敦牂：古称太岁在午之年为“敦牂”，意为是年万物盛壮。《尔雅·释天》：“(太岁)在午曰敦牂。”郝懿行义疏：“《占经》引李巡云：‘言万物皆茂壮，猗那其枝，故曰敦牂。’”《史记·历书》：“商横敦牂后元元年。”张守节正义：“孙炎注《尔雅》云：敦，盛也。牂，壮也。言万物盛壮也。”

纪岁：记年代的方法，如用干支纪年，用皇帝年号纪年或用公元纪年等。

[3]金虎：指太阳。南朝梁刘孝绰《望月有所思》诗：“玉羊东北上，金虎西南昃。”

五代谭用之《江边秋夕》诗："吟期汗漫驱金虎，坐约丹青跨玉鱼。"

司晨：雄鸡报晓。陶渊明《述酒》诗："流泪抱中叹，倾耳听司晨。"

[4] 发：发出。

清响：清脆的响声。汉王粲《七哀诗》之二："流波激清响，猴猿临岸吟。"

空林：木叶落尽的树林。唐章八元《新安江行》："古戍悬鱼网，空林露鸟巢。"

[5] 散：散发，使分散。

幽光：微弱的光。唐李商隐《燕台》诗之一："今日东风自不胜，化作幽光入西海。"

素节：秋令时节。晋张协《七命》："若乃白商素节，月既授衣。"《初学记》卷三引南朝梁元帝《纂要》："秋曰白藏……节曰素节、商节。"宋欧阳修《水谷夜行寄苏子美》诗："我来夏云初，素节今已届。"

[6] 露华：露水。《赵飞燕外传》："婕妤浴豆蔻汤，傅露华百英粉。"唐李白《清平调词》之一："云想衣裳花想容，春风拂槛露华浓。"

[7] 悬：吊挂，吊在空中。

柑橘：柑橘属的任何一种植物或果实。

金丸：指金黄色的果实。明高启《东丘兰若见枇杷》诗："居僧记取南风后，留箇金丸待我尝。"

[8] 月影：月亮。

澄：水静而清。使清静，使清明。

宵：天空。

[9] 缀：缝。

茱萸：植物名。香气辛烈，可入药。古俗农历九月九日重阳节，佩茱萸能祛邪辟恶。三国魏曹植《浮萍篇》："茱萸自有芳，不若桂与兰。"《西京杂记》卷三："九月九日，佩茱萸，食蓬饵，饮菊华酒，令人长寿。"

[10] 于是：紧接上事之后并由于上事而出现某种结果。

陆圃：沈园，又名"沈氏园"，位于今浙江省绍兴市区延安路和鲁迅路之间，本系沈氏私家花园，故名。

词章：诗文的总称。隋江总《济黄河》诗："未殚所闻见，无待验词章。"宋陈鹄《耆旧续闻》卷六："周益公久在禁林，词章为一时之冠。"

士：对文人的美称。

[11] 争咏：争相用诗词等形式来写景抒情。

芳情：美好的情怀。明文徵明《暮春斋居即事》诗："芳情经病减，白日废书长。"

［12］梁园：又名"梁苑""兔园""睢园""修竹园"，俗名"竹园"。梁园为西汉梁孝王刘武所营建的游赏廷宾之所，故址位于今河南省商丘市睢阳区东，另外商丘市还有市辖区梁园区。西汉初年，汉文帝封其子刘武于大梁（今商丘），梁孝王在汴梁东南古吹台一带大兴土木，建造了规模宏大、富丽堂皇的梁园（晋葛洪：《西京杂记·卷三》："梁孝王好营宫室苑囿之乐，作曜华之宫，筑兔园。"）。又在园内建造了许多亭台楼阁以及百灵山、落猿岩、栖龙岫、雁池、鹤洲、凫渚等景观，种植了松柏、梧桐、青竹等奇木佳树。建成后的梁园周围三百多里，宫观相连，奇果佳树，错杂其间，珍禽异兽，出没其中，使这里成了景色秀丽的人间天堂，汴京八景之一的"梁园雪霁"即是此所指。梁孝王刘武喜好招揽文人谋士，西汉时期的大文学家司马相如、辞赋家枚乘等都经常跟梁孝王一起吟诗作赋，吹弹歌舞。刘武曾在园中设宴，司马相如、枚乘等都应召而至，成为竹荫蔽日的梁园宾客，并为之吟咏。后代的很多辞赋均提及了这一盛况，例如：唐岑参《山房春事》："梁园日暮乱飞鸦，极目萧条三两家。"唐齐己《贺雪》："歌扬郢路谁同听，声洒梁园客共闻。"唐李商隐《寄令狐郎中》："休问梁园旧宾客，茂陵秋雨病相如。"南宋裘万顷《大雪用前韵五首》："月明剡水回舟夜，岁暮梁园作赋时。"南宋朱淑真《念奴娇二首·催雪》："沟壑皆平，乾坤如画，更吐冰轮洁。梁园燕客，夜明不怕灯灭。"此外，天宝三载（744）春，李白离长安，开始漫游。在洛阳，遇见了已经33岁，却仍蹭蹬未仕的杜甫，二人同游。同年秋，李、杜、高适三人会于梁园（今商丘），并同游孟诸（今山东省单县）、齐州（今山东省济南）等地，在梁园时，李白曾题写过一首著名的《梁园吟》。

诗赋：诗和赋。汉王褒《四子讲德论》："何必歌咏诗赋，可以扬君哉，愚窃惑焉。"《陈书·文学传·阴铿》："幼聪慧，五岁能诵诗赋，日千言。"

［13］竞观：竞相观看。

节物：各个季节的风物景色。晋陆机《拟明月何皎皎》诗："踟蹰感节物，我行永已久。"宋苏舜钦《秋夕怀南中故人》诗："向夕依阑念昔游，萧条节物更他州。"

［14］予：假借为"余"，我。

裁云：裁剪行云。比喻裁剪技艺精妙新巧。唐李义府《堂堂词》之一："镂月成歌扇，裁云作舞衣。"

补屋：补房屋的漏洞。

［15］长：做长官，为首领。

风月：清风明月，泛指美好的景色。《宋书·始平孝敬王子鸾传》："上痛爱不已，拟汉武《李夫人赋》，其词曰：'……徙倚云日，裴回风月。'"

主人：财物或权力的支配者。《易·明夷》："君子于行，三日不食，有攸往，主人有言。"晋陶潜《乞食》诗："主人解余意，遗赠岂虚来。"

［16］藉草铺床：用草垫衬铺床。藉：垫衬。

［17］暂署：代理、暂任或试充官职。

烟霞：云霞，泛指山水胜景。南朝齐谢朓《拟风赋》："烟霞润色，荃荑结芳。"

总管：全面管理，主管。

［18］况复：更加，加上。

金英：特指菊花。唐裴夷直《奉和大梁相公重九日军中宴会之什》："酒泛金英丽，诗通玉律清。"

砌：台阶。

［19］未敢自认家贫：自己不敢承认家庭是贫穷的。

［20］玉楮：指树叶。元陈端《以剡笺赠待诏》诗："云母光笼玉楮温，得来原自剡溪濆。"

［21］所愧偏逢才尽：谓自谦之话。大义在面对如此美景之时，为自己能力不足不能尽情书写美景而感到惭愧。

［22］遂乃：于是才。

开襟：敞开衣襟。

遣兴：抒发情怀，解闷散心。唐杜甫《可惜》诗："宽心应是酒，遣兴莫过诗。"

［23］为凡菊之清淡：因为普通菊花的清新恬淡。凡菊：普通的菊花。清淡：清新恬淡。

［24］即景消愁：就眼前的景物来消除忧愁。消愁：除忧愁。北齐颜之推《颜氏家训·杂艺》："弹棊亦近世雅戏，消愁释愦时可为之。"

［25］题糕：指唐刘禹锡重阳题诗不敢用"糕"字的故事。有一年的重阳节，刘禹锡和一些朋友头戴茱萸，登高饮酒，联句作诗。看着眼前一盘盘蒸得香喷喷的糕，大家想用糕这个词作诗。"糕，糕，糕……"诗人轻轻地念着，觉得用糕字，写的是眼前事，声音也响亮，用到诗句里蛮合适。但又一想："不对呀，糕字在老百姓的口里倒常常提到，但《诗经》《尚书》《易经》《礼记》《春来》这些古书进而可没有糕字啊，能用吗？"刘禹锡反复思量，叹息一声："唉，既然'六经'里没有糕字，我就不用吧。"后来，别人也写《重九诗》就在诗中嘲笑刘禹锡，说："刘郎不敢题糕字，空负诗中一世豪。"意思是说：刘禹锡连个糕字也不敢用，白白辜负了他诗中豪来的声名。

胜事：美好的事情。《南齐书·竟陵文宣王子良传》："子良少有清尚，礼才好士……善立胜事，夏月客至，为设瓜饮及甘果，著之文教。"唐刘长卿《送孙逸归庐山》诗："常爱此中多胜事，新诗他日伫开缄。"

［26］枯毫：干枯的毛笔，比喻才思贫乏。自谦之词。清李渔《慎鸾交·心归》："枯毫不合赞群葩，愁负江南第一花。"

无露：没有显现，没有流露。

［27］漫成：随意写成，信手写就。

鄙里：应为"鄙俚"，粗野，庸俗。晋左思《魏都赋》："非鄙，俚之言所能具。"

［28］秃笔：笔尖脱毛而不合用的毛笔，比喻不高明的写作能力。

不花：不华美，不漂亮。

［29］雅慕：甚为仰慕。明唐顺之《李宜人传》："余于交游中，雅慕洪先。"清昭梿《啸亭杂录·拜明孝陵》："其他如辽金诸陵，亦皆如谒明陵制，其雅慕先代如此。"

六一：即欧阳修。

清新之句：清新的语句。清新：清美新颖。

［30］斯时也：这个时候。

［31］守：看管，驻守。

王珣：字元琳，幼时小字法护，为东晋著名书法家王导之孙，王洽之子，王羲之之侄。孝武帝司马昌明，雅好典籍，王珣与殷仲堪，徐邈、王恭、郗恢等，均以才学文章受知于孝武帝，累官左仆射，加征虏将军，并领太子詹事，安帝隆安元年（397）迁尚书令，加散骑常侍，寻以病卒，终年 52 岁，谥献穆。董其昌评："王珣潇洒古澹，东晋风流，宛然在眼。"

别业：别墅。本宅外另建的园林住宅。《晋书·谢安传》："安遂命驾出山墅，亲朋毕集，方与玄围棊赌别墅。"

［32］兰浆：指美酒。

［33］坐：常驻。

［34］惟存：唯独存有。

桂醑：桂花酒，亦泛指美酒。南朝梁沈约《郊居赋》："席布骍驹，堂流桂醑。"亦称"桂花醑"。唐苏鹗《杜阳杂编》卷下："上每赐御馔汤物……其酒有凝露浆、桂花醑。"

［35］人逢佳节：人们遇到佳节。

［36］偏爱故里之松篁：更加喜欢家乡的松和竹。松篁：松与竹。北魏郦道元《水经

注·沔水二》："池中起钓台，池北亭，郁墓所在也，列植松篁于池侧。"前蜀韦庄《春愁》诗："后庭人不到，斜月上松篁。"宋辛弃疾《贺新郎·题赵兼善龙图东山小鲁亭》词："快满眼，松篁千亩。把似渠垂功名泪，算何如、且作溪山主。"

[37] 新晴：刚放晴的天气。晋潘岳《闲居赋》："微雨新晴，六合清朗。"

[38] 满城之风雨：城里到处刮风下雨。形容重阳节前的雨景。

[39] 黄花插鬓：菊花插在鬓发上。鬓：脸旁靠近耳朵的头发。

[40] 徒：只是，仅仅。

嗤：讥笑，嗤笑。

落帽之狂：据《世说新语》记载，东晋简文帝咸安年间，荆州刺史桓温于九月初九重阳节在龙山东南端的此台上设宴，邀集部属饮酒赏菊。席间，参军孟嘉的帽子被风吹落，孟嘉却佯装不知，仍然尽情畅饮。待孟嘉离席净手的时候，桓温便让另一名士作文以嘲笑孟嘉，孟嘉归席，挥毫作答，其文辞之优美，令满座叹服，于是"笑怜从事落乌纱"的佳话传为登高雅事，落帽台也因此而得名。唐代诗人李白游此，忆起孟嘉在此落帽的往事，写下了《九日龙山饮》一诗，诗曰："九日龙山饮，黄花笑逐臣。醉看风落帽，舞爱月留人。"次日，诗人意犹未尽，又作《九月十日即事》一诗："昨日登高罢，今朝又举觞。菊花何太苦，遭此两重阳。"诗中借花自惜，感怀抒情，语虽平淡而意义深远。

[41] 横天：横越天空。汉王逸《荔支赋》："暧若朝云之兴，森如横天之彗。"唐顾况《小孤山》诗："古庙枫林江水边，寒鸦接饭雁横天。"明何景明《望郭西诸峰有怀昔隐兼发鄗志》诗："横天岩峦叠，映日苍翠积。"

[42] 切：契合。

悲秋：看到秋天草木凋零而感到伤悲。

[43] 漉酒：漉酒是指对新酿的酒进行过滤除去杂质。古人饮的酒多为粮食所酿，新酿的酒还未滤清时，酒面浮起酒渣，色微绿，细如蚁，即所谓的"绿蚁"。白居易《问刘十九》："绿蚁新醅酒，红泥小火炉。晚来天欲雪，能饮一杯无?"这首诗中"绿蚁"即指新出的酒。要饮酒，自然需先处理杂质，于是，在饮酒之前，要进行压酒或滤酒。

[44] 常存：永久存在，长期存在。汉班固《白虎通·社稷》："礼不常存。"《宋书·范晔传》："且大梗常存，将重阶乱，骨肉之际，人所难言。"《隋书·经籍志四》："以为天尊之体，常存不灭。"

元亮：晋诗人陶潜字元亮，曾任彭泽令，因不愿为五斗米折腰而归隐。后常用为隐居不仕的典实。宋范成大《次韵徐廷献机宜送自酿石室酒》之一："元亮折腰嗟已久，故山应有欲芜田。”

[45] 岁岁看花：年年看花。

[46] 惯作：经常写作。

宾王之序：指的是骆宾王的《冒雨寻菊序》。

告风伯[1]文

癸卯镇邑作[2]

盖闻鸿蒙噫气[3]，苍茫驰万里而遥[4]；大块嘘空[5]，瞬息遍八荒[6]之内。故天籁地籁[7]，均藉发扬[8]；而大生广生[9]，同资鼓铸[10]。于是乎[11]风以名焉，其为惠风[12]也。舞雪则银系俱散[13]；消冰则水镜齐开[14]。报杏惊梅[15]，画出三三之径[16]；催桃染李[17]，妆成九九[18]之春。运去岁功[19]，周三百六十旬之度[20]；传来花信[21]，符二十四番之期[22]。其为仙风也[23]，则缥纱五云[24]，萦纡三岛[25]。列于御[26]焉而善，飞琼挟之以行[27]。入于蓬莱[28]，披拂琪花瑶草[29]；飘来瀛海[30]，依希凤阁龙楼[31]。其为雄风也[32]，物可以挠[33]；势磷于烈[34]。宋玉有雌雄辨[35]，汉皇有威猛之歌[36]。壮士骋怀[37]，乘之破浪[38]；元戎振旅[39]，祭[40]焉成功。其为文风也[41]，诗人有穆如之容[42]，君子有蔼然之德[43]。春生河畔[44]，王孙之草色偏浓[45]；梦入池塘[46]，骚士之衣香更韵[47]。为其香风也[48]。识风姨[49]之面，留少女[50]之名；挹玱葱于佩环[51]，布氤氲于兰麝[52]。双飞青鸟[53]，早知王母必来[54]；一朵红云[55]，预卜素娥先到[56]。故风立名[57]不一，而风之理则同[58]。奈何当春发狂[59]，终日作暴[60]，播清沙于紫塞[61]，等白昼与黄昏[62]。众窍喁喁[63]，未见三春[64]飞柳絮；浓阴漠漠[65]，惯闻十里响松涛[66]。银海为之生花[67]，玉楼于焉起粟[68]。爰裁俚句[69]，敬告尊神[70]。伏冀乍剑明威[71]，用回太和之气[72]，永消余怒[73]。莫作不平之鸣[74]，则品物咸亨[75]，群黎[76]遍德矣。

题解：

本文是作者写给上天风伯的一篇文章。文章分别对惠风、仙风、雄风、文风、香风做了说明和解释，风的名字虽然不一样，但是刮风的道理是一样的。当春狂风大作，刮得昏天暗地，尘土飞扬。写这篇文章的目的就是告之风伯，不要再刮大风了，只要不刮风了，万物得以皆美，百姓也会受你感化而有德行。

注解：

［1］告：报告，上报。

风伯：即指风神，又称“风师”“箕伯”，名字叫做“飞廉”，蚩尤的师弟。相传相貌奇特，长着鹿一样的身体，布满了豹子一样的花纹，头像孔雀的头，头上的角峥嵘古怪，有蛇一样的尾巴，曾与蚩尤一起拜一真道人为师父，在祁山修炼。《周礼》的《大宗伯》篇称，“以燎祀司中、司命、风师、雨师”。郑玄注：“风师，箕也”，意思是“月离于箕，风扬沙，故知风师其也”。东汉蔡邕《独断》则称，“风伯神，箕星也。其象在天，能兴风”。箕星是二十八宿中东方七宿之一，此当以星宿为风神。另外，楚地亦有称风伯为飞廉的。屈原《离骚》有句称“前望舒使先驱兮，后飞廉使奔属”。晋灼注飞廉曰：“鹿身，头如雀，有角而蛇尾豹纹”。高诱注蜚廉曰：“兽名，长毛有翼。”此当以动物为风神。唐宋以后，风伯曾作“风姨”“封姨”“风后”，即曾作女神。但以箕星作风伯之说，一直占据主导地位。

［2］癸卯：干支之一，顺序为第四十个。

镇：军事上重要的地方。中国明、清两代军队的编制单位。

邑：旧时县的别称。泛指一般城镇。大曰都，小曰邑。

作：写作，创作。

［3］盖闻：听说。

鸿蒙：宇宙形成前的混沌状态。《庄子·在宥》：“云将东游，过扶摇之枝，而适遭鸿蒙。”成玄英疏：“鸿蒙，元气也。”《淮南子·道应训》：“西穷窅冥之党，东开鸿濛之先。”《秦并六国平话》卷上：“鸿蒙肇判，风气始开。”

噫气：气壅塞而得通，吐气。《庄子·齐物论》：“夫大块噫气，其名为风。”成玄英疏：“大块之中，噫而出气，仍名此气而为风也。”陈鼓应今注：“噫气，吐气出声。”

［4］苍茫：广阔无边的样子。

驰：疾驰。

遥：远。

［5］大块：大自然，大地。《庄子·齐物论》：“夫大块噫气，其名为风。”成玄英疏：“大块者，造物之名，亦自然之称也。”《文选·答何劭诗之二》：“洪钧陶万类，大块禀群生。”李善注：“大块，谓地也。”

嘘：缓缓吐气，呵气。

空：空虚，内无所有。

［6］瞬息：一眨眼，一呼吸，形容极短的时间。瞬，一眨眼。息，呼吸。

遍：全面，到处。

八荒：也叫“八方”，指东、西、南、北、东南、东北、西南、西北八面方向，指离中原极远的地方。后泛指周围、各地。四面八方遥远的地方，犹称“天下”。《过秦论》：“囊括四海之意，并吞八荒之心。”

［7］故：原因，因此。

天籁：自然界的声音，物自然而然发出的声音。如风声、鸟声、流水声等。

地籁：风吹大地的孔穴而发出的声响。《庄子·齐物论》：“地籁则众窍是已，人籁则比竹是已。”成玄英疏：“地籁则窍穴之徒，人籁则箫管之类。”

［8］均：皆，都。

藉：凭借，依靠。

发扬：散播。

［9］大生广生：乾曰大生，坤曰广生，皆发育万物之意也。

［10］同：共同，一块。

资：供给，帮助。

鼓铸：鼓风扇火，冶炼金属、铸造钱币或器物。《史记·货殖列传》：“即铁山鼓铸，运筹策，倾滇蜀之民，富至僮千人。”

［11］于是乎：连词。于是，表承接。鲁迅《集外集拾遗补编·无题》：“有一个大襟上挂一支自来水笔的记者，来约我做文章，为敷衍他起见，我于是乎要做文章了。”

［12］惠风：柔和的风。

［13］舞雪：使雪花舞动飘洒。

银系俱散：那些沉积的雪花都被风吹散了。

［14］消冰：使冰冻消融。

水镜齐开：水面的结冰全都化开来了。

［15］报杏惊梅：杏花和梅花受到春风的感召意欲开放。

［16］三三之径：宋杨万里《三三径》诗序：“东园新开九径，江梅、海棠、桃、李、橘、杏、红梅、碧桃、芙蓉九种花木，各植一径，命曰三三径。”

［17］催桃染李：春风使得桃花李花也竞相开放了。催：催促，促使。染：熏染，影响。

［18］九九：由冬至日起，历八十一日，每九天为“一九”，按次序定名为“一九”“二九”至“九九”。亦指“九九”中最末一个九天。唐薛能《汉庙祈雨回阳春亭有怀》诗：“九九已从南至尽，芊芊初傍北篱新。”南至即冬至。

［19］运去：运行过去，运转过去。

岁功：一年的时序。《汉书·律历志上》：“权者，铢、两、斤、钧、石也……四万六千八十铢者，万一千五百二十物历四时之象也。而岁功成就，五权谨矣。”

［20］周：绕一圈，环绕。

三百六十旬：三百六十天的时间。旬：光阴，时间。

度：计量长短的标准，尺码。

［21］花信：花开的信息。

［22］符：相合。

二十四番：指“二十四番花信”，自小寒至谷雨，一百二十日，八个节气，我国古代以每五日为一候，计二十四候，人们在每一候内开花的植物中，挑选一种花期最准确的植物为代表，应一种花信，称之为“二十四番花信”。

期：预定的时间，选定的日子，期限。

［23］其为仙风也：其被称为仙风。仙风：具有神秘意味的风。

［24］缥纱：同“缥缈”。隐隐约约，若有若无。

五云：五色瑞云，多作吉祥的征兆。《南齐书·乐志》：“圣祖降，五云集。”唐骆宾王《为齐州父老请陪封禅表》：“瑞开三眷，祥洽五云。”

［25］萦纡：盘旋环绕。汉班固《西都赋》：“步甬道以萦纡，又杳窱而不见阳。”

三岛：三岛的原型为三神山，为神仙所居之山，即先秦的传说中的蓬莱、方丈、瀛洲，后《云笈七签》定三岛为昆仑、方丈、蓬莱丘。

［26］列于御：即列子，名“御寇”，战国前期思想家，郑国人。思想上崇尚虚无缥缈，生前被称作“有道之士”。列子之学，本于黄帝、老子为宗。列子曾向关尹子问道，拜壶丘子为师，后来又先后师事老商氏和支伯高子，得到他们的真传，而友伯昏无人。列子修道九年之后，他就能御风而行。《述异记》中说，列子常在立春日乘风而游八荒，立秋日就反归“风穴”，风至则草木皆生，却则草木皆落。

［27］飞琼：仙女名，后泛指仙女。《汉武帝内传》：“王母乃命诸侍女……许飞琼鼓震灵之簧。”

挟：倚仗，依恃。

以行：用来飞行，行走。

［28］入于：进入到。

蓬莱：又称“蓬壶”。神话中渤海里仙人居住的三座神山之一。李商隐《无题》：“蓬山此去无多路，青鸟殷勤为探看。”

［29］披拂：摆动，摇摆，飘动，吹动。

琪花瑶草：原为古人想象中仙境的花草，后也形容晶莹美丽的花草。王毂《梦仙谣》：“前程渐觉风光好，琪花片片粘瑶草。”

［30］瀛海：浩瀚的大海。

［31］依希：含糊不清地，不明确地；隐隐约约，若有若无。南朝宋谢灵运《行田登海·盘屿山》诗：“依稀采菱歌，仿佛含嚬容。”

凤阁：华丽的楼阁，多指皇宫内的楼阁。《水浒传》第一回：“祥云迷凤阁，瑞气罩龙楼。”

龙楼：汉代太子宫门名。《汉书·成帝纪》：“上尝急召，太子出龙楼门，不敢绝驰道，西至直城门，得绝乃度，还入作室门。”颜师古注引张晏曰：“门楼上有铜龙，若白鹤、飞廉之为名也。”

［32］其为雄风也：其被称作雄风。雄风：强劲的风。战国楚宋玉《风赋》：“故其风中人……清清泠泠，愈病析酲，发明耳目，宁体便人，此所谓大王之雄风也。”宋柳永《竹马子》词：“对雌霓挂雨，雄风拂槛，微收烦暑。”

［33］物：万物。

可以：表示可能或能够。《诗·陈风·衡门》：“衡门之下，可以栖迟。”《孟子·梁惠王上》：“五亩之宅，树之以桑，五十者可以衣帛矣。”

挠：搅，搅动。

［34］势：表现出来的情况、样子。

磷于烈：应为“凛于烈”，寒冷刺骨。

［35］宋玉有雌雄辨：典故出自宋玉的《风赋》，楚襄王游于兰台之宫，宋玉、景差侍。有风飒然而至，王乃披襟而当之，曰：“快哉此风！寡人所与庶人共者邪？”宋玉对曰：“此独大王之风耳，庶人安得而共之！”王曰：“夫风者，天地之气，溥畅而至，不择贵贱高下而加焉。今子独以为寡人之风，岂有说乎？”宋玉对曰：“臣闻于师：枳句来巢，空穴来风。其所托者然，则风气殊焉。”王曰：“夫风，安生始哉？”宋玉对曰：“夫风生于地，起于青苹之末，侵淫溪谷，盛怒于土囊之口，缘太山之阿，舞于松柏之下，飘忽淜滂，激

飓熛怒。耾耾雷声，回穴错迕，蹶石伐木，梢杀林莽。至其将衰也，被丽披离，冲孔动楗，眴焕粲烂，离散转移。故其清凉雄风，则飘举升降，乘凌高城，入于深宫。抵花叶而振气，徘徊于桂椒之间，翱翔于激水之上。将击芙蓉之精，猎蕙草，离秦蘅，概新夷，被荑杨，回穴冲陵，萧条众芳。然后徜徉中庭，北上玉堂，跻于罗幢，经于洞房，乃得为大王之风也。故其风中人，状直憯憯惏慄，清凉增欷。清清冷冷，愈病析酲，发明耳目，宁体便人。此所谓大王之雄风也。”王曰：“善哉论事！夫庶人之风，岂可闻乎?”宋玉对曰：“夫庶人之风，塕然起于穷巷之间，堀堁扬尘，勃郁烦冤，冲孔袭门。动沙堁，吹死灰，骇浑浊，扬腐余，邪薄入瓮牖，至于室庐。故其风中人，状直憞溷郁邑，驱温致湿，中心惨怛，生病造热。中唇为胗，得目为篾，啗齰嗽获，死生不卒。此所谓庶人之雌风也。”雌雄辨指“大王之雄风”与“庶民之雌风”。

[36] 汉皇有威猛之歌：典故出自汉高祖刘邦的《大风歌》：“大风起兮云飞扬，威加海内兮归故乡。安得猛士兮守四方！”刘邦平黥布还，过沛县，邀集故人饮酒。酒酣时刘邦击筑，同时唱了这首歌，抒发了他在战胜项羽，成为汉朝开国皇帝之后的那种既感怀兴奋欢乐、踌躇满志，又忧江山不稳、高处不胜寒的复杂心情。汉朝人称这篇为《三侯之章》，后人题为《大风歌》(始于《艺文类聚》)。

[37] 壮士：意气豪壮而勇敢的人，勇士。《战国策·燕策三》：“风萧萧兮易水寒，壮士一去兮不复还。”

骋怀：让情怀尽情展开。王羲之《兰亭集序》：“所以游目骋怀，足以极视听之误，信可乐也。”

[38] 乘之破浪：船只乘着风势破浪前进。比喻排除困难，奋勇前进。《宋书·宗悫传》：“悫年少时，炳问其志，悫曰：‘愿乘长风破万里浪。’”

[39] 元戎：主将。《诗·小雅·六月》：“元戎十乘，以先启行。”

振旅：谓整队班师。《诗·小雅·采芑》：“伐鼓渊渊，振旅阗阗。”毛传：“入曰振旅，复长幼也。”孔颖达疏引孙炎曰：“出则幼贱在前，贵勇力也；入则尊老在前，复常法也。”

[40] 祭：祭祀。置备供品对神佛或祖先行礼，表示崇敬并祈求保佑。

[41] 其为文风也：其被称为“文风”。文风：文章的风格。南朝梁刘勰《文心雕龙·风骨》：“意气骏爽，则文风清焉。”宋韩琦《欧阳修墓志铭》：“景祐初，公与尹师鲁以古文相尚……于是文风一变，时人竞为模范。”

[42] 穆如之容：得体和谐优美的样子。容：相貌，仪表，景象，状态。

[43] 君子：泛指才德出众的人。《易·乾》：“九三，君子终日乾乾。”班固《白虎

通·号》："或称君子何？道德之称也。君之为言群也；子者丈夫之通称也。"

蔼然之德：温和和善的品行。德：品行，品质。

［44］春生河畔：河边生春。即春天来到了河边。

［45］王孙：王的子孙，后泛指贵族子弟。《左传·哀公十六年》："王孙若安靖楚国，匡正王室，而后庇焉。启之愿也。"《楚辞·招隐士》："王孙游兮不归，春草生兮萋萋。"王夫之通释："王孙，隐士也。秦汉以上，士皆王侯之裔，故称王孙。"

草色偏浓：十分浓，草的颜色十分深。

［46］梦入池塘：梦中梦到池塘生春色。

［47］骚士：犹文士。清陈确《黄山道士韩养元师弟传》："豁诸子之愁思，展骚士之逸兴。"

更韵：更加风韵雅致。

［48］为其香风也：称为其为"香风"。香风：带有香气的风。南朝梁简文帝《六根忏文》："香风净土之声，宝树铿锵之响，于一念中，恍然入悟。"

［49］识风姨：风姨谓司风之神。《北堂书钞》卷一四四引《太公金匮》述七神助周伐殷事云："风伯名姨。"后遂由男性之"伯"成为女性之"姨"。

［50］少女：指西风。《三国志·魏志·管辂传》"共为欢乐"裴松之注引《管辂别传》："树上已有少女微风，树间又有阴鸟和鸣。"

［51］挹：引，牵引。

玱：玉器相撞的响声。《说文》："玱，玉声。"《诗·小雅·采芑》："有玱葱珩。"传："珩声也。"

葱：青色。

佩环：玉质的环形佩饰物，后多指妇女所佩的饰物。唐柳宗元《小石潭记》："隔篁竹闻水声，如鸣佩环，心乐之。"

［52］布：分散到各处。

氤氲：浓烈的气味，多指香气。南朝梁沈约《芳树》诗："氤氲非一香，参差多异色。"

兰麝：兰与麝香，指名贵的香料。《晋书·石崇传》："崇尽出其婢妾数十人以示之，皆蕴兰麝，被罗縠。"

［53］双飞：成对飞翔。三国魏曹丕《清河作》诗："愿为晨风鸟，双飞翔北林。"唐李白《双燕离》诗："双燕复双燕，双飞令人羡。"

青鸟：神话传说中为西王母取食传信的神鸟。《山海经·西山经》："又西二百二十里，曰三危之山，三青鸟居之。”郭璞注：“三青鸟主为西王母取食者，别自栖息于此山也。”《艺文类聚》引旧题汉班固《汉武故事》：“七月七日，上（汉武帝）于承华殿斋，正中，忽有一青鸟从西方来，集殿前。上问东方朔，朔曰：‘此西王母欲来也。’有顷，王母至，有两青鸟如乌，侠侍王母旁。”后遂以“青鸟”为信使的代称。

[54] 早知王母必来：提前就知道王母一定会来的。王母：传说中的女神。原是掌管灾疫和刑罚的大神，后于流传过程中逐渐女性化与温和化，而成为慈祥的女神。相传王母住在昆仑仙岛，王母的瑶池蟠桃园，园里种有蟠桃，食之可长生不老。亦称为金母、瑶池金母、瑶池圣母、西王母。

[55] 红云：祥瑞之照。

[56] 预卜素娥先到：就会预先断定素娥先到。预卜：预先断定，预料。素娥：素娥是中国古代对月亮的别称。在传说中亦是月中女神，即嫦娥。

[57] 立名：命名，建立名称。南朝梁刘勰《文心雕龙·论说》：“盖群论立名，始于兹矣。”

[58] 而风之理则同：然而对风进行命名的道理和根据是一样的。理：道理，根据。

[59] 奈何：用反问的方式表示没有办法。

当春：正值春季。

发狂：形容猛烈。汉袁康《越绝书·越绝外传》：“大风发狂，日夜不止。”

[60] 终日：整天，整日，从早到晚。《易·乾》：“君子终日乾乾。”唐杜甫《愁坐》诗：“终日忧奔走，归期未敢论。”

作暴：作践，糟蹋。北魏贾思勰《齐民要术·耕田》“秋耕待白背劳”原注：“谚曰：‘耕而不劳，不如作暴。’盖言泽难遇，喜天时故也。”

[61] 播：摇动，簸扬。

清沙：沙尘，沙土。

紫塞：北方边塞。晋崔豹《古今注·都邑》：“秦筑长城，土色皆紫，汉塞亦然，故称紫塞焉。”

[62] 白昼：白天。

黄昏：指日落以后到天还没有完全黑的这段时间。也指昏黄，光色较暗。

[63] 众窍：众多的孔穴。《庄子·齐物论》：“泠风则小和，飘风则大和，厉风济则众窍为虚。”《后汉书·霍谞传》：“斯盖谓大小窳隆丑美之形，至于鼻目众窍毛发之状，未有不然者也。”

喁喁：声音低。

［64］三春：春天。春季三个月：农历正月称“孟春”，二月称“仲春”，三月称“季春”。汉班固《终南山赋》：“三春之季，孟夏之初，天气肃清，周览八隅。”

［65］浓阴：浓密的树荫。

漠漠：茂盛、浓郁貌。宋王安石《驾自启圣还内》诗：“纷纷瑞气随云汉，漠漠荣光上日旗。”

［66］惯闻：习惯听到。

松涛：风撼松林，声如波涛，因称“松涛”。元赵孟頫《宿五华山怀德清别业》诗：“一夜松涛枕上鸣，五华山馆梦频惊。”

［67］银海：道家指眼睛。宋苏轼《雪后书北台壁》诗：“冻合玉楼寒起粟，光摇银海眩生花。”

生花：眼昏花。宋徐铉《亚元舍人猥贻佳作因为长歌兼寄陈君庶》：“酒酣耳热眼生花，暂似京华欢会处。”

［68］玉楼：道教语，指肩。宋苏轼《雪后书北台壁》诗之二：“冻合玉楼寒起粟，光摇银海眩生花。”

于焉：从此，于此。唐顾况《塞上曲》：“酣战祈成功，于焉罢边衅。”

起粟：谓皮肤起鸡皮疙瘩。宋苏轼《雪后书北台壁》诗之二：“冻合玉楼寒起粟，先摇银海眩生花。”

［69］爰：引，援引。

裁：裁定，判断。

俚句：粗俗的口语，常带有方言性。

［70］敬告：恭敬地告诉。

尊神：尊敬的神灵。

［71］伏：俯伏，顺从。

冀：希望。

乍：伸开，伸展。

剑：古代兵器之一，属于“短兵”，素有“百兵之君”的美称。古代的剑由金属制成，长条形，前端尖，后端安有短柄，两边有刃的一种兵器。

明威：指上天圣明威严的旨意。《书·多士》：“我有周佑命，将天明威，致王罚，敕殷命终于帝。”《管子·霸言》：“以明威之振，合天下之权。”晋刘琨《劝进表》：“抗明威以摄不类，杖大顺以肃宇内。”

[72] 用：采用，使用。

回：回旋，旋转，环绕。

太和之气：天地间冲和之气。《易·乾》：“保合大和，乃利贞。”大，一本作“太”。朱熹本义：“太和，阴阳会合冲和之气也。”

[73] 永消余怒：永远消除余留的怒气。余怒：未消除的怒气。

[74] 莫作：不要做，不要从事。

不平之鸣：不公正、不公平的情绪、情感。

[75] 品物咸亨：“咸亨”二字源于易经坤卦“品物咸亨”句，意为“万物得以皆美”。咸亨的“咸”作都、皆解，“亨”是通达、顺利之意。“咸亨”的含义指生意兴隆、万事亨通、财源通达。

[76] 群黎：百姓。《诗·小雅·天保》：“群黎百姓，遍为尔德。”郑玄笺：“黎，众也。群众百姓。”朱熹集传：“群，众也。黎，黑也，犹秦言黔首也。”

秋闺怨序[1]

癸卯镇邑作[2]

盖闻关河写怨[3]，楼头多织锦[4]之妻；花鸟萦情[5]，窗里有题襟[6]之妇。盛年红粉[7]，响砧杵于天边[8]；异国青衫[9]，听琵琶于亭畔[10]。未有不魂锁[11]绿柳，梦断丹枫[12]者也。妾少知菊铭[13]，幼学椒颂[14]。才非刘援[15]，情耽花烛[16]之词；慧逊丁娘[17]，句爱催妆之什[18]。然而莺莺老去[19]，燕燕空忙[20]。愁孔雀之东南[21]，怅浮云之西北[22]。年年寄外[23]，谜语未便言环[24]；岁岁望夫[25]，痴心或恐化石[26]。况复珊瑚制枕[27]，待子三秋[28]；蛱蝶成灰[29]，别欢几载[30]。妾拟相思之曲[31]，属意樱桃[32]；郎记别离之时[33]，宁忘豆蔻[34]。爰裁俚句[35]，纳诸奁[36]中；用写新愁[37]，出之袖里[38]。此则韩娥荡魄[39]，声因激楚而弥[40]；魏女言怀[41]，诗以凄清而忘丑[42]也。郎斯时也[43]，香生兰芝[44]，或牵楚客[45]之心；味恋莼鲈[46]，易入吴人之梦[47]。岂知茱萸帐[48]底，屡换轻纨[49]；翡翠[50]床边，空怜小玉[51]。瞻言思妇[52]，徒工倩媚之新声[53]；寄语才郎[54]，莫效轻狂之故态[55]。况逢家令[56]，犹有内人[57]；岂是敬通[58]，偏憎悍妇[59]。噫嘻[60]，一时兴到[61]，聊凭凤管[62]书来；七子成诗[63]，急觅鸾笺[64]写书。君诚好事[65]，填成锦瑟之章[66]；郎若多情[67]，采入玉台之咏云尔[68]。

题解：

本文是《秋闺怨》的序言，是作者以女性的口吻写的一篇思念夫君的文章。本文开头引用经典，写出了妇女空守闺房的寂寞，最后表达了一时兴起写出此文章，希望能够收录玉台诗中，以便后人吟咏。

注释：

[1] 秋闺怨：已婚妇女独守空闺（房）的哀怨。

序：序言。开头的，在正式内容之前的。

[2] 癸卯：干支之一，顺序为第四十个。论阴阳五行，天干之癸属阴之水，地支之卯属阴之木，是水生木相生。

镇：军事上重要的地方。中国明、清两代军队的编制单位。

邑：旧时县的别称，泛指一般城镇。大曰都，小曰邑。

作：写作，创作。

[3] 盖闻：听说。

关河：古乐府有《清商曲辞》，其音多哀怨，故取以为名。周邦彦以晏词有“关河愁思”句，更名《关河令》，又名《伤情怨》。双调43字，前后段各四句，三仄韵。“关河愁思望处满。渐素秋向晚。雁过南云，行人回泪眼。双鸾衾裯悔展。夜又永、枕孤人远。梦未成归，梅花闻塞管。”

写怨：抒写怨仇。

[4] 楼头：楼上。唐王昌龄《青楼曲》之一：“楼头小妇鸣筝坐，遥见飞尘入建章。”宋辛弃疾《水龙吟·登建康赏心亭》词：“落日楼头，断鸿声里，江南游子。”郭沫若《前茅·暴虎辞》：“猛虎在圈中，成群相聚处……楼头观者人如堵。”

织锦：编织彩绸锦缎。

[5] 花鸟：鲜花和鸣鸟。

萦情：怀恋，系心，心向，心有所寄托。

[6] 题襟：抒写胸怀。唐温庭筠、段成式、余知古常题诗唱和，有《汉上题襟集》十

卷。见《新唐书·艺文志四》，宋计有功《唐诗纪事·段成式》。后遂以“题襟”谓诗文唱和抒怀。清钱谦益《和东坡西台诗韵》之二：“肝肠迸裂题襟友，血泪模糊织锦妻。”

[7] 盛年：青壮年。出自陶渊明的诗：盛年不再来，一日难再晨，及时当勉励，岁月不待人。这里的盛年是指少年时，即一二十岁，正是大好青春的时候。但是现代人求学时间更长，盛年的用法已经泛化，应该是指人生中最成功得意的岁月，大多即三四十岁。

红粉：妇女化妆用的胭脂和粉，旧时借指年轻妇女，美女。

[8] 响：声响，发出声音。

砧杵：亦作“碪杵”，捣衣石和棒槌，亦指捣衣。南朝宋鲍令晖《题书后寄行人》诗：“砧杵夜不发，高门昼常关。”

天边：指极远的地方。

[9] 异国：异乡，他乡。

青衫：唐制，文官八品、九品服以青。唐白居易《琵琶行》：“座中泣下谁最多？江州司马青衫湿！”后因借指失意的官员。

[10] 琵琶：中国的一种四弦乐器，弹奏如吉他，其主要部分大如诗琴，颈部有琴柱12个以上，伸入主体部分的琵琶，是在西汉“裁筝筑”的基础上逐步发展起来的。它从西汉试制，历东汉、魏晋至隋唐基本定型。它在汉末魏初始获“枇杷”名。魏晋时，因“枇杷”二字音，改名“琵琶”。

亭畔：亭子的边上。此处用的唐白居易《琵琶行》中的典故。

[11] 未有：没有。

锁：束缚住。

[12] 梦断：犹梦醒。唐李白《忆秦娥》词：“箫声咽，秦娥梦断秦楼月。”元尹公远《尉迟杯·题卢古溪响碧琴所》词：“何事梦断湖山，尚九里松声，八月潮怒。”

丹枫：经霜泛红的枫叶。

[13] 妾少知菊铭：我小的时候就学习文化，能够识文断字。菊：菊花。铭：中国古代用于铭刻的文字逐步形成的一种文体。

[14] 椒颂：《晋书·列女传·刘臻妻陈氏》：“刘臻妻陈氏者，亦聪辨能属文，尝正旦献《椒花颂》。其词曰：‘旋穹周回，三朝肇建。青阳散辉，澄景载焕，标美灵葩，爰采爰献，圣容映之，永寿于万。’”后遂用为典实，指新年祝词。唐戴叔伦《二灵寺守岁》诗：“无人更献《椒花颂》，有客同参柏子禅。”亦省作“椒颂”。

[15] 才非刘援：才华比不上刘援。

［16］情耽：沉溺，入迷。

花烛：饰有龙凤花纹的蜡烛，旧时婚仪点用，借指新婚。

［17］慧：聪明，有才智。

丁娘：隋代乐妓丁六娘的省称。丁娘著有乐府诗，每首末句有“从郎索花烛”等语，本十首。唐吴融《个人三十韵》：“赵女怜胶腻，丁娘爱烛明。”

［18］催妆：婚姻礼仪。谓女方出嫁须得男方多次催促，才梳妆启行。催妆要多次，婚礼前二三日，男家下催妆礼，有凤冠霞帔、婚衣、镜、粉等。宋孟元老《东京梦华录·娶妇》：“先一日，或是日早，下催妆冠帔花粉。”

什：诗篇。

［19］然而：从另一方面来说，表示转折关系。

莺莺：指姬妾。清侯方域《为吴氏祷子疏》：“莺莺渐老，傍公子以何依？燕燕空忙，叹佳人之不用！”

老去：年纪大。

［20］燕燕：喻娇妻美妾。宋苏轼《张子野年八十五尚闻买妾述古令作诗》：“诗人老去莺莺在，公子归来燕燕忙。”

空忙：白忙。

［21］孔雀之东南：《孔雀东南飞》是我国文学史上第一部长篇叙事诗，沈归愚称为“古今第一首长诗”，因此它也被称为我国古代史上最长的一部叙事诗，是我国古代民间文学中的光辉诗篇之一。《孔雀东南飞》与南北朝的《木兰辞》并称“乐府双璧”及“叙事诗双璧”。后又把《孔雀东南飞》《木兰诗》与唐代韦庄的《秦妇吟》并称为“乐府三绝”，取材于东汉献帝年间发生在庐江郡（治舒县，汉末迁皖县，均在今安徽省境内）的一桩婚姻悲剧。历代传唱，成为艺术创作不竭的源泉。《孔雀东南飞》通过刘兰芝与焦仲卿这对恩爱夫妇的爱情悲剧，控诉了封建礼教、家长统治和门阀观念的罪恶，表达了青年男女要求婚姻爱情自主的合理愿望。女主人公刘兰芝对爱情忠贞不贰，她对封建势力和封建礼教所作的不妥协的斗争，使她成为文学史上富有叛逆色彩的妇女形象，为后来的青年男女所传颂。《孔雀东南飞》首次出现于《玉台新咏》。这首叙事诗共356句，故事完整，语言朴素，人物性格鲜明突出，结构紧凑完整，结尾运用了浪漫主义手法，是汉乐府民歌的杰作。

［22］浮云之西北：出版曹丕《杂诗·西北有浮云》：“西北有浮云，亭亭如车盖。惜哉时不遇，适与飘风会。吹我东南行，行行至吴会。吴会非我兮，安得久留滞？弃置勿复

陈，客子常畏人。”

［23］年年：每年。

寄外：妻子寄信或他物给丈夫。元龙辅《女红馀志·制履寄外》：“何物寄殷勤，宫鞋绿饰文。为郎承素足，指日踏青云。”

［24］谜语：暗射文字、事物让人根据字面说出答案的隐语。

未便：不适于，不便。明袁可立《陈发兵出海之期疏》：“西则双岛可住舟，但薪水给于老岸，未便也。”

言环：此处应为“言怀”，说出或抒发出思念之情。

［25］望夫：谓妇人伫立望夫日久化而为石，后用以喻女子怀念丈夫的坚贞。《初学记》卷五引南朝宋刘义庆《幽明录》：“武昌北山有望夫石，状若人立。古传云：‘昔有贞妇，其夫从役，远赴国难，携弱子饯送北山，立望夫而化为立石。’”

［26］痴心：深深迷恋于某人或某事物。

或恐：也许，可能。唐崔颢《长干曲》：“停船暂相问，或恐是同乡。”

化石：指变化为石。比喻妇女对丈夫的坚贞和思念。典出《初学记》卷五引南朝宋刘义庆《幽明录》。

［27］况复：更加，加上。隋炀帝《白马篇》：“本持身许国，况复武功彰。”唐杜甫《寄杜位》诗：“干戈况复尘随眼，鬓发还应雪满头。”

珊瑚：许多珊瑚虫的骨骼聚集物，树状，供玩赏。

制枕：用珊瑚制成枕头。

［28］待子三秋：等待你三年。三秋：三年。

［29］蛱蝶：亦作“蛱蜨”，蝴蝶。蛱蝶科的一种蝴蝶，翅膀呈赤黄色，有黑色纹饰，幼虫身上多刺，危害农作物。晋葛洪《抱朴子·官理》：“髫孺背千金而逐蛱蜨，越人弃八珍而甘鼀黾，即患不赏好，又病不识恶矣。”

成灰：化成灰。

［30］别欢：离别欢聚。

几载：几年。

［31］妾：又称“姨太”“陪房”，主要指一夫多妻制结构中，地位低于正妻的女性配偶。也作为女子对自己的谦称，类似于男人自称的“仆”。

拟：草拟。

相思之曲：男女互相爱慕的曲子。

[32] 属意：犹指倾心，指男女相爱慕。唐许尧佐《章台柳传》："柳氏自门窥之，谓其侍者曰：'韩夫子岂长贫贱者乎！'遂属意焉。"

樱桃：属于蔷薇科落叶乔木果树，樱桃成熟时颜色鲜红，玲珑剔透，味美形娇，营养丰富，医疗保健价值颇高。又有"含桃"的别称。

[33] 郎：郎君。

记：记载，记录。

别离之时：离别的时候。

[34] 宁：情愿。

忘：不记得，遗漏。

豆蔻：多年生草本植物，初夏时开淡黄色花。指女子十三四岁时。唐杜牧《赠别》诗："娉娉袅袅十三余，豆蔻梢头二月初。"

[35] 爰：引，援引。

裁：裁定，判断。

俚句：粗俗的口语，常带有方言性。

[36] 纳：接受，采纳。

奁：女子梳妆用的镜匣，泛指精巧的小匣子。

[37] 用写新愁：用来抒写新的忧愁。

[38] 出之袖里：从袖里拿出来。

[39] 韩娥：韩娥是战国时韩国一个善于歌唱的女子。一次韩娥经过齐地，没了盘缠，店住不成，吃饭也成了问题，极尽凄苦。不得已，韩娥就在齐国的雍门卖唱，那歌声圆润婉转，那神态凄美动人，感动了无数路人。当韩娥离开齐国后，当地人在很长时间还记得韩娥的歌，感觉那歌声似乎总是围着屋梁打转转。此事《列子·汤问》有载，成语"余音绕梁"也出自于此。

荡：震动，震撼。

魄：灵魂，精神。

[40] 激楚：形容音调的高亢凄清。《楚辞·招魂》："宫廷震惊，发激楚些。"王逸注："激，清声也。言吹竽击鼓，众乐并会，宫廷之内，莫不震动惊骇，复作激楚之清声，以发其音也。"后亦用为愤激悲楚之意。《聊斋志异·细侯》："既闻细侯已嫁，心甚激楚，因以所苦托市媪卖浆者达细侯，细侯大悲。"

弥：更加。

［41］魏女：战国时期魏哀王魏政送给楚怀王熊槐的一位魏国美人，深得楚怀王宠爱，引起怀王宠妃郑袖的嫉妒，被其暗算，惨遭割鼻之刑。

言怀：抒发情怀。

［42］凄清：凄凉冷清，悲凉。

忘丑：忘记自己的丑陋。

［43］郎斯时也：郎君这个时候。

［44］兰芝：兰草与灵芝。

［45］或：或许。

牵：牵挂。

楚客：泛指历代被贬谪南行而经过湘水的人。

［46］味：口味，味觉。

恋：思念，怀念。

莼鲈：比喻怀念故乡的心情。《晋书·张翰传》："翰因见秋风起，乃思吴中菰菜、莼羹、鲈鱼脍。"

［47］吴人：吴国之人。

梦：睡眠中的幻象。

［48］茱萸：植物名，香气辛烈，可入药。农历九月九日重阳节，佩茱萸能祛邪辟恶。三国魏曹植《浮萍篇》："茱萸自有芳，不若桂与兰。"《西京杂记》卷三："九月九日，佩茱萸，食蓬饵，饮菊华酒，令人长寿。"

帐：蚊帐，床帐。

［49］屡：紧接着，不止一次。

换：更换。

轻纨：轻薄洁白的绢衣。《文选·拟行行重行行》："卧觉明灯晦，坐见轻纨缁。"李善注："陆机《为顾彦先赠妇诗》曰：'京洛多风尘，素衣化为缁。'"唐杜甫《韦讽录事宅观曹将军画马图歌》："盘赐将军拜舞归，轻纨细绮相追飞。"

［50］翡翠：也称"翡翠玉""翠玉""硬玉""缅甸玉"，是玉的一种，颜色呈翠绿色（称之翠）或红色（称之翡）。

［51］空：空虚，内无所有。

怜：哀怜，怜悯。

小玉：泛称侍女。唐元稹《暮秋》诗："栖乌满树声声绝，小玉上床铺夜衾。"

［52］瞻言：有远见的言论。《诗·大雅·桑柔》："维此圣人，瞻言百里。"郑玄笺："圣人所视而言者百里，言见事远而王不用。"

思妇：思妇诗源远流长，在先秦时代就有其滥觞。《诗经·王风·君子于役》就是一首典型的思妇诗。不过当时还没有"思妇"一词，据《文选》记载，"思妇"一词最早见于战国宋玉的《高唐赋》："姊归思妇，垂高巢，其鸣喈喈。"但此时，"思妇"是指鸟名。直到《宋书·乐志》引曹丕《燕歌行》中"慊慊思妇恋故乡，君何淹留寄他方"，"思妇"才确指怀念远出丈夫的妇人。

［53］徒：白白地。

工：擅长，善于。

倩媚：美好，可爱。

新声：新作的乐曲，新颖美妙的乐音。《国语·晋语八》："平公说新声。"

［54］寄语：传话，转告。南朝宋鲍照《代少年时至衰老行》："寄语后生子，作乐当及春。"

才郎：有才学的男子。

［55］莫效：模仿，效仿。

轻狂：非常轻浮，轻薄，极不庄重。

故态：老脾气，旧日或平素的举止神态。《后汉书·逸民传·严光》："光不答，乃投札与之，口授曰：'君房足下：位至鼎足，甚善。怀仁辅义天下悦，阿谀顺旨要领绝。'霸得书，封奏之。帝笑曰：'狂奴故态也。'"

［56］况：文言连词，表示更进一层，况且，何况。

逢：遇到，遇见。

家令：犹家规。《新唐书·穆宁传》："宁居家严，事寡姊恭甚。尝撰家令训诸子，人一通。"

［57］犹有：尚且有，况且有。

内人：屋内之人的意思，过去对他人称自己的妻子。书面语也称"内助"，尊称别人妻称"贤内助"。

［58］岂是：难道是。

敬：恭敬，端肃。

通：明白，了悟。

［59］偏：很，最，特别。

憎：恨，厌恶。

悍妇：泼妇，凶悍之妻。唐刘知几《史通·品藻》："（秋胡妻）乃凶险之顽人，强梁之悍妇，辄与贞烈为伍，有乖其实者焉。"

［60］噫嘻：叹词，表示慨叹。《史记·鲁仲连邹阳列传》："鲁仲连曰：'吾将使秦王烹醢梁王。'新垣衍怏然不悦，曰：'噫嘻，亦太甚矣先生之言也！'"

［61］一时：短时间。

兴到：兴致情趣来到。

［62］聊：姑且，勉强。

凭：由着，听任。

凤管：笙箫或笙箫之乐的美称。《洞冥记》："（汉武帝）见双白鹄集台之上，倏忽变为二神女舞于台，握凤管之箫。"

［63］七子成诗：写成七字律诗。

［64］觅：找，寻求。

鸾笺：古纸名，彩笺。宋苏易简《文房四谱·纸谱》："蜀人造十色笺，凡十幅为一榻……然逐幅于方版之上研之。则隐起花木麟鸾，千状万态。"后人称彩笺为"鸾笺"，本此。一说"鸾笺"即"蛮笺"。

［65］君：对对方的尊称。

诚：实在，的确。

好事：谓热心助人。

［66］填成锦瑟之章：填写成华丽的文章。锦瑟：漆有织锦纹的瑟。唐杜甫《曲江对雨》诗："何时诏此金钱会，暂醉佳人锦瑟傍。"

［67］郎若多情：郎君如果多情。

［68］玉台：汉代台名。《文选·西京赋》："朝堂承东，温调延北，西有玉台，联以昆德。"薛综注："皆殿与台名也。"

云尔：语气助词，表示限制，如此罢了，如此而已。

祈雨[1]文

代作[2]

伏以帝德好生[3]，昭格在清虚[4]之表；天心垂忧[5]，行生于沕穆[6]之中。雷霆有威[7]，温肃共济[8]；雨露施润[9]，发育均沾[10]。万物待其生成[11]，群黎咸资祜佑[12]。时维榴月[13]，节逾麦秋[14]，雨赐愆期[15]，禾稼改色[16]。睹三农之憔悴[17]，怀保何以为心[18]；听万姓之抢呼[19]，恫瘝刻难释念[20]。惟生活明昭于上帝[21]；斯视听一准乎小民[22]。某生任官方[23]，职司民牧[24]，用回神明之恫怨[25]，深悯稼穑之艰难[26]。敬率士农工商[27]，默效桑林之祷[28]。恭偕主伯亚旅[29]，虔祈霖雨之施[30]。一点蚁忱[31]，向阙廷而请命[32]；万家鸿羽[33]，叩阊阖以求生[34]。瞻仰昊天[35]，念我土宇[36]，饬旱魃其灭炽[37]，遣风伯以清尘[38]。恺则降于三边[39]，恩膏流于四野[40]。则祈年孔夙[41]，允归率育之功[42]；秉心宣猷[43]，共荷穷苍之德[44]。如孽由自作[45]，天不我将[46]，惟望念蚩民之无所知[47]，冀天心之有悔[48]，弗忍民瘼[49]，宁丁我躬[50]，谨告[51]。

题解：

本文是作者替人写的一篇求雨的文章。本文仿照《诗经·大雅·云汉》所作。文章首先介绍雨水的重要性，接着说明时节五月没有雨水，禾苗旱得都不行了，民众生活很苦。作者表达了地方长官深谙农情，率领全体人民进行求雨，希望上天能够给予一场霖雨。如有降雨百姓会感谢上天的恩德，如有罪孽请上天处罚我（指地方长官），而不是处罚民众。愿上天有悔恨之心，不要让民众再受罪了。

注释：

[1] 祁雨：因久旱而求神降雨，古称“雩祀”。《晋书·礼志上》：“武帝咸宁二年春分，久旱……五月庚午，始祈雨于社稷山川，六月戊子，获澍雨。”《太平广记》引唐薛用弱《集异记·赵叔牙》：“通状祈雨，期三日雨足。”

[2] 代作：替代别人所作的文章。

[3] 伏以：下级对上级的一种报告方式，要伏下身子。如古时官员向皇帝上奏折，“伏以皇帝陛下，浚哲文思，含宏光大，智周万物，日辟四方，既容能改之非，许降自新之恕，将功补过，舍短从长，矧兹近代相持，岂足深机远料”。伏：指俯伏下拜。以：指下面有事陈情。

帝德：天子的德性。《吕氏春秋·古乐》：“帝舜乃令质修《九招》《六列》《六英》，以明帝德。”

好生：指有爱惜生灵、不事杀戮的品德。

［4］昭：显扬，显示。

格：表现出来的品质。

清虚：清净虚无。《文子·自然》："老子曰：'清虚者天之明也，无为者治之常也。'"

［5］天心：封建时代指君主的意愿。

垂：敬辞，用于别人（多是长辈或上级）对自己的行动。

忧：忧虑，担忧。

［6］行生：使生灵存活。

沕穆：深奥微妙的样子。《史记·屈原贾生列传》："沕穆无穷兮，胡可胜言！"司马贞索隐："沕穆，深微之貌。"张守节正义："沕音勿。"唐李白《明堂赋》："淳风沕穆，鸿恩滂洋。"

［7］雷霆：疾雷。

威：威力，威风，威严。

［8］温：温和，温厚，和气。

肃：庄重，严肃。

共济：谓共同挽救，共同度过，共同成事。《三国志·吴志·孙晧传》："孤以不德，阶承统绪，思与贤良共济世道。"《宋书·沈攸之传》："且我能下彼，彼必不能下我，共济艰难，岂可自厝同异。"

［9］雨露：雨和露，比喻恩惠、恩泽。

施：给予。

润：润泽，滋润。

［10］发育：繁育，生长。生物体的机体和构造向成熟变化。

均：均匀，公平。

沾：因接触而附着上。

［11］待：等，等候。

生成：产生形成。

［12］群黎：万民，百姓。《诗·小雅·天保》："群黎百姓，遍为尔德。"郑玄笺："黎，众也。群众百姓。"朱熹集传："群，众也。黎，黑也，犹秦言黔首也。"《汉书·扬雄传下》："豪俊麋沸云扰，群黎为之不康。"

祜：福，吉庆，幸福。

佑：辅助，帮助。

[13] 榴月：指农历五月。五月是石榴花盛开时节，故有榴月之名。

[14] 节逾麦秋：已经超过了收麦的季节。麦秋：指初夏。初夏正是麦子成熟的季节，而秋天是谷物成熟的季节，因此古人引申称初夏为“麦秋”。北宋寇准有《夏日》诗云“离心杳杳思迟迟，深院无人柳自垂。日暮长廊闻燕语，轻寒微雨麦秋时”，即用此意。

[15] 愆期：误期，失期。《易·归妹》：“归妹愆期，迟归有待。”《诗·卫风·氓》：“匪我愆期，子无良媒。”

[16] 禾稼：谷类作物的统称。《墨子·天志下》：“刈其禾稼，斩其树木。”

改色：改变了颜色。

[17] 睹：目睹，看见。

三农：古谓居住在平地、山区、水泽三类地区的农民，后泛称“农民”。《周礼·天官·大宰》：“一曰三农，生九穀。”郑玄注引郑司农云：“三农，平地、山、泽也。”

憔悴：困顿。

[18] 怀保：安抚保护，抚养。《书·无逸》：“徽柔懿恭，怀保小民。”

何以：用什么。

为心：作为中心。

[19] 万姓：万民。《书·立政》：“式商受命，奄甸万姓。”《汉书·元帝纪》：“相守二千石诚能正躬劳力，宣明教化，以亲万姓，则六合之内和亲，庶几虖无忧矣。”

抢呼：谓以头撞地，悲呼苍天，形容极其伤痛。清杭世骏《质疑》卷上：“盖父母之恩，昊天罔极，故当其终也，人子必抢地呼天，五内分崩，水浆不入于口，愿以身代，谓不有其身也。”省作“抢呼”。

[20] 恫瘝：病痛，疾苦。《书·康诰》：“呜呼，小子封，恫瘝乃身，敬哉。”孔传：“恫，痛；瘝，病。治民务除恶政，当如痛病在汝身欲去之，敬行我言！”

释念：放心。

[21] 惟：愿，希望。

生活：生计，生存。

明昭：谓明智聪察。《诗·周颂·时迈》：“明昭有周，式序在位。”郑玄笺：“昭，见也。”

上帝：天帝。古时指天上主宰一切的神。唐李朝威《柳毅传》：“上帝以寡人有薄德于古今，遂宽其同气之罪。”

[22] 视听：看到的和听到的。

一准：肯定，犹言唯一标准。南朝梁刘勰《文心雕龙·史传》："若夫尊贤隐讳，固尼父之圣旨，盖纤瑕不能玷瑾瑜也；奸慝惩戒，实良史之直笔，农夫见莠，其必锄也。若斯之科，亦万代一准焉。"

小民：平民百姓。

［23］生：在此应为"身"，即我身担官方的职务。

任：给予职务，担当。

官方：指官府。

［24］职：掌管。

司：承担、掌管。

民牧：古代州的长官，管理一个州的民众。

［25］用：表示结果，相当于"因而""于是"。

回：答复，答报。

神明：神灵，神祇。

恫怨：哀痛怨恨。《战国策·燕策一》："子之三年，燕国大乱，百姓恫怨。"《明史·韩爌传》："恐先帝在天之灵不无恫怨，皇上终天之念何以为怀。"

［26］深悯：很哀怜、怜悯。

稼穑之艰难：犹言农事劳苦。《书·无逸》："先知稼穑之艰难，乃逸。"《陈书·后主纪论》："后主生深宫之中，长妇人之手，既属邦国殄瘁，不知稼穑艰难。"稼穑：农事的总称。春耕为稼，秋收为穑，即播种与收获，泛指农业劳动。

［27］敬：尊重，有礼貌地对待。

率：带领。

士农工商：古代所谓四民，指读书人、种田人、做工人、经商人。《管子·小匡》："士农工商四民者，国之石（柱石）民也。"

［28］默：私下。

效：模仿。

桑林之祷：此出自典故"桑林祷雨"，谓汤逢大旱，自以身为牺牲，祷于桑山之林以祈雨。表示商汤仁德爱民。语本《吕氏春秋·顺民》。

［29］恭：肃敬，谦逊有礼貌。

偕：偕同，共同在一起。

主伯亚旅：指家长、长子、兄弟、子弟。语本《诗·周颂·载芟》："侯主侯伯，侯亚侯旅。”毛传：“主，家长也；伯，长子也；亚，仲叔也；旅，子弟也。”明张居正《辛未会试程策》：“使元首与股肱弗相联属，则精神不贯而身病；使主伯与亚旅弗相亲比，则意气不洽而家睽。”

［30］虔：恭敬，虔敬。

祈：向神求福，请求。

霖雨：连绵大雨。

施：给予，施舍。

［31］蚁忱：谦词，犹言极小微不足道的真诚。清王端履《重论文斋笔录》卷一：“纵竭蚁忱，难酬鸿造。”

［32］阙廷：上天的朝廷，即天庭。

请命：请求解除困苦。

［33］万家：家家，形容家数之多。

鸿羽：《汉书·苏武传》载有鸿雁传书之事，故比喻信使。

［34］叩：叩门。

闾：里巷的大门。

阖：门扇。这里指上天宫廷的大门。

求生：求得生存。

［35］瞻仰：仰视。

昊天：苍天。昊：元气博大貌。《书·尧典》：“乃命羲和，钦若昊天，历象日月星辰，敬授人时。”

［36］土宇：乡土和屋宅。《诗·大雅·桑柔》：“忧心慇慇，念我土宇。”孔颖达疏：“既是士卒自伤，则念土宇者，自念己之乡土居宅也。”

［37］饬：命令。

旱魃：传说中引起旱灾的怪物。《诗·大雅·云汉》：“旱魃为虐，如惔如焚。”孔颖达疏：“《神异经》曰：‘南方有人，长二三尺，袒身，而目在顶上，走行如风，名曰魃，所见之国大旱，赤地千里，一名旱母。’”唐杜甫《七月三日》诗：“退藏恨雨师，健步闻旱魃。”石灵《捕蝗者》：“本来大家商议要刨旱魃，后来袁大爹着人来叫抬龙王，不要刨旱魃，才改了主意。”《说文》：“魃，旱鬼也。”《诗经》孔疏引《神异经》：“南方有人，长二三尺，袒身而目在顶上，走行如风，名曰魃。所见之国大旱，赤地千里。一名旱母。”《子不语》卷一《旱魃》里描写为：“猱形披发，一足行”。

其：代指旱魃。

灭：消灭。

炽：热烈旺盛。

[38] 遣：派遣。

风伯：即指风神，是人面鸟身的天神。又称风师、飞廉、箕伯等。中国古代的风神崇拜起源较早，《周礼》的《大宗伯》篇称，“以燎祀司中、司命、风师、雨师”。郑玄注：“风师，箕也”，意思是“月离于箕，风扬沙，故知风师其也”。东汉蔡邕《独断》则称，“风伯神，箕星也。其象在天，能兴风”。箕星是二十八宿中东方七宿之一，此当以星宿为风神。另外，楚地亦有称风伯为飞廉的。屈原《离骚》有句称“前望舒使先驱兮，后飞廉使奔属”。晋灼注飞廉曰“鹿身，头如雀，有角而蛇尾豹文”。高诱注蜚廉曰“兽名，长毛有翼”。此当以动物为风神。唐宋以后，风伯曾作“风姨”“封姨”“风后”，即曾作女神。但以箕星作风伯之说，一直占据主导地位。

清尘：拂除尘埃。汉班固《东都赋》：“雨师泛洒，风伯清尘。”

[39] 恺：快乐，和乐。

三边：古称幽州、并州、凉州为三边，后泛指边疆。

[40] 恩膏：犹恩泽。清林则徐《拟谕英吉利国王檄》：“至夷商来至内地，饮食居处，无非天朝之恩膏；积聚丰盈，无非天朝之乐利。”

流：传播。

四野：指四面八方。

[41] 祈年：指“孟春祈谷于上帝，孟冬祈来年于天宗”之祭礼，向神灵祈求丰年。

孔夙：很早。

[42] 允：确实，果真。

归：归于，归属于。

率：顺从，服从。

育：生养。

功：劳绩，成绩。

[43] 秉心：持心。《诗·鄘风·定之方中》：“匪直也人，秉心塞渊。”

宣猷：宣犹，明达而顺乎事理。《诗·大雅·桑柔》：维此惠君，民之所瞻。秉心宣犹，考慎其相。马瑞辰通释：《韩诗》释《淇奥》诗曰：宣，显也。显即明也。犹、猷、繇，古通用……《广雅·释诂》又曰：猷，顺也。秉心宣犹，言其持心明且顺耳。《晋书·武帝纪》：昔朕皇祖宣王，圣哲钦明，诞应期运，熙帝之载，肇启洪基。伯考景王，履道宣猷，缉熙诸夏。《通释》："秉心宣犹，言其持心明且顺也。"

[44] 荷：承受，承蒙，蒙受。

穷苍：天空，苍穹。

德：恩惠。

[45] 孽由自作：罪孽或灾祸是由自己招来的。孽：罪恶，灾祸。

[46] 天不我将：上天不能将我饶恕（请上天处罚我）。

[47] 念：可怜，哀怜。

蚩民：老实痴愚的民众。

无所知：什么也不知道。

[48] 冀：希望，期望。

天心：天意。

有悔：有所悔恨的。

[49] 弗忍：不愿意，不舍得。

民瘼：民众的疾苦。《诗·大雅·皇矣》："监观四方，求民之莫。"马瑞辰通释："《汉书》《潜夫论》及《文选》注，并引作'求民之瘼'。"

[50] 宁丁我躬：大难正好落在我身上。此句主要表达了求不到雨的焦虑心情。此句出自《诗经·大雅·云汉》："耗斁下土，宁丁我躬。"高亨注："丁，当，遭逢。"

[51] 谨告：犹敬告。唐崔致远《告报诸道徵促纲运书》："谨告某州节度使……凡承宠寄，共察忠诚。谨告。"元黄溍《先大夫封赠祝文》："而溍系于职守，不得恭展彝仪，谨遣弟溥淇诣墓次以告。谨告。"

上方伯启[1]

恭维家传模范[2]，世笃忠贞[3]。南州之来旬来宣[4]，讴歌已达四野[5]；西土之维屏维翰[6]，倚畀更重三秦[7]。是以帝简元臣[8]，端资岳牧[9]，东来紫气[10]，移道德以入关[11]，远树甘棠[12]，庆周召[13]之分陕，玉塞[14]三千里，共仰旌旄[15]，金城十万家[16]，咸资管籥[17]。河西日丽[18]，光生夹辅之台陇右[19]春回，祥迎保厘之座[20]。伫看六盘山下风清负弩之尘[21]，三角城[22]边，烟媚褰帏之景[23]。某自愚钝[24]，谬膺边冲[25]，幸藉垂云[26]之庇，获酬仰斗之私[27]。望赤鸟而神驰[28]，执鞭有愿[29]；对衮水衣而心悦[30]，荷殳无由[31]。谨申鄙悃于前麾[32]，聊代躬亲于道左[33]。

题解：

本文是作者写给地方官的一封书信。首先说明地方官的家学与政绩都不错。其次写到地方百姓安居乐业，百姓都在歌颂地方官的政绩。最后说明了自己的想法和目的，即想做地方官的幕僚。作者情词恳切，表达了神驰执鞭之愿。

注释：

[1] 方伯：殷周时代一方诸侯之长，后泛称地方长官。汉以来之刺史，唐之采访使、观察使，明清之布政使均称“方伯”。《礼记·王制》：“天子百里之内以共官，千里之内以为御，千里之外设方伯。”《史记·周本纪》：“周室衰微，诸侯强并弱，齐、楚、秦、晋始大，政由方伯。”裴骃集解引郑司农曰：“长诸侯为方伯。”

启：书信。苏轼《与王敏仲八首》：“方欲奉启告别，遽辱惠问。”

[2] 恭维：称赞，颂扬。

家传：由家庭世代相传。

模范：制造器物的模型。引申为榜样、表率。

[3] 世：一辈一辈相传的，世代。

笃：忠实，一心一意。

忠贞：忠诚坚贞。《书·君牙》：“惟乃祖乃父，世笃忠贞。”《国语·晋语二》：“昔君问臣事君于我，我对以忠贞，君曰：‘何谓也？’我对曰：‘可以利公室，力有所能，无不为，忠也；葬死者，养生者，死人复生不悔，生人不媿，贞也。’”

[4] 南州：泛指南方地区。《楚辞·远游》：“嘉南州之炎德兮，丽桂树之冬荣。”姜亮夫校注：“南州犹南土也，此当指楚以南之地言。”

来旬来宣：《诗·大雅·江汉》：“王命召虎，来旬来宣。文武受命，召公维翰。无曰予小子，召公是似。肇敏戎公，用锡尔祉。”即我王册命下臣召虎，巡视南方政令宣诵：文王武王受命天下，你祖召公实为梁栋。莫说为了我的缘故，你要继承召公传统，全力尽心建立大功，因此赐你福禄无穷。

[5] 讴歌：歌颂，用歌唱、言辞等赞美。

四野：四面八方。

［6］西土：指周部族所居的故地，大致在今陕西省。《书·泰誓中》："王乃徇师而誓曰：'呜呼！西土有众，咸听朕言。'"孔传："武王在西，故称西土。"《左传·昭公九年》："王使詹桓伯辞于晋曰：'我自夏以后稷，魏、骀、芮、岐、毕，吾西土也。'"杜预注："在夏世以后稷功，受此五国为西土之长。"

维屏维翰：《诗·大雅·板》："价人维藩，大师维垣。大邦维屏，大宗维翰。"后因以"屏翰"比喻国家重臣。

［7］倚畀：谓倚靠信任。清昭梿《啸亭杂录·续录·内务府大员》："（金简）能调停于和福二相之间，使皆倚畀无防忌，亦初无建白也。"

三秦：指关中地区。项羽破秦入关，把关中之地分给秦降将章邯、司马欣、董翳，因称关中为三秦。

［8］是以：所以，因此。《史记·屈原贾生列传》："举世混浊而我独清，众人皆醉而我独醒，是以见放。"

帝简：指能被皇帝所知者。《论语·尧曰》："帝臣不蔽，简在帝心。"

元臣：重臣，老臣。唐韩愈《送汴州监军俱文珍序》："当藩垣屏翰之任，有弓矢铁钺之权，皆国之元臣，天子所左右。"

［9］端：正派，正直。

资：智慧，能力。

岳牧：传说为尧舜时四岳十二牧的省称。语本《书·周官》："曰唐虞稽古，建官惟百，内有百揆四岳，外有州牧侯伯。"《史记·伯夷列传》："尧将逊位，让于虞舜，舜禹之间，岳牧咸荐，乃试之于位，典职数十年。"后用"岳牧"泛称封疆大吏。

［10］东来紫气：比喻吉祥的征兆。传说老子过函谷关之前，关尹喜见有紫气从东而来，知道将有圣人过关。果然老子骑着青牛而来。《史记·老子韩非列传》："（老子）居周久之，见周之衰，乃遂去……莫知其所终。"司马贞索隐引汉刘向《列仙传》："老子西游，关令尹喜望见有紫气浮关，而老子果乘青牛而过也。"

［11］道德："道德"一词，在汉语中可追溯到先秦思想家老子所著的《道德经》一书。老子说："道生之，德畜之，物形之，势成之。是以万物莫不尊道而贵德。道之尊，德之贵，夫莫之命而常自然。"其中"道"指自然运行与人世共通的真理；而"德"是指人世的德性、品行、王道。在当时道与德是两个概念，并无"道德"一词。"道德"二字连用始于荀子《劝学》篇："故学至乎礼而止矣，夫是之谓道德之极。"

入关：这里指入函谷关。

［12］远：偏僻之地，远方。

树：种植。

甘棠：指甘棠树，在今江苏省江都邵伯，相传西周姬奭，封地在召，史称“召公”或“召伯”（古“召”同“邵”），巡行南国时，曾于甘棠树下休息议政，民思其德，爱其树，不忍伐，作甘棠诗。后人遂以甘棠作为颂扬官员政德之词。

［13］周召：亦作“周邵”。周成王时共同辅政的周公旦和召公奭的并称。两人分陕而治，皆有美政。《礼记·乐记》：“武乱皆坐，周召之治也。”《楚辞·九叹·愍命》：“戚宋万于两楹兮，废周邵于遐夷。”王逸注：“周，周公旦也；邵，邵公奭也。”

［14］玉塞：玉门关的别称。因西域输入玉石时取道于此而得名。汉时为通往西域各地的门户。《晋书·秃发傉檀载记论》：“控弦玉塞，跃马金山。”南朝宋谢庄《舞马赋》：“辞水空而南傃，去轮台而东泊，乘玉塞而归宝，奄芝庭而献秘。”

［15］仰：抬头，脸向上。

旌旄：军中用以指挥的旗子。汉刘向《说苑·权谋》：“有狂兕从南方来，正触王左骖，王举旌旄而使善射者射之。”

［16］金城：指今甘肃省兰州市。

十万家：形容家庭数量极众。

［17］管龠：亦作“筦籥”，两种乐器名。《孟子·梁惠王下》：“管籥之音。”赵岐注：“管，笙；籥，箫。或曰籥若笛，短而有三孔。”

［18］河西：泛指黄河以西之地，春秋战国时，指黄河南段之西今山西、陕西两省交界处。汉、唐时多指甘肃、青海两省黄河以西的地区。唐玄宗时置河西节度使管辖甘肃及河西走廊。

日丽：形容天气晴朗、暖和。

［19］夹辅：辅佐。《左传·僖公四年》：“五侯九伯，女实征之，以夹辅周室！”《三国志·魏志·齐王芳传》：“大将军、太尉奉受末命，夹辅朕躬。”

台：敬辞，用于称呼对方或与对方有关的事物。

陇右：古地区名，泛指陇山以西地区。古代以西为右，故名。约当今甘肃省六盘山以西，黄河以东一带。《后汉书·隗嚣传》：“（牛邯）雄于边垂。及降……以为护羌校尉，与来歙平陇右。”

［20］座：旧时对官长或对他人的敬称。

［21］伫看：行将看到。《水浒传》：“一封恩诏出明光，伫看梁山尽束装。”

六盘山：中国西部山脉，在今宁夏回族自治区西南部、甘肃省东部。南段称“陇山”，南延至陕西省西端宝鸡以北，是近南北走向的狭长山地。山脊海拔超过 2500 米，最高峰米缸山达 2942 米。其北侧另一高峰亦称“六盘山”，达 2928 米，由于平凉至静宁的公路经此，山路曲折险狭，须经六重盘道才能到达顶峰，因此得名。

风清：微风清凉。

负弩：谓背负弓箭，开路先行，古代迎接贵宾之礼。《史记·司马相如列传》：“乃拜相如为中郎将，建节往使……至蜀，蜀太守以下郊迎，县令负弩矢先驱。”

尘：踪迹。

[22] 三角城：位于今甘肃省金昌市金川区双湾乡，金川河故道河床东侧二层台地上，属沙井文化。发掘墓葬 579 座，出土铜器、石器、陶器、卜骨、贝币等文物。

[23] 烟媚：烟雾婀娜多姿，姿态可爱。

褰帏：《后汉书·贾琮传》：“琮为冀州刺史。旧典，传车骖驾，垂赤帷裳，迎于州界。及琮之部，升车言曰：‘刺史当远视广听，纠察美恶，何有反垂帷裳以自掩塞乎?’乃命御者褰之。”后因以“褰帷”为官吏接近百姓，实施廉政之典。

景：景象，情况。

[24] 愚钝：愚笨迟钝。《后汉书·皇甫规传》：“自臣受任，志竭愚钝。”

[25] 谬：极端错误，非常不合情理。

膺：因被任命、提升或被选举而担任某职。

边冲：边疆的要冲、重镇。宋王珪《除程戡安武军节度使制》：“肆篡休于皇绪，适留寄于边冲，空深寤寐之思，且重安危之倚。”

[26] 幸：表敬，副词，表明对方的行为使自己感到幸运。

藉：依靠。

垂云：低垂的云彩。三国魏何晏《景福殿赋》：“远而望之，若摛朱霞而耀天文；迫而察之，若仰崇山而戴垂云。”

[27] 酬：实现愿望。

仰斗：仰望星斗。

私：偏爱。

[28] 赤鸟：赤色的鸟。用为时令（表示夏天）、方位（表示前方或南方）的标志或象征。《鹖冠子·天权》：“取法于天，四时求象：春用苍龙，夏用赤鸟，秋用白虎，冬用玄武。”

神驰：心神向往，谓思念殷切。明张居正《答中溪李尊师论禅》：“《三塔图说》披览一过，不觉神驰。”

［29］执鞭：拿起鞭子为人驾驭车马，比喻为人服役，有景仰、追随的意思。《史记·管晏列传》：“假令晏子而在，余虽为之执鞭，所忻慕焉。”

愿：心愿，愿望。

［30］衮水衣：即衮衣。古代帝王及上公穿的绘有卷龙的礼服。《逸周书·世俘》：“壬子，王服衮衣，矢琰格庙。”《诗·豳风·九罭》：“我觏之子，衮衣绣裳。”毛传：“衮衣，卷龙也。”陆德明释文：“天子画升龙于衣上，公但画降龙。”

心悦：由衷的高兴。

［31］荷：用肩扛或担，背负。

殳：一种用竹或木制成的，起撞击或前导作用的古代兵器。《诗》：“彼候入兮，何戈与祋。”注：“祋，殳也。”又：“伯也执殳，为王前驱。”《周礼》：殳以积竹入觚，长丈二尺，建于兵车，旅贲以先驱。

无由：没有门径，没有办法。《仪礼·士相见礼》：“某也愿见，无由达。”郑玄注：“无由达，言久无因缘以自达也。”《汉书·刑法志》：“使其民所以要利于上者，非战无由也。”唐李德裕《二猿》诗：“无由碧潭饮，争接绿萝枝。”明张萱《疑耀·藕字辨》：“今世所行《诗》及字书，皆混乱，故无由辨之。”郭沫若《蒲剑集·文化与战争》：“没有创造欲望，则整个人类便无由进化。”

［32］谨：恭敬。

申：陈述，说明。

鄙：谦辞，用于自称。

悃：至诚，诚实，诚心。

前麾：古代供指挥用的旌旗。

［33］聊：姑且，勉强。

代：替代。

躬亲：亲自，亲身从事。

道左：道路旁边。《诗·唐风·有杕之杜》：“有杕之杜，生于道左。”毛传：“兴也。道左之阳，人所宜休息也。”郑玄笺：“道左，道东也。日之热，恒在日中之后，道东之杜，人所宜休息也。今人不休息者，以其特生阴寡也。”马瑞辰通释：“下章‘道周’，《韩诗》作道右，则左右随所见言之，不以道左之阳取兴。”《韩非子·内储说上》：“南门之外，有黄犊食苗道左者。”《太平广记》引唐薛用弱《集异记·于凝》：“（于凝）遥见道左嘉木美荫，因就焉。”

上督学启[1]

代作[2]

伏以凤阙[3]。云移耀文星[4]于北斗；鸾旗闭[5]止，悬金镜[6]于西方。企丹旆之遥临[7]，棫朴均沾化雨[8]。快朱衣之暗点[9]，菁莪共仰清风[10]。喜溢泮林[11]，宠隆紫禁[12]。恭维才高黼藻[13]，掌握丝绘[14]。学海掞天[15]，具浴日[16]凌云之品；曲江[17]著度，绍貂冠锦带之休[18]。是以帝简柔远良臣[19]，特授衡文重寄[20]。开三泰[21]之花圃，主两省之词坛[22]。路入龙门[23]，叱驭频驰金马[24]，薪传[25]鹿洞，作人悉准玉衡[26]。挹丰镐之风云[27]，广历河山百二[28]；振辟雍之钟鼓[29]，宏裁礼乐三千[30]。景仰[31]先型，教衍关西夫子[32]；昌明正学[33]，道宗[34]横渠先生。风气丕变于诗书[35]，虎秼鸾镳改色[36]；精华秀发于山水[37]，萧洲葭渚扬晖[38]。文昭铁驷城边[39]，喜多士蛟腾凤起[40]，化洽玉门关[41]外，领群才鲲跃鹏飞[42]。仰见莲炬生花[43]，再上圣主[44]得贤臣之颂；藜光映月[45]，竞歌应候媚一人之章[46]。某心切瞻韩[47]，情殷御李[48]。缘羁职守[49]，莫随写首以趋迎[50]。虔布微忱[51]，敬肃鱼笺而申悃[52]。

题解：

本文是一封写给督学的书信。督学是明清派驻各省督导教育行政及考试的专职官员。文章开始就表明了教育的重要性，紧接着就说明督学工作的重要性，一个地方的人才的兴衰和风化的好坏都离不开督学的辛勤工作。最后利用“瞻韩”和“御李”两个典故，来说明想结识督学的心意。

注释：

[1]上：进献，送上。《战国策·齐策》：“上书谏寡人者，受中赏。”

督学：学政的别名。明清派驻各省督导教育行政及考试的专职官员。民国后各级教育行政机关督导所属及学校的专员亦称“督学”。清王士禛《池北偶谈·谈异二·王祭酒》：“吾郡历城明翰林王公敎，字云芝，成化甲辰进士及第第三人……官河南、四川督学。”

启：书信。苏轼《与王敏仲八首》："方欲奉启告别，遽辱惠问。"

［2］代作：替别人写的这篇文章。

［3］伏以：下级对上级的一种报告方式，要伏下身子。伏：指俯伏下拜。以：指下面有事陈情。

凤阙：原汉代宫阙名，后来指皇宫、朝廷。《史记·孝武本纪》："其东则凤阙，高二十余丈。"司马贞索隐引《三辅故事》："北有圜阙，高二十丈，上有铜凤皇，故曰凤阙也。"《汉书·东方朔传》："陛下以城中为小，图起建章，左凤阙，右神明，号称千门万户。"颜师古注："凤阙，阙名。"《艺文类聚》引晋潘岳《关中记》："建章宫圆阙，临北道，凤在上，故曰凤阙也。"

［4］文星：星名，即文昌星，又名"文曲星"。相传文曲星主文才，后亦指有文才的人。唐元稹《献荥阳公》诗："词海跳波涌，文星拂坐悬。"

［5］鸾旗：天子仪仗中的旗子，上绣鸾鸟，故称。《汉书·贾捐之传》："鸾旗在前，属车在后。"颜师古注："鸾旗，编以羽毛，列系橦旁，载于车上，大驾出，则陈于道而先行。"

闭：止，尽。

［6］金镜：比喻月亮。唐元稹《泛江翫月》诗："远树悬金镜，深潭倒玉幢。"

［7］企：企望，盼望。

丹：红色，赤色。

旆：古代旗末端状如燕尾的垂旒。后泛指旌旗。

遥临：远道光临。

［8］棫朴：指白桵和枹木，多以喻贤才众多。《诗·大雅·棫朴》："芃芃棫朴，薪之槱之。"毛传："棫，白桵也。朴，枹木也。"《乐府诗集·郊庙歌辞三·北齐南郊乐歌》："玉帛载升，棫朴斯燎。"一说即白蕤。宋庞元英《文昌杂录》卷一："今关中有白蕤，棫朴也，芃芃丛生，民多采作薪。"

均沾：大家平均享受（利益）。

化雨：滋养万物的时雨，比喻循循善诱、潜移默化的教育。《孟子·尽心上》："君子之所以教者五：有如时雨化之者，有成德者，有达财者，有答问者，有私淑艾者。"赵岐注："教之渐渍而浃洽也。"

［9］快：高兴舒服。

朱衣之暗点：旧称被考试官看中，考试高中。明陈耀文《天中记》卷三十八引《侯鲭录》："欧阳修知贡举日，每遇考试卷，坐后常觉一朱衣人时复点头，然后其文入格。……因语其事于同列，为之三叹。尝有句云：'唯愿朱衣一点头。'"宋朝有一位号"醉翁"，晚年又号"六一居士"的欧阳修，他为人耿直，敢于进谏，是北宋诗文革新运动的领袖，十分重视培养后进，曾担任过翰林学士。传说，欧阳修任翰林学士，主持贡院举试时，每次拿起朱笔批阅考卷，总觉得有一个穿着朱色服装的人站在他后面，严肃地注视着他手中的朱笔。起初，欧阳修以为是侍从站在他身后，但回头看时，又无一人。这朱衣人头一点，他批阅着的文章便是合格的；否则，就不合格。因此，欧阳修觉得非常奇怪。后来，欧阳修把这件事告诉给同僚，同僚们无不感到惊异。朱衣人在欧阳修身后点头的这件事传开后，那些参加考试的人，心里常常暗暗祷念"唯愿朱衣一点头"，就是希望自己的考卷合格，被录取。

[10] 菁莪：菁菁，盛貌。莪：莪蒿。《诗·小雅》中《菁菁者莪》篇名的简称。晋孙楚《故太傅羊祜碑》："虽《泮宫》之咏鲁侯，《菁莪》之美育才，无以过也。"宋朱熹《白鹿洞赋》："乐《菁莪》之长育，拔隽髦而登进。"《诗·小雅·菁菁者莪》："菁菁者莪，乐育材也，君子能长育人材，则天下喜乐之矣。"后因以"菁莪"指育材。明刘基《送赵元举之奉化州学正》诗："泮水紫芹香可揽，倚看待佩乐菁莪。"

共仰：共同仰慕。

清风：高洁的品格。南朝梁刘勰《文心雕龙·诔碑》："标序盛德，必见清风之华。"比喻在好的影响感化下而改变旧习性。

[11] 泮林：《诗·鲁颂·泮水》："翩彼飞鸮，集于泮林，食我桑黮，怀我好音。"郑玄笺："言鸮恒恶鸣，今来止于泮水之木上，食其桑黮。为此之故，故改其鸣，归就我以善音。喻人感于恩则化也。"

[12] 宠隆：推崇，尊崇。

紫禁：古以紫微垣比喻皇帝的居处，因称宫禁为"紫禁"。《文选·宋孝武宣贵妃诔》："掩彩瑶光，收华紫禁。"李善注："王者之宫，以象紫微，故谓宫中为紫禁。"唐戴叔伦《宫词》："紫禁迢迢宫漏鸣，夜深无语独含情。"

[13] 恭维：出于讨好对方的目的而去称赞、颂扬。

才高黼藻：比喻极有才华。黼藻：指华美的辞藻或文字。南朝齐谢朓《酬德赋》："有杞梓之贞心，协丹采之辉被；伊吾人之陋薄，虽黼藻之何置。"曹融南校注："黼藻，谓华美之辞藻。"

[14] 掌握：指力所能及或权力范围。

丝绘：应为“丝纶”，《礼记·缁衣》：“王言如丝，其出如纶。”孔颖达疏：“王言初出，微细如丝，及其出行于外，言更渐大，如似纶也。”后因称帝王诏书为“丝纶”。南朝梁刘勰《文心雕龙·诏策》：“《记》称丝纶，所以应接群后。”

［15］学海：汉扬雄《法言·学行》：“百川学海而至于海，丘陵学山不至于山，是故恶夫画也。”言百川流行不息，所以至海；丘陵止而不动，所以不至于山。谓做学问当如河川流向大海，日进不已。北齐邢卲《广平王碑》：“志犹学海，业比登山。”谓学问渊博，亦指学问渊博的人。晋王嘉《拾遗记·后汉》：“何休木讷多智，三坟五典、阴阳算术、河洛谶纬及远年古谚、历代图籍，莫不成诵也……京师谓康成为‘经神’、何休为‘学海’。”

掞天：光芒照天。南朝梁庾肩吾《侍宴宣猷堂应令》诗：“副君德将圣，陈王才掞天。”

［16］具：具备，有。

浴日：古有羲和浴日的传说（见《山海经·大荒南经》），后以喻功勋巨大。传说尧曾命羲仲、羲叔、和仲、和叔两对兄弟分驻四方，以观天象，并制历法。《书·尧典》：“乃命羲和，钦若昊天，历象日月星辰，敬授人时。”

［17］曲江：唐代长安最大的名胜风景区。“安史之乱”后荒废。唐文宗颇想恢复升平故事，于大和九年（835）二月派神策军修治曲江。十月，赐百官宴于曲江。甘露之变发生后不久，下令罢修。曲江的兴废，和唐王朝的盛衰密切相关。

［18］绍：连续，继承。

貂冠：指居高位享受国家俸禄。古代侍中、常侍之冠，因以貂尾为饰，故称。南朝梁江淹《后让太傅扬州牧表》：“朱轩跃马，光出电入，貂冠紫绶，宠蔼霞炤。”

锦带：锦制成的带子。指居高位享受国家俸禄。《礼记·玉藻》：“居士锦带，弟子缟带。”孔颖达疏：“锦带者，以锦为带。”前蜀薛昭蕴《浣溪沙》词：“钿匣菱花锦带垂，静临兰槛卸头时。”

休：福禄。

［19］是以：所以，因此。

帝简：指能被皇帝所知者。《论语·尧曰》：“帝臣不蔽，简在帝心。”

柔远：安抚远人或远方邦国。《书·舜典》：“柔远能迩。”孔传：“柔，安；迩，近……言当安远，乃能安近。”《汉书·段会宗传》：“足下以柔远之令德，复典都护之重职。”颜师古注：“柔远，言能安远人。”

良臣：贤臣，能臣。

［20］衡文：品评文章，特指主持科举考试。明沈德符《野获编·内阁·李温陵相》：

“物情既不附，大权又不关，寒暑闭门，更无一人窥其庭。即其衡文所首举，已在词林登坊局者，更对众讪詈之，以明大义灭亲。”

重寄：重大的托付。《史记·龟策列传》：“盛德不报，重寄不归。”

［21］开：开始，起始。

三泰：三阳开泰，《周易》称爻连的为阳卦，断的为阴爻，正月为泰卦，三阳生于下；冬去春来，阴消阳长，有吉亨之象。常用以称颂岁首或寓意吉祥。《易·泰》：“泰，小往大来，吉亨。”《宋史·乐志》：“三阳交泰，日新惟良。”

［22］主：主持，掌管。

两省：中书省和门下省的合称，为唐代最高国务机构。《新唐书·权德舆传》：“始，德舆知制诰，而徐岱给事中，高郢为舍人。居数岁，岱卒，郢知礼部，德舆独直两省，数旬一还舍。”《资治通鉴·后周世宗显德四年》：“九月，中书舍人窦俨上疏……乞令即日宰相于南宫三品、两省给、舍以上，各举所知。”胡三省注：“两省，谓中书、门下省也。”

词坛：犹文坛。明陆时雍《诗镜总论》：“西京崛起，别立词坛，方之于古，觉意象蒙茸，规模逼窄。”

［23］路入：进入的道路。

龙门：古代科举试场的正门，后喻指科举中试为登龙门。古代传说黄河鲤鱼跳过龙门（指的是黄河从壶口咆哮而下的晋陕大峡谷的最窄处的龙门，今称“禹门口”），就会变化成龙。《埤雅·释鱼》：“俗说鱼跃龙门，过而为龙，唯鲤或然。”清李元《蠕范·物体》：“鲤……黄者每岁季春逆流登龙门山，天火自后烧其尾，则化为龙。”后以“鲤鱼跳龙门”比喻中举、升官等飞黄腾达之事，后来又用作比喻逆流前进，奋发向上。

［24］叱驭：汉琅邪王阳为益州刺史，行至邛崃九折阪，叹曰：“奉先人遗体，奈何数乘此险！”因折返。及王尊为刺史，“至其阪……尊叱其驭曰：‘驱之！王阳为孝子，王尊为忠臣。’”（见《汉书·王尊传》）后因以“叱驭”为报效国家，不畏艰险之典。

频：屡次，频繁。

驰：车马疾行。

金马：指朝廷或帝都。明陈汝元《金莲记·诗案》：“自家章惇……鼠钻倖穴，因而位列铜螭；孤假权门，自此威行金马。”

［25］薪传：柴虽烧尽，火种仍可留传，比喻道术学术相传不绝。出自“上有俎豆千秋，而且余烈光大，下有百世薪传”。“俎”和“豆”是古代祭祀、宴会时盛肉类等食品的两种器皿，指奉祀。这句话的意思是：（某人）受世人代代供奉，功业被后世越传越大，他的人

虽然死了，但是他的精神（或者业绩）永远流传下去。“上”“下”是古文为了对仗，并无实义。

［26］作人：教育人民，培植人才。

悉：尽，全。

准：依照，依据。

玉衡：古代的测天仪器。《书·舜典》：“在璿璣玉衡，以齐七政。”孔传：“璣，衡，王者正天文之器。”孔颖达疏引蔡邕曰：“玉衡长八尺，孔径一寸，下端望之以视星辰。盖悬璣以象天而衡望之。”

［27］挹：引，牵引。

丰镐：亦作“丰鄗”，周的旧都。文王邑丰，在今陕西西安西南丰水以西。武王迁镐，在丰水以东。其后周公虽营洛邑，丰镐仍为当时政治文化中心。《韩非子·五蠹》：“古者，文王处丰镐之闲，地方百里，行仁义而怀西戎。”《汉书·郊祀志下》：“昔者周文、武郊于丰鄗，成王郊于雒邑。”后借指国都。唐储光羲《哥舒大夫颂德》诗：“陇路起丰镐，关云随旌旆。”

风云：比喻正处于对局势影响最为关键的人或事。

［28］广：宽广，广阔，多。

历：行，游历。

河山百二：指山河险固，可以二敌百，后指国力强盛，边防稳固的国家。《史记·高祖本纪》：“秦，形胜之国，带河山之险，悬隔千里，持戟百万，秦得百二焉。”

［29］振：抖动，摇动。《广雅·释诂一》：“振，动也。”

辟雍：亦作“璧雍”等。本为西周天子为教育贵族子弟设立的大学。取四周有水，形如璧环为名。其学有五，南为成均，北均上庠，东为东序，西为瞽宗，中为辟雍。其中以辟雍为最尊，故统称之。

钟鼓：亦作“钟鼓”，钟和鼓，古代礼乐器。《诗·周南·关雎》：“窈窕淑女，钟鼓乐之。”《国语·晋语五》：“是故伐备钟鼓，声其罪也。”唐皮日休《补周礼九夏系文》：“凡乐事，钟鼓以奏《九夏》。”

［30］宏裁：宏大的体制。南朝梁刘勰《文心雕龙·体性》：“壮丽者，高论宏裁，卓烁异采者也。”

礼乐：礼节和音乐。古代帝王常用兴礼乐为手段以求达到尊卑有序远近和合的统治目的。《礼记·乐记》：“乐也者，情之不可变者也；礼也者，理之不可易者也。乐统同，礼辨异。礼乐之说，管乎人情矣。”孔颖达疏：“乐主和同，则远近皆合；礼主恭敬，则贵贱有序。"《吕氏春秋·孟夏》:"乃命乐师习合礼乐。"高诱注:"礼所以经国家,定社稷,利人民;乐所以移风易俗,荡人之邪,存人之正性。"

三千:泛言数目之多。三国魏陈琳《饮马长城窟行》:"长城何连连,连连三千里。"

[31]景仰:仰慕,佩服尊敬。语出《诗·小雅·车舝》:"高山仰止,景行行止。"《后汉书·刘恺传》:"今恺景仰前脩,有伯夷之节。"宋范仲淹《阅古堂诗》:"复令千载下,景仰如高岑。"

[32]教:教育,指导。

衍:延长,扩展,扩充。

关西夫子:即杨震,字伯起,东汉时弘农华阴人,西汉赤泉侯杨喜的人世孙,东汉靖节先生杨宝之子。震少时敏而好学,世人赞其"时经博览,无不穷究",当时被誉为关西孔子。

[33]昌明:谓发扬光大。清管同《祭檀默斋明府文》:"先生之书,其种数十。始取遗经,昌明缀缉;次及见闻,以裒以集。"《清史稿·礼志三》:"康熙五十一年,以朱子昌明圣学,升跻十哲,位次卜子。"

正学:谓合乎正道的学说。西汉武帝时,排斥百家,独尊儒术,始以儒学为正学。《史记·儒林列传》:"公孙子,务正学以言,无曲学以阿世!"宋李之彦《东谷所见·异端》:"士君子莫不知崇尚正学,排斥异端。"

[34]道:学术或宗教的思想体系。

宗:取法,效法。

[35]风气:风尚习俗。《魏书·李琰之传》:"琰之虽以儒素为业,而语人言,吾家世将种,自云犹有关西风气。"

丕变:大变。《书·盘庚上》:"罔有逸言,民用丕变。"孔传:"民用大变从化。"

诗书:指《诗经》和《尚书》,后亦泛指一般书籍、诗文。

[36]虎韔:虎皮制作的弓袋。《诗·秦风·小戎》:"虎韔镂膺,交韔二弓。"毛传:"虎,虎皮也。韔,弓室也。"

鸾镳:系鸾铃的马衔。《诗·秦风·驷驖》:"輶车鸾镳,载猃歇骄。"郑玄笺:"置鸾于镳,异于乘车也。"孔颖达疏:"《夏官·大驭》及《玉藻经解》之注皆云:鸾在衡,和在轼,谓乘车之鸾也。此云鸾镳,则鸾在于镳,故异于乘车也。"《艺文类聚》引南朝梁庾肩吾《咏疏圃堂》:"北堂多暇豫,时驾总鸾镳。"

改色:变成另一种颜色。

[37] 精华：指事物最精美、最重要的部分，即事物最具有光辉和光华的部分。

秀发：指植物生长繁茂，花朵盛开。《诗·大雅·生民》："实发实秀。"宋林逋《山舍小轩有石竹二丛》诗序："山舍小轩有石竹二丛，哄然秀发，因成二章。"

山水：犹山野。宋王安石《赠李士云》诗："李子山水人，而常寓城郭。"

[38] 萧：艾蒿，又名"艾草"。《说文》："萧，艾蒿也。"《尔雅》：萧萩。注：即蒿。

洲：水中的陆地。

葭：初生的芦苇。

扬晖：亦作"扬辉"，发出光辉。《后汉书·党锢传·李膺》："虹蜺扬晖，弃和取同。"

[39] 文昭：文德昭著。《国语·周语下》："成王能明文昭，能定武烈者也。"《文选·答卢谌诗》："资忠履信，武烈文昭。"李善注："汉武帝赠故朱崖太守董广诏曰：'伐叛柔服，文昭武烈。'曹植令曰：'相者文德昭，将者武功烈。'"

铁驷城边：边界、边城上的军队。这里是说文教的光芒使驻扎边城的雄狮劲旅得到了教化。

[40] 喜：欢喜。

多士：古指众多的贤士，也指百官。《书·多方》："猷告尔有方多士，暨殷多士。"《诗·大雅·文王》："济济多士，文王以宁。"

蛟腾凤起：腾飞的蛟龙与起舞的凤凰。比喻人才众多，各显其能。

[41] 化洽：教化普沾。汉蔡邕《司空文烈侯杨公碑》："功成化洽，景命有倾。帝乃震恸，执书以泣。"

玉门关：始置于汉武帝开通西域道路、设置河西四郡之时，因西域输入玉石时取道于此而得名。汉时为通往西域各地的门户，故址在今甘肃省敦煌西北小方盘城。元鼎或元封中修筑酒泉至玉门间的长城，玉门关当随之设立。据《汉书·地理志》，玉门关与另一重要关隘阳关，均位于敦煌郡龙勒县境，皆为都尉治所，为重要的屯兵之地。当时中原与西域交通莫不取道两关，曾是汉代时期重要的军事关隘和丝路交通要道。

[42] 领：带领，引导。

群才：众多贤才。

鲲跃鹏飞：鲲鹏展翅飞翔，说明人才众多，各显其能。

[43] 仰见：抬头看见。

莲炬：莲花形的蜡烛。前蜀杜光庭《中元众修金箓斋词》："焰九光之莲炬，下照冥津；飘三素之檀烟，上闻真域。"

生花：呈现出花的形状，像花。南朝梁简文帝《鸳鸯赋》："始临涯而作影，遂蹙水而生花。"宋黄庭坚《忆帝京·私情》词："银烛生花如红豆。占好事、而今有。"

［44］再上：再次呈上、奉上。

圣主：对当代皇帝的尊称。《东观汉记·鲍永传》："今圣主即位，天下已定，不降何待?"唐李白《峨眉山月歌送蜀僧晏入中京》："我似浮云殢吴越，君逢圣主游丹阙，一振高名满帝都，归时还弄峨眉月。"

［45］藜光：烛光。宋刘克庄《沁园春·寄竹溪》词："道荒芜羞对，宫中莲烛，昏花难映，阁上藜光。"后因以"藜火"为夜读或勤奋学习之典。明李东阳《刘太宰入阁后省墓》诗："天禄阁中藜火动，相州堂上锦衣归。"

映月：月光的照射和映照。

［46］竞歌应候媚一人之章：这句话是说都是歌颂爱戴天子一人的奏章。应候媚一人之章：《诗·大雅·下武·应侯顺德》云："下武维周，世有哲王。三后在天，王配于京。王配于京，世德作求。永言配命，成王之孚。成王之孚，下土之式。永言孝思，孝思维则。媚兹一人，应侯顺德。永言孝思，昭哉嗣服。昭兹来许，绳其祖武。于万斯年，受天之祜。受天之祜，四方来贺。于万斯年，不遐有佐。"章：奏本。

［47］某：自称之词，指代"我"或本名，旧时谦虚的用法。宋王安石《答司马谏议书》："某启。"

心切：心意真切。唐李白《雪谗诗赠友人》："辞殚意穷，心切理直。如或妄谈，昊天是殛。"

瞻韩：唐李白《与韩荆州书》："白闻天下谈士相聚而言曰：'生不用封万户侯，但愿一识韩荆州。'何令人之景慕一至于此耶！"唐韩朝宗曾作荆州长史，喜拔用后进，为时人所重。后因以"瞻韩"为初见面的敬辞，意谓久欲相识。清和邦额《夜谭随录·玉公子》："韦登堂展拜曰：'久冀瞻韩，无缘御李，兹获披睹，实慰夙心。'"

［48］情殷：情意恳切。宗臣《报刘一丈书》："书中情意其殷。"

御李：东汉李膺有贤名，士大夫被他接见的，身价大大提高，被称作登龙门。荀爽去拜访他，并为他驾驭车马，回家后对人说："今日乃得御李君矣！"《后汉书·李膺传》。后因以"御李"谓得以亲近贤者。唐黄滔《上卢员外启》："岂可坚期御李，确慕依刘，志空切于投林，丑难逃于侧管。"

［49］缘：因由，因为。

霸：称霸，统治。

职守：任职的地方。引申为指对统治的地方的工作范围内负有应尽的责任。

[50] 莫：表示否定，相当于“不”。

随：任凭，随便。

写：书写。

趋迎：奉承，讨好。清孔尚任《桃花扇·侦戏》：“但有当事朝绅，肯来纳交的，不惜物力，加倍趋迎。”

[51] 虔：恭敬，诚敬，诚心。

布：陈述，表达。

微忱：微薄的心意。明刘基《赠周宗道六十四韵》：“蝼蚁有微忱，抑塞无由扬。”《红楼梦》：“谨备瓣香至灵前拜奠，稍尽微忱。”清褚人获《坚瓠八集·祭妒妇津神文》：“惟夫人鉴妾微忱，为后来乞命。”

[52] 敬肃：传统书信对长辈亲朋或上级的结尾应酬用语。敬：恭敬。肃：端肃。

鱼笺：代称书信。元任昱《寨儿令·书所见》曲：“碧波深不寄鱼笺，翠衾寒犹带龙涎。”

申悃：传统书信对长辈亲朋或上级的结尾应酬用语。申：表明，表达。悃：诚恳，诚挚。

自勖录全编

自勖录序

曩读蘧大夫[1]传，至行年[2]五十而知四十九年之非。未尝不掩卷叹息曰："古人为学之功，与年俱进，有如是乎?"今而实有其事矣，适逢其年矣。始信古人不我欺也[3]。余年十三，先严[4]弃世，余奉养老母，艰苦备尝，兼以内患外侮交作[5]，左支右绌[6]，有不可终日之势，先慈涕[7]训余曰："尔当发奋读书，以光大前烈，否则尔孤我寡，将何以为门户计?余遂奋志芸窗[8]，昼则从师，夜则先慈坐灯下缝纫，每夜课读[9]三更，余年十六年幸入黉序[10]，自此加意举子业[11]，兼学诗古文词，年二十五，谬为督学所赏识，以选贡送入成均[12]，当是时，先慈衰老，欲求升斗禄不得，嗣丁先慈难[13]，服阕[14]之后，家计日穷，奔走四方，藉馆谷以赡家，而妻子婚嫁之念，遂憧憧[15]起矣。岁在丁酉，馆于云川[16]。偶因同人[17]相劝，秋闱[18]应举幸捷，连上礼闱不第，燕台既遘[19]旅次之惊，家乡复闻兵燹[20]之变，踉跄归里，心力俱惫，嗣[21]馆平邑，闲阅内典[22]；有志净业[23]，复得《参同契》《悟真篇》[24]，暇时读之，便觉心底清凉，私谓二氏[25]之教，乃火宅焰中一滴甘露也。岁在戊申，余四十九岁，是年家居，时至孟冬，染伤寒大病，九死一生，辗转床褥者三月，及病甫愈之时，气存如线，心冷似灰，追思往事，浑如一场戏剧，不禁感慨系之[26]矣。越明年[27]己酉，余年五十岁，应苏提军之聘，就馆甘泉，得关中李二曲[28]先生全集读之，始知五经四书，皆所以明吾心而复吾性也。惜乎其见之晚也。于是反而求诸身心之内，而深悔畴昔[29]之所学所为，甘自入歧途而不知返；迷幻境而不自觉也。因痛自责曰："吾四十九年中之心，如镜被[30]尘，如珠蒙垢，至五十而始有警觉耶!"综计吾之平生，溺于[31]词章者有年，困于家计者有年，劳于笔墨者有年，疲于道途者有年；所历非一境，所接非一事，由今思之，境皆戕[32]心之境，而事皆役心之事也，有千非而无一是也。从此洗心涤虑，自立严誓，题其斋曰"洗心斋"，易其号曰"洗心道人"，盖欲洗既往之心，涤旧染之污[33]，而不敢复循故步焉耳。因思二曲集中，推崇王阳明[34]先生致良知之学，谓得孔孟真脉[35]，但王阳明之书，目所未睹，私淑[36]无由，辛亥夏月，得《阳明全集》，朝夕寻绎[37]，随录要言一帙[38]，奉为圭臬[39]，时时体认[40]，刻刻提撕[41]，当从此潜心密诣[42]，以期自证，何敢稍涉著述，复蹈前愆，第恨岁月蹉跎，年华老大，据今日地头，必立定脚跟，栽培后末根株，填补以前欠缺，庶失之东隅，或可收之桑榆，此亦万有一然之想也。爰定为学之工夫次第，采先哲之嘉言善行；随意手录，都元伦次，间以鄙言，附之于内，日久成书，分为四卷，置诸案头，以为身心性命之助，因自叙其颠末云。

乾隆五十七年岁次壬子春正月上浣

乐都吴栻洗心道人自识并书

题解：

白居易云“自古诗人多薄命，就中沦落不过君”，老杜又云“文章憎命达”意谓文才出众者总是命途多舛。也只能说，那些一帆风顺的人，生活几点少，缺少思虑，心智不成熟，感情缺乏跌宕与曲折，与读者不能产生共鸣。“一丘一壑也风流”用在写作规律上，好似也妥。先生生于盛世，但家世凄苦，自幼冷暖尝尽，但不罢青云之志，发愤苦读而少年得志。然而仕途不顺，难成入相拜将的夙愿。天命之年回首来路，一路风尘掩盖了凌云壮志，两鬓苍苍，幻境唯留。只因天命，万事成空，皈依大宝，立誓洗心，何况不是对世道的愤怒？

注释：

[1] 曩：以往，以前。

蘧大夫：即蘧瑗。

[2] 行年：经历的年岁，指当时年龄。

[3] 不我欺也：“不欺我也”的宾语前置句。

[4] 先严：亡父。

[5] 交作：迭起，齐作。《二刻拍案惊奇》卷十二：“是夜大雨如倾，雷电交作。”

[6] 左支右绌：顾到一面，顾不到另一面，形容财力和人力不足，穷于应付。

[7] 涕：作状语，流着涕。

[8] 奋志芸窗：发奋立志于读书。芸窗：指书斋。唐萧项《赠翁承赞漆林书堂诗》：“却对芸窗勤苦处，举头全是锦为衣。”

[9] 课读：谓接受教育，学习知识。

［10］黉序：古时的学校。

［11］加意举子业：专业于科举应考之事业。加意：特别留意，非常留心。

［12］成均：古之大学，后泛称官设的最高学府。

［13］丁先慈难：指遭逢母亲丧事。旧制，父母死后，子女要守丧，三年内不做官，不婚娶，不赴宴，不应考。

［14］服阕：旧制，父母死后守丧三年，期满除服，称谓“服阕”。阕：终了。

［15］憧憧：来往不绝的。

［16］云川：古地名，在今甘肃省永昌县。

［17］同人：旧时称在同一单位工作的人或同行业的人。又作“同仁”。

［18］秋闱：科举制度中乡试的借代性叫法。

［19］燕台：即黄金台。

遘：相遇。

［20］兵燹：因战乱而造成的焚烧破坏等灾害。《宋史·神宗纪二》：“丁酉，诏：岷州界经鬼章兵燹者赐钱。”

［21］嗣：接续。

［22］内典：佛教徒称佛经为内典。宋王禹偁《左街僧录通惠大师文集序》：“释子谓佛书为内典，谓儒书为外学。”

［23］净业：指清净之行业，又作“清净业”，即世福、戒福、行福之三种福业。

［24］《参同契》：道教名书，全名《周易参同契》，东汉魏伯阳撰。书中借用坎、离、水、火、龙、虎、铅、汞等法象，以明炼丹修仙之术。

《悟真篇》：道教名书，宋张伯瑞撰。用诗百篇，演说道教炼丹法术，和《参同契》互相发明。

［25］二氏：宗教中的佛教、道教。

［26］感慨系之：感慨随着产生。系：附着。

［27］越明年：到第二年。越：及。

［28］李二曲：即李颙，字中孚，号二曲。陕西周至人，因为“周至”的古字在《汉书》中解释为山曲和水曲，所以人们称他为二曲先生。家贫，借书苦学，遍读经史诸子以及释道之书。曾讲学江南，门徒甚众，后主讲关中书院。与孙奇逢、黄宗羲并称三大儒。清廷屡以博学鸿词征召，以绝食坚拒得免。为学主兼采朱（熹）、陆（九渊）两派，以为“朱之教人，循循有序”，“中正平实，极便初学”；“陆之教人，一洗支离锢蔽之陋，在儒者中

最为儆切”(《二曲集》卷四)，主张兼取其长。重视实学，提倡“明体适用”。同顾炎武反复辩论“体用”问题，提出“明道存心以为体，经世宰物以为用”的见解，将“格物致知”的“物”扩充到“礼乐兵刑、赋役农屯”，以至“泰西水法”等实用学问。力主自由讲学，与清廷钳制思想政策对立。所著有《四书反身录》《悔过自新说》《二曲集》等。

[29] 畴昔：往昔，日前，以前。《礼记·檀弓》：“于畴昔之夜，梦坐奠于两楹之间。”

[30] 被：古同“披”，覆盖。

[31] 于：表被动。

[32] 戕：残杀，杀害。会意，从戈，从爿。戈：古代用以横击、钩杀的重要武器；爿：劈开的竹木片。

[33] 涤旧染之污：清除忧心百虑。

[34] 王阳明：明哲学家、教育家，浙江姚余人，尝筑室故乡阳明洞中，世称阳听先生。他发展了陆九渊的学说，用以对抗程朱学派断言，“夫万事万物之理，不外于吾心”，“心明便是天理”。否认心外有理，有事，有物。提出“致良知”的学说，把封建伦理道德，说成是人生具有良，认为为学“惟求得其心”，譬者之植焉。

[35] 真脉：指正统。清包世臣《再与杨季子书》：“足下试各取其全集读之，凡为三百年来选家所遗者，大抵皆出入秦汉而为古人真脉所寄也。”

[36] 私淑：没有得到某人的亲身教授而又敬仰他的学问并尊之师的，称之为私淑。《孟子·离娄下》：“予未得为孔子徒也，予私淑诸人也。”

[37] 寻绎：反复探索，推求。

[38] 帙：量词，用于装套的线装书。

[39] 圭臬：合指事物的准则。

[40] 体认：体会，认识。

[41] 提撕：教导，提醒。

[42] 潜心密诣：谓专心从事，学业的进境。

勖录内自编卷一

志　学

学之为途多端[1]，有记问之学；有训诂之学；有词章之学；有权术之学。而总以阐明心性，为学之大本大原，为学而不定其志，则趋向不端[2]，不免有见异思迁之虑，既知为学，当定其志，如习射之有鹄；如造屋之有基，自可凝神壹志，以训至于正大光明之域，故首以志学开端，所以定为学之志也。

《论语》开章第一个学字，确是为天地立心，为生民立命，为往圣继绝学，为天下万世开太平[3]，集注[4]特提人性皆善四字，直从天命源头说起，举凡异学俗学，无从置啄疑为置喙矣。

《集注》不曰："效先觉之所学"，而曰："效先觉之所为"，说为便不落空，（评语：若不效先觉所为，而第空空言学，不知所学者何事）先觉所为如尧之执中[5]，舜之精一[6]；禹之只承[7]；汤之日新[8]；文之望道未见[9]；武之敬胜怠；义胜欲；周公之思兼[10]；孔子之敏求，颜之愚，曾之鲁，元公之主静；二程[11]之主敬；朱子之穷理致知；象山之先立乎其大，皆是也。始也效先觉之所为而求其觉，（评语：先觉之所为，皆所以明善而复起初也）终也明善复初而自得之于心，将不期[12]悦而悦矣。否则事事效先觉之所为，是义袭于外也，又安能天机[13]舒畅，而臻悦乐之境哉。

吾十有五章，乃夫子一生年谱也，自叙进学次第，绝口不及官阀履历[14]，事业删述[15]。可见圣人一生所重，惟在于学，所学惟在于心，存心不离乎矩，他非所与[16]焉。第人人有是心，心心有是矩，而人往往舍心言学，又往往舍矩言心，惑也久矣。

《大学》一书，乃孔门授受之要典[17]，全体大用之成规[18]也。其中规模次第，若网在纲，有条不紊，两程表章，朱子阐绎，真文忠公[19]衍之于前，邱文庄公补之于后，其于全体大用，发明[20]无余蕴矣，有志于学者，依其次第，循序渐进，亦犹农服先畴[21]，匠遵规矩，自然成德达材，有体有用。

《中庸》一书，圣学之统宗，吾人尽性至命之指南也。学不尽性，学非其学，不顾是天命，学无本原，尽性至命，与不学不虑之良，有一毫过不及，便非中；与愚夫，愚妇之知能，有一毫异同，便非庸；不离日用平常，惟依本分而行，本分之内，不少愧歉，本分之外，不加毫末，此之谓中庸。

《中庸》首章，从天说到人，末章从人说到天所谓始言一理，末复合为一理者此也。而其用功之要，首章以谨独开端，末章仍以谨独结之，此尽性至命达天之实功也。

孟子圣贤而豪杰也。学孔于百家并兴之日，倡道于干戈扰攘[22]之世。其气魄作用挺特刚毅使天德不夺于杨墨[23]，王道不惑于功利，遏人欲于横流，援天下于既溺，昔人谓功不在禹下者此也。（评语：孟子于性体洞见本原，真是与孔、颜、曾思，一鼻出气[24]也。）

圣言包扫一切，其于心性精微处，指点大意，令人深思而自得之。孟子起而阐发无余。与告子[25]辨性数章，条分缕晰，一破支离之见，富岁子弟多赖以下十四章，其于身心性命，旁引曲喻，言言痛切，发人深省，读者身体而力行之，庶不负圣贤立言之旨。

学者要做工夫，先认圣人气象[26]，昔人曾有是言，但圣人气象，自是圣人的，我何处认识？若不就自己心上真切体认，如以无星之秤而权[27]轻重，不明之镜而照妍媸[28]，不免以小人之腹，而度君子之心矣。孟子言舜居深山之中一章，明其寂然不动，感而遂通，其应善之速，有如此，桃应[29]问曰：舜为天子，皋陶为士一章，悬空逆料[30]，极天下万难处置之事，只以臣子之常理处之，而各尽其道如此；舜之饭糗茹草[31]一章，形容圣人之心体，如明镜止水，视贫贱富贵，自相往来于太虚之中，而于已无与，又如此，非孟子造道之深，断不能形容至此，所谓惟圣人然后能知圣人也。

人之所以为人，止此一心，孟子七篇，反复开导，无非欲人反求诸心，人各有心，心各有理，读孟子者，可以兴矣。

文中子曰：我辈读圣贤书，看昔人这般教人念头，语语婆心，当为之泪下，夫千百年以下之人，与千百年以上之人，何所关系，而苦苦训诫若此，盖见那些作恶人，眼中看不过，心里忍不过，前车既覆，后车又随，实可怜悯，急欲将一句说话，唤醒千百年人，这段血诚语，岂可草草读过，读古人书，须念作者苦心，毋负前人接引后学之意。

邵康节[32]先生云：天下言读书者不少，能读书者少，若得天理真乐，何书不可读，何坚不可破，何理不可精。

程子曰：吾学虽有所受，天理二字却是自家体贴[33]出来。

朱子八岁时，读《孟子·人皆可以为尧舜》章，便欢欣踊跃曰："圣人可学而至也”，遂自誓曰：“学不至于圣人，便不成人。”可知少成若天性，习惯成自然，虽圣人复出，不易此言也。

明王心斋先生，名艮，字汝止，号心斋，泰州安丰场人，场俗业[34]盐，不事诗书，以故先生目不知书，惟以贩盐为务。年近三十，贩盐山东，经孔林，谒孔子庙，低徊[35]久之，慨然奋曰：“此亦人耳，胡万世之师之称圣耶。”于是归，取《孝经》《大学》纳其书于袖中，逢人问字质义，读《论语》至颜渊问仁章，询之塾师，知颜渊为圣门高弟，叹曰：“此孔门作圣工夫[36]也。”为书《四勿语》，朝夕手持而躬践之。其后心量洞明，行住语默，皆在觉中，时王阳明先生巡抚江南，遂订所学而从游，卒成大儒。天台耿氏[37]曰：“心斋为学以悟性为宗[38]，直接孔氏正脉，其师表公卿，下逮樵渔牧竖，有以[39]也。”邹南皋曰：“泰州惟不事诗书。此其所以得闻斯道也”。盖事诗书者，理义见闻，缠缚胸中，有大人告之以心性之学，彼曰：“予既已知之矣，以泰州之天灵皎皎，既无闻见之桎梏，又以新建明师证之，宜其为天下师也。”

罗殿元洪先数造王心斋先生之庐请益[40]，先生因为《大成歌》以赠之，其略云：“始终感应如一日，与人为善谁同之，我将大成学印证。随言随语随时跻，只此心中便是圣，说此与人便是师，至易至简至快乐，至尊至贵至清奇。”洪先大喜而别。

王心斋先生过金陵，至太学前，聚诸友讲论，时六馆[41]之士俱在，先生曰：吾为诸君发明六经大旨，夫六经者，吾心之注脚也：心即道，道明则经不必用，经明则传复何益，经传印证吾心而已矣，六馆之士皆爽然自失。

大司成汪咸斋问王心斋先生治[42]何经，先生曰：“吾治总经也。”闻者悚然。

夏云峰，名廷美，繁昌人，素事耕稼，闻王心斋之风而慕之，或教之读书，乃日取学庸论孟，逢人辨字问义，久之反身寻绎，觉有会处，其言曰：“吾人须是自心作得主宰，凡事只依本心而行，便是学道。”又曰：“天理人欲，不知谁氏作此分别，吾反身细求，理欲似难分别，分别只在迷悟间，悟则人欲即天理，迷则天理即人欲也。”噫，云峰一田野农夫，无师友之助，乃能识本心，直窥性道之源，盖彼农家者流，心无杂念，故能持守正念而不失也。学者博闻广见，反足以障道，其不为云峰所窃笑者几希。

周小泉先生，名蕙，字廷芳，山丹卫人，后徙居秦州，因家[43]焉。年二十为戎卒，戍兰州守墩，闻思容段公[44]集诸儒讲学，时往听之，有闻即行，有疑即订[45]，段公勖以圣贤可学而至，示以进修之方，遂殚心力学，慨然以程朱自任，为一时远迩学者之宗。巡按杜公，礼征求见聆其议论，不觉前席，尝正冠婚丧祭之礼，以示学者，秦人至今遵之，何大复[46]谓先生于段公其始若张横渠之于范仲淹，其后若蔡元定之于朱紫阳[47]也，先生门人甚众，其最著者，渭南薛思庵[48]，秦州王爵为一时醇儒，其后吕文简公又闻道于薛，以集关中大成，渊源所自，皆先生发之，有功于关学甚伟，然其初特一军卒耳，甚矣人贵自立也。

陈剩夫先生，名真晟，泉州人家，赤贫。年十一，其父老病，日以卖油为生，日余二壶以备养。货油至书舍，闻讲有子孝弟章大悦，入请其师曰："小人愿受学，日以余油为贽，须每旦一受讲，日仍卖油。"师从之，逾年，学大进，从进士唐泰治举子业，业成荐于有司，闻有司无待士礼，遂不复以科举为事，务为圣贤践履[49]之学，后读或问[50]见朱子搏采主敬诸说，以补小学工夫，乃知"敬"为大学之根基。及求其所以为敬，见程子以主一[51]释敬，以无适[52]释主一，始于敬字见得亲切，实下工夫，推寻此心之动静，而务主于一，尝语人曰，大学诚意[53]为铁门关难过，主一二字，乃其玉钥匙也，教人专以静坐为事，太史张元正叩[54]其所学，大加称许，曰："自程朱以来，惟先生得其真也。"

国朝李二曲征君名颙，字中孚，陕之周至人也，以明体适用之学[55]，闻于天下，征君幼失怙[56]，母氏苦节[57]，艰难万状[58]，携持[59]征君。年十六欲就学[60]，家贫不能具脯[61]，塾师不受，征君曰："句读无师，不可自读乎？"于是潜心力学，一旦豁然贯通，遂知四子之书，皆教人为圣为贤者也，而即有志于圣贤之学，上溯濂洛关闽[62]，直接孔孟心传[63]，远近学者，翕然宗[64]之，鄂制府[65]以理学奏闻，命下征书及门，征君以疾辞，疏凡数上，终以疾谢不起[66]，粹然[67]为一代大儒。

刘念台曰："学者先要见得自己至尊至贵，至神至灵，可以为圣为贤，才让圣人不为，亦更无第二等人可为，出圣入狂，非人即兽，间不容发[68]。此言直接了当，吾人为学，纵做不到圣贤地位，其立志须立第一等志，做人须做第一等人。"

天命之谓性[69]，乃天之所以与我而我之所以[70]为德者，生时一物不曾带来，惟此带来，死时一物不曾带去，惟此带去，学人终日孜孜[71]，惟此一事为人生第一要务，盖人生在世，总无有大过性命二字者，尽此谓之尽性，立此谓之立命。

六经四书，诸子百家，古圣贤千言万语，无非医世良方，学者日念良方而不知治已病，可慨也。

志于文人[72]，则成文人，志于诗人，则成诗人，磁石引铁，理或然也，若有志圣贤，纵不能到圣域贤关，也是圣贤一路上人，志不如此，便是无志，志逊于此，便不成志。

吕新吾[73]云：圣贤千言万语，说的是我心头佳话，立的是我身上妙方，不必另竭心思，举而措之，无往不效，而今把一部经书当作圣贤遗留下求富贵的本子，大砬砬[74]终日，只为身家，譬如僧道替人念消灾禳[75]祸的经忏一般，念的绝不与我相干，只是赚些经钱食米来，养活此身，把圣贤垂世立教之意，辜负尽了，有道之士，仔细思量，笑死愧死！斯人切中，吾人通病，吾人所宜猛省。

关中李二曲先生云：举业[76]者，言其修明体[77]，适用[78]之，业举而用之也。汉唐宋之制科[79]，本无关于身心，殊非圣贤之务，若八股之业，所读者圣贤之书，所模拟者圣贤之语，只是求不曾发[80]得圣贤之心，故不能做圣贤之事，立圣贤之品，今亦不须易业，只就其先资之言，而勉为实行，便是圣贤了，无奈以书本为敲门瓦，科名到手，书本弃去，心与指违，行辄背驰，一一尽是反做，不但是背圣人之言，即自已平生之言，自己全不照管，那得成人，二曲痛切言之，吾辈能不汗颜。

李二曲先生讲，子谓子夏曰：女为君子儒一章，儒字从人从需，言为人所必需也，道德为人所需，则式其仪范[81]，振聋觉聩[82]，朗[83]人心之长夜；经济[84]为人所需，则赖其匡定[85]，拯溺亨屯[86]，翊世运于熙雍[87]。二者为宇宙之元气，生人之命脉[88]，乃所必需而不可一日无者也，然道德而不见之经济，则有体无用，迂阔[89]而远于事情，经济而不本于道德，则有用无体，苟且而杂夫功利，各居一偏，终非全儒，譬之身然，或头目具而乏[90]四肢，或四肢具而缺头目，尚得为全人乎？故必头目四肢备，而后为完人，道德经济备，而后为全儒，如是则穷可仪表人群，达则兼善天下，均又补于世道，为斯人所必需，夫是之谓儒，夫是之谓君子。

（批注：儒有儒术[91]，有儒效[92]，有儒行[93]，术诡[94]于经。虽有笺注[95]，如魏之何晏，晋之王弼，不可以为儒，行诡于圣；虽有物望[96]，如汉之杨雄，马融，不可以为儒，效诡于王；虽有敷陈创建，如汉之匡衡，宋之王安石，不可以为儒，求儒于三代以下，独周、程、张、朱，为能充其道而无愧耳。）

庄渠[97]先生答唐应德书曰：闻开门受徒无乃省事中又添却一事，谁始为举业作俑[98]，不知耗费了人多少精神，心中添了许多葛藤蔓说[99]，纵斩绝之，犹恐牵缠，况可引惹[100]乎，朱子谓举业为一厄[101]，诗文是一厄，簿书[102]是一厄，之此三厄，埋没了天下多少人才，愿应德卓乎万物之表，莫以此等撄心[103]，若谓此是业，次[104]是指，寻花问柳，于力穑[105]同也。

（按：先生此书，字字警切[106]，言言确实，辨志者不可不知也。）

学所以约情而复性也，学不在性情上用功，则学非其学。性情上苟不得力，纵夙夜孜孜博极群籍，多才多艺，兼有众长，终不可谓之好学。故夫子两承[107]哀公之问，不以博学笃志之子夏对，不以多闻多识之自贡对，独推静默如愚之颜子，而以不迁不贰[108]，为好学之实，可以知好学之本矣。

人之所以为人，止是一心若外心而言学，不是世俗口耳章句。搏名媒利之学，便是迂儒徇末忘本支离皮毛之学。斯二者均无当于为人之实，非孔孟之所谓学也。

人苟知学，须时时向内心隐微处自参自求自体自认，不拘有事无事，闲时忙时，绵密勿辍，积久自彻，仍须在自感上，随事磨练，务使内外无间，心境如一，方可言学。

王阳明先生曰：思无邪一言，不但盖得三百篇之义，六经只此一言，便可该贯[109]，以至穷古至今，天下圣贤的话，思无邪一言，也可该贯。此外更有何说，此是一了百当[110]的工夫。

王阳明先生曰：志不立，天下无可成之事，虽百工技艺，未有不本于志者，今学者旷废堕惰玩岁惕时，而百无所成，皆繇[111]于志之未立耳。故立志而圣则圣矣，立志而贤则贤矣；志不立如无舵之舟，无衔[112]之马，飘荡奔逸[113]，终亦何所底[114]乎？昔人有言，使为善而父母怒之，兄弟怨之，宗族乡党贱恶之，如此而不为善可也；为善则父母爱之，兄弟悦之，宗族乡党敬信之，何苦而不为善为君子。使为恶而父母爱之，兄弟悦之，宗族乡党敬信之，如此而为恶可也；为恶则父母怒之，兄弟怨之，宗族乡党贱恶之，何苦而必为恶，为小人。诸生念此，亦可知所立志矣（此条示龙场[115]诸生）。

王阳明先生示诸弟书曰："夫学莫先于立志，志之不立，犹不种其根而徒事培壅[116]灌溉，劳苦无成矣。"世之所以因循苟且[117]，随俗习非，而卒归于污下[118]者，凡以志之弗立也。故程子曰：有求为圣人之志，然后可以共学，人苟诚有求为圣人之志，则必思圣人之所以为圣者安在，非以其心之纯乎天理，而无人欲之私欤？圣人之所以为圣人，惟以此心之纯乎天理，而无人欲，则我之欲为圣人，亦惟在此心之纯乎天理而无人欲耳。欲此心之纯乎天理而无人欲，则必去人欲而存天理，务去人欲而存天理，则必求所以去人欲而存天理之方，求所以去人欲而存天理之方，则必正诸先觉，考诸古训，而凡所谓学问之功者，然后可得而讲，而亦有所不容已矣。夫所谓正诸先觉者，既以其人为先觉而师之矣，则当专心致志，惟先觉之为听，言有不合，不得弃置，必从而思之，思之不得，又从而辨之，务求了释，不敢辄生疑惑，故《记·记》曰：师严然后道尊，道尊然后民知敬学，苟无尊崇笃信之心，则有轻忽怠慢之意，言之而听之不审，犹不听也；听之而思之不慎，犹不思也。是则虽曰师之，犹不师也。夫所谓考诸古训，圣贤垂训，莫非教人去人欲而存天理之方，若五经四书是已[119]。吾惟欲去吾之人欲，存吾之天理，而不得其方，是以求之于此，则其是展卷[120]之际，真如饥者之于食，求饱而已；病者之于药，求愈而已；暗者求于灯，求照而已；跛者求之于杖，求行而已。曾有徒事记诵讲说，以资口耳之弊哉。

王阳明先生又示诸弟书曰：夫立志亦不易矣，孔子圣人也，犹曰：五十有五而志于学，三十而立。立者立志也，虽至于不逾矩，亦志之不逾矩也，志岂可易而视哉，夫志气之帅也，人之命也，木之根也，水之源也，源不浚[121]则流息，根不植，则木枯，命不续，则人死，志不立，则气昏，是以君子之学，无时无处而不以立志为事。正目而视之，无他见也，倾耳而听之，无他闻也，如猫捕鼠，如鸡复[122]卵，精神心思凝聚融结而不复知有其他，然后此志常立，神气精明，义理昭著[123]，一有私欲，即便知觉，自然容住不得矣。故几一毫私欲之萌，只责此志不立，即私欲便退听；一毫客气[124]之动，只责此志不立，即客气便消除；或怠心生，责此志即不怠；忽心生，责此志，即不忽；燥心生，责此志即不燥；妒心生，责此志，即不妒；忿心生，责此志，即不忿；贪心生，责此志，即不贪；傲心生，责此志，即不傲；吝心生，责此志，即不吝；益[125]无一息，而非立志，责志之时无一事，而非立志，责志之地，故责志之功，其于去人欲，有如烈火燎毛，太阳一出而魍魉潜消也。

自古圣贤因时立教，虽若不同，其用功大指[126]无或少异，《书》谓“惟精惟一”[127]，《易》谓“敬以直内，义以方外”[128]，孔子谓“格致诚正”[129]“博文约礼”[130]，曾子谓“忠恕”[131]，子思谓“尊德性而道问学”[132]，孟子谓“集义养气”[133]“求其放心”[134]，虽若人自为说，有不可强同者，而求其要领归宿，合若符契[135]，何者？夫道[136]一而已。道同则心同，心同则学同。其卒不同者，皆邪说也。

后世大患尤在无志，故今以立志为说，中间字字句句，莫非立志。盖终身学问之功，只是立得志而已。若以是说，而合精一，则字字句句皆精一[137]之功；以是说而合敬义，则字字句句皆敬义之功。其诸“格致”“博约”“忠恕”等说，无不吻合。但能实心体之，然后信予言之非妄也。以此说体认吾十有五章，岂不痛快，先生说得明白真切若此，岂非造道[138]之言耶。

王阳明先生寄门人邦英邦正书曰：“求禄仕[139]而不工举业，却是不尽人事[140]，而徒责天命，无是理矣，但能立志坚定，随事尽道，不以得失动念，则虽勉习举业亦自无妨，圣贤之学，若是原无求为圣贤之志，虽不业举，日谈道德，亦只成就得务外，好高之病而已，此昔人所以有不患妨功，惟患夺志之说也。”夫谓之夺志，则已有志可夺，若尚未有可夺之志，却又不可以不深思疑省而早图之。夫美质难得而易坏，至道难闻而易失，盛年难遇而易过，习俗难革而易流，昆玉[141]勉之。

夺志不但举业，即有志学问，其中趋向有毫厘千里之差，具摇夺甚微，故欲立心为圣贤之志，必大智大勇者能之。

题解：

作者以鸿篇巨制，引用《论语》《大学》《中庸》等圣贤之书来述说“立志”的重要性，同时举程颐、朱熹、邵康节等先贤语录和求学修身的事迹，反复论证“立志”的重要。作者在谆谆告诫，用尽苦心，告诫的同时，又极尽鼓励之情。

注释：

［1］多端：多种多样。

［2］不端：不正直、端庄。

［3］为天地立心，为生民立命，为往圣继绝学，为天下万世开太平：这四句话出自北宋大儒张横渠。既能表出儒者的襟怀，也能开显儒者的器识与宏愿，因而也可说是人类教育最高的向往。

为天地立心：天地本无心，但天地生生不息，生化万物，是即天地的心意。所以程明道说："天地无心，以生物为心。"又说："天地无心而成化。"因为天地生化万物，只是生生之德的自然流行，并非有意生出这样一个大千世界。所以是"无心"而"成化"。无心而有心（以生物为心），这是人对天地生生之德的亲切理会，通过人的理会指点，天地生化万物的心便显立了。

为生民立命：命有理命与气命两个层面，这两层的命都不可伤害，不可弃废，必须有以安立。儒家圣贤开显的"安身立命"之道，正是为了生民。有了这个道，百姓日用而不知，却能潜移默化，加上伦常政教的设施，使生民的生活有了依循，而得以护持生命，贞定活路，这就是"为生民立命"了。

为往圣继绝学：儒家圣人之学，自两汉以下，而魏晋，而南北朝，而隋唐，千百年间，一直未能善续先秦儒家的学脉。无论生命之光，或哲学之慧，都开显不出来。尤其唐末五代之时，华族的文化生命萎缩堕落极矣。直到北宋之初，普天之下竟找不出一个像样的师表，所谓"学绝道丧"，实未过甚其词。到理学家出来，才复活了先秦儒家的形上智慧，使天道性命（心性义理）之学，内圣成德之教，重新光显于世。思想的领导权即已从佛教手里拿回来，孔子的地位自然重新显立。这一步"为往圣继绝学"的功绩，在人类文化史上是独一无二的。

为天下万世开太平：儒家以"内圣为本质，以外王表功能"。功能之大者，便是开出太平盛世。而且不只是一时，而是为千年万世开太平。"太平"二字与"太和"一样，乃是儒家学术中重要的观念。不过，儒家虽然具有开万世太平的宏愿，也能在"道"的层次上讲论天下为公的仁政王道，但是在体制上则只成就了"治道"，而未能开出"政道"。如今民主政治的体制，却正是政治层面上的太平轨道，再加上科学，就更可满足"开物成务""利用厚生"的要求。以民主科学配合儒家的礼乐教化以及"太平""太和"的理念，的确将可为人类世界开创美好的未来。

［4］集注：汇集前人对某书的注释，有时附上自己的见解。这里指《朱熹集注》。

[5] 尧之执中：《论语》在最后有一段话："尧曰：'咨尔舜，无之历数在尔躬，允执其中。四海困穷，天禄永终。舜亦以命禹"。是言儒家无及无不及的中庸思想。执中：指对一件事物按最好会怎样，最坏会怎样来推算，然后选择折中的办法。是对三王和汤，武等圣贤的治国之策作一个纲要性的说明。

[6] 舜之精一：见孔安国所献的《古文尚书》，孔安国曰："危则难安，微则难明，故戒以精一，信执其中。引此以明舜之治在精一于道，不蔽于一隅也。"言专心致志。"精一"就是要心领神会自然万物运行的规律。

[7] 禹之只承：是说禹完全继承舜的治国之策，没有增减。

[8] 汤之日新：汤之《盘铭》曰："苟日新，日日新，又日新。"商汤王刻在洗澡盆上的箴言说："如果能够一天新，就应保持天天新，新了还要更新。"汤的时候，社会变动剧烈，所以汤的政策是日日更新。

[9] 文之望道未见：周文王所说的远远地望着天理却从来没有真正见到过。

[10] 周公之思兼：出自《孟子·离娄下》："周公思兼三王，以施四事。其有不合者，仰而思之，夜以继日；幸而得之，坐以待旦。"

[11] 二程：中国北宋思想家、教育家程颢、程颐的并称。二人为嫡亲兄弟，今河南省洛阳人。

[12] 期：盼望，希望。

[13] 天机：犹灵性，谓天赋灵机。《庄子·大宗师》："其耆欲深者，其天机浅。"

[14] 官阀：官阶，门第。

履历：包括个人经历的资料的简要说明。

[15] 删述：相传孔子序《书》删《诗》，又自称"述而不作"。后以"删述"谓著述。

[16] 所与：结交。《后汉书·爰延传》："故周公戒成王曰'其朋其朋'，言慎所与也。"

[17] 要典：重要的典籍。

[18] 全体大用：言要言的全部。

成规：前人制定的规章制度。亦指老规矩，老办法。

[19] 真文忠公：真德秀。是继朱熹之后的理学正宗传人，他同魏了翁二人在确立理学正统地位的过程中发挥了重大作用。

[20] 发明：创造性地阐发、发挥。

[21] 先畴：先人所遗的田地。《文选·西都赋》："士食旧德之名氏，农服先畴之畎亩。"吕延济注："先畴，先人畎亩。"

［22］扰攘：吵闹混乱的暴动、纷乱。

［23］杨墨：战国时杨朱与墨翟的并称。

［24］一鼻出气：同一个鼻孔出气，比喻立场、观点、主张完全一致。清陈廷焯《白雨斋词话》第一卷："似此不必学温韦，已与温韦一鼻孔出气。"

［25］告子：战国时思想家，名不详，一说名不害。曾受教墨子之门，善口辩，讲仁义，后与孟轲论人性问题，认为"生之谓性"，"食色，性也"。人性和水一样，"水无分于东西"，性也"无分于善不善"。"以人性为仁义"，犹如"以杞柳为桮棬"。其言论见《孟子·告子》篇。由于孟子的思想与其根本对立，故《孟子》中的记载不尽可信，而告子无著作，因此其真实思想已然无从查考。也有其人纯属杜撰一说。

［26］气象：气概，气派。

［27］权：衡量，估计。

［28］妍媸：同"妍蚩"，美丑。

［29］桃应：孟子的学生。

［30］悬空逆料：比喻凭空预料、预测。

［31］饭糗茹草：吃的是干粮、野菜，形容生活清苦。出自《孟子·尽心上》："舜之饭糗茹草也，若将终身？""饭""茹"指吃。"糗"指干粮。"草"指野菜。

［32］邵康节：康节为谥号，名雍，字尧夫，宋朝时代的著名卜士。《梅花易数》是他发明的占卜方法，可是这本书版本很多，估计已经是传伪了。先天易学是他的主要成果，可是在他的著作中关于先天易学叙述的并不详细，朱熹的《周易本义》对于先天易学做了详细的介绍。

［33］体贴：细心体会。

［34］业：使从事于。元脱脱《宋史》："民卖茶资衣食，与农夫业田无异。"

［35］低徊：徘徊，流连。《汉书·司马相如传》："低徊阴山翔以纡曲兮，吾乃今日睹西王母。"

［36］工夫：犹工作。

［37］天台耿氏：耿定向，字在伦，号楚侗，人称"天台先生"，湖北黄安（今湖北省红安县）人，生于明嘉靖三年（1524），卒于万历二十一年（1593）。

［38］宗：主要的目的和意图。

［39］有以：犹有因。有道理，有规律。《诗·邶风·旄丘》："何其久也？必有以也。"《史记·田儋列传》："（横）遂自刭，令客奉其头，从使者驰奏之高帝。高帝曰：'嗟乎，

有以也夫！起自布衣，兄弟三人更王，岂不贤乎哉！'"

[40] 请益：请教。益：助，补助。

[41] 六馆：指的是国子学、太学、四门学、律学、书学、算学，这六学皆隶属于国子监。

[42] 大司成：官名，教导“世子”（贵族子弟）之官。

治：从事研究。

[43] 家：安家，定居。

[44] 思容段公：即段思容，明代理学家。

[45] 订：《说文》：订，平议也。亦作“评”。

[46] 何大复：字仲默，号白坡，又号大复山人，今河南省信阳市人。明代前期著名的文学家，其文学批评、诗赋文章，样样皆精，在中国文学史上占有相当重要的地位。他与李梦阳发起并领导了明代前期的文学复古运动，开一代文风，领一代文学风骚，成一代文宗；成为明代“前九子”的领袖人物，与李梦阳并称“何李”或“李何”；也是明代“十子”之一；与李梦阳、徐祯卿、边贡又有明代“弘（治）正（德）四杰”之称，在中国文学史上写下了光辉的一页。

[47] 蔡元定：字季通，学者称西山先生，建宁府建阳县（今属福建省）人。南宋著名理学家、律吕学家、堪舆学家，朱熹理学的主要创建者之一，被誉为“朱门领袖”“闽学干城”。一生不涉仕途，不干利禄，潜心著书立说，为学长于天文、地理、乐律、历数、兵阵之说，精识博闻。

朱紫阳：即朱熹，南宋思想家，字元晦，号晦庵，别号紫阳，祖籍徽州婺源（今江西省婺源）。

[48] 薛思庵：号敬之，字显思，渭南人。

[49] 践履：实行，实践。宋司马光《再乞资荫人试经义札子》：“《孝经》《论语》，其文虽不多，而立身治国之道，尽在其中。就使学者不能践履，亦知天下有周公、孔子仁义礼乐。”

[50] 问：疑为“闻”。

[51] 主一：专一，专心。出自《二程粹言》卷上：“主一之谓敬。”

[52] 无适：不盲目适从。

[53] 诚意：确实。

[54] 叩：举发，询问。

［55］明体适用之学："明体"即藉修德以明圣人之道，从而获立大本，"适用"则是要将所明之本施之于用，这就要"将经世事宜，实实体究，务求有用"。

［56］失怙：指父亲去世。

［57］苦节：苦于节的省略，为守节所苦。

［58］万状：各种状态，形容程度极深。

［59］携持：携带，扶持。《后汉书·陈蕃传论》："功虽不终，然其信义足以携持民心。"

［60］就学：从师学习。今指进学校学习。

［61］具脯：准备拜师礼物。脯：肉干。古代有拜师送"束脩"的规定，"束脩"是指用以拜师充当学费的干肉或肉脯。

［62］濂洛关闽：宋代理学的四个学派。"濂"指濂溪周敦颐；"洛"指洛阳程颢、程颐；"关"指关中张载；"闽"指讲学于福建的朱熹。明李贽《德业儒臣前论》："惟此言出，而后宋人直以濂、洛、关、闽接孟氏之传，谓为知言云。"

［63］孔孟心传：儒家世世代代相传的学说。

［64］翕然：形容一致。《初刻拍案惊奇》：念得两遍，法善已至瓶嘴边翕然而入。

宗：归向。

［65］制府：制置衙门，掌军务。

［66］不起：不出任官职。《后汉书·庾乘传》："（乘）后徵辟并不起，号曰：徵君。"

［67］粹然：纯正貌。清纪昀《阅微草堂笔记·滦阳消夏录二》："先生之言，粹然儒者之言也。"

［68］间不容发：中间放置不下一根头发，形容相距极微。

［69］性：这里指性命。

［70］所以：所用，用来，表凭借。

［71］孜孜：勤勉，不懈怠。《书·益稷》："予何言？予思日孜孜。"孔颖达疏："孜孜者，勉功不怠之意。"

［72］志于文人：立志成为文人。

［73］吕新吾：字叔简，号新吾，宁陵人。历官山西巡抚，留意风教，举措公明，擢刑部侍郎。立朝持正，以是为小人所不悦，欲中以奇祸，遂致仕，年八十三卒。

［74］矻矻：努力、勤劳的样子。

［75］禳：祈祷消除灾殃。

[76] 举业：科举时代指专为应试的诗文、学业、课业、文字，也指八股文。

[77] 明体：这是梵文或藏文的译名，与真如妙心、自性清净心、涅槃妙心、佛性、法身、如来藏心、实相、法界、法性、圆成实性等名称皆为同体异名。贡噶上师在《大圆满最胜心中心引导略要》一书中说："法性圆成、真如胜义、如来藏、自性界清净、离边、双融、越心、唯一明点、法性、智慧、空性、寂静、秘密、明照自在、本觉智、本来清净，虽有如是多名，皆为离心戏论之法身也。"

[78] 适用：恰当运用。

[79] 制科：设置科举考试。

[80] 求：疑为衍文。

发：产生。

[81] 式：效法。《诗·周颂·我将》："仪式刑文王之典。"

仪范：仪容，风范。北周庾信《周上柱国齐王宪神道碑》："仪范清冷，风神轩举。"

[82] 振聋觉聩：即振聋发聩。意为声音很大，使耳聋的人也听得见。比喻用语言文字唤醒糊涂麻木的人，使他们清醒过来。聩：天生耳聋，引申为不明事理。清袁枚《随园诗话补遗》卷一："此数言，振聋发聩，想当时必有迂儒曲士以经学谈诗者。"

[83] 朗：这里用作使动义，使……明白。《说文》："朗，明也。"

[84] 经济：指治国的才干。清孔尚任《桃花扇·修札》：写的激切婉转，有情有理，叫他不好不依，又不敢不依，足见世兄经济。

[85] 匡定：扶助奠定，扶助安定。《晋书·王戎传》：公首举义众，匡定大业，开辟以来，未始有也。

[86] 拯溺：救援溺水的人，引申指解救危难。

亨屯：谓解救困厄。

[87] 翊：辅佐，帮助。

世运：指世间盛衰治乱的更迭变化。

熙雍：和乐貌。南朝宋何承天《社颂》："称物平赋，百姓熙雍。"

[88] 命脉：指生命，血脉，比喻生死相关的事物。宋真德秀《史太师与通奉帖》："方其柄国时，护公道如命脉，惜人材如体肤。"

[89] 迂阔：思想行为不切实际。晋葛洪《抱朴子·安贫》：张鱼网于峻极之巅，施钓缗于修木之末，虽自以为得所，犹未免乎迂阔也。

[90] 乏：假借为贬。《吕氏春秋·季春》："物质财富短缺振乏绝。"

[91] 儒术：先秦儒家的学说、原则、思想。

[92] 儒效：儒者的作用，儒学的效用。宋李觏《袁州学记》："大惧人材放失，儒效阔疏，亡以称上旨。"

[93] 儒行：儒家的道德规范或行为准则。《礼记·儒行》："哀公曰：'敢问儒行？'"

[94] 诡：违反，自相矛盾。《说文》："诡，违也。"

[95] 笺注：古籍的注解，这里指著书立说。立德、立功、立言，这"三不朽"是儒家最高的人生理想。"立德"指做人，"立功"指做事，"立言"指做学问。

[96] 物望：人望，众望。《晋书·石勒载记下》：张披与张宾为游侠，门客日百余乘，物望皆归之，非社稷之利也，宜除披以便国家。

[97] 庄渠：字子才，号庄渠，昆山（今江苏省昆山市）人。

[98] 作俑：古代制作陪葬用的偶像。后指创始，首开先例。多用于贬义。

[99] 葛藤：比喻事物纠缠不清或话语噜苏繁冗。宋王君玉《杂纂续·不识迟疾》："急如厕说葛藤话。"

蔓说：义近葛藤。

[100] 引惹：招惹。宋范仲淹《奏陕西河北攻守等策》："州郡因循，武事废弛，凡谋兴葺，则罪其引惹。"

[101] 厄：灾难。西晋左思《魏都赋》："能济其厄。"

[102] 簿书：官署中的文书簿册。《汉书·贾谊传》："而大臣特以簿书不报，期会之间，以为大故。"

[103] 撄心：扰乱心神。《二十年目睹之怪现状》第六十二回："回首前情犹在目，顿将往事一撄心。"

[104] 次：疑为"此"。

[105] 力穑：努力耕作。《书·盘庚上》："若农服田力穑，乃亦有秋。"

[106] 警切：犹警策。清王夫之《姜斋诗话》卷三："小憩岳侯祠，见王澄川先生题祠柱云：'为臣死忠，为子死孝，大丈夫当如此矣；南人归南，北人归北，小朝廷岂求活邪？'允为警切矣。"

[107] 承：受。

[108] 迁：迁怒他人。

贰：这里指犯两次同样的错误。

[109] 该贯：贯通。宋俞成《萤雪丛说·陈同甫议论作文之法》："若夫布置开阖，首尾

该贯，曲折关键，意思常新，若方若圆，若长若短，断自有成摹，不可随他规矩尺寸走也。”

［110］一了百当：指办事妥当、彻底。明张居正《答山东巡抚何来山》：“清丈事实百年旷举，宜及仆在位，务为一了百当，若但草草了事，可惜此时，徒为虚文耳。”

［111］繇：同“由”，从，自。

［112］衔：马嚼子。

［113］奔逸：奔逃。

［114］底：古同“抵”，达到。

［115］龙场：王阳明龙场悟道不是在贵州的龙场营镇，而是现在的修文县，属于贵州省贵阳市。

［116］培壅：于植物根部堆土以保护其根系，促其生长。

［117］因循苟且：沿袭旧的，敷衍应付。宋吕祖谦《答潘叔度》：“以此等语言自恕，则因循苟且，无一事可为矣！”

［118］污下：亦作“汙下”，卑下，鄙陋。《续资治通鉴·宋哲宗元祐三年》：“胡宗愈操行污下，毁灭廉耻。”

［119］是已：犹“是矣”。

［120］展卷：打开书本，借指读书。

［121］浚：疏通，挖深。

［122］复：应为“孵卵”之“孵”。

［123］昭著：明显，显著。

［124］客气：一时的意气，偏激的情绪。宋司马光《赵滋札子》：“今滋数乘客气以傲使人，争小胜以挑强胡。”

［125］益：应为“盖”。

［126］大指：同“大旨”，大要之意。

［127］惟精惟一：精纯专一。《书·大禹谟》：“人心惟危，道心惟微，惟精惟一，允执厥中。”宋朱熹《中庸章句序》：“其见于经，则‘允执厥中’者，尧之所以授舜也。‘人心惟危，道心惟微，惟精惟一，允执厥中’者，舜之所以授禹也。尧之一言，至矣，尽矣，而舜复益之所以三言者，则所以明夫尧之一言，必如是而后可庶几也。”

［128］敬以直内，义以方外：《周易》曰：“直，其正也；方，其义也。君子敬以直内，义以方外，敬以立，而德不孤。‘直、方、大，不习无不利’，则不疑其所行也。”意思是：六二爻里说的“直”是指其正直，“方”是指其合宜。君子效法这一精神，内心正直以保

持敬重，外在合宜以接触他方外人；敬重合宜使自己的品德行为不会遭受孤立。六二爻的爻辞说“直，方，大，不习无不利”，是说具备了这样的品德行为，就不会在内心质疑自己的所作所为了。

［129］格致诚正：“格物、至知、诚意、正心”的略省。格物、至知、诚意、正心、修身、齐家、治国、平天下，儒家的修身信条。古之欲明明德于天下者，先治其国。欲治其国者，先齐其家。欲齐其家者，先修其身。欲修其身者，先正其心。欲正其心者，先诚其意。欲诚其意者，先致其知。致知在格物。物格而后知至，知至而后意诚，意诚而后心正，心正而后身修，身修而后家齐，家齐而后国治，国治而后天下平。

［130］博文约礼：广求学问，恪守礼法。《论语·雍也》：君子博学于文，约之以礼，亦可以弗畔矣夫！香港中文大学的校训便是“博文约礼”，讲求智育与德育并重。

［131］忠恕：忠者，心无二心，意无二意之谓，恕者，了己了人，明始明终之意。中国儒家伦理范畴，处理人与人之间关系的原则。尽力为人谋，中人之心，故为忠；推己及人，如人之心，故为恕。最早将忠恕联系起来的是中国春秋时代的曾子，他在解释孔子“吾道一以贯之”时说：“夫子之道，忠恕而已矣。”“忠恕”是以待自己的态度对待人。孔门的弟子以忠恕作为贯通孔子学说的核心内容，是“仁”的具体运用。忠恕成为儒家处理人际关系的基本原则。

［132］尊德性而道问学：“德性”，就是我们先天本具之性，对此我们要将它尊贵起来，不要让它流失，不要让它堕落，不要让它异化，这就是尊德性；“道问学”就是所学所问都不要离开道。在我们的日常生活、学习之中，都不要离道，要让“博学之，审问之，慎思之，明辨之，笃行之”这一套学修程序贯穿于自己的一生。

［133］集义养气：积累正义，培养浩气。

［134］求其放心：孟子认为，善端虽是人生来所固有，但在人心中并不是很牢固，在外界不良环境的影响下，还有可能丧失。《告子上》称此为“陷溺其心”“失其本心”或“放其良心”，简称为“放心”。孟子指出，“放心”并不可悲，可悲的是“放其心而不知求”，他认为应该像把放失的鸡犬再找回来一样，把放失的良心再求回来，恢复心中的善性。孟子把这种方法称为“求放心”。

［135］符契：犹符节。《韩非子·主道》：“符契之所合，赏罚之所生也。”

［136］道：思想。

［137］精一：专心致志。

［138］造道：谓提高品德修养。宋苏轼《与李公择书》之十一：“兄造道深，中必不尔。”

[139] 禄仕：为食俸禄而居官。《诗·王风·君子阳阳序》："君子遭乱，相招为禄仕，全身远害而已。"郑玄笺："禄仕者，苟得禄而已，不求道行。"孔颖达疏："今言禄仕，止为求禄。"

[140] 人事：人力能做到的事。

[141] 昆玉：称人兄弟的敬辞。元关汉卿《单刀会》第四折："因将军贤昆玉无尺寸地，暂供荆州以为养军之资。"

养　心

志学以立其基，则趋向既端[1]，自无他岐[2]之惑，而尤必静养心体[3]，以为凝[4]道之资，如习射者，必正体审的[5]，而后可以命中，造屋者必庀材鸠[6]工，然后可以观成[7]，故志学之后，即继以养心，所以正本清源[8]也。

明道先生[9]曰：圣贤千言万语，只是欲人将已放之心约之使反复[10]人身来，自能寻向上去，下学而上达也。

明道先生又曰：心要在腔子里。

伊川先生[11]曰：人于外物奉身[12]者，事事要好，只有自家一个身与心，却不要好，苟得外物好时，却不知道，自家身与心，已自先不好了也。

张子[13]曰：心统性情者也。

邵子曰：性者，道之形体，心者，性之郛郭[14]，身者，心之区宇。

朱子曰：人多说性方说心，看来当先说心。古人制字，亦先制得"心"字，"性"与"情"皆从心，以人之生言之，固是先得此理，然后才生这许多道理，却都具在心里，盖性即心之思，情是性之用，今先说心，便教人识得个性情的总脑，若先说性，却似性中别有心，横渠心统性情语，颠扑不破[15]。

朱子曰：性[16]者，心之思也，情者，性之动也，心者，性情之主也。

朱子曰：未动为性，已动为情，心则贯乎动静，而无不在焉。

朱子曰：心者，气之精爽[17]。

真氏德秀曰：大舜十六字[18]，开万世心学之源，后之圣贤，更相授受，虽若不同，然大抵教人守"道心"之正，而遏"人心"之流耳。孟子于仁义之心，则欲其存而不放，本心欲其勿丧，赤子之心[19]，欲其不失，凡此皆所谓守道心之正也。《易》言"惩忿窒欲"[20]，孔子言"克己"，《大学》言

"好乐忧患"，则不得其正。孟子言"寡欲"，以"小体之养"为戒，以"饥渴之害"为喻，凡此皆谓遏人心之流也，心一[21]而已尔。由义理而发，无以害之，可使与天地参[22]；由形气而发，无以检之，至于违[23]禽兽不远，始也特[24]毫毛之间，终也有霄壤[25]之隔，此精一之功，所以为理学之要与。

邵子曰：先天学[26]，心法也，故图皆自中起，万化万事，皆生乎心也。

范氏浚心箴[27]曰：茫茫堪舆[28]，俯仰无垠，人于其间，渺然[29]有身，是身之微，太仓稊[30]米，参为三才，曰惟心尔。往古来今，孰无此心，心为形役，乃兽乃禽，惟口耳目，手足动静，投闲抵隙[31]，为厥心病。一心之微，众欲攻之，其与存者，呜呼几希。君子存诚，克念克敬[32]，天君[33]泰然，百体从令。

自汉以来诸儒，未有深知敬之义者，惟程子有曰："主一之谓敬，无适之谓一。"又曰："整齐严肃，则心自一。"朱子为之箴曰："正其衣冠，尊其瞻视，潜心以居，对越上帝[34]。""足容[35]必重，手容必恭，择地而蹈，折旋蚁封，出门如宾，承事如祭，战战兢兢，罔敢或易。""守口如瓶，防意如城，洞洞[36]属属，罔敢或轻。""不东不西，不南不北，当事而存，靡它其适。"[37]"不贰以二，不叁以三，惟心惟一,万变是监。"[38]"从事于斯，是曰持敬，动静弗避，表里交正[39]。""须臾有间，私欲[40]万端，不火而热，不水而寒。""毫厘有差，天壤易处，三纲[41]既沦，九法（九畴）亦释。""乌乎小子[42]，念哉敬哉，墨卿[43]司戒，敢告灵台[44]。"敬之为义，至是无复余蕴矣。

韩氏仲曰："洗心曰斋，防患为戒。"

邱氏富国曰："心即神明之舍，人能洗之而无一点之累，则此心静与神明一，动与神明通，心在则神在矣。"

朱子曰：心须只令在一处，不可令有外事参杂[45]，仍须勤慎[46]把将做事，不可俄顷放宽，人之精神，习久自成，若勤紧收拾，真个提得紧，虽半月见验可也。

朱子曰：心之为物，至虚至灵，神妙不测常为一身之主，以提万事之纲，而不可有顷刻之不存者也。一不自觉，而驰骛飞扬[47]，以徇物欲于躯壳之外，则一身无主。万事无纲，虽其俯仰顾盼之间，在己不自觉其身之所在矣。

朱子曰：敬便在腔子[48]里。

朱子云：程子言敬以直内，义以方外[49]，敬义夹持[50]，直上达天德[51]，自此，最是下得夹持[52]二字好，敬主乎中，义防于外，二者相夹持，要放下霎时也不得，只得直上去，故便达天德，自此表里夹持，更无东西走作去处，上面只更有个天德。

谢氏良佐[53]曰："释氏所以不如吾儒，无义以方外一节，义以方外，便是穷理，释氏却以理为障碍，然不可谓释氏无见处，但见了不肯就理。"

圣贤千言万语，无非教人炼心，学者千讲万讲，亦无非自求炼心，学焉而不知随境炼心，则学非真学，炼心而不知念念操持，则炼非真炼。

养心须恭默寂坐，无思无虑，一念不生，则全体[54]自现，盖天地之理，不翕聚[55]，则不能发散[56]，吾人之学，非静极，则不能超悟[57]。

养心须一意凝[58]此，万虑俱忘，自然心与理合而为一，试观习杂艺[59]者，苟能专心致志，无不业成而名立，古人云："道念若还比杂念，希贤希圣可希天。"[60]

一念提起，一切放下，此八个字，存心养性之简易功夫也。

学须屏[61]耳目，一心志向，无声无臭[62]处立基，胸次[63]悠然，一味养虚，以心观心，务使一念不生，久之自虚室生白[64]，天趣流溢，彻头彻尾，涣然莹然，性如朗月，心如止水，身体轻松，浑是虚灵[65]，秦镜皓月，不足以喻其明，江汉秋阳，不足以比其洁，将见视听言动，无往而非天机[66]矣。

静中景象；莫可名状[67]，虚若太空，明若秋月，寂若夜半，定若山岳，则几[68]矣。

学以养心为本，养以寡欲为要，以无欲为至，欲不止于声色货利[69]。臭味[70]、安逸，凡境遇顺逆，世路险夷[71]，以及穷通得丧，毁誉寿夭[72]，一有所动，皆欲也。俱足为吾心之累，累寡则心存，累尽则心清，心清则虚灵不昧，耳目口鼻，虽与人同，而视听言动，浑是天理，安身立命，超凡人圣之实，其在斯乎。

李延平先生曰："为学不在多言，须默坐澄[73]心，体认[74]天理，盖心一澄而虚明洞彻[75]，无复尘情[76]客气，为之障蔽，固有之良，自时时呈露而不昧矣。"

无事之时，须屏缘息虑，正襟危坐，以心观心，令昭昭灵灵[77]之体，湛寂虚明[78]，了无一物，养未发之中[79]，作应事[80]之本。

水清则珠自现，心清则性自朗，故为学之要，必以静坐为基，斋戒为功[81]，夫虚明寂定人生之本来面目也。静而虚明寂定，是谓未发之中，动而虚明寂定，是谓中节之和，时时返观，时时体验，如此缉熙[82]不断，则全体浑然矣，斋[83]者齐也，所以齐其不齐也，或静或动，觉有一念之不如此，便是不齐，即齐之使齐，戒者防非止恶，肃然警惕之谓也，终日乾乾[84]，保摄乎此而已矣，此外种种技艺，种种才能，凡可以震世耀俗，而垂休声[85]于无穷者，皆役此戕此之贼[86]也。

人心上容不得一物，如镜中留不得一影一般，譬如持镜照人，一照留一影，则霎时将镜塞满了，如何照得，人心上若有一物横在胸中，如何能应[87]得事，人心本是湛然虚明，事物之来，随感而立，其轻重高下，自然如鉴空衡[88]平，及事过之后，一丝不留，依前仍还一个虚始得，盖缘心无一物，然后能应万物也。

人心上存不得一事，如秤上留不得一物一般，假如秤上先有一物在秤盘里，则秤物之轻重便不准了，人之一心，若将过去未来之事，纷纷扰乱于胸中，及事到面前，心目昏然，非忘即错，而精神亦随之疲敝[89]矣，凡此皆不能空心[90]，以致失其权衡[91]故也，若能空其心以应事，则天下事虽繁杂，要皆一以贯之，盖据理而应，千事万事，不过一事，千理万理，不过一理，事至则应，事过则休，虽每日酬酢[92]万变，只如无事一般，譬如持一杆秤，较量百货，其轻重毫厘，何尝或爽[93]也。

玉溪庐氏曰："湛然虚明者，心之体，随感而应者心之用，如鉴之空，则妍媸因物，而空者自如，如衡之平，则俯仰因物，而平者自若，盏人之一心，体上纤毫着不得，用上纤毫差不得。"

心体须要体验，心体[94]者，即各人心中一念之灵明[95]是也。炯炯常觉，则主人翁在室，不至认贼作子，以识神为本面，即识心体，不可不养，其养之功，惟在空空洞洞，了无一物，其未发也，虚而静，其感而通也。廓然大公[96]，物来顺应，如是则虽酬酢万变，而此中莹然湛然，未尝与之俱驰也。谓必如枯木死灰，一味耽[97]寂，非众人之冥顽[98]，即异学之寂灭，否则莽莽荡荡[99]，渺无津涯[100]，将谓蒸沙可成团，磨砖可作镜，岂理也哉。

养心只要主静，静极明生，无事自不起念，有事自不逐物。

静坐所以收敛吾心也，始而勉强，久则自然，譬如浊水求澄，初时犹浊，既而清浊各半，久则澄澈如镜，自无纤尘。或问于王阳明先生曰："释氏亦务养心，然要之[101]不可以治天下，何也?"先生曰："吾儒养心未尝离却事物，只顺其天则自然，就是功夫。释氏却要尽绝事物，把心看做幻相，渐人虚寂去了，与世间若无交涉，所以不可以治天下。"

偶得句云："护心如护眼，澄心似澄泉，清空含万象，廓尔[102]照无边。"

复得句云："千休千处得，一念一生持，十字须牢记，心功尽此兹。"

陶靖节有言："北窗下卧，遇凉风暂至，自谓羲皇上人，夫人一日间，古今世界，都经过一遍，只是人不见得。夜气清明，无思无虑，淡然平怀，就是羲皇世界，平旦[103]时，神清气爽，湛湛澄澄，就是唐虞[104]世界。日中以前，礼仪交会，气象肃雍[105]，就是三代世界。日中以后。神气渐昏，往来纷杂，就是春秋战国世界，渐至昏夜，万物寝息，景象寂寥，就是人消物尽世界，学者苟能养得此心朗然虚明，便常做个羲皇以上人。"

邵康节先生有句云："只恐身闲心未闲，心闲何必住云山。"旨[106]哉斯言，人果能养得心地清虚，无一毫私欲障蔽，则无人而不自得，随在皆逍遥之境，如必求山深无人，水深无路之处，以为栖身之地。恐世间无复有桃源，可向渔郎问津[107]也。

东坡谓："无事且静坐，一日是两日，若活七十年。便是百四十。"可知无事静坐，天机活泼，乃人生第一乐境，但此中趣味，惟此中人自得之。故曰："不是闲人闲不得，闲人不是等闲人。"

心为一身之主宰，所以统辖百体者也。人为耳目口鼻四肢之欲，而使天君昼夜奔忙，刻无宁晷[108]，则心为形役，悍仆强奴，群起欺主，颠倒错乱，莫此为甚，甚至梏亡[109]反复，夜气[110]不存，醉生梦死，可哀孰甚。

人能时刻提起此心，使中常惺惺，不驰逐于物欲，则得主有常，自然左右逢源，头头是道，故《旅獒》曰："不役耳目，百度[111]惟贞。"

世之趋利者，为宫室之美，妻妾之奉，终日营营[112]，以致戕贼其心，绝灭其性，而不知改悔，日吾以养吾身也，不知身未养而心先死矣，更有为子孙之宫室之美，妻妾之奉，终日营营，而不知少息，曰吾为吾子孙计也。噫，吾身尚不能久留，何况身后之人，与身外之物乎，其愚甚矣。更有好名者，独坐床头，终日著书，千秋万岁，谁传此者，纵使偶尔成名，博身后之虚名，失生前之实用，其愚尤甚也。总之为名为利，清浊不同，其失本心一也，善乎陈希夷[113]先生有言曰："我观世上人，个个忙如火，忙者不为身，为身忙却可。"

水浚其源，则千流万派，而时出不穷，树培其根，则千枝万条，而发荣益盛，人养其心，则千变万化，而泛应曲当[114]，所谓树德务滋者此也[115]。

陈白沙先生尝谓静坐久之[116]，见此心之体，隐然呈露，常若有物，日用间，种种应酬，随吾所欲，如马之御卸勒，水之有原委[117]，于是恍然自信曰："作圣之功，其在兹乎，此用静功而有得者，吾人静坐养心，当以白沙为法。"

心体固无息，养心之功亦无息，盖心之为心，本虚灵不昧，昭著于视听言动之间，无昼无夜，未尝一时一刻而或息，即深夜熟睡，一呼便觉，是寐者其身，而本体之不寐不息者自若也。知此则知心矣，知心体之不息，则知养心之功，亦不息矣。

王阳明先生曰："吾所谓静坐养心者。非欲坐禅入定，盖因吾辈平日为事物纷拿[118]，未知为已，欲以此补小学收放心一段工夫也。"

镜明则能照物，心明则能烛[119]理，圣人之心，纤翳[120]无所容，自不消刮磨，常人之心，如斑垢驳杂[121]之镜，须痛加刮磨，然后纤尘即见，才拂便去，亦自不消费力，及至内外通明，无物不照，自然动静咸宜。故明道先生[122]云："才学便须知有着力处，既学便须知有得力处。养心之功，是初学着力处，心得其养，便是得力处也。"

静坐养心，先要识得自已真面，所谓自已真面者，即天然一念不由人力安排，湛定澄寂[123]，能为形骸[124]主宰者是也。识得此，如猫觑[125]鼠，心无杂用，意不他适，一念凝此，万虑俱寂，久久如是，则本体清明，日用寻常，无时不在觉中，昔罗豫章[126]，令李延平静中看喜怒哀乐未发气象，陈白沙亦言静中养出端倪，皆本于此，乃圣学真血脉也。

不识心体为何物，而漫言静坐养心，不失之虚无，则失之枯寂，静则惘然，动则茫然。譬如用水煮空铛，无米不成粥，将徒劳而无功也。

不但声色货利为心累，即诗文学画，琴棋博奕之类，俱足为心累，昔人谓莫教心病最难医，此皆心病之难医者也。

李二曲先生曰："学问之道无他，求其放心而已矣。"此千古学问断案，千古学问指南也。但放心不一，放于名，放于利，放于声色，放于著述，放于闲谈，放于骄矜，固是放，即数者无一焉，而内多游思，外多惰气，虚明寂定之体，一有昏昧渗漏，皆是放，虽清浊不同其为放心二也。

聪明博识，足以穷理，而不足以融理，足以明道，而不足以体道，若欲心与理融，打成片段，事与道凝，左右逢源，须黜聪堕明，将平日种种闻见，种种记忆，尽情舍却，尽情瞥脱[127]，令胸中空空洞洞，了无一翳，斯干干净净方有入机[128]，否则憧憧[129]往来，障道不浅，陆象山有句云："寄语同游二三子[130]，莫将言语坏天常[131]。"邹南皋亦云："寄语芸窗[132]年少者，莫将章句送青春。"合二诗观之，吾曹得无惕然[133]乎。

博识以养心，犹饮食以养身，多饮多食，物而不化，养身者反有以害身。多闻多识，物而不化，养心者反有以害心，不可不知也。

邵康节先生云："为学养心，患在不由直道去利欲；由直道，任至诚，则无所不通。"天地之道直而已，当以直求之，若用智数由[134]径以求之，是屈天理而循人欲也，不亦难乎？

管子曰："喜气迎人，亲于兄弟，怒气迎人，惨于兵戈。"《南华》亦云，兵莫惨于志，而莫邪[135]为下。由此言之，志气之间，于物未有所济，而含和[136]饮醇，固已捷若桴鼓[137]，人但能涵养本源，冲和恬澹[138]，不动浮气[139]，遇亲自能孝，遇物自能仁，遇善自能果，遇辱目能忍，有情无情，有事无事，都是一团生意，所谓等闲识得东风面，万紫千红总是春。

人心惟危，道心惟微，惟精惟一，允执厥中。

朱子曰："人莫不有是形，故虽上智，不能无人心，亦莫不有是性，故虽下愚，不能无道心，二者杂于方寸之间而不知所以治之，则危者愈危，微者愈微，而天理之公，卒无以胜夫人欲之私矣。精则察夫二者之间而不杂也，一则守其本心之正而不离也，从事于斯，无少间断，必使道心常为一身之主，而人心每听命焉则危者安，微者著，而动静云[140]为，自无过、不及之差矣。"

《朱子语类》问人心形气曰："形气[141]非皆不善，只是靠不得。"又曰："形气之有善，皆自道心[142]出，由道心则形气善；不由道心，一付于形气，则为恶。"形气犹船也，道心犹舵也，船无舵，纵之行，有时入于波涛，有时入于安流[143]，不可一定，惟有一舵以运[144]之，则虽入波涛无害，故曰："天生烝民[145]，有物有则[146]，物乃形气，则乃理也。"

问："既云上智，何以更有人心。"曰："掏着痛，抓着痒，此非人心而何？人自有人心道心，一个生于形气，一个生于理义，饥寒痛痒，此人心也，恻隐羞恶是非辞让，此道心也。”

又曰：“人心出于形气，如何去得，然人于性命之理不明，而专为形气所使，则流于人欲矣。如其达性命之理，则虽人心之用而无非道心，孟子所以指形色为天性者以此。”

又曰：“操之则存，只是人心皆依从道心上来，舍之则亡，便是道心走作到人心上去，此操舍之间，所以为人心道心交界之辨也。”

问：“圣人亦有人心，不知亦危否？”曰：“圣人全是道心主宰，故其人心自是不危，若只是人心，也危。”故曰：“惟圣罔念作狂[147]。”

又曰：“以道心[148]为主，则人心亦化而为道心矣。如乡党所记饮食衣服，本是人心之发，在圣人分上，则浑是道心也。”

又曰：“自人心而收之，则是道心，自道心而放之，便是人心。”

金氏履祥[149]曰：“理与气会而为心，心则一，而知觉意念所从发者异，人心者，知觉之生乎气；道心者，知觉之生乎理，先畜人心而后言道心者，亦人心之危有‘以微之尔’[150]。”

或问于王阳明先生曰：“许鲁斋言学者以治生[151]为首务，先生不以为然，何也？且士之贫，岂可坐守不经营耶？”先生曰：“但言学者治生上尽有工夫做，则可，若以为治生是首务，使学者汲汲[152]营利，断不可也，且天下首务，孰有急于讲学耶，然治生亦是讲学中事，但不可以治生为首务，徒启营利之心，果能于此处调停得此心体无累。终日做卖买，不害为圣为贤，何妨于学，学何贰于治生，但不可以治生为首务也。”

人有形气，则有人心，目便要色，耳便要声，口便要味，四肢便要安逸，此皆因有躯壳而因有人心也。道心者性也，人有这性才能生，这性之生理，便谓之仁，这性之生理，发[153]在耳目，便会视听，发在口与四肢，便会言动，全是一团天理[154]发生，以其主宰一身，故谓之心。这心之本体，原只有个天理，原无非礼，是躯壳的主宰，若无此天理，便无躯壳，真是有之即生，无之即死，不可不致精一之功也。

人生仰事俯畜[155]，皆藉赖于一身，自不能无人心也，必须随遇而安，顺理而行，则人心而道心在其中矣。如子贡货殖[156]，何碍其为大贤，如必一味清净，草衣木食[157]，逃于寂寞之乡，而后谓之绝人心而存道心，恐世间无避谷之圣贤也。

曩常思曾点言志，有似逍遥物外，不屑当世之务者，而夫子独与此而不与彼，每求其故而不可得，迩来偶然有省，始知圣贤为学，先分体用，体立而用自行，学者须先扫荡[158]得自家心地，干干净净，虚明湛定，视天下无可染之物，则天下无不可为之事。如曾点风浴吟归与夫子疏食饮水，颜子箪瓢陋巷[159]，同一怀抱[160]，全是道心为主，无一毫人心杂于其中，是以处穷处达，无人而不自得，曾点特见及此而行有不逮耳。由此而推之，如夫子答孟武伯之问[161]，而许由可治赋，求可为宰，赤可应对宾客，而独不许[162]其仁，原[163]夫仁者，体无不具，用无不该[164]，立体而后可致用也，否则徒恃才略，假饶[165]立功立业，只是人欲之私，与圣贤作用迥别[166]。此人心道心，一十六字之心传，乃万世道学[167]之鼻祖也。

题解：

涵养心志，是一个儒士必定追求的目标。作为举人的作者有着高级文化修养，浸润着儒家文化，而理学特别是程朱理学对作者产生了极大的影响。孔子“素王”的美誉，是读书人给予圣人的膜拜，追求内心的完美，遏止杂念、本能的行为，追求内心的宁静，专心致志力争行为的中正，而又不同于佛道的“出事”消极思想，他们的出发点是为“立功”打基础，仁德最终和治国平天下完美结合，体用的合璧。

注释：

［1］端：正，不歪斜。

［2］他岐：指左道，邪道。明李东阳《书耿氏家藏公牍后》：“当是时，非大家世族而能以儒为籍，不为他岐异术所汩，又幸而不罹于坑焚之厄，以待图籍之收，盖亦难矣。”

［3］心体：指精神与肉体。唐白居易《酬李少府曹长官舍见赠》诗：“低腰复敛手，心体不遑安。”

［4］凝：聚集，集中。

［5］的：箭靶的中心目标。

［6］庀：具备。

鸠：聚集。

［7］观成：看到成果。《诗·大雅·文王有声》：“適观厥成。”

［8］正本清源：从根本上加以整顿清理。表示从根本上彻底解决问题。

［9］明道先生：指程颢，字伯淳，宋代理学家。

［10］约：拘束，限制。

反：同“返”。

复：回来。

［11］伊川先生：指邵雍，字尧夫，宋代理学家。

［12］奉身：养身，守身。唐郑处诲《明皇杂录》卷上：“（卢怀慎）为黄门侍郎，在东都掌选事，奉身之具，才一布囊耳。”

［13］张子：指张载，字子厚，宋代理学家。

［14］郛郭：比喻屏障。汉扬雄《法言·吾子》：“震风陵雨，然后知夏屋之为帡幪也；虐政虐世，然后知圣人之为郛郭也。”

［15］颠扑不破：无论怎样摔打都破不了，比喻理论学说完全正确，不会被驳倒推翻。颠：跌。扑：敲。《朱子全书·性理三》：既能体之而乐，则亦不患不能守，须如此而言，方是颠扑不破，绝渗漏，无病败耳。

［16］性：中国程朱理学关于人性的重要命题。由程颐提出而为朱熹所发挥。程颐认为，理就是天，它赋予人即为性。其性存于人而有形者即为心。朱熹从理与气的关系上，对程颐的“性即理”作了论证和发挥。程颐对心与性与情的关系，未加详论，朱熹据张载的“心统性情”说，认为理与气相合而有人之心，为一身之主宰。其性便是心中的道理，这个道理实即居于心中，性表现于外即是情。朱熹以心作为环节，将性与情既联系起来又加以区别，虽然心包含性，但是不能说心就是性，因为心还包含情，更不能说心即理。

［17］气之精爽：这里指气之精华，即心。这个心是物质的，也是精神的。

［18］大舜十六字：“人心惟危，道心惟微。惟精惟一，允执厥中”这十六字载《尚书·大禹谟》，是我国上古时期有道明君大舜传禹王的修心之法，也是中华文化经典中记载的最早的心法，早于孔子心法与释迦心法一千多年，被历代明师高贤称作“十六字心法”。

人有三心：一是道心，二是人心，三是血肉心（即心脏）。道心也叫良心、元神、自性、佛性，是人的天赋本性（自然属性），先天而存，无形无相，永恒不灭，清静无为，纯洁妙明，不易发现。人心也叫妄心、识神、禀性、习性（社会属性），后来而有，思善思恶，躁动不安，人喻“心猿意马”，前两心均属人的精神范畴。心脏是物质体，是人体造血器官和血液循环的动力泵。

人心对声色货利的欲望追求而产生贪嗔痴爱的念头，极大地危害着至善本性（道心），昧天良于昏暗不明之中，使妙明道心的明度逐渐微小，如乌云蔽日，暗淡无光，从而丧失理智，一念之差，悔恨千古，所以说“人心惟危，道心惟微”。

惟精惟一：“惟”字作思想意识讲，古代文言叫“思维”，现代名词叫“思想”。此句意思是思想集中养精神，守先天一性（即道心）。老子叫抱元守一，“一”就是理性，所以说一者理也；元是元神，即精神。

允执厥中：“允执”就是平心静气、静观执守，不离自性。“厥”字虚词，“厥中”就是其中。中是天性的所在地，精神的集中点，即祖窍。允执厥中简称为“执中”，即守性不移，守死善道，如如不动，不上不下，不左不右，不迁不移，不偏不离……也就是老子说的有欲观窍，无欲观妙，抱元守一；《心经》说的观自在菩萨；《黄帝内经》说的恬淡虚无，精神内守。为什么要执中、守一？因为中是人的心灵自性，是宇宙灵源一本散万殊的“一”，这个小真空、小宇宙能通天彻地、通晓人生、社会、自然万物的真理。《易经·文言传》有“君子黄中通理，正位居体，美在其中，而畅于四肢，发于事业，美之至也”。概括了周文王修正心灵的真实体会。“黄中”是人的天性的别名，是真空之子，生于天地先，位居天地中，是人的生命能源，一身之君，主宰人的一切功能。“黄中”的集中点即是上丹田，田是土地之意，上丹田位居人的中央所在地，五行中央属土，色黄，所以叫“黄中”，道家叫“黄庭”。黄中直通理天能源，所以叫“黄中通理”。执中精一，独守黄中，参悟宇宙自然育化天地万物、万物回归自然的原理，就是穷理尽性，穷神知化。人的理性与自然真空理气合而为一就叫做“天人合一”。所以古圣贤才说“穷理尽性达天命，执中精一万法通”。十六字心法是上古明君明心之法，是最上乘真功正法。三教圣人立教传法皆以明心为本，法有差异，所以说万法一理，明心为万圣之纲。先圣大德为后代子孙指明了一条正心修身、通达自然真理的光明大道，树立了纯洁心灵、文明精神的光辉楷模。

[19] 赤子之心：纯正而天真无邪的心，比喻忠诚热切之心。

[20] 惩忿窒欲：谓克制愤怒，杜塞情欲。《易·损》：“君子以惩忿窒欲。”孔颖达疏：“君子以法此损道惩止忿怒，窒塞情欲……惩者，息其既往；窒者，闭其将来。惩窒互文而相足也。”

[21] 心一：心纯，不杂。

[22] 参：与二物并列为三。《墨子·非攻下》：“使贵为天子，富有天下，名参乎天地。”

［23］违：离开。《说文解字》："违，离也。"

［24］特：只，但。

［25］霄壤：天和地，天地之间。元张养浩《得子强也书诗以答之》："缅思霄壤间，实与逆旅均。"

［26］先天学：邵雍著作中"先天"一词，在其宇宙生成论、本体论、社会政治论、修养论、易学中，都分别有不同的用法及不同的内涵，而这些内涵的特征都与形而上造化本体有关，这是所谓"先天学"的本义。因此不能将邵雍先天易学与其先天学混为一谈。

［27］范氏：指范浚，字茂名（一作"茂明"），宋代理学家。

箴：古代一种文体，以告诫规劝为主。

［28］堪舆：《汉书·扬雄传上》："属堪舆以壁垒兮，梢夔魖而抶獝狂。"颜师古注："张晏曰：'堪舆，天地总名也。'孟康曰：'堪舆，神名，造图宅书者。'……堪舆，张说是也。"

［29］渺然：微小。

［30］稊：稗子一类的草，子实像糜子。

［31］投闲：亦作"投间"，乘隙，伺机。《东观汉记·桓荣传》："初荣遭仓卒困厄时，尝与族人桓元卿俱捃拾，投闲辄诵诗。"

抵隙：抨击缺点。元柳贯《跋蔡久轩书谢丞相遗事》：宋有天下晏安三百年，固学术扶持之功，而小人乘间抵隙，亦或藉为恶直丑正之具。

［32］君子存诚，克念克敬：君子心存诚信，诚信待人，人才能诚信待己，不妄语，始绝不胡言乱语。"克念"就是克服愿生的心念。"克敬"指能敬慎其身。

［33］天君：旧谓心为思维器官，称心为天君。《荀子·天论》："心居中虚，以治五官，夫是之谓天君。"

［34］对越：犹对扬，答谢颂扬。《诗·周颂·清庙》："济济多士，秉文之德；对越在天，骏奔走在庙。"

上帝：天帝，古时指天上主宰一切的神。唐李朝威《柳毅传》：上帝以寡人有薄德于古今，遂宽其同气之罪。

［35］足容：脚走动时的姿态。《礼记·玉藻》："君子之容舒迟，见所尊者齐遬。足容重，手容恭，目容端，口容止，声容静，头容直，气容肃，立容德，色容庄，坐如尸。"

［36］洞洞：恭敬虔诚的样子，形容非常恭敬谨慎，小心翼翼的样子。《礼记·祭义》："孝子如执玉，如奉盈，洞洞属属然，如不胜，如将失之。"

［37］不东不西，不南不北，当事而存，靡它其适：此四句释无适之意。

［38］不贰以二，不叁以三，惟心惟一，万变是监：此四句释主一之意。

［39］动静弗违，表里交正：人的身体，阴阳经常保持互相平衡，形与神就自然不会出现什么毛病了。

［40］私欲：私人欲念，不正当的欲望。《淮南子》："公道不立，私欲得容者，自古及今，未尝闻也。"

［41］三纲：汉班固《白虎通·三纲六纪》："三纲者，何谓也？君臣、父子、夫妇也。"《礼记·乐记》："然后圣人作，为父子君臣，以为纪纲。"唐孔颖达疏："《礼纬·含文嘉》云：三纲谓君为臣纲，父为子纲，夫为妻纲。"

［42］乌乎：同"呜呼"，语气词。

小子：称宗亲中男性同辈年轻者及下辈。今用以昵称男性同辈之年轻者或晚辈。《书·康诰》："肆汝小子，封在兹东土。"

［43］墨卿：墨的戏称。宋苏轼《万石君罗文传》："是时墨卿、楮先生，皆以能文得幸。而四人同心，相得欢甚，时人以为文苑四贵。"文中的"四人"为毛纯、罗文、墨卿、楮先生，各指笔、砚、墨、纸。

［44］灵台：指的是后心，直到如今中医对人身上后背正对心脏的穴位仍称为"灵台穴"。一个人觉得心里一片宁静，不为外物所累，则叫做"灵台清明"。

［45］参杂：相互交错，掺和。

［46］勤慎：勤勉谨慎。《三国志·魏志·程昱刘放传论》："刘放文翰，孙资勤慎，并管喉舌，权闻当时。"

［47］驰骛：奔走趋赴。《楚辞·离骚》："忽驰骛以追逐兮。"

飞扬：放纵。《庄子·天地》："趣舍滑心，使性飞扬。"

［48］腔子：胸腹，躯体。《二程遗书》卷七："心要在腔子里。"

［49］敬以直内，义以方外：《周易·系辞》曰："君子敬以直内，义以方外。"敬是立身之道，义是处事之道，直和方是名词动用，使之正直、使之方正的意思。这句话可以简浅地解释为：以敬心矫正内在的思想，以义德规范外在的行为。这是就个人修养而言的。

［50］夹持：犹夹辅，匡助。《朱子语类》卷七十："自是小人皆不敢为非，被君子夹持得皆不敢为非，被君子夹持得皆革面做好人了。"

［51］天德：天的德性。汉董仲舒《春秋繁露·人副天数》："天德施，地德化，人德义。"

［52］下得：与“直上”相对，即在下面、底层。

夹持：犹夹辅，匡助。

［53］谢氏良佐：字显道，北宋学者，蔡州上蔡（河南上蔡）人，人称上蔡先生或谢上蔡。创立了上蔡学派，是心学的奠基人、湖湘学派的鼻祖，在程朱理学的发展史上起到桥梁作用。元丰进士。徽宗时，因召对忤旨，废为民。受学于二程，与游酢、杨时、吕大临并称程门“四先生”。程颐尝问其所进，答曰：“但去得一矜字尔。”强调“穷理”“居敬”为入“圣德”之门。为后世学者称道。著有《论语说》《上蔡语录》等。

［54］全体：完美的、全面的修养的境界。

［55］翕聚：会聚。宋罗大经《鹤林玉露》卷六：“余行天下，凡通都会府，山水固皆翕聚；至于百家之邑，十室之市，亦必倚山带溪，气象回合。”

［56］发散：向四周散开。

［57］超悟：颖悟，彻悟。南朝宋刘义庆《世说新语·赏誉》：“王敬仁是超悟人。”

［58］凝：聚集，集中。

［59］习：学。

杂艺：各种技艺。《南史·张欣泰传》：“欣泰负弩射雉，恣情闲放，声伎杂艺，颇多开解。”

［60］道念若还比杂念，希贤希圣可希天：言如果一心一意超过了杂念，就可以成为圣人了。

［61］屏：除去，排除。

［62］臭：气味的总称。

［63］胸次：胸间，亦指胸怀。《庄子·田子方》：“行小变而不失其大常也，喜怒哀乐不入于胸次。”

［64］虚室生白：心无任何杂念，就会悟出“道”来，生出智慧。也常用以形容清澈明朗的境界。虚：使空虚。室：指心。白：指道。《庄子·人世间》：“瞻彼阕者，虚室生白，吉祥止止。”

［65］虚灵：空灵。宋张世南《游宦纪闻》卷九：“心之虚灵，无有限量。如六合之外，思之则至，前乎千百世之已往，后乎千万世之未来，皆在目前。”

［66］天机：天赋的灵机，即灵性。

［67］名状：说出形状、状态。

［68］几：差不多。

[69] 声色货利：音乐、女色、货物、财利，泛指旧时统治阶级所追求的物质享受。《书·仲虺之诰》："惟王不迩声色，不殖货利。"孔传："不近声乐，言清简；不近女色，言贞固殖生也；不生资货财利，言不贪也。"

[70] 臭味：气味。

[71] 夷：平坦。

[72] 寿天：即寿与天齐，是一种祝福话语，即赞美。

[73] 澄：靖，安定。

[74] 体认：体会，认识。

[75] 虚明：指内心清虚纯洁。南朝梁任昉《王文宪集序》："莫不揔制清衷，递为心极，斯固通人之所包，非虚明之绝境，不可穷者，其唯神用者乎。"

洞彻：彻底地理解。

[76] 尘情：过往的情绪。

[77] 昭昭灵灵：儒教个体修养术语。"昭昭"是很光明，"灵灵"是很明白，见闻觉知没有昏迷，一灵不昧。清清楚楚，没有妄想没有杂念。

[78] 湛寂：沉寂。唐太宗《大唐三藏圣教序》："妙道凝玄，遵之莫知其际；法流湛寂，挹之莫测其源。"

虚明：指内心清虚纯洁。宋苏辙《赠石台问长老二绝》之二："蒲团布衲一绳床，心地虚明睡自亡。"

[79] 未发之中：《中庸》说：喜怒哀乐之未发谓之中，发而皆中节谓之和。以阳明之解释而言，未发之中是要讲求良知的关键地，已发之和是良知呈显妥当之时。

[80] 应事：处理世务，应付人事。明王守仁《传习录》卷下："那三更时分空空静静的只是存天理，即是如今应事接物的心。"

[81] 功：功夫，指技术和技术修养造诣。

[82] 缉熙：《诗·大雅·文王》："穆穆文王，于缉熙敬止。"毛传："缉熙，光明也。"又《周颂·敬之》："日就月将，学有缉熙于光明。"郑玄笺："缉熙，光明也。"后因以"缉熙"指光明，又引申为光辉。

[83] 斋：斋戒，旧指祭祀前整洁身心。

[84] 乾乾：敬慎貌。《文选·东都赋》："勤屡省，懋乾乾。"薛综注："乾乾，敬也。"三国魏曹植《武帝诔》："乾乾庶事，气过方叔。"

[85] 垂：传下去。

休声：美好的名声。《旧唐书·韩瑗传》："冀欲闻逆耳之言，甘苦口之议，发扬大化，裨益洪猷，垂令誉于将来，播休声于不朽者也。"

[86] 役：役使，驱使。《书·大诰》："予造天役，遗大投艰于朕身。"

戕：毁坏。

贼：邪恶，这里指杂念。

[87] 应：回应。

[88] 衡：秤杆，泛指秤。

[89] 疲敝：疲劳不堪。也作"疲弊"。《资治通鉴》："曹操之众远来疲敝。"

[90] 空心：佛教语。谓清净无染的禅心。《智度论·释初品》："如佛弟子，实知空心不动，一切结使生处，不复生。"

[91] 权衡：法度，标准。《韩非子》："使人尽力于权衡。"

[92] 酬酢：宾主互相敬酒，泛指交际应酬。酬：向客人敬酒。酢：向主人敬酒。《易·系辞》："是故可与酬酢。"

[93] 爽：差失，违背。

[94] 心体：明王守仁《传习录》卷下："先生尝语学者曰：心体上着不得一念留滞，就如眼着不得些子尘沙。"

[95] 灵明：明洁无杂念的思想境界。南朝梁江淹《效阮公诗》之四："宿昔秉心誓，灵明将见期。"

[96] 廓然：形容空旷寂静的样子。

大公：极其公正。宋周辉《清波别志》卷上："徽宗尝对辅臣语及元祐、绍圣事，皆欲以大公至正之道，扶偏救弊。"

[97] 耽：喜好。

[98] 冥顽：昏庸顽钝，愚钝无知。韩愈《祭鳄鱼文》："不然，则是鳄鱼冥顽不灵；刺史虽有言，不闻不知也。"

[99] 莽莽荡荡：广远貌。

[100] 津涯：范围，边际。

[101] 要之：犹总之。《史记·张仪列传论》："要之，此两人（指苏秦、张仪）真倾危之士哉！"

[102] 廓尔：形容空旷寂静的样子。

[103] 平旦：清晨，平明。

［104］唐虞：唐尧与虞舜的并称。亦指尧与舜的时代，古人以为太平盛世。《论语·泰伯》："唐虞之际，于斯为盛。"

［105］肃雍：庄严雍容，整齐和谐。形容祭祀时的气氛和乐声。《诗·周颂·清庙》："于穆清庙，肃雍显相。"毛传："肃，敬；雍，和。"

［106］旨：美味。

［107］问津：打听渡口，引申为探求途径或尝试。《论语·微子》："使子路问津焉。"

［108］宁晷：安定的时刻。清黄六鸿《福惠全书·莅任·详文赘说》："送往迎来，日无宁晷。"

［109］梏亡：谓因受束缚而致丧失。《孟子·告子上》："则其旦昼之所为，有梏亡之矣。"孙奭疏："梏，手械也。利欲之制善，使不得为，犹梏之制手也。"

［110］夜气：儒家谓晚上静思所产生的良知善念。《孟子·告子上》："牿之反覆，则其夜气不足以存；夜气不足以存，则其违禽兽不远矣。"

［111］百度：百事，各种制度。《书·旅獒》："不役耳目，百度惟贞。"

［112］营营：奔走钻营。

［113］陈希夷：名抟，道家隐士。号图南、扶摇子，安徽亳县人。少年举进士不第，后有出尘之志，其归隐诗曰：十年踪迹走红尘，回首青山入梦频。紫绶纵荣怎及睡，朱门虽贵不如贫。愁看剑戟扶危主，闷听笙歌聒醉人。携取旧书归旧隐，野花啼鸟一般春。遂隐居武当山，服气辟谷，廿余年，后居华山。精研《周易》，著有《无极图》《先天图》。其学为周敦颐、邵康节所继承发展，对宋代理学颇具影响。宋太宗极为礼重，赐号"希夷先生"。

［114］泛应曲当：谓广泛适应，无不恰当。《朱子语类》卷十三："若得胸中义理明，从此去量度事物，自然泛应曲当。"

［115］所谓树德务滋者此也：疑句序应为"所谓树德务滋此者也"。

［116］陈白沙：名献章，字公甫，号实斋，别号碧玉老人、玉台居士、江门渔父、南海樵夫、黄云老人。明代著名的自然主义思想家、教育家、书法家、诗人、生命科学家，岭南古琴第一人。

之：语气助词，起凑足音节的作用。

［117］原委：即"源委"，指水的发源和归宿。《礼记·学记》："三王之祭川也，皆先河而后海，或源也，或委也，此之谓务本。"唐孔颖达疏："源委谓河海之外诸大川也。"

［118］纷拿：亦作"纷拏"。混乱貌，错杂貌。汉王逸《九思·悼乱》："嗟嗟兮悲夫，

毂乱兮纷挐。”

［119］烛：照，照亮。《韩非子·内储说上》：“夫日，兼烛天下。”

［120］纤翳：微小的障蔽，多指浮云。南朝宋刘义庆《世说新语·言语》：“司马太傅斋中夜坐，于时天月明净，都无纤翳。”

［121］斑垢：布满斑点。

驳杂：指颜色斑驳。

［122］明道先生：指的是程颢，字伯淳，人称明道先生，宋代理学家、教育家。

［123］湛定：沉静，镇定。清王夫之《张子正蒙注·诚明》：“太虚之气，无同无异，妙合而为一，人之所受即此气也。故其为体湛定而合一。”

澄寂：清静，静寂。晋郭璞《江赋》：“若乃宇宙澄寂，八风不翔。”

［124］形骸：多指人的形体。

［125］觑：把眼睛合成一条细缝看。

［126］罗豫章：宋代理学家，朱熹父亲的老师。

［127］瞥脱：犹爽快。明李贽《答明因》：“莫说看经看教为不可，只要看得瞥脱乃可。”

［128］入机：谓言语投机。南朝梁刘勰《文心雕龙·论说》：“范雎之言事，李斯之止逐客，并烦（顺）情入机，动言中务。”

［129］憧憧：来往不绝的。

［130］同游：求学者。

二三子：诸位。《左传·僖公三十三年》：“孤违蹇叔，以辱二三子，孤之罪也。”

［131］天常：天的常道，常指封建的纲常伦理。《左传·文公十八年》：“颛顼氏有不才子，不可教训，不知话言，告之则顽，舍之则嚚，傲很明德，以乱天常。”

［132］芸窗：指书斋。唐萧项《赠翁承赞漆林书堂诗》：“却对芸窗勤苦处，举头全是锦为衣。”

［133］惕然：警觉省悟貌。明谢肇淛《五杂组·地部一》：“郭汾阳治第，谓工人曰：‘好筑此墙，勿令不牢。’筑者释锤而对曰：‘数十年来，京城达官家墙皆是坚石筑，今某死，某亡，某败，某绝，人自改换，墙固无恙。’令公闻之，惕然动心，即日请老。”

［134］由：应为“曲”。

［135］莫邪：代“兵戈”。

［136］含和：蕴藏祥和之气，常喻仁德。《文子·精诚》：“故大人与天地合德……怀

天心，抱地气，执冲含和，不下堂而行四海。”

［137］捷若桴鼓：比喻非常迅速。桴鼓：鼓槌与鼓，比喻相应迅速。宋罗泌《路史·后纪三·炎帝》：“教化兴行，应如桴鼓。”

［138］冲和：淡泊平和。晋袁宏《后汉纪·灵帝纪》：“此子神气冲和，言合规矩，高才妙识，罕见其伦。”

恬澹：亦作“恬憺”，同“恬淡”，清静淡泊。汉王符《潜夫论·劝将》：“太古之民，淳厚敦朴，上圣抚之，恬澹无为。”

［139］浮气：谓浮躁轻率。汉贾谊《新书·傅职》：“教之《乐》，以疏其秽，而填其浮气。”

［140］云：应为“无”。

［141］形气：形和气。形，指具体物象。气，指构成宇宙万物的最根本的物质。汉贾谊《鹏鸟赋》：“形气转续兮，变化而嬗。”

［142］道心：指天理，义理。《书·大禹谟》：“人心惟危，道心惟微。”蔡沈集传：“心者，人之知觉，主于中而应于外者也。指其发于形气者而言，则谓之人心，指其发于义理者而言，则谓之道心。”

［143］安流：平稳的流水。南朝梁何逊《慈姥矶》诗：“暮烟起遥岸，斜日照安流。”

［144］运：行驶。

［145］天生烝民：老天创造出众多的人。

［146］则：规律、规则。

［147］惟圣罔念作狂：大义为圣人如果没有了“念”就会变成狂人。

［148］道心：道心与人心是中国宋明理学关于心性论的一对概念。《古文尚书·大禹谟》：“人心惟危，道心惟微，惟精惟一，允执厥中。”北宋理学家程颐认为，心是道之所在，微是道之体，所谓道心，就是“心与道浑然一也”。道心即良心，“放其良心则危矣”，故谓人心。他以天理人欲解释道心人心，并把两者对立起来，说：“人心私欲故危殆，道心天理故精微。”并由此提出灭人欲、明天理的主张。程颢也有类似的说法。南宋朱熹对程颐之说做了发挥，而且与程颐稍有不同。他认为理与气相合而有知觉之心，其寂然不动者为心之体，即为性；其感于物而动者为心之用，即是情。认为“性是静，情是动，心则兼动静而言”，心只是一心，但或觉于理，或觉于欲。这就是道心人心之别。“此心之灵，其觉于理者，道心也；其觉于欲者，人心也。”朱熹还强调，“人心不全是不好”，人心能无过无不及，能得其正而不偏者即为道心，两者没有不可逾越的鸿沟。他认为，道

心只有在与物相接的人心中才能显现出来。所以，虽“上智”之人亦不能无人心，虽“下愚”之人亦不能无道心。但道心微妙难见，人心易流于人欲，故人人当精察于两者之间。以“守其本心之正”，使人心“听命”于道心。这也就是“惟精惟一，允执厥中”的修养功夫。所以朱熹很重视道心人心的概念，认为天下之理，无过于尧舜四句心传。与朱熹同时的陆九渊，反对以天理人欲解释道心人心。明代王阳明谓本心即道心，本心杂以“人伪”为人心。他以本心之得失来分道心人心。至清代汉学家阎若璩、惠栋等考证《古文尚书》为伪书之后，就很少有人再谈及所谓古圣心传的道心人心了。

[149] 金氏履祥：元代学者，宋元间兰溪人，字吉父，号次农，自号桐阳叔子，从小好学，凡天文、地形、礼乐、田乘、兵谋、阴阳、律历之书，无不精研。初受学于王柏，后受学于何基，基为朱熹二传弟子，造诣益深。

[150] 以微之尔：可知微见著，以小见大。

[151] 许鲁斋：即许衡，宋元之际学者。字仲平，谥文正，封魏国公，河内（今河南省焦作市中站区李封村）人。与姚枢、窦默等讲程朱理学。

治生：经营家业，谋生计。《管子·轻重戊》：“出入者长时，行者疾走，父老归而治生，丁壮者归而薄业。”

[152] 汲汲：形容急切的样子，急于得到。《汉书·扬雄传》：“不汲汲于富贵，不戚戚于贫贱。”

[153] 发：表现。

[154] 理：是理解程朱理学的基本范畴和关键所在。“理”不但是一个逻辑范畴，而且是一个思维范型。

[155] 仰事俯畜：《孟子·梁惠王上》：“是故明君制民之产，必使仰足以事父母，俯足以畜妻子。”后因以“仰事俯畜”谓对上侍奉父母，对下养育妻儿，亦泛指维持全家生活。

[156] 货殖：经商。

[157] 草衣木食：编草为衣，以树木果实为食，形容衣食简单，生活清苦。元关汉卿《望江亭》第一折：这出家无过草衣木食，熬枯受淡。

[158] 扫荡：扫除涤荡，泛指彻底清除。

[159] 箪瓢陋巷：《论语·雍也》载：颜渊一箪食，一瓢饮，居陋巷，而不改其乐，孔子称赞他说：“贤哉回也！”后以“箪瓢陋巷”为生活清贫的典故。

[160] 怀抱：胸怀。

[161] 孟武伯之问：孟武伯问：“子路仁乎？”子曰：“不知也。”又问。子曰：“由也，

千乘之国，可使治其赋也，不知其仁也。”“求也何如？”子曰：“求也，千室之邑，百乘之家，可使为之宰也，不知其仁也。”“赤也何如？”子曰：“赤也，束带立于朝，可使与宾客言也，不知其仁也。”

[162] 许：同意，赞同。《三国志·诸葛亮传》：“每自比于管仲、乐毅，时人莫之许也。”

[163] 原：本源。

[164] 该：同“赅”，完备。

[165] 假饶：即使，纵使。唐李山甫《南山》诗：“假饶不是神仙骨，终抱琴书向此游。”

[166] 迥别：区别很大。

[167] 道学：即理学。

心之形体[1]

西山真氏曰：“园[2]外窍中者，心之形体，可以物言，备具众理，神明不测者，此心之理，不可以物言，然有此心体，方包得此理。”

题解：

西山真氏学派是南宋真德秀所创立的学派。西山真氏学派崇朱熹，主要讲求义理之学，谓凡天下之物，有形有象者，皆器也，其理便在其中。重视“穷理以致其知”，主张“穷理以此心为主，必须以敬自持，使心有主宰，无私意邪念之纷扰，然后有以为穷理之基。本心既有所主宰矣”。

注释：

[1] 形体：物体的形状及其结构。

[2] 园：应为“圆”，此言心外圆而内多孔。

心之运用

《朱子语类》云：“四端万[1]善，当其未感触之时。虽寂然不动，而其中自有条理，自有间架[2]，不是笼统都无一物。所以外边才感，中间便应。”

题解：

《朱子语类》是朱熹与其弟子问答的语录汇编。此主要是阐述以朱子为代表的儒家学人对心性修养的理解和认识。

注释：

[1] 四端：指仁、义、礼、智四种道德观念的开端、萌芽。《孟子·公孙丑上》："恻隐之心，仁之端也；羞恶之心，义之端也；辞让之心，礼之端也；是非之心，智之端也。人之有是四端也，犹其有四体也。"

万：程度副词。

[2] 间架：房屋建筑的结构，指心有空间。梁与梁之间叫"间"，桁与桁之间叫"架"。

持心[1]六喻

第一喻

治心如耕田去[2]草一般，良莠不除[3]，嘉禾[4]不长，此定理[5]也。但除草有法，必须勤耕其地，使草根枯烂，然后播种百谷，自然苗日盛而草不生矣。夫人一心之中，天理犹嘉谷也。人欲犹良莠也，必窥见本性，原自干干净净，则人欲无处着根，自然心地洁净而天理常存，否则遏欲而欲愈盛，犹之拔草而草弥多，强制其欲而使不行，犹之强锄其草而使不出也。故欲除其草，必先净其地，欲绝其欲，必先净其心，治心与治地，无二理[6]也。

第二喻

持心如逆水行舟一般，人拽上水船，必须一齐着力，刻不容缓，稍一松手，则顺流而下，势难复挽[7]矣。持心工夫，亦复如是，必时时省察[8]，刻刻提撕[9]，造次颠沛[10]，无不皆然，操持日久，自然动静咸宜，方无走作[11]。否则工夫间断，一念之怠忽[12]，俱足为身心之累。书曰："不矜细行[13]，终累大德。"是也。因赘[14]一绝句云："逆水行舟过险滩，下来容易上来难，持心若用牵船法，道岸先登转瞬[15]看。"

第三喻

心是本原[16]，须从本原上用功，渐渐盈科[17]而进。譬如种树，方其根芽[18]，犹未有干，及其有干，尚未有枝，枝而后叶，叶后而花实，初种根时，只管载培灌溉，勿作枝想，勿作叶想，勿作花想，勿作实想，悬想何益？但不忘栽培之功，自然有枝叶花实。因赘一律句云："花开花落满园同，种树何妨种几丛。寸地芳菲为旧业，半春烟雨是元功[19]。培根自见千枝绿，结果争看万颗红。一片生机原不断，好将消息[20]问东风。"

第四喻

持心纯熟之功[21]，如贮清水于净器一般，譬如一潭水，人若以杆木搅之，则霎时便浊，俟[22]一二日，才得澄清，但未能尽去浊脚[23]，是以搅之复浊也。若将清水贮于净器中，则刷去浊脚纯为清水，虽日日搅之，不复浊矣，人若窥见性体，本无一物，再加洗刷之功，自然清净明洁，虽事务纷乘[24]，而本体之清明，原自不能污染，如清水贮于玉瓮，虽搅之而不复浊矣，以尽去浊脚故也。是以清明在躬，志气如神，唯圣人能之，否则清浊互见，下此[25]则浊水求珠矣。故持心之功，必至纯熟而后已也。前贤[26]有句云："半亩方塘一鉴开，天光云影共徘徊。问渠那得清如许？惟有源头活水来。"

第五喻

持心之功，如急流撑船一般。船无舵，纵之使行，有时入于波涛，有时入于安流，不可一定，惟有一舵以运之，则虽人波澜无害。是以渡急流者，牢把舵柄，不敢顷刻松手，而后轻舟飞渡，方保万全。人之处事，刻刻提起此心，如舵柄在手，急徐[27]轻重，自有条理，虽前途之险夷难料，而吾心之把持自坚，何患酬应之纷如[28]也。

第六喻

治心之功，如磨镜一般，圣人之心，如明镜当空，无物不照，本不消磨，常人之心如昏镜，然镜虽昏暗，刮磨便明，以[29]昏在镜之外边，而本体之明自在[30]也。故必于应事接物之际，即便磨之，勿使尘垢污染，随照随磨，随磨随照，如此用功，自然静可养虚，而动可烛[31]理矣，此心体之常明，万古如一日也。

题解：

作者通过对治心、持心进行了六喻，将治心、持心比喻为“耕田去草”“逆水行舟”“种树”“贮清水于净器”“急流撑船”“磨镜”。治心与持心都得经历磨难，然后久久为功，只有这样才能体之常明，酬应万变之纷争。

注释：

[1] 持心：谓处世所抱的态度。《后汉书·韦彪传》：“忠孝之人，持心近厚，锻炼之吏，持心近薄。”

[2] 治心：修养自身的思想品德。《荀子·解蔽》：“仁者之思也恭，圣人之思也乐，此治心之道也。”

去：除去，去掉。

[3] 良莠不除：疑为“莠草不除”。良：谷子。莠：狗尾草，很像谷子，常混在禾苗中。

[4] 嘉禾：生长奇异的禾，古人以之为吉祥的征兆。亦泛指生长茁壮的禾稻。《书·微子之命》：“唐叔得禾，异亩同颖，献诸天子。王命唐叔，归周公于东，作《归禾》。周公既得命禾，旅天子之命，作《嘉禾》。”孔传：“唐叔，成王母弟，食邑内得异禾也……禾各生一垄而合为一穗。异亩同颖，天下和同之象，周公之德所致。”孔颖达疏：“此以善禾为书之篇名，后世同颖之禾遂名为‘嘉禾’，由此也。”

[5] 定理：必然的道理。

[6] 理：道理。

[7] 挽：《说文》：“挽，引之也。”

[8] 省察：反省检查自己。

[9] 提撕：教导，提醒。北齐颜之推《颜氏家训·序致》：“吾今所以复为此者，非敢轨物范世也，业以整齐门内，提撕子孙。”

[10] 造次颠沛：流离失所，生活困顿。《论语·里仁》：“君子无终食之间违仁，造次必于是，颠沛必于是。”

[11] 走作：越规，放逸。《朱子语类》：“言释氏之徒为学精专，曰：便是某常说，吾儒这边难得如此，看他下工夫，直是自日至夜，无一念走作别处去。”

[12] 怠忽：怠惰玩忽。《书·周官》：“蓄疑败谋，怠忽荒政。”孔传：“怠惰忽略，

必乱其政。”

［13］不矜细行：不注重小事小节。《书·旅獒》：“不矜细行，终累大德。”孔颖达疏：“若不矜惜细作，随宜小过，终必损累大德矣。”

［14］赘：增添，附加。

［15］转瞬：亦作“转眴”，转眼，喻时间短促。南朝梁沈约《形神论》：“凡人之暂无本实有，无未转瞬，有已随之。”

［16］本原：根本，事物的最重要部分。《管子·水地》：“水者何也？万物之本原也，诸生之宗室也。”戴望校正引王引之曰：“本原、根荄、宗室，皆谓根本也。”

［17］盈科：喻打下坚实基础。明王守仁《传习录》卷上：“为学须有本原，须从本原上用力，渐渐盈科而进。”

［18］根芽：动用，发根、发芽。后文“枝而后叶”“叶后而花实”“勿作枝想”“勿作叶想”“勿作花想”“勿作实想”中的枝、叶、花、实均为动用。

［19］元功：功臣。《汉书·景武昭宣元成功臣表序》：“辑而序之，续元功次云。”颜师古注：“元功，谓佐兴其帝业者也。”

［20］消息：音信。

［21］功：同“工”，工作。

［22］俟：等待。

［23］浊脚：等于说浊根。

［24］纷乘：疑应为“纷呈”。

［25］下此：犹言“不这样”。

［26］前贤：指朱熹，不直言其名，讳饰的修辞手法。

［27］徐：缓慢。

［28］纷如：杂乱的样子。纷：杂乱。如：用在词尾，表示……的样子。

［29］以：因为。

［30］自在：本来就存在。

［31］烛：名词动用，照。

致　知[1]

为学既知养心，则志气清明，自无物欲之障蔽[2]，第徒知静养而不求吾心之真知[3]，或恐入于顽空[4]，流于禅定[5]，则中无主而自治疏矣，故养心之后，必以致知为之枢纽[6]焉。

王阳明先生曰："只念念要存天理，久则自然心中凝聚，犹道家所谓结圣胎[7]也。此天理之念常存，驯至于美大圣神[8]，亦只从此一念存养扩充去耳。"

李二曲先生曰："夫天良[9]之为天良，非他，即各人心中一念独知[10]之微，天之所以与我者，与之此也[11]，炯炯而常觉[12]，空空而无适，寂然不动，感而遂通[13]，孩而知爱[14]，长而知敬，乍见而恻隐，呼蹴[15]而羞恶，一语穷而舌遁，一揖失而面赤，自然而然，不由人力，非天良而何？日用之间，诚勿戕勿梏[16]，则火燃泉达[17]，无往非善[18]，此本来真面目，圣学真血脉[19]，而体认下手之实，惟在默坐澄心，盖心一澄而虚明洞彻，无复尘情客气，意见识神，为之障蔽，固有之良，自时时呈露而不昧矣。"

二曲先生又曰："炯炯常觉，则主人翁在室，不至认贼作子，以识神为本面，空空无适，则自无不善之动，得其所止，而心如太虚[20]，乃未发之中，本性真体，不落思想，不堕方所，无声无臭，浑然太极[21]，大德之所以敦化[22]也，当恻隐，即恻隐，当羞恶，即羞恶，知爱知敬，知是知非，随感而应，小德之所以川流也，未发不是先，已发不是后，体用一源，显微自无间，先哲口口相授，止传工夫，未尝轻及本体，使学人深造而自得之，今既言体认，若不明白昭揭[23]，倘体认一错，毫厘之差，千里之谬，以故和盘托出，斯固不容已之苦心也。"

良知即良心也，一点良心便是性，不失良心便是圣，学者苟能静存动察，勿忘勿助，收摄保任[24]，日充月著，则天理常存，而此心不死矣。

良知只是自然而然，即如入宗庙而生敬，过丘垅[25]而兴悲，知孝知弟[26]，知仁知义，以至应事接物，皆非人为，不学不虑，本自浑然，参[27]以人为，则伪矣，故伪字从人。良知之说，人每疑其近禅，此不知者之言也，天若无日月，则遍地咸昏暗，安得出作入息，人若无良知，是满身成僵尸，安能视听言动，自己一生大主宰，抵死不认，可哀也已。圣人之不思不勉，即孩提之不学不虑，故曰："大人者，不失其赤子之心[28]者也。"

学问贵知头脑，自身要识主人，诚知头脑，则其余皆所统驭[29]。识主人，则仆隶供其役使，若以良知为学问头脑，自身主人，则学问思辨，莫非良知之用，所谓识得本体，好做工夫，做得工夫，方见本体也。

或问于阳明先生曰："寻常意思[30]多忙，有事固忙，无事亦忙，何也？先生曰：天地气机[31]，元[32]无一息之停，然有个主宰，故不先不后，不急不缓，虽千变万化，而主宰常定，人得此而生。若主宰定时，与天运一般不息，虽酬酢万变，常是从容自在，所谓天君泰然，百体从令，若无主宰，便只是这气奔放，如何不忙？"

或问于阳明先生曰："近来虽稍知头脑，然难寻个稳当快乐处。"先生曰："只是致知，尔那一点良知，是尔自家底准则，尔意念着处，他是便知是，非便知非，更瞒他一些不得，尔只不要欺他，实实落落，依着他去做去，善便存，恶便去，他这里何等稳当快乐，此便是格物[33]的真诀，致知的实功，若不靠着这里真机，如何去格物？我亦近来体贴[34]出来，如此分明，无些小欠阙[35]。"

当下便是，无烦拟议[36]，自然而然，非由勉强，良知良能，随感而应，圣之所以圣，贤之所以贤，如斯而已矣。本分[37]之外，不加毫末。一有安排，便失本心，若展转曲挠[38]，厚自诬罔[39]，是自丧本面，自梏生机，虽生犹死，可哀孰甚！

耳目手足之所以作主者[40]，此知也，虚灵不昧[41]，肆应[42]无穷，人人本来如是，而人人不自知其如是，此之谓百姓日用而不知，故君子之道鲜矣。

千圣相传，只是此知，吾人之所以博学、审问、慎思、明辨者，惟求此知。此知未明，终是冥行；此知既明，才算到家。此知未明，学问无主；此知既明，学有主人。此知未明，藉闻见以求人门；此知既明，则本性灵以主闻见，犹水之有本，源泉混混[43]，逝者如斯，不舍昼夜。

不学不虑之良[44]，乃人生本面，学焉而悟此，犹水有源，树有根，人有脉；学焉而昧此，犹水无源，树无根，人无脉。《孟子》论学，言言痛切[45]，而良知二字，尤为单传[46]，直指作圣真脉，先知能并言，后知爱知敬，单言知而不言能者，盖知为本体，能乃本体作用，苟真知之，则能在其中矣。后阳明先生以此明宗，当士习支离蔽锢[47]之余，得此提唱[48]，圣学真脉，复大明于世，人始知鞭辟着里[49]；反之，一念之微，自识性灵，自见本面，日用之间，炯然涣然，无不快然自以为得矣。

乍见孺子入井，皆有怵惕恻隐之心[50]，此良心发现处。良心即善心也，非由学而然，非拟议而然，非性善而何？故性善之旨[51]明，而千圣之统[52]明矣，所以开万世之蒙[53]，而定万世论性之准者，端在于斯也。

良知良能，乃赤子固有之性，本然之心也。圣贤千言万语，无非欲人不失其赤子之心，吾人千讲万讲，无非求不失赤子心，故必屏缘息虑，一切放下，内不牵于情感，外不纷于物诱，泯[54]知见，忘人我，令胸中空空洞洞，了无一尘，一如赤子有生之初，返本还原[55]，才算造诣。

识得良知，则主敬穷理，存养省察，方有着落，调理脉息，保养元气，其与治病于标者自不可同日而语。否则主敬是谁主敬，穷理是谁穷理，存甚养甚，谁省谁察。

吾道一以贯之[56]，即人心固有之理，良知之不昧者是也。常知则常一，常一则事有万变，理本一源，故曰殊途而同归，百虑而一致。

生而知之，学而知之，此之字，即指本性，本性之外，更别无知。若于此外更求知，何异骑驴更觅驴。

王阳明先生曰："吾昔居滁时，见诸生多务知解[57]，无益于得。姑教之静坐，一时窥见光景，颇收近效，久之渐有喜静厌动，流入枯槁之病，或务为元解妙觉[58]，动人听闻。故迩来只说致良知，良知明白，随你静处体悟也好，事上磨练也好，良知本体原是无静无动的，便是学问头脑，我这个话头[59]，自滁州到今亦较过几番，只是致良知三个字无病，医经折肱，方能察人病理。"

阳明先生曰："人若知这良知诀窍，随他多少邪思枉念，这里一觉，都自消融，真个是灵丹一粒，点铁成金。"

阳明先生曰："喜、怒、哀、惧、爱、恶、欲，谓之七情，七者俱人心合有的，但要认得良知明白，譬如日光，亦不可着方所[60]，一隙通明，皆是日光所在。虽云雾四塞，太虚中色象可辨，亦是日光不灭处，不可以云能蔽日，教天不要生云，七情顺其自然之流行，皆是良知之用，但不可有所着，七情有着，俱谓之欲，俱为良知之蔽，然才有着时，良知亦自会觉，觉即蔽去，复其本体矣，此处能勘得破，方是简易透彻工夫。"

天理良心四个字，人人皆知，即至樵夫牧竖[61]，巨盗屠儿，无不知四字者，但人明知明昧，实堪悯恻，人若将此四个字，持守不失，便可超凡人圣，何必谈元说妙，徒滋葛藤。

心不是一块血肉，凡知觉处便是心，如耳目之知视听，手足之知痛痒，此知觉便是心也。

圣人之知，如青天白日，贤人之知，如浮云天日，愚人如阴霾[62]天日，虽有昏明不同，其能辨黑白则一，虽昏黑夜里，亦影影见得黑白，此就是日之余光未尽处，人若从这点明处，渐渐推扩出去，自有光明普照时候也。

王阳明先生曰："吾辈用功，只求日减，不求日增，减得一分人欲，便是复得一分天理，何等轻快洒脱，何等简易明白。"

王阳明先生曰："主一之谓敬，一者天理，主一是一心在天理上，若只知主一，不知一即是理，有事时便是逐物，无事时便是着空。"

王阳明先生曰："无善无恶，是心之体[63]，有善有恶，是意之动[64]，知善知恶的是良知[65]。为善去恶是格物[66]。只依我这话头，随人指点，自没病痛，此原是彻上彻下功夫，人有习心[67]，若不教他在良知上，实因为善去恶的功夫，只去悬空想个本体[68]，一切事为，俱不着实，不过养成一个虚寂，此个病痛，不是小小[69]。"

李二曲先生曰："人性本来无事，知人心本来无事，方是知性[70]，能行乎其所无事，方是率性[71]，静而无事，不起炉作灶[72]，廓然大公[73]，动而无事，不拟议安排，物来顺应，如是则事不累心，心不累事。恒若太虚，毫无沾滞[74]，即此[75]是性，即此是圣。心无出入，有出有入者，妄[76]也。须令内缘[77]不出，外缘[78]不入，不为穷通得丧毁誉生死所摇动，时振时醒，不使懈怠因循，稍生昏昧，不倚见闻觉知，不落方所思想，始可言心。"

性无不善，故知无不良，此一定之理也。犹忆昔年曾馆[79]某县署中见某官审一窃案，其人坚不招承[80]，用夹刑数次，其人口称："小人系乡村良民，从不做贼，今被诬罔[81]，只求昭雪[82]。"第案中脏证俱备，法无可宥[83]，问官只用严刑追勘[84]，其人皮肉糜烂，身无完肤。乃始招承，及案成之后，问官婉导[85]之曰："尔罪不过责枷[86]，何坚不承认，徒自苦乃尔[87]？"其人泣诉曰："小人一时糊涂身罹[88]刑罚，其所以[89]不肯当下认贼者，缘一认贼名，乡党[90]不齿，羞愧难当，是以宁忍死受刑，而不肯轻易招承，职[91]此之故，别无他意也。"余时在旁窃听，为之恻然叹息曰："此人一时作贼，必为饥寒所迫，乃良心乍蔽处，其忍死不肯认贼名者，乃羞恶之本心，正是良心难昧处。"如此看来，良心在内，明如皦日，譬如云能蔽日而日之本体何曾稍亏？即此可知天理之在人心，虽当梏亡陷溺之久，而固有之良，原自昭然难掩也。

题解：

万善皆学，学为好人。万恶皆除，力戒为恶。其他遑论，古代知识分子的修身之念是民族美德的体现。虽然理学在一定程度上窒息了一些自由和身心权利，但是毋庸置疑，对良知譬如恻隐、羞恶之念的追求不但成就了自身的品行，从一定程度上也维系了社会道德体系的稳定和社会秩序的平稳，对每个人乃至政治上层亦有影响。道德品行的修养关乎国家的长治久安，一旦道德沦丧，利益集团将为非作歹，法律也将显得苍白，社会最终将分崩离析。

注释：

[1] 致知：儒家哲学用语。《礼记·大学》："致知在格物。"历代儒家学者对此有不同的解释。汉郑玄认为"致知"是使人"知善恶吉凶之所终始"；宋朱熹认为"致，推极也；知，犹识也。推极吾之知识，欲其所知无不尽也"。明王守仁则认为"致知"即"致吾心之良知"。

[2] 障蔽：遮挡，遮蔽。

[3] 第：但。

真知：深刻的哲理，真理。

[4] 顽空：佛教语，指一种无知无觉的、无思无为的虚无境界。宋范成大《钓池口阻风迷失港道》诗："蒲团坐煖看香篆，作止任灭如顽空。"

[5] 禅定：又名"三昧"，所谓"念佛三昧，三昧之王"。禅定亦即止观，止是放下，观是看破。禅定是指"心一境性"，让混乱的思绪平静下来，外禅内定，专注一境。禅定必须先由"入静"开始，而到"至静"，才能达到"寂静"，此时已经是忘我的境界，从"身空""心空"而进入虚空法界。然而坐禅要进入禅定的境界，也必须要具备"超越的精神"，才能突破一切生理、心理及潜意识的障碍。

[6] 枢纽：指主门户开合之枢与提系器物之纽，事物的关键部位，事物之间联系的中心环节。

[7] 圣胎：道教金丹的别名。内丹家以母体结胎比喻凝聚精、气、神三者所炼成之丹，故名。明王守仁《传习录》卷上："只念念要存天理，即是立志；能不忘乎此，久即自然心中凝聚，犹道家所谓结圣胎也。"

[8] 驯至于：顺其自然而逐渐达到，顺应情致的自然发展。

美大圣神：儒家人生修养的境界——善、信、美、大、圣、神。《孟子·尽心下》：浩生不害问曰："乐正子，何人也？"孟子曰："善人也，信人也。""何谓善？何谓信？"曰："可欲之谓善，有诸己之谓信。充实之谓美，充实而有光辉之谓大，大而化之之谓圣，圣而不可知之之谓神。乐正子，二之中，四之下也。"从字面上解释就是心中喜欢的或追求的就是善，自己身体力行对善的追求就是信（真）。完完全全做到善就是美，不仅完完全全做到善，并且能够放出光辉表现出来就是大，不仅能放出光辉，并且能融会贯通使他人感化就是圣，圣修养到了神妙不可测度的境界就是神了。

[9] 天良：人的良心。

[10] 独知：知人所不知，仅一人知。《商君书·更法》："有独知之虑者，必见毁于民。"

[11] 与之此也：应为"与之以此也"。赐予我（天良）就因为这个原因。与：赐予。

[12] 常觉：明察貌。

[13] 感而遂通：《周易·系辞下》："精义入神，以致用也。"这句话的解释，分两半来看，精义入神，是说先静；以致用也，是说后动。"神"是寂然不动的，人在极其虚静的状态下才能"入神"，"入神"之后，更能体会万事万物鲜活的"动"神寂然不动，感而遂通。静才能感，感才能通，通才能动。

[14] 孩：未成年人，孩子。

知爱：赏识喜爱。

[15] 呼蹴：践踏。明儒学案（清）黄宗羲：故夫良心之未亡，则呼蹴之食，匹夫匹妇能忍死而弗受。宫室妻妾、田园舆马、凡不义而得者，皆呼蹴之食也。

[16] 梏：约束，束缚。

[17] 火燃泉达：喻形势将继续发展，越来越大。《孟子·公孙丑上》：凡有四端于我者，知皆扩而充之矣，若火之始燃，泉之始达。

[18] 无往非善：无论到哪里，没有不好的。

[19] 圣学：圣学指孔子之学。明王守仁《传习录》卷上："后儒不明圣学，不知就自己心地良知良能上体认扩充。"

血脉：体内流动血液的脉络。

[20] 太虚：古代哲学概念，指宇宙万物最原始的实体——气。宋张载《正蒙·太和》：太虚无形，气之本体，其聚其散，变化之客形尔。

[21] 不落思想，不堕方所，无声无臭，浑然太极：宋明思想家无不以"神无方而易

无体”的话来形容本体是没有方所，没有形体的中庸的“不睹不闻”“无声无臭”亦成为他们常用的术语。这说明，本体的“空虚”特征并非常识观念中的空无，或数学上的零值，而是相对具体的现象而言，它无形无质，极难模拟，故谓之“无”“虚”“空”。

［22］敦化：谓仁爱敦厚，化生万物。《礼记·中庸》：“小德川流，大德敦化，此天地之所以为大也。”郑玄注：“小德川流，浸润萌芽，喻诸侯也；大德敦化，厚生万物，喻天子也。”孔颖达疏：“孔子所作《春秋》，若以诸侯小德言之，如川水之流，浸润萌芽；若以天子大德言之，则仁爱敦厚，化生万物也。”

［23］昭揭：显扬，宣示。《明史·忠义传七·张继孟》：“今杨左业有定议，世扬方昭揭于天下后世。”

［24］收摄保任：修炼保养。

［25］丘垅：虚墟，荒地。晋陶潜《归田园居》诗之四：“徘徊丘垅间，依依昔人居。井灶有遗处，桑竹残朽株。”

［26］弟：通“悌”，敬爱哥哥，引申为顺从长上。

［27］参：加入在内。

［28］赤子之心：纯正而天真无邪的心，比喻忠诚热切之心。

［29］统驭：统辖，驾驭。《旧唐书·突厥传下》：“肆叶护性猜狠信谗，无统驭之略。”

［30］意思：思想，心思。

［31］气机：谓天地有规律运行的自然机能。明王守仁《传习录》卷上：“天地气机，元无一息之停。”

［32］元：应为“原”。

［33］格物：穷究事物的道理。

［34］体贴：体会。

［35］欠阙：同“欠缺”。缺少，不足。《朱子语类》卷四：“理只是一个理，理举着全无欠阙。”

［36］拟议：草拟。

［37］本分：属于实际职责的事。

［38］展转：翻身貌，多形容卧不安席。

曲挠：退缩，屈服。《战国策·齐策一》：“战不胜，田忌不进，战而不死，曲挠而诛。”鲍彪注：“曲挠，言师不直前而败。”

［39］诬罔：欺骗。《汉书·王莽传上》：“有丹书著石，文曰：‘告安汉公莽为皇帝。’

符命之说，自此始矣。莽使群公以白太后，太后曰：‘此诬罔天下，不可施行。’”

[40] 此句后疑有脱漏。

[41] 虚灵不昧：心灵不暗。

[42] 肆应：引申指善于应付各种事情。《清史稿·文宗纪论》：“文宗遭阳九之运，躬明夷之会，外强要盟，内孽竞作，奄忽一纪，遂无一日之安；而能任贤擢材，洞观肆应。”

[43] 混混：同“滚滚”，水奔流不绝貌。《孟子·离娄下》：“源泉混混，不舍昼夜。”

[44] 不学不虑之良：“人之所不学而能者，其良能也；所不虑而知者，其良知也”的省略。意为人有不学过但能做的，是人的本能；有不经考虑但知道的，是人的良知。

[45] 言言：句句。

痛切：悲痛。

[46] 单传：指只受一家所传，不杂别派。

[47] 蔽锢：亦作“蔽固”，迂拙固执。明王守仁《传习录》卷下：“至于困知勉行者，蔽锢已深，虽要依此良知去孝，又为私欲所阻。”

[48] 提唱：提倡。

[49] 鞭辟着里：同“鞭辟近里”，古代洛阳方言。意谓深入剖析，使靠近最里层。形容探求透彻，深入精微。宋程颢《师训》：“学只要鞭辟近里，著己而已，故‘切问而近思’，则‘仁在其中矣’。”

[50] 孺子入井，皆有怵惕恻隐之心：人们看见小孩子快要掉到井里了，都有害怕同情的心情。

[51] 旨：宗旨，主要目的和意图。

[52] 统：纲纪，准则。

[53] 蒙：蒙童。

[54] 泯：泯灭，泯没。

[55] 返本还原：同“返本还源”，恢复根本，恢复原样。《古今小说·月明和尚度柳翠》：“后来直使得一尊古佛，来度柳翠，归依正道，返本还原，成佛作祖。”

[56] 一以贯之：原指孔子的忠恕之道贯穿在一切事物中，后亦泛指一种思想或理论贯通始终。《论语·里仁》：“吾道一以贯之。”

[57] 务：致力于。

知解：颖悟，领会。《南史·宋桂阳王休范传》：“休范素凡讷，少知解，不为诸兄齿遇。”

［58］元解妙觉：应为“玄解妙觉”。玄解：谓对事物奥秘的理解，亦指深奥难解的道理或事理。南朝梁刘勰《文心雕龙·神思》：“积学以储宝，酌理以富才，研阅以穷照，驯致以怿辞，然后使玄解之宰，寻声律而定墨。”范文澜注：“玄解之宰谓心。”妙觉：佛家语，谓佛果的无上正觉。《三藏法教》：“自觉觉他，觉行圆满，不可思议，故名妙觉性。”

［59］话头：说话的端绪。

［60］着：放置。

方所：方向处所，范围。南朝梁萧统《令旨解法身义》：“若定是金钢，即为名相；定是常住，便成方所。”

［61］竖：古时对人的蔑称、贱称。《史记·留侯世家》：骂曰：“竖儒，几败而公事！”

［62］阴霾：天气阴晦、昏暗。唐柳宗元《梦归赋》：“白日邈其中出兮，阴霾披离以泮释。”

［63］心之体：阳明“无善无恶，是心之体”一语中的“心之体”只能有两种意义：一指良知，一指境界。与此相应，此语也当有两解：一是良知无善无恶，即良知是至善的。一是境界无善无恶，即境界是至善的。

［64］有善有恶，是意之动：有善有恶是你的思想在活动了。意之动：思想在活动，想法在活动。

［65］知善知恶的是良知：知道善知道恶是一种良好的知道。知善知恶：使你明白哪些应该做哪些不应该做，使你生活过得顺。良知：良好的知道。

［66］为善去恶是格物：有好的作为及去掉恶行都是基于对事物的理解。格物：穷究事物的道理。

［67］习心：理学家指通过耳闻目见所得的意念，与良知良能有别。《二程遗书》卷二上：“盖良知良能，元不丧失，以昔日习心未除，却须存习此心，久则可夺旧习。”

［68］本体：哲学名词，形成现象的根本实体（常与“现象”相对）。

［69］小小：轻微的。

［70］知性：知道人的本性。明王守仁《传习录》卷上：“尽心由于知性，致知在于格物。”

［71］率性：顺着本性，索性。

［72］起炉作灶：不能顺其自然，做事糅进太多的人为因素。

［73］廓然大公：指心地开阔，大公无私。

［74］沾滞：拘执而不通达。《豆棚闲话·陈斋长论地谈天》：“四大皆空，阳神不灭。

佛老之论，总无沾滞。”

[75] 即此：就此，只此。唐韩愈《秋怀诗》之五：“庶几遗悔尤，即此是幽屏。”

[76] 妄：胡乱，荒诞不合理。

[77] 内缘：佛教用语，指贪嗔痴、自私自利。

[78] 外缘：佛教用语，指五欲六尘的诱惑。

[79] 馆：旧时指教学的地方。

[80] 招承：招供承认。《京本通俗小说·错斩崔宁》：“今日天理昭然，一一是他亲口招承。”

[81] 诬罔：诬陷诽谤。《后汉书·马援传》：“海内不知其过，众庶未闻其毁，卒遇三夫之言，横被诬罔之谗，家属杜门，葬不归墓。”

[82] 昭雪：洗雪冤屈，推翻诬陷不实之词，恢复名誉。

[83] 宥：赦免。

[84] 追勘：追究查问。唐李复言《续玄怪录·李岳州》：“来日午时送五万缗，亦可无追勘之厄。”

[85] 婉导：委婉教导。

[86] 责枷：戴上枷号以示责罚。

[87] 乃尔：犹言如此。清蒲松龄《聊斋志异·司文郎》：“我谓南人不复反矣，伧楚何敢乃尔！”

[88] 罹：遭受苦难或不幸。

[89] 其：第一人称代词，我。

所以：……的原因。

[90] 乡党：同乡，乡亲。《汉书·司马迁传》：“仆以口语遭此祸，重为乡党戮笑，污辱先人。”

[91] 职：似为“只”。

慎独[1]

为学既知致知；则善恶分明，自然能好善而恶恶[2]，然意之所发，其于好普恶恶之问，实[3]与不实，如人饮水，冷暖自知，此处不慎，后此则无以[4]致其为善去恶之实矣。故为学吃紧[5]功夫，必慎之于此，以审其实与不实之几[6]焉。

关圣帝君[7]觉世宝训曰："凡人心即神，神即心，无愧心，无愧神，若是欺心，便是欺神。"

李二曲先生曰："凡有对便非独，独则无对[8]，即各人一念之灵明是也。天之所以与我者，与之以此也。此为仁义之根，万善之源，彻始彻终，彻内彻外，更无他作主，惟此作主，慎之云者，朝干夕惕[9]，时时敬畏，不使一毫牵于情感，滞于名义，以至人事之得失，境遇之顺逆，造次颠沛，生死患难，咸湛湛澄澄，内外罔间[10]，而不为所转，是之谓慎。"

"独"是父母未生之前，父母始生之际之真我也。此"真我"极聪极明，极神极灵，件件瞒他不得。《大学》所谓"致知"，致此"知"也，《中庸》所谓"慎独"，慎此"独"也。今人个个晓得说此独字，却不曾识得此真我，若晓得此真我，时时与他作伴，事事与他商量，他却件件会教导我做到超凡人圣的地位，此正人禽出入之界，哲愚分别之时，功罪由来之会，淑慝[11]升堕之分，不可不慎也。

自己之心原自惺惺不昧，如人有一时意念糊涂做事，然其心自有分明过不去的时候，其为不自慊[12]可知。

周茂叔[13]先生曰：几[14]善恶，所谓几者，乃"独"中有几，此正私欲插根处，此处不慎，如分别歧途，起脚一差，差毫厘而谬千里矣。

玉溪卢氏曰：实理原无隐显之分，人所不知，已所独知之地，即十目十手共指共视之地。故为善于独者[15]，不求人知，而人自知之，为不善于独者，惟恐人知，而人必知之，其可畏之甚如此，此曾子所以战兢临履[16]，直至启手足[17]而后已也。

人惟不能谨于一念之始，下稍便成无所不至之小人，虽平日亦尝为善去恶，到此亦无把捉[18]处。

《大学》诚意工夫，全要在两个自字上用功，盖自古及今，无放心底圣贤，惟圣罔念作狂，一毫不谨，则已堕于意欲[19]之私矣。

众见之过，犹易克治，独处之过，最足障道，人于独处之过，每多容养爱护之意，以为鬼神不我觉也，岂知莫见[20]乎隐，莫显乎微，舜跖人禽，于是乎判[21]，故慎独要焉。

慎独之功，只就日用行习，纲常伦理，极浅近处做起。必使言无妄发，行无妄动，暗室屋漏，一如大庭广众之中，明可以对人对天，幽可以质神质鬼，夫是之谓慎。

独即心中一念炯炯者是也。时时返照，刻刻打点，如鸡抱卵。如龙豢珠，用志不纷[22]，乃凝于神，夫是之谓安身立命之实际[23]也。

"独"即各人心中一念独知之微，天良是也。一点良心，便是性，不失良心，便是圣，故学问大主脑，用工大肯綮[24]，全在体认天良而已。

终日钦凛[25]，保守[26]此独，勿令放逸，使中常惺惺，湛然虚明，即此便是慎独。

昔潘侍郎求教于伊川先生，先生并无他说只令在鸡鸣而起时辨别，为善为利，俱在此处。盖以今之所谓善，乃古之所谓利也。潘竦然拜谢而去，终身佩服不忘。今农工商贾，每日求利，原以资[27]衣食，士为四民之首，乃汲汲于利，反更甚若辈，其有闭户读书，鸡鸣朗诵，人莫不钦其笃志，称为好学，却不知彼孳孳揣摩者，全在富贵利达，起心结念，满胸成一利团，如此为学，即终日悬梁刺股，囊萤映雪[28]，亦总是孜孜为利，与舜分途者也，即学富二酉[29]，功竭三余[30]，掇巍科[31]，挤显要，适足以为济恶之资而已，故发端起念之初，人所不知而已，独知之不可以不省察也。

为学须剥皮见骨，剥骨见髓，洞本彻源[32]，直透性灵，方一了百了，若不窥性灵，自成自证，徒摹仿成迹，依样画葫芦，饰圣贤皮肤，为名教优孟[33]，欺天乎，欺人乎。自欺而已。

砥躬厉行[34]于大庭广众之地，偷惰纵恣[35]于闲居独处之时，迹然而心不然，瞒昧本心，支吾[36]外面，斯乃小人之尤，身未死而心先死矣，虽然衣冠言动，其实是行尸走肉。

自欺与不自欺，君子小人之所由分，即人鬼之所由分也，不自欺，便是君子，便是出鬼关，入人关，自欺便是小人，便是出人关，入鬼关，人鬼之分，不在死后，生前日用可知。

为善不密[37]，多由名誉起见，故为名誉而为善，是有为而为也，有为而为，纵善盖天下，闻望日隆，举世之所羡，正神明之所嗔也，此所谓人之君子，天之小人。

人之小人，明有人非[38]，天之小人，阴有天谴，可不畏哉。庄子曰："为不善于显者，人得而诛之，为不善于幽者，鬼得而诛之。"

哀莫大于心死，而形死次之，顺此生理，方是活人，一用安排。即成乖违，是自梏真趣，自死生机。

好名之人，不但让国且欲希圣，每日挟语录册子，评陟[39]前贤，岸然道貌，频笑不苟，以致束缚己身而不得稍舒，曰："吾言动法圣贤也，噫，圣贤岂可以语言文字声音笑貌为哉?"

樵谈云："尧行舜趋，周冠孔裳，恐未可以貌定，使见遗金于旷途，遇丽色于空室而心不为动，是尧舜返魂，周孔复肉也。"

学以不愧己心为本。自念虑之萌，以至言动之着，务纯乎天理，无一毫夹杂，方不愧于心。学至于不愧心，则行不愧影，寝不愧衾，内不愧妻子仆御，外不愧乡党亲朋，前不愧往圣，后不愧来哲，光明正大，莹然浩然，存顺没宁[40]，何快如之。

《中庸》首章，既言戒惧，又言慎独者，盖以人能戒惧，则心体湛然虚明，一团天理，由此而充之，或事物方来，或一念初起，便有把握，善则为之，恶便斩然割断，凛然有一夫当关之势，此之谓慎独。

《中庸》首章，从天命[41]源头说起，末章又从下学立心[42]之始，推而至于圣神功化[43]之极致，正见得中庸之道，初非高远难为之事，但能戒惧谨独，切实为已，便可上达天德，欲学者脚踏实地，从下学做工夫也。

真正暗修之人，洗心藏密，虽鬼神不能觑其微，况人乎，人且不可得而知，况名乎。

庄子其嗜欲深者，其天机浅，则知世味日淡者，道味日浓，此中旨趣，此中人自领之。未可与俗人道也。世人卑者汩利[44]，高者骛名，汩利者无论已，其名愈彰者，其丧本真愈甚，好名念头，关系非小，外面整齐一分，里面疏脱一分，外面精明一分，里面糊涂一分，渐渐疏脱，渐渐糊涂，始而还要倚靠里面讨人道好既而直竞斩断里面。一味欺人，到此地位，无可救药，而究其弊所从生，皆由于始而欺已，继而欺人，遂不知不觉，至于此极，故大学无所不至之小人，即中庸无所忌惮之小人也。

世间惟闲可偷，名不可盗。偷闲者自娱于己，盗名者获罪于天，盖名者造物所忌，文名诗名，尚不可盗，况圣贤之大名乎？盗大名者，可以欺世，而不可以欺天也。偶阅李如谷[45]先生《责卖闲诗僧》诗，因戏易其律旬曰："何事奸雄盗大名，自欺欺世太憨生[46]。名山自有千秋业，空谷犹传百里声。

名自已成谁敢盗，盗干天谴定担惊。清闲可盗名难盗，鬼责神嗔不假情。”

内省不疚，无恶于志，乃慎独切实工夫，外省不过无恶于人，内省方能无恶于志。内即是独，省即是慎独，此正人所不见之地，须用全副精神在此萌芽发动处，一刀两段，才见得精明果断决，否则过此关头，便潜滋暗长，无处用力矣。

若止无恶于人，纵非乡愿[47]之谐俗，亦不过是迹上打点，动鲜愆尤[48]，必无恶于志，斯心事光明，不愧衾影[49]。

邵康节先生曰："凡人之善恶，形于言，发于行，人始得而知之，但萌诸心，发于虑，鬼神已得而知之矣，此君子所以有慎独之功也。"

人有怕人者，多恐人持我之短长，又恐人发我之阴私[50]。或我有负人之处，恐人责我之负心。或我有求人之事，恐人恶我之多求。或我有既往之疚，或我有未盖之愆。诸如此类，不可枚举[51]。只因我自反而不缩[52]，故见人多怕。若自反而缩，则世间自无可怕之人。此孟施舍人守气[53]，不如曾子之守约也。果能慎独，则心无愧事，面无愧容，何怕之有。

人有怕鬼者，偶谈及鬼，则舌缩毛竖，如或见之，斯其人皆自有鬼心，而后鬼从而舞弄[54]之也。以彼虺蛇[55]其心，鬼蜮其状，奇形幻态，终月在鬼窟里作活计，是人面而鬼形矣，以鬼招鬼，焉得不怕鬼耶？若能慎独，则明不欺天，幽不欺神，内不欺心，外不欺人，鬼神且钦敬之，何怕之有？

独为欺谦分根之地，慎独乃是戒欺求谦下手处。

游氏曰：人所不见，可谓隐矣，而心独知之，不亦见乎？人所不闻，可谓微矣，而心独闻之，不亦显乎？

独之当谨者非一，而名利之念尤为吃紧，千病万病皆从此起。只不为名牵，不为利役，便俯仰无愧，便坦荡自得。

独之为独，即自己一点天良，昭然难掩之地也。吾心上过不去处，即圣贤心上过不去处；吾心上大安稳处，即圣贤心上大安稳处。人同此心，心一同此理，瞒昧他不得，违拗他不得。

独乃自己本来面目，如何欺得？须时时检点，刻刻提撕，否则丝毫容隐，便亏平生。不但明为人非，幽为鬼责，即反之自己灵明，亦觉气馁神欠[56]，蹙[57]错不宁矣。

世间作恶不悛的人，只道瞒着人便好，谁知有鬼神。森罗密布，一一洞见，无一处无鬼神，无一刻无鬼神，故夫子说鬼神之为德，其盛矣乎，信乎人间私语，天闻若雷，暗室亏心，神目如电，一毫苟且不得。

所谓独者，非必闲居独处之地也，即四座諠哗[58]之时，与人接谈之顷，心中偶起一念，偶思一事，或闻言而心乐其义，或闻言而心知其非，皆谓之独。独之为境最密，独之为时甚暂不可不慎也。

王阳明先生曰：慎独只是一个工夫，无事时固是独知；有事时，亦是独知。此独知处便是诚的萌芽，此处不论善念恶念，更无虚假，一是百是，一错百错，正是王霸义、利、诚、伪、善、恶界头[59]，于此一立立定，便是端本澄源，便是立诚。古人许多诚身的工夫，其精神命脉，全在此处。真是莫见莫显，无时无处，无终无始，只此一个工夫也。

题解：

“慎独”在“致知”之知善恶的基础上，对人的修养又提高了一步。只有真正做到在无人监督的情况下，按道德修养标准严格要求自己、履行道德行为，才是完美之人，才能在现实生活中真正做到“恶小而不为”“善小而为之”。只有慎独，才能不沽名钓誉、面前面后均无愧心，得到心灵的安宁。老先生的“神鬼无欺”，我们可看作是对心灵的负责，对灵魂的交代。

注释：

［1］慎独：在独处中谨慎不苟。《礼记·大学》：“此谓诚于中，形于外，故君子必慎其独也。”

［2］好：喜欢。

善：好的行为、品质。

恶恶：第一个“恶（wù）”，意为厌恶、痛恨；第二个“恶（è）”字，为不好的行为、品质。

［3］实：诚实，真实。

［4］无以：用来……

［5］吃紧：严重，重要，紧要。

［6］审：审核，审查，检查核对。汉贾谊《过秦论》：为人主计者，莫如先审取舍。

几：苗头，预兆。唐苏涣《变律》：徒有疾恶心，奈何不知几。

［7］关圣帝君：指三国蜀关羽。明万历四十二年（1614），追尊关羽为“三界伏魔大帝神威远镇天尊关圣帝君”，省称“关圣”。清吴骞《扶风传信录》：“素娥偕女伴翠云来，垂泪言：‘娘子有大难。’诘其故，曰：‘今晨关圣命周将军下察吾家事，并拘往天庭受讯。’诸人莫不惶惧。”

［8］对：成双的。

［9］朝干夕惕：谓终日勤奋谨慎，不敢懈怠。《易·干》：“君子终日干干，夕惕若厉，无咎。”

［10］内外罔间：内外一样。罔：无。

［11］淑慝：犹善恶。《书·毕命》：“旌别淑慝，表厥宅里。”孔传：“言当识别顽民之善恶，表异其居里。”

［12］自慊：自足，自快。明王守仁《传习录》卷中：“当行则行，当止则止，当生则生，当死则死，斟酌调停，无非是致其良知以求自慊而已。”

［13］周茂叔：指周敦颐，字茂叔，号濂溪，汉族，宋营道楼田堡（今湖南省道县）人，北宋著名哲学家，是学术界公认的理学派开山鼻祖。

［14］几：分，区分。

［15］为善于独者：应为“善于为独者”。

［16］战兢临履：临深渊而战兢，履危岩而惊怖，喻小心谨慎。

［17］启手足：也作“启手启足”。《论语·泰伯》：“曾子有疾，召门弟子曰：‘启予足，启予手。’”儒家宣扬孝道，曾子有病，恐死，召弟子开衾视手足，以明临终前受于父母的身体完整无毁。“启手足”遂成为善终的代称。《周书·明帝纪》：“朕得启手启足，从先帝于地下，实无恨于心矣。”

［18］把捉：执持，掌握。《醒世姻缘传》第三十回：“船过了宿迁，入了黄河，卒然大风刮将出来，船家把捉不住，顷刻间把那船帮做了船底。”

［19］意欲：欲望。

［20］见：同“现”，显现。

［21］于是乎判：在这里辨别出来。

［22］纷：杂乱。《楚辞·涉江》：霰雪纷其无垠兮，云霏霏其承宇。

［23］实际：客观存在的事物与情况，事实。

［24］学问大主脑，用工大肯綮：做学问要抓住主旨，要掌握关键。主脑：主旨。肯綮：筋骨结合的地方，比喻要害或关键。

［25］钦凛：钦佩畏惧。

［26］保守：保存守护。

［27］资：资助，供给。

［28］囊萤映雪：原是车胤用口袋装萤火虫来照书本，孙康利用雪的反光勤奋苦学的故事，后形容刻苦攻读。元贾仲名《萧淑兰》第一折："虽无汗马眠霜苦，曾受囊萤映雪劳。"

［29］二酉：指大酉小酉二山，在今湖南省沅陵县西北。二山皆有洞穴。相传小酉山洞中有书千卷，秦人曾隐学于此。见《太平御览》引《荆州记》。后即以"二酉"称丰富的藏书。唐陆龟蒙《寄淮南郑宝书记》诗："五丁驱得神功尽，二酉搜来秘检疏。"

［30］三余：《三国志·魏志·王肃传》载："明帝时大司农弘农、董遇等，亦历注经传，颇传于世"，裴松之注引三国魏鱼豢《魏略》："遇言：'（读书）当以三余。'或问三余之意。遇言'冬者岁之余，夜者日之余，阴雨者时之余也'。"后以"三余"泛指空闲时间。

［31］巍科：犹高第，古代称科举考试名次在前者。宋岳珂《桯史·刘蕴古》："其二弟在北皆登巍科。"

［32］洞本彻源：通晓事物的本源之意。

［33］名教：指以正名定分为主的封建礼教。晋袁宏《后汉纪·献帝纪》："夫君臣父子，名教之本也。"

优孟：优伶名孟，春秋时代楚国艺人。擅长滑稽讽谏。楚国的宰相孙叔敖死后，他的儿子很穷，以砍柴为生。于是优孟穿戴上孙叔敖的衣服帽子，模仿其神态，摇头而歌，楚庄王大惊，以为孙叔敖复生。优孟趁机讽谏，庄王终于把封地给了孙叔敖之子。

［34］砥躬厉行：砥砺躬行，勉励亲为。

［35］纵恣：亦作"纵姿"，肆意放纵。《韩非子·五蠹》："士民纵恣于内，言谈者为势于外。"

［36］支吾：用含混的话搪塞。

［37］为善不密：公开做善事。密：秘密的，隐秘的，缜密的。

［38］非：责怪，非难，反对。

［39］评陟：评价。

［40］存顺没宁：儒家的生死观，是一种既平宁又超越的生死态度，儒家在尊重生命的前提下，思考死亡，追求超越死亡的心态，抗拒生命被窒压和扭曲。生不觉喜，死不足忧，生若可乐，乐在尽人事，死亦可乐，乐在安息归大化，这同"了生死""齐万物"的

道家有些相似。活着的时候，我们真诚地爱别人，这就是侍奉宇宙乾坤父母，因为我与他人都是宇宙父母的孩子，死了我们就得到安宁。

[41] 天命：指自然的规律、法则。《荀子·天论》："从天而颂之，孰与制天命而用之！"

[42] 下学立心：立志虚心不耻下问。

[43] 圣神功化：即神功圣化，指帝王的功绩和教化，旧时对人君的颂扬之辞。宋秦观《任臣策下》："兴利除害甚于嗜欲，攘击奸恶如报私仇，首尾数年之间遂成冠古之治，虽神功圣化敏妙自然，亦此曹献替可否之力也。"

[44] 汩利：逐利。

[45] 李如谷：清代北派经学人物之一。

[46] 太憨生：犹言太娇痴。生：语助词。清蒲松龄《聊斋志异·婴宁》："但闻室中吃吃，皆婴宁笑声，母曰：'此女亦太憨生。'"

[47] 乡愿：指乡中貌似谨厚，而实与流俗合污的伪善者。汉徐干《中论·考伪》："乡愿亦无杀人之罪，而仲尼恶之，何也？以其乱德也。"

[48] 愆尤：罪过。张衡《东京赋》：卒无补于风规，只以昭其愆尤。

[49] 衾影：衾影何惭的省略。指不做亏心事，独处时内心不感到惭愧。比喻为人行为光明，问心无愧。《新论·慎独》："故身恒居善，则内无忧虑，外无畏惧，独立不愧影，独寝不愧衾。"

[50] 阴私：暗中干的或隐秘不可告人的事。

[51] 枚举：列举。

[52] 自反而不缩：自我反省但不停止沽名钓誉的行为。

[53] 孟施舍人守气：应为"孟轲舍人守气"。"施"疑为误字。

[54] 舞弄：戏弄。

[55] 虺蛇：毒蛇，亦喻恶人。《淮南子·本经训》："虎豹可尾，虺蛇可蹍，而不知其所由然。"这里用作使动用法，使……成为虺蛇。

[56] 气馁：灰心丧气，失去勇气。馁：泄气，丧气。

神欠：精神不佳。欠：缺少。

[57] 蹩：通"蹴"，踢，踏。

[58] 谊哗：喧哗。

[59] 界头：分界处。

清代西北应试诗主题及用韵探析

（代后记）

关于科举考试中的应试诗研究，郑晓霞、杨春俏、王兆鹏等都分别从文学、文献学、音韵学等角度进行了研究，但他们使用的文献大多是基于《全唐诗》《文苑英华》等文献材料，基本未涉及西北的科举应试诗。杨春俏在《清代试帖诗限韵及用韵分析》中对清代乡试五言八韵诗所限韵字的频率统计中，没有西北应试诗的统计结果，可见关于清代西北应试诗的研究以及相关材料研究还未有触及。清代西北科举文献保存下来的十分少，科举考试的试卷更是稀少，这种情况我们也可以从《中国科举录编》《中国科举录续编》《清代朱卷集成》中看到。本文就西北文献《吴敬亭诗文集》中的应试诗进行了分析和研究，希冀对科举应试诗在西北的用韵情况有所展现。

《吴敬亭诗文集》(以下简称《诗文集》) 收录的应试诗大多是吴栻日常教学之用的作品。应试诗主要存在于吴栻《怡云庵排律诗草》四卷之中。《诗文集》中的应试诗，是西北应试诗的一个缩影，为分析西北科举出题和科举诗文用韵的情况提供了一个窗口。

一、应试诗的名称

唐代科场所用五言六韵的应试诗称为“省试诗”，但唐代文献中未见“省试诗”名称，故唐代应无这种称谓。最早出现“省试诗”名称的文献是明代王世贞的《艺苑卮言》：“人谓唐以诗取士，故诗都工，非也。凡省试诗，类鲜佳者。”[①] 宋元文献常见的是“省题诗”之称，如宋人葛立方认为：“省题

① 王世贞著，罗仲鼎校注：《艺苑卮言校注》，203 页，济南，齐鲁书社，1992。

诗自成一家，非它诗比也。首韵拘于见题，则易于牵合；中联缚于法律，则易于骈对，非若游戏于烟云月露之形，可以纵横在我者也。王昌龄、钱起、孟浩然、李商隐辈皆有诗名，至于作省题诗，则疏矣。”[①]又如元完颜纳丹等《通制条格·学令·科举》：“自隋唐以来，取人专尚词赋，人都学的浮滑了……俺如今将律赋、省题诗、小议等都不用，止存留诏诰章表。”[②]也将应试诗称为“省题诗”。此外，在宋代的文献中也将应试诗称为“程序诗”。“程序诗”一词较早见于司马光的《温公续诗话》：“科场程序诗，国初以来，难得佳者。天圣中，梓州进士杨谔始以诗着，其天圣八年省试《蒲车诗》云：‘草不惊皇辙，山能护帝舆。’是岁，以策用‘清问’字下第。景祐元年，省试《宣室受厘诗》云：‘愿前明主席，一问洛阳人。’谔是年及第，未几卒。庆历二年，韩钦圣试《勋门赐立戟诗》云：‘凝峰画幡转，映日彩支繁。’范景仁云曾见真本如此。传钦圣作‘迎风画幡传，映日彩支繁’，故两存之。”[③]此处提到的诗歌包括省试与殿试所作。“程序诗”之称谓在清代陶福履《常谈·试律诗》也有记述：“唐宋科举程序之诗，始专以古句命题。唐诗备载《文苑英华》，宋诗备载《万宝诗山》。刘辰翁《须溪四景诗》，程序诗编专集之始也。”[④]

“省题诗”在元明时代的诗话中都有提及。如元人韦居安在所著《梅磵诗话》一书中两次提到“省题诗”：“省题诗自成一家机轴，非他诗比，葛常之《韵语阳秋》盖尝言之。然骚人墨客虽从事于时文，至作省诗，亦不为格律所缚。杨廷秀序《训梦省诗》亦曰：“以骚人之性情，寓举子之刀尺，真名言也。”[⑤]至明代杨慎作《升庵诗话》，将与科举考试相关的诗歌统称为“省题诗”：“人有恒言曰：唐以诗取士，故诗盛；今代以经义选举，故诗衰。此论非也。诗之盛衰，系于人之才与学，不因上之所取也……况唐人索取五言八韵之律，今所传省题诗多不工，今传世者，非省题诗也。”[⑥]

清代应试诗称为“试律”或“试帖”。纪昀《唐人试律说》，较早使用“试律”之名，指称唐代科举相关作品，谓：“试律固诗之流也，然必试律于

① 葛立方：《韵语阳秋》，5页，上海，上海古籍出版社，1984。
② 黄时鉴：《通制条格·学令·科举》，69页，杭州，浙江古籍出版社，1986。
③ 何文焕：《历代诗话》，275页，北京，中华书局，1981。
④ 王云五：《丛书集成初编》，24页，上海，商务印书馆，1936。
⑤ 丁福保：《历代诗话续编》，567页，北京，中华书局，1983。
⑥ 杨慎：《升庵诗话笺证》，127页，上海，上海古籍出版社，1987。

诗之外，而后合体裁；又必范试律于诗之中，而后有法度格意。”[①] 应试诗又称为试帖或试帖诗。如赵翼《分校杂咏·选韵》就使用“试帖”之名：“令甲初添试帖新，主司选韵为胪陈。”姚鼐在乾隆五十六年（1791）所写《方坳堂会试朱卷跋尾》一文中也对应试诗有此称谓：“是时试帖诗题在第二场，房官以五经分卷；今则诗题移于第一场，而房官无五经之名”。

二、吴敬亭写应试诗的历史背景

应试诗是唐代科举考试中形成的一种考试形式和考试文体。其中唐代最有名的两首应试诗是《终南山望余雪》和《湘灵鼓瑟》。[②] 北宋神宗熙宁变法前，进士科举考试采用诗赋论结合的形式，表现出诗赋重于策论的倾向。自神宗改制至北宋末年，诗赋逐渐开始不受统治者的重视。王安石变法，进士科罢废诗赋，专以经义取士。虽宋元祐四年（1089）开始分经义、诗赋二科取士，由此开始，诗赋的地位逐渐降低。绍圣初，复罢诗赋。宋高宗建炎二年（1128）定诗赋、经义取士，整个南宋统治时期基本执行这种考试模式。

清代应试诗进入科举考试是乾隆二十二年（1757）会试之年，会试中出现了五言八韵的试帖诗类型。是年乾隆下令“即以本年丁丑科会试为始。现在各省会试举子将已陆续抵京，该部即行晓谕知之”[③]。考虑到士子对五言八韵诗素无训练，“边方北省，声律未谐，骤押官韵，恐不能合有司程序”，乾隆在二月癸亥（初一）诏谕主考及分校各官：“今科各就省分酌量节取，不必绳以一律；至下科会试时，则三年之功，自宜研熟，不妨严其去取矣。”[④] 乾隆二十二年（1757）之后陆续明确下来：“乡试，应自乾隆（二十四年）己卯科乡试为始，于第二场经文之外，加试五言八韵诗唐律一首。”[⑤] 岁科试，乾隆二十三年（1758）议准：“嗣后岁试，减去书艺一篇，用一书一经；科试减去经义一篇，用一书一策。不论春夏秋冬，俱增试律诗一首，酌定五言六

---

① 马葆善：《唐人试律说跋》，壬午重刊《镜烟堂十种》定本，嵩山书院藏版。

② 唐祖咏《终南山望余雪》：“终南阴岭秀，积雪浮云端。林表明霁色，城中增暮寒。”唐钱起《湘灵鼓瑟》诗：“善鼓云和瑟，常闻帝子灵。冯夷空自舞，楚客不堪听，库调凄金石，清音入杳冥。苍梧来怨慕，白芷动芳馨。流水传潇浦，悲风过洞庭。曲终人不见，江上数峰青。”

③ 《清高宗实录》（第15册），695页，北京，中华书局，1986。

④ 《清高宗实录》（第15册），702页，北京，中华书局，1986。

⑤ 《钦定大清会典事例》，光绪二十五年（1899）八月石印本。

韵。”[①] 童试，乾隆二十五年（1760）议准：“童生兼作五言六韵排律一首，教官于月课时亦一体限韵课诗。”[②] 至此为止，五言排律的应试诗在所有的科举考试试题中全部添加。

吴敬亭生于乾隆五年（1740），乾隆四十二年（1777）赴长安考取举人，乾隆四十三年（1778）赴京考进士。两次重要的考试都是在乾隆二十二年（1757）之后，故吴敬亭参加的科举考试中都有应试诗的题型。故吴敬亭在日常的学习和训练中都自觉地对这一题型进行了练习，并在后期书院教学时，亦为书院中的学生创作了一些科举应试诗的范例，以供学生学习和模拟。

三、《诗文集》中应试诗的主题来源

《诗文集》中收录了108首应试诗，这些应试诗的主题来源于典故和因景命题。解读典故的应试诗大于因景命题的诗，解读典故的应试诗大约有64首，约占59.3%；因景（物）命题且无典故出处的应试诗17首，约占15.7%；其余应试诗27首，约占25.0%。

就文本出处而言，作品大多来自十三经以及古代著名诗人的诗句。来自十三经，诸如《诗经》《左传》《尚书》《孟子》《礼记》《周易》《论语》等，占题材来源总量的43.1%；来源于古代著名诗人的诗句，如谢朓、韩愈、白居易、杜甫、钱起、朱熹等，约占49.2%；来源于史书，如《晋书》《三国志》等，约占4.7%；来源于诸子百家，如庄子，约占1.5%；来源于笔记小说，如《开元天宝遗事》等，约占1.5%。

就以上数据而言，应试诗题目出自古代著名诗人诗句者占多数，其次是来源于十三经，再次是来源于二十四史，来源最少的是诸子百家以及笔记小说。

① 素尔讷等纂修，霍有明、郭海文校注：《钦定学政全书校注》，56页，武汉，武汉大学出版社，2009。

② 素尔讷等纂修，霍有明、郭海文校注：《钦定学政全书校注》，57页，武汉，武汉大学出版社，2009。

《诗文集》应试诗题的来源情况统计一览表

诗（赋）题	出　典
春从何处来	（南朝梁）吴均《咏春》或（唐）白行简《春从何处来》
春日迟迟	《诗经・豳风・七月》
消冰水镜开	（唐）白行简《春从何处来》
春水绿波	（唐）朱休《春水绿波》
交莺变春旭	（南朝齐）王融《渌水曲》
寒梅落晚花	（北朝）萧悫《春庭晚望》
二月黄鹂飞上林	（唐）钱起《赠阙下裴舍人》
风软游丝重	（唐）沈亚之《春色满皇州》
四时最好是三月	（唐）韩偓《三月》
夏虫不可语冰	《庄子・秋水》
夏日可畏	《左传・文公七年》
平秩南讹	《尚书・尧典》
绿树阴浓夏日长	（唐）高骈《山亭夏日》
夏云多奇峰	（东晋）顾恺之《神情诗》或（东晋）陶渊明《四时》
夏日则饮水	《孟子・告子上》
夏月秀葽	《诗经・豳风・七月》
红药当阶翻	（南朝齐）谢朓《直中书省》
蝼蝈鸣	《礼记・月令》
反舌无声	《礼记・月令》
五月鸣蜩（赋）	《诗经・豳风・七月》
五月斯螽动股	《诗经・豳风・七月》
腐草为萤	《礼记・月令》
空林望已秋	（唐）孙頠《宿烟含白露》
七月食瓜	《诗经・豳风・七月》
八月剥枣	《诗经・豳风・七月》
秋菊有佳色	（东晋）陶渊明《饮酒・秋菊有佳色》
白露为霜	《诗经・秦风・蒹葭》
霜叶红于二月花	（唐）杜牧《山行》
飞鸿响远音	（东晋）谢灵运《登池上楼》

续表 1

诗（赋）题	出　典
秋风生桂枝	（唐）无名氏《秋风生桂枝》
香满一轮中	（唐）张乔《试月中桂诗》
秋香动桂林	（唐）李世民《秋日》
天香云外飘	（唐）宋之问《灵隐寺》
九月授衣	《诗经·豳风·七月》
九月筑场圃	《诗经·豳风·七月》
九月肃霜	《诗经·豳风·七月》
十月涤场	《诗经·豳风·七月》
十月陨萚	《诗经·豳风·七月》
十月先开岭上梅	（唐）樊晃《南中感怀》
冬岭秀枯松	（东晋）陶渊明《四时》
鹖旦不鸣	《礼记·月令》
吹葭六管动飞灰	（唐）杜甫《小至》
芸始生	《礼记·月令》
曰为改岁	《诗经·豳风·七月》
明霞烂复阁	（唐）杜甫《大云寺赞公房》
日月低秦树	（唐）杜甫《投赠哥舒开府翰二十韵》
山气日夕佳	（东晋）陶渊明《饮酒·结庐在人境》
为有源头活水来	（南宋）朱熹《观书有感》
昆明池织女石	（唐）童翰卿《昆明池织女石》
生华笔	（五代）王仁裕《开元天宝遗事·梦笔头生花》
误笔成蝇	《三国志·吴书·赵达传》
追琢其章	《诗经·大雅·棫朴》
诵诗闻国政	（唐）张说《恩赐丽正殿书院赐宴应制得林字》
贤不家食	《周易·大畜》
西园翰墨林	（唐）张说《恩赐丽正殿书院赐宴应制得林字》
精卫衔石填海	（唐）韩愈《精卫衔石填海》
香罗迭雪轻	（唐）杜甫《端午日赐衣》
桂林一枝	《晋书·郄诜传》
昆山片玉	《晋书·郄诜传》

续表 2

诗（赋）题	出　典
寒夜闻霜钟	（唐）卢景亮《寒夜闻霜钟》
冬日烈烈	《诗经·小雅·四月》
冬日可爱（赋）	《左传·文公七年》
春服既成	《论语·先进》
如友不如己者	《论语·学而》
春雨如膏（赋）	《左传·襄公十九》

以上表中的应试诗题目是有历史文献出处的。还有一些是没有出处的，如描摹大自然中的山草树木等，综合《诗文集》中的应试诗的意象，主要源自以下几个方面：

第一，神话传说。中国古代的神话、传说本来是很丰富的，但由于儒家史官文化的影响，一些神话、传说被历史化了。目前能见到的，难以构成完整的体系。尽管如此，一些神话和传说仍然在文学中被吸收，反复出现，并在传承中获得了某种稳定的含义。上述的“昆明池织女石”“精卫衔石填海”的意象就来源于神话传说。

第二，自然界的物、节令与气候。人类利用大自然的资源来创造文明。例如自然不仅会给文学的创造活动提供种种素材，同时又影响着文学创作主体和读者的心理、情绪、观念。自然对社会的心理投影，有的会在民族的集体记忆中积淀下来，成为一种普遍体验，一种无意识，以至转化为文化信息。自然界的物多涉及山、海、河、池水、冰、竹、木、花、草、虫、鱼等。如《诗文集》中的春草、春雨、五峰山、翠山、白雁、奇石等意象就是由物而感的诗文。节令主要涉及三九节令以及出自《诗经·豳风·七月》中的五月、七月、八月、十月等意象。气候主要是涉及春夏秋冬的变化及其代表此时季节的特有的事物。如上述科举应试诗中夏日、冬日、春风、春雨、雪声、雪气等意象，就因为大自然的现象在人们心里留下了深刻的印象并融入传统文化中成为科举考试中的考试对象，也成为诗歌中的常用意象。

第三，经典文本中的思想以及典故。经典文本指的是儒家、道家经典作品、史学与文学名著，是传统思想得以流传和保存的载体，其中的一些事件、场景、细节或物象，在经过岁月的磨砺后就成为具有约定性的体现某种思想的典故作品，这大大提高了它们成为科举应试诗中写作意象的可能性。如昆山片玉、桂林一枝、误笔成蝇、贤不家食等意向所传达的思想性的文化倾向成为科举考试的常考意象。

这些意象在自然基础上萌生，而又在文化历史的传承过程中不断出现。意象所具有含义丰富性、易感发性和历史性等特点是成为科举应试诗考查的主要考试点之一。这些意象在文人的创造过程中，不断强化了他们的思想内涵和历史沉淀。

四、《诗文集》中应试诗的用韵情况分析

（一）《诗文集》中应试诗的用韵统计

《诗文集》应试诗的用韵涉及平水韵中平声韵的 27 个，其中下平声的十一尤、十四盐、十五咸三个韵部未用到。出现频率最高的为麻韵，出现 79 次，占总数的 73.1%；其次为真韵，出现 78 次，占总数的 72.2%；再次是阳韵，共计 62 次，占总数的 57.4%；以下依次为侵韵（58 次）、寒韵（54 次）、东韵（53 次）、支韵（52 次）、庚韵（42 次）、先韵（35 次）、灰韵（33 次）分别占 53.7%、6.2%、50.0%、49.1%、38.9%、32.4%、30.6%。其余韵部中的韵字出现 10 次以上的为冬韵（25 次）、肴韵和蒸韵（均为 23 次）、文韵（20 次）、虞韵（18 次）、萧韵和青韵及覃韵（均为 16 次）、佳韵（15 次）、微韵和歌韵（均为 14 次）、鱼韵（11 次）、江韵（10 次）。韵字出现次数低于 10 次的韵部有 4 个：删韵（7 次）、元韵（6 次）、齐韵与豪韵（均为 1 次）。《诗文集》中的应试诗作品中，除押平声韵外，还有一些押仄声韵的作品。其涉及上声马韵、去声的宋韵、荠韵、愿韵、效韵、沁韵和入声的药韵。出现频率最高的是荠韵和沁韵，分别出现 7 次和 2 次，占总数的 6.5% 和 1.9%。马韵、宋韵、愿韵、效韵、药韵都只出现 1 次。

（二）《诗文集》中应试诗用韵情况分析

《诗文集》中的应试诗所限韵字集中在麻、真、阳、侵、寒、东、支、

庚、先、灰等韵之中。出现这种现象的原因是多样的。

一是韵部含有字数的多少及韵部自身所具有的声韵特点和考试所出之题韵部情况的配合。麻韵、真韵、阳韵等所含有韵字就较多，选韵字较方便。其他的如盐韵、咸韵等本身字数较少，难以找韵字，作诗的时候稍有疏忽就可能出韵而犯错。所以这些窄韵之中的一些韵，如江、咸等韵又有险韵之称。

二是考试的时间因素以及当时考生对韵字的特殊喜好因素对诗歌用韵也是有影响的。清代的童生试、会试大都在春季二月举行。《诗文集》中押韵的字，如韵脚“新”字出现10次，“春”字也出现10次。出现的比例都是相当高的。乡试在秋季的八月举行，《诗文集》中的应试诗大量的诗题是与该时令相关的。雪、雁、菊、白露、早梅、九九消寒等。韵脚字与秋天特征相关的“寒”字出现过7次，“残”字出现过5次，“清”字也出现过5次。

当然，只是在考试时间上找原因未免太绝对。这与诗人自己喜好有相当大的关系。相比春秋两个时节的选字我们就可以看出，诗人喜欢用“春”字、“新”字，胜过用“寒”字、“残”字。这样的对比，与其说是对韵字的比较臆测，莫不如说是一种诗人对诗歌审美特征的体现。同时与音色也有一定的关系。清代周济在《宋四家词选》中对不同韵部的不同音色进行考察与论述并揭示了韵部与情绪之间的关系：东、真韵宽平，支、先韵细腻，鱼、歌韵缠绵，萧、尤韵感慨，各具声响，莫草草乱用。阳声字多则沉顿，阴声字多则激昂。重阳闲一阴，则柔而不靡；重阴而闲一阳，则高而不危。韵上一字最要，相发或竞相贴，相其上下而调之，则铿锵谐畅矣。[①]《诗文集》中限用最多的韵部是阴声韵“麻”韵，使用此韵可以使诗歌产生慷慨激昂的诗意。其余的真韵、先韵、支韵的应用量也很大。既能使诗歌宽平，也能使诗歌细腻；既能体现诗歌的沉顿之感，也能体现诗歌的激昂之情。出现频率较高的韵部与应试诗本身的文体要求也相吻合。

但一些险韵如删、文、江等窄韵韵字以及仄声韵，还在《诗文集》的作品中多次出现。大致因为《诗文集》是平时的应试作品。一定要大量涉猎不同韵的写作，以保证考生能在考场上写作游刃有余。同时还能够证明清代科场的限韵有刻意追求窄韵乃至险韵的倾向，并且这种倾向已经传及边疆地区的命题之中。杨春俏对此也有解释：“删、青、文、覃等窄韵韵字较为频繁

① 周济：《宋四家词选》，4页，上海，古典文学出版社，1958。

地出现，亦证明了清代科场限韵有刻意追求窄韵乃至险韵的倾向。这些韵部中所限韵字与该韵部常用韵字的比例大致如下：删韵 20/31，青韵 17/53，文韵 15/35，覃韵 10/34。由于应试诗体兼赋颂、鼓吹休明的特点，因为诗题体裁的限制，韵部中的常用字，实际上有相当一部分是很难（或者根本不可能）用在诗歌中的。比如删韵的鹇、悭、扳，青韵的蜓、腥、娉、囹、荧，文韵的坟、荤、蕲，覃韵的龛、戡、郯、婪、褴等，考官命题选韵之时可能已将其排除在外，所以考生的韵字选择范围实际上就更为有限了。”[①]

（三）《诗文集》中应试诗的限韵情况分析

科场上写成的应试诗歌有着严格的程序要求，其中最为突出的特征之一，就是科举考生作诗时必须依照事先限定的韵部。清代五言八韵诗对用韵限制极端严格，自命题、限韵到可用韵字的选择，形成一套严格的制度。会试及各省乡试题目统一采取《赋得……得 × 字》形式。考试前夕，主考会按照《佩文韵府》和命题时所限韵部选韵，删去该韵部中的奇险之字，挑出符合“雅驯”标准的韵字，刷印成一篇，[②]发给参加科举考试的考生，以此作为作诗选韵的范围。

韵字选择方式大致可以分为以下两种类型。

第一种是韵字在题中。也就是限用题中某字为韵，[③]一般是题中相对具有关键意义的字。例如《（赋得）消冰水镜开，得开字》《（赋得）春日迟迟，得迟字》等都是以题中某字为韵。

第二种是韵字不在题中。虽然韵字不在题中，但是所押韵字都会与诗题有着某种联系。此可以分为两种情况：一是韵字为题目出处中的某个文字。以这种方式限定的韵字绝对不在诗题中出现，乍看似随便拟定，实则为题目出处中的现成字。比如《早梅，得寒字六韵》，此题前人多有诗文，文中带有“寒”字的两篇。南朝（陈）谢燮《早梅》“迎春故早发，独自不疑寒”，唐柳宗元《早梅》诗中也有寒字：“寒英坐销落，何用慰远客。”诗文中的寒字实为诗之字眼。正是天气的寒冷才有了早梅傲雪怒放的价值。二是韵字与题意

① 杨春俏：《清代试帖诗限韵及用韵分析》，载《山东师范大学学报》（人文社会科学版），2009（6），82 页。

② 皇帝命题时所限韵字，照例要刻在最前面。

③ 一般是题中相对具有关键意义的字。

相关。这种方式所限韵字既非题字，也非题目出处中字，仔细分析，却与题目存在某种意义上的关联。比如《蝼蝈鸣，得蛙字八韵》中“蝼蝈”就是蛙类。《礼记·月令》:（孟夏之月）蝼蝈鸣，蚯蚓出。郑玄注：蝼蝈，蛙也。《逸周书·时训》：立夏之日，蝼蝈鸣。朱右曾校释：蝼蝈，蛙之属，蛙鸣始于二月，立夏而鸣者，其形较小，其色褐黑，好聚浅水而鸣。

统计结果列表如下：

《诗文集》中五言八韵诗所限韵字选择方式统计表

选择方式	数量 / 例
韵字在题中	85
韵字不在题中	23

诗题所限韵字不仅规定了诗的韵部，而且如果韵字不在题中，而在诗题出处的文献中，出韵字时就必须考虑尽量运用原文中的语汇，这对士子熟悉诗题出处的文献无疑具有更高要求。如果韵字出现在诗题之中，或者只与诗旨相关，出韵字时选择词汇的余地会更大一些，难度也会相对有所降低。综合考虑清代乡试五言八韵诗所限韵字在诗题中出现比例不断增高的趋势，以及诗题依据的文献由经、史向集部转移的趋势，表明命题者对士子熟悉经典的要求有所降低，将兴趣更多地放到了应试诗的写作技巧方面。

图书在版编目（CIP）数据

吴敬亭诗文编释 / 孙中强编释 . — 北京：民族出版社，2020.9

（青海民族大学中国语言文学学科建设文库 / 马伟，王志强主编）

ISBN 978-7-105-15966-6

Ⅰ. ①吴… Ⅱ. ①孙… Ⅲ. ①古典诗歌—诗集—中国—清代 ②古典散文—散文集—中国—清代 Ⅳ. ① I214.92

中国版本图书馆 CIP 数据核字（2019）第 296918 号

吴敬亭诗文编释

策划编辑：李志荣
责任编辑：马少楠
封面设计：金　晔
出版发行：民族出版社
地　　址：北京市和平里北街 14 号
邮　　编：100013
电　　话：010-64271909（汉文编辑一室）
　　　　　010-64224782（发行部）
网　　址：http://www.mzpub.com
印　　刷：河北鑫兆源印刷有限公司
经　　销：各地新华书店
版　　次：2020 年 9 月第 1 版　2020 年 9 月北京第 1 次印刷
开　　本：787 毫米 ×1092 毫米　1/16
字　　数：600 千字
印　　张：30.25
定　　价：100.00 元
书　　号：ISBN 978-7-105-15966-6/I · 3029（汉 2854）
